La Guerre dans le Haut-Pays

アルプス高地での戦い

ラミュ小説集

C.F.ラミュ　佐原隆雄 訳

国書刊行会

目　次

日本語版への序

シャルル＝フェルディナン・ラミュ（一八七八―一九四七）は疑いなく、二十世紀前半のスイス・フランス語文学最大の作家である。生まれ故郷のローザンヌで文学の勉強をしたのち、一九〇〇年にパリに留学するが、そこで彼は自分とヴォー州との深い絆《きずな》を自覚した。詩集『小さな村』（一九〇四）および小説『アリーヌ』（一九〇五）の出版によりスイスで名を知られてからは、新世代のフランス語圏作家のリーダーとみなされ、一九一四年に仲間とともに雑誌『カイエ・ヴォードワ』を創刊する。そこに彼は「存在理由」と題した宣言文を書いている。ラミュによれば、作家は故郷を〝表現〟するべきであるから、ヴォー州農民の実在および話しぶりと符合させるためには、アカデミックな言語を〝踏みにじる〟ことさえ躊躇しない。我々が著作に見出すのは、感覚に近い「所作を基にした言語」で、「意味を基にした言語」とは対立するのである。

ラミュは当初、フロベールの影響から、個人の人生に焦点を当てた小説を書いていたが、一九一三年からは、歴史あるいは病や死の存在と密着した共同体を舞台にしている。一七九八年のヴォー州革命を枠組みにした『アルプス高地での戦い』（一九一五）における保守派の父と革命派の息子との悲劇的な対立は、若者の死という意外な終わり方をするが、現実の歴史において勝利したのは革命支持者たちであった。

『民族の隔たり』（一九二三）の中でラミュは、高い山々に隔てられることで根本的に相違する二つの共同体、そして無理解によって生じた悲劇的な結末を描いている。具体的には、ヴァリス州のフランス語を話す人々とベルン州のドイツ語を話す人々との対立である。スイスは多言語国家だが、ラミュはその文化的統一には反対している。しかし、隔たりのテーマは、ラミュの全作品につきまとっている。彼自身の表現によれば、「人間とは隣り合わせで別々に置かれた」存在であり、相互のコミュニケーションを促進させるのが芸術家の役割である。『デルボランス』（一九三四）で描かれている奇跡とは、主人公が地震から生き延びたことである。村に帰りはするが、養父を捜索するため再び廃墟へと向かう。そして最終的には、生の象徴である子供を孕《はら》んだ妻の愛が彼を死から引き戻す。

『デルボランス』は、ラミュの円熟期に属している。スイスでは一九三六年にシラー大賞を受賞し、フランスではグラッセ書店からの出版および『新フランス評論（NRF）』誌に掲載され、ポール・クローデル、アンドレ・ジード、ルイ＝フェルディナン・セリーヌ、ロマン・ローランに匹敵すると称《たた》えられた。彼は詩的小説の師となり、農民作家というよりむしろこの称号をもってフランス文学史に名を残す運命となった。

ロジェ・フランシヨン（チューリッヒ大学名誉教授）

デルボランス

Derborence

私の編集者かつ友人で、このささやかな本に好意を寄せてくれるH・L・メルモへ

第一部

I

黒く焼けた長い棒のようなものを手にした彼は、ときおりその先を火の中に差しこんでいた。もう片方の手は、左の腰にあてている。

六月二十二日の午後九時頃のことだった。

棒を使って、火から火の粉をおこしている。煤《すす》だらけの壁に貼りついた火の粉は、夜空の星のように輝いている。

火かき棒の動きが小さくなる一瞬だけ、彼の姿がはっきり見える。セラファンだ。その向かいに、別の男も見える。ずっと若いが、彼もまた、折り曲げた膝の上に両肘《ひじ》をついて、顔を突きだしている。

「まあな」セラファンが口を開いた。「わかるよ……退屈しているな。でも、ここへ来てからそんなに経っていない」

彼らは六月十五日頃、アイールの住民、およびプルミエというアイールの隣村の一、二家族と一緒に登ってきたのだ。実際、あまり日は経っていない。

セラファンは再び熾《おき》を掻きだし、樅《もみ》の枝を一、二本投げ入れた。樅の枝に火がついたので、炉をはさんで向かい合わせに座っている二人の男の姿が、はっきり見えはじめた。一人はもう老人で、背はまあまあ高いが痩せこけている。古いフェルト帽の下の眉《まゆ》のない顔の中に、小さな薄い瞳が埋まっている。もう一人はずっと若くて、二十歳から二十五歳の間だ。白いシャツにこげ茶の上着を着ている。細く黒い口ひげをたくわえ、黒髪は短く刈られている。

「そうか、そうか」セラファンは続けた。「地の果てにいるみたいだろう……あの子とずっと引き離されそうな気がするものな」

首を振ると、話をやめた。

アントワーヌは二か月前に結婚したばかりだった。ただし、ここで注釈が必要だ。この縁談はスムーズにはいかなかった。父母ともに亡くしたので、十三歳のときに、村のある家庭に下男として預けられた。一方、彼の愛する相手は金持ちだった。そして長い間、娘の母親は、応分なものを持ってきそうにない婿との縁談に耳を貸そうとしなかった。長い間、フィロメーヌ婆さんは、「だめ」「だめ」さらに「だめ」と言いながら、首を振っていた。あの場にセラファンがいなかったら、どうなっていただろう。すなわち、彼の意見が重視される、最重視されるとさえ言えそうな、あの場にだ。なぜなら彼は、マイの妻で今は寡婦のフィロメーヌの兄だからだ。結婚しないで妹の畑の面倒をみているのは彼ではないか？　こうしてセラファンはアントワーヌを支持し、結局フィロメーヌを説き伏せた。

結婚式は四月に執り行われた。今セラファンとアントワーヌは、〝山の中〟と呼ばれるところにいる。

六月十五日頃、デルボランスの一角にある高みの牧草地へ家畜を連れて登るのが、アイールの住民のならわしだ。ちょうどその夜、彼らもそこにいた。セラファンは、仕事を覚えさせるために、アントワーヌを伴っていた。自分が年をとってきたからだ。片足が曲がらないので、足を引きずっている。しばらく前から症状が現れた左肩のリューマチの痛みが、仕事にも支障をきたしはじめている。一日二回の放牧や毎日のバターあるいはチーズ作りといった山小屋での作業は待ったなしだから、何かと不便だ。そのためセラファンは、アントワーヌが近々代役を務めてくれることを期待して、連れてきたのだった。しかし彼には、アントワーヌがこの新たな仕事に食らいつく（こんな言い方をする）気配がなく、妻から引き離されたのを悲しんでいるように見えた。

「そうか」セラファンは再び口を開いた。「元気が出てこないのだな。でも、こうして三、四日くらいわしと付き合うのが、そんなに辛いか。また会えるのに」

自分のことは考えていない、アントワーヌのことだけを考えている。セラファンは、もう一度アントワーヌに声をかけた。六月二十二日の夜九時頃、火の前でだ。炎がまた弱まってきたので、再び何本かの樅の枝をくべて、勢いを取り戻させた。

「なんですって！　もちろん、そんなことはないです」アントワーヌは答えた。

それだけだ。口を閉じた。ちょうどセラファンも口をつぐんでいたときだったので、まったく非人間的で、長くは耐えられないようなものが、周囲に広がっていくように感じられた。静けさだ。高い山の静けさ、人がたまにしか足を踏み入れない、あの荒野の静けさ。口を閉じていれば、何も自分には話しかけてはこない。わかるのは、何も聞こえないことだけ。今は耳をすませても無駄だ。地の果てまで、空の先まで、もう何もかもが消え去ったかのよう。無、虚無、空虚、完璧なまでの空虚、存在全体の停止、世界がまだ創造されていないか、すでに終わったかのよう、世の始まり前か終末後にいるかのようだ。苦悩が胸に入りこんできて、その手が心臓のあたりを締めつける。

火がまたパチパチ燃えはじめるか、水滴が落ちるか、わずかな風の動きが屋根から伝わってくれれば幸いだ。どんな小さな物音でも大音響だから。水滴は、響きをあげて落ちる。炎に焼かれた枝が、銃弾のようにはじける。風が触れ合う音だけで、空間全体が満たされる。小さな音が、どれも巨大に聞こえる。すると人は生気を取り戻す。音そのものも生き物なのだから。

「そうか！　そうか！」セラファンがまた口を開いた。

火が再びはじける。

「土曜日に下山しろ……あの子と一緒に日曜日を過ごすといい」

「でも、あなたは？」

「ああ！　わしか……わしは」セラファンは言う。「一人でいるのには慣れておる。わしのことは気にするな」微笑んだ。顎《あご》ひげはほぼ真っ白だが、口ひげは黒いままだ。――それは六月二十二日の夜九時頃、デルボランスにあるフィロメーヌの山小屋の中のことだ。二人の男が火の前に座っている。ときおり、屋根組みのどこかが、きしんだ音を立てる。

「好きなときに戻ってこい。わしはこのままなんとかやっていくさ。それに、いつ戻ってきても、おまえには必ず連れがいる」

白い顎ひげの中で微笑みながら、グレーの小さな瞳をアントワーヌに向けている。

「それとも、わしのことなどどうでもいいなら」

「そんなことを言わないでください」アントワーヌが口をはさんだ。

「いずれにせよ、わしらは気心の知れた仲間だよな」

「そうですとも」アントワーヌは言った。

「それでいいじゃないか」

屋根組みの中で、またどこかがきしんでいる。梁《はり》と大きな平たい石でできた屋根組みが、彼らの上で斜めにそびえている。山小屋は土台壁代わりの岩棚と接しているので、尾根は片側の傾きしかない。

「じゃあ、土曜日でいいな……あと三日だけだ」

屋根組みのどこかがきしんでいる。スレートの板は、日光に昼間当たると、かなり膨張する。そして夜になって寒気が訪れると収縮して、ときどき急に動きだす。人が屋根の上を歩いているかのようだ。高いところを、慎重に一歩踏みだしては止まる。用心深い泥棒が、大胆な行動に出る前に、聞きつかれなかったことを確かめているかのようだ。きしんでは、またきしまなくなる。再び静かになった屋根の下の彼らは、互いに見かわしては、また顔をそむける。炎が上がり、落ちる。

　しかしそのとき、違う物音が聞こえだしたので、アントワーヌは顔を上げた。きしんでいるのは、もう屋根ではない。はるかにこもった音で、彼方から聞こえてくる。乾いた音のきしみの次は、まるで雷のとどろきのような音が、周囲一帯に鳴り響き続ける。

　セラファンは微笑んだ。そして言った。

「さあ！　奴らがまた始めるぞ」

「誰が？」

「何だって？　おまえは夜にしていた話を何も聞いていなかったのか。いいことだ、よく眠っているということだから……それに」セラファンは話を続けた。「まだ隣村の連中をよく知らないからな。でも、山がどう呼ばれているか思い出すだけでいい……そうだ、氷河のある尾根……ディアブルレ（悪魔の山塊）……」

　音は次第に弱まり、かなり穏やかになった。木の葉がそよ風に飛ばされているときくらいの、ほんのかすかな音だ。

「話は知っているだろう。あの上の氷河に、奴は妻と子供たちと一緒に暮らしている」

　音は完全にやんだ。

「やたらと退屈なので、悪魔は子供たちに言った。『球を取ってこい』氷河の脇の平らになった場所に九柱戯《きゅうちゅうぎ》（ボウリングに似た遊び）がある。知っているな、まさに悪魔の九柱戯……奴らがする遊びだ。球で九柱戯をねらう。ああ、きれいな球だ、つまり宝石でできた球だから……青や緑や透明の……この球の話なら教えてやれる。九柱戯から外れることがあるからな。奴らの持ち物がどこへ行くか想像できるだろう。氷河の脇のこちら側の先に何があるというのだ。球はもう落ちるしかない。そしてときどき落ちていくのが、月夜に見える。そして今は月夜だ」

　彼は尋ねた。

「見に行きたいか」
アントワーヌは怖がっていたのでは？　どちらにせよ、好奇心の強い男だ。セラファンが立ち上がると、彼も立ち上がる。セラファンは前に進んでドアを開ける。小屋の前の踏み固められた大地の向こうには、実際、美しい月明かりが浮き上がるように輝いていた。

そこは草地の奥、山小屋がいくつか建っている平地の奥だ。平原といえなくもないが、積み重なった岩に、四方をきっちり閉じられている。二人の男はまず南を向いて、月が上ってきた場所を眺めた。たくさんの尖峰《せんぽう》の背後だ。西を向くと、岩壁の端が見える。まだそれほど高くはないが、そこから半円状に右へ左へと続いている。

このように二人は、そそり立つ山々に、どこもかしこも囲まれている。わずかなすきまの先に向かって、セラファンは腕を上げた。澄んだ夜空の中に、彼の手が見える。セラファンは上方、千五百メートルの高さにある何かを指さしている。

こちら側、すなわち北側も完全に閉じられているのが、すぐに見てとれる。東側もだ。前方の山が、背斜谷《はいしゃこく》（波状になった地層の峰の部分からできた谷）の入口を隠している。セラファンは腕を上げて、新たに一番高い岩壁を示した。その大きな壁は、たくさんの細い峡谷でえぐられていた。小さな滝がそこを流れている。若者の視線も、下から上へと向かう。そして、セラファンが伸ばした指の先で、目を止めた。

それははるか上方、尾根のすぐ上にある岩壁の端だ。尾根は、かなりせり出している。氷河の厚みが、虚空へ突き出ているからだ。そしてそこで、何かがほんのり煌《きらめ》いている。光る素材の総《ふさ》飾り、不思議な燐光を発する細いテープのようで、場所によって、青にも緑がかっても見える。一番星以外はほとんど何も見えない空と白い岩の間の透明な大気の中にあっても、完全に透きとおっている。——あれは氷の破片だ。薄いグレーの月光の下では、もう何も動きはしない。月光は、空中にのんびり浮かんでいるか、物の上に薄い層となって覆いかぶさっている。しがみつける場所は、至るところにある。

「上だ」

セラファンは、腕を上げたままだ。

「そうだ、せり出しているところだ。だが今夜はもう終わったらしい」

静けさの中、大声を上げた。

「ああ！」続けた。「やっぱりまだ落ちていた。これまでで一番遠くだ」

もう腕を下げていた。

「うちの年寄りたちは、昔話を聞かせてくれた。そして年寄りたちは、子供の頃、さらに自分たちより前の年寄りたちから同じ話を聞いた」

ヤギの首につけた鈴の音が、周囲のどこかからときおり聞こえる。山小屋が、ここかしこに点在している。漆喰《しっくい》もセメントも使っていない、石造りの粗末な小屋だ。屋根の片側の傾斜全体が、月光に照らされている。もう一方は、月が地面に放つ影と混ざりあっている。

二人の男は、また何か落ちてこないかとさらにしばらく待ったが、もうすべては動くこともなく沈黙していた。ときに耳に入るとしても、遠くの滝のざわめきがせいぜいだ。風自体も地面すれすれを流れているから、人が布地に手を入れたときの音くらいにしか聞こえない。人はみな眠り、家畜もみな眠っている。そして上の方では……

月明かりの下、二人が眺めている上方には、薄い氷の総飾りしかない。あまりに薄くて細いので、ときどき、そよ風に吹き上げられた糸のような動きをする。

「悪魔も床《とこ》についたようだ」セラファンが言った。「わしらもそうするだけだ」

アントワーヌは返事をしなかった。二人の男は、山小屋へ戻ってドアを引いた。

二人の寝床はわら布団だが、壁に打ちつけられた二段の床《とこ》の上に敷かれている。そのため、船室のように、上下の位置で眠る。

アントワーヌは、上の段で寝ることになっている。

二人は、靴を手にし、その紐《ひも》を鉤《かぎ》に吊るした。ネズミに齧《かじ》られないためだ。

アントワーヌは上がった。

「おやすみ」セラファンが言った。

彼は答えた。

「おやすみなさい」


アントワーヌがこげ茶色の羊毛の毛布にくるまり、壁に身体を向けると、すぐ夢の中に、あの子が現れた。なぜうまくいかないのだろう。テレーズだ。

姿が蘇る。畑も一緒に。アントワーヌと壁との狭いすきまに、居場所を見つけたのだ。挨拶すると、返事を返してくる。声をかける。「どうだった?」娘は言う。「このとおりよ」村から離れたところで落ちあわなければならない。いつだって噂好きがいて、いつだって他人事に首をつっこみたがる奴がいる。娘は肩に熊手を担《かつ》いでいる。熊手の爪で霧をかき分けながら、こちらへやって来るのが見える。そうしないと霧が降りかかってくるからだ。なぜ俺は、あの子よりも高い斜面に座ったのだろう。背中しか見えない。前かがみになったので、シニョンと赤い肩掛けの間に、少しだけ褐色の肌が現れた。「うまくいかないのかい?」「まあ!」娘は答える。「私じゃないわ」「そうか! じゃあ、誰だ?」「まあ!」娘は言う。「お母さんよ」

あの頃は、うまくいっていなかった。

娘が滑り落ちはじめたので、声をかける。「待って」なんの身動きもしないのに、どんどんずり落ちていく。地盤が崩れたかのようだ。こうして、目の前からどんどん遠ざかる。自分も駆け下りるが、二人を隔てる距離は同じままだ。声は届く範囲だから、急ごう。話しかける。こう言う。「わかっているね、ローヌ河にだけは気をつけて！」斜面の下はローヌ河で、冬じゃないから、と彼は思った。

「子供ができたら、食べていけないよ、とお母さんは言っているわ」

気をつけて！

大きな揺れが起きたが、自分は相変わらず眠っているのだろうか。

さっき聞こえた気がした変な音が、ずっと続いている。

頭の中で響いているのかな。水音が耳に入ってくる。俺は眠っているはずだが、本当に眠っているのか。寝床の中で身体の向きを変えると、山小屋のドアが開くのが見えた。月明かりの中、誰かがこっそり首をつっこんでいる。まっすぐ入ってくる光は、その男の背中で遮《さえぎ》られている。

あの子はどこにいる？

〈ああ！〉彼は思った。〈あのあとからうまくいきだした、そうだ……もちろん、俺たちはもう結婚しているのだから。大丈夫だ、昔のことだ〉

彼は思う。〈土曜日……〉

もう一度目を開けた。山小屋を出る人影が見えた。ドアの形に型取られた月明かりは、もう何も映していない。色が塗られる前の画布のようだ。

突然、屋根が崩れ落ちてきた。屋根を支えている梁の一本の端が倒れて、わら布団を敷いたアントワーヌの木の床にぶつかった。

II

デルボランスは、柔らかな響きを持つ言葉だ。柔らかく聞こえはするが、少し悲しげに感じられる。デルボランス、と再度口にすると、はじめの硬くはっきりした音が次第にぼやけて、最後は空転する。廃墟、孤立、忘却を意味しているかのようだ。

それが指し示す場所に現在あるのは、荒涼だけだ。西、すなわちヴァー地方の平野部から五、六時間かかる。デルボランスはどこ、と尋ねると、「あそこの奥だよ」と言われる。河床の石の上をきれいな水が風のように流れている早瀬とは反対の方向を、ずっと登っていかなければならない。まずは、不揃いな二つの長い尾根の間を、ずっと進まなくてはならない。尾根は、地面に背が突き刺さった二本の包丁の刃のように見える。刃はまったくのなまくらで、日を浴びて輝いているところもあれば、錆《さび》だらけのところもある。これらの尾根は、左右に高く伸びている。上へ進むにつれて、尾根も高くなる。下の美しい山小屋のそばを通っている間、デルボランスという言葉は柔らかな響きを持つ。山小屋は横長で、壁は白く塗られている。屋根の板ぶきは、魚の鱗そっくりだ。家畜小屋や、水量豊かな泉もある。

さらに登っていく。険しい坂道だ。広い牧草地に達するが、そこは突起した石にあちこち遮られて、長い階段状になっている。一段一段と進む。もうデルボランスからそう遠くない。氷河地帯からもそう遠くない。頑張って登れば、山脈の収縮によってできた峠までたどりつく。牧草地とアンザーンドゥーの山小屋が小村のように見える場所のすぐ上だ。樹木は、とっくの昔に姿を消している。

突然、足元から地面が消える。

突然、行く手に見えていた牧草地が姿を消しはじめる。そして、自分たちが到着したことに気づく。不意に巨大な穴が眼前に現れる。卵形で、垂直な側壁、まるで大きな籠のようだ。前かがみにならないと覗けない。我々は標高約二千メートルの地点にいるが、穴の底は五、六百メートル下にある。

前かがみになって、顔を少し突きだす。

ひんやりした風が、顔に吹きつける。

デルボランス、まずそれは、真夏の中に割りこむ冬の気配だ。ほとんど一日中影になっていて、太陽が真上にあるときも変わらない。そこにはもう石、石、石しかない。

高さや肌合いにばらつきはあるものの、側壁はどこも切り立っている。しかし、壁に沿って、小道がミミズのように身をよじらせながら進んでいる。正面、左、右、どこへ視線を向けても、岩は立っているか横たわっているか、空中にぶら下がっているか落ちているかだ。さらに、山脚《さんきゃく》（二つの谷間にはさまれて突出した部分）として前に出ているか、引っこんでいるか、あるいは小峡谷のひだを作っているか。——どこを見ても、岩、岩しかない。みなむきだしのままだ。

ところどころ、太陽によってさまざまに色づけされている。山脈の片側が、向かいの山脈に影を落とすからだ。南側が北側に影を落とす。側壁の上方は、熟したブドウのように黄色いか、バラの花のような色。

下に不自然に切れた線があるが、それが影の境だ。

しかし、もう影は上がってきている。どんどん上がっている。泉に水が注ぎこむように、いやおうなく上昇する。上るにつれて、あらゆるものは色を失い、冷たくなる。すべては沈黙し、衰え、死んでいく。同一の悲しげな色、同一のブルーがかった色合いが、薄い霧のように広がる間に。霧の先には、まだ二つの小さな湖のわびしげな煌きがほんのり見えるが、その光も失せ、混沌の中、トタン屋根のように真っ平らになる。

窪地の底はまだ見えるから、よく覗いてみよう。何も動いていない。長い間じっと目を凝らしてもだ。北側の高い壁から南の壁まで、生あるものはどこにもない。それどころか、すべてが遮られ、覆いつくされている。

何か、至るところに落ちているものがある。一見すると砂でできているような円錐形の細い方の端が、北側の側壁に半分埋まっている。そこからサイコロの形をしたものが、ダイスカップから飛びだしたかのように、四方にばら撒《ま》かれている。いろんな大きさのサイコロだ。四角い塊もあれば、塊がくっついたものもある。大小さまざまな塊が連なっていることもある。見渡す限りだ。

しかしながら、かつては大人数でデルボランスに登っていた。百人近くが登っていた、と主張する者さえいる。逆をたどるとローヌ河へ向かう峡谷を通って登っていた。ローヌの谷の北斜面の高いところに位置しているヴァリス（フランス語読みはヴァレ）地方の村、アイールやプルミエから出発する。上に自分たちが使う山小屋をたくさん建てたあと、六月の半ばに、褐色の雌牛やヤギを連れて出発する。石をそのまま積んでスレートの薄板をかぶせただけの山小屋だ。そこに二、三か月とどまる。

あのときのデルボランスの窪地は、五月から鮮やかな緑色だった。あの上で絵筆を握っているのは、五月だからだ。

あの上（ヴァリス地方から来るなら〝あの上〟だが、アンザーンドゥーから来るときは〝あの下〟または〝あの奥〟という）には、消えそこなった雪が、すきまに大量に残っている。くすんだ色の古草では覆いきれないので、黒く湿った地面との境がよくわかる。窓ガラスよりも薄い氷の縁飾りのはしに、さまざまな種類の小さな花が咲いている。すばらしい輝き、すばらしい清らかさ、すばらしい色合いを持つ、さまざまな種類の小さな山の花々。雪よりも白く、空よりも青い。鮮やかなオレンジ色やすみれ色もある。クロッカス、アネモネ、薬草にもなるサクラソウ。融けつつある雪のグレーの色彩の中、それらが太陽に輝いているのが、遠目からもわかる。シルクのスカーフ、聖ペテロの日や聖ヨセフの日に娘たちが町まで下りて市《いち》で買い求める、小さな花模様を一面に散らしたスカーフの一枚のようだ。そして、この布の地の色が変化する。雪が完全に消えて、緑色だけになる。

新たな草が姿を現す。画家が絵筆からぽとぽと落とした緑色の滴がつながっていくかのようだ。

ああ！　デルボランスよ、おまえは美しかった。あのときのおまえは美しかった。やってくる男たちのために、五月末から着飾っていた。彼らはまもなく現れる。おまえからの合図を待っているだけだ。ある日の午後、峡谷の激流が放つ単調でぼやけた音の中に、鈴の響きが混ざってくる。傷《いた》んでいるから、割れた音だ。最初の家畜が姿を現す。十頭、十五頭、そして三百頭に達する。

ヤギを連れたまだ幼い牧童が、角笛を吹いている。

山小屋のあちこちでは、もう灯《あか》りがつけられている。すきま風はないけれど、煙突の上部のあちこちやドアの穴から入る空気のために、きれいな青い小さな羽根飾りが、かすかに揺れている。

煙の量が増えていく。水平に進んだものは、上方の煙と混ざりあう。屋根の上にできた透明な煙の天井は、慎重に横に張った蜘蛛の巣のようだ。

屋根の下では、生活が再開している。緑色のカーペットの上に小さな本を置いたように、屋根がずらっと並んでいる。どの屋根もグレーだ。サーベルを掲げたときのように、二、三ある溝のところどころが輝いている。小さな丸い点とそれよりも大きな卵形の点が、あちこちで少しだけ動いている。丸い点は人間で、卵形の点は雌牛だ。

デルボランスにまだ人がいた頃、すなわち山が崩れる前のことだ。

しかし今、それは崩れだした。

III

アンザーンドゥーから来た者たちは言った。「まずは一斉砲撃から始まった。砲台の六門が同時に火を吹いたかのようだった」

「それから」彼らは言う。「強い風が吹いた」

「それから銃撃だ。上から狙いをつけられ、一斉射撃、連続射撃されているみたいだった。山全体からだ」

「膝打ちを食らわせたかのように、風がドアを大開きにした。炉の灰が、俺たちの頭に降りかかってきた。山小屋の中に雪が降ったみたいに」

「さあ、どうしよう。あの峠まで行けば、山崩れがあった場所の真下からそう遠くない。少し脇で、奥まっているだけだ。最初の音は、張りだした断崖が崩れて落ちてきたときのものだ。そのあとは戦争だ。山脈から山脈、尾根から尾根、山頂から山頂へと連鎖反応が起きた。アルジャンティーヌ山脈からダン・ド・モルクル山脈、ロシェ・デュ・ヴァン山脈からサン＝マルタンへと半円状に続いている尖峰の周りのどこでも、雷鳴のようなものがとどろいていた」

彼らはもう立ち上がっている。三人だ。火打ち金が見つからない。

家畜は夜になる前に小屋の中に入れていたが、つないでいなかった。何もかもひっくり返してしまいそうなくらい、派手に暴れている。

まずは人が行って、群れをなだめねばならなかった。

牛の角とガラスでできたカンテラを持っていったが、今夜は月明かりがきれいだから、必要ないだろう、と思っていた。しかし驚いたことに、月は徐々に翳《かげ》って色を失い、月食のときのように陰鬱になった。逆にカンテラの光は輝きを増し、足元の草を丸く照らしている。

長く歩く必要はなかった。じきに状況を理解できた。目の前に、薄い色の雲が立ち昇るのが見えた。だんだん静けさが戻ってきている。雲はといえば、ますます大きくなって、デルボランスの窪地を隠す尾根の後ろに昇っている。壁の後ろに、もう一つ壁ができたかのようだ。霧のようだが、動きはもっとゆるやかで重たげだ。その塊は、上へと向かっている。パンの練り粉が昇っているかのようだ。パン屋が練り器の中に粉を入れると、粉は膨張して、溢れ出る。そんな感じだ。

山が崩れたのだ。

彼らは咳《せ》きこみ、くしゃみをした。目がちくちくする。帽子のつばでよけようとして、顔を伏せた。しかし、細かな粉塵は至るところに浮遊していて、どこにでも入りこむ。それでも彼らは、目の前の粉塵に踏みこまざるをえなかった。その中を数歩進む。また数歩進んで立ち止まる。一人が言った。

「先まで行っても大丈夫だろうか」

さらに続けた。

「俺たちの下の地盤はしっかりしているのか。それに、何も見えなくなりそうだ」

前に進んだのは、プライドからだけだった。

しかしながら、聞こえる音はどんどん数が減り、間隔が空きだした。響きはますます鈍く、内にこもったような音に変わってきている。ゆっくりと消化を始めたかのようだ。足の下、地中で鳴っている気がする。そのため、三人の男たちは、峠のある窪みのはしまで、難なく進むことができた。

何も見えなかった。あの白い雲の塊が動いているのが見えるだけだ。視界が全部遮られているというべきか、それとも、靄《もや》のちぎれた切れめから靄そのものが見えているというべきか。しかし、その靄は、すべてを隠している。谷の底だけでなく、それを取り囲む側壁をも隠しているので、崩落がどこで始まったのか、見分けることができない。崩落の現場そのものも、見分けることができない。――洗濯桶《おけ》を覗きこんでいるときのように、いつまでたっても蒸気以外は見分けられない。混沌としたものが月明かりにぼんやりと照らされている以外は見分けられないのだ。それは、月の光で赤茶色に染められている。空に浮かぶ赤茶色だ。消えつつあったが、また現れた。

男たちの傍《かたわ》らに置かれたカンテラの光が弱くなったあと、また勢いを取り戻したが、再び弱まった。彼らは腹這いになって、顔の上半分、すなわち目と額だけを上げた。

一人が口を開いた。

「あの下に何人いたと思う？」

「知るか！」

三人めが言った。

「もうみんな登ったあとだったか、それとも……十五人、あるいは二十人ほど」

空気の薄さにかなり慣れてきたので、まだときどき咳きこみはするものの、そのまま小声で会話を始めた。その間も、彼らの下から、鈍い唸《うな》り声が上がっている。腹這いになっているので、腹に山の音が響いてくる。身体を伝わって上ってくるのがわかる。

そこにいる間、三人は相鎚を打ちながら話していた。

「それから家畜は？」

「まあ、百頭はゆうにいる」

一人がため息をつく。すると、山もため息をついた。石でできた胸を重そうに持ち上げると、また重そうに下ろしている。

サネッチュ、すなわちその北東、大岩壁の向こう側の住民たちも駆けつけた。彼らはポルタール・ド・ボワ（「木の運び屋」の意味）という岩壁の割れめを伝って、窪地へまっすぐ下りる。自分たちの言葉で話しているが、我々にはわからない。ざらついた響きのドイツ語だ。ジェスチャーを交えながら話す。相手が見ていなくても、自分に見えなくてもだ。そこまで来るには、ラピエ地帯を通らねばならなかった。ラピエとは、はるか昔に雨水が穿《うが》いた岩のことだ。静止した海に似ていて、稜線や起伏、張り出し部分があるが、どの岩も丸い穴だらけだ。彼らもまた深さを測ろうとするが、下からの返事は、わけのわからないとどろきや意味不明な唸り声だけだ。それらの音と埃の渦だけが上ってくる。

埃をかぶった彼らの口は、スレートの粉の味を感じている。厚い渦をやりすごすと、また次だ。埃に包まれる。薄くなったかと思うと、また包まれる。

ザンプロンにいる男たちは、夜が明けるまで、わら布団にしがみついていた。アイールの隣村のプルミエの人たちが登ってくる。ザンプロン、それは三つか四つの山小屋だ。デルボランスのすぐ下で、ローヌ河に向かう峡谷への出口にあたる。ちょうど彼らがいたとき、突風が吹いた。屋根の石ははがれ、二、三の干し草置き場の屋根はバラバラになって、麦わら帽子のように遠くへ飛ばされた。山の出っ張りに立っている若木は、表面がそぎとられた。風は、塗り固められていない石の壁のすきまから、まるで棒の先端のように、わら布団をかぶった男たちを直撃し、寝床から突き落とした。

チーズを入れた桶がばらばらになる音が聞こえた。ベンチが倒れ、両手でつかまれたかのように激しく揺すられるドアの音が聞こえた。動きそして唸る。ギシギシそしてヒューヒューと。それらすべてが空中、地上、地下でさえも同時に起きて、混ざりあっている気がする。何が動いている音か、その音が何を意味しているのか、どこから届いてどこへ向かうのか、もはやわからない。この世の終わりが来たかのようだ。そしてザンプロンの男たちは、外に放り出されないために、寝床の枠を握りしめて伏していた。生きているというより死んでいる状態だ。動きも叫びもない。口は恐怖で開いているが、まったく声が出ない。身体全体が震え、生気を失っている。もう長い間動けなかった。それから少しずつ、風が元の平静を取り戻してきた。音もだんだんと弱まり、遠ざかっていく。地盤が移動する鈍い音や遠くの地滑りの音以外は、もう次第に聞こえなくなっていた。彼らは相変わらず、何もしゃべらない。声をかけ合うことも、まだなかった。

　夜明けを待たねばならなかった。幸いなことに、この季節は日の出が早い。ふつうは三時半になると、東の山の尾根では、青白くぼんやりとしたものが動きかつ揺れていて、星を一つずつ、まるで熟した果実のように落としていくものだ。しかしその朝は、山がなかった。太陽もなかった。遅れて出た日光は、きちんとした空の一点にならず、しかもなかなか広がらなかった。空全体が黄色い霧に覆われている。最初に山小屋を出た者は、それを見て驚いた。自分がその中にいるのに驚いた。もう一つ彼を驚かせるものがあるが、それが何かはまだ知らない。

　プルミエ村のビオラという名の男だ。

　わら布団の上に座っていたが、視界が利くようになったので、仲間を呼んだ。声をかけた。「一緒に来るか」返事がない。もう一度呼ぶ。「ルートル。おい、ルートル」返事がない。「ひょっとして死んじまったのか?」

　屋根の穴ごしに、空を眺めた。夜中の突風でできたのだ。この穴は彼のちょうど真上にあり、人一人が通れるくらいの幅だ。相変わらず返事がないので、布団から足を出した。ズボンを穿《は》いた足だ。服を着たまま寝ているから。そのまま耳をすます。変化はない。相変わらず、何もない。もう片方の足を出す。「ルートルかい」

　ルートルが動いた気配があった。

　寝床に座ってこちらを見ているルートルに向かい、ビオラが言った。「一緒に来ないか」相手は首を振った。

「じゃあ仕方ない、一人で行くよ」

　ビオラは立ち上がる。屋根にあいた穴のおかげで、室内はもうかなり明るいから、ビオラは楽に動ける。小屋の中の地面に散らばっている物に気をつければいいだけだ。鉤に吊るすか棚に乗せていた物が落ちている。ミルク桶はひっくり返っている。

　ビオラは水たまりを避けながら、ドアまで進む。

開けようとするが、ドアはもう開かない。壁が潰れて、のしかかっているからだ。

ビオラは、屋根の穴を通らねばならなかった。やっとルートルが手助けに来た。ルートルが足を支えてくれたので、ビオラは出ることができた。地面に飛び降りると、霧の存在に驚いた。同時に、一面に広がる静けさにも。

何かが足りない。あった物がなくなっている。ビオラは何だろうと考える。突然気づいた。激流の音が聞こえなくなっている。一年で最も水量が多い季節なのに。

「ルートル、ルートル。どこにいる？」

「ここにいる」

「聞こえるか、ルートル……リゼルヌの早瀬が」

ルートルが言った。

「今行く」

二人とも外にいる。風が運んできたスレートの薄片だらけの道を進む。木と同じく繊維が混じっているので、落ちたときに真ん中から割れたのだ。

ほかの山小屋からも、人が出てきた。

遠くからはもちろん、近づいても、互いが誰かわからない。みな怖いくらいやつれた顔をしている。

今は会話がほとんど成り立たない。ため息をつき、顔を見交わし、長い間首を振り続ける。ドヌロワ一家の家の前まで達すると、急にドアが開いた。男の子が出てきて、みなをみつめる。でも、見ただけだろうか。なぜなら突然、谷へ向かう道を走りだしたからだ。声をかける。「おい！　ゾゼ（ジョゼフの別称）！」聞こえていない。また声をかける。男の子は、もやもやした空気が濃淡を繰り返す中、それに呑みこまれて、もう姿が見えなくなった。

彼らは、デルボランスへ向かう道を進み続ける。ほんの十五分の道のりだ。汚れた綿入れが並んでいるような霧の中で、もがき続ける。ときおり乱気流が起こると、この綿入れの下の部分は、上だけを綴じた本のページのようにばらけてしまう。しかし、霧はどんどんほぐれて、日光を通しはじめ、やっと彼らは前方が見えるようになった。道が遮断されているのに気づいて、立ち止まる。大きな壁が道をふさいでいる。それは、斜堤《しゃてい》、遮蔽界、銃眼、狭間《はざま》つきの要塞の正面のようなものだ。目の前に立っている壁は、夜のうちに下りてきた。どこから下りたのだろう。今はまだわからない。だがそれは、大小の石塊、砂、砂利《じゃり》、コンクリートでできた堰《せき》を形成している。一方、そこを流れていたはずの早瀬は涸《か》れ、取り残されたいくつかの水たまりを除いて、河床は底までむきだしだ。

そのとき、誰かの叫び声がした。

「止まれ！」

プラン爺さんだ。羊を連れて、デルボネール早瀬に沿った上の細道にいる。

彼らから見て左手、南西側のぶ厚い山並みの間に、かなり傾斜のきつい狭い道がある。険しく岩だらけだから、羊しか通ることができない。

その群れが砂利道を転げ落ちるように下りているのが見える。老人自身も、石が転がっているかのようだ。窪地の中にいるのが見える。その窪地は、ちょっと風が吹いただけで水が濁ってしまう小さな泉のようだ。雲が映す影のような斜面を動き回っているのが見える。

みなは見た。前方にいるのは、プラン爺さんだ。

「止まれ！」

老人は岩場の高い所に乗って、こちらへ腕を差しだしている。

「先へ行くな！」

そう言って、彼は首を振った。白い顎ひげも一緒だ。長い外套を着ている。外套は錆、苔、樹皮、石、といった色合いだ。強い日差し、にわか雨、雪、寒気、暑気、風、大気の怒りや和らぎを、日夜問わず、長い間一緒に受けてきたから、自然界の物の色になっている。

「先へ行くな！　ディ……」

老人は笑って言う。

「ディ……ア……わかるな」

老人がそう言っているとき、石の間で何かが動いた。誰かが来ようとしている。

一人の男だとわかった。その男はなんとか立って、一歩進む。もう一歩進むには、近くの岩に両手でしがみつくしかない。思いきって試みたが、横に倒れてしまった。

「おい！」彼らは言う。「バルテルミーだ！」

駆け寄った。その間にも、プラン爺さんの叫び声が聞こえる。

「気をつけろ！　先に行くな……おい！　あそこだ、止まれ！」

IV

その前日の夕方、テレーズは、家の前のベンチに腰かけていた。襞《ひだ》の多い褐色のワンピースを着て、座っていた。粗い麻布《あさぬの》のシュミーズの袖がのぞいている。そこに座り、膝に手を乗せて体を前に乗りだし、ぼんやりと下を眺めていた。長い斜面のずっと下の果樹園の若木の先に、谷底と平原が見える。ローヌ河が流れる、紙のように滑らかで広大な平原だ。

ああ！　なんと長く感じられることか！　うんざりだ。あの人が発ってまだ八日だが、この八日は八か月のようだ！

前かがみになったまま、緑色の平面の中のローヌ河を見ている。白とグレーのローヌ河は、河床がやたらと広い。押し流された砂や石が、岸辺を侵食するからだ（そのため、昔から改良工事が行われている）。

地図に描かれた道路のようだ。灰色の泥土の部分があるので、河床はおかしなくらいジグザグに見えるが、流れそのものは真ん中にある。ほとんど白に近い薄いグレーの流れが、まるで蛇が這っているかのように、真ん中を流れている。

あそこも、ずっと同じだ。何も変わっていない。ああ！　みんながよく知っている、あのローヌ河だ。知りすぎるくらい知っている！

ずっと前から、と女は思った。河はずっと前から、老人の繰り言のように、同じことを、もごもご語りかけてくる。耳をすませば聞こえたし、夜はなおさらよく聞こえる。

多分アントワーヌは、日曜日に戻ってくるだろう。でも、また登らないといけない。再会してすぐに別れがくる。結婚して間がないのに離婚状態だ。一緒になった途端に引き裂かれる。アントワーヌがずっといてくれさえすれば！　私は今、ローヌ河を眺めているが、二人でいれば、そんな時間などあるだろうか。

退屈だ、退屈だ。

家の裏手から足音が聞こえる。みんなは夕食のために家へ帰っている。

一日が終わったのだ。朝の四時に始まり、夜の八時に終わる。

彼らは家へ帰っている。足音が聞こえる。ぼやけた音とカリカリという音だ。ぼやけるのは、泥のせいだ。カリカリは、まるで浅瀬の中のように、ところどころ大きく平たい石が転がっているからで、踏んだ石を靴底の釘がこすっている。

テレーズは肩に寒気を感じた。

村のこちら側から見た家々の正面は、二色だ。下が白で、上が褐色。その裏側は、正面よりもっと低くなっていて、隣家と別の並びの建物との間に、なんとか狭い通り道を作っている。そのため、前から見れば褐色と白で、庭の巣箱のように整然と並んでいるが、影になる裏手は、真っ暗でごちゃごちゃしている。道はいつも泥だらけだ。

家の前方に人影はないが、裏の小道は、始終人が行きかっている。肩に熊手を担いだ女たちやバケツを下げた女の子たちで、男は一人か二人しかいない。ある程度年齢がいって体力のある男のほとんどは山に行っていて、夏の村には、かなりの年寄りとどこか体の不自由な者しか残っていない。

上天気だった。足元では、赤アリが列をなして、埃の中に掘った溝の奥まで卵を運んでいる。――裏の道みたい、赤アリも私たちと同じね、とテレーズは思った。アリは、自分の身体よりも大きな卵を抱えている。私たちもまた、自分たちより大きな干し草運び用の網を抱えている……

また肩に寒気を感じたが、それと同時に、熱い血潮が頬に上り、耳鳴りがした。呼吸が苦しくなった。

何だろう。何が起きたのだろう。

自問しているうちに、思いあたった。つまり、私は人妻なのだ。結婚して二か月の。

ああ！　そうだろうか。

また色の変化が起きる。褐色の肌は黄色く、唇は鼠色になった。胸が少しむかついた。ああ！　きっとそうだ、と思った。そうでなければ、こんなことがあるはずがない。私はいたって健康なのだから。

きっとそうだ！　また突然、血が顔に上り、唇が肩掛けと同じくらいに赤くなる。――頭をのけぞらせて、壁につけた。後ろ髪はたっぷりあるので、壁が柔らかく感じられる。

これで大丈夫、じっとしていよう。〈だって、もしそうなら……もしそうなら、私はもう一人じゃない。あの人が遠くに行っている間は二人、戻ってくれれば三人になる……〉

正面のちょうど目の高さに、山々が見える。一つだけでも二つでも十個でもなく、何百だ。それらは半円を描いて並んでいる。空の下の方に吊られた花飾りのようだ。

それは森より、牧草地より、岩場より高い。色とりどりの雪や氷は、地面から離れて、そこに浮かんでいるかのようで、すでに影になって黒く見える大地とは、もう無縁だ。下の影が濃くなればなるほど、軽さや明るさが増していく。バラ色や赤、金銀の色調など、さまざまに彩られている。

風景を眺めているうちに、胸のあたりが楽になった。結婚式を挙げた四月は、桃の花が咲いていた。今また開花しはじめている。それは未来への約束だ。もう一度、山並みを目で追った。桃の花が咲き、野バラが開き、遅咲きで控えめなマルメロも、やっと薄紫の花を見せる季節に入ったかのようだ。けれども、山の色合いが、だんだん薄くなりはじめた。花々は色あせ、グレーになる。でも、それがどうだというの。あすまた咲くならいいじゃないの。

小道には、もう人影がなかった。女たちが子供を呼ぶ声が聞こえる。戸口に出て、名前を二、三度続けて叫ぶ。また叫ぶ。

突然テレーズは、母が待っているのに遅れてしまいそうなことに気づいた。アントワーヌがいなくなってからは、母のところで食事をとっているのだ。

走りだした。人と会わないよう、果樹園を抜けた。呼びとめられて、時間を無駄にしないためだ。母の家の、赤い四角のドアが見えた。ちょっと目まいがしたので、外階段を上がるときは手すりにつかまった。

声が聞こえる。「ああ！　ちょうどよかった」

暖炉の前に、黒ずくめのフィロメーヌがいた。両手鍋が自在鉤《じざいかぎ》に掛けられている。中に入ると、こちらを向いて言った。

「さあ、急いで灯りをつけておくれ」

テレーズは、カラマツの小枝をつかむ。——六月二十二日の午後八時半頃のことだ。デルボランスのセラファンとアントワーヌは、火の前に座っている。星が次々と現れ、月も上っている。暗く広い台所の中に、明るい場所がある。ここに火があり、母が前にいる。テレーズは小枝を持って、炎に近づく。——小さく揺れる光を手の中に抱えて戻ると、天井の梁の一本から鎖で吊られたランプのねっとりした芯に、それを近づける。

よく磨かれたくるみの木のテーブルの上に、錫《すず》の皿が二枚向き合っている。

フィロメーヌが両手鍋を手にやって来て、テーブルの樅の木でできた鍋敷きの上に置く。何も言わずに、席についた。

フィロメーヌは、スープを食べはじめた。六百メートル下の平原の中にあるローヌ河は、腹を石にこすらせながら、ゆっくりと流れ続けている。上から見ると、枯れ葉を踏みつつ歩いているかのようだ。

突然、フィロメーヌが食べるのをやめた。丸くて太い錫のスプーンが、皿と口の間で止まっている。

「どうしたんだい」

「別に」

「じゃあ、どうして食べないのかい」

「わからない」テレーズは答えた。「おなかが空いてないの」

フィロメーヌは肩をすくめる。

「そうか！　わかった。あれがいないからだ……まあ、まあ、娘や。こんな目に遭うのは、おまえだけじゃない……私もそうだ。おまえの父さんが山に登ると、ひと夏置いてきぼりにされた」

恨みがましい気持ちがまだ残っているので、いつのまにか口調が辛辣《しんらつ》になる。話を続けた。

「それに、夫にと選んだのは、おまえじゃないのかい？　ここで生まれたのだから、土地の習慣はよく知っているだろう。最低でも年に二か月は、やもめ暮らしを覚悟するべきだ」

だが、テレーズは首を振った。

「そうじゃないわ」

「何なのかい？」

「わからない」

　六月二十二日の午後九時頃のことだ。石油ランプの小さな黄色い炎が、ハートを逆さにした形の光を放っている。

「わからないのかい？」

「そう」娘は答えた。「胸が少しむかつくだけ」

「胸がむかつく？」

「それに、目まいがするの」

「なんだって！」フィロメーヌは言った。「いつからだい？」

「きょうからよ」

「月のものは？」

　テレーズは口をつぐんだ。フィロメーヌは微笑んだ。娘の結婚以来、なかったことだ。娘をみつめて言った。

「そうだ！　もしそうなら、いい病気だ。つまり、かしこまってお迎えしないといけない病気の一つだよ」

　その間にもテレーズは、全部の血がまた顔に上ってくるように感じられた。皮膚が熱くほてるので、テーブルから離れた。

「きっとそうだ……ともかく、もう少し経てば、はっきりわかるだろう……ああ！　いい病気だよ」フィロメーヌは続けた。「怖がることはないが、無理してもいけない。おなかが空かないなら、食べなくていい……カミツレ茶を淹《い》れてあげよう。それから横になりなさい」

　さらに続けた。

「アントワーヌは全然知らないのかい。いいじゃないか！　すばらしいプレゼントになる」

テレーズは横になっていた。

自分たちの家にいる。新居として改装したのだ。ベッドはカラマツでできていて真四角、すなわち縦も横も同じ長さだ。釘で壁に固定してある。ベッドの脚は高く、ほとんど天井に届きそうだ。

あの人がいないときは、方向を変えて横向きでも寝られる。

でも、もうすぐ下りてくるだろう。山から下りてくるだろう。すると私は、「ベッドにお入りなさい、ご主人様」と言うだろう。

今は六月二十二日の夜、楽しく彼のことを考えていた。二人分のスペースがあるからだ。語りかける。「山の香りがするわ、あなた。煙と泥の匂いも……かまいませんわ、ご主人様。でも、戻って来てくださいな。私は一人ぼっちで寒い思いをしているのだから……それに、話したいことがあるの」

二人用でないなら、どうしてこんなに幅の広いベッドを作ってもらうことがあろう。「このとおり、私は縦にじゃなく、その気になれば、横向きに寝ることもできる。つまらないわ。早く私のそばへ来て」

私はこう言うだろう。「そこへ腰かけて。でも、私にさわっちゃだめよ……まずは、話を聞いてちょうだい。秘密のことよ……誰にも言わないと約束してね……約束する？」

必要なら、ここで手をとろう。そして言う。

「私にさわらないで……まあ、ご主人様！　その行いは禁じられております」

状況がしっかりと浮かんでくる。「アントワーヌ、愛《いと》しのアントワーヌ、まだ駄目よ」すると彼は言うだろう。「キスの一つだけでも……」私は尋ねる。「どこに？」「まぶたに」「いやよ。先に言いたいことがあるから。あっちを向いて。私は顔をぴったりくっつけることにするわ。こうすれば、あなたはもうさわれない。こうすれば、私の口を、あなたの耳元まで近づけられる。秘密を言わないといけないのだから、アントワーヌ」

大きなベッドの中で、また寝返りをうった。もう深夜になっている。きっと、まどろんでいたのだろう。

雷雨の音が、かすかに聞こえた気がした。

彼は言う。「その秘密って何だ。お金のことか、人が来たのか」

妻は答える。「当ててごらんなさい！」

雷雨は続いている。夢の中で始まった音が、ゆっくりと現実に入りこんできた。目を開ける。まだ聞こえている。落雷だ。その音はさらに延びて、北側の山の上でとどろいている。それから、樅の丸太をいっぱいに積んだ馬車ががたがた進むように、こちらへやって来た。真上を通りすぎる。谷の反対側で、南の山並みと衝突する。はね返された雷鳴が、本体の雷と衝突する。

よろい戸が叩かれ、壁にかけていた梯子《はしご》が倒れる音がした。テレーズの部屋のガラス窓が、ひとりでに大きく開いた。きちんと閉めていなかったのだ。

寝間着のまま急いで閉めに行こうとすると、寒気を感じた。外の光景も目に入る。雷鳴が続き、屋根の上では渦巻きがちぎれるような音を立てているのに、稲光《いなびかり》が全然ない。

きれいな夜空だが、木々がまだ異常にねじれているのが、月明かりの中に見える。枝は上がり、葉は毛のように逆立っている。そして、ねじれが収まると動かなくなり、もとの丸みを取り戻しはじめた。きらきら輝く雨の中で。すべすべした羽根のような枝葉の上に、雨水がしたたり落ちている。

何が起きたのだろう。

通りで話し声が聞こえる。台所は、そちら側にも窓がある。急いで台所へ行く。寝間着の下は裸、しかも素足だ。窓を開ける。雷は収まりつつあった。

また、ミシミシときしみだした。寝室の木の仕切り壁が、温度の変化のためにきしむ音に似ている。そして、静けさが戻ってきた。村中の窓やドアが開く音を除いて。

窓に顔が見える。ドアの前に人の姿が見える。「何だい？」と言っている。

互いを見かわす。空を見上げる。星は、いつもの位置にある。赤い大きな星、緑色の星、小さい星は白だ。とがっているもの、丸いもの、動いているものも動かないものもある。

誰かが言った。

「あれは雷じゃない」

彼女はといえば、姿をあまり見られないようにしている。

男たちはズボン、女たちはスカートを、寝間着の上に穿いていた。女の声が聞こえる。

「まあ！　何かしら」

テレーズは、姿を見られないようにしている。肩からずり落ちそうな寝間着の下は、裸だからだ。

「わかるはずがない……山で二つに分けられているから。こっちが晴れていても、ドイツ語しゃべりたちのところは悪天候かもしれない」

みなは山の方を眺める。北側は家があるので、その間からしか見えない。尾根のところまで静まりかえっていた。

「なあ。光がはっきり見えた気がしたけど」

「何の光？」

「稲光」

「ひょっとして、発破《はっぱ》をかけたのかな」誰かが言った。

「そんなバカな。俺は地震だと思う。ベッドが動いたのを、背中に感じたから」

「俺のベッドもだ」

「俺のところでは」カリュという名の男の一人が口をはさんだ。アイール村のほとんどはカリュ姓だ。「留めの悪い樽の一つが、地下蔵の入口まで転がり落ちた」

月光の下、男たちは白か黒に見える。女たちは、灯りのついた小さな窓をふさぐように身を乗りだしているから、白い斑点のようだ。

「じゃあ、音は？」

「そうだった！」別の男が言った。「音はずっと続いていた。地震だな」

「風は？」

「風はあった」

「本当か」

「本当だ」

「ほかには？」

「それだけだ」

「では、寝るとするか」

誰かがまた尋ねた。

「何時だ？」

返事がある。

「一時半だ」

もう六月二十三日になっている。

テレーズは相変わらず聞き入っていたが、ドアも窓も次々に閉まっていく。空だけでなく、大地も村も、完全に静まりかえった。また泉がざわつく音しか聞こえなくなった。それは朝まで続くだろう。

V

事態を最初に見抜いたのは、モーリス・ナンダだった。足が悪いので、杖によりかかって歩いている。昔、森で木を切っているときに、腿を骨折したのだ。左の腿だ。骨がうまくつかなかったために足が曲がり、片方が短くなっている。

ひと足ごとによろける。

窓が閉まり、ドアのパタンという音が聞こえてもなお、小道を少しずつ進んでいた。干し草置き場の裏手へ回ると、小さく声をかけた。

「おい！　ジュスタン」

彼の隣人で、十五か十六の少年だ。泊まりこんでいるので、まだ家に帰っていなかった。

「眠いか」ナンダは言う。「大丈夫？……それなら、上着を着てから、俺について来い」

「どこへ？」ジュスタンが尋ねた。

「あとで教えるよ」

ジュスタンが上着を着てきた。ナンダの方は、もう出発の準備が整っていた。帽子をかぶり、杖を手にしている。

「誰にも何も言ってないな……よろしい。奴らはおとなしく寝かせておけ」

杖が石を突く音が聞こえる。悪い方の足の靴音も聞こえてきた。身体を支えるために、しっかりと強く踏ん張るからだ。

村から出るとすぐに、デルボランスへ向かう上り道が始まる。道を囲んでいるのは、低い岩の層だ。そこには、棘《とげ》のある植物や、赤い幹をした育ちの悪い松しか生えていない。日が差しているときは、斜めに進む道のラインがよく見える。定規《じょうぎ》で線を引いたように、まっすぐだ。坂から二百メートル上の岩の断層まではは目で追えるが、そこで消える。しかしその時刻は、月も姿を消してしまったので、地表のでこぼこ以外はほとんど見分けられなかった。でこぼこが大きいので、かなり厄介《やっかい》だ。二人ともカンテラを持っていなかった。丸い石で靴が滑る。頁《けつ》岩層《がん》はぐらぐらする。地表から出た小石につまずく。だから二人は、ゆっくりと進む。ナンダが先頭だ。悪い方の足も使わなくてはならないが、楽にいかないときもある。ナンダは何もしゃべらない。身体が少し傾いては立て直し、また傾く。右手は、杖の先端をつかんでいる。苦しいので、息が荒い。ときどきちょっと立ち止まるが、振り返りはしない。ジュスタンも止まるが、目の前の影の中に、もっと暗い影の塊が見えるだけだ。それは、首のない身体だ。ナンダは前かがみになっているからだ。

しかし大気に、ほんのり白い色が混じってきた。黒ずんだ液体の入った壺の中に、薄い色のものをちょっと垂らして、かき混ぜたように。二人は、まっすぐな斜面の道を端まで進んだ。もう道がなくなった。そのとき、黒い空がグレーに変わりはじめた。そのグレーも、どんどん薄く軽くなっていき、物は色を取り戻していく。松は緑、その幹は赤になった。野バラの枝に咲く花は、白かピンクだ。夜が明ける、すっかり明ける。また視界が利くようになったので、あたりを眺めた。そびえたつ岩場のために道が途切れているが、岩場の中に割れめがあることにも気づいた。

そこまで進むと、モーリス・ナンダは立ち止まって、耳をすます。ジュスタンに声をかける。

「聞こえるか」

空洞を覗きこむ。追いついたジュスタンも、同じように覗きこむ。わかったのは、何も聞こえないことだけだ。あそこ、すなわち五百メートル下で発せられる唸り声が、消えてしまった。少なくとも、消えつつある。もう絶え絶えだ。首を絞められた人の声が、どんどん弱まっていくときのようだ。

そこにあるのは、深い割れめ。山をサーベルで一刀のもとに切り裂いたかに見える。のこぎりを柏《かしわ》の幹にあてて上下させる木挽《こび》きのように、水は長い年月、岩を上から下へ穿《うが》いてきた。こうして水は、膨大な時間をかけて（ああ！　なんと丹念で根気のいる作業だろう）、ところどころくっついたり張り出したりしている縦壁に、狭い水路を切り開いた。そして、その底を流れている。見えはしないが、ふだんは長い吐息のような音が聞こえる。次々とこだましながら、上ってくる。

ところが、その水の音が聞こえない。ナンダは言った。

「思ったとおりだ」

「リゼルヌの早瀬？」

「そうだ」

「つまり、ふさがったの？」

ナンダは首を振りつつ立ち上がる。自分たちがたどっている道は途切れてはいないが、断層を迂回して裏まで進むと、ますます明るくなってきたので、真下の峡谷へ落ちこんでいるのがわかった。

今は岩場の脇だから、ほぼ水平だ。急流と並走しながら、かなり広い空間を進んでいる。しかし突然、崩落した土砂と遭遇するだろう。そこの角で、道は見えなくなる。

ナンダは再度首を振ると、また歩きだした。角まで来ると、北側の視界が大きく開けてくる。彼方にあるもの、空にあるもの、最近植林された小山の上に現れたものを指さす。黄色っぽいもの、朝日に輝いているもの、樅の木の板のように平たいものの端が、周囲の山々から飛びだしている。

「見えるか」

ジュスタンはうなずく。

「何かわかるか」

いや、とジュスタンは返事した。

「あれは靄かな。それとも煙？　霧が立ち昇っているのだろうか。よく見て。煙なら波打っているだろうし、霧なら建具屋が板に鉋《かんな》をかけるときにできる削りくずみたいだろう。見てごらん。あれはまっすぐ上に昇っているし、ざらつきが感じられない。わかるかな」

しかしジュスタンは、答えを言うひまがなかった。道に人影がないのに、石が転がりだしたからだ。そして見つけた。十四歳くらい、すなわちジュスタンより少し年下の男の子だ。半ズボンと汚れたシャツのために、こげ茶色とグレーに見える。走っている。数歩歩くと、また走っている。こちらに気づいた素振りもなく、まっすぐ二人のもとへ近づいてきている。しかし、見ている二人には、この子が頭を怪我しているのがわかった。そこから流れた血が、頬のところで乾き、涙と混ざりあっている。泣きやんだが、また嗚咽《おえつ》がぐっと胸にこみあげる。それをこらえて、さらに速く走りだした。

「知っているか」

「うん」ジュスタンは答える。「プルミエ村のドヌロワの家の子で……ゾゼという名だ。ザンプロンから来たにちがいない」

そのときナンダは、行く手を阻《はば》もうと、腕を大きく広げた。しかし、涙で目がかすんでいる相手にすれば、ナンダがいることなど想像できただろうか。近づいても、止まらない。まっすぐナンダに向かってくる。びっくりしたジュスタンは、合図さえ送れなかった。道の端は断崖なので、ナンダは脇へ寄った。

少年は通りすぎる。

もう遠くまで行っている。ナンダはジュスタンに言った。

「急げ！　追っかけて、捕まえろ！　奴より先に、おまえが村に着かなくては。村長のところへ行け、いいな。男を二、三人連れて俺のところへ来るよう、村長に言ってくれ」

ジュスタンはもう走りだしていた。ナンダは叫んだ。

「デルボランス、と村長に言ってくれ。そうだ、夕べの音と風……ディアブルレ……」

なおも叫ぶ。

「ディアブルレが崩れ落ちた」


一時間くらい経って、もっこが現れた。

怪我をしたヤギや高い場所の山小屋にいた者を、もっこに乗せて下山させることがある。たとえばヤギが互いに争って、角がとれたり脚を折ったりしたときだ。もっこに縛りつけて、チーズ用の古い布で包む。一人がもっこの前を、もう一人が後ろをつかむ。

たまに山の細道で出会う。ゆっくり下山している。バランスをとるため、二人は同時に右足、そして左足と、揃えて前に出す。

それが遠くから来るのが見えると、人々は考える。〈何を運んでいるのだろう〉一陣の風が布の端をまくり上げるか、動物自身が布から顔を出すと、安心する。山羊《やぎ》ひげや、ひげのある顎についた玉房《たまぶさ》のようなもの、それにびっくりしてきょろきょろしている、きれいな目が見える。鼻面《はなづら》から舌をのぞかせて、いびつに震えた叫び声を上げることもある。

その朝も、チーズ用の布に覆われたもっこを運んでいたが、中で寝ているのはヤギではなかった。もっと重いもの、もっと長いものだ。もっこと比べても長すぎるため、一部がはみだして、前にぶら下がっている。二本の足だ。もっこの後方には、赤と白のチェックのカバーをつけ、中に干し草を詰めた枕が置かれている。頭をのせるためだ。その朝運んでいるのは人間だから、運搬が難しい。

担ぎ手は四人いる。二人交代だ。ザンプロンの四人の男で、ビオラとルートルもいる。もっこを担ぐ二人の男が前に立ち、手ぶらの二人はそれに続く。

突然、担いだもっこを道に置く。そして残りの二人が交代する。

このようにして進んでいる。五、六分ごと、道が狭く険しくなるたびに代わる。四、五時間はたっぷりかかるから、長い道中だ。下に早瀬が流れる峡谷を、端から端まで下りなければならない。狭い場所で乱反射する日差しの下で。そこを二人ずつ、交代しながら進む。腕はこわばり、肩が下がる。うなだれた首の血管は、親指くらいに膨らんでいる。相方《あいかた》と同じ方の足で大地を踏むべく注意を払う。——五、六分ごと、二人ずつ交代だ。そして立ち止まる。

四人はもっこを取り囲んで、声をかける。

「おい！　バルテルミー」

首を振る。

「聞こえていない」

一人が道端の草を引き抜くと、怪我人の上にかがみこみ、おぼつかない手つきで、口から洩れている泡を拭いた。それは、本物の顎ひげの中に、ピンクの顎ひげを作っている。パイプを使って石鹸水に息を吹きこんだときのような、泡だらけのピンク色の顎ひげだ。

男はされるがままになった。何も言わないし、動かない。うつろな目で、虚空をみつめている。目は大きく開いているが、グレーで、何も見ていないかのようだ。黒く短い顎ひげの上に、血で染まったピンクの顎ひげがある。でかい顔は、外気をたっぷり浴びて、真っ黒で、血の気がよかったはずだ。——今は、苔《こけ》の中を転がってすり減り磨かれた石のように、グレーと緑色だ。埃まみれの肌のところどころ、骨がのぞいて輝いている。バルテルミーの息が、突如ぜいぜいと荒くなり、これまで以上にたくさんの泡を吹きだした。胸がつぶれたのだ。なんとか命を救おうと、急いで村へ向かった。

道の途中で下ろして、顔を揺すりながら呼びかける。限られた日差しの下で。峡谷の中は、昼間でさえ暗いままだ。彼らは言う。「バルテルミー、何か飲みたいか」牛の角で作ったコップをポケットに持っていた一人が、道の端を流れる小川から水を汲んできて、かがみこむ。しかし水は、バルテルミーの顎にかかっただけで、口には入らなかった。口が開いていないからだ。拒んでいる。いやだと言っている。

再び出発した。こちらに向かって来るナンダに気づいた。

彼の方は、不自由な足ながらも杖を使って、峡谷の中の道を進んできた。四人は逆側からだ。もっこを担いでいない二人の男が、前に出る。ナンダが声をかけた。

「山だな」

二人の男はうなずく。

ナンダは続けた。

「俺もわかった……きのうの夜……それで」もっこを指さしながら言った。「残ったのは、こいつだけか」

二人の男はうなずく。

「デルボランスに登った者の中で？」

彼らは答えた。

「そうだ」

「じゃあ、ザンプロンは？」

「腕を折った奴が一人いる。もうすぐ来るだろう。手当はしてあるから」

ナンダは帽子をとって十字を切る。二人も同じようにした。

そして尋ねた。

「下では知っているのか」

「いや、みんなは雷雨だと思った」

「なんだって！　知らないのか」

「そうだよ！　でも今は」ナンダは答えた。「知っているはずだ。おまえたちのところのチビがさっき通ったし、俺もジュスタンを知らせにやったから」

もっこを担いだ二人が近寄ってきた。

ナンダが声をかける。

「誰だ」

返事がある。

「バルテルミーだ」

「なんだと！」ナンダは言った。「バルテルミー」

帽子を手にしたままだ。

「バルテルミー、バルテルミー、俺だ、モーリス・ナンダだ……聞こえるか。おい！　俺がわからないのか」

VI

フィロメーヌは、朝早く目が覚めた。昨夜抱いたうれしい気持ちに起こされたのだ。実際、もうすぐ子供が生まれるという思いは、誰にとってもうれしいことだ。――その間にも、半分開いたよろい戸のすきまを通って、少量の灰が、部屋に入ってきている。

着替えている最中も、楽しいことが次々と頭をよぎる。考える。〈つまり、結婚したのだから……〉考える。〈そして、うまくいっているのだから〉子供が生まれる、というのは、うまくいっているからだ。もうすぐ自分に助けを求めてくるだろう。それは老人にとって、人生に復帰するのと同じだ。そう思うと、上機嫌になる。もう身体も暖まっていた。こちら側には窓があるし、向こう側から入る日差しは、どんどん強くなっている。

考えごとは止まらない。テレーズのことを思う。〈きのうの夜は、家に帰らせるべきではなかった。何を考えていたのだろう。妊娠初期は、誰でも少し神経質になるものだから、引き留めればよかった〉

しかし思い直した。〈まあいい。急いでスープを作って、あの子がベッドで食べられるよう、熱々を布で包んで、持って行ってやろう……横になっている方がいいから〉

家畜小屋の戸が開く。誰かがヤギの乳を搾《しぼ》るのだ。夏の村には、牛はほとんどいないし、ましてや屈強な男などいない。ヤギと女、子供、老人だけの村だ。錆びついたかんぬきを外す音がする。血を抜こうと、首の静脈に小刀を押しあてられたときの、豚の大きな叫び声に似ている。誰かが咳をする。水飲み場は、木の幹をのこぎりでくり抜いて作られている。——咳をしているのは、ジャン・カリュ爺さんだ。水飲み場は苔に覆われているので、遠くからだと、草ぼうぼうの後ろの斜面とほとんど見分けがつかない。水道管代わりの木の樋《とい》は割れているから、水槽に達する前に、水の半分はこぼれてしまう。

ジャン・カリュ爺さんは、いつも早起きだ。そして、いつも喉が渇いている。ちなみに、村のほとんどがカリュ姓だから、ファーストネームかあだ名でないと区別がつかない。

ジャン・カリュは、水飲み場で水を飲んだ。足を引きずりながら、戻っている。

フィロメーヌは火をおこし、自在鉤に両手鍋を吊るした。窓の下では、人の往来が始まっている。東の空だけを染めていたきれいなバラ色が、頭上まで広がってきた。

もう二十年以上着続けの燕尾服姿のカリュ爺さんの背中が、バラ色に輝いている。

背中を反転させる。身体全体を、村を見下ろす斜面の方へ向ける。

しかし突然、カリュ爺さんが何か唸った。

通りがかりの女が尋ねた。

「どうしたの、ジャンの旦那」

また何か唸る。

そして腕を差しだす。女は言った。

「おや、何だろ……ねえ！　マリー（別の女に）……見えない？　道のところ」

「誰かしら」

「わからないわ」

「何をしているのかしら」

「まあ！　子供たちが遊んでいる」

たしかに、二人の男の子が路上で鬼ごっこをしているように見えた。一人が走り、もう一人も走っている。ゾゼが前で、ジュスタンがあとを追っている。後ろがスピードを上げると、捕まりたくないかのように、前も同様にする。これは相手を捕まえる遊びで、捕まえた方が勝ちだ。

女たちは眺めている。

「どこへ行くのかな」

「どうして、あんなに走っているのかしら」

何をしようとしたのか、どんなトラブルが起きたかわからないが、前を行くゾゼのスピードが、みるみる遅くなった。もう一人はまだ全速力だから、ついに追いつく。しかし、驚いた。予想とはちがって、背中にタッチしないし、馬乗りにもならない。何も言わず、相手を見さえしないで、脇を通りすぎていく。

「ジュスタンだわ。どこへ行っていたのかしら。でも、夕べはここにいたのじゃ……」

「もちろんよ。私も見たもの」

不幸というのは、このように二本の足、あるいは二本足の二倍の四本足の速さで進んでくるけれど、人はそれが何かわからないものだ。悪い知らせというのは、このように速足で往来するけれど、人はなかなか気づかない。——ちょうど脇を通るところだったので、女たちはジュスタンに声をかける。

「ねえ！　ジュスタン」

返事をしない。途中で質問されるのを避けるためであるかのように、道から外れて、菜園をつっきる。ゾゼ坊やの方は、あっという間に姿が見えなくなった。村の中に入らず、プルミエ村へ向かう道をたどっている。

女たちの声を聞いて、フィロメーヌは戸口まで出た。二人の女は家と家との間から、ジュスタンがどこの誰の家に行くか知ろうとしている。実際、彼が誰かを探しているのは明らかだ。ついに村はずれの村長の家の前で止まった。梯子のように急な木の階段を登った二階で呑み屋をやっているルボールの家のすぐ隣だ。

村長の家に入ったジュスタンが、村長と一緒に出てきた。つまり、不幸が起きたのだ。ジュスタンが再び姿を見せたのだから。ジュスタンは村長の家から出る。腕をかざして、北側に向ける。両腕を使ったジェスチャーのあと、今度は片方の手だけで、また山の方角を指さす。村長は首を振る。あたりを見ながら、前へ出る。白い口ひげをたくわえた小柄な老人で、クレトナンという名だ。手を再び白い口ひげにあてて、撫でる。肩を急にすくめたが、その肩は、耳の高さでしばらく動かなかった。からかっているような雄鶏《おんどり》の鳴き声がまだ聞こえる以外は、どこもかしこも静まりかえった。それから、ルボールが階段を駆け下りる音が聞こえた。

太鼓のとどろきのような騒ぎになる。男の声がした。

「うそだろ！」

また聞こえた。「ああ！……ああ！……ああ！」女の長い叫び声。三度とも、どんどん鋭くなっては絶頂でこと切れる。

村中が、ハチの巣をつついたようになった。村長とジュスタンを見つけようと、走り回る。

「山かい？」

「そうだ」

「それで？……デルボランスが？……ありえないよ。何を言ってる」

「夕べの音を覚えているか」

泣き声がする。女たちは名前を呼び、子供たちは叫びだす。われ先にと小道へ出てくるので、押し合いへし合いだ。不幸がふりかかってきた。やっとそのことを理解した。四、五人の男が村長を取り囲む。

村長は言う。

笑いながらこう言う女たちがいる。「そうよ……そうよ、これはつくり話よ」

「知らない。何も知らない。放してくれ。見に行かないといけないから」

フィロメーヌもやって来て、女たちに混じり、上を指さしたり首を振ったりしている中をかき分けて進む。

「ねえ」声をかける。「ねえ、村長」

村長は、前に出ながら言った。

「わしは何も知らん。ジュスタンに訊いてくれ」

「ねえ」ジュスタンに話しかけた。「セラファンは？」

返事がある。

「知らない」

「じゃあ、アントワーヌは？」

「知らない」

娘の家に向かって駆けだした。そこは騒ぎが起こっている場所からかなり遠いので、まだ何の動きもないように見えた。入口は鍵がかかっていなかった。

寝室のドアを叩く。

「お母さんなの?」

フィロメーヌは答える。「そうだよ」

中に入る。そして言った。

「窓を開けたままかい。風邪をひくよ」

急いで窓を閉めた。

「身体には気をつけておくれ、いいね……よく眠れたかい?……ああ! 起こしてしまったんだね……でも仕方がない! おまえのことが心配で、やって来たのさ」

瓶の底のようなぶ厚いガラスをはめた開き窓なので、外の音はほとんど聞こえない。

昨夜の風が吹き飛ばした小さなカーテンをゆっくりと元の位置に戻すと、また言った。

「午前中は、横になっていなさい。念のためにね。スープを持ってくるよ」

フィロメーヌはなかなか振り向こうとしない。テレーズの声が聞こえる。

「いいえ! 起きるわ」

「じゃあ、加減が良くなったのかい」

「そうよ!」テレーズが答えた。「すっかり良くなったわ」

しかしそのとき、壁やぶ厚いガラスを突き破って、長い叫び声が聞こえてきた。家の裏手を、誰かが走っている。テレーズが言った。

「何と言っているのかしら」

「いや! 何でもないよ」フィロメーヌは答えた。

「でも、お母さんこそ、どうしたの?」

もうそっぽを向いてはいられなくなった。汚れた紙のような顔色のフィロメーヌは、震える手を押さえるために、両手をベルトのところで重ねている。

薄暗がりにいるフィロメーヌを、テレーズはじっとみつめている。真実の露見は阻《はば》めないからだ。

「何でもないよ」

テレーズは言った。

「変だわ」

ベッドに座った。

誰かが入口のドアを叩いた。

母が寝室から出る。台所で、母の問いかけに答える女の声がする。何を話しているか、わからない。一方、外の騒ぎは大きくなり、どんどん近づいてくる。

二人が入ってきた。女は母の妹で、カトリーヌという名だ。

「まあ!」カトリーヌは言った。「気にしなくていいのよ、テレーズ。バルテルミーの奥さんが悲しんでいるの……子供の具合が悪いから」

二人はドアの脇に立ったままでいる。心中はとても穏やかではないが、平静を装おうとしている。気まずい空気を変えるべく何かしゃべりたいが、言葉が見つからない。縞模様のエプロンの上のフィロメーヌの手は、ますますはげしく震えている。

「待って」テレーズが言った。「起きて行くから」

「いや」カトリーヌが答えた。「横になっていた方がいい」

鐘を打つ音が聞こえる。もう一打、さらに一打。

バルテルミーが死んだのだ。彼が死んでいることに、担ぎ手たちは気づいていた。顎ひげの中の口が開いていたからだ。

村の人たちに知らせるため、一人を使いにやった。路上にもっこを置くと、三人とナンダは帽子を脱いで取り囲んだ。それから、みなが登ってきた（だから音が遠のいたのだ）。村長、ジュスタン、ルボール、男たち、女たち、子供たち。

女たちはひざまずいた。その間に、一人が礼拝室に向かって駆けだした。

鐘の音が聞こえる。

テレーズが言った。

「誰が亡くなったの？」

「まあ！」カトリーヌは答えた（といっても、言葉が見つからない）。「バルテルミーの奥さんの子だわ、なんてこと！　そう、きっとあの子よ……ああ！　可哀想な奥さん！」

鐘の音が聞こえる。テレーズが言った。

「きのうは具合は悪くなかったわよ」

「そうよ、バルテルミーの奥さんの子よ……クループ（ジフテリア性の喉頭炎）に罹《かか》ったと言ってた……夕べ、症状が現れて……」

鐘の音が聞こえる。

「気がふれたみたいに、家をあちこち駆け回った。何かしてもらえるかと思って」

鐘の音が聞こえる。路上の女たちは立ち上がる。担ぎ手たちは、もっこの端をそれぞれつかんで、持ち上げた。

しかしながら、周囲を高く半円状に取り囲んでいる山々は、どれも静まりかえっている。遺体が出発する場所からは、まだ村が見渡せる。屋根の向こうの谷が作りだす空間は、薄い靄に覆われている。暗がりに差しこむ日光は、旗に描いた縞模様のようだ。それより上は、かなり明るい。視線を上げれば上げるほど明るくなり、穏やかに輝いている。高峰、尖峰、針峰《しんぽう》は、どれも金か銀に染まって、大きなロウソクの炎が風にあおられたときのように、わずかに揺れている。

山上は、どこも静かで、安らぎに満ちている。――でももう私には、決して安らぎは訪れないだろう。

遺体が出発する。動かされても、いやと言えないから、されるがままになる。また、ゆるい下り道だ。ほかの者がついて来る。もう大声で叫ぼうとしないどころか、話さえしない。

安らぎか。もう私には、決して安らぎは訪れないだろう、そうだ、もう二度と、生きている限り、とテレーズは思う。

母と叔母は必死で止めたが、力が弱かったので、娘は寝室を横ぎって窓辺まで走り寄り、すべてを見た。まずは運ばれているバルテルミー。足元と頭のところに、男が一人ずついて、彼は横たえられている。二人は立ち、彼は横になっている。二人は歩き、彼は布の中で身動きせず、されるがままになっている。まずはもっこからは み出した足が見え、それから枕で高くなった頭が見えた。

静けさ、安らぎ。こんな彼のあとを、みなが続いている。

カリュ爺さんが出迎える。事態をよく呑みこめていない。ときおり、小さな唸り声を上げた。

「まあ!」テレーズは言った。「なんてこと。不幸が起こったのに、みんなは私に隠してる」

母と叔母は、娘を窓辺から離れさせようとした。しかしそのとき、六人の子供を連れたバルテルミーの女房がやって来た。

鐘が鳴り続ける。一打、一打、また一打。さらに一打鳴る。バルテルミーの女房は、一番小さな子を抱え、よちよち歩きの子の手を引いている。二人の子供が、スカートをつまんで、ついてきている。

杖を持ったナンダがいる。テレーズはナンダに気づいた。

近づいてきた。

どこにでもある顔だ。褐色の板塀に並んだ低い小窓から、同じような顔がのぞいている。――ひげのある者もない者もいる。ぼさぼさ髪の者もいれば、短く刈りこんでいる者もいる。女たちの髪はかなり長く、シニョンにして留めている。褐色の髪や黒髪、金髪さえもいる……

「まあ！　なんてこと！」

そして、ナンダに向かって言った。

「ねえ、ねえ、何なの？」

横にされたバルテルミーが、窓の下を通っている。顔に覆いがかけられているが、上からは全身が見える。身動きしない。そのとき、女房が嗚咽を始めた。涙が口元まで流れる。グレーのキャラコの前側に、黒い染《し》みができる。

女たちは、腕を天に差しだすか、両手で涙を拭《ぬぐ》っている。男たちは逆に、手を下ろしている。村長、ジュスタン、ルボール、ナンダやほかの者たち。――少人数だ、これからもずっと。ああ！　みんな上で死んだから、少人数だ。ヤギと女、子供、老人だけの小さな村になる。その間にもバルテルミーは進み、テレーズの下まで来る。声をかけた。

「何があったの」

バルテルミーのことだ。続けた。

「亡くなったみたいだけど。そうなの、モーリス・ナンダさん」

ナンダは、杖をつきつつ通りすぎる。

「どうして返事してくれないのかしら。まあ！　変ね」さらに言った。「みんなは何をしているの、ジュスタン」

ジュスタンは聞こえない様子だった。やはり通りすぎる。もう先まで行ってしまった。

そのとき、一人の女がテレーズの方へ顔を向ける。

「知らないの？　まだ知らないの？……なんてことでしょう！」

話の途中で口をつぐんだ。

もうテレーズの存在など忘れたかのようだ。鐘の音が響く。

「このまま窓のそばにいてはいけないよ。風邪をひいてしまう」フィロメーヌが声をかける。「あとで話すから」

テレーズ、

「何を話すの？」

しかし、別の女がこう言ったので、話の内容がわかってしまった。

「山が崩れたのさ」

「どの山？」

「ディアブルレが」

「どこに崩れ落ちたの？」

「デルボランスの上にさ」

すると、テレーズは言った。

「じゃあ、みんなは？」

しかし、笑いだした。

「山ですって！」

また笑った。

「でも、そんなふうには崩れないわよ。山というのは！」

そして突然言った。

「アントワーヌはどこにいるの」

叫びだした。

「ああ！　アントワーヌ、あなた！　アントワーヌ、愛しいあなた！」

VII

あとで計算すると、崩落は一億五千万立方ピエ（約四万八千六百立方キロメートル）以上に及んでいた。一億五千万立方ピエが下に落ちたのだから、響くわけだ。谷は幅が一リュー（約四キロ）以上、高さは少なくとも十五リューはあるが、その全体に大音響がとどろいた。ただみなは、その音が何を意味しているか、すぐには気づかなかった。

しかし、だんだんわかってきた。知らせが来たからだ。電報も電話も自動車もない時代だが、知らせが来るのは非常に速い。まもなく人々は口にする。「山が崩れた」

アイール村とほとんど同時に、プルミエ村にも知らせが届いた。ゾゼ坊やのおかげだ。給水場のそばに立って、顔についた血を洗ってもらっている。口から出た知らせが、家々を駆け回った。

空は相変わらず頭上で、白く輝きながら揺れている。地下室の天井のように、少したわんで下がっているように見える。その下を、知らせが伝わっていく。

知らせは、まず道に沿って進み、それから脇へそれる。

農業用水路を修理していた男が、顔を上げる。「何が？」「山だ」「どの山だ」

砂利の上に横たわって日向《ひなた》ぼっこしていたトカゲが、巣穴へと逃げていく。

「デルボランスか」

知らせはさらに先、大谷の方へ向かう。松林を抜けると、突然、下が輝いて見える場所だ。ブドウの木が植えられた斜面を、知らせは転げ落ちる。顔いっぱいに白い照り返しを浴びせるローヌ河まで。

そこに小集落がある。午前十一時頃のことだが、一人の医者が馬に乗る。器具入れは、鞍《くら》の後ろに縛ってある。

正午前に、知らせが州都（シオンのこと）に届いた。どこのカフェも大騒ぎになる。地元産の見事なマスカットワインを呑みつつ、みなは叫ぶ。

「デルボランスが！」

ワインは、褐色と見まがうばかりの小麦色だ。口にすると熱く感じられ、味も渋いが、香りが口から鼻へつきぬける。

話は続く。

「誰も助からないみたいだぞ！」

「家畜は？」

「一頭も！」

戸口まで出て、見上げる。しかし、移動しても、山脈をまったく見ることができない。まったくだ。西のはるか上方に、モスリンのように透けた、薄グレーの小さな雲らしきものがあるだけだ。岩場の向こうの空を、横に広がっている。

ザンプロンに残っていた住民のところへは、夕方五時まで誰も来なかった。住民といっても、少人数だ。女一人を含めて四、五人しかいない。山小屋のすぐ近くに家畜を連れて出て、草を食べさせた。監視しなくてすむからだ。それからすぐに、ある者は金槌《かなづち》、ある者はつるはしをつかむと、壊れたドアを片づけたり、屋根の桟へ釘を打ち直しはじめた。

そのとき、アンザーンドゥーの二人の男が現れた。崩落現場の近くを避けるため、高いところを大回りしてきたのだ。

なかなか口を開かない。近づいても、何も言わない。やはり黙ったままのザンプロンの男たちをみつめている。そして、うなずいた。

「どうだ？」

ザンプロンの男たちは答えた。「そうだ」うなずいた。

「ああ！」アンザーンドゥーの男たちは言う。「これはひどい災厄だ。逃げられた者はいるか」

「一人」

「一人か？」

「一人だけだ！　まだ息がある状態で！……さっき、下へ連れて行った」

両者の意思疎通は、かなり難しい。同一の方言を使っていないからだ。それでも、アンザーンドゥーの男たちは続けた。

「助けが必要じゃないかと思って、来てみた。人を連れて来られるが」

しかし、ザンプロンの男たちは言う。

「ああ！　こっちはこのとおりだ、大丈夫だよ。俺たちだけで、なんとかやれるだろう」

そして、デルボランスの窪みを指さした。「あそこの奴らは……」

手を下ろしながら続けた。

「もう誰も必要としないだろうな」

彼らは日の当たる壁の端に一緒に座って、アンザーンドゥーの男たちが布で包んで袋の中に入れて持ってきたブランデーを飲みはじめた。その間、サネッチュのドイツ語しゃべりたちも、知らせを伝えに下りてきていた。

彼らは縄梯子《なわばしご》があるかのように、ポルタール・ド・ボワの壁面を伝って次々と降りてくる。姿が見えたり、見えなくなったり、また見えたりする。いつも壁面にかかっている白い雲次第で、現れたり隠れたりするのだ。

彼らがやって来た。ドイツ語しかしゃべれないので、言いたいことをジュスチャーで伝えようとする。三つの地方の男たちがしばらく集まって、一緒にブランデーを飲む。デルボランスは、三つの地方が境界を接する地点にある。アンザーンドゥーの男たちは西から、サネッチュの男たちは北東から来ている。

隣り合って座り、コップを回す。正面をみつめる。早瀬の逆側、山が隆起したところの若い樅の林は、崩壊している。木はみな同じ方向、すなわち風の吹く方向に倒れている。根こそぎのものもあるし、真ん中で折れているものもある。切れの悪い鎌を使って無理に刈り取った、からからの小麦のようだ。

それぞれが自分たちの言葉で何かつぶやいている。

コップを回しながら、早瀬の方をみつめる。河床の大きな石は乾ききっている。その間にできた水たまりは、沈黙したまま、眼鏡のレンズのように輝いている。水の轟音は消えてしまった。あるべきものを探そうと、本能的に耳をそばだてるが、どこからも聞こえない。この新たに出現した静けさに驚くとともに、それを受け入れる。

順に話をやめると、サネッチュの男たちもアンザーンドゥーの男たちも家路についた。

しかしアイール村は、人でいっぱいだ。小教区のプルミエ村から、すぐにたくさんの住民が登ってきた。司祭も一緒だ。

正午過ぎに、汗だくの白馬に乗った医者が到着する。非常に険しい坂道を登らねばならなかったので、ずっと拍車を入れていたのだ。

腕を折った者もいる。プラシード・フレーという二十歳くらいの若者だ。台所に寝かされているが、医者は添え木と包帯をとると、骨折箇所にあてた。

二人の男が肩を支える。もう二人は足だ。

死者の方は、もう息をしていないのがひと目でわかる。六月二十三日のことだ。人が続々とやって来る。バルテルミーが寝かされているベッドへ、医者が身体を寄せる。心臓音を聴くためだ。鼓動のあった箇所には、もはや静寂しかない。

鏡が持ってこられ、バルテルミーの口の前に置かれた。鏡の表面は、新品のように輝いていた（膝にのせて、しっかり擦《こす》っておいたから）。

医者は立ち上がると、首を振った。すると、

「ああ……」

長いうめき声が、三度響く。三度続けて。みなのいる通りまで聞こえた。

「あれはバルテルミーの奥さんだ」

そのとき、巡査が到着した。医者は、二、三人の男と食料を積んだラバを連れて、デルボランスへ向かう準備にかかる。

尋ねられたビオラは、こう答える。

「行けばわかるよ」

ビオラとルートルだ。ビオラはさらに言う。

「石だ。あれよりも大きな石が……」

村の家々を指さしている。

「俺たちの館《やかた》（こう呼んでいる）の二、三倍もある大きな石が、流れを堰《せ》き止めてしまった……リゼルヌの早瀬を……石はさらに進んで、牧草地の上を転がった……下に何があったと思う？」

また訊かれる。

「じゃあ、バルテルミーは？」

「ああ！　奴か」ビオラは答える。「奴の山小屋は、ほかの小屋より少し上の、ちょっと外れた場所にあった

……可哀想に、一撃でお陀仏《だぶつ》になった方がよかったかもしれない」

さらに訊かれる。

「何人いた？」

答える。

「十九人……アイールの十五人とプルミエの四人だ」

「家畜はどのくらい？」

「そうだな」答える。「少なくとも百五十頭……それにヤギ」

ラバの準備が整うと、遠征隊はすぐに出発した。


不幸は、家を順に回っている。ここかと思えばあそこ、さらにその先へと。彼方から笑い声が聞こえる。笑っているのは死んだ奴の女房だ、と人々は言う。気がふれたのだ。

知らない人たちが、家の前を始終行き来している。立ち止まってはみつめて、首を振る。

ジャン・カリュ爺さんは、事態をよく呑みこめていないので、散歩を続けている。彼もときどき立ち止まって、何か唸り声をあげる。

十軒から十二軒の家を、不幸は、ここかしこと回り続ける。一団は、止まってみつめる。声、叫び、うめき声が聞こえる。もう何も音がしないところもある。笑い声と泣き声が同時に聞こえる。

デルボランスの崩落、それは六月二十三日のことだ。——男たちが登って、まだ十日くらいしか経っていない。

「ああ！」一人が言う。「もう少し待ってさえいれば……」

「どういうことだ。その時期じゃないか。いつもどおりに登ったのだ」

「私は」女は話しだす。「信じないわよ、そんなつくり話は」

テレーズを、また無理やり寝かせた。母と叔母が近くにいる。

始終ドアが叩かれる。

「ねえ！」ドアを叩く人に向かって、カトリーヌは言う。「ねえ！　入らないで、お願い、入らないで……そっとしておいた方がいい」

家の前を、一団が通る。

「あそこもだ……そう、二人だ……兄さんと旦那さんだ……母親の兄さんと奥さんの旦那さんだ」

「アントワーヌ・ポンだな」

「そして、セラファン・カリュ」

このように死者の名前が告げられ、徐々にリストができあがる。再び閉ざされたドアの奥の階段の上では、台所の炉が赤々と燃えている。

「あの子は身ごもっているらしい」

自在鉤に掛かった両手鍋の中で、湯が沸いている。女はベッドにいる。

「そうだよ。山があんなふうに崩れるなんて……笑っちゃうぜ」

身動きする。熱があるにちがいない。冷水を絞った布を額に当てた。

「もし山があんなふうに崩れるなら、俺たちはどうすればいいだろう。山なしでは暮らせないのに」

娘は言う。

「布を外して」

涙をこらえながら、フィロメーヌは答える。

「ああ！　お願い、テレーズ。お願い！」

テレーズが言う。

「放っておいて！　私は大丈夫よ」

「なんだって！　おまえだけのことじゃないんだよ」

「誰のこと？」

動きが止まる。考える。

突然、尋ねた。

「あの物音は何？」

「例の人たちだよ」

また訊いた。

「例の人たち、って？」

「状況を調べに来ている人たちだ」

「ああ！」すると、娘は言った。「本当なのね……本当だわ、外から来た人たちがいるということは……山が
……ああ！」母親に向かって言った。「ねえ、あの人は死んだと思う？」

「まだわからない。待とうよ、何もわからないのだから。あの人たちは、さっき出かけたばかりだし」

「誰？」

「お医者さんと巡査さん」

「まあ！」娘は続けた。「待たなくてはいけないの？　いつまで待たなくてはいけないのかしら」

「あすかあさってまで。おまえに全部伝えると約束するよ」

「まあ！」娘は言った。「その必要はないわ」

また言った。

「どうしてあの人たちはわざわざ行くの」

さらに言う。

「私も一緒に登れないかしら」

ベッドに起き上がって座った。二人の女が駆けつけ、腕を片方ずつとって、また無理に寝かせた。

「あの上で、おまえが何の役に立てるというのかい、娘や。待てばいいのさ。そうだ。私たちと同じように。何もできやしないのだから。そうさ、私たちに何ができるだろう。ねえ、娘や」

涙が両頰を伝う。

「それに、あの子のことも考えなくては」

「誰のこと？」

「生まれてくる子供だよ」

「そうね！」

されるがままになる。横にしてもらう。また頭を枕に乗せて、おとなしくしている。シーツの上で手を組んだ。山々は、まもなくバラ色に染まるだろう。その山々が、自分たちに襲いかかってくる。見た目は美しいが、たちが悪い。

口を開いた。

「そして子供が生まれたら？　アントワーヌの子供が生まれたら？　あの人がもう戻ってこないのは、よくわかったわ。でもそうなると、赤ちゃんは父なし子よ。生まれる前から父なし子よ……ああ！」続けた。「アントワーヌが大喜びしてくれると思っていたのに。耳元でこっそり教えるつもりだったのに……何も言えない。あの人は永遠に知らない、永遠に。なんてことなの」

突然、叫びだした。

「それなら、欲しくない……そうよ、欲しくない。こんな子供、お父さんのいない子供なんて、それでも子供と言えるの？　ああ！　お腹から出して」繰り返した。「お腹から出して、お腹から出して……」

第二部

I

頭がのぞく……

崩落から二か月か、それ近く経っている。その間ずっと、こんなふうに崩落量を測定していた。まず、黒い線の目盛りつきの、ゴム引きした布製の測定用テープを伸ばすと、それを石に対して、まずは縦に、次は横にとあてる。それから男たちの一人が、一番高そうな岩の角までよじ登って、岩塊の厚みを測るのだ。彼らは検地局の職員だ。医者や警察官、野次馬たちに続いて、デルボランスに登ってきた。

一億五千万立方ピエ。

はがれ落ちた岩の量を測定したのは、村の地図を書き直すためだ。以前は牧草地、肥沃な土地、と登記簿に記されていたところに、〝使用不能の土地〟と注釈がつけられた。

かなり面倒な作業だが、職員たちは、最後までスムーズにやり通した。野次馬たちが日に日に減ったので、邪魔がまったくなかったからだ。自然も味方した。山の活動は休止して動かなくなり、もとの静けさを取り戻していた。最後に、町のお偉方《えらがた》がやって来た。彼らは氷河の上まで登って、全体を見渡した。クレバスになりそうな亀裂がないか、確かめるためだ。それは緊急ではないにせよ、いつか将来、新たな危険を呼ぶものになる。しかし見たところ、どこも問題なさそうだ。尾根の背後のほとんど平らなスペースは、端から端まで裂けめがなく、きれいに白く滑らかに覆われている。

岩壁の上を舞う粉雪は、上方ではすぐに風に吹き飛ばされてしまうので、今はデルボランスの窪地全体がよく見える。濁ったような空気が、次第に完全な透明へと変わっていった。そこへ着いた人々は、顔を上げて空の向こう側を眺めるだけで、はがれ落ちた箇所を確認することができた。以前その場所は、セラック（塔状の氷塊）だらけのかなり重い氷河の下に、岩壁がせり出していた。隆起していたところが窪みに、へこんでいたところが隆起している。岩の出っ張りは、幅が広く傾斜のきついルンゼ（急峻な岩の溝）に変わっていた。かつてはそこから水が一気に牧草地に流れこんでいたが、もはや牧草地ではない。そこで暮らしていた人たちは、いなくなっている。生あるものは、命を奪われた。今はもうどこを見ても、死を暗示する荒涼と静けさがあるだけだ。動いているのは、ルンゼを通って上から落ちてくる泥の塊状のもの、砂と土と水でできた川のようなものだけで、絶え間なく落ちている。それは、頑丈な側壁の中を伝って下りると、木材運搬路の下に見える沖積錐《ちゅうせきすい》の上に、音もなく広がっていく。ほんのわずかな動きしかない、沈黙した世界だ。あまりに微少な変化なので、見分けるには長い観察が必要だ。

国中で募金が行われた。家畜を失った者への補償の一部に充てるためだ。さらには、デルボランスから消えた放牧用の土地の代わりとして、ほかの場所に村が所有している放牧地が、新たに割り当てられた。残るは、地図をちょっと訂正し、土地台帳の中の一枚に注を入れるだけだ。色を塗り直すことになりそうな場所がないかも調べなければならない。今のところデルボランスは、緑で描き表されているからだ。

緑は草を意味し、草は生命を意味する。

山の上には、もうプラン爺さんしかいない。羊の群れを連れて、峡谷の中を、雲の影のようにさまよっている。群れは、始終移動せざるをえない。実際、この荒涼とした土地には、石の割れめから顔をのぞかせる少量のやせた芝草以外は生えていない。舗石を敷いた中庭の石の間にあるくらいだ。若い茎であっても、ありがたく食べなければならない。群れは進む。進みながら草を食《は》む。朝から晩まで歩き続ける。隊列は、正方形になったり、一列になったり、三角形になったり、長方形になったりする。斜面や谷の底では、風次第で常に形を変える雲の影そっくりだ。前に進む途中で隆起があると、たわんでくる。窪地に入ると、逆方向にたわむ。凸形にもなるし、凹形にもなる。足音は雨音に似ている。歯をかみならす音は、岸辺の小石に打ち寄せるさざ波だ。すぐそばで突っ立っている爺さんは、寒さに凍えるカラマツのようだ。外套姿で立ちつくしているが、縁がほぐれた古い帽子と外套の間で、白い顎ひげが揺れている。

「ディ……ディ……ディ……」

笑う。

また言う。

「測量技師どもは帰ったか、よく頑張った……もう誰もいない……わし以外は、もういない」

再び口を開く。

「ディ……ディ……ディア……ブ……」

その瞬間、泥流から飛びだした石が、がれ場に落ちてきた。

「そうか」彼は言う。「言っている意味がわからないのか」

すると、大岩壁が高笑いしはじめた。こだまもすぐに左右から戻ってくるので、大音響になる。山全体が哄《こう》笑《しょう》している。彼は山に返事する。

「よくわかった。もう言う必要はないな。自分の名前を知っているのだから」

音響は徐々に収まる。静けさが少しずつ戻ってくる。

「何が起きたか、おまえはよくわかっているな……わしも知っているが、おまえも知っている」山に語りかける。「いつのまにか、おまえは知ってしまっている……悪魔が山の上から下りてきているな。だが、おまえをけしかける奴がいる。ディ……ア……ブ……わしと同じく、夜になれば、可哀想な男たち、奴が閉じこめている男たちの声が聞こえるだろう。夜、わしが石の小屋にいるとき、おまえは上にいる。あいつら死者は何て言っているかな。魂の平安を得られず、絶望の嘆きを上げていないか。人間の身体の形をしているが、中は空っぽだ。もぬけの殻だ。夜、音を立てるだけだ。あいつらの姿を目にするだろう？」

山が再び笑いだした。

そのときまた、あの頭がのぞいたが、張り出した岩に完全に覆われているので、気づかれなかった。

II

頭がのぞく。

もう崩落から二か月近く経っている。

彼に気づくには、鷲の目と翼が必要だっただろう。鷲は、空の高みを旋回しながら、鋭く注意深い視線を向けて、生きているものといないもの、動くものと動かないもの、活発なものと鈍重なものとを瞬時に識別する。そのグレーの小さな目には距離など問題外で、見下ろす先のどんなわずかな動きや物の位置の変化も見逃さない。たとえば、跳ね回っている野ウサギや、巣から出てくるマーモット（アルプスの草原に生息するリス科の動物）の子などだ。

彼には誰も気づかなかった。あまりに小さく、しかも石だらけの広い荒野の中に紛れていた。

気づいたのは、鷲だけだっただろう。頭が動いても、周囲の石が動かなかったからだ。鷲はゆっくりと旋回する。その大きな翼は、舟の帆のように風向きや気圧によって多少傾く以外は、ずっと不動だ。ぐるぐる回り、行ったり来たりする。かなり上から巨大な窪みを臨むと、もはや岩塊は、砂利の散らばりにしか見えない。

そこに頭が出てきた。二時間近く前に山脈の上に昇ったまぶしい太陽の下、グレーの吸い取り紙の上に落ちたインクの滴のような、小さな影の中に。

はるか上からなら見えただろう。しかし、彼が頭だけ出して、まだほかが埋まっているときは、はるか上からでなければ見えなかっただろう。

鷲にこう言うべきだろうか。「少し高度を下げて、あの男をもっとよく見なさい。今いるところは高すぎるから、急いで下りなさい」

だが、途中で降下をためらうだろう。人間は自分の餌《えさ》ではないし、人間を恐れてもいるからだ。

みすぼらしい男が地中から出てきた。危なっかしく重なり合っている岩塊のすきまから、みすぼらしい男が姿を現した。――闇から、深い底から、夜から抜け出て、光を目指している。

周囲の薄暗がりと比べると、彼はもっと明るい色だ。動く。肌はグレーで、肩もグレーだ。頭を出す。頭を上げる。

だがまずは、自分のいる場所からは何も見えないことを知らねばならない。

見上げると、青い空しかない。穏やかな空だが、山が連なっているので、丸く切り取られている。ジャム瓶の紙の内蓋のようだ。

彼が閉じこめられている断層は、下よりも上の方が広い。膝と手を使って、さらに少し上がらなくてはいけない。身体全体は見えない。影の中にいるからだ。そして頭が、日の差すところまで到達した。

太陽が頭を照らす。

彼はまた止まる。

髪の毛は長い。うなじまで達している。

まず、目の前に両手を広げて、左右の耳の上にあてた。それは濡れたリネンのようにくっついた。

まばたきをする。目を閉じては開き、また閉じる。

顔は日光を受けるのに慣れていないが、慣れなければならない。日の光は美しいけれど、痛い。気持ちはいいが、肌が焼ける。

酒を飲まされた小さな子供と同じだ。血が耳の中で踊っている。耳の中か外かわからないが、ざわめきが聞こえる。ふだんの聴力、視力、色彩感覚、さらには味覚、嗅覚、形を識別し距離を測定する能力が失われている。目を閉じて、また開く。指を耳にあてると、水から上がった犬のように、首を揺する。それでも次第に、周囲の穏やかさが感じられるようになった。日差し、色彩、いろんな心地よさが沁みてくる。暖かい上着を着たような気分になった。

飲み下すように、思いきり息を吸い込む。

口に入った空気は、味も香りもする。体内へ下りると、胃の中、腹の中を駆け回って、元気を与えてくれる。彼は、崩れ落ちた土砂に半分覆われている二つの大きな岩塊の間からさらに少し抜け出て、縁まで達した。

そこの岩の平らなところに寝そべった。

今は、身体全体に日が当たる。お天道様《てんとう》の支配下にある。ああ！　広々とした場所がある。それが手に入った。必要以上に！

足を伸ばして、あくびをする。頭の上に腕を上げると、身体の両側に広げてみた。何にもぶつからない。あるのは、空気だけだ。柔らかくしなやかなので、すぐに逃げては戻ってくる。

ああ！　気持ちがいい。独り言を言う。「ああ！　気持ちがいい！」あくびをする。頭、首、背中、腿を掻きむしる。彼の姿が見える。身体全体が見える。蕪《かぶ》の色をしている。破れた靴から、足の指が出ている。ズボンの片方は、膝までしかない。もう一方は、脇が破れている。元気そうだ。もう一度あくびをする。肘をついて、横たわる。上着らしきものを着ているが、後ろは両肩の間まで破れている。前は大きく開いているので、へこんだ胸が見える。ごわごわした顎ひげも。

つま先から頭のてっぺんまで同じ色だが、それはさらに急速に変化する。日を浴びるにつれて、色がますます薄くなる。革、布地、肌、体毛、薄いグレーに塗り替えられていたすべてが、白色になる。

ポケットの中の黒パンの切れ端を見つけたようだ。わざわざ入れていたにちがいない。パンを両手に持つと、それをかむ歯の音が、こちらまで聞こえる。

ハエが次々と飛んでくる。蝶もだ。白い小さな蝶もいれば、青とグレーがみごとに調和したものもいる。ちぎった紙片のように、ふわふわと空中を漂いながら、上下している。ハエや蝶が作りだす小さな黒雲の中、彼はつばを飲み込んでは、がつがつ食べている。

目がよく見えるようになってきた。物の遠近がわかりだす。距離感が戻ってくる。周囲の空間の高低も把握できるようになった。太陽の助けもある。もう最初ほどは目がくらまなくなった。これは小石、あれも小石だ。あそこの岩は破砕して、むきだしの表面が日光を受けている。白い石目《いしめ》の入ったブルー、ツルニチソウのようなすみれ色、栗の実のような褐色、クローバーの花のようなバラ色もあれば、焼けて黒くなったらしいところもある。ああ！　小石はいくらでもあり、積み重なったり、並んだりしているが、それらは現実のものでなく、生まれて初めて目にしたような気がする。頭上には太陽がある。太陽は現実に存在している。

自分は現実に存在している。俺は現実に存在している。だが思った。〈俺はどこにいるのだろう〉石だらけの広い荒れ野のただ中にいるとわかった。必死で頭を整理しようとする。

長い夜を経たあとに（しかし、俺は同じ場所にずっといたのか、それとも場所を変えるべく地中をたどったのか。時間がかなり経っているから、ついには山の下をくぐり抜けたのかもしれない）、また同じ太陽を見いだした。だが、この同じ太陽が、かつて照らしていたものがあった。みごとな草、そして豊かな放牧地だ。牛が点在し、人間は運んだ肥料を放牧地にまいた。何もかもが活気に満ちていた。家畜の首元から鈴音が聞こえ、人々は声をかけあっていた。――今は静寂しかない。周囲を眺める。人も家畜も草も山小屋もない。石が見える。その先も石、さらに先も石。だだっ広い石の荒野が、ゆるやかに傾斜しながら、南側にそびえ立つ別の山脈まで続いている。この山脈は見覚えがある。けれども、足元で輝いているものが何か、すぐにはわからなかった。水だ。

小さな湖が二つある。

以前は存在していなかった。

再び頭を掻きむしった。

動くたびに、たかっていたハエが急に飛び立ち、バイオリンの弦をはじいたような音を立てる。――自分はデルボランスにいる。やっぱりデルボランスにいる。そう結論づけた。俺はそこにいる、そこにいるのがわかる。窪地の風景は変わっているが、高い場所は変わっていない。下は全然ちがうけれど、上は同じままだ。頂の名を一つずつ呼んでみる。名前が蘇ってきた。あの上はシュビーユで、こっちはペーニュの山頂だ。あそこの下の峡谷はザンプロンで、あの左にあるのがポルタール・ド・ボワ。彼は少し身体の向きを変えて頭を後ろにそらせると、笑いはじめた。

やっと事情がつかめた。

真北を向いた。サン＝マルタンの下、高度千五百メートルの地点に、切り立った氷河がある。割れていて、切断面がみずみずしく輝いていた。

事情がつかめた。彼は自分に言う。「わかったよ」うなずく。「これで決まりだ。よくわかった。山が崩れたな」

上から落ちてきたから、すごい音がして、屋根がぺしゃんこになったのだ。

なんということだ、道筋がはっきり見える！　上からきれいに下降している。狙ったみたいに、ちょうど俺たちのいた場所まで、まっすぐ下りている。家はもちろん――残骸の山へ目をやった――草や家畜、人間の痕跡さえ残っていない。

考える。〈みんなはどこにいる？〉考える。〈逃げたのだろう〉

考える。〈俺の方は、閉じこめられた〉

考える。〈そして抜けだした。時間がかかったが、それでも抜けだした〉

生きているとわかると、幸せな気分になった。今は命あることを確信している。目は物を見てくれるし、口で呼吸ができる。身体（さわってみる）も好きなように、好きな方向へ、好きなだけ動かせる。

声も蘇ってきたのがわかる。考えている言葉が、すぐに口から出る。自分よりも声の方が速く、前を駆けていく。犬に先導されているかのようだ。

喉の奥で音を作って出してみると、まだしわがれてはっきりしない。しかし聞こえる。耳に聞こえる。自分の存在を確かめるべく叫び声を上げると、こんなふうにこだまとなって戻ってきた。

「オー！」

返事がある。「オー」

そして言った。

「俺だ、アントワーヌ」

「おまえか」

「そうだよ、俺だ。アントワーヌ・ポン」

自分の名前を口にする。繰り返す。さらに言った。

「山が下まで崩れた」

続けた。

「山が上からかぶさってきたが、俺は山から出てきた」

大声で笑う。相手も笑う。

「おや！　おかしいか……俺もおかしいぞ。すぐに行くよ」

立ち上がった。

太陽がもう空のかなり高い位置にあるから、十時頃だろう。しかしここでは、ずっとあとにならないと、太陽は山脈の上に現れない。ぐるっと大回りしてから、頂上に向かって、斜面を慎重な足どりで上っていく。太陽が遠くで白く丸く輝いているのが、東側の景色をふさいでいる岩のすきま越しに見える。日差しが増して、焼けつくほどになった。

アントワーヌはもう一度、右、左、上、下と眺める。そして峡谷の入口の方を向くと、岩塊の間を進みだした。大小の岩塊が、ここかしこに散らばっている。元からある岩場の間にはさまったものも多い。縦になったいくつかが、羊を監視する羊飼いのように、他の岩塊を見下ろしている。でこぼこしていたり、尖っていたりするものもある。小ぶりのものは、砂利や砂に埋もれて、ひと続きの岩床を形成していたり、あるいはすきまに、穴や大きな裂けめを作ったりしている。

彼は用心しながら歩きはじめたが、高笑いはそのままだ。滑ってずり落ちることもあれば、靴が破れているので、踏むべき場所を慎重に選んでから足を踏みだすこともあった。

崩落地点からしばらく横に進むと、堰き止められてできた小さな湖の一つがあった。水が滝のように溢れ出ては、岩場の中に消えている。

湖面を眺めた彼は、感嘆する。水の中にさかさに映っている山の頂上、すなわち底のところに、青空のかけらがかかっていた。取りこみ忘れた洗濯物のようだ。

笑う。大笑いする。しゃべる。「ほかに何があるだろう。ああ！」自分に向かってだ。「もう誰もいない……オーイ！　ヤーイ！」

両手でメガホンを作って口にあて、山特有の呼びかけをする。「オーイ」だが、何の返事もない。岩の間からだろうか、背後で鈍い音がするだけだ。

「ああ！」彼は言う。「何だと。おまえたちは、もう遠くにいるのか……ああ！　おい、俺だ……聞こえるな。

アントワーヌ・ポンだ。オーイ！　アントワーヌだぞ」

何も返事はない。

笑いだした。

「もう奴らは俺を待っていないのか」

もう一度、大声で叫んだ。

「そう、もちろん俺だ……山が上からかぶさってきたが、それでもなんとか逃げのびた」

何も返事はない。

「そうか」彼は叫ぶ。「それなら、俺が行く」

一番大きな岩塊の間を進んだ。それらは、一番遠くまで転がっていた。ところどころ芝草がまだ生えていて、きれいな緑色が小道の飾り役になっている。曲がったり途切れたりはしているが、本物の小道だ。ずっと続いているものもあれば、中途で遮断されているものもある。

抜けるのに時間がかかったが、気分がいいので、苦にならない。

突然、広い道が再び始まる場所に出た。泥の中に、ラバの蹄鉄の跡や釘を打った靴の跡が残っている。昔から人が歩いてきた道だ。ああ！　この道は知っている。

早瀬の脇に、元の河床を見つけた。

ああ！　見覚えがある。同じ水が、かつての水量を取り戻して流れている。色も同じで、前と変わらず、同じ石の間をはねている。

古い道、昔からあった道を眺める。あとはこれをたどりさえすればよい。大丈夫だ！　邪魔するものは何もない。メギの茂みや樅の木に花が咲きはじめていて、メギは道端、樅は左右の山の急斜面を彩《いろど》っている。この道だ！　歌が出る、手を上げる、独り言を言う。十五分もしないうちに、ザンプロンに着くだろう。

道端で白ヤギに草を食べさせている女の子が見えた。女の子は振り向くと、綱を放して、叫び声をあげながら逃げた。

さらに大きな笑い声を上げる。

「どうしたのかな……ねえ！　お嬢ちゃん」

女の子は、道の角で見えなくなった。

ヤギもまた、綱を引きずりつつ、段々畑を駆け上って逃げた。

「おまえもか！……おい！　どうした。おい！　ヤギちゃん」

しかし同時に、道の角から、三、四軒の山小屋が見えた。一軒の小屋のドアが開いている。蓋を外した煙突が、葦《あし》の房のような白い煙を、細くたなびかせている。

濡れた木を燃やしたときに出る煙だ。

一人の女が、ドアの敷居まで出てきた。また女の子の叫び声が聞こえだした。女は彼の方を向く。すぐに家の中へ消えた。

女の子を抱いて、また現れた。女の子の顔を、エプロンの端で隠している。十四、五歳の男の子も出てきた。男の子がドアの前でしばらくじっとしていると、女は駆けだした。男の子も駆けだした。

彼はこう言った。「こんにちは、ここにいる皆さん。こんにちは、ここにいない皆さん」

広い寝室に入った。天井は低く、中は暗い。

「ドヌロワさんのお宅ですね」声をかける。「おや！」また言った。「どなたもいらっしゃらないのですか」

本当に誰もいない。だが、それがどうだというのだ。テーブル、さらにその上にある三枚の錫製の皿を見つけたのだから。天井から、鉤で何かが吊るされている。棚の上には、バターとできたてのパンがある。ミシュ（大型田舎風の丸パン）を膝で割り、指でバターをすくった。壺の中にはミルクがある。三人が逃げてくれてよかった。干し肉の塊を鉤から外す。細長くて、太さはソーセージとたいして変わらない。隅の穴に紐が通されている。じかにかじる。飲んでは食べる。食べては飲む。どっちが先かわからない。顎が激しくぶつかる音がする。何も見えず、何も聞こえず、美味《おい》しいこと、そして身体全体が暖かくなってきたこと以外は感じられなくなった。口が音をたてる。腹が音を立てる。来る日も来る日も、かさかさのパンと水だけで過ごしたあとなのだから！　何日いただろう。わからない。監獄の中にいたようなものだが、それより悪い。監獄の中なら、多少なりとも物がはっきり見えるだろうから……

　動きが止まった。満足そうだ。腰掛けに座り、テーブルに肘をのせている。今どこにいるか忘れてしまった。どこから来たかも忘れてしまった。

〈ああ！〉考えた。〈ほら、山だよ。山だって？　そうだ、よく思い出せ。ああ！　そうだった、それなら行かなければいけない〉考える。〈本当だ、山が崩れたのだ〉

　突然、恐怖がこみあげた。山はまだすぐ近くにあるからだ。

　もう一度落ちてきたら、また崩れはじめたら……

「誰もいないのか……そうか、わかったよ」

　濡れた樅の葉がくべられているので、背後の暖炉から、白い煙が噴き出ている。

　わかったよ。

　めまいがした。それでも、目の前にずっと続いている道を眺めた。自分がどちらから来たか考える。右からだ。だから、左へ行かないといけない。

　鳥の数が、どんどん増えてきた。ひと群れは足元を走り回り、別のひと群れは頭上を飛んでいる。二本の急流のようだ。

キツツキ、カケス、森鳩、垣根を飛び回る小鳥たちだ。どんどん数が増して、けたたましくなる。「そうだ、俺だよ」彼は言う。「だが、静かにしてくれ！」

それから疲れを覚えたので、土手の斜面に倒れこんだ。

III

その日の夕方、テレーズは、村の中心より少し高いところにある母親の菜園まで登った。デルボランスから下りてくる道は、そこからあまり遠くない。

それでも生き続けている。お腹の中の赤ん坊も元気だ。生き続けている。自分の足で立って、行ったり来たりし、仕事さえ再開した。

村に八人の後家と三十人くらいの父なし子ができたが、女たちも子供たちも生きている。そんなものだ。木は、真ん中から割られても、元通りになる。傷ついた桜の木は、白い樹液を出して、傷口をふさぐ。

少し痩せてやつれただけだ。全身黒ずくめの服装なので、日に照らされると、顔が青白く見える。

うなだれては、また身を起こす。前かがみになると、胸のあたりを子供が押すのがわかる。〈ああ、神様！〉考える。〈幸いなことに、この子がいます。この子だけは、私を見捨てません。ずっと連れ添ってくれています〉

子供と一緒なので、孤独は紛れる。だが突然、この子は父親なしで生きることになる、という思いが、頭をよぎる。〈そうね〉考える。〈私しか育てる者がいない〉

〈これから二人はどうなるのだろう〉

テレーズは、すぐに疲れを感じる。ブドウ栽培用の犂《すき》を数回動かしただけで、息が切れてしまう。

だからその夕方は、菜園にいた。夜の帳《とばり》が下りてきた。天気が荒れ模様なので、ふだんよりも早く引き揚げるつもりだ。

テレーズは、犂の柄《え》に寄りかかっている。正面の高い山々の上空、さっきまで太陽があった場所は、もう真っ暗になっている。砂の中に松明《たいまつ》を押しこんだときのようだ。

下の道を、男が通りすぎる。女も家路を急いでいる。斜面一帯を覆っている藪《やぶ》は、火にかけられたバターのように揺れながら、下の方から闇の中に溶けていく。

自分も帰らねばならないが、元気が出てこない。意を決するどころか、動く気力さえあまりない。暗い空の下、少しかがんだ姿勢で、じっとしている。そのとき、何か見えた気がした。目の前の藪の向こうを、青白いものが通りすぎた。

ただし、こんな気分のときは、実際にはないものが見えたような気がすることはよくある。心がいささか乱れているからだ。いわゆる欲求や願望が、歪んで現れることがある。現実にあるものと心が作りだしたものとの区別が、うまくつかないのだ。

もっと注意深く観察した。

しかしたしかに、自分から五十メートルくらい前の藪の向こうを、また白いものが通りすぎた。

どこから来たのかわからない。空中に浮かんでいるみたいだ。ちょうど枝が、下の部分を隠しているからだ。

気持ちを落ち着けようとする。考える。〈何だろう〉考える。〈近所の人だわ〉しかし近所の人なら、釘を打った靴の音がするはずだ。ところが、あそこにある物は、まったく音を立てない。滑るように横へ移動するだけだ。動いては止まる。スズメを怖がらせるために菜園に置く、四本の枝を組み合わせて古いシャツを着せた案山子《かかし》の上半身みたいだ。ただし、その白い物は、ときに伸びをしながら、移動を続けている。テレーズの驚きは、次第に不安、さらには恐怖へと変わっていく。自分が見ていると同時に、相手からも見られている気がしてきた。

——犂の柄を放すと、犂は土の中に倒れた。声が出なくなったので、呼びかけられない。心臓が、指でドアをはじいているような音を立てる。ドアが開かないので、どんどん強くはじいているような音だ。そのまま、じっとしていた。しゃがれ声のような音が響いてくるまで。

「オー!……オー!」

咳のようだが、言葉らしきものが混じっている。こう言っている気がする。「おまえか、テレーズ?」しかし、もう聞いていない。走って逃げたからだ。

雷が鳴りはじめる。稲光に照らされながらも、走る。さらに走る。道は、濃い緑になりつつある草の中に張られた一本の白い糸のように見えるものだが、もう緑の草も白い糸もない。

家まで駆けた。母親は言う。

「おやまあ、どうしたんだい」

テレーズは、いつの間にか階段を上っていた。突然、台所の炉の炎が目に入る。

「また、どうしたんだい、テレーズ」

返事をせず、腰掛けに倒れこんだ。膝を寄せ、組んだ手を間に入れる。

遠くで、雷鳴がとどろいた。

「それで、籠と犂は?」

雷が続く。目の前の台所の窓が、あっという間に見えなくなった。

真っ白な窓が、生まれ、消え、また生まれる。女も、輝き、光を失い、また輝く。

「まあ!」

誰かに見られている。顔を前に出す。もう誰も見ていない。

「ああ！　あの人は濡れてしまう」突然言った。

さらに言った。

「もしあの人だったら……」

続けた。

「あの人であって、あの人でない……そうよ！」また続けた。「あの人たちは、濡れることなどない……可哀想に、雨が身体を通りすぎてしまう。雨を感じられない」

フィロメーヌが腕を上げ下げしているのが見える。母もまた光っている。

台所全体が輝き、真っ暗になる。しばらく赤みを取り戻した炎も、また完全に消えてしまった。

「何を話しているんだい」

「えっ！」答える。「そう、お母さんがよく知っていること」

今や雷雨は土砂降りに変わり、ダンサーが踊り場の床を踏み鳴らしているような音で屋根を打ちつけているが、娘は雷雨が気にならず、音さえ聞こえていない様子だ。

「そう、あの人たちが言っていること」

雨が強まるにつれて、声を高めた。

「誰だい？」

「ザンプロンの人たちよ。羊飼いのプランさんについて言っていること」

フィロメーヌは肩をすくめる。

「そう！　プランさんは物知りだし、年寄りだから経験も豊富よ。その人が、夜に声が聞こえると言っているの。生きている者も、死んだ者もいる。まだ地上にいる者もいれば、もういない者もいる」

「おやおや」フィロメーヌは答える。「いつもミサで言わされているだろう……可哀想なおまえの旦那とセラフアンのために、毎週日曜日……」

「まあ！」テレーズは反論する。「それでは、きっと不十分なのよ。二人は墓もないんだもの……きっと死んだ場所、終油《しゅうゆ》（カトリック教会の秘跡の一つで、信者の臨終に際して司祭が香油を塗る）の秘跡なしに死んだ場所で、煉獄《れんごく》の苦しみを受けているはず……だからここまで来て、訴えている。私たちに訴えている。私に訴えている……」

話しぶりは穏やかになっている。もう雷は山の向こうへ遠のいたからだ。

大雨はやんで、霧雨に変わっている。炎が赤みを取り戻し、ランプも再び光を放ちはじめた。

「私たちが必要だから、二人は出てきたの……もう空気みたいになっているでしょうけど、きっと、私たちを見て気づいたんだわ……きっと、どちらかが、私につきまとった」

「何を言っているんだい」

「えっ！」続けた。「わからない。怖かっただけなの。ふわふわ動いているだけだったから」

稲光の間隔が空いてきた。色も変わっている。雷は去りつつあるが、何もかもが去ってしまうのか。雷は通りすぎるが、何もかもが通りすぎてしまうのか。あの人には肉体があったが、もうなくなっている。

「ねえ」フィロメーヌが声をかける。「モーリス・ナンダを呼ばないかい」

母もまた怖くなってきた。

「ここは女二人だけだ。どうすればいいか教えてもらおう」

洟《はな》をかんだ。ケープをとって、頭と肩にかける。

テレーズは何も言わなかった。

フィロメーヌは表に出た。娘は、膝の上に肘をついたままだ。小雨が、そっと静かに屋根を叩いている。鳥の大群の足音のようだ。

もう何も聞こえなくなった。杖の音がする。不揃いなリズムで階段を上っている。

娘は身動きしなかった。

すると、男の声がした。

「さてさて、テレーズ」

「まあ！」頭に両手をあててゆっくり揺すりながら、返事をする。「でも、私は本当に見たもの」

「何を見たんだい」

「わからない……きっと、あの人」

モーリス・ナンダは訊いた。

「どこでだ」

「菜園にいたとき。それは白くてふわふわしていたわ。みんなが言ってること、知ってるでしょう。プランさんが言ってること、知ってるでしょう。どう思います、ナンダさん。ねえ、もし二人が戻ってきたのなら！　もう重みがないから、地に足がつかない。音もしない。煙のように、好きに移動する」

「ともかく」モーリス・ナンダが言う。「それを見ないといけないな。いたのは……」

「ええ」女は答える。「道のすぐ脇」

「ともかく」モーリス・ナンダはまた言う。「思い悩んではいけない……きっと体調のせいだろう、それだけだ。ドアをよく閉めておけば大丈夫だ……ともかくわしは、そうだ、見に行ってくる。何か見えたら、そうだ！　戻ってきて話すよ……何も見なければ、戻ってこない」

続けた。

「これでいいか」

「まあ！　もちろんですとも」フィロメーヌが答えた。「そうしてもらえると、私たちは安心」

娘の方は、何も返事をしない。姿勢も変えない。

ナンダの杖の音が、闇の中を遠ざかっていった。

IV

午後のかなり遅い時間に、彼は目を覚ました。ぶっ通しで五時間眠っていた。

自分がどこにいるか、わからなくなっている。アントワーヌだ。

周囲を見渡す。宵闇が迫っているのはわかるが、なぜ一人でここにいるのだろう。なぜ峡谷の奥にいるのだろう。覚えていない。

苔の上に座った。寒気を覚えてきた。山脈の上を巡っている太陽は、今は山の先にあるが、離れていっている。また身体のあちこちに触れる。足や胸に手をあてながら、自分に尋ねる。「誰だ」そして言う。「俺だ」うれしくなった。立ち上がる。

どこへ行くか、よくわからない。頭が完全に混乱しているから、どこから来たかもよくわからない。だが、戻ってくる鳥の数が、どんどん増している。方向は間違っていない。

さらには、身を乗りだすと、早瀬が見える。

早瀬が流れている方へ進む。絶えず数を増している鳥たちが行けと言っている方へ進む。断崖の上空を一羽だけで飛翔している、孤独な高山に棲《す》む大きな鳥だけではない。岩陰に隠れている獲物を上から狙っている鳶《とび》だけではない。黒くて嘴《くちばし》は黄色く、巣が割れめの内壁にあるため、その周辺を飛び回っている、コクマルガラスだけではない。

もっと小さくて野性化していない鳥もいる。山から下りて、岩場から放牧地、放牧地から森へ向かうときに見かける鳥だ。騒々しいカケス、おとなしくクークー鳴く森鳩、小ぶりのキツツキ、さらには緑、グレー、褐色の無地、あるいは黄、赤、青の斑点が入った、垣根を飛び回るさまざまな鳥たちだ。飾り襟《えり》つきもいれば、色鮮やかな尾羽《おばね》の持ち主もいる。白黒のカササギも加わった。――それらが次第に数を増しつつ、彼を先導している。

アントワーヌは、楽しそうに眺めている。鳥たちも彼の姿がうれしそうだが、ツグミのような怖がりは、恐怖の短い叫び声を上げるか、あるいはさえずりを中断する。彼は言う。「止まれ！　逃げるな。待ってくれ。どこへ行く？」笑顔で声をかける。なぜなら、鳥たちが告げているのは、ここは下界ということだからだ。温もり、パン、たっぷりのワイン、家、本物のベッドだ。「やあ！……おい！　止まれよ。怖がることはない、俺だ。山が崩れたから、下りてきた」

視界を邪魔する髪の毛をかき上げた。突然、記憶の一部が蘇った。「ああ！　そのとおり。ああ！　俺だ」自分に向かって繰り返す。「山が崩れたが、俺はそれでも逃げてきた」

また走りだしたものの、止まらざるをえなくなった。破れた靴が乾燥して硬くなって、痛いからだ。座って足を見ると、血が出ている。土のような灰色で、かさぶたはこげ茶だ。靴を脱いで峡谷へ投げこむと、あっという間に転がり落ちた。

この場所の峡谷は、二百メートルはゆうにある断崖だ。道は岩を掘ってできていて、勾配もある。アントワーヌは前よりも楽に歩けるようになったが、先が鋭くとがった石があるから、用心が必要だ。鳥たちは相変わらず、目の前を飛んでいる。藪がまた見えはじめ、下るにつれて、ますます数を増していく。

〈そうだ。俺には女房がいる〉

心の中で思う。〈ただ、待ってくれているだろうか〉

歩きながら、首を振る。

〈ほかの人たちは？〉また考える。

首を振りながら、歩く。

〈あれから、どれくらいの時間が経ったのだろう〉

わからない。何もわからない。わかるのはただ、自分はアントワーヌ・ポンという名の男で、生き埋めになったが出てきたことだけだ。それから……

それから、何だ。

それから、山を下っている。

考えを巡らす。どこへ下りている？　俺んちに向かって下りている。俺んち、つまり一軒の家だ。あの家には、女が一人いる。

俺が向かっている家には、俺の女房がいる。今はもう、どう呼ばれているだろう。

何もかも学び直す必要がある。空、木、鳥など、世界のあらゆることを学び直さないといけない。「だけど、おや」口を開いた。「あれは見覚えがある……すぐにわかる。尾羽を動かしているから。おい！」

枝の先に、地味な色合いのセキレイの姿が見える。実際に、尾羽を細かく動かしている。しかし鳥たちは、眠りにつくところだ。夜が近づき、閉ざされた空に向かって、峡谷がどんどん広がっている。

だから彼は、大急ぎで声をかけ続ける。「ああ！　おまえたちか」木に言っている。「おい！　こっちへ来てくれ。ああ！　そこにいるな」鳥と木に言っている。「俺だよ、俺。アントワーヌだ。山が上からかぶさってきた」

さらに、峡谷の道が途切れる場所まで進むと、大きな谷が目に飛びこんでくる。そこにローヌ河がある。

ローヌ河を見ると、言う。「山が崩れてしまった」

誰に話しているのだ。ローヌ河にだ。まだ明るさが残っているので、雪をいただいた山々の下を、河が白く曲がりくねっているのがわかる。石の間を這う蛇のようだ。河はまだよく見えたので、それに気づいた彼は、自分に言った。「あれだ。じゃあ、左へ曲がろう」

河に沿った、上の道を進む。流れとは逆の方向だ。

まだ木々の形を区別できるくらいは明るい。リンゴの木は、丈《たけ》が低くて丸い。洋ナシの木は、先がとがっている。木は果実の形をしているものだ。リンゴの木はずんぐりで、洋ナシの木はすらっと伸びている……さて、左へ曲がると、もうそう遠くないはずだ。その方向へひたすら視線を向けていると、本当に村が目に入ってきた。石造りの低い屋根が、斜面を掘り返したような場所に密集している（家の土台をこしらえるために、地面を深く掘らなければならない）。

あそこだ。

熱く強烈に匂ってくる。日光で湯気を立てた大地、乾いた草、タイムやミント、熱くなった石（彼が歩いている坂道の上だ）、実りが近い小麦、収穫前のブドウの香り。

道から外れて、藪と松林を通った。そのとき、全身黒ずくめの女が前にいるのを見た、あるいは見たような気がした。

ここは俺の菜園ではないか。もちろんそうだ！　俺たちの菜園だ。

女はかがみ、そして立ち上がる。動かない。

声をかけようとしたが、その響きに驚いた。すごいしわがれ声だ。とげが何本も喉に刺さっているようだ。そのため、口にした言葉が途切れてしまう。

彼は言う。

「オー！　オー！」

それだけだ。

叫ぶ。

「オー！　そこの人。オー！　テレーズ」

突然、何も見えなくなった。

「わしは何も見なかった」モーリス・ナンダは言う。「まったく何も……ああ！」続ける。「あの可哀想な子が見たと言い張るから、夕べのうちに行ってみたが」

彼は朝早くから起きていた。

杖を持って、ルボールと一緒にいる。彼を探しに来たのだ。ルボールが木の階段を下りてきた。

小雨が夜中降り続いたが、やんだばかりだった。頭上に見える空は、山々の中腹あたりにしっかりはめこまれた、鼠色のタイルのようだ。

二人は空を仰いだが、何も見えない。ナンダが言った。「奴が姿を見せたのは菜園の方だ、とあの子が言っているからには、もう少し登らないといけないな」

「なんだって！」ルボールは答える。「夕べは、雨だったんだよ」

あまり先まで行きたくない様子だ。太った男だ。

ナンダは小柄でやせている。杖に寄りかかっている。

ルボールが言う。「つくり話だよ」

ナンダが答える。「もちろんだ。でも、わかるか、これはテレーズのためだ。行ってみると約束したのだから」

その間に、背後の窓の明かりが、こちらに一つ、あちらに一つ、さらに一つと、ついていく。秩序なく立ち並んだ家々にともる赤い点は、燃える葉巻の先のようだ。さらには、谷の東端の尾根と空の間に、くさびのようなものが入るのが見えた。

くさびが動いた。空のタイルに、すきまができた。

くさびが動くと、空は持ち上がっては、また落ちる。再び持ち上がる。割れめから、至福の光が差しこんだ。至福の光が、我々のところまで降り注ぐ。

墓石を持ち上げたかのようだ。命が蘇る。死と隣り合わせだった命は、恐怖に震えている。横から差してくる光は、腕を広げて、「起きなさい！」と言っているかのようだ。村の屋根のいくつかの煙突から、薄明に向かって、煙が立ち昇っている。――その間、頬に日を浴びた者もいれば、浴びなかった者もいる。

ナンダは頬に日を浴びた。ルボールも頬に日を浴びた。

「起きなさい」こう言われている。「眠りから抜けだしなさい、死から抜けだしなさい」

実際、いろいろな音の間からそれが聞こえたかのように、いろいろな合図の中にそれが見えたかのように、人々は死から抜けだす。死しかないところから抜けだす。明かりは、数が増えると同時に、色合いが薄くなる。咳の音や洟をかむ音、誰かを呼ぶ声が聞こえる。どこかのドアが開く。

東の彼方で、くさびがまた動いた。真ん中から割れた霧のタイルのすきまが、完全に開いた。今や光は、横からだけでなく、上からも差している。互いを見分けられる。身体全体、しっかり立っている姿が見える。

「ところで」ルボールが口を開く。「何か見えるか」

「いやはや」ナンダが答える。「どうして、何も見えないな」

しかし、二人のいるところからは、デルボランスへ登る道のある山腹全体が見渡せる。目の前には、菜園が二つ三つ、半円状に並んでいる。それから坂が急になり、天まで続いている。岩場や松林や藪によって、グレー、赤茶色、黒、緑の帯と、色を変えながら。

「それなら……」ルボールが言う。

「それなら、何だ」ナンダが訊く。

「帰った方がいい」ルボールは言う……

彼は相変わらず不安そうだ。ナンダが動くことなく、山腹のあらゆる方向に鋭い視線を投げかけているので、こう言った。

「あの爺さんのせいだ……そう、羊飼いのプラン爺さんだ。ザンプロンの奴らの頭をおかしくしてしまった。まるで俺たちにやり残しがあるみたいに。できるだけの礼拝やミサをした……少なくとも、これで死んだ者の魂は平穏でいられる。どう思う？」

ナンダはうなずく。それだけだ。

二人の目の前にある草地と低木の林との境に、小さな干し草置き場が建てられている。持ち主はディオニス・ユドリーという名の男だが、ちょうど彼が家から出て、そこへ向かうのが見えた。二人からの距離は、せいぜい百メートルだ。ディオニスが干し草置き場の戸を開ける。鍵はかかっていない。戸を引く。ところが、入ることなく、あとずさりした。そして首をかしげると、入口からのぞきこんだ。

中へは入らなかった。その逆だ。歩いているときに気づいていたからだろう、急にナンダの方を向いた。腕を上げて、ナンダに来るよう合図している。

ナンダは足、それと同時に杖を前に進める。

「行くのか」ルボールが尋ねた。

「もちろん、行く」

ナンダは行く。ルボールはためらっている様子だが、意を決してついていく。しかし、距離をおいてだ。二メートル、そして三メートル。その間、ディオニスは向こうで待っている。ナンダが近づくと、ディオニスは言った。

「見てくれ……きのうの夜、ここで誰かが寝たようだ……ちょっと見てくれ。俺は全然さわっていない」

小屋に着いたナンダも、入口から覗きこむ。干し草置き場の四分の三は干し草で埋まり、戸から反対側の屋根まで勾配を作っている。この柔らかく膨らんだ勾配は、縮れてすきまがあり、風でわら屑がいろいろな方向になびいているが、そこに平坦になった箇所がある。干し草がフェルトのように見える箇所、人の身体を粘土でかたどったように見える箇所だ。

「おい」ディオニスが口を開いた。「これは何だ」

ナンダは耳の後ろを掻く。

「知るか」

「でも、人じゃないのか」

「そうだろう」

「誰がここを通ったんだろう」

そのとき突然、ルボールの声がする。

「いやはや、全然わからないな……俺はこんなときは、いつも銃を取ってくる」

彼は村に不安の種をまき散らした。途中で、みなにこう言ったからだ。

「気をつけろ。この辺に盗っ人《と》がいる」

返事を聞こうともせず、木の階段を上る。古びた火打ち銃、火薬入れ、弾丸の入った袋を持って、再び現れた。武器を装填している彼の姿が、近所の者たちの目に入った。階段に座って、火薬を詰めこんだり、手入れ棒で銃身の端から端まで掃除したりしている。その上から、妻が身を乗りだして言う。

「行かないで!……ルボール、ここにいて。わかるわね、ルボール、行かないで!」

近所の男も女も、わけがわからず眺めている。

夜がすっかり明けた。晴れそうな気配さえ感じられる。ひび割れの入った空は、乾いた大地のようだ。それと同時に、太陽が山脈の斜面を、下から上へと滑っていく。目の前や上方のはるか彼方には、磨いたばかりの窓ガラスのように汚れなく透明な空が見渡せる。昨夜の雨の名残は、木の葉の上の丸い滴となって、さまざまな色の小さな光を無数に発している。雄鶏がくちばしを大きく開けて、また甲高く鳴いた。そのとき、上の方に男が、まるで雄鶏の叫びに呼ばれたかのように、姿を現した。最初に見つけたのはナンダ、次にディオニスだ。しかし、目に入ったものが何かわかっていない。

二人の二、三百メートル前にいる。白っぽい。

藪から出てきて、テレーズの菜園の方へ向かう。それは現れては消え、また現れる。隠れようとしているようでもあり、こちらを見ようとしているようでもある。白い斑点が、再び消えた。

また出てきた。もっと近くだ。

相手が前に進むにつれて不安が増してきたのか、ディオニスの方があとずさりする。ナンダもあとずさりする。

——山上で太陽が輝いたが、それも隠れてしまった。今はもう、村中が家の前に出て、人垣を作っている。村の誰もがそこにいる。注視している者もいれば、何も見ていない者もいる。何かが見える者もいれば、見えた気になっている者もいる。その間に、ナンダとディオニスが合流した。

「おい！　見えるか」

「いや」

「あそこだ」

「いや」

「もういないぞ」

別の声がする。

「いや、いる……今はあそこだ……燃えた松の木の後ろだ」

「そうだ」ディオニスが言う。「きのうの晩、俺の干し草置き場で寝た奴かも……」

女の叫び声がする。

「ああ！　わかるわ。誰だか、私にはよくわかる」

女に尋ねる。

「誰だ」

「死んだ人たちよ……戻ってきている。止めるのは無理よ」

女を別の場所へ連れて行った。

だが、その考えは、人から人へと急速に伝わっていく。その考えが、みんなの頭の中に入る。恐怖心が、みんなの頭の中に入りこむ。もし本当に死者たちなら、近づいて家に入るのをどうやって止められよう。ドアも錠も役に立たないのだから。

一人の男は、熊手を取ろうとしている。別の者は、棒を手にする。さらに別の者は、竿《さお》を取りに行く。——男の数は少ない。いなくなった者、山小屋にいる者たちのせいだ。夏の村は、女子供ばかり、そして数人の老人だ。

少しの間、何も見えなかった。突然、白い点が、まっすぐ自分たちに向かって来ているのに気づいた。しばらく見えなかったのは、低木の中を通っていたからだ。

女たちの何人かは逃げだした。階段の下やドアの前に移った者もいる。いざというとき、すぐ隠れられるように。

銃の音がした。

空に向けて撃ったのはルボールだ。

白い点は姿を消した。

みなはルボールに駆け寄る。そして言う。「おい、気でも狂ったのか！　人か物かさえ、わかっていないのに。えらいことになるぞ」

彼は首を振る。「空に向かってさ」

続ける。

「俺に任せな」

みなはなんとかやめさせようとしたが、彼はもう弾をこめ直している。顔を上げた。

「どうだ」

目の前の方角を指す。

「もう何もいない、これで安心だ」

そのとき、モーリス・ナンダ（頭のきれる男だ）がジュスタンに合図して、小声で何か言った。

ジュスタンが小教区のプルミエ村の方向へ走りだしたのが見えた。

その間、ほかのみなは、身振りで会話している。女たちは、銃声に怯《おび》えた子供たちを連れて帰る。山腹を指さしている者たちもいる。そこはもう、何も動いていない。生きているものは何もない。〝生きている〟というのは、言葉の遊びにすぎないのか。〝生きている〟と言ってよいのだろうか。あの亡霊たちが何でできているか、誰が知ろう。いくらかでも身体に重みがあるだろうか。目の部分しか見えないものが、出たり、隠れたり、現れたり、消えたりしているのかもしれない。しかしそのとき、女の声が聞こえた。

こう言っている。

「あの人はどこ？」

さらに言った。

「誰が撃ったの？……なんてこと！」声が続く。「あの人を怯えさせたのね……なんてこと！　もう戻ってこないかもしれない」

テレーズだ。

「幽霊じゃなく、あの人だから。たしかにあの人よ。きのうの晩は自信がなかった。暗闇では、見間違えることがあるわ。でも今、昼間に姿を現して、あなたたちが見たのなら……どこにいるの？」

ナンダが片方の腕をとる。ディオニスは別の腕だ。

「どこにいるの？」

フィロメーヌも、娘の後ろにいる。テレーズの右側に一人の男、左側にもう一人の男。テレーズは言う。

「放してよ！」

声がする。

「いや、ここにいなさい、まだよくわからないのだから。それに、ごらん」ナンダは言う。「もし本当に奴だとしても、もういない」

女はもはや動かない。すっかり落ち着きを取り戻した様子だ。目を凝らしても、もう何もない。まだ青白くわずかな日差しが、ほんの一瞬だけ、山腹をきれいな色で照らした。松の木々は赤く輝き、岩のいくつかがガラスのようにきらめいた。太陽が隠れる。

すると、誰かが声をあげた。「おい！」

テレーズは肩をはげしく揺すって腕をふりほどくと、前に向かって走りだした。ナンダが追いかけるが、足が悪いので、追いつけない。彼女は、菜園の端の岩場が始まる斜面の下まで走ると、そこで急に止まった。

呼びかける。

「アントワーヌ！　アントワーヌ！　私よ」

さらに言う。

「アントワーヌ！　あなたなの？」

すると、見ていた者たちは、彼女から百メートルくらい上の地点に、白い点が再び現れたのを見つけた。藪の陰から立ち上がったのだ。銃声がしてから、ずっと隠れていたにちがいない。

身体は人間だが、もはや人間の相貌をとどめていない。テレーズのいるところからだと、もっとよく見える。戸惑いつつ、こちらをみつめている。

女も戸惑っている。夫だという確証をつかみたいが、それが見当たらない。それは人間、あるいは人間もどきだ。顎ひげはあるものの、目がどこにあるかわからない。口はたしかにあるが、その口から声が出るだろうか。顔の上側に、黒いものがかかっている。裸、もしくはほとんど裸で、肌は石のような色。まるで死人の身体だ……女はほんの少しあとずさりした。

彼の方は、相変わらず動かない。

女があとずさりするのを見ると、ナンダが杖をつきながら近づく。

「待ちなさい、テレーズ、待ちなさい……まだわからないが、もうすぐわかるさ」

礼拝堂の鐘が鳴りだした。

あれは、デルボランスの崩落に遭った羊飼いだ。二か月間、瓦礫《がれき》の下に閉じこめられていた。再び姿を現したが、誰もそれを信じることができない。しかしそのとき、礼拝堂の鐘が鳴る。ここには礼拝堂が一つあるきりで、プルミエ村の主任司祭が週に一度、ミサのために来ている。子供の声のように澄んだ音色をした、小さな鐘だ。その鐘の音が聞こえてきた。それは上に向かって、どんどん広がっていく。そして、岸に寄せては返す波のように、山の斜面にぶつかっては反響する。

それは戻ってくる。益鳥と言われるハイタカのように、上空に円をいくつも描きつつ。

ジュスタンが呼びに行ったプルミエ村の主任司祭が、人家のあるところまでやって来た。

白と黒の装いだ。キリスト像のペンダントが胸の前で輝いている。赤と白の装いの侍者《じしゃ》は、十字架を携えている。

司祭が水飲み場のそばを通ると、みなはひざまずいた。もう怖くない。司祭は進む。十字架が前だ。彼は十字架のあとを進んでいる。

テレーズのそばまでやって来た。テレーズはひざまずく。まずはお辞儀をした。顔を上げると、ひざまずいたまま、十字架とキリスト像を見やる。〝彼〟かどうかわかるだろう。彼だろうか、それともただの幻だろうか。実体があるのか、それとも霊なのか。本当に存在しているのか、あるいは空しい幻影にすぎないのか。その間に、十字架とキリスト像はさらに進み、傾斜が急に険しくなる地点まで達していた。

女は手を組む。

そして彼は……

彼は一歩前に出て止まる。藪の陰から出てきたのだ。もう一歩前に進むと、次は横へ一歩。酔っぱらいのように。そして止まる。

おまえは人間か。キリスト教徒か。本当に生きているのか。彼が返事をしたがっているのが見てとれる。しかし、できない。まだできない。一歩進むと、動かなくなる。また一歩進む。

あなたはアントワーヌ・ポンですか。

本当にあなたなら、みんなが待っているから、おいでなさい。キリスト様と受難の責め具(十字架のこと)が待っています。両手で掲げた木の十字架が、目の前にあります。あなたは本当にアントワーヌ・ポン、テレーズ・マイの夫、キリスト教徒、またその子孫ですか。

上にいる男が、また動きはじめた。もう立ち止まることはなく、どんどん近づいてくる。奴だろうか。そうだ、たしかに奴だ。十字架に向かっているのだから。強い日差しを浴びて、十字架が輝きだした。太陽は残った雲を蹴散らして、山脈の隅々まで照らしている。

鐘は相変わらず鳴り続いている。

彼は身をかがめる。顔全体をうつむける。そして、大きく前にジャンプすると、膝から崩れ落ちた。

V

「まあ！　アントワーヌ。アントワーヌなの？」

彼は妻をみつめる。ところが、もう視線をそらしている。

「アントワーヌ」妻は言う。「こんなことってあるかしら」

「おまえ、本当におまえなんだね」彼は答える。

しかし、笑いだすと、背を向けた。

自分を見つけると、歓喜で踊りだすと思っていた。自分に近づくや顔を引き寄せ、互いの顔をくっつけたまま、ずっと抱き合っているだろうと思っていた。ああ！　話したいことがある、たくさんある。立っていても、座っていても。ああ！　最初は立っているだろうが、こう言われるだろう。「座れよ」それから長い時間、互いの温もりを感じつつ、甘く語らう。もう話すことがなくなって、口を閉ざすまで。

ところが夫は、心ここにあらずの様子だ。

台所はまだ、湯気と石鹼の香りに満ちている。身体を洗ったからだ。服と下着を持ってきた。ルボールには、吞《の》み屋のほかに副業がある。彼はアントワーヌの髪の毛を切ったあと、ていねいにひげをあたった。

アントワーヌは鏡を眺める。

「ああ！　俺の顔は、なんてちっちゃいんだ！」

もう一度、鏡を眺める。

「握りこぶしほどもない……それに」しゃべっている。「顔色が悪い。当たり前だ。まあ、二か月も土の中にいたのだから……そういえば」しゃべっている。「ルボールの奴は、俺を撃とうとしたな……元兵隊だから……」

「アントワーヌ！」

だが夫は、しゃべっている。

「これは本だ……おまえのミサ典書《てんしょ》ではないかな」

近づきたくないかのように離れてはいるが、妻はまだじっと彼をみつめていた。

「まあ！　アントワーヌ。どうしたの？」

「ちょっとさわってごらん」彼は言う。「これは皮膚で、これは肉だ。そして、俺はさっき十字架の下をくぐった……ちょっとさわってごらん」続ける。「さわれば、わかるよ。幻ではなく、本物だ。消えることはない。俺だ」

それでもなお、寝室の中にある物を点検し続ける。部屋を一周しながら、一つ一つの名前を口にした。

「ああ！」叫ぶ。「これは、俺がおまえにやったブローチだ」

家の前に人だかりができているが、まだ誰も入る勇気がない。フィロメーヌ婆さんは、台所を片づけている最中だ。石鹸水がいっぱい入ったたらいを持って表に出て、壁の下にぶちまけた。

みなは尋ねる。

「どうなの？　本当にあの人なの？」

しかしそのとき、彼がいきなり窓を開けた。下には、子供たちが集まっていた。白い小さな顔を突きだして大きな叫び声をあげたので、子供たちは恐怖を覚えた。ブドウの木の間に入りこんだムクドリの群れに向かって鉄砲の弾を放ったときのように、子供たちは散り散りになって逃げた。

彼は笑いながら、上体をひっこめた。またすぐに、壁のあたりを見回しだした。こう言いつつだ。「最初から学び直さないといけない」

妻は夫に近づき、腕をとって、抱きしめたかった。だができなかった。

言うべきことがたくさんあるはずなのに、何も思いつかない。気持ちが動転しているため、どんどん忘れてしまっている。

こう言いたかったのだろう。「ねえ、あなたに知らせたいことがあるの。いい知らせよ」しかし彼は、

「おや！　椅子だ……ああ！　座り心地がいいだろうな」

試してから笑う。なぜ笑うの？　笑っている。また言う。

「おや、針刺しじゃないか！　じゃあ、縫い物はずっとしているの？」

突然尋ねた。

「今は何月？」

また訊く。

「曜日は？」

さらに訊く。

「日付は？」

そして言った。

「つまり、七週間も無駄にしていたのか。ともあれ」続ける。「今は平和が戻ったのだから、時間を取り返さないといけないな」

しかしもう、誰かが台所のドアを叩いている。村長だった。

「アントワーヌに来てもらえないか。神父様がお話をなさりたいそうだ」

すぐに行ける。帽子をかぶればよいだけだから。道と家の脇に、人だかりができていた。彼はドアを開けた。みなは驚いた。面影がない。「まあ！　背がかなり縮んでる」誰かが言う。「本物かしら。まあ！　たしかに本物かしら。まあ！　痩せ細って！」

それでも前に出て、握手をする。女たち、近所の者たち、子供までもだ。しかし、おそるおそる。彼はひと言もしゃべらないが、みなに笑いかけている。村長が隣を歩いている。上天気だ。頬にあたるそよ風が、涼しく感じられる。

アントワーヌは、村長の隣を歩いている。道の幅が狭いから、ほかの者たちは、その後ろにつくしかない。彼の足取りはおぼつかない。明るい中で見て、みなは仰天した。顔に日を浴びた形跡がまったく見られないのだ。枯れ葉の下で育った植物、あるいは地下倉で栽培された野菜のようだ。みなの方を振り向いて、笑いかける。村長に言う。「まだ具合がよくないです。おわかりでしょう、石の下敷きになっていたのですから」

「すぐによくなるよ」村長は答える。「それに、もう着いた」

「もう石の下敷きじゃない」彼はもう一度、空気を大きく吸った。貪るように。「ああ！　うまい！」振り向いて言った。「うまいけど、目が回ります」

主任司祭および村長と共に、一時間近く室内にいた。

村役場の前に、人々が集まっている。もうプルミエ村からもやって来ている。ニュースがあっという間に伝わったからだ。そのため、スカートばかりだった中に、ズボンの割合がぐっと増えた。誰かが訊く。「奴は何をしている？」「なんだって！」誰かが答える。「事情を尋ねられているのさ」

役場から出てきた彼は言った。「女房のところへ戻らないといけない。まだ顔もよく見ていない」しかし、みなは言う。「そんな！　俺たちは？」

さらに言う。

「奥さんとは、いくらでも会えるじゃないか。俺たちは、ここの者じゃないから」

プルミエ村の男たちが立ちはだかった。

「やあ！」

彼らは言う。

「本当におまえか。もしおまえなら、顔がひと回り小さくなっている」

近づいたものの、恐くなって目をそらす者もいれば、人の後ろに隠れて、だぶだぶの服から出ているアントワーヌの顔や手足（実際、鳥を威嚇するべく菜園に立てられた案山子のようだ）を、遠くから観察している者もいる。顎の先の二つの窪み、ひび割れた唇、黄色く出っ張った歯を、遠くから観察している。――生者の中にいる死人そのものだ。

〈こんなことがあるだろうか！〉

目だけでなく、耳や手を使って、存在を確かめる必要があった。しゃべらせたり、服を手でさわったりした。そして言った。

「さあ、来いよ！」

ルボールが片方の腕を抱える。ディオニスは別の腕だ。

ルボールの店まで連れて行った。こう言いながら。「ちょっと一杯やろう」

木の階段を上るのを手伝った。一段ごとに、大きな音がする。階段は、なんとか衝撃に耐えられるだろうか。きしむし、重みで傾くように感じられる。それでも、みなは入る。少なくとも店内に場所を見つけられた者は全員だ。ほかの者は、窓の下にとどまるか、近所の家へ飲みに行った。

彼は日の当たる奥のテーブルに座らせられた。一人が言う。「何か食べるか」

ルボールに言う。「チーズと干し肉を持ってこい……おまえは、この男に負い目があるからな」

ルボールに言う。「鉄砲をどこに置いた、このいかれ野郎。しまっただけか。また俺たちに悪さをしないよな」

みなはアントワーヌに向かって言う。「乾杯！」

グラスを置くと、彼をみつめる。新たな客が、ひっきりなしに階段を上ってくる。入る前に、大きく開いた窓からアントワーヌを観察する。

何も言わない。数人は、音を立てずに階段を下りていく。しかしほかの者は、逆に我慢しきれなくなって、叫びだす。

「ポン！」

彼が顔を上げた。太陽で目を傷《いた》めたかのような、うつろな視線を向ける。

「ポン！　おまえか。まさか……どこにいた？」

また言う。

「どうやって、あの地の底から抜け出したのだ」

村中が、ハチの巣をつついたような騒ぎになった。

VI

「待ってくれ、待ってくれ！」彼は言う。「まだ心の整理がついていない……俺はどこにいる？　ああ！　そうだ、地の底から抜けだしてきた。そして、おまえたちがいる。俺がいる。これでよし！」

「乾杯！」

「変だな、さっき村役場で事情を訊かれたのに……ところが今はもう、自分がどこにいるか、わからなくなっている。記憶が飛んだり戻ったりする」

「乾杯、アントワーヌ！」

「小麦の刈り入れを始めている、と言っていたな。つまり、干し草の取り入れさえまだの時期だ……そうだ、始めていない。ああ！　思い出した……今日は何曜日だ。何日？　何だって？　ええ？　八月十七日か。何年の八月十七日だ？　年も曜日も日付もわからないところに、俺はいたから」

　答えが返ってくる。

「数えないといけないが、自分じゃできない。数えてくれ」ナンダに言う。「何日いた？」

「七週間、いや、もっとだな。もうすぐ八週間になる」

「そんなに！」

　みなに囲まれて、テーブルに座っている。グラスは目の前だ。錫製のワイン壺が空になると、すぐに注ぎ足される。

「ずっと太陽を見られなかった……ほんのときたましか、日が上から当たってこない……あんな高いところで、石の下敷きになるなんて……山が崩れるとは」

　風が入ってくる。スズメバチやミツバチが入ってくる。ハエが入ってくる。いろんな種類のハエだ。青や緑のもいる。黒いハエが、人の周りを霧のように舞っている。黒いものが顔のあたりを飛び回るさまは、巣から蜂蜜をとるとき顔に巻くモスリンのようだ。その中に、彼の青白くくぼんだ二つの瞳がある。こちらを向いてはいるが、焦点が定まっていない。

　人が出たり入ったりする。みなは言う。「おい、静かにしてくれ」しかし彼は、誰にも注意を払わない。目の前を動くものに向かって、びっくりしたような視線を、瞳の奥から投げかけている。一つのもの、そして急に別のものへと。

「待ってくれ、記憶が戻ってきた……山が崩れた」

　尋ねる。

「山が崩れたとき、音がここまで聞こえたか」

「もちろんだとも！」ナンダが答えた。「でも、何の音かわからなかった。天気がよくなかったなら、雷雨だと思っただろうよ」

「なんだって！　天気はよかったのか？」

「そのとおり！　星はこのうえなく美しく、雲一つなかった。だから、みんなはまた寝に戻った……俺だけだよ、ジュスタンに訊いてみな。〈きっと、雷雨以外の何かだろう〉って思ったのは」

「俺には」アントワーヌが言う。「何も聞こえなかった。俺にとっては」さらに言う。「音じゃない。耳をつんざくほど、でかかったから。聞く余裕などなかった。誰かの膝がのしかかってきた気がした。棚板やわら布団ごと、壁から落っこちた。棚板とわら布団と俺の三つとも、地面に叩きつけられた」

「聞いてくれ、聞いてくれ」一人が口をはさむ。「おい、おまえ。黙れ！」と村人たち。

やって来たのは、腕を折った男だ。

「俺の」しゃべりはじめる。「肩を梁《はり》が直撃した……腕に添え木をあててもらった」

だが、アントワーヌはかまわず、

「山が崩れた。山が上から落ちてきたので、俺は這いつくばったまま、じっとしていた。動けるかさえわからなかったし、動くのが不安だったから……すると、誰かいた」

記憶の風景の中に、人影を突如見つけた様子だ。

「そして、誰かが俺を呼んだ……そうだ」

しかし、その人物について話しているのを、もう忘れてしまったらしい。誰だろう。わからない。もう別の話に移っている。

「そんな状態だった」続ける。「動かずにいよう、周囲を見ないでいよう、とだけ思っていたから。つまり、腕と足がまだついているかどうかも自信がなかった。背骨が真っ二つに折れていることだってありうるよな。そのとき、声をかけられた。『どこにいる？』俺は答えた。『ここだ』それだけだ。それから俺は、右手の指の先を、ちょっとだけ動かしてみた。次に手だ。そして腕を肘まで、さらに腕全体」

「やあ！　アントワーヌ」声がかかる。

また二人、プルミエ村の男が入ってきた。しかし彼の方は、

「俺は考えた。〈少なくとも、片方の腕は大丈夫だ。さて、もう片方がどうなっているか調べてみよう〉右腕を左へ持っていった」

誰かが言う。「飲まないのか」

返事をする。

「飲んでるよ、大丈夫だ……左腕を上げることができた」

笑う。みなもならった。

「ただし、まだ両足のことがあった。その間も考えていた。〈誰かが呼んだかな〉いずれにせよ、声はもう聞こえていない。片方の膝があるのが見えた。これで一つ。もう片方もある。これで二つだ。おしめを外してもらったばかりの赤ん坊みたいに膝を動かすと、両方とも傷んでいないのがわかった」

みなは語りかけ、質問を浴びせるが、彼は聞いていない。

記憶がごっちゃになって蘇るにつれ、その中にどんどん引きこまれていく。前に押されたり、後ろへ引っ張られたり。

「やっと俺は座り、身体のどこも欠けていないのを確かめた。つまり、頭を別にすると、両腕、両足、そして胴体だ。わかるだろう、それは腕を上げてみて初めて気づいたことだ。腕を上げることができたからな。さて、腕を上げる。すると、頭の上三十センチのところに、天井のようなものがある。崩れた山だ。山の石の大きな塊が、斜めにかぶさっている。俺はといえば、その下の隅に閉じこめられている。文字どおり、生き埋めだとわかった……六月二十三日だっけ？　ああ！　そうだ、六月二十三日の午前一時頃で間違いないな。二か月前だ。誰かの

耳に届くようにと、俺は力一杯叫んでみた」

グラスをとる。今度は彼の番だ。

「乾杯！……おまえにも、プラシード。おや！　おまえもいたのか。おや！　腕を折っている！」

そして急に尋ねた。

「ほかの者たちは？」

何も返事がなかった。彼はもう質問を忘れている。

「ああ！　あんなときは、ちゃんとものが考えられなくなるものだろ。俺は最初、できるかぎり叫んでいた。それから思った。〈空気を節約しないと〉それで、黙ることにした。多分、空気はそう長くはもたないだろうと考えたからだ。息をできるだけ小さくした。口を閉じて唇を結び、鼻だけで小さく呼吸した。こんなふうに……」

鼻をつまむ仕草をした。

「なぜなら、考えてもみろ。寝場所や光だけでなく、空気もなくなったらどうなるか。だが空気は……」

「じゃあ、パンは？」誰かが口をはさんだ。

彼は言う。

「待てよ」

しかし彼は、

「じゃあ、水は？」

「そうせかしなさんな。パンや水より、空気の方がずっと大事なんだから。少なくとも空気には困らないのに気づいて、俺はうれしくなった。積み重なった岩の間の至るところに、すきまがあった。岩はかなりの厚みだが、切れめが無数にあって、空気を通すことができる。身体も、立つのは無理だが、四つん這いなら問題なかった。さらに俺はついていた。山小屋の奥の部分は潰れていなかった。つまり、岩にもたれかかっていた」

続ける。

「もうチーズを二つ作っていたし、六週間分のパンも運び上げていた。さて、想像できるかな。チーズとパンは、ちょうどいい側にあった。つまり、棚の上に落ちた岩が止めていたから、岩に沿って手を伸ばせば……」

みなは叫んだ。「なんと！」そしてアントワーヌだ。「わかるよな……しかも、わら布団さえ残っていた」

想像してほしいが、崩落した土砂というのは、スポンジの中のように、穴だらけの状態だ。しかしあいにく、互いの穴はつながっていない。腹這いで一つの切れめに入って、可能な限り進む。そして腹這いのまま、次の切れめに移る。膝をついてみると、足元の岩が上り坂になりはじめていた……彼の話は終わらない。「上り坂だと、元気が出てきた。上に日の光が見えたからだ。だが、また下りだすと、がっかりだ」

「時が経つ」続けた。「一日、二日、三日あるいは四日だったかもしれないが、さっぱりわからない。だが、わかっているよな。俺には飲む物がなかったから……口がかさかさになりだした。唇はひび割れ、舌は革になったようで、顎が下がって、口がぽかんとあく。それで、わら布団まで戻って、横になった。自分に言いきかせる。〈おとなしくしていろ〉あるいは、尿を溜められる物がないだろうか。砂漠で迷子になって、自分の尿をまた飲みながら生き延びた旅人の話を、覚えているだろう……ああ！　おまえたちはみんな幸福だ、お天道様《てんとう》の下にいるのだから。俺は思った。〈あの泉、あのきれいな泉があれば！　地上に現れる湧き水、苔の芽の先に滲み出す真珠のような小さな水滴が、ときどきあるだけでいいのだが！〉と」

ポトン。

何の音だろう。

みなはルボールの店にいる。店内は一杯だ。彼が指を上げる。「ポトン」

掛け時計が、まずはゆっくり、それからどんどんスピードを増しながら、時を刻んでいるかのようだ。「ポトン……ポトン……ポトン……」

わら布団から起きだすと、前に出て、手を差しだした。

顔に水がかかる。口をあけるだけでいい。水が入ってきた。

「それは崩れた氷河だった。途中でひっかかっていたが、また石の間に滲みこんで、流れの一つが俺のところまで落ちてきていた。屋根から地面まで下ろされた細紐みたいだった。両手をかざすと、生き物が動いているように感じられる。急いでたらいを探して、下に置いた。こう思いながら。〈もし、この水が止まってしまったら……〉もう大丈夫だ！　助かった！　わかるよな、人が生き延びるために必要なものを、俺はみんな持っている。食べるもの、飲むもの、空気、寝場所、光だってたまに見られる。あとは、たっぷりある時間を使いさえすればいい……俺に必要な時間がどれくらいだったか、わかっただろう。七週間、いや七週間以上だった」

ルボールの店の午後は、ずっとこんな具合だった。

話は何度も中断される。新来の客は、彼を見つけて目を潤《うる》ませる。いろんな質問が飛ぶ。乾杯の唱和には応じなければいけない。

そのたび、話に立ち戻る。

「それは道の下の暗渠《あんきょ》みたいだった。かなり狭いので、身体を中に滑りこませると、こすれてしまう。明るいところでは、どこを通って戻ればいいか、印をつけておいた。暗いところは、何度も同じところを行き来して、道を身体で覚えた……長い間同じ方向を進んだすえに、行き止まりのこともある。そのときは戻らないといけない……頭の真上の石の間に、天窓のようなものが現れることが何度もあった。俺は煙突掃除夫のように、そこまで上ろうとした。どんどん上っていくと突然、穴の上に岩板がかぶさっているのが見える。俺はまた下りざるをえなかった。そして、左側に日の光が見えると、植物の若枝のように、光へと向かう。若枝は、糸より細くか弱くても、鉄の棒以上に強いものだ。ところが俺には、力も手立てもない。あちらこちらと、まやかしの希望に始終引きずり回されていた。七週間だ」さらに続ける。「粘り強さと慎重さが必要だった。穴の多くは、土砂でふさがれているからだ。念のために指先だけを使って、おそろしくゆっくりていねいに、穴を掘りだそうとした。全体が崩れて俺にかぶさってきたら、終わりだから……なぜこんなに時間が必要だったか、わかるよな」

もう一度言う。

「七週間だぞ！」

次第に日が暮れてきた。

「よかった」みなは言う。「おまえが帰ってこられて」

顔をじっと見て言う。

「もう血色がよくなってきた」

窓の正面から入ってくる月明かりに照らされた顔を眺めると、頬がピンク色に染まっているのがわかる。

「ワインのせいだな。おまえは水ばかり飲んでいたから！　おい！　ルボール、もう一杯だ……そう、そこ、目の周りが赤くなってる……乾杯！　健康を祝して！」

しかし彼は、今回は飲まなかった。テーブルの上に置いたままのグラスを握りしめて、物思いに耽《ふけ》りだした。

突然、口を開いた。

「何人いた？」

「どこにだ」

「あの上に」

しばらく沈黙があってから、一人が言った。

「そうだな、おそらく二十人くらい」

「十八人だ」別の者が口をはさむ。

すると、アントワーヌが尋ねた。

「何人戻った？」

木々の間から、鳥の鳴き声が聞こえた。

やっと答えが返ってきた。

「そうだな、おまえがいて」

また言う。

「それから、バルテルミー」

だがアントワーヌは、

「奴はどこにいる？」

だがアントワーヌは、

「なあ」ナンダが口を開いた。「おまえは疲れている……よければ、この話は次の機会にしよう」

「奴はどこにいる？」

「つまりだ」ナンダは答えた。「可哀想に……そうだ、ついていない」ナンダは続ける。「石の下に閉じこめられた」

「それで？」アントワーヌが訊く。

「それで？」ナンダが言った……「つまり、そうだ」

「そうか！」アントワーヌは叫ぶ。「わかったぞ。俺は上にいたから、あれがどんなものか知っている。何でも道連れにして、襲いかかってくる。わかったぞ。ほかの者、みんなだ。ジャン＝バチストとその息子、マイの二人、カリュの家族全部、ドファーユ、ブリュシェ……わかったぞ、でも」

拳をテーブルに叩きつける。

「でも、一人は死んでいない……俺に声をかけてきたのだから、死んでいない。あの上で、石の下に閉じこめられたままだ」

　また口を開く。

「セラファン」

　きっとセラファンの姿が心に浮かんだのだろう。今は口をつぐんでいる。痩せこけた、かなりの老人だ。眉のない顔の中に、薄く小さな瞳が埋まっている。二人は九時頃、火の前に座っていた。そして……

　アントワーヌは、拳をテーブルに叩きつける。

「わかるよな、友達だ。友達以上だ、父親同然だから」

　彼を囲んでいる者たちは、相変わらず何も言わない。

「あの人がいなければ、俺は結婚できなかっただろう。そうだ」続ける。「親爺さんは生きている……俺が土に埋まっていたとき、声をかけてきた。『おい！　アントワーヌ、いるか？』と。俺はいると答えようとしたが、気を失ってしまったにちがいない」

　相変わらず、何の返事もない。すると言う。

「探しに行けばいいだけだ。来てくれるよな」

　相変わらず、返事がない。


　テレーズの家には、女たちの訪問が一日中あった。ひっきりなしにドアが叩かれる。様子を知りたいからだが、近所の者たちはアントワーヌと会うつもりだ。テレーズはこう言わなければならない。

「いませんの」

「ええ」続けて、「村長さんや神父様と一緒に村役場へ行ったきり」

　そして、お昼をかなり過ぎると、

「ええ、まだ戻っていませんわ。ルボールの店にいると思いますわ。友達と一緒に飲んでましたから」

変じゃないの、私は妻なのに。

フィロメーヌは暖炉の前に座っている。彼女は首を振りながら言う。「それが幸せというものさ」

「まあ！　本当になんて運のいいこと」みなは言う。「七週間も経ってから、こうして婿さんと旦那さんにまた会えるなんて！」

「ただし」フィロメーヌは言う。「一人で戻ってきたけど、上では一人じゃなかった。二人だった。可哀想なお兄さん！」

十字を切る。

さらに言う。

「可哀想なセラファン！　今度ばかりは生きては帰れないだろう！」

枯れ枝をひと握り、暖炉に投げこんだ。両手鍋の胴の部分が、無数の傷でうろこ状になっている。しばらく毛をすかれていない雌牛の腹のようだ。

今は夜の八時。一人また一人といなくなった。最後にフィロメーヌも家に帰った。あの人は相変わらずいない。女房のことを忘れてしまったのかしら。結婚していることも。〈それに、まったく気づいていなかった〉テレーズは思う。〈もうすぐ三か月なのに……〉

鏡の前に座って横向きになると、ランプの灯りが身体の正面に当たる。横を向きながら、考えた。〈そうね、お腹がよく目立つ。新しいワンピースを着れば、なおさらだわ。ウエストがよく締まるもの……だけど、あの人は何も気づかなかった〉

寝室で、さらにしばらく待った。ベッドは整い、ランプは柔らかな光を放っている。台所のテーブルの上には、夕食が用意されている。あの人は相変わらず戻ってこない。

〈迎えに行こう〉

ドアまで行って、開けた。見ると、空にはもう星が出ている。しかし、人だかりがあったので、先に進む気になれなかった。

きっとからかわれるだろう。あの子はもう旦那のあとを追いかけているのかい。放っといておやりよ。友達と会ったのだから、当然さ。ああ！　話すことがたっぷりあるはずだと思わないかい。みんなで飲ませておやりよ。そのうち戻ってくるさ。

こんなふうに、みんなは言うだろう。そのとおりかしら。〈いいわ〉心の中で思う。〈好きなときに戻ってらっしゃい。少なくとも、私はここにいるから。帰ったらすぐに姿が見えるよう、台所に座っているわ。貞淑な妻だもの〉

スカートに手をのせたまま、もう動かない。

そのとき、遠くで声がした。村はすっかり静まりかえっているので、かなりはっきり聞こえる。男たちだ。数人、いや大人数の男たちだ。

声が近づいてきた。こう言っている。

「さあ、ここで解放だ」

ナンダの声がする。

「おやすみ、アントワーヌ」

三人めの声がする。

「また近いうちに、な」

そして、

「おやすみ……気をつけろ、段差がある……大丈夫か。それでは、おやすみ」

足音が一つ近づく。一段ごとにつまずきながら、階段を上ってきた。ドアの前で、しばらく立ち止まる。手で掛け金を探すが、なかなか見つからない。

こちらはもう立ち上がっている。だから、最初に目に入ったのは自分だ。望んだとおりだ。だが、こう言われた。

「ああ！」

そして言う。

「ああ！　そうだな、いたずらっ子ちゃん！……君だ……ああ！」続ける。「俺には女房がいる」

顔に手をあてた。

「俺の仕事着はどこにある？　あの人は生きているから」さらに続く……「ルボールの店にいたみんなは信じようとしなかった……俺が探しに行かなけりゃならないだろう」

前に出ると周囲をぐるっと見渡し、また止まった。抜けそうな草、根元をのこぎりで切られた木のようだ。ドアの縁枠《ふちわく》にしがみつかないと、寝室に入れなかった。

「いや、あの人は死んでいない。俺はみんなにそう言った。死んでいない、声をかけてきたのだから……表に出られないだけだ……ずっと石の下に閉じこめられている」

妻は何とも答えられない。夫の方は、シーツが半分めくれたダブルベッドを柔らかく照らすランプを眺めている。そして、また言う。

「服は簞笥《たんす》の中にあるか」

「アントワーヌ！　ねえ、アントワーヌ、言いたいことがあるんだけど」

しかし夫は、頭に一撃を食らった男のように、斜めに倒れた。

ベッドにくずれ落ちた状態だ。上半身が、シーツにぺったりついている。足は床に放りだされている。

眠りこんだかに見えた。今はもう、どうやっても目を覚まさない気がする。靴や上着を脱がせたが、何の反応もなく、おとなしくされるがままになる。まだ身体の暖かい死人のようだ。

腕を横に伸ばし、口を少し開けて眠っている。ベッドを横ぎる格好なので、自分が寝るスペースがない。口からは一定の間隔で、木でできたやすりのような、強くはっきりした音が洩れている。そのためテレーズは、母親の家に泊まりに行くことにした。

VII

だから翌朝、帰ってくる姿を、近所の人たちは見たのだった。声をかける。

「おや、家にいなかったのかい！」

夜に夫と一緒でなかったことに驚いたのだ。といっても、事は解決していて、もう何も変わりようがないのだから、

「まあ、まだ早すぎるわな！……寝かせないと。あんなふうに疲れた男たちが、三日間眠ってたのを見たことがある……そう、三日三晩もぶっ通しで」

けれども、九時近くだから、かなり遅い時間だ。

テレーズが家に入るのをためらっていると、

「まあ！　入ればいいじゃないの」女たちが言う。「まだ眠っているんなら、聞こえないわ。目を覚ましていたとしても、あなたが邪魔ってことはないわよ」

みなは笑った。笑い声を浴びながら、女は入る。ドアの鍵はかかっていない。ドアを押せばいいだけだ。姿が見えなくなったかと思うと、また出てきた。

「大変だわ！」

「どうした？」

「見なかった？」

「誰を？」

「アントワーヌよ」

「いや」

「ああ！　なんてこと、いなくなってる！」

一人が言う。

「ああ！　それだけのことか！　びっくりした。まあ、外出したんだろう。村の中にいるはずだ」

しかし、首を振る。何度も何度も首を振る。

「いいえ！　ちがう」テレーズは言う。「私にはわかる。また出かけたのよ」

「どこへ？」

「上へよ」

ちょうどそのとき、裁判所の職員と警官が、谷からやって来た。アントワーヌの調書をとる必要があったのだ。家はどこかと尋ねると、村人たちは指さした。彼らは近づく。女が見える。玄関の階段の上で首を振り、腕で大きなジェスチャーをしている。二人が寄って来るのを見ると、無理に笑顔をつくった。

「まあ！　よくいらっしゃいました……まあ！　ちょうどよいときに来てくださいました」

それから口調が変わった。

「ああ！　お願いです、急いで登ってください！……あの人が上にいれば……ああ！　お願いです。何が起こるかわかりませんもの」

実際、彼は上にいた。

狂気にかられて夜明け前に出発し、おとといの道を逆戻りしたのだ。白いシャツと新調の上着姿。大きな石が見える場所の少し手前にあるビオラの家に立ち寄る。石は今、苔によって、金色、薄黄色、あるいは鼠色や濃い緑色に染められていた。崩落した場所の少し手前だ。一番大きな石の塊は、家のように見える。ブルーベリー、スノキ、葉が硬くて枝に実をつけたメギなど、さまざまな植物が生えている。

ドアのすきまへ顔を入れた。

「誰かいるか」

彼は尋ねる。

「俺がわからないか」

「わかるものか!」ビオラは答える。

「アントワーヌだ」

「どのアントワーヌだ? このあたりは、アントワーヌがごろごろいる」

「アントワーヌ……さあ、もっとよく見てくれ……アイール村のアントワーヌ・ポンだ」

「うそだろ!」

ビオラはあとずさりした。

視線が顔に張りついたまま動かない。アントワーヌが帽子をとったので、全体をとらえることができた。元の顔と色つやを、想像力で復元する。

「おい! 待て……やっぱりそうだ! まさか!……おまえだとは!……どこから来た?」

アントワーヌは答えた。

「石の下からだ」

しかるべき方向へ腕を伸ばした。すぐ近くだ。

「ほかのみなと同じように、閉じこめられていた。ただし、俺は抜けだしてきた」

「うそだろ！」ビオラは叫ぶ。

さらに言った。

「どうやって」

「腹と手と膝を使って……七週間かかった」

「今はどこから来た？」

「村からだ」

「ルートル！」

ビオラが呼ぶ。

「おい、ルートル！」

ルートルは近くで作業をしていた。やって来る。

「誰かわかるか」

ルートルは近づかない。警戒心でいっぱいだ。

「いや」

「だが、よく知っている奴だ。牛の焼き印を見たことがあるだろう……A・P……」

「まあ、ともかく」ルートルは言った。「首から上に、面《つら》の皮があることはあるな」

「はいでみろ」

「頬をもう少し膨らませるべきかな」

「膨らませてみろ」

「ポン！」

「当たりだ、ルートル。さあ、近寄っても大丈夫だ。危険はない」

ルートルは近づく。彼もこう言う。

「どこから来た？」

アントワーヌは再び北を指した。岩壁、そして積み重なった石の下の方だ。それからまた話を始めた。途中でビオラが尋ねる。

「いつだ」

「きのう……いや、おとといだった」

ビオラがまた呼ぶ。

「おい！　マリー」

近所の小屋に住んでいるドヌロワの女房だ。ドアの敷居に姿を見せたが、立ち止まった。ビオラは遠くから声をかける。

「おい！　マリー。おとといの幽霊を覚えているか……そう、あんたが逃げてきたときの。さんざん食い散らされたよな、覚えているだろう、丈夫な胃をしてた。さあ！　これだよ、あの幽霊は」

「まあ！」女は言う。「誰？」

「ポン。アントワーヌだ」

ゾゼが母親の隣に現れ、もっとよく見ようと、首を突きだした。

「そのとおりだ」アントワーヌが口を開く。「でも、腹が減っていた。考えてもみてくれ、七週間だぞ！　たしかに、ひどい姿だったにちがいない……だが誓ってもいいが、あれは俺だ。俺だ」ドヌロワの女房に向かって言う。「もちろん、代金は払うよ」

ドヌロワの女房は、家から一、二歩出た。

「そして」アントワーヌは続ける。「村まで下りたが、俺だとなかなかわからなかった。最初は、そう、あんたたちと同じだった……発砲までされたよ。亡霊だと思って……みんなで一杯やった」アントワーヌの話は続いている……「神父さんが連れてこられた」また言う。「それから、みんなで一杯やった」

ゾゼも近寄ってきている。

「ただな」彼は続ける。「上に一人残っている。その男のために、俺はまた登るんだ。あんたたちは誰も見かけなかったか？　女房の伯父のセラファンは？　俺は夜明け前に起きた。つまり、そうしないと、行くのをとめられるからだ。みんなは言うだろう、誰もいないと……ところが俺は、一人いると言っている」

今は何人かの男たちがアントワーヌを取り囲んでいるが、言っている意味がよくわからない。彼は話す。

「あの人は死んでいないから……セラファン、聞き覚えがあるだろう……セラファン、セラファン・カリュ……かなり年の。そう、あの人だ。義理の母親の兄で、俺がなんとか結婚できたのは、あの人のおかげだ。俺が婿になるのを、母親は渋っていたから。わかるだろう、昔からの友達で、友達以上の存在だ」

さらに言う。

「そして、今もまだ、あそこにいる」

「どこに？」

「上だ……山が崩れたとき、俺たちは山小屋で一緒だった。火の前に座っていた。『退屈か？』と言われた。『じゃあ、わしはもうどうでもいいのだな』と。友達どころか、父親同然だ。俺はみなしごだから。そして、俺は抜けだしたが、あの人はずっとあの上の、そう、石の下にいる。村のみんなに言ったが、信じようとしなかった。だから俺は、もう一度登ってきた。俺一人だが、手伝ってくれるよな。言っておくが、あの人は生きている。よく覚えている。地面に倒れていたとき、こう声をかけてきた。『どこにいる、アントワーヌ』と。いい抜け道を見つけられないだけだ」

「本気か」みなは言う。「本気か、こんなに時間が経っているのに」

「なら俺は？……あそこに七週間いた。もう二日くらい、どうってことない……なあ、来てくれるか……そうか！　もちろん来てくれるよな。声をかけてみよう。あるいは鉄砲を持って行って、ぶっ放すべきかな。どちらに行けばいいかを教えられるから」

話す内容が、どんどん膨らんでいく。どんどん早口で支離滅裂になっている。答えを待たずに、次々と問いかけてくる。取り囲んだ者たちは、うなずくのみだ。そして、中の二人、つまりビオラとルートルが、アントワーヌと一緒に出発した。

三人の男たちは、岩場の右側を進んだ。あの険しい斜面を登って振り返ると、下の岩場は、近くに張られたロープで吊り下げられているかのようだ。でこぼこのはずだが、平らに見える。大きな石の塊は砂利、小さなものは砂粒のようだ。

そびえ立つ山を下から眺めたとき、頂上は波打ち、背後の斜面は隠れていた。その斜面が見える。姿を現す。下に向かっている。「なんと！」アントワーヌが言う。「そうだ」男たちが答える。「どれくらい煙っていたか、おまえは気づくべきだった！」「煙っていたのか」「まったく、あの塵《ちり》ときたら！　三日間、何も見えなかった」

しかし今は、何もかもが見える。ますますよく見える。今は、どんな音も聞こえる。静寂をわずかに乱すのは、三人の男の靴の釘が岩を削っている、犬が骨をかじるような音だけだ。そして、もはや静寂が乱されることさえまったくなくなった。三人の男たちは、踊り場のような場所に着いたからだ。立ち止まっている。アントワーヌは、眼下四方を見渡して、首を振る。

「俺があそこから生きて抜けでたとは！」

続ける。

「だが、俺が出られたのだから、あの人もきっと出られるだろう」

眼下一帯に広がる惨状を、もう一度眺める。海が静まりかえったような、広大な死の世界で、もう人っ子一人いない。だが、アントワーヌは言う。「あそこにいる」

すべては死んでいる。それでも、アントワーヌは言う。「あの人は生きている」どう目を凝らしても、動いているものは、この空間のどこにもない。日光に輝いている岩の表面、くすんだ染みのように見える穴の中、その周囲の大気中にも。その朝は、大きな翼を広げて空を飛び回る鳥も、叫び声をあげつつ壁面の裂けめの前をふらふら飛んでいる鳥もいない。すべては死んでいる。だが、彼は言う。「あの人は死んではいない」

腕を伸ばして、声をかける。

「おい、あの二つの大きな石の塊が見えるか。そうだ！　俺はあそこから抜けだした。そして小屋は」続ける。「小屋はもう少し下にあったはずだが、どこだろう。ああ！」さらに言う。「あんなに崩れてしまっては、場所の特定は難しい……まずは方向を定めないと、具合が悪いな。北はどっちだ。ああ！　こっちだな。そして」話は続く。「あれだ。あの斜面だ。あの斜面の岩床《いわどこ》に背中をつけて、落ちてくる小石をやり過ごしたから……あそこにいるにちがいない、セラファンは」

呼びかける。

「セラファン！」

力の限り呼びかける。手をメガフォンにして口にあて、「セ」「ラ」「ファン」の三音節を、力の限り吐きだす。続けて出た三つの音は、ひとまず消える。しばらくは、何も聞こえない。それから、谷の向こう側の壁にぶつかって、戻ってくる。一度めは、名前がほとんどそのまま戻ってきた。二度めは、角がとれて弱まった音で戻ってきた。三度めはもう、服の裾《すそ》を地面に引きずっているような、わずかにこすれた音でしかない。

「鉄砲を持ってきて、一発ぶっ放せばよかった」アントワーヌは言う。

また言った。

「だが、つるはしとスコップを貸してくれれば……」

VIII

午後の遅い時間に、ゾゼ坊やが村までやって来た。ザンプロンの住民たちが寄こしたのだ。みなは尋ねる。

「ところで、奴は上にいるのか」

「もちろん」子供は答える。「でも……」

額をさわる。

「ディオニスとお巡《まわ》りさんは？」

「ああ！」子供は言う。「行っても無駄だった。下りようとしないから。セラファンを見つけないかぎりは下りない、と言ってる」

人々は言い合う。

「どうすればいいだろう」

ゾゼ坊やは肩をすくめる。指の先で、もう一度額をさわった。

しかし、みなが周囲で話を続けているうち、女の心の中で何かが動きだした。

「ねえ！」ゾゼがまた話しはじめる。「どう思う？　つるはしとスコップを持って行った。セラファンは石の下で生きているから、だって。セラファンに声をかけられた、と言ってる。大人たちがついて行こうとしたけど、戻ってきたよ」

「なぜ戻った？」

「怖いからだよ」

「誰が怖いのかい」

「番人」

「どの番人？」

「羊の番人」

「ああ！　プランか」

「そう、デルボネールにいる人。ちょうど羊を連れて下りてきているところだった。石に足をかけてね、『この先へ行ってはいけない』と言われた」

　みなはうなずく。

「ああ！　あの人か。詳しいからな、あの人は！」

「そうだよ。先へ行こうとすると、『この先はだめだ……』と叫んでくる」

「アントワーヌは？」

「ああ！　あの人は、それでも行っちゃった……何も怖くないみたい」

　みなはうなずく。

「奴は偽者《にせもの》だ、とプラン爺さんは言ってる」

　みなは尋ねる。

「誰が？」

　ゾゼが答える。

「アントワーヌだよ。あれは人間じゃない、とプラン爺さんは言ってる。そう、姿は見えるけど、俺たちと一緒じゃない、中身がない……俺たちの気を惹くためにやって来たんだ。不運な死者たちは、俺たちがうらやましいし、石の下で退屈しているから……」

「それじゃあ」みなは、また言う。「どうすればいいだろう」

しかし女に、ある声が聞こえた。その声は、こう言っていた。「テレーズ、迎えに行きなさい」

さらに言う。「あさはかな女よ。おまえは言わねばならないことを、タイミングよく伝えたか。頃合いを見計り、しかるべきときに。夜は間違った判断をしやすいものだが、おまえは夫の傍《かたわ》らにいて、引き留めようとしただけではないか。あれは本物だと、十字架は証明してみせたが、おまえは信じなかったのか」

ルボールの店では、男たちがゾゼ坊やに酒を飲ませている。まだ未成年なのに。声が女に語りかける。「さあ、過《あやま》ちを償いなさい、なまけ者め。登りなさい、女よ、彼のところへ行きなさい。一人で行って、納得して戻ってきてくれそうな言葉を見つけるのです。秘密があるでしょ。その秘密を携えて行きなさい。行ったら、こう言いなさい。『私たちは今、三人よ。もうすぐ生まれる赤ん坊には、あなたが必要なの』と」

ゾゼは、ルボールの店で飲まされている。みなは言う。「今晩は、ここで寝ろ。どうするか決めるのは、あすの朝だ」

テレーズは母親を呼んだ。母は台所で泣いていた。

テレーズはこう言った。

「私、行くわ」

「どこへ？」

「上によ」

「まあ！」フィロメーヌは叫んだ。「まあ！　テレーズ」

「お母さん、籠を持ってきて。白い肌着と古いワインを二本、底に詰めてちょうだい。それから、おいしい食事に欠かせないものをみんな入れて。きっと上は、食べる物があまりないでしょうから。ハム、できたてのパン、みんなよ、お母さん……赤ん坊に父親をプレゼントするためですもの」

その間に、出発の支度を整えた。だがその夜は、そんなに遠くまで行かなかった。

村人たちは、まだ寝ていなかった。あちこちのドアの前で固まって、おしゃべりをしている。テレーズがやって来るのを見ると、押し黙った。真っ暗になりだした小道を進む。赤い点は、開いたドアだ。顔の黒い影が上から下へ動いたり、あるいは肩らしきものが少し斜め前に傾くのが見えたりする。みな黙ったままなので、彼女の方から挨拶する。

挨拶が返ってくるが、そのままルボールの家まで進んだ。

かなり急な木の階段を上る。段を踏みしめる音がするが、みなには聞こえない。店内の話し声は、それほど騒がしかった。どうするべきかは心得ている。こちらでは、女はカフェに入らないものだ。中には入らず、ドアのちょっと手前の窓から覗く。窓は階段に面しているから、段のところに立てば、身体の上の方、すなわち額と目だけを出すことができる。こっちからは見えても相手からは見えないから、都合がいい。

覗く。彼がいるのがわかる。彼のことを考えていた。ナンダだ。

ゾゼ坊やと一緒にいる。子供は、未成年なのに、飲まされている。ルボール、そして村長、プルミエ村の男たちもいる。

段の上に立ったまま、呼びかける。

中からは、こちらの顔の上側と目しか見えない。夜だし、月明かりも暗い。髪の毛は黒、額は白、目は黒だ。呼びかける。「ナンダ！　ナンダ！」中がうるさく、しかもこちらに背を向けているので、声はすぐには届かなかった。突然振り向く。

大騒ぎしていた店内が、水を打ったように静まりかえった。冬を越すため軒下に貯蔵している薪《まき》の山の一つが崩れたときのようだ。

「ねえ、ナンダ、ちょっと来てくれる？」

ほかの者も視線を向けるが、もう姿はなかった。

ナンダは立ち上がる。杖をつきながら表へ出て、階段を下りる。

女はそこで待っていた。

「ナンダ、私と一緒に来てくれない？」

「どこへ？」

「上に」

「何をしに？」

「あの人を探すの」

「やれやれ」ナンダは答える。

よくわかっているのだろう。どうしたって、この子が行くことが。だから困りきっている。女一人で行かせるわけにはいかない。あのように人里離れ、危険でどこまで続くかわからない道のりならなおさらだ。

耳の後ろを掻いている。口を開いた。

「それじゃあ、いつ？」

「あすの朝早くよ」

IX

すでに畑には、男たちの姿があった。男たちは半月鎌を使って、茎を根元から刈り取っている。といっても、顔の高さだ。ここの土地は、それくらい傾斜がきつい。

ほかの場所へ目をやると、刈り取られた草が、三つずつ山積みされている。草の山は傾いているので、上の穂のところは互いにつながっている。まだ夜が明けきっていない中、遠くから見ると、おしゃべりに興じている小柄なご婦人たちのようだ。

女は、ナンダそしてゾゼと一緒にいる。ゾゼは、ザンプロンまでの帰り道を、同行させてもらうことになった。靄がかった、穏やかな天気だ。大気は熟した麦色。谷全体も、同じ色に覆われている。彼らは谷の左側にいたかと思うと、もう中を進んでいる。空洞の中は、何も見えない。しかしながら、秘められた谷の奥から、あるメッセージが我々まで届いてくる。声だ。終わりどころか、おそらくは始まりさえない古くからの物語を、ひっきりなしに語りかけている。姿の見えないローヌ河、音だけが聞こえるローヌ河だ。

ずっとそこにいて、はるか昔からつぶやき続けている。夜になると大声になるが、日が昇るにつれて、声量が弱まる。

女は急ぎ足だ。ゾゼも若いから、きびきび動いている。しかし、ナンダがついて行くのは難儀だ。鉄をはめた杖の先が、小石にぶつかる音がする。

何かが女を導いている。籠を腕に抱えている。その姿が遠くから見えるようになった。風がまったくないのに、周囲の小麦色をした靄らしきもの（晴れた日の薄い朝霧、あるいはすでに秋が近づいた印か？）がほどけて、四散したからだ。持ち上げられたのでも、ちぎれたのでもない。むしろ、粉末が液体の中で溶けるときのような具合だ。——粉は底へと沈んでいく。

女は背後から押されている。ナンダとゾゼは何もしゃべらない、女も何もしゃべらない。杖に寄りかかっているナンダが見える。上空の大気がまた澄んできたので、高い山々が輝きだしたのが見える。しかし、もう見えなくなった。急に暗く、寒くなった。索漠としている。季節が三か月先へ飛び移ったかのようだ。

それは、山を切り裂くサーベルの一撃だ。傷口は細いがかなり深いので、日が差すのは、真上を通る数分間だけになる。

ナンダが追いつけるよう、テレーズはときどき立ち止まる。ゾゼ坊やは、ナンダの脇を歩いている。ナンダがこう言うのが聞こえる。

「体の調子はどうだ」

ゾゼ坊やは答える。

「元気だよ」

「頭にできた穴は?」

「穴じゃなくて、かすり傷だった」

「じゃあ、もう治ったのか」

「うん! とっくに」

テレーズはまた進みだした。もう何も聞こえない。そしてまた、ゾゼ坊やがナンダに話しかける。

「信じないの」

「もちろん信じないさ。おまえはまだ子供だ」

「ルボールさんに頼んでみてくれない?」

「おまえには、とても使えないさ」

「僕に！」

愛が女をつき動かしている。立ち止まっては、また進みだす。ゾゼが言う。

「僕に！　信じてよ！……うちのプルミエ村にも、銃が一丁ある……カタニューさんが持ってる銃だよ、年寄りの兵隊の。火にくべる薪《まき》を持って行ったら、カタニューさんは貸してくれる。僕が集めてあげてるから。すごい年寄りだもの……だけど、銃身が曲がっていて、使えないみたい……だから、ルボールさんが自分のを僕に貸してくれれば……そうだよ！　火薬を入れて詰めたり、弾をこめたりはできるさ」

ナンダの声が聞こえる。

「反動はどうだ」

「それって何？」

「発射したとき、肩に受ける衝撃さ」

「どういうこと！」

「まあおまえは、後ろへ吹き飛ばされるだろうな。年はいくつだ」

「十四だよ」

「じゃあ、二十歳まで待ちな」

ひと息入れようと、三人は道の傍らの斜面に寄りかかって、しばらく休んだ。テレーズは何も話さない。話すことが何もないからだ。ゾゼ坊やは、まだしゃべっている。こう言っている。

「ずるい！」

「なぜずるいんだ？」

「だって、僕が手伝いをしてあげると、カタニューさんは……そうだ、僕はおじさんの手伝いもしたよね」

「まあ待て、今にわかるさ」

そして、再び出発したあと、

「あっ！」ゾゼが叫ぶ。「あの上のラピエ（石灰岩などが墓石状に侵食された地形）の中にいる。見えた。マーモットたちが、石の間に巣を作ってる……利口だな」続ける。「一匹だけが前に座って、あたりを見張ってる。何か近づくのが見えたら、合図するんだ」

　指笛を吹いた。

「だけど、僕の方が一枚上手さ。どうすればいいか、よくわかってる。後ろに回りこめばいい。隠れる石がたくさんあるから。身が軽いのは知ってるでしょ。それに、すばしっこいんだ。腹這いも長い時間できるから、きっと……」

「そうだな、でも銃が要る……なあ、あれは重いぞ、それに長い……おまえの背よりも長い」

　もう明るくなっている。やっと早瀬に沿って進めるようになった。早瀬は当初、谷底を流れていた。それが徐々に上ってきて、今は同じ高さだ。このように三人は、長い間歩き続けた。最初の山小屋が見える。それは、四角い草原の真ん中をつっきる道の右手にあった。森が草原を囲んでいるが、森そのものも岩に囲まれている。さらに少し先へ進む。二番めの山小屋が現れた。三番め、四番めも。どれも小さく、みすぼらしい。

　愛が女をここまで連れてきた。三人連れだ。遠くからやって来る姿が、ビオラの目に入った。

「ああ！」声をかける。「おまえたちも来たのか」

　テレーズは尋ねた。

「あの人はどこ？」

「ああ！　気の毒に！」ビオラは答えた。

　さらに言う。

「要するに、奴はもう理性では考えられなくなった気がする……セラファンのせいだ……おまえの伯父さんだよな？……つまりアントワーヌは、セラファンが生きていると言い張っている……つるはしとスコップを、俺たちから借りていった。どうやっても、止めることができなかった」

「それで、あなたたちは？」女は尋ねる。

「俺たちは追いかける気はない」

「なぜ？」

「見てみろ！　こんな状態では……」

女は言う。

「行かなくちゃ」

「なんだって！」ビオラは叫ぶ。「危険だぞ！」

そのとき、ディオニスと警官がやって来るのが見えた。二人も言う。

「どうしようもない！　声が聞こえる、と言い張っている」

「誰の声？」

「セラファンの」

「どこから？」

「石の下から」

女は言う。

「迎えに行かなくちゃ」

「なんだって！」警官は言う。「自分から下りてくるのを待った方がいい。疲れきったら、一度は戻らざるをえないだろうから……私はそろそろ下山しなくてはいけない。でもあなたたちは、ここで残っていればいい。戻ってきたら、声をかけなさい」

答えることなく、女は首を振る。前へ進む。

ドヌロワの女房が家から出てきた。

「ああ！」声をかける。「やっと帰ってきたのね、ゾゼ。どこで寝たの？　まあ！」続ける。「テレーズ、テレーズさん。先へ行っちゃだめ。私と一緒にここにいた方がいい」

テレーズは聞こえない様子だ。

ドヌロワの女房が息子を呼ぶ。

「ゾゼ！」そして言う。「ゾゼ、先へ行ってはだめよ」

道の真ん中まで出て、行く手をふさいだ。だからゾゼは従わざるをえなくなった。

しかし、女は通りすぎる。

ナンダとディオニスとビオラが同行する。

また早瀬に沿って進み、左へ曲がった。そこは何度となく来たところだ、ああ！　よく覚えている。緑一面の、瑞々《みずみず》しくきれいな平地で、人や動物がいっぱいいた。——今は大きな石、隣も大きな石、さらに隣も大きな石だ。どこを向いても、建物の正面のような、グレーの大きな石の面が見えるだけで、こう言っている。「先へ行ってはいけない」

石の間には、狭く曲がりくねった通り道しかない。真っ暗な小路《こうじ》に似ているが、そこを進まなくてはいけない。なぜなら、目の前の大きな石の上に見えるのは、それ以上の高さで延々と続いている、崩落した残骸の灰色っぽい山だからだ。それに遮られて、先を見通すことすらできない。

何もかもが「止まれ！」と言っている。

しかし、テレーズは声を聞いた。「それでも行くのだ」

そのとき、だぶだぶの外套を羽織った男が現れた。先のたわんだ棒を、肩に担いでいる。テレーズの左、岩地の上方に現れた。高いところにいるので、台座に乗った彫像のようだ。大きな帽子の下の顔が揺れる以外は、ほとんど動かない。

テレーズと三人の男たちの左側の少し上、デルボネールの峡谷が谷底の端にかかっているあたりだ。

「止まれ」声がする。「止まれ……ああ！　まだわからないのか」

さらに言う。

「おまえは誰だ」

「ああ！」続ける。「わかった、アントワーヌの女房だ……ところで女よ、知っているのか」続ける。「おまえが探している男が、元の奴かどうか」

ナンダとディオニスとビオラは立ち止まった。女は相変わらず前へ進んでいる……

「女よ」また言う。「女よ、気をつけろ……奴らは人間の格好をしているが、中身は何もない……もし耳で聞き、目で見たければ、岩の下にあるわしのあばら家で、一緒にひと晩でも過ごしてみろ。わしは聞いたし、見もした。白くて空っぽ、我が身を嘆きつつさまよっている。風が石の縁を打つときのような音、小石が早瀬の底を転がるときのような音がする」

女も立ち止まっていた。すると、男は手を上げた。

「上では何と呼ばれているか、知っているか……そうだ、よく見えるな。尾根と、その中の崩落の傷痕が……ディ……ア……今度はスパッと切れたな」

首を振る。

「つまり、おまえが探している奴は、ほかと同じく偽者だ。ほかより大胆なだけだ。だから山を下りて、おまえを騙《だま》そうとした……おまえをさらに自分のものにしたいから、死んでほしいのだ」

言葉を続けた。

「ああ！　奴は危険な場所を知っている！　この石の斜面は穴だらけだし、どの石もぐらぐらする。でこぼこや裂けめがあちこちにある……行くな、テレーズ、行くな！」

女は男たちに訊いた。

「来てくれる？」

すると、ナンダが口を開いた。

「なあ、テレーズ、今まで何も言わずにいた。一緒に登ってくれ、と頼まれたときでさえもだ。そして、俺はおまえについて登ったよな。だが今は、みんなの言うことを聞いてくれ。これ以上行くな、その方がいい。どうするべきか、まずは考えなければ。話し合おう」

女はナンダに言った。

「来てくれないの？……それじゃあ」続けた。「一人で行くわ」

X

ヴォー地方からデルボランスに登るには、七、八時間かかる。きれいな川のほとりを、流れと逆方向にたどるのだ。土手の間を流れる水は、仕事の行き帰りの人波のようだ。ひしめきつつ、先を急いでいる。叫び声、笑い声、呼びあう声が聞こえる。子供が下校するときのようだ。門が狭すぎるから、一度には通れない。

美しい山小屋を通りすぎる。軒は低くて細長く、野地板《のじいた》（屋根ふきの材料をとりつけるために張る板）が屋根を入念に覆っている。雨に洗われた野地板は、銀紙のように輝いている。給水場では、腕くらいの太さの水が噴き出して、バター攪拌《かくはん》機を回している。

それから先は、もう何もない。冷たい空気以外は、もう何もない。

虚空に顔をかしげたときに頬に感じる、かすかな冬の気配だけだ。真っ暗な、ばかでかい穴だけだ。——アントワーヌは、再びそこにいる。しかし、奥底にいる彼を、誰が見つけられるだろう。

ああ！　彼はあまりに小さすぎる。

五百メートル下の広大な荒地の中にある、微小な白い点にすぎないから、裸眼では見つけられないだろう。暗闇の中で、岩は濡れたように青っぽいか、あるいはくすんだ灰色に黒い染みがついている。死者の顔に現れるような染みだ。

彼は見えないくらい小さい。だが突然、岩が輝く。水分が蒸発しはじめ、しばらく命を取り戻したかに見える。尾根の上の太陽が急に揺れて、日光を注ぎこんだからだ。しかし、瓦礫の中にいる彼は、アリほどの大きさでしかない。

つるはしを振り上げ、スコップを握って、もはやいない人を探している。セラファンを。

もうよく理性が働いていない。太陽に向かってつるはしを上げる。それからかがみ、平たいスコップの柄《え》をつかんで、溝を掘る。しかし、小石がたくさん混じった黒い頁岩の残骸の中だから、まだはっきりした形を呈していない。ときおり、スコップの鉄の部分が小石に当たって、澄んだ音を立てる。

妻の方は、どこから音がするか、耳をすましさえすればよかった。はじめは、一番大きな石塊の間の狭い通り道の中で、迷子になった。村の小路より複雑で、入り組んでいたからだ。見上げると、半分ほどけた青い束糸《たばいと》のような空が、ちょっぴり顔をのぞかせるだけだ。——このように、はじめは迷子になっていた。それから、硬いものに当たる鉄の音が聞こえてきた。こう言っている。「ここだ」

あの人は、つるはしを振り上げて、瓦礫を崩している。

どこから音がするか、耳をすましさえすればよかった。立ち止まっては、また歩きだす。今はまだ、岩場を避けながら進んでいる。すると、岩場が小さくなり、間隔が狭まってきた。階段のように重なっているので、よじ登る。——こんな荒地に一人で入ろうとする女など、これまで誰もいなかっただろう。しかし、自分は一人ではない。愛があるから。愛が付き添い、前へと進ませる。

彼は上着とチョッキを脱ぐと、両手でつるはしを振り上げる。

きれいな白いシャツと新調のズボンは着たままだ。彼はそこにいるが、とても小さく見える。砕いた石が、前に大きな山を作っているから。それでもつるはしを振り上げて、崩す。また振り上げる。

女は、石塊から石塊、岩場から岩場へと、跳び移っている。自分が立てている音のため、女が近づいているのが、男には聞こえない。

つるはしを振り上げるのをやめて、スコップをつかむ。

そのとき、テレーズは声を聞いた。「もっと近くに行きなさい」

また声がした。「今だ。呼ぶのです」

しかしそのとき、彼が振り向くのが見えた。首を振って、いやだ、と合図する。さらにもう一度。

スコップを手から放すと、目の前の石の斜面を駆け登りはじめた。

彼らは下から眺めているが、岩、また岩しか見えない。

ナンダとディオニスとビオラだ。さらに二、三人の男がザンプロンからやって来た。

何も見えないので、座ることにした。「どうすればいいだろう」

「なんだと！　何もできやしないさ……待とう。きっとあの子は戻ってくるよ」

「じゃあ、あいつは？」

「ああ！　あいつか」

そのとき突然、日差しが降り注いできた。彼らのいる日陰の中に、太陽がいくつか切れ込みを入れる、その一つの中にいた。右手には、とがった山頂の影が長く伸びている。左手は、山脈が不揃いなため、影はのこぎりの歯のように見える。

真後ろは、南側の山脈。

銃眼つきの城壁、四角い塔、とんがり屋根、小さな鐘塔《しょうとう》のような形の山頂を、風になびかせている。日光はその間から、こちらまで届いたり、引っこんだりしている。

右手の少し先で、小さな湖がいくつか輝いているのが見えた。陰鬱だったものが、そうでなくなった。通りがかりの太陽が指を浸したかのように、水面が動いた。

黒かった水は、空よりも青い色に変わっていた。上から銀色の網を張ったかのようだ。網目のすきま越しに、小さな白い雲が見えた。動いている。一艘の小舟のように岸を離れて、湖の別の岸へと向かっている。

「なあ！　おい」

カリュだ。立ち上がると同時に、腕を上げた。

「見えないか」

「誰が？」

「奴じゃないか」

「どこだ」

「大きな岩の後ろにある斜面の、小さな岩の間にいる」

「ああ！　そうだ。俺にも見える」

ほかの者たちも言う。

「ああ！　俺にも」

距離があるから、アントワーヌはもはや小さな白い点でしかない。ズボンの色は、岩と岩の間の暗い影と混ざっている。シャツの小さな白い点が見えるだけだが、幸いなことに、斜面のほかの色が動かないのに対して、それは始終動き回っている。奴は動き回っている。これなら目で追える。登っている。上方、岩場のはるか先、大きな岩壁に向かっている。

「どこへ行くんだろう」

「ああ！　わかった、逃げている」

「なんてことだ」男たちは言う。「戻ってこないぞ」

さらに言った。

「あの子は？」

「ああ！　あの子なら」ナンダが口を開いた。「きっと下りてくるだろう。奴が言うことを聞こうとしないのなら、どうしようもないじゃないか」

しかしその瞬間、白い点のすぐ下で、褐色の点が動きだした。白い点が登ると、それも登る。白い点が遠ざかると、それも遠ざかる。

日を浴びているので、今は斜面の二つの点がよく見える。下からだと、斜面はほとんど平らでなめらかな気がするが、実際に近くへ行くと、凹凸が激しく、割れめや穴が無数にある。彼が前へ進むと、あとを追うのは大変だ。それでも行く。ときには、手や膝をついて進まなくてはいけない。かしいだ大きな石塊が、行く手にあるからだ。足元の小石がずり落ちることも、何度かあった。

男たちは言った。

「このままだと、死んでしまうぞ」

ナンダに言った。

「呼びかけなくては。呼んでくれ、俺たちよりおまえの方が、あの子をよく知っているから」

「遠すぎる」ナンダは答えた。

もう何と言ってよいかわからない。

さらにそのとき、アントワーヌが見えなくなった。すぐあと、テレーズも見えなくなった。


これが、岩の下に閉じこめられた羊飼いの物語だ。そして、もう岩なしではいられないかのように、岩の中へ戻っていった。

二か月間の行方不明のあとで姿を現し、また消えてしまった羊飼いの物語だ。そして今、その妻も一緒に姿を消そうとしている。

五人は相変わらず同じ場所にいる。後ろの高みの上にいるプラン爺さんも、そのままだ。しかし、彼らの視線の前には、もう岩しかない。岩ばかりだ。生あるもの、日を浴びながら動いているものは何もない。

そのとき、男たちの一人が、小声で何か言いはじめた。

「プランの言うとおりかもしれないな」

誰かが答える。小声で。「まったく!」

「本物の人間なら、また登ったりするだろうか」

「まさか!」

「もう魂だけになっているかもしれない。そして、あの子を迎えに来たのだ」

みな一歩たりとも動かない。日差しがそれて、彼らから遠ざかった。だが、すぐ近くに、三角形の光を投げかけている。奇妙なことに、日差しは空間のあちこちを移動する。小さな湖は、鉛の板のような灰色に戻っている。

それは、山々の頂の間にできる影と太陽が織りなす遊びだ。いくつかの山の支脈のすきまが原因のときもある。彼らは再び、うなじに日差しを受けた。その方向を振り返る……

驚いた。

プラン爺さんに驚いたのだ。肩をすくめるのが見える。もう一度、肩をすくめた。プラン爺さんは、石の斜面の上の方をみつめている。突然顔をそむけると、先がたわんだ棒を担いで歩きだした。

なぜプラン爺さんが群れと一緒に回れ右して立ち去ろうとしているのか、男たちはまだわかっていない。

彼らも顔を突きだして、見上げた。彼らの方も、斜面のはるか上で動いているものを見つけた。上にいるのは、あの子じゃないか。そうだ、あの子だ。奴を連れている。

そんな馬鹿な……いや、そうだ！　あの子だ、そして二人だ。

男が女と一緒にいる。

五人の前にあるのは、岩壁のそびえる切り立った山だ。強大で、しかも危険だ。しかし、か弱い女が立ち向かい、それを征服した。愛しているから、危険をいとわなかったから。

言うべきことがあったのだろう。秘密を携えて来たのだろう。生きているのに、命のない場所までたどり着いた。死んだものの中に、生きたものを持ちこんでいる。

「オーイ！」

手を口に添え、男たちは大声で叫ぶ。叫びが戻ってくるのが聞こえる。上からも返事があった。

男の声と、女の声だ。

あの子、そして奴だ。歩きにくい道は、男が女を支えている。岩にふさがれたところは、男が先に跳び下りて、女を抱きかかえる。

岩壁の切っ先では、柔らかな光を発しているかのように、氷河の表面がきらきら輝いている。しかし、二人が下るにつれて、後ろの谷の奥底は真っ暗になり、静寂と冷気と死の世界へ入っていった。

XI

空洞の中を覗いていると、デルボランスという言葉が、甘く悲しく、頭の中で響いてくる。もう何もないところだ。もう何もないのがわかる。

眼下に見えるのは冬だ。一年中、死の季節。はるか先に目をやっても、石、また石、どこまでも石しかない。二百年近く前からだ。

この荒野には、ときたま羊の群れが顔を見せるだけ。岩のほとりに、草がわずかに生えているからだ。雲の影のように、群れはのんびり歩き回る。

群れを追い立てるには、激しい夕立のような騒音が必要だ。

草を食《は》んでいるときは、晴れた夕方に、さざ波が岸に細かく打ちつけるような音がする。

絵筆でゆっくりていねいに描いたように、苔がかなり大きな岩場を、鮮やかな黄色、混じりけなしのグレー、さまざまな緑色に染めている。裂けめの中では、いろいろな植物や茂みが育っている。スノキ、ブルーベリー、葉が硬くて枝に実をつけたメギなどだ。風に揺れると、鈴のような音を響かせる。

民族の隔たり

La Séparation des races

第一章

I

その山腹を目で追うだけでも、たっぷり時間がかかる。かなり高いので、首を大きく曲げないと、上まで達しない。

高くて傾斜が急だから、近すぎてはだめだ。ちょっと前へ出ただけで、見えなくなってしまうので、あとずさりが必要だ。

第一段の平地、その上に次の平地、さらにその上がある。そのため、全体を眺めようとすると、大河（ローヌ河）を越えてしまう。大河といっても、ここは水源の近くだから、まだほとんど激流状態だ。

やっと視界が自由になった。ふもとから歩いて何時間もかかるこの場所からなら、一望できる。土地の男たちが、大汗をたらし、難儀しながらやって来る場所だ。柳や樽板《たるいた》で作った背負い籠《かご》には、ブドウ、膨大な量の干し草、五、六束のライ麦が、ぎっしり詰まっている。ヤギを追いたてるか牛の群れを先導しながら、明るい日差しの下、小石を踏みつつ、上から下、下から上へと移動する。——視線は何にも邪魔されず、翼のように頂上まで達することができる。

まずは小石だらけの斜面、スレートの採石場が目に入る。ブドウ畑は、そのすぐ上だ。圧条法（枝の一部を土の中に根づかせてから親木と切り離して繁殖させる、取り木の方法）のため、木々はごちゃごちゃして、四角形の小さな土地が、右から左へいくつか重なっているように見える。そしてブドウの木々は、屋根瓦のように、前に突き出している。——これが第一段の平地だ。

この第一段の平地には、果樹園がある。広場、村らしきものが見える。グレーや白の家屋が密集している。褐色の木でできた干し草小屋つきだ。小屋の屋根は、光の加減によって、黒にも銀色にも見える。

しかし視線は、もう上の方をさまよっている。鷲のように小さく翼を動かし、すばやく滑空して上昇する。森が目にとまる。ブナの木の中に松が交じりはじめているから、黒くなっている。

ああ！　こうして三千、三千五百メートルまで、まっすぐ空の彼方まで、すっくとそびえ立っているのだ。邪魔するものはない。どこも同じだ。滑らかでのっぺりした広い山腹と斜面がずっと続いている。東の方角、西の方角、と視線を向けても無駄だ。どこも似ているから。かなり遠いので、一方向、次に別方向と眺めていると、頭や首筋が疲れてくる。目が疲れてくる。数え疲れてくる。それでも美しいから、目を離すことができない。

ふと視線を転ずると、牧場が見える。この二段めの平地には、まだライ麦が少し残っている。洗濯したばかりのハンカチのようなうす黄色の広がりは、緑色の中に一か月ほど変化を与える。だが果樹は、もうこの辺にはほとんどない。三段めの平地に移ろう。視線をさらに上げる。そこでは大きな樅《もみ》の林が、牧草地を囲む壁にかぶさっている。この第三段の平地では、牧草地自体が二段になっている。四角い岩のためだ。土地を真ん中で分け、ガラスでできているかのように、日差しに輝いている。

あと一か月か二か月、土地の住民たちは放牧に行く。脇に掘られた道に沿って、これらの岩壁の上まで進み、峠のずっと上、切り立った山頂まで達する。針や塔、白い角《つの》、歯のように見える雪や氷のすぐそばまで。

岩壁を横ぎる断崖の細道を、荷物を背負ったラバが進んでいるのが見える。

この大きな峰によって、両側の住民は隔てられている。

視線を戻すと、ラバの位置はほとんど変わっていないが、ずっと上の牧草地に向けて登っている。峰の中の深い切れ込みのような場所にある峠は、標高二千五百メートル。岩壁に比べてずっと小さいので、ガラス窓に止まったハエのように見える。

II

二千五百メートルの峠の下に、あの牧草地がある。夏の終わり頃だけ、男たちはそこへ登る。目の動きと同じく、生活も下から上へと向かう。

はるか上、草が生える限界の高さの斜面の中に、小屋が見える。彼らは、小屋の前の地べたに座っている。ベンチさえないから、乾いた石の壁に寄りかかっている。前を見ても、上を見ても、何もない。

この高さからだと、青い靄《もや》の先に見える谷底の大河は、もはやグレーの糸切れでしかない。靄は空気ではなく、石鹼を溶かした水でできているかのようだ。それが広大な空間を覆っている。――男たちはしゃべらない。あまりに大きな自然と比べて、自分たちをちっぽけな存在に感じるからだ。

太古以来変わらぬ、この秩序を前にして、押し黙っている。目の前には、あまりに大きな物、何もそれを変えられず、何も変わらない物が存在する。これが全体の秩序だ。草は木の上、岩は草の上、そして雪と氷は岩の上、という順番。――男たちは、命じられたものの前にいる。そして、彼らもまた命じられている。

いなくてはいけないから(そして一日の仕事を終えたから)、男たちはそこにいる。静寂を乱すのは、風が壁の角に吹きつける音、そして鳥の鳴き声だけだ。コクマルガラスか雪ガラス、あるいは鷲。鷲は、糸にぶら下がった蜘蛛のように、広大な谷の上を、糸を引いて滑空する。その鋭い目は、谷底にいる何ものも見逃さない。野ウサギの子さえもだ。そして突然、糸が切れる。

見慣れた目というのは、何も見ていないのと変わらない。一体、何の役に立つというのだろう。それが自分に何の関わりがある? 思考も同じだ。人はあまりにちっぽけで、いつかは死ぬ運命にあるが、それまでは生きなければならない。

彼らは、目の前で山がピンクに染まったことさえ見ていなかった。ときどき、誰かが方言で何か口にする。答える者もいれば、答えない者もいる。闇に包まれていくのに、気づいていない。

しかしながら、目の前で、夜は進行している。前も周囲もだ。——ピンク色、バラの花の色、シロツメクサの色、ムラサキウマゴヤシの色へと変化する。そして、すべてがグレーになる。

また誰かが声をかけると、かなり経ってから、返事が戻ってきた。景色は黄色、緑、グレーへと変わっている。

ランプを吹き消したかのように、彼らの姿が見えなくなった。

段を高くした床《とこ》のような場所の干し草の中に、身を横たえる。三人か四人ごとに。樅の木でできた台枠には、脚がついている。靴の革をかじりに来るネズミよけだ。鉤《かぎ》に靴紐を結んで、靴を吊るしている。

III

彼はそう言った。すぐに言ったことを後悔した。

翌日に山を下りることになっている前夜だが、みなは少し酒が進みすぎていた。

フィルマンが言った。

「あれは、すげえ美人だぜ！」

口にしたことを後悔した。言いつくろおうとして、また口を開いた。

「それに、これ以上勝手な真似をさせないことを、奴らに教えねばなるまい」

それは峰の反対側、はるか峠の先、北側にいる連中のことだ。向こうでは、別の言葉を話し、別の宗教を信じている。

奴らは抜け目がない。俺たちとはちがう。人数が多くて、厚かましい。昔（といっても、それほど前ではないが）、峠の途中までやって来て、こちら側の牧草地のよいところを横取りしたことがあった。

「あれは」フィルマンは続ける。「許しちゃいけなかった」

ふだんは無口な彼が、腕を振って、しゃべりまくっている。

「少なくとも一度は、こっちから追い払わなくてはなるまい。その前に……」

ひと息おいた。

山を下りることになっている日の前夜。ちょうどその日の午後、頼んでいたマスカットワインの小さな樽が、ラバで届けられていた。――みなは暖炉を囲み、木のコップを回して飲みはじめた。

ワインが効きだしたので、フィルマンがこう言っても、驚きさえしなかった。

「その前に、一ついい考えがある」

自分の番だったので、ワインを飲んだ。口をつぐむとすぐに、ぐっと飲み干した。短い顎《あご》ひげに、まだ滴《しずく》が垂れている。

「だって、おかしいじゃないか。奴らに落とし前なしなんて。盗みをされておいて、こっちはやられっ放しでいるのか！」

こんな調子の話しぶり。まるで演説だ。そして、ちょっと間をおくと、またあのことが口に出た。興奮していたからだ。

「それに、あの娘は美しい！」

今度はもう、本心を隠せなくなった。言いつくろいもしない。

「まるで乳のようだ。バラの花みたいなピンク色……うちの村にいるような褐色や黒、黄色の肌じゃない……バラ色と白、淡いバラ色……それに、背が高い」

みなに語りかけた。

「俺より大きいぜ」

さらに続けた。

「髪の毛はライ麦のわら、栗の若木の色だ。まるで……乾いた草のよう……」

また言った。

「丸みがあって、赤くて白い。淡い色だ。そして背が高い」

怒気を含んだ声で叫ぶ。

「俺はよく知っている!」

しかしながら、誰も反論しなかった。

「たしかにそう言えるのさ。しょっちゅう見たから。おまえたちを見るように、おまえを見るように、だ。ボンヴァン……なぜ笑う?」

ところがボンヴァンは笑っていなかった。

「俺たちの間は、どれくらい離れていただろう……せいぜい三、四メートルだ……俺はあの娘を見かけてから、ずっと観察した。弟がいるので、迎えに山まで来たのだ。きれいな景色を見ようと、ほとんど毎日、峠までやって来る」

口を閉じた。そして誰も何も言わないので、

「だから、これで決まりだ!」と叫んだ。

酒気漂う雰囲気の中では、物がいつもよりよく見えるか、あるいは別に見えたりする。突然ほかの者たちにも、少女の姿が見えはじめた。フィルマンがこんなふうにしゃべり続けるから、色つきで。

「向こうの女たちは、赤いスカートを穿《は》いていて……」

高みに立ってこちらをみつめている少女の姿が、みなの頭に浮かんだ。——おかしなことに、フィルマンが背

後に見える。尾《つ》けていたのだ。膝と手を使って、岩塊の陰、さらに別の岩塊へと移動しつつ、忍び寄っている。――向こうの女たちは、赤いスカートを穿き、ビロードのブラウスの前にシルバーのスカート留めクリップをつけている。袖《そで》は透明なモスリンで、肘《ひじ》までもない……

「そして俺は、五メートルと離れていなかった」

少女の姿は、ほかの者たちにも見える。

だから、フィルマンがさらにこう言っても、反対する気になれなかった。「奴らに復讐するチャンスだ。俺に任せておけ」みなは笑いだしたが、それは承諾の印に聞こえた。ワインのせいだ。酔っているときは、不可能なことなんて何もないのだから。

「あすの午後に行こう。あの娘は毎日同じ時間に来るから、俺は後ろから回って、ひっつかまえる。そして一緒に連れて下りる……ただし」もうひと言。「あの娘は俺のもの、でいいな」

「もちろんだ！」

暗くなってきている。薪《まき》の炎が、みなを照らした。どの色の顔も、顎ひげに覆われた口をぽかんと開けて、フィルマンの方をみつめている。一人が尋ねた。

「それから、どうするつもりだ」

彼は答えた。

「考えるさ」

それ以外の段取りは大丈夫だ。きっとうまくいく、とみなは考えた。またコップが回った。渡すときの手が、明かりに照らされる。小さな樽のそばにいる男たちの一人が隣の男に、「どけよ。影になるから」と言っている。

突然、そろばん勘定ができるようになる。そして言い合う。「こっちが牧草地で……」

みな頭の中に天秤《てんびん》を持っていて、片方に牧草地、もう片方に美少女をのせている。

コップが、手から手へと回り続ける。乾杯する。フィルマンのために、そして娘のために、と笑いながら飲み干した（向こう側とこちら側では、民族がちがうのだ）。

その間もずっと、フィルマンのおしゃべりは続いている。小さな樽がからっぽの音を立てはじめるまで。これが合図だ。まるで重病を患《わずら》ったあとの子供のように、持ち上げるとびっくりするくらい軽いのも、同じだ。

みなは次々と立ち上がった。フィルマンは動かない。

声をかけなければならなかった。「おい！」さらに「おい！　フィルマン」誰かが肩に手を置いて、こう言うまで。

「あすうまくやりたいなら……」

みなは服を着たまま、二つのベッドのどちらかに飛びこんだ。

ひしめきあいながら、夢の世界に入る。眠りながらも、毛布を奪いあう。秋のこの標高では、ぐっすり寝入るまでは、寒さが身にしみる。

家畜小屋で、雌牛が鳴いている。ハツカネズミが木切れをひきずっている音が聞こえる。

Ⅳ

翌朝になると、すべてが変わってしまった。ワインはすぐにさめるから。

朝の五時から仕事を再開だ。あくびをする者もいれば、足を引きずっている者もいる。

明かりをつけるために、火をおこさねばならない。乳搾《しぼ》りもある。いつもと変わらぬ、新たな一日だ。前夜のワインがもたらした騒ぎなど、とっくに忘れていた。

フィルマンだけがちがっていた。いなくなっていた。戻ってくると、戸口に立ち止まって、みなをじっとみつめる。何も言わなかった。

周囲、そして空を眺めた。脇を通る仲間たちが前夜の光景を覚えているのは確かだ。でも何も言わない。彼の方も、何も言わない（あんなにしゃべったあとだから）。

みなは、猫車を押したり、かまどで最後の焼却を行ったりした。給水場で、たらいと手桶《ておけ》を洗っている者もいる。すべては出発のために必要な作業だ。――こんなことをしているうちに、理性が戻ってきた。笑うときもあれば、真剣になるときもある。――ただ一人だけ、みなが笑っているときに真剣な顔をし、みなが真剣になっているときに笑っている奴がいる。

ほかの者は元に戻っているのに、まだ昨夜のままでいる男だ。

山小屋全体をまとめる仕切り役がいる。一番の長老が命令を下すのだ。その仕切り役のところへ行って、「フィルマンと話してくれませんか」と頼んだ。

「聞く耳を持っていれば、だがな」

顎ひげに手をやる。

「それでもお願いします」

やってみる、と返事した。

曇り空だった。谷から視線を上げると大氷河が目に入るが、もはや圧倒されない。けさはもう圧倒されない。靄《もや》が出ていたからだ。まるですきまをふさぐかのように、山の至るところから、空が顔をのぞかせている。この最後の日、下山の日は、太陽を拝めなかった。みなはまだ、うす暗がりの中を行き来している。この暗がりは、勝手気ままを許さない。するべきこと、それだけを、できるだけ急いで行うよう、促している。――この秋の気候は、下界、下界の暖かさ、子供たちや妻との再会の思いをかきたてる。――そして、全員そろっての昼食の時間がやってきた。フィルマンが現れたので、仕切り役は彼のところへ行って、話しかけた。

フィルマンがすぐに立ち上がるのが見えた。首を振りつつ、腕を大きく動かした。みなと離れて座った。パン（二か月前の古いパンで、円形だがぺちゃんこ、生地はグレーに変色していて、まるでひき臼《うす》のようだ。ざらざらして恐ろしく固いので、ナイフの刃が通らない。パンを膝にのせて、ナイフの柄《え》にかけた手に力をいれないと、ちぎれない）を回すと、断る仕草をした。そして突然、帽子を後ろにどけて、肘を膝に乗せ、手で頭を抱えこんだ。そして、こう言った。

「それに、何に迷惑がかかるわけじゃない！」

今はもう、手を頭から離している。そして、みなの顔を次々と眺めた。

「おまえたちは必要ない」

みなは目を伏せたまま、顎を動かしている。困っているのだ（実際、きのうとはちがっている。彼を除いては）。

そのため、返事をする代わりに、押し黙った。反論の材料はいくらでもあるだろうが、言わずにいた。ボンヴァンだけが口を開いた。「えらいことになるかもしれないぞ」だが、支持する声は起きなかった。

一時頃のことだ。フィルマンが立ち上がった。放っておく。山小屋の周りを回っているのが見えた。一時頃、一時十五分かもしれない。太陽の位置で時刻を知ろうとしたが、その日は容易でなかった。日差しがかなり弱かったからだ。

牧草地は、金だらいのような、へこんだ形をしている。小屋の裏手にいた彼は、急に背筋を伸ばす。空にある山頂に向かって。フィルマンがその方向、すなわち峠の方へ歩いていくのが見えた。追ったのは三人だけだが、距離はまだかなりある。峠の方へ進み、山頂に達したのが見えた。立ち止まる。一瞬、空を背景に全身が浮き上がる。それから、足の半分まで、腰まで、肩までと、下から切れていった。残るは頭だけだが、それも消えつつある。三人はまだ頭を目で追っていたが、そのあとは、尾根が作る稜線だけになった。霧の切れ端が、上にかかりはじめている。

三人は、もうどうすることもできなくなった。峠の平らな部分は、ばかでかい岩で覆われている。昔、周りから落ちてきたものだ。そこを通ってフィルマンを追うのは、容易ではないだろう。

そのため、今いる場所にとどまった。ずっと見えているのは、煙のような靄だけだ。誰かがパイプをくゆらせているかのように、峠の上を通りすぎる。

視線を上げて、この煙の渦だけを長い間みつめていた。土色の空を背景にして、白く見える。一つ、一つ、また一つ。どこかの老人が壁に寄りかかってパイプをくゆらせているかのようだ。

どうしてよいかわからないので、ずっと眺めている。上を見てから、振り返った。背後にある山小屋は、もう屋根が地面にくっついていそうなくらい小さく見える。その周りを、色つきの斑点がうろうろしている。集められた動物たちだ。

自分たちを呼ぶ声が聞こえる気がする。だが、それきりだ。また山頂の方を振り返った。煙、煙、パイプの煙、もうほかは何もない。

フィルマンは姿を見せない、相変わらず姿を見せない。あの娘は霧のために表へ出なかったにちがいない、だからきっと、探しても見つからなかったのだ、と考えると、ほっとした気分になってきた。

そして思った。〈一人で戻ってくるだろう〉まさにそのときだった……

三人が実際にいるのは、山頂から三十メートルくらいだけ下がった地点だ。小石を穿《うが》つ靴底の釘の音が聞こえた。荷物を背負っているときの、つんのめるような足音だ。今にも前に倒れそうな。またた。よく見えるよう、三人はあわてて手を目の高さにあてた。

なぜなら、奴が現れたからだ。娘を見つけたのだ。抱えている。

両腕で抱えている。ぶら下がった足が邪魔そうだ。頭と腕もぶら下がっている。邪魔にもなる。身体全体がぶら下がっていて、重心が絶えず前へ傾く。それでもやって来た。

斜面の前まで進む。そこで完全に止まった。

「おい！　俺の言うことを信じなかっただろう。信じようとしなかっただろう。どうだ、見てみろ！」

また身を起こした。

娘を連れて来たのだ。腕に抱えている。力はまだ十分残っていそうだ。

娘の肩はむき出しで、髪の毛が地面まで垂れている。抵抗したにちがいなく、ブラウスとモスリンの肌着は引きちぎられて、ずたずただ。腕はむき出し、肩もだ。彼が両腕を宙に上げると、白い肌が輝いた。

両側から抱えて持ち上げた。手を下にいれて、空中に掲げる。娘の身体が二つに折れ、頭と足が下へ垂れた。首にかかった太いロープが、ぴんと張る。その先に喉が見える。――下にいる彼は、広げた膝を少し折ってふんばり、両腕を上げている。――そして、「見たか？」と叫んだ。しかし、目撃した三人は、すでに下りはじめていた。

山小屋へ向かって走った。「おい！　あそこを見ろ！」と叫びながら。全力で走っている。

家畜がつけている鈴の音のせいで、三人の声ははじめ聞こえなかったが、ついに届いた。山小屋の周囲でも、同様の大きな驚きの声が上がる。「まさか！……そうだ、まさしく奴だ！……娘を抱えている！　見えるな、娘だ！」幸いなことに準備ができていたので、今はできるだけ急いで山を下りることしか考えられなかった。

フィルマンに向かって叫ぶ。「手助けが必要か？」

だが、遠くからの彼の返事は、「ラバを用意してくれ！」だった。

もう男たちはしゃがんで、背負い籠の柳のベルトに、腕を通している。そして、立ち上がる。もともと大きな籠だが、あらゆる物を詰めこんで、さらに大きくなっていた。みな荷物が一杯なので、籠を背負うと、えさを運んでいるアリのように、とても小さく見える。積み重ねられた桶、何種類ものチーズの塊、わらや干し草の山の下に人がいるのには、驚いてしまう。身体の二倍以上の大きさだ。その間に、ラバが用意された。一人が綱を引いて、連れてくる。

フィルマンが到着すると、男たちは娘をラバの背にのせた。意識を失っている。そのため、横にして荷鞍《にぐら》の上にのせてから、縛りつけることができた。ほどなく近寄ってきたフィルマンは、離れるようジェスチャーで示しながら、こう言った。「毛布を二枚くれ」まるで娘を隠そうとするかのように、一枚を両肩の上にかけた。もう一枚は四つに畳んで、身体の下に入れた。

男たちのうちの一人が、列の先導役となった。棒を振り上げながら、家畜を呼び集めている。

峠の下では、相変わらず靄がたなびいている。どんどん濃くなっているが、みなは考える。〈これはいいぞ！〉探しに来ようと、あっちの連中が考えるかもしれない。峠が煙っている方が、好都合だ。

列の両端を歩く役の者がいる。家畜は、一頭ずつ、あるいは二頭ずつ進んでいる。細道になると、一頭ずつしか通る幅がない。

大きな岩壁に近づいていく。

娘は何も見なかったし、見ることもできなかった。縛って支えていなければ、ラバが踏みだすたびに、落ちてしまっただろう。支えているのはフィルマンだ。

岩壁を横ぎって（一方向、次に逆方向と、二度横ぎる）進んでいるのは、小さな点の列。各自ゆっくりと、一列になって移動する。岩壁の上方にかかると、まずは大きく右へ、それから左へと進んでいく。

高地に霧が出そうなことは想像がつくが、それだけではない。ほかの標高の場所と同様、ここにも四季がある。

——高地では、冬が秋に覆いかぶさろうとしている。はるか下は、まだほとんど夏だというのに。

V

同じ日の午後、峠の反対側に住む男たちも、出発の準備を整えていた。何時に出るつもり、と娘に尋ねられたので、「一時頃だな」と返事した。

ちびのゴットフリートがいる。彼も姉に訊いた。「どうして、また峠に行くの？」向こうの住民は、別の言語を話している。違う方言というくらいではすまない。別の言語の中の方言だ。山、高原、丘を越え、海へと向かっているうちに、言葉はどんどん変化する。

そして、この峠が分岐点だ。峠の裏側に住んでいる娘は、もう一度峠へ登って景色を眺めたい、と言った。もう来られないから。冬に結婚することになっていた。

この峠の山小屋に弟を迎えに来ていたのだ。

弟は十六歳。共同作業のため、山小屋から離れられなかった。山小屋には弟を含めて男三人しかいない。若い雌牛を放牧するための小屋だ。彼が必要だった。

だから姉は一人で出かけたのだが、ちびのゴットフリートは、すぐに心配になりはじめた。

そんな彼を見て、あとの二人は笑った。総石造りの真新しい山小屋には、きれいな部屋が二つある。三人は、この二つのきれいな部屋の間を行き来している。ゴットフリートが首を振っている。姉を探しに行きたいと、もう二度も口にして。しかし、ほかの二人は言う。「おまえは子供だから、まだわかっていない。女の子ってものが、わかっていない。一人になりたいときがあるのさ。あとを追っかけてばかりだと、嫌われるぞ」

腕時計を見ると、一時頃だった。ゴットフリートは窓辺へ近づいた。

霧が上ってきている。白く分厚い毛皮を着た、大柄な獣のようだ。斜面の至るところを這うように進んで、上に着くと、後ろ足で立つ。

ちびのゴットフリートを引きとめるのは、もう無理だった。しかし、二人のからかいはやまない。出かけてからも、冗談口はずっと続いていた。時間だけが過ぎ、出発の頃合いになった。二人も心配になってきた。霧は深くなっているし、ちびのゴットフリートも姉も戻ってこない……

弟は、呼びかけながら山を登った。返事がない。道の端まで登ってから、立ち止まる。呼びかける。しばらく耳をすましたが、相変わらず返事がない。

ちなみに山のこちら側は、山小屋から峠までの距離がかなりある。だから、時間は結構かかった。彼はずっと呼びかけながら登っていく。しかし相変わらず、まったく返事がない。目の前にある岩塊に反響した自分の声が、たまに応答するくらいだ。

これらの岩塊は小さな家のようなもので、声はしばらくとどまるが、恋しがるように、急いで戻ってくる。だが彼は腕を上げ、怒ってそれを振り払う。

かなり時間が経った。一時間くらいだろう。登っていくうち、呼びかける声はますます大きくなる。今は力の限りだ。声が遠くまで届くよう、両手を口にあてている。

ついに峠までたどりついた。ここはかなり広く、ほとんど傾斜がない。真ん中に、小さな湖がある。ゴットフリートは水際に立ち止まって、中を覗いた。底の土の色のために濁って見えるが、実はまったくの透明だ。水の中を覗いて驚いた。空全体が映っていた。空を見て驚いた。すごい速さで移動している。二つの空にはさまれているみたいだ。どちらも同じ動きをしながら、すごい速さで同方向に進んでいる。頭の上と下の両方を通りすぎている。そして、急に周囲の何もかもがもつれあい、二つの空が混ざりあった。

彼は駆けだした。斜面が急に始まる場所まで駆けて行った。ここだ。まさにここが、絶景を楽しむべきところだ。姉さんも知っていて、ここにいたはずだ……そして抵抗した。その様子が、はっきり見てとれる。芝のあちこちに跡があり、土や小石がめくれている。そこからあまり遠くない地面で、何かが光っている。ブラウスの前につけるシルバーのクリップの一つだ。そして櫛が一つ、これも銀製だ……まず浮かんだのは、姉を探すことだった。だが、山の向こう側の道は知らない。霧がどんどん深くなっている。自分は一人ぼっちだ。

そのため、もと来た道を引き返した。呼びかけるのはやめていた。左手には小さな品、クリップと櫛が握られている。これが証拠だ、今度は僕の言うことを信じてもらえるだろう。走る、走り続ける。しかしまもなく、道がどうも変な気がした。とっくの昔に下りの道が始まっているはずだ。ところが足元の地面は、逆に上っている。今どこにいるのか、知ろうとした。わかったのは、もう全然見当がつかないことだけだ。このあたりがまだ放牧に使う円形の土地だというのは、かろうじてわかる。しかし、この円形の境が、消えてなくなろうとしている。動く牢獄の中、曇りガラスでできた鐘の中にいるかのようだ。こちらが場所を変えると、あちらも移動する。ずっと同じ方向へ進んでいるつもりだが、本当だろうか。しっかり歩くには、頭の中にまっすぐな線、ぴんと張った糸が必要で、それを手で探るように進まねばならないが、今はごちゃごちゃに絡《から》まっている。目と耳の穴から霧が入りこみ、思考の中に侵入してきたかのようだ。

ちびのゴットフリートは、ぐるぐる回りだした。同時に、頭の中の何もかもが、ぐるぐる回りだす。

もう呼びかけない。転ぶ。立ち上がる。

突然、足元に、むきだしの岩を見つけた。芝草に覆われた岩壁の中にある山道のどこかに入ったにちがいない。かなりの湿気が草に付着して、滑りやすくなっている。薄い土の層も、コーヒー滓《かす》のように黒くなっている。

転ぶ。叫ぶ。また立ち上がる。

息が切れる。立ち止まる。口を開いて、うずくまる。頬に涙が流れる。もう動けない。

そして突然、恐怖に襲われた。再び叫びつつ、走りだした。

左手にある櫛とクリップを、できるだけ強く握りしめたままでいる以外は、何もできなかった。

第二章

I

空の低いところに雲がかかりはじめると、道の両端は、水門を上げたようになる。この村のあちこちに見られる、草を枯らさないための灌漑用の小さな水路の動きと、よく似ている。――ただし、道の端は二つだから、流れだすのは二方向しかない。

道は人の行き来によって、絶えず二方向に動く。――群れが戻った翌日もそうだ。朝の六時頃だが、もう日の出はかなり遅くなっている。日光は、壁や窓ガラスを照らしはするが、まだ室内には入れない。

女がヤギを綱で引っ張っている。別の女は、手桶の取っ手を握っている。下の道が、村一番の通りだ。フィルマンの家の前を通っている。道は二本あり、それを何本かの小径《こみち》がつないでいる。フィルマンの家の前を通っているのは、下の道だ。

家々は、前方が高くて後方が低く、半分埋まっている。斜面に寄りかかっているので、南側の二階が北側の一階になる。石灰を塗って白くした石壁の中に窓が三つ、それが二層だ。最初の窓の列の下に、丸いドアがある。ドアは納屋に通じていて、そこから地下倉へ下りることができる。家の本当の入口は路地裏にある。五、六段の階段の上だ。

家の前、丸いドアと同じ高さに、あまり立派とはいえない舗装道がある。はめこみのおかしい敷石というべきか。ひどく歪んでいる両側の壁と屋根の間に、スレートを加工しないで並べただけだから。――女が一人現れた。さらに一人。一緒にいるところを見なければ、二人いるとはわからない。それほど、よく似ている。

同じ衣装、粗いラシャの安手のスカートも同じだ。ひだの数も揃っている。頭には、黒糸で縫いとりをしたグレーのチーフ、これは平日用。——指先に冷たさを感じる朝が、こうしてまたやって来た。一日の始まりだ。だがその朝は、いつもとちがう。フィルマンの家の窓の下で立ち止まる。

ヤギを引っ張っている女と泉へ水を汲みに行く女、それに弟の手を引く少女がいる。弟は七、八歳くらいだが、まだお姉さんのお下がりのスカートを穿《は》かされている。お父さんの古い帽子は、日除け用だ。

女たちは見上げている。ちびもまた見上げたが、姉の方を振り返って、何やら尋ねた。

猟師バルテルミーの飼い犬が通りかかった。首輪はしていないが、前足に当たるよう、痩せた首に巻かれた綱の端に棒きれがぶら下がっている。勝手に狩りに行かせないためだ。主人が困るからだ。

指物師のジョゼフ・ミュトリュが、板を小脇に抱えてやって来る。堆肥を担いだ男も。みな立ち止まる。

ついにマニュが現れた。同じく立ち止まる。しかし、ほかの者はそこそこで立ち去るのに、大きな石のように動かない。そのため、通りかかったヤギの群れは、二手に分かれて背骨の行列を見せなければならなくなった。

ヤギたちの中にいるマニュは、ほとんど見えない。足も胴も短いから。顔はとてつもなくでかいけれど……

その時刻は、北側に面した小さな窓から日が差すだけなので、台所はほの暗いままだった。

それでもやっと、太く四角い脚と四本の横木のついたテーブルの端まで、光が入りこむようになった。錫《すず》製のスープ鉢から、スープが湯気を立てているのが見える。丸パンとチーズのかけらが、木のテーブルにじかに置かれている。

闇の中からときどき、年老いた二本の手が出てくる。物に向かって伸びる。最初は深皿二枚、次は二本の丸い鉄のスプーンだ。そして引っこんだ。台所のさらに奥は、暖炉の火が明かりになっている。

座っている女の下半分が見えた。胴まで照らされている。皿を膝にのせている。チーフのために、顔は隠れている。皿の中をスプーンで探ってから、顔を前に出しつつ、ゆっくり持ち上げる。

そのとき、台所のドアが開いた。

彼が戻ってきたのだ。入口の石段を踏む音が聞こえた。そして最後の段で、何度も靴底を拭《ぬぐ》った（そうしないと、叱られるから）。

ドアを肩で押し開け、また肩で閉めた。なぜ手を使わないか、すぐはわからなかった。

肘を曲げて突きだしている腕に、光が当たった。持っているのは、女物の衣装一式だ。スカート、ブラウス、ネッカチーフ、頭につけるチーフ、下着まである。包みを腰掛けの上に置いて、言った。「これでよし」

フィルマンは身体を起こした。また言う。

「マリーが貸してくれた。余分があるのを知ってたんだ」

暖炉の方、座っている女の方を向いた。振り返らない。相変わらず、身動き一つしない。

テーブルの上に皿が二枚あるのに気づくと、彼は尋ねた。

「上から何も聞こえなかった？」

「ああ」

肩をすくめ、そして何も言わずに包みを取り上げると、別のドアから出て行った。

そのドアのすぐ脇に、二階へ通じる階段がある。彼は上った。できるだけ静かに。明かりのない廊下の二番めの角を左へ行くと、部屋がある。自分の部屋の真上だ。相変わらず手がふさがっているので、動きがぎこちない（我々男は、あまりしないことだから）。立ち止まって、聞き耳をたてた。

身体からどんな物音も立てまいとするかのように、唇をきゅっと結んだ。もし心臓の鼓動をとめることができるなら、そうしただろう。

首をかしげて、さほど厚くない入口の板に耳を当てた。心臓が高鳴る。ノックするべきだろうが、もしあの子が眠っているなら？　きっと疲れているだろう。よくわかる。だから寝かせておいた方がよいだろう。ただ、起きたとき、着る物が何もないことになる。——肘でそっと掛け金を押した。

蝶番《ちょうつがい》が揺れると、ドアは自然に開いて、ベッドが見えるくらいの空間ができた。といっても、枕元のあたりだけだ。カラマツの木で作った高い枕しか見えない。その先は、静まりかえっている。

背中をどしんとあてる。ドアが完全に開いたので、前へ出た。

ドアの音、足音がしたのに、ベッドの中は、まったく動きがなかった。いるのはすぐにわかったが、何の反応もなく、何の変化もない。もし死んだのなら、何か変わった動きがあっても不思議ではないのだが。毛布にくるまって壁を向いたままの姿勢は、全然変わっていない。

声をかけようとしたが、きっとまだ眠っている、と思い直した（一瞬に）。包みをベッドのそばの椅子に置くと、また急いでベッドを見た。二、三歩あとずさりして、ドアを静かに引いた。——今度は、とてもゆっくりドアを閉めた。掛け金の音が響くかもしれないから、とてもゆっくり、そっとだ。階段も、とてもゆっくり、そっと。釘を打ったでか靴を履《は》いていて、木の段は響くにもかかわらず、下りる音はほとんど聞こえなかった。

やっと台所の中が明るくなってきた。石灰を塗った石造りの厚い壁が見える。擦《こす》れて黒くなった箇所もあれば、灰色の染みのついた箇所もある（つまり、人がよく背中をよりかからせたところだ）。

時は流れる。物にも年齢がある。古ぼけた台所。踏み固められた土が床代わりだが、天井との間が極端に狭い。

腰掛けが一つ、二つ、壺が一個、伏せた鍋もある。湯沸かしは脚付きだ。立たせて火にかけ、湯を沸かすために。いくつかの鍋が、取っ手を自在鉤《じざいかぎ》に掛けられている。

マントルピースの下に据えつけた板の上に、壺が一個、いや二個並んでいる……火の前に座っている女が、今はひざまずいているのも見える。息子が入ってきた音に、すぐは気づかなかった。それほど静かな足取りだった。

息子が皿にスープを注《つ》ぐのを、じっとみつめた。きっと話の口火を切ってほしかったのだろう。だが、してくれなかった。先に口を開いたのは、母親の方だ。火をおこしているところなので、ひざまずいたまま、上体を少し振り向かせた。老いた顔が現れる。

声をかけた。

「どうするつもりだい？」

息子の方は、スプーンを口へ運んでいるところだった。口の手前で、スプーンがとまっている。そして軽く肩をすくめた。

また言う。

「わかってるだろう」

燠《おき》吹きを再開しようと少し顔を上げたので、頭につけたチーフの後ろが折れ曲がった。さらに言った。

「おまえは馬鹿なことをした。それを今はわかっているはずだ」

そして、

「まったくだよ、おまえ！」

息子は食べている。食べているものの味など、おかまいなしだ。話はなおも続く。手をついて、よっこらしょと立ち上がりながら、

「何か考えがあったのだろうが、その考えはよくなかった、と今はわかっているだろう……厄介なことになりそうだ。意地を張っちゃいけない。まだ時間はある」

今はもう、息子の目の前にいる。両手を差しだし、縞模様の入ったエプロンの前で組み合わせた。

「どこの子か、知っているだろう……だから、探しに来られる前に……もしやって来たら、どんなことが起こるかもしれないから」

その間に、息子は食べ終えている。口を拭っていると、

「元のところへ連れ戻しな」という声がした。

母をみつめた。母はもう何も言わず、じっと見ている。二人はみつめ合った。息子はうなだれる。

また顔を上げた。もう一度母を見ると、近づくよう身振りで合図した。

窓の外にあるものを指さしている。

窓ガラスのすぐそばまで近づいた。何種類かの小さなガラスがはめこまれているので、場所によって、色合いが違っている。手を上げると、「見えるだろう」と言った。

今そこは、パン屋が焼いた小麦パンの表面のような色をしている。

牧場の上、畑の上、森の上、さらに放牧地の上にあるものを指さしている。山頂だ。二つの世界を隔てる場所。峠があるが、その上には雪が積もっていた。

彼はもう一度指さした。何も言わないが、指が言うべきことを語っている。すなわち、「見えるだろう」と。

そして、いきなり母から離れた。

スープが冷めかけているので、急いで別の皿に注いだ。皿を持って、階段を上った。

今度は声をかけた。

右手で皿を前に出しつつ、

「お嬢さん」

再び声をかけた。彼は言う。

「お嬢さん、食べなければ……」

皿をどうすればよいか、わからない。

「服も持ってきた。椅子の上に置いてある」

彼は言う。

「すまない」

自分の話す言葉を相手が理解できないことまで、頭が回らなかった。娘は別の言葉を話すからだ。

「出来心だった……困らせるつもりはなかった……うまく収めるから」

しばらく間をおくと、また言った。

「じゃあ、椅子の上にある服の横に、スープの入った皿を置くよ」

さらに言った。

「こっちの人が着ている服だ……でももちろん、これしかない。だから、我慢して着てみて」

さらに言った。

「そして、食べて」

さらに言った。

「きちんと世話する、と約束するよ」

さらに言った。

「君のための服を作れないか、洋裁屋さんに訊いてみる」

さらに言った。

「知っているだろうが、雪が降った」

さらに言った。

「お嬢さん」

呼びかけた。

「お嬢さん！……お嬢さん！」

II

適当な間隔をおいて、あちこちで小さな点が動いている。水路のそば、垣根の下、人が通るとその肩に触れてしばらく揺れる熟したリンゴの下、結球したキャベツの間で。

満ちた水路は、季節により、白、グレー、あるいは空っぽのように見えるときもある。水がそれほど透明だからで、せせらぎだけが存在を気づかせてくれる。

村のあちこちに散らばっている小さな点は、狭い土地で働いている男たちだ。自分の所有する段々畑の大きな段はさらにいくつかの段に分かれ、小さな階段でつながっている。——ここに一人、向こうにもう一人、さらに別の者もいる。見えたかと思うと、すぐに見えなくなる者もいる。道具しか見えないこともある。木の下で、鎌が輝いている。——音も聞こえる。土地を耕したり、杭《くい》を打ったり、薪《まき》を割ったり、木をのこぎりで切っている音に、話し声らしきものが、ときおり混じる。——熟しはじめたリンゴの下、早生《わせ》種以外の洋ナシの下、赤や黄色に染まった葉の下、涼しい空気の中に。

みなはもう、ずっと前から活動を始めている。つるはしを肩に担いだフィルマンが、やっと出てきた。

ジョゼフ・ミュトリュの作業場の前を通らねばならなかった。呼びとめられる。

「おい！」

こうして、その朝は始まった。ブドウの収穫期の少し前だ。手にした板を、まるでカービン銃の銃身のように、目と水平、さらに斜めにしながら、ミュトリュは言った。

「気をつけろよ、フィルマン！」

フィルマンは立ち止まらざるをえなかった。

ミュトリュは板をひっくり返して、裏面を点検した。まっすぐになっていない、と苦情を言いに来られては困るからだ。客はまずそれを、しかもじっくりと確かめたがるものだ。木ねじを抜き、万力《まんりき》を使って、また板にねじをつけた。髪の縮れた赤ら顔が、笑いだした。口ひげの周りが笑っている。両方の目元が笑っている。

「ここのじゃ不足、ということだろうか？」

誰に話しかけているのだろう。

荒鉋《あらかんな》をつかむと、左手でバランスをとりつつ、右手で窓の方に向かって思いきり投げつけた。

「いつだって新しい木をほしがるみたいにな！」

顎ひげの縮れ毛のような短い削りくずが飛びだした。

ブドウの収穫直前の時期なので、すでに大気は、つんとした匂いを漂わせはじめていた。かぐわしい香りの前触れのようなものだ。――しかし、さらに道の先まで行かなくてはならない。

フィルマンはどう答えてよいかわからず、足を速めるだけだった。

数を数えはじめていたものだから、すぐには笑い声が耳に入らなかった。

雪のためもう峠は越せないが、山を迂回することはできる。では、何日かかるだろう。はて……彼は計算している。

しかし、計算ができなくなるほど、笑い声が大きくなった。

娘が二人、干し草置き場の前にいる。取り外しができる木の階段があり、一人は段の下、もう一人は段の上にいる。こちらに気づかなかったようだが、笑い声はますます大きくなった。

彼は立ち止まり、思い返した。〈どうでもいいじゃないか〉

計算を再開した。〈八リュー〉大回りする距離だ。計算の最中も、笑い声はずっと聞こえている。〈八リューある。そして、さらに八リューか九リューは覚悟しないといけない〉もうわからなくなった。しかも、女連れだと、ボンヴァンが来ているのに気づかなかった。うつむいていたので、自問はまだ続いていた。枝にハシバミの実がついた垣根の下を通っているときも、これで、口実が一つできた（といって、ほかにあるだろうか）。

「だめだ！　どうしようもない」

速く進めない。


またボンヴァンだ。山小屋で一緒だった。帽子の縁の下から、突然顔をのぞかせた。

「なんだよ？」

「つまり、上で、俺たちは賛成じゃなかった、と言おうと思ってな」

　フィルマンは答えた。

「それがどうだっていうんだ」

　道をさらに歩き続けた。もう一人は、離れた距離からずっと話しかけてくる。だがフィルマンは、ハエにたかられた馬のように、背中を震わせるだけだ。――それはブドウの収穫の少し前、山から帰った翌日の朝だった。――合わせると、四十五リューあるだろう。つまり、歩いて、だいたい十日かかる。もう山の上は越せないから、迂回しなければならないとすると。だめだ！　さらにもう一度。だめだ！　自分にもびっくりしてしまう。畑に着いたのに、つるはしのことを忘れている。〈呑みすぎたからだろうか〉とも考えているうちに。

　桜の枝越しに、谷の奥の大河が輝いているのが見える。白色だ。日光が、さらに白く染めている。中に太陽が落っこちたみたいだ。

〈それとも、あの子の姿を目にしすぎたからだろうか〉

　群れを追っているとき、その存在に気づいていた。そして、見た……で、今は……いいさ。〈あの子はここに

いればいい〉

何を言われても、何が起ころうとも。

そのとき信じられないことだが、自分は二人になった（と彼は思う）。一つの頭の中に、人が二人いる。二人の男だ。誘拐を実行した男と、それに驚いている男。どっちが本物だ？ 今の自分と前の自分のどっちが善玉か？ 見ている男と見られている男のどっちが上だ？ そんなことを、丈《たけ》の短い草の上に座って、ずっと考えている。野バラの木の下だ。黄色くなりはじめた小さな実は、これから赤くなり、寒さでひきしまり、食べ頃になる。

時を告げる鐘が鳴っている。小さな点が、相変わらずあちこちに見える。適当な間隔をおいて、思い思いに動いている。一つ一つがもの思う存在だ。彼は仕事を終えて空いた手を、膝の間に垂らしている。仕事をしたのは手だろうか、それとも俺だろうか。時が告げられた。正午の鐘が鳴っている。それを鳴らすために、鐘つき男はわざわざやって来て、鐘つき塔の下のロープにぶら下がる。

鐘が正午を告げると、村人たちは仕事をやめて、家路をたどる。互いに声をかけあい、言葉を交わす。

鐘が三つ鳴ると、道行く男たちは押し黙った。一つは父なる神のため、一つは神の子のため、そしてもう一つは……三つの鐘のために、口をつぐむのだ。立ち止まって、帽子をとる。その響きは短く三度、リンゴの木々を越えて届く。一つは父のため、一つは子のため、一つは聖霊のためだ。みなは押し黙り、立ち止まって、うつむく。それから、すぐ元どおりになった。今はもう、色褪せたフェルトの帽子をかぶった普通の男たちにすぎない。しゃべっている。「奴は頭がおかしくなったにちがいない！」

しゃべっている。「どうするつもりだろう」。しゃべっている。「俺たちは、どうすればいいんだ」

茶化し好きもいる。ミュトリュもそうだ。冗談口を叩きはじめた。

フィルマンに向かって叫んだ。

「あの子を、どこに隠したんだ？」

III

娘はベッドから動かなかった。はじめの二日間、ベッドから動かず、何も食べなかった。誰かが入ってきて（毎日三回、朝、昼、夜）、話しかけてくる。ドアが開く音がして、入ってくると、次に何が起きるか予測できる。まずは何も言わずに立ちすくみ、それから「シル・ヴ・プレ（どうぞ）！」と言うだろう。来て話しかけるのはいつもどおりで、娘もいつものようにする。動かない。ため息が洩れる。しばらく待ってから、出て行った。

三日めの朝、彼が出て行ってすぐ。空腹が頂点に達していた。自分が決めたことだ。頭で考えて決めたことだ。だが、頭だけではない。いつの間にか手が伸びて、皿まで達した。今はもう何にも邪魔されない。皿のとなりに大きなパンの塊があり、手はそれをつかんでいた。死にたいと願う自分と、生きたいと願う自分がいる。一人は悲嘆に暮れているが、もう一人はうれしそうだ。ひと口ひと口むしゃむしゃと、うれしそうな音をたてて食べている。それは身体を熱く、丸く、柔らかくしてくれる。身体全体を巡り、頬や耳まで上ってくる。固いパンを、両手でつかんでかじる。かじるのをやめるのは、シーツの上のパン屑を拾うときだけだ。生地がグレーで表面がざらざらしたこのパンは、二か月前の古いものだし、不格好だ。――ところが、こんなに美味《おい》しいパンは食べたことがない！　もう全部なくなってしまった！　食べ終えたことにびっくりして、空いた手をみつめた。そのとき、誰かが階段を上ってきた。壁の方を向いて、横になった。元の姿勢だ。心配してくれているのは確かだ。入ってくると、立ち止まる。また出て行ったが、戻ってきた。これで三度め。何も言わずに、椅子の上に何かを置いた。そそくさと立ち去った。

深皿に、黄色いきれいなリンゴが二つ入っていた。デザートだ。

明るくなってきた。かなり前に日が昇ったはずだが、日差しは弱かった。正面の窓にくっつけてあるので、まるでその外の屋根の一部のように見えるベッドから、太陽を見上げる。窓側を除いて、壁が木でできているのにも気づいた。窓側の壁は石でできている。天井は木造りだ。カーテンはついていない。あたりを見回すと、椅子が二脚ある。二番めの椅子の上に、自分用の服が用意されている。〈ああ、そうだった!……〉記憶が蘇る。怒りで泣けてくる。だが、しのび泣きだ。思わず声が出そうになるたびにぐっと堪《こら》え、手で涙を拭った。そして思う。〈うちの村の人たちが探しに来たなら、もうこっちにいるだろう……〉数えてみる。三日だ……もう来ているだろう……

毛布がずり落ちると、寒気を感じた。毛布にくるまった。考えようとする。

考えを巡らすには、最初まで戻らなければいけない。髪の毛が、目のあたりに落ちてきた。自慢の髪だ。指で探ってみた。長い髪の半分は自分の身体に、もう半分はベッドに垂れている。座り直して、髪の房を襟元《えりもと》に集めた。なんてこと! いたって健康なままだ。生きている。生きている、としっかり認識しなければならなかった。頬《ほ》っぺたに生気が戻ってきている。顔、腕、身体のあらゆる箇所を眺めてみた。全然変わっていない。また泣きだした。〈来てくれなかった。来てくれなかった、来てくれなかった!……〉この言葉が、心の中で、鈴のように鳴り響く。それから、〈さあ!〉とみずからを叱咤《しった》した。もう一度がんばって、整理してみるのだ。事の成り行きを順序だてて。記憶をさかのぼる。ドアを閉めに行った。鍵も錠もなかったが、木のかんぬきがついていたので、かけた。再び壁側に向き直り、じっくり考えようと目を閉じた。もう三日経っている。時間をたどってみる。山をたどってみる。この見知らぬ斜面の土地から頂上まで……突然、あの男が現れた。知らない言葉をわめいている。奥まで見えるほど、口が開いている。山の上は、地震が起きて、家がつぶれてしまったあとのようだ。二人は家の瓦礫の間にいる。男が話すのをやめたときの息づかいが、まだ耳に残っている。またしゃべりはじめた。それから何も見えなくなり、仰向けに倒れたように感じた……

ここでひと息ついた。でもどうして、あの人たちは来てくれなかったの？　三人の姿やあの山小屋が目に浮かぶ……

とはいえ、娘には見えないもの、知らないことがあった。わからなくて幸いだった。山の向こう側には、もはや三人でなく二人しかいない。厚い霧が煙となって背後を流れはじめたとき、二人は叫び声を聞いた気がした。口をつぐんで、しばらく耳を傾けた。――娘は見えなくて幸いだった。聞こえなくて幸いだった。

それから二人が駆けだしたことも知らない。藪《やぶ》の枝を折り、丈の高いりんどうの茎をたわめながら。三、四歩ごとに、大きな石をはねとばしながら。

峠の左側の岩場に、長い階段状の場所がある。

ちびのゴットフリートは、段を越すときに転ぶので、傷が徐々に深くなったが、そのたび勇気をふりしぼった。しかし、もう限界だった。

右腕の上に頭をのせ、倒れている。顔や手はまだ暖かかったので、降りかかる雪が積もることはないが、白い歯がのぞく半開きの口の端から流れる血の滴りが止まらない。軽く膝を引き、閉じた左手を胸元にあてている。呼びかけられても返事ができなかったし、助けられたときも答えられなかった。

一人が腕、もう一人が足を抱えた。雪は降り続いている。三人は下った。来るときに目印をつけておいたので、山小屋までの道はあまり迷わなかった。ちびを抱え、一つ一つ目印を確かめながら、雪の中を進んだ。暖炉のそばに、わらのベッドをこしらえた。

寒くなってきたので、薪を何本もくべた。さらに何かできないかと、手を組ませ、足を揃えさせた。そのとき、左手に何かを握っているのに気づいた。

離したくなさそうだったが、その指を開いて、小さな物をテーブルの上に置いた。

二人は、女がするような世話を、何もかもしなければならない。また水と肌着を取りに行く。そして、顔を拭き、手を拭いた。

やっと落ち着いてきたらしい。目を閉じてはいるが、自分の意志で閉じているかのようだ。

二人はテーブルの脇に座った。明かりのちょうど真ん中だ。ちびは、目の前の壁にもたれて眠っている。テーブルにつくと、さっきテーブルに置いた物を眺めた。ねじ曲がった櫛とシルバーのクリップを慣れない手つきでこね回しながら、小声で話した。

あの娘も道に迷ったにちがいないことだけはわかった。きっとちびは、どこかで会ったのだろう。でも、それから?

ひそひそ話も尽きてきた。よく乾いた大きな木の束を、また火にくべた。次に、チーズを保存している部屋からは布、自分たちの部屋からは針と糸を持ってきた。そして、こんなふうに夜を過ごした。

年をとった方が、ちびを担ぐことになった。娘が戻ってきたときに備えて、山小屋には鍵をかけなかった。袋を縫うのだから、薪は節約しない。そのため、ちびを袋に入れたときは、真昼のように明るかった。袋の顔の方の端を縫いつけた。——この光景も、娘は見ることができない。——二人のうち年上の方が、ちびを担いでいる。前かがみの姿勢だ。もう一人は、家畜の群れを追い立てるというより、歩みを遅らせている。ちびを担いだ男が後ろにいるからだ。顔のすぐそばに、袋の中の顔がある。足の冷たさが、自分の足にも伝わってくる。こうして悪路を一歩一歩、ゆっくり注意しながら進んだ。ちびのゴットフリートが山を走り回ることはもうない。終わりだ。——幸いなことに、向こうにいる姉は、知る由《よし》もない。——だが、終わりだ。棒を手にした弟は、山を駆け回りながら、「ホー! ホー!」と叫んでいた。終わりだ。こだまを呼ぼうとして「ホー!」と叫ぶと、機嫌の悪いこだまは、すぐには返事をよこさない。「そうか! いやなのか……これならどうだ」また「ホー!」と叫ぶ。かなり時間が経ってから、眠たげな「ホー!」が、彼方でかすかに聞こえる……それも終わりだ。男はのそのそ身体を揺らしている。今にもへたばりそうだ。背中の重みがなかったとしても、前進はかなり困難だ。少し進んでは立ち止まらなければならない回数が、ますます増えてきた。前を行く男が振り返って合図を送り、群れを止める。近寄って、ゴットフリートの身体を降ろすのを手伝う。一人では無理だからだ。平らな場所を選んで、できるだけ静かに降ろす。森には、苔の生えたところがある。そこへ三度寝かせた。谷の奥までたどり着いた。激流の脇の平たい石の上に寝かせた。その先の峡谷はかなり狭いので、川と岩壁の間しか通れない。――いつそこに弟が寝かされたのか、姉は知らないにちがいない。今度は岩壁の上に寝かされた。村に着いたときの様子も、娘は見ることができなかった。フィアンセの、のっぽのハンスがいた。父と母がいた。

その夜みなが自分を探しに出た様子も、見ることができなかった。そして、娘は見つからなかった。

IV

それでも、自分のものでなくサイズも合っていない服を着て、食事のために階下へ下りないわけにはいかなかった。

はじめて下りてきたとき、彼は娘だとわからなかった。娘であることが、信じられなかった。もう自分にとっては存在しないもの、相手にとっても自分は存在しない気がしていた。下りると、視線を合わせることなく、近づいてきた。何も言わない。何も言わずにさらに進み、自分のために用意された席を見つけて、皿の前に座った。――それから彼は、人を避けるようになった。回り道をしたり、家の前はかがんで通ったりして、見つからないようにした。

ジョゼフ・ミュトリュは、何も見逃さない。カラマツの板をかざした。

ミュトリュは叫ぶ。

「これは、おまえのベッドを作る木だぞ」

板を大河の方へかざす。汚れた窓の向こうに見える自分の畑、インゲンマメの支柱の端にとまっている大柄なツグミの方へかざす。九十度ずつ四度。――つむっていた左目を再び開けると、両目の大きさが均等になった。

そして言う（ベッドのことだ）。

「いいやつを作るからな」

その間、娘は座っていた。一日中部屋にいて、椅子に腰かけると、もうそこから動かなかった。したことといえば、ベッドの上にかかっている十字架を外しただけだ。

第三章

I

それから数日後、山の向こうでは、宿屋の大広間に男たちが集まっていた。

部屋の一角に、陶製のストーブが置いてある。段構造になっていて、白の下地に人物や景色がブルーで描かれている。

外に面した壁には、八つの窓が、くっつきそうなほどすきまなく並んでいる。窓の外に見えるゼラニウムは、すでに肌を刺すような大気にもかかわらず、花がまだ残っている。錬鉄製の大きな熊（熊はベルン州の徽章）の置き物の下だ。卵形の空洞の腹の中に入る風で揺れている。金の冠をかぶり、赤い舌を出している。

さらにその向こうに、木造りの大きな家が立ち並ぶ。住民は、ゆったりした住まいに暮らしている。重い石をのせた野地板に覆われている広い屋根の下、あめ色の三角形の正面が、至るところに目につく。神の名前を、いくつも読みとることができる。

彼らは横一線に、できるだけ多くの窓を刳《く》りぬく。そして、のみを持ち、窓の間の太い梁《はり》に向かって、非常に根気のいる作業を行う。

ハートや花束を彫った下に、日付やイニシャルを書きこむ。

1640

A.W.M. ------ G.L.K.

三角形の上方の屋根の角のところに、まずこの日付と文字だ。その下のもう少し広がった場所に、各家が選んだ戒律、苗字や名前の由来を詳しく示す聖書の文句が来る。父母や妻の姓名、職業について。このような信仰告白の文字は、昼間は飾り、夜は目印として役立っている。神の言葉の下に、女たちが持ち寄り、神に捧げられた花がある。

女たちは花を、黄色い土製の花瓶または彩色された大きなスープ入れに挿《さ》して、全部の窓に置く。花々は、牧草地を背景にして輝いている。そして牧草地自体も、十分な水分を含んでいて、日に照らされて輝いている。

彼らには、欲しいだけの土地、欲しいだけの木がある。金はあるし、時間もある。働き者で綿密、先を読むのが上手だ。赤い縁取りの入った黒いビロードのチョッキを着ている……

北風が、熊の置き物を揺らして倒した。熊の怒ったようなうなり声が聞こえた。その声が聞こえるのは、よくない証《あかし》だ。

宿屋の中では、金髪で背の高い若者のうちの一人が拳を突きだして、テーブルを叩いた。自分たちの言葉で話しはじめる。

「わけがわからない！」

向こうの宿屋の大広間だ。ある日の午後、一同が集まっている。――そのとき、熊の二度めのうなり声がした。今度は、みなの中で一番背の高い若者が、口を開いた。

「そうだ！　まったくわけがわからない」

しゃがれてきつく聞こえる彼らの言葉で、事件について語り合ってはいるが、もう何度も、堂々巡りだ。彫り物のある太い梁の下、彩色されたストーブの近くにいる。のっぽのハンスが、また首を振った。

なぜなら、わかっているのはただ一つ、娘が戻っておらず、そして奴が埋葬されたことだけだからだ。

ちびのゴットフリートは、柵からほど近い墓地の壁の裏、ナナカマドの大木の下に埋葬された。――熊の三度めのうなり声がした……

あの男がコルネット（小型のラッパ）を吹いた。

吹いたのは、マティアスだ。銅製のコルネットの最初の響き。何度も吹きはするが、最初は到着を知らせるのが目的なので、かなり遠くからだ。

よい方の足を悪い方の足の前、自分の足を義足の前に出しながら進む。――この両足があれば、どんな道であれ、誰よりも楽に遠くまで行くことができる。それが彼の職業だから。

音が一つ。さらに、もう一つ。二種類の音を立てながら、籠をぶら下げ、革袋を担いで、あらゆる道、あらゆる里を巡る。そして村が近づくと、銅製のコルネットを取りだして、吹きはじめる。

三角帽の下の山羊《やぎ》ひげを軽くひねりながらコルネットの先をくるりと回すと、音は銀色に輝く屋根に向かって、絶妙に進んでいく（ナナカマドの木々の下に見える屋根は美しい。緑の傾斜地の中にあるので、公園のベンチのように見える）。川の近くで響くと、寄ってきた鱒《ます》は、向こう岸へ逃げてしまう。それから彼は、ナポレオン皇帝の絵を取りだした。

マレンゴの戦いの絵、セント＝ヘレナ島の墓の絵も。その三枚を布に貼りつけると、巻いて上着の下に抱える。あとはそれらを広げさえすればよかった。

リボンとネックレスも出した。三角帽と銀の打ち紐のついた上着を身につけ、よい方の足と悪い方の足を進ませながら、コルネットを吹く。すると、一人もう一人と姿を現した。女の子二人だ。「あの人だわ！」

彼は、かの地ではよく知られていた。年に四回やって来る。季節ごとに来ては、カレンダーを取りだす。日付は赤字で印刷され、春はぶらんこ、夏は麦の束、秋はブドウを摘む女、冬は毛皮の絵が描かれている。――天体の動きに従っているのだ。みなは叫ぶ。「あの人だわ！」

「マティアスよ。聞こえた？」

一人もう一人、さらに二人の女の子、もうその先は、数えられなかった……

宿屋の大広間にいる男たちは、相変わらず押し黙っている。しばらくして、誰かが入ってきた。

その男は、座ったまま振り返る男たちのテーブルへ近づくと、何か言った。みなは答えた。「そのとおりだ。奴に来てもらおう」

窓に近づいて、全部開けた。ゼラニウムの花越しに身を乗りだす。道の方向へ目を注ぐと、女の子たちに囲まれたマティアスの姿が見えた。

来るよう合図した。マティアスは、すぐには来なかった。

女の子たちは、きょうはびっくりするほど静かだ。彼が冗談を言っても、いつもの笑い声が返ってこない。だが、何か訊くと答えてはくれる。こちらも応じる。小声で話すので、耳を傾ける。うなずく。口をつぐんだ。考えている様子だ。いくつか質問した。

まずはじっくり耳を傾け、よく考えた。——そして今、中に入ってこようとしている。革袋、肩掛けかばん、籠、コルネット、三角帽、杖を、ベンチの上に並べる。売る時間はあるし、ほかの仕事をするひまもある（職業の利点の一つだ）。呼ばれたから来たのも、仕事のうちだ。みなは同じテーブルについて、話し合っている。

——しかし、意見を求められると、彼はすぐに言った。「事情はもう全部わかった」

そして、マティアスは押し黙った。みなの顔を順番にみつめている。とてもゆっくりと。のっぽのハンスのところで、視線が止まった。

こう言った。

「家へ帰って、紙とペンを探せ」

のっぽのハンスは尋ねた。

「何のために？」

「あの子に手紙を書くのさ」

驚きの声が、さらに高まった。誰に宛てて？　しかしマティアスは、また言った。

「おまえたちは婚約していたはずだが……」

宿屋の大広間のやりとりは、こんなふうに進展した。マティアスは、椅子に座ると、すぐに言う。

「おまえが手紙を書いたら、俺が持って行ってやる」

ハンスが訊いた。

「もし死んでいたら？」

マティアスは答えた。

「そのときは、そのときさ」

「この櫛」さらに続けた。「この櫛とこのクリップ……どこかにいるとすれば、あっちだろう」

そして言う。

「俺たちは友達だよな？」

そうだ、とみなは答えた。

「俺たちは、ずっと前から友達、本当の友達だ……（そうだ、とみなはうなずく）同じ土地で生まれ、同じ言葉を話す。ところが、どうだ、奴らは別の土地の出で、別の言葉を話す……向こう側が奴らで」続ける。「こちら側が俺たちだ……俺たちを妬《や》いていたので、復讐したのだ。だから、どうなっているか、見てきてやろう」

ここで、誰かが尋ねた。

「もしもあの子があっちにいたら？」

彼は答える。

「そのときは、取り返しに行こう」

全員が叫んだ。

「そうだ！」

暗くなってきた。のっぽのハンスは、自分の部屋のロウソクに火をつけた。錬鉄製のロウソク立てに載せると、テーブルの上に置いた。ロウソクの灯りが、後ろの壁に、ハンスの頭を大きく映しだしている。

ノートの一枚を破りとった。

一文、さらに一文と続けた。一文字ずつ、一語ずつ、必死で書いた。昔習ったような、行に沿っててていねいに書く習慣など、とっくになくしていた。

『まてぃあすニ言ワレタ』

ここまで書いて、また考えだした。天井の隅あたりを、大きな頭が首を回している。蝶番《ちょうつがい》がついているかのようだ。

再び頭を下げて、書きはじめた……『君ノ行方ガ、モウマッタクワカラナクナッテシマッタカラ』

壁に向かって、首がまた下から上、上から下へと動いた。

『……アイツラハ、一日遅レテ、山カラ下リテキタ。君ヲ迎エニ行ッタガ、君ハイナカッタ』

ペンをインクにつける。ペンは、固くなったパンのかけらをネズミがかじっているような音を立てた。

『……僕ノ心ノ君（彼らの言葉で〝かわいい宝石〟という意味だ）、悲シマナイデ。僕ノコトヲ考エテ……子供モデキルダロウ。一緒ニ生活ヲ始メサエスレバ』

『……僕ノ手紙ヲ届ケルト、アイツハ言ッテクレタ。ダカラコレハ、僕ガ来タヨウナモノダ……ワカッテルネ、ミンナ君ノコトヲ思ッテイル』

結びをつづった。

『君ノコトヲ思ッテイル僕』

さらに続けた。

『イツモ君ノコトヲ思イ、君ノコトシカ考エズ、コレカラモ、決シテ決シテ、君以外ノコトヲ考エナイ僕ヨリ……サヨウナラ……近イウチニ』

手紙を読み直した。これで三度めだ。

マティアスがまた話しはじめる。

「どちらにせよ、これはたいしたことじゃないぜ」

みなの反論が収まらないので、マティアスはまた全部説明した。

「もう一度言うけど、待ってくれ……俺はといえば、行商が仕事だ。それに、あっちの言葉をしゃべるから、言いたいことも通じるだろう。縄張りにする里が、一つ増えるだけのことよ」

みなは叫んだ。「よく言ってくれた!」とどろくほどの大声だ。

その夜は星が多く、騒ぎはふだんよりずっと長く続いた。十時になり、十一時になった。今や怒りに火がついた状態だ。家に戻っていたハンスがまたやって来て、家で書いてきた手紙を朗読した。首まで赤くなっている男たちがいる。上着の襟《えり》から、太い血管が浮き出ている。眉の間の太い血管も、巻き毛の下で膨れている。

「静かに、静かに!」

マティアスが再び口を開いた。

「静かに、静かに」また言った。「焦《あせ》ることはないぞ! あっちに何か感づかれちゃまずい。それに、待たなくては……来年まで待つのだ……牛がまた山に登る頃、来年……まかせておけ」

のっぽのハンスに声をかけた。

「手紙をよこしな」

上着を開いて、下に着ている黄色いラシャのチョッキについた真鍮製の小さなボタンを外した。チョッキの内側の左、裏地の中に、ポケットがあった。

そして言った。

「どこへ入れるか、わかるな……いい場所だろう?……ここから出て、しかるべきところへ行く」

笑いながら、チョッキのボタンをていねいにはめた。

II

彼は翌日の早朝に出発した。乳搾りが終わるかどうかくらいの時刻だったので、まだ家々の周りを、たくさんのカンテラが行き来していた。

女の子たちが窓辺に出て、色つきのハンカチを振ってくれた。色の区別がなんとかできそうな明るさになってきた。

奇妙なことに、革袋は前夜よりも膨れていた。籠を前に抱え、尻の左側に肩掛けかばんをぶら下げている。そして、よい方の足と悪い方の足を使って、大地を踏みしめた。自分の足と義足は、別々の音を立てる。一つは靴底が地面にぶつかる音、もう一つは指で樽をはじくような音だ。

まずは川に沿って、北の方角に進む。といっても、川ほどは速くない。まずは山に背を向ける。背後の山は、もう低く見える。――向こうでは、娘が窓辺に座っている。だが、通りがかりの人に気づかれないよう、隅っこに。――マティアスの背後の山は、低くなっている。振り返ると、最前列の山並みの中に氷河が見える。しかしその氷河も、また隠れてしまった。そして、ドイツ語圏の地方によく見られる、丸い形をした緑色の小さな湖が現れた。彼は頭の中で足し算をした。地理や距離を熟知しているからだ。五リュー、さらに四、五リュー、次に十三か十四リュー、それから十一リュー。一日と一日、そして三、四日。最初の夜にはもう、川岸の大きな町に姿を現した。よく通りはするが、知り合いのいない町だ。一軒の宿屋に入った。

翌朝、宿屋から出ると、そこから横に曲がって、道の一つに入る姿が見えた。その道を進んでいる姿も。——向こうにいる娘は、相変わらず窓辺の椅子に座っている。——さらに先では、馬車の座席に乗っている姿が見えた。赤い顎ひげの御者の男は、膝の上に肘を乗せ、手綱《たづな》を前に垂らしたままでいる。動物たちは慣れていて、何をするべきか、人間よりもよく知っている。マティアスは、煙草《たばこ》入れを差しだす。「どうぞお取りください」「これは、これは!」秋だ。紅葉した木が並んでいる。——向こうの娘は、椅子に座っている。手を重ねたまま、動かない。——マティアスは、再び歩きだした。また横に曲がるのが見えた。牛乳屋の前を通る。夕方搾った乳を入れたブリキ缶を運んでくる時刻だ。

彼を見て、みなは驚く。さらに驚いたことには、遠くからでもそれとわかる格好なのに、商売をしないで通りすぎようとしている。もうここでは、話す言葉は同じではない。話される方言も、同じ仲間ではない。丘陵をゆっくり登っていると、空模様に変化が起きた。——娘は、スカートに両手を重ねたまま、みじんも動かない。人通りがあるから。毎朝、水門を上げたかのように、人が両側から行き来する。ヤギを引いている女もいれば、別の女もやって来る。——空に白い雲が現れると、マティアスは南側の丘陵の上を進みだした。彼はその丘陵の高みの、湖のある窪みに着いた。窪みを下りる。ブドウの木でできた垣の上に座っている。下の方の段で、湖を背にしている。袋を脇に置いて、垣の上に座っている。

それからまた歩きだした。今度は、湖に沿ってだ。よい方の足を悪い方の足の前へ、次に悪い方をよい方の前に出しながら進む。大河に達するまで。——そのとき通りに、マニュがやって来た。娘は相変わらずそこにいる。マニュが来るのは、毎日のことだ。窓の真下から、しばらく動かない。そして、石鹸のように白い肌をした顔を上げる。普通の人より二倍もでかくて重いから、上げるのは難儀だ。歯のない口が笑っている。手を前にして、片足でバランスをとっている。――ローヌ河に着くと、あとは上流へ進むだけだ。

マティアスは、そのとおりにした。大きな谷の奥まで進むと、急に狭くなる。正面に見える斜面の間隔が、このままくっつくのではと思うほど縮まっていく。

そこで、最後の反転をした。岩壁の間に、隘路へ通じる門の柱が見える。街道や大河へ向かう唯一の場所だ。あと一日歩きさえすればいい。こちらが道を尋ねた通りがかりの男でさえ、村の所在を教えることができた。あそこ、明るく見える東の方角だ。あそこ、大きな谷の斜面伝いに靄が立ち昇っている東の方角だ。そこから谷が、また大きく広がっていく。あそこ、長い山並みのふもとにある、北の斜面だ。裏側から来て、ぐるっとひと回りしたのだ……

III

彼は再び銅製のコルネットをつかんだ。朝日が昇る空に向かって、音が流れる。くわえた銅製のコルネットを下から上に動かすと、リンゴの木の間に見える村も、一緒に持ち上がった。

まずはペンキを塗った家だ。ワインの瓶とグラスが描かれている。

マティアスはコルネットをくわえたまま、村に通じる最後の道のりを進んだ。ゆるい上り坂だ。生け垣に沿って歩く。垣のすぐそばを流れる小川に沿って歩く。日光を浴びて輝く水面は、新品の大きな硬貨が詰まっているかのようだ。

ときどき、木の葉が落ちてきては、また飛んでいく。種類により、薄黄色もあれば、赤や褐色もある。周辺の木々も、色とりどりだ。

しばらくは、飛んでくる葉としか行き会わなかった。今は葉が邪魔になって、村がよく見えない。もう一度コルネットを吹いた。

老女の姿が見えた。階段を上りながら、左の肩越しにこちらを見ている。そして歩みを速めた。

女の子が二人、通りの入口でおしゃべりをしていたが、黙りこんだ。

屋根の上に、屋根ふき職人がいる。もうすぐ冬になるからで、今は冬の到来前の長雨の時期だ。まるで小さな採石場にいるかのごとく働いている。スレートはそこに運んできたのではなく、はじめからそこにあったもののように感じられる。大きなグレーのスレートの中に、膝まで埋まっている。

屋根ふき職人は立ち上がった。

顔の周りに、煙突の煙がたちこめている。職人が屋根の上にいるからといって、スープを煮るのをやめはしない。薪を焚《た》いたきれいな煙から、芳香が漂ってくる。教会の聖体の香りのような匂いだ。

屋根ふき職人が、「おや!」と口にした。

三角帽が見える。革袋が見える。銀の打ち紐のついた上着が見える。そして思った。〈どこの奴だろう〉人は、馴染みのないものを嫌い、はじめて見るものには用心するものだ。屋根ふき職人は〈どこの奴だろう〉と訝《いぶか》った。すると、足をひきずる姿が見える。

「おい!　モーリス!」

家の主人のモーリスがやって来た。

「見てみろ」

腕を伸ばした。腕を覆う薄いブルーの布地のシャツの袖も、一緒に垂れた。

そのときマティアスは、上の通りにさしかかっていた。山羊ひげを前にうつむけると、真鍮《しんちゅう》のボタンの付いたチョッキにくっつくのが見えた。籠の口を開ける。

商売のコツを知っているのが見てとれる。ここはもう、ナポレオンが人気のある地域ではない。

彼は来る。近寄ってくる。あれは聖ペテロ、赤い僧服を着て天国の鍵（聖ペテロは天国の番人と言われている）を持ち、グレーの顎ひげにおおわれた聖ペテロの絵だ。そしてもう一つは、幼子《おさなご》を抱いた聖母マリアの絵。

彼は今、眠った幼子を前にして進んでいる。その下に、聖ペテロがいる。聖人たちの推挙と庇護のもとに進んでいる。――左右いっぱいまで見渡す。高い方の通りにいることだけが、娘を探すのに都合が悪かった（都合が悪いといっても、しばしのことだが）。

微風が聖ペテロの絵を吹きあげた。ゆりかごの中の幼子は、目を覚ましたかのように、首を上げた。

マティアスは、相変わらず進み続けた。遠くからミュトリュが、まっすぐになっているかどうかを板に目をあてて調べながら、それを窺う。汚れた窓ガラス越しに窺う。窓ガラスを通すと、マティアスの姿は、グレーっぽく見える。聖処女と聖ペテロの方は、色がぼやけているので、姿を消してしまったかのようだ。――それでも左目を閉じて、じっと見定めた。通りかかったモーリスが訊く。「一体、誰だろう」ミュトリュは答える。「知るもんか。でもまあ、追い払ってやるよ……さて！」

モーリスは歩を進める。立ち止まって、声をかけた。

「それは高いのか？」

もう風はやんでいたので、聖ペテロも聖処女も、すっかりおとなしくなっていた。みながやって来た。絵が美しく、しかも輝いているからだ。好奇心に駆られてしまう。首に縄をつけられたヤギと同じだ。その気がなくても、引き寄せられる。人だかりができた。あとはうまい言葉を見つけさえすればよいことを、マティアスは知っていた。気に入ってもらわなければならないが、そのやり方も承知していた。一番肝心なのは疑われないことだが、まったくその心配はなかった。すばやく家々の台所に目をやる。その隣の部屋のドアが開いていると、入るのを止められない限りは、その部屋に向かって足を踏みだす。止められることもあったが、口上を述べ、また性別や年齢に従って欲しがりそうな商品を籠の中から探すことで、時間を稼ごうとした……

彼はたまたま、高い方の通りから入った。その道は、教会の下を通っている。小さな丘のてっぺんの大きな楡《にれ》の木の後ろに、真っ白な教会がある。右手にはずっと家が並んでいて、広場らしきものも。そこに、よろず屋兼カフェがある。手前が店で、その奥の部屋で飲めるようになっている。部屋といっても、単なる物置だ。雑貨袋の間を通り、袋の間で飲む。積み重なった箱の間を通り、その間で飲む。くさい匂いの中を通り、その中で飲む。長テーブルが一つあるだけだ。──主人のボシャは、売り物のワインを仕入れたりはしない。ブドウ畑を持っているから、自分で作っている。金持ちだ。そのうえワインで二重に儲けている。

四人いることだけはわかるが、それが誰か見分けられない。小さな四角い窓から入るグレーの紙のような光が、黒い顔の上にのった黒い帽子の縁を四つ照らしている。話し声がした。

「もう一杯どうだ?」

「いいよ」

「やれよ、フィルマン! 俺たちがおごってやるから」

三人の男が、四人めに向かって話している。断った男は、結局承知した。二杯めのビールジョッキが運ばれた。フィルマンだけは、相変わらず会話に参加しなかった。

座をとりもとうと、一人の男が始終話しかけはするが、ほとんど返事をしない。残りの二人が、また言う。

「さあ、フィルマン、乾杯だ! あのことはもう考えるな」

フィルマンは顔を上げたが、またうつむいた。帽子の縁が二度行き来するのが、窓越しに見える。

そのとき、あの笑い声が聞こえた。店の方からだが、みな誰かすぐにわかった。振り返るまでもない。聞こえたのは、ヤギが鳴くときのような、あの笑い声だからだ。

またメーと鳴いた。店にいるボシャが尋ねた。

「どこでもらったんだ?」

一人がドアを開けると、リボンが目に入った。それにしか注意を払わなかった。人間の方は、とっくに見飽きている。三本のリボンが、ピンで留められていた。二本は上着、一本は帽子に。二本は赤で、一本は黄色。そして一本の下、二本の間で、黄色くてでっかい顔が笑っている。

みなは、ボシャと同じように尋ねた。

「どこでもらったんだ？」

マニュは、手を伸ばしさえすればよかった。

もう一度メーと鳴くと、口を開けたまま、でっかい顔をよっこらしょと回した。顔と腕が示した先は、すぐ近くだ。何か言おうとした。長いうなり声のようなものをあげた。

ちょうどそのとき、広場の角にマティアスが現れた。コルネットをもう一度口にくわえて吹いた。〈あの子に聞こえるだろう〉と思いつつ。

それから、店の方を向いた。様子を窺ってから、口を開く。

「みなさま方、いかがでしょう」

風が再び聖ペテロの絵を吹きあげた。さらには、楡の葉を何枚もかっさらった。葉が空中を舞うのと同じく、彼の口上も空に響く。

「すばらしい品ばかりですよ……できたての新品、しかも安い……リボン、糸、針……縫い糸、刺繍糸……聖画……みなさま方、便利で楽しいものばかりですよ」

四人ともカフェを出て、店の前でボシャと合流した。

「若者向け、年配者向け、紳士淑女、ご夫婦、恋人向け」

フィルマンが一歩前へ出た。ほかの者が声をかける。

「気に入ったものがあるのかい？」

彼はさらに一歩踏みだして、立ち止まった。何か考えている様子だ。そして、意を決したのが見てとれた。もう迷うことなく、まっすぐマティアスのところへ行く。商品を見せてくれと頼むのではなく、そばに寄るようマティアスに合図した。そして、近づくとすぐに、「頼む。一緒に来てくれ」と言った。

マティアスはその顔をじっと見た。そして答えた。

「お望みならば」

彼にも何か考えが浮かんだようだ。フィルマンに付き添って、歩きはじめた。フィルマンの友人とボシャは、店の前でつっ立ったままだ。一人が言う。

「どうしたんだ」

その間も、二人は歩き続けた。しかしマティアスの方は、速く歩けない。悪い方の足をかばっている。道すがら、フィルマンは用件を伝える。そして、ついに口にした。

「あの子は、ここの者じゃないから」

マティアスが尋ねた。

「おや！　どこから来たので？」

彼は立ち止まった。岩の出っ張りのために、小道がふさがれている箇所だ。削らなければならないのだが、放っておかれていた。まず悪い方の足を前に出した。

その間に、答えが返ってきた。

マティアスは、「ああ！　よし、これで一件落着！」とは言わなかった。考えただけで、口にしなかった。

傾いた柵の間を通るときは、何も話さず、よい足と悪い足が響く音しか聞こえない。彼は思った。〈さて！　みんなが言ったとおりだろうか〉

角を曲がると、フィルマンが腕を伸ばした。

一つの窓を指さす。そして、視線を下ろした。腕も下ろした。二人が見られていることに、彼は気づかなかった。ガラスの向こうにあるものに、気づかなかった。ガラスに貼りついているので、鼻はぺちゃんこだ。先が白くなっている。そして人影はあとずさりした。するとマティアスはコルネットを吹く。

方々の戸が開いた。下の通りは今、陰になっている部分と光が当たっている部分に分かれている。二人は、光の当たっている部分の道の端まで進んだ。マティアスは照らされるだけでなく、身につけた装飾品が光を反射して、彼自身も光っている。

台所には誰もいなかった。フィルマンはマティアスに階段を示した。マティアスは上った。フィルマンが続いて上ろうとすると、マティアスは言った。

「いや、待ってください。その方がいいでしょう」

IV

フィルマンは表へ出て、家の裏手にある小さな果樹園に入った。ポケットに手を入れて、つっ立っている。数歩歩いたが、また止まった。

ふだんの物音しか聞こえない。雌鶏《めんどり》の鳴き声やら小さな子供の叫び声やらだ。ミュトリュが釘を打っている。

フィルマンは歩きだした。

歩数を数えた。狭いから、三十歩か四十歩でひと回りできる。台所へ戻って、耳をすませた。

だが、そこからでさえも、何も聞こえてこない。気恥ずかしくなった。

もう一度果樹園へ行って、あちこち歩きはじめた。そして思った。〈奴は何をしているんだろう〉わからない。

わかるのは、時間が長く感じられ、とても不安なことだけだ。悲しくなってきたことだけだ。悲しみを振り払おうと努めたが、ぶり返してしまう……

彼は呼ばれた。台所の戸口に立ったマティアスは、山羊ひげと三角帽の間に微笑みを浮かべている。口を開いた。「終わりました」

さらに言った。「これでうまくいくでしょう」

フィルマンが近づくと、その肩をつかんだ。台所に面している方の小道へと引っ張った。フィルマンの肩から手を離さない。

話を人に聞かれないよう、小道を数歩入った。小声でしゃべりはじめた。

「つくづく思いますが」

さらに続けた。

「女というのは、みなこんなものです。おしゃれ好きで、きれいになることしか考えません。そう！　私はよく知っています……必要とされるものを用意しておけばよいだけでした……ほかの地方から行商人が来ていますね。大体揃っていたので、足りない物は少しだけです」

早口かつ多弁だった。

「それに、私はまた近いうちに戻ってくるつもりです。そのうちに、と申しておきましょう。そのうちに、できれば近いうちに」

急にくるりと背を向けた。コルネットを吹きはじめた。

フィルマンはひと言言いたかったが、そのひまがなかった。

どう考えてよいか、もうわからなくなった。果樹園に戻ると、そこを抜けて、台所に入った。その間もコルネットの音が、屋根の向こうから聞こえている。そして遠ざかっていく。

フィルマンは再び耳をすませた。さらに待った。五、六段ある玄関の階段を下りた。段は作りが悪く、しかもつなぎの漆喰《しっくい》がずっと前からはがれている。踏むたびに、ぐらぐらした。

家の正面に回った。工具をとろうと、下の部屋へ入った。どうしてもしなければいけない仕事がある。下の部屋を出ているときだった。〝あの子〟の窓のちょうど真下だ。帽子の縁が邪魔になるので、窓の下にいる彼は、無理して視線を上げようとしなかった。自分から顔を上げることはないだろう。だから娘は、窓ガラスを叩かねばならなかった。すると、彼が見上げた。上に顔が見える。「来て」と合図している。工具をドアの近くに置いて、「今行く」と返事した。

ノックをする必要はなかった。開けていてくれた。しかし、思わず戸に力をこめた。前につんのめった。娘はふだんどおり、窓のそばにいる。大きな声で笑いだした。手に持っているのは赤いラシャで、細部まで調べようと、広げて日光にかざしていた。彼はさらに観察した。笑っているのがわかる。同時に、笑っている姿にびっくりした。まるで泣いたあとのような顔で、頬がいつもよりずっと紅潮していた。娘は笑ったかと思うと、突然やめる。笑う、笑える、もう笑えない。目にはまだ涙が溜まっているが、だからあんなに瞳がキラキラ輝いているのだろうか。だが、彼は立ち止まらなかった。娘は自分の方を振り返り、また笑いながらみつめている。首をちょっと動かして、持っているラシャを示す。それから自分を指さす。「これは私のよ」と言いたいのだろう。彼はそう理解して、わかった、と身振りで合図した。相手が自分の言葉をわからず、自分も相手の言葉がわからないから、二人は身振りで会話する。また言葉の障壁が現れたが、それは二人の妨げにならなかった。だから、わかった、と彼が合図すると、娘は笑った。

今度は、ベッドの上の黒いビロードの四角い布を手にとって、かざした。帽子を手にした彼は、娘の前から動かない。娘は質のよさをアピールしようと、布をひらひらさせる。そして、「これも」相変わらず身振りでだ。「これも、私のもの」彼も相変わらず動かなかった。「言いたいことがわかる？」わかる、と身振りで応じた。ビロードはブラウス用、赤いラシャはスカート用だ。この子は美しく、背が高い！　喜んでくれるなら、万々歳だ！　スカート用の布を足に巻いた。これこそあの子、上にいたときのあの子だ。彼は身動きせずにみつめている。娘はきょろきょろしながら、一歩下がる。上の岩の間で見たときと同じ姿だ。あのときの姿が蘇った！　今はすぐ近く、これまでよりずっと近くにいる。もう一度振り返り、「これ似合うかしら」と言いたそうに、自分をみつめている。しゃべらなくてもいい。うん、と彼は返事した。「気に入った？」何も言わずに問いかけてくる。「気に入った？」彼は「そうだ！　もちろんだ！」と返事をする。娘は言う。「よかったわ！」口に出さずに言う。「じゃあ、いいわね、縫うことにする」椅子の上にある裁縫道具一式を指さした。彼は尋ねる。「それは行商人が？」相変わらず、声を出さずにだ。娘は笑う。ああ！　思ったとおり、この子は器用だ。糸巻き、針箱、指貫《ゆびぬき》、鋏《はさみ》を取りだして見せたが、どこに置けばよいかわからない様子だ。彼は気づいた。この部屋には、テーブルさえない。うちの家は本当に質素だから、俺たちには必要ないが、君はちがう……ちょっと待って！

部屋を出る。下りながら考える。〈あいつの言ったとおりだ。なにもかも、うまくいくだろう……年寄りは、さすがに経験豊富だ〉彼の立てる物音が、娘に聞こえた。くるみでできた大きな古いテーブルを引きずっていた。娘は階段の上に姿を現した。上までは無理よ、と言いたいかのようだ。彼は下から、「大丈夫だ！」と身振りで応じる。娘は下りていこうとした。「一人で大丈夫だ」いざとなれば、人間は強いものだ。両手でテーブルのへりをつかんだ。ひっくり返すと、脚を上にして持ち上げた。「君の手伝い？　必要ないね」相変わらず身振りでだが、二人の意思は通じ合っている。思うようにさせるべきだとわかったかのように、娘は脇に寄って、通り道を作った。男が入る。窓のそばにテーブルを置いて、安定しそうな場所を探す。「これは古いけれど、頑丈だ……それに重いから、一度置いたら……」テーブルを揺すってみせた。娘はこう言いたそうだ。「ええ、ええ、わかったわ。とってもいいでしょうね。ありがとう」――「どういたしまして」それから彼は、まだ足りないものがあるのに気づいて、再び階下へ下りた。それは鏡、自分のだ。

大声で言った。「謝らないといけないな。考えもしなかった」また大声で言った。「今はこんな物しかあげられなくて、ごめん。でも、そのうち……」

ちっぽけな鏡を差しだした。裏箔《うらはく》は曇っていて、割れた古い枠に、紐の端が垂れ下がっている。ひげを剃るとき以外はほとんど自分の顔を見ることがない男性用だ。だが、俺は顎ひげだけだから、これまでめったに使ったことがない。俺が使い古したのではなく、時が経ったのだ……

娘は鏡を前に置くと、彼に背を向けた。

今、鏡の中に、娘が見えている。顔のほんの一部で、しかも斜めからだが、それで十分だ。

なぜなら、見られていることに気づいていない様子だからだ。

娘はフィルマンに背を向けて、鏡をみつめている。だが、フィルマンに背を向けてはいるものの、彼女がみつめているのはフィルマンだ。

V

ブドウを収穫するには、村の下まで下りなければならない。ブドウ畑は、下の方の段にあるのだ。このように、一年中、下から上、上から下へと大移動する。

万年雪の近くに、弾のこめられた二連発のカービン銃を抱えたカモシカ撃ちの猟師の姿が見える。村人たちは逆に、平野に近い方まで下りていった。

彼らは圧条法のために掘った溝の底で働く。新しいブドウの株を、毎年そこへ並べて植えるのだ。

毎年、溝の列を変えながら、スレートの中で働いている。年配の女と娘たちは、ブドウの実を摘む。男たちは、ブドウ破砕機で実を潰し、ラバが待っている道まで籠を運ぶ。あるいはラバを連れて、ブドウ畑から圧搾機、圧搾機からブドウ畑へと上り下りする。

フィルマンは、ラバの手綱をつかんでいた。

石ころだらけの急坂を進んでいる。荷鞍《にぐら》の両側に、口が四角形の平べったい樽が下げられている。ラバが一歩踏みだすごとに、コト、コトと音を立てた。

脇目もふらずに進むと、道の先に、ほとんど平らな場所がある。

戸外に出された共同の小さな圧搾機の一つまで行ってから、戻ってくる。再び段々畑の縁に達すると、上り坂を背にして、家畜とともに石の間を駆け下りる。

大河の上流が、谷の奥で光っている。腕を上げている者もいれば、かがんでいる者もいる。葉の間から、フェルト帽とスカーフが見える。熱風と冷風が混じりあった空気が感じられる。二つの季節が併存しているからだが、両方が混じることで、三つめの季節が形成されたかのようだ。秋、それは夏を伴った冬だ。風がときおり、峠を越えてやって来る。これがもたらすのは、冬だ。またあるときは、ふもとから、別の風が吹きあげる。ふもとの熱気と一緒にやって来る……

一日の仕事を終えると、彼は真っ白な山の方を眺めた。その山のおかげで、幸せな気分になった。

当分は大丈夫だ。わかっている。上の方がどんな状態で、雪がどれくらい積もっているか、よくわかっている。膝まで、腹まで、頭の上まで達している。

当分は大丈夫だと思うと、幸せな気分になった。

ミュトリュの家に入った。彼に言った。

「もうできたか?」

ミュトリュは答える。

「なぜそんなに急ぐ?」

「もう二週間も待っているからな」

「若い者にとって、待つのはいい勉強さ」

ミュトリュは、まるでそばに誰もいないかのように、黙って、木ねじを抜いたりつけたりしている。これは、いたずら心からだ。フィルマンが立ち去ろうとする瞬間を待っていた。

「俺の言うことを信じたくないのか……若い者にとっては、いい勉強さ」

それから、削りくずの中へ足を踏みだした。石の上を水が流れるような音がする。彼は言った。「もうできている、できているよ、兄弟……ちょっと待て。これでいいと思うけどな」

「これだ！」

壁の下の方へ身を傾けると、まるで本をめくるかのように、板きれを引っ張りだした。

間髪いれずに続けた。「身ぎれいにしなよ。顔全体を見られるぜ。それに顔だけじゃない」――「いいやつを持っていなかったから」とフィルマンは答えた。

ポケットから布を取りだした。チーズを包むのに使うような布だ。あらかじめ準備して、ていねいに畳んでいた。それを開いた。

「いくら払おうか」

うつむいたままだった。

「そうか！　たっぷりもらうぞ！」ミュトリュは言った。「これは一級品だからな。鏡は最高の仕上がりだ。木の方は、古いカラマツだ……おまえを気に入っているから、よかれと思って……」

しかしフィルマンは、布に品物をくるみ終えていた。横よりも縦が長い、大きな包みだ。フィルマンは腕に抱えた。これで何を持っているか、さとられずにすむだろう。

急いで立ち去りたい様子だが、またひと言だけ口にした。

「いくらだ」

「紙に書いて渡すよ。請求書といったところだ。木、ガラス、工賃、加工代、研磨代。それに、おまえの考えた飾りつけの代金も必要だな……近いうちに」

笑いだした。そして言った。「またな、フィルマン」

さらに言った。「おまえの器量を見せてもらうぞ。気に入らなければ、払わなくてもいいし」

再びねじを、あれこれと回しはじめた。ねじに合わせて、わずかに視線を上げる。フィルマンも顔を上げているが、視線の開きは、はるかに大きい。満足してうれしそうに、再び真っ白な山まで見渡している。〈これでうまくいく〉と思って。

太陽の下、みなは小さな圧搾機でブドウを潰したり、栗の木で作った籠を背負って小道を行き来したりしている。——酒も飲みはじめる。各自の前にグラスが置かれ、マスカットワインの瓶が運ばれた。

彼は友達と並んで、ワインの前に座った。このみごとに輝く色合いを眺めていると、心は明るく、頭脳は明晰になる。雪に見舞われたあとで部屋の中に入った気分、というところだ。

彼はまた言った。

「これでうまくいく」

さらに続けた。

「奴らにやりたい放題をさせるわけにはいかない、と言ったのは、そう間違っていなかったよな」

グラスの中で、ワインが揺れた。

みなは、よろず屋の奥の、箱と袋の山の中にいる。彼はワインを前にしてしゃべる。ワインがグラスの中で揺れる。

「やっぱり、やりたい放題をさせるわけにはいかなかった、よな？　だから、奴らに見せてやった」さらに言う。

「俺の言っていることは正しいか、それとも間違っているか……だから、あの子はここにいる！　ここにいる！」

一人でしゃべっていた。ときおりテーブルを叩いては、ワインをがぶ飲みした。怒っているようにも、幸せそうにも見えた。

話を打ち切りたい素振りだ。なのに続ける。しゃべる。まだしゃべる。今度はこう言いだした。

「おまえたちみんなは、うれしそうじゃないな、気恥ずかしいからだろう。俺にこう言ったな。『どうするつもりだ』と。さて！　今はこのとおりだ……どうすればいいか？　こちらへ置いておくだけのことだ……うまくいく、と請《う》けあうよ……牛がまた山を登るまでは」

話を打ち切りたそうだが、やめるのは無理だった。

「帰さなければならないなら、帰すことにしよう。でも、牛がまた山を登るまでは、だめだ」

また言ったが、実はそうは考えていなかった。牛がまた山を登る頃、とは、つまり七か月か八か月先だ。——でも、そうは考えていなかった。まったく逆のことさえ考えていた。

誰かに尋ねられた。

「それまで、どうするつもりだ」

黒く短い顎ひげの中の顔色が変わった。

第四章

I

あちこちのワイン蔵から、強烈な匂いが漂ってきた。戸を開け放しにしているからだが、そうしないと、発酵中にできる炭酸ガスのため、中に入ることができない。

男たちは、戸外に置かれた小さな圧搾機の中の、大きな軸についた天秤棒《てんびん》（そう呼ばれている）を回し終えていた。透かし模様の樽板の間から、沸きたつ香りが洩れでた。次第に薄くなるときもあれば、どんどん濃くなるときもあった。

八日から十日の間、マスカットを発酵させる。莢《さや》や房の香りがする。鼻をさすような、甘くて酸っぱい匂いだ。男たちは、夜中になってもなお、肩を寄せあい、棒を押しながらぐるぐる回った。カンテラに照らされてだが、カンテラがないときもある。昼間は、日の光があるかどうかにかかわらず、カンテラなしで肩を寄せあう。カンテラはもうなくなっているからだ。

けれども、本当になくなったのではない。場所を移動させただけだ。——酒樽の中が熱く、空気全体が暖まっているときは、そうする。

樽板の背後から、沸きたつ音、動く音が聞こえる。鼻歌を歌っているかのようだ。すると男たちは、圧搾機に乗って、余分な搾りかすを除去する。耕作用のスコップで切れめを入れる。それほど固いのだ。彼らが立っているこの場所も、ブドウ畑のようなものだ。搾りかすを全部そぎ落とすと、また元の土だけになる。下から強い香りが立ち昇ってくる。

十月、それも終わりだ。会話が始まる。あらゆるものが人に語りかけ、人はあらゆるものに語りかける。路上に立ったその男は、先まで進んだり戻ったりしながら、目の前のものに呼びかけている。

「おや！　おまえか」

大河が輝いているのを見ると、不安になってくる。「止まってくれ」拳を上げた。「なあ、おい！」なぜなら、みな生きているように感じられるからだ。語りかけると、わかってくれる。彼が前に出てから二、三歩あとずさりすると、もう大河は動かなくなった。

「それでいい！　おとなしくしていろ！」

大河に話しかけているのは、ジャン＝バチスト・フルニエという名の男だ。坂道の、すでに葉の落ちた、二本の丈《たけ》の低い木の間にいる。風があるからだ。フルニエは、風の方を向いた。

下から吹きあげてきたので、上着の背中がひるがえって、また元に戻る。もう一度ひるがえると、今度は肩の上まで達した。すると、風に語りかけた。振り向いてから言った。「何がしたいのだ」

あとずさりせざるをえなかった。戦いを始めるときのように、腕を広げた。風をつかんで抱えたが、帽子を飛ばされてしまった。ほかの風も、隊列を組んで、道を上ってくる。それから、松の木の幹のかげに隠れて、夕暮れを待つ。石を拾い上げると、やって来る者めがけて投げつける。あちこちで戦いが起きている。

あの強烈な匂いが漂ってきている。男たちは、その中で歌う。その中で笑う。額に包帯を巻いている者、首からぶら下げた布切れで腕を吊っている者がいる。

そして彼らはまた、風や大河に、「やあ！」と呼びかける。もしくは怒りをこめて、「消え失せろ！」と言う。深い友情の念が湧くか、あるいは憎しみが生じるかのどちらか。憎しみと愛情は、紙一重だ。

フィルマンも、その中にいた。いつも中に入って、いつもと同じ言い訳を繰り返した。こう言う。「うまくいくと、わかってくれるよな」みなは新酒を味わっている。もう白濁していて、水を混ぜたミルクのようだ。乾杯する。互いの健康を祈りつつ、飲む。フィルマンには、「あの子の健康のことも祈って……」と言って。

みなは小ぶりの樽が積まれた二つの壁の間にいる。産地も苗の種類もさまざま、しかも少量ずつ、それぞれの樽にちがうワインが入っている。――そこには、まだ四、五人いた。戸口から注ぐ光だけが、肩、そして口ひげの半分を照らしている。

フィルマンは表へ出た。また言った。

「うまくいくさ！」

彼は今、台所で話している。母親に向かって。

「わかっているよ、馬鹿なことをした。でも、家の仕事を手伝ってくれるかもしれない。それに、牛がまた山を登る頃になれば……」

〈そんなことがあるものか！〉と思ったにもかかわらず。

「難儀だろう、年をとってきたから。手伝ってくれるよ……ほんの七、八か月だけだろうが」

台所で話している。また言う。「これまでの暮らしとは少し変わるだろうが、苦労をかけないよう、できるだけのことをする、と約束するよ。あの子も同じだろう」

もう止まらなくなった。さらに続けた。

「あの子が悪いわけじゃない、俺のせいだ……だから、責任を持つ……もし何かあれば、言ってくれればいいからね……何も起きないだろうが（うそをついている）……あとは時を待つだけだ……どう思う？」

母親は何も言わない。

「だから、おふくろ！　もしあの子が困っていたら……」（彼はすでに娘を守る必要を感じていた）

とてもうれしそうに、とても幸せそうに、腕を上げる。

「仕事は苦にならない。あの子の分も稼ぐよ」

実際にすぐ、納屋から持ち出したつるはしを肩に担いで、出て行った。

娘は部屋で裁縫をしていた。彼が表へ出る音が聞こえた。テーブルを壁にくっつけていたので、動かなくても、窓から外を眺めることができる。彼が振り返るのに気づいた。振り返ったのは、はじめてだ。顎ひげのある横顔を、グレーの雨粒が滴り落ちていた。正面を向いたが、また顔を横にそらした。

垂れこめた空。通りから三、四メートル上の、びしょ濡れの窓ガラスの向こうで、娘は針を動かしている。通りは、いつも両方向からの往来がある。静かで、数は少ないが、ひっきりなしだ。

一人か二人、また一人、さらにもう一人が、目の前を通りすぎる。水が落ち葉を運んでいるかのよう、樹皮や苔の芽を漂わせているかのようだ。そして、渦が起こる。男がラバの綱を引っ張っている。不意にラバが立ち止まる。ラバの長い耳の奥で何が起きているか、わかるはずもないから、前に進ませるには、顎にかけた端綱《はづな》をよじらないといけない。木靴や底に釘を打った靴の、くぐもった足音がする。屋根から落ちる雨粒の音も聞こえる。ポツポツという音もあれば、小さな噴水から湧き出たように、まとまってザアッと落ちることもある。そして、いつも最後に現れるのはマニュだ。立ち止まる。

もう雨がやんだので、その日の空は、だんだん明るくなってきた。子供が水たまりで、紙の舟を浮かべて遊んでいた。しゃがんだまま、息を吹きかけて舟を動かしている。マニュが姿を現した。左右に揺れながら、近づいてくる。肩を代わる代わる前に出して歩くからだ。いつもこんな感じでやって来る。きょうもまた。少なくとも、最初は。急に立ち止まった。そして、急に走りだした。ひと足ごとにつまずいている。喉から流れでるうなり声は、口がだんだん開くにつれ、ますます大きくなる。春に子供たちが柳の樹皮で作る笛のような、しゃがれた音に変わった。それが窓の下で炸裂すると同時に、子供がわっと泣きだした。マニュは舟を奪った。水たまりの中の、小さな三角形の帆をつかんだのだ。また大きなうなり声をあげながら、それを目の前にかざす。子供は泣いていたが、マニュは「これは俺のものだ！」と言いたいかのように、胸をトントン叩く。相変わらず、誰もいなかった。マニュが横へ一歩踏みだした。そのときだ。娘が「だめよ！　だめ！　マニュ。それはだめ。いけないことよ」と伝えるには、窓ガラスを叩くだけで十分だった。

上の窓から、身振りで示した。「それはだめ。わかる？」彼は理解した。

笑っている。だが、従うのは苦にならないらしく、すぐに舟を放した。よく見ようと、顔をできるだけそり返らせた。前へ進む。しかし、次の合図で立ち止まった。

静かに！　今度はそう言いたかったにちがいない。彼はおとなしくなった。もう動かない。動かずに、窓の下で、しばらくじっとしていた。それから、少し先の、古い梁《はり》が山積みされているところに座った。

にわか雨の中だ。リボンの飾り結びにかかった雨粒は、ソフト帽の上では黄色く、ラシャの上では赤く流れている。銅製ボタンのついた着古しの服を着た彼は、掛け時計の振り子が時を打つときのような動作を、ずっと続けている。

娘はというと、糸と針をとって、窓のかげで裁縫を始めた（あるいは、始めたふりをした）。ときどきまばたきをするが、それは状況をよく把握するためだ。

なぜなら、もう三人もいるから……自分のために働いてくれそうな男が、もう三人いる。

一人は、その気になれば、いつでもここから目にすることができる。もう一人は、あまり遠くない畑にいる。最後の一人は旅人だ。行ったり来たりしていて、いなくなったかと思うと、また戻ってくる。旅をするのが仕事だから。知らない土地について、娘は想像を働かせようとしたが、難しい。だから、目をつむる。

もらったブラウスの布地の下に畳んで隠している手紙を、また取りだして読む。――一人の男が、つるはしを使って、小さな牧草地に溝を掘っている間に。

テーブルに載せたラシャの端に針を突き刺す。――二人めの男が、悪い足を引きずりながら路上を進み、コルネットを吹いている間に。

ラシャの中に針を滑りこませる。――梁の山の上に、三番めがいる。バター色のでっかい顔が、右へ左へと揺れている。

II

ある日曜日の朝、母親がフィルマンを呼んだ。

「なんてこと。あれは異教徒だよ！」

十字架がベッドの上から外されているのを見つけたのだ。フィルマンは、つけ直そうとしなかったし、何も言わずにいた。

母への返答にも窮した。外見の違いを隠せないのと同様、心の中の隔たりが表に出るのを隠すことができないのをわかっていたからだ。

「主をこんな目にあわせて！」老婆がまた口を開いた。「これから、どうなるのさ」

日曜日の朝だった。テレーズ婆さんがわめいていると、屋根の上の方から、鐘の音が聞こえてきた。ありとあらゆる道に響き渡っている。

ここにある鐘の数は、一つや二つではない。大きいものは一つだけだが、小さなものがたくさんある。塔の上の広いスペースいっぱいに取りつけられていて、しかるべきときに綱が解かれる。学校の先生が、生徒を教室から解放するときのようだ。

「この家の中で、あの子は主をないがしろにした」

さらに続けようとするが、もう聞こえなかった。全部の鐘が鳴りはじめていた。

日曜日の朝、綱が何度か繰り返して解かれる。七時に始まり、七時半、八時、九時、ミサの前とあとだ。――

ここにあるのは、主任司祭さえいないちっぽけな教会だが、それでもできるだけの務めを果たそうと、カリオン(音色の違う数個の鐘を組み合わせたもの)を備えている。

その音が屋根組みにまで達すると、まずは階上の建てつけの悪い床をしばらく振動させる。底に釘を打ったでか靴のような響きだ。それから、階下のあちこちへ下りていく。——母親は、家を出ようとしている。彼もまた、家を出ようとしている。フリーダだけが、部屋から動かない。

向こうの住民は、我々と同じ宗教を信じていない。間に山があるので、こちらの神は、もうあちらの神と同じではない。

こちらで宗教が違うのは彼女一人だけだから、部屋に残っている。誰もかれもが出払うにもかかわらず。身体の悪い者や病人さえも。ミサに行かないのは、どうしてもベッドから離れることができないときだけだ。あらゆる鐘が鳴っている。一度、二度、五度、十度くらいですみはしない。ミサの間を除いて、ひっきりなしに鳴り続ける。大きな鐘と小さな鐘が、交互に響き渡る。あちこちの家の窓ガラスが反響して揺れ、コウモリのはばたきのような音や、人が屋根の上を歩いているか、床を踏み鳴らしているような音を立てる。——のんびり屋、頭の鈍い奴、忘れっぽい奴や寝ぼけている奴、耳の遠い人たちがいるからだ。

これで全員だ。——娘だけを除いて。

多分、このときだけだろう……フィルマンに元気が戻ったのは。家を出て最後尾に加わり、小道を急いでいたとき、そばに来たミュトリュに声をかけられた。

「一人か、フィルマン? それじゃあ、持ってきた物をあげよう」

右目をつむって笑うと、こめかみの三本の皺《しわ》がつながった。

「まあ」話を続ける。「おまえの理想にぴったりとはいかないだろうが、これしかあげられないから」

二人は鐘の下まで達していた。

もう一人、遅刻しそうな少女がいた。走ってきたので、青いリボンのついた帽子の下の顔が真っ赤だ。そのとき、雨が降ってきた。少女が左脇に抱えているミサ典書からは、樋《とい》がついているかのように雨の滴がしたたり落ちている。激しいにわか雨に見舞われ、広い屋根全体が流れ落ちてでもきそうに、水が大量にしたたり落ちている。

カリオンが鳴り終わる時刻だ。できるだけ音を小さくさせようと、鐘つき男が大急ぎで動き回っている。それはまだ、人が果樹を収穫している季節だった。プラムの木に、実がどっさりなっている季節だ。

III

娘は言葉を学びはじめた。教えてくれるよう、自分からフィルマンに頼んだのだ。幸いなことに、テレーズ婆さんは毎日午後、身体の悪い姉のところへ行って、家事の面倒をみてやるのが日課だった。息子は、この時間を利用する……

その頃、マティアスは再び、湖の前のブドウの木でできた垣の上に座っていた。船体が黒い船の、先のとがった二本の帆の前だ。――娘は身振りで、フィルマンに尋ねる。「これは、なんというの?」「〃針〃だよ」

船の甲板を駆ける足音を、マティアスは聞いた。男たちが、船を操作している。帆脚索《ほあしづな》をゆるめて、帆を上げた。帆は風の動きとともに、しぼんだり膨らんだりしながら、ピストルを撃ったような音を立てている。大航海の再開だ……

「そして、これは?」

「〃指貫《デ》〃だよ」

「テ?」

「デ……dで始まるデだ」

娘は苦労している。自分たちの言葉では、dとtをはっきり区別しないからだ。だが、頑張る。それに、ものわかりがいい。しかも記憶力がいいな、と彼は思った。びっくりするほど、何でもすぐに覚えてしまう……

船は方向を変えて、沖へ向かいはじめた。風向きがよいので、速く進む。上からだと、マストのせいで、船は傾いて見える。マストに沿って視線を下げると、甲板までずっと傾いているように見える。甲板はまた、濃紺に染まった高い山に対して傾いている……

「テーブル、椅子、壁、ベッド」

午後のことだ。娘は相変わらず裁縫を続けている。まだ終わっていなかった。おびただしい数の襞《ひだ》がウエストの周りに細かくついたスカートだから。

スカートを指して、男が言った。

「スカート」

ブラウスを指した。

「ブラウス……ブラウス。袖のないときは、シャツ。そして袖をつけて、こちら風に裁断したら、キャラコ。君が今着ているのが、キャラコだ」

娘は首を振っている。

「おや！　そうか。じゃあ、何が欲しい？（相手が理解しているかどうかにかまわず、話が長くなってきている）ほかは手元にないから、それまで……」

わかったようだ。娘は新しい服の素材を手に取り、身体にあてた。それから、手で押さえている布地から足を出して、「これは？」と尋ねた。

「それは、足だ。これが、膝」

娘は片方の手でスカートを押さえつつ、もう片方で自分を指さしている。彼は、じっと注いでいた視線を外した。新たな質問に答えねばならないとき以外は、もう顔を向けない。もう相手の姿を、まったく見ようとしない。――その間にマティアスは、谷の入口の大きな門を越え、さらに丸一日歩いた。道は場所によって、固かったり柔らかかったりする。草原は、白色のところもあれば、緑色のところもある。白いところでは、煙が上っている。

コルネットが吹かれた。

午後のことだ。フィルマンは再び、娘のそばにいる。なじみの音が近づいているのが聞こえた。今回は、下の道を通っている。娘は窓辺へ駆け寄り、身を大きく乗りだした。西に向かって、上半身全体を投げだした。部屋の反対側にいる彼は、笑いながら考える。〈子供みたいだ。でも、こんな姿は、うれしいな!〉娘の身体が完全に場所をふさいでいるので、できるだけ近寄ったにもかかわらず、外の状況が全然わからなかった。娘が手で合図を送った。向こうの言葉が外から聞こえてきた。ひと言。まずはひと言だけだ。きっと、「こんにちは」だろう。娘も同じ言葉を返したから。次はフレーズだ。下の男が早口なら、娘も早口。いくつかのフレーズが上り、別のフレーズが下りていく。そのとき、フィルマンが言った。「上がってもらおう」また言った。「さあ。上がってもらって!」

二種類の足音が聞こえた。二人の人物が連れ立って歩いているかのようだ。家をぐるっと回った足音は、次に階段で響いたが、テンポが遅くなった。苦労しているようだ。

ちょうど太陽が正面から照りつける時刻だった。ドアが押し開けられると、美しい日の光が、さっと差しこむ。はじめは、聖画しか見えなかった。それほど輝いている。天国の鍵を持った聖ペテロと幼子を抱いた聖母だ。次に、山羊ひげの満面の笑顔が現れた。三角帽へ上げられた手が、三角帽と一緒に下がってくる。

「こんにちは」マティアスは言う。「お元気ですか」フィルマンに手を差しだす。

娘の方にもそうしたが、「でも、前にお会いしています」と付け加えた。

コルネットを吊るした紐は、赤と緑のウールでできている。彼は座る許可を求めた。悪い方の足をまっすぐ伸ばすと、部屋の真ん中まで出てきた。義足には黒いニスが塗ってあるので、ところどころ輝いている。座る許可、そして鞄《かばん》を下ろす許可を求めた。またニコニコしはじめる。太い眉毛の下の小さな切れ長の目は、茂みの中に隠れた泉のようだ。

フィルマンの方を向いて、言った。「これは重いのです！」娘の方を向いた。「そして、あなたにあげたい物があります」

今はもう、コミュニケーションに何の不自由もない。娘が自国語でひと言言うと、彼は即座に訳してくれる。逆も同様だ。もう何の隔たりもない。彼は鞄の中を探ってから、フィルマンに言った。「あの例の行商人ですが……この前、奴と会ったときに尋ねました。『いい物、持っていないかい？』と」鞄の中の探索を続けている。巨大な革の鞄は、物がいっぱい入っているので、どうやって見つけようとしているのか、よくわからない。「これが私にくれた物です……（探りながら）ちょっと待ってください、箱の中です……小さなボール箱の中……あっちの子が喜ぶ物を知っておかないと……ああ！　これだ！」

箱をテーブルの上に置いて、言った。「プレゼントです」まずはこちらの言葉、次に娘の言葉で言った。娘はびっくりした様子だ。ためらう素振りを見せながら、手を伸ばしたりひっこめたりする。それでも、マティアスをみつめている。

「本当？　私にくれるの？」

「つまり」マティアスはフィルマンに言った。「これは、あちらの衣装の一部です。銀製の釘隠しだというのはわかりますね。つまり、クリップの端を隠すためのものです！　聞いたところでは、スカートを上げて留めるときにも、クリップを使うとか。あちらは、いつもちゃんとした道ばかりではないらしいですから」

「知ってるよ」フィルマンは答えた。

「小さな櫛も二本あります」

しかし娘は、すぐにクリップを取って、しかるべき位置につけた。そして、「まあ！　ありがとう」と言った。瞳が輝いている。今度は鏡の前へ行って、櫛をさしてみた。

マティアスは、小声でフィルマンに言った。

「ごらんなさい！」

肘でつついて、また言った。

「ところで、お宅の様子が変わりましたね」

鏡を指さしている。

「そうだ」フィルマンは答えた。「家具屋に作らせた。この部屋は、空っぽだった……わかるだろ、俺とおふくろの二人きりだったから……」

「わかります。それに、あなたが中途半端な品を作らなかったこともわかります」

じっと鏡を見る。「見事な出来だ……この子は幸せですな！」

じっと鏡を見る。美しいカラマツ製のフレームを手にとった。黄色とバラ色の細い木目《もくめ》が、刳形《くりがた》の間に絶妙なバランスで入っている。「見事な出来だ、そうはお目にかかれない！」うなずきながら言った。――〈だが、もっときれいなものがある〉その間にフィルマンはそう考えている。

いくつかの編み毛が束ねられ、娘の頭に巻かれている。その上から手を入れて、櫛を挿しこんだ。その髪の毛は、ライ麦の穂、栗の若木、ジョゼフ・ミュトリュが両手で作業台からすくい上げた削りくずのようだ。

もうフレームのことなど、どうでもいい。中に映っているのは、もっときれいなものだから。娘の髪の毛、淡い色の美しい髪の毛だ。そのとき、頬が強い赤みを帯びた。彼はじっとみつめている。

突然、鏡の中の目と視線が合った。

フィルマンはぎょっとした。またあの瞳が、ギラギラ輝いている。草についた水滴のように輝いている。

IV

マティアスは、さらにしゃべりまくった。一日全部を、話に費やした。村の中に入ったからだ。旅のことを尋ねられた。面白がって聞いてくれるので、詳しく話す。しゃべりまくっている。

「まさにそのとおり」口を開く。「サヴォワや湖畔地帯より先のここまで来たことは、これまで一度もありませんでした。なぜその気になったのか、自分でもわかりません……ほんの気紛れでしょう……川が下流へ流れるのを見て、逆をたどりたくなったのです。でもこれからは、たびたび来ると約束します。あなた方のようなお客様は、大事にしないといけませんから」

ボシャの店でのことだ。八人から十人が、奥の部屋に陣取っていた。村の重鎮が何人かいる。一瞬の間ができると、マティアスの方を向いて、小声で話しだした。尋ねている。

「道中、何か噂を聞いたか」

この何かが、今も心配の種だ。フィルマンがここにいないから、遠慮なしに質問ができる。

「もちろん!　水に石を落とせば、輪ができないはずがありますまい」

「どう言っていた?」

「みんな面白がっていました」

一同は安堵した。

「こんなことは」マティアスは続ける。「起きても不思議じゃなかった、と思われています……しかも、先にやったのは、ドイツ語しゃべりたちです。奴らが先にやったらしいから」

別の質問に答えた。

「そうです！　連れ帰してやれば、びっくりするでしょう」

また別の質問には、

「全然、問題ありません……大事になさっていますから……最初に会ったときは、あまり元気がなかったけれど、それから変わりました」

みなは尋ねる。

「それじゃあ、うまく収まると思うか？」

彼は答える。

「もちろん、もう何の心配もいりません……来年の夏に、また家畜を連れて山に登るとき……あの人にさせればいいだけのことです。何と言いましたっけ？　よくご存じですよね、あの発案者、首謀者、犯人を……自分で始末させてください」

「といっても、奴が望めば、の話だが」

「そう望まれるでしょう」

村で一夜を過ごしたマティアスは、帰路についた。――フィルマンは、また悲しみに襲われた。山々の頂を覆っている雪の方に、顔を向けてしまったからだ。〈そうだ。もうすぐ消えてしまう〉この雪が消えてしまうと、また峠を越えられるようになる。雪のずっと下にいる男は、計算する。計算は難しくない。それまで何か月もないのだから。

〈上にいるおまえたちは、融けて消えてしまうだろう。そのとき俺はどうすればいい？〉家路をたどりつつ、考えた。上方に見える雪は白いが、山の向こう側は、さらに真っ白だ。しかし、それを比べることができるのは、大きく頑丈な翼を持った鳥だけ。獲物を狙う大きな鳥だけが比較できる。足では越えられない空の階段を、苦もなく越えていく。

山の向こう側では、もはや家の屋根は見えない。同じ色で、大地と混ざりあっている。雪に覆われているから、もう道はない。小川もない。水面に張った氷の上に、雪が積もっている。この時期、馬は橇《そり》につながれているか、人の手で引っ張られる。何も聞こえない。

このような豪雪地帯の物音は、高山リスと同じだ。音も半年間眠りにつく。鳥だけが、急上昇したり急降下したりしながら、山を越えることができる。人間は、大回りしなければならない……

マティアスは、再度大回りした。

彼は向こう側に、橇に乗って現れた。御者の隣の席に座っている。小さな星が金銀にきらめく空の下、二人はともに、口から大きな白い息を吐き出している。

第五章

I

娘は家の手伝いをしはじめていた。ほうきをとって、階段を掃き、台所を掃き、玄関の入口を掃いている。小道のところまで掃いているが、これは珍しい。普通こちらでは、そこまでしない。

その日も表へ出た。朝のことだ。給水場へ水を汲みに行くときに使う銅製のバケツをとると、つるに手に通した。干し草置き場の前にいた少女が、ひと跨《また》ぎして隠れた。干し草置き場の戸は、地面よりも少し高い。ピンクの毛糸の長靴下を履いた太い足が、膝までむきだしになった。娘は土地の女の服装をしていたが、誰も見誤らなかった。背が高すぎ、外見も違いすぎている。遠くからでもやって来るのが見えると、みな知らん顔をした。はじめの頃は、「おはよう」という声さえかけず、顔を正面から見ようとしなかった。そのため、連れなしで給水場まで行かねばならなかった。そこにはカトリーヌという名の老婆がいた。やはり、水を汲んでいる。老婆もまた、娘を見ると、逃げだしたかっただろう。バケツが重く、力がなかっただけだ……

木製の貯水漕の中を、水が流れている。空のほんの一部分が映っている。バケツを逆さにし、横木に掛けた。空のほんの一部分と、逃げようとして失敗した女がいる。老婆の下にある空の一部が、曇ってきた。飛び散る水が水面に皺《しわ》を作るからで、鏡が粉々に砕けたかのようだ。しばらく待つ必要がある。鏡が元通りになる間だけだ。しかしそのとき、顔が一つ中に入り、腕が伸びてきた。老婆はほっとした。給水場の貯水漕に映った顔は、微笑んでいたからだ。伸びた腕で引き上げられたバケツが、自分の前に置かれた。「重いですね!」という声がする。自分たちの言葉で話しかけられたのにびっくり仰天したが、怯《ひる》むことなく、すぐに、

「そう！　そうじゃ。わしのような年寄りにはな」と返事した。

今は相手を見ているが、もう貯水漕に映る姿に向かってではない。――老婆は首を何度も細かく揺すりながら、しゃべりまくっている。

村人が近づいてきて、カトリーヌに尋ねた。

「じゃあ、言葉が通じたのかい？」

そうカトリーヌに問うと、「もちろん！」と返ってきた。「まさか！」と応酬する。フリーダは振り向いて、肩越しに微笑みかけている。

娘はバケツをつかむと、たくましい腕を伸ばした。キャラコの薄っぺらなグレーの布地の中で、広い肩が動いた。バケツには水がぎりぎりまで入っているが、あまり重くなさそうだ。持ち上げるのに、かがむ必要さえなかった。今、その顔は他を圧して、自分しかない色で輝いている。身体がどのようにできているか、どこが違うか、よくわかる。こちらの背が低くて色黒の民族は、痩せていて、くすんだ肌、しかも一色のみで、まったくカラフルでない。頭の上に青いブドウのような髪の毛がのっかっていて、その中に銅製の櫛を差しこんでいる。――娘の方は、背が高くて、たくましい。肌はバラ色で、金髪だ。

マニュが、うれしそうに笑いだした。ミュトリュも現れた。何か起こったときは、必ず現場にいる。遠くから叫んだ。

「フィルマンは？」

呼ぼうとする。

「フィルマン！　どこにいる？……気をつけろ、あの子がさらわれてしまうぞ！」

その間に、娘は立ち去ろうとしている。バケツを左手に持ち、もう片方の手を振った。

一人が言った。「そんなに悪い子じゃないわ」別の声がする。「気どっていないし！」また別の声がする。「いい感じじゃないの!」さらに誰かが言う。「それに、うまく収まったみたい」

こうして、みなは慣れていく。冬も近づいてきた。村人たちは、釘と金槌《かなづち》を取りだして、窓を打ちつけた。ちょうどその頃、フィルマンは雑役のために、森へ行かねばならなかった。公共の森がいくつかあり、そこの作業は分担制だ。食べ物を入れた袋を抱えて夜明け前に出発し、夜遅くならないと帰らない。道中、星があるときもあれば、ないときもある。月があるときもあれば、ないときもある。——行きは帰りより、二倍かかる。同じ道だが、行きは上りで、帰りは下りだからだ。

II

午後、娘は家の中に一人でいる。聞き耳をたてると、入口のドアが開いて、また閉じられた。テレーズ婆さんの外出だ。ドアの音の前に、ほかの物音はしなかった。そのあとはもう、何の物音もしない。前夜に雪が少し降ったせいで、静まりかえっている。家にいるのは私だけだ。ブラウスの中に隠しておいた手紙を、再び開けた。『まてぃあす二言ワレタ……』山を越えて、声が届く。顔を上げると、目の前に見える隣家の屋根が、たくさんの白い碁盤目を作っている。正面の上方の黒木が切れめを作っている。また、声が届く。山を越えて届く……『僕ノ心ノ君。ドコニイルノ?……』口を開いた。「私はここよ」山の向こうに語りかけた。煙突の端に溜まっていた小さな煙が、突然噴きだす。ばらばらにちぎれては、葉が生えるように、ゆっくりと形をなしていく。だがまた、声が彼方からやって来て、娘に語りかける。娘も、山の向こうへ返事をする。「約束するわ、大丈夫よ」

山の向こうへ語りかけた。こう言っている。「今にわかるわ……ゴットフリート、私がどれくらい上手に振舞っていたか知ると、きっと驚くでしょう……あの男、こっちの男は何も知らない。私の笑顔を見ると、単純に〈俺のおかげだ〉と思うでしょう……あの男は何も知らない。きれいなワンピースを着る私を見れば、〈俺のことを思ってくれた〉と考えるでしょう……私が心に思っているのは弟、あなたのことだけ……今にわかるわ」

周囲にも、白い四角形の小さな屋根がポツポツある。小道を下った柵のところに、黒いフェルト帽をかぶった人影が見えた。子供を連れた女も通った。もう誰もいなくなったかと思うと、突然マニュが現れた。相変わらず、あのリボンをつけている。ただし、雨、雪、日差し、風にさらされて、すっかり色落ちしている。

――娘はまた目を凝らした。フェルト帽の人影は、もう見えない。子供を連れた女もだ。窓ガラスを叩いた。マニュだけに聞こえるよう、そっとだが、何度も叩く必要はなかった。頭は少し鈍いが、耳は鋭かった。

にっこり笑って、うれしいときの顔を作った。口を開く。顔の下半分に、大きな黒い穴ができた。彼は立ち上がると、それまで座っていた梁の上で滑って転んだ。高笑いしてから、走りだす。窓の下へやって来た。娘は耳をすます。玄関の敷居を上る音が聞こえる。そしてまた二、三度、階段で転んだ。それほど急いでいた。「マニュ、あなたなの？」ドア越しに呼びかけた。笑い声がする。穏やかな笑い声だ。娘は言った。「入らないで」そして、突然言った。「マニュ、まだいる？」笑い声がした。「入って」

窓際の椅子に座り直すと、赤い布を手にとって、裁断を始めた。しばらくは、鋏《はさみ》が小さくきしる音しか聞こえない。娘がまた突然マニュの方を見ると、彼は笑いだした。娘も笑いだした。

ドアの前にいると、でかそうにも小さそうにも感じられる。顔はでかいけれど、身体全体が見えないからだ。

「あなたは、いい子ね」娘は言う。「ずっと、いい子でいたい？」

うなずいて、笑った。口をいっぱいに開けている。娘は訊いた。「そうなの？」また笑った。「そうなの？　じゃあ、こっちへいらっしゃい……あなたにプレゼントよ、マニュ」

テーブルの上に、赤い布の切れ端を置いた。三枚あった。小さく丸めてある。

「最初に、あなたの服を見せて」

青い粗《あら》ラシャ地に銅製のボタンがついた服で、この村の老人だけが、いまだに着ている代物《しろもの》だ。とてつもなく大きく、長く、幅があるので、足元まで届いている。ふつうの丈の二倍はあるだろう。縁のほつれや裂けめ、ほころび、それを糸でつくろった跡が見える。いろんな原因でついた染《し》みがあるところは、灰色がかっている。しかし、その上に赤いワッペンをつけると、ひときわ美しい。「ここにつけるわ」娘は言う。「くたびれたリボンの代わり……」

「そして」続ける。「あげたのは私じゃない。でも、この赤いワッペンを私だと思ってちょうだい……わかる？」

彼はうなずいた。頭が重いので、振るたびに落っこちそうになる。

「赤よ、マニュ。いいわね。これが私の色。私の色をつけるのだから、あなたは私のもの。私の言うことを聞いてくれる、大事なお友達……いいこと、マニュ？」

このように促されるたび、彼はとてもうれしそうに、「うん！」とうなずく。また笑う。もう目がどこにあるかわからない。口は大きく開いている。あとずさりしはじめた。娘は服の端をつかむ。

そして言った。「こっち側に一つ……でも、私にもらったと言わないでね」笑ってしまう。口がきけないのを知っているのに。「こっち側に一つと、向こう側に一つ……見せて、マニュ、似合うじゃないの……じゃあ、帽子を貸して」

帽子をとると、三つめのワッペンを前につけた。

「さあ、かぶってみて。そうよ……背筋を伸ばして……私が好きと言って」

何やらうなり声をあげた。

「私だけが好きと言って……首で……そう！　もう一度……私以外の人の言いつけはきかないと言って……うんと言って、首でうんと言って。もう一度……それでいいわ、マニュ！」

さらに言った。

「キスしてちょうだい」

それから、

「帰って！　急いで帰って！　もっと早く！」

娘は再び窓際に座った。マニュは、いつもの場所に戻った。前とそっくり同じ、まるで一歩も離れていなかったかのようだ。きれいな赤いワッペンだけは別だ。服についているものを、代わる代わる眺めた（首をかしげさえすればよかった）。次は、帽子についている方だ。今度は帽子をとらねばならなかった。

III

いつも娘は、山の向こうへ語りかけていた。だが今は、山のこちら側のことを話している。

「牛が山に登る日を、こちらはどうやって決めるの？」

フィルマンは言った。

「なぜ知りたい？」

質問が気に入らないとわかったので、こう答えた。

「うちと同じか知りたいと思って」

表情が変わったのに気づいた。

「そうか！」彼は言った。「おたくの方も、祭りの日だから？」

「ええ」

森の雑役を終えたあとのことだ。今はもう森へ行かなくてよいから、昼間でも顔を合わす。

彼はさりげなく腕を前に組んだ。娘は糸の先をなめると、日の光を頼りに、針の穴に近づけた。相変わらず屋根から煙が上がっているが、以前とちがうのは、屋根を覆っている雪が、さらにぶ厚くなっていることだ。

厚みが限界を越えると滑り落ちて、屋根の下のスレート部分をむきだしにする。ハンチングのつばのような形をした雪が、前に進む。砕けて、落ちる。また前に進む……

「詳しく言わないといけない？」

「ええ！　お願い……まず、こちらでは、何日に山に登るの？」

「六月十三日の聖アントニウスの日だ」

娘は日付を、急いで頭の中に書きとめた。紙に鉛筆で書くのと同じく、急いで頭の中に刻みこんだ。復唱させてから。

「十三日、十三日と言ったわね」

「十三日だ」

「うちでは、そんなに急いで登らない」

彼は娘をみつめる。もう針に糸が通っていた。糸の別の端には、結び目ができている。ああ！　美しい日差しの中にいるのは、あの子だ。あの子以外のなにものでもない。一生ここでみつめていてもかまわない、と許しをもらったような気がする……

だが、娘は言った。

「それから？」

彼は答えた。

「ああ！　そうだった……つまり」また話しだす。「きっとここは変な土地だと思うだろうな。すまない。俺たちは、ちょっと荒っぽいから」

しゃべっている。喜んでくれるから。ひと言口にする。最初の台詞《せりふ》が出たら、二番めが続く。今はこのように、言葉が自然と出てくる。娘の方は、また縫い物を始めた。針を布地につき刺して、くぐらせたあと、また日にかざす。彼が雄弁なのと同様、縫い目の動きも活発だ。

「エランという種類の牛は、ヤギのようにどんな道でも歩ける。角を器用に動かすことができるし、それを自分でも使いたがる……俺たちはこの牛を飼っているんだ。もし自分の牛が戦いに勝てば、持ち主が勝ったようなものだ。これが古くからのならわしだ。それにこちらでは、娯楽があまり多くない。だから、聖アントニウスの日に山へ登る」

娘は訊いた。

「誰が登るの？」

答える。

「みんなさ。母親たちも戦いを見逃したくないから、ちっちゃい子まで連れてくる。村中、つまり立つことさえできれば、誰もかれもだな。運んでもらう者までいる。面白いよ。見物の価値ありだ」

話に熱がこもってきたが、娘が遮《さえぎ》った。

「遠いの？」

彼は尋ねた。

「何が？」

「戦いの場所よ」

「一時間半か二時間だ。それよりはるかに遠そうに見えるけどね。あそこの裏（部屋の一隅を指さした）、エヴエット山脈の裏の切っ先だから。わかるかい。樅の木のあるところだ」

「それじゃあ、あそこから村は見えないの？」

「もちろん無理だ！……それにあそこは、そのためにわざわざ作られたような場所だ。動物を真ん中にして、人が周りをとり囲める……腰をどっかりおろしても全部見渡せるよう、神様が特別に配慮してくださったような気がする場所だ」

「みんなは詰めて座る。大人の女も女の子も一緒だ。二、三人ごとの友達グループができるだろう」話は続く……「男の子や大人の男の間で、賭けが始まる。一リットル、二リットル、三リットルと酒を賭ける。俺は〝こげ茶〟に、俺は〝公爵夫人〟に、とね。穴ねらいの雌牛に賭ける奴も、必ずいる。――このようにして、賭けが成立する。そして、みんなが集まる。女の子、大人の女、全員だ。すっかりくつろいでいる。膝の上に肘をのせている。日の差す側にいるときは、上着を脱ぐ。みんな、おとなしく座っている。見物人の列ができるのに時間がかかることが多いからだ。杖を握っている者もいる。女の子たちは、互いに腕を回して、身体をくっつけている。カップルもいる……それから」続ける。「君が見に行っても、はじめは勝ち負けがどうなるかなんて、全然わからないだろうな。でも最後に、女王が決まる……そして、女王の飼い主が」彼は言う。「王様だ……クチュリエが三度続けて優勝した。プラロンは二度だ」

「あなたは？」娘が突然尋ねた。

「ああ！　まあ、俺たちは……」

うんと答えられなかったのが悔しかったのだ。――だから、急に口をつぐんだ。またしゃべりだした。

「まあ、とにかく！　きっとチャンスはあるだろう」

そして、思いついたかのように、

「ねえ。この次、今年の夏は、そうだ！　君は来てくれるよね……多分、俺に幸運をくれるだろう……来てくれれば、きっと幸運をくれるだろう」

娘は自分のいる場所から、彼をみつめた。輝く針を持った手が、また一定の高さまで上げられた。だが手は下りることなく、そこでとまった。

「できるかどうかわからないけれど……」娘は答える。「あなたが言うように、どうしても幸運をあげる必要があるなら、そうしたいわ。幸運をあげたいわ」

「つまり？」

「私も登らなければいけない、ということ」

返事は短かった。

「そうか！」

娘は続ける。

「多分、戦いの日より前に、もう山に登っているでしょう。峠に雪が残っているか知りたいだけだけれど。年によるから……」

「そうか！」

今度は尋ねた。

「でも、どうやって行くの？」

「どうするかですって？」娘は答えた。「そんなに難しくないと思うわ」

さらに言った。

「道を教えてくれればいい。朝早く出て……あとは」続けた。「パンをひと切れもらうだけね。道は遠いから。そして、登りながら、パンをかじることにする」

また二人の間に、隔たりが生じた。

IV

さらにまた新たな隔たりが生じた。クリスマスの日に。

零時頃、娘以外の誰もかれもが、家を出た。大きく真っ白な星のまたたくクリスマスの夜。今夜はどの星も、聖なる星に見える。

相変わらず雪はあるが、あまり多くない。氷が張っているので、よく滑る。

再び長い時間、小さな鐘が鳴り響いたが、今はそれに呼応するかのように、地上でカンテラが揺れている。屋根の切れめのどの小道からも、人がやって来ている。右手から、左手から、下から、上からも何人か。みな同じ方向へ向かっている。たくさんのカンテラの小さな赤い点のために、空は、家のそばなら澄んだブルー、少し離れると濃いブルーに見える。当初はばらばらだった点が、どんどん近づいていく。

フィルマンも、カンテラを手にしている。母親の脇を歩いている。そばに誰もいないかのように、歩いている。鐘が鳴った。さらにあらん限りの力で揺らされた。クリスマスの星がまたたく彼方に、よい報《しら》せがあるのだ。

村人全員がやって来た。しかし彼にとっては、誰も来なかったのと同じだ。

みなは口をつぐんで、教会へ入った。——けれど誰も入らなかったも同然だ……

第六章

I

声が一つ聞こえてくるだけで、ほかのことは頭から消えてしまう。フィルマンが下にいると、上の部屋から歌声が聞こえてきた。こんなふうに語りかけている気がする。「気が晴れないのはなぜ？　悲しいのはなぜ？　楽しそうな顔を見せて……」研《と》いでいた小ぶりの鉈鎌《なたかま》を、テーブルの上に置いた。こうも言われた気がしたからだ。「仕事なんて放っておきなさいよ。どうでもいいじゃない」彼は答えた。「そのとおり」正月は終わった。年が改まった。気分を一新する季節だ。未知の楽しいことが待っている。手を休めて、ちらと見上げた。声が届く。届くたびに、部屋のランプが少しずつ持ち上げられていくようだ。部屋が明るくなり、手近な物が照らされた。こすって磨いた鉈鎌の柄《え》のそばで、茶碗や壺が輝いている。昔からの馴染みの物さえも、はじめて見たような錯覚に陥る。これらのもののことは、もう気にもとめなかったし、愛《いと》しいとも思っていなかった。それでも、ここにいたいと願っているではないか！　秣棚《まぐさだな》の一つに立てて並べてある皿の向こうで、灯りがちらちら光ったのが見えた。合図を送っているかのようだ。足元の、よく磨かれた大きなグレーのタイルも、自分に親愛の情を示している。部屋のランプが、さらに少し上げられる。ふだんの生活の中にさえも、本物の太陽がある、と悟った。どこで見つければよいか、知らないだけだ。

もう我慢できない。階段を上る。そして言った。

「邪魔？」

「いいえ」

念を押す。

「そうだろ！」

娘はびっくりして、尋ねた。「どうして、そう言うの？」彼は答える。「じゃあ君は、なぜ歌うのをやめたの？」

不意打ちを受けたかのように、うろたえた様子を見せた。そして、「一人で、ひまだったから」と答える。

「なんの歌を歌っていたの？」

「故郷の歌よ」

「その歌は、どんな歌詞？」

「まあ！　難しすぎて、説明できないわ」

「それなら、歌って聞かせてくれる？」

娘は首を振った。

「じゃあ、題名だけでも教えてよ」

「つまらないわよ。こっちの歌でないから」

「だからこそ、興味がある」

「あれは（もじもじした様子だ）、あれは〝三人のボーイフレンドの歌〟という題なの」

話はこれで終わらない、とわかる。

「三人かい。多いな」と言われたからだ。

娘は答えた。

「きっと一人では足りなかったんでしょう」

「そうか！」彼は続けた。「ひょっとして、これくらいいるのが、君のところではかっこいいからかな？」

「歌の中の話よ」娘は反論した。「歌を作った人は、自分の好きなようにできたから」

「じゃあ、歌詞を教えて」

「うまく訳せるか、わからないわ」

「やってみて」

娘は裁縫糸を引っ張りながら、まずは自国語で、言葉をいくつか口にした。五、六語まとめてから、それぞれを正しい位置に置こうとしているらしい。考えこんでは、順番を並べ替えている。

「人は……しない……部分を作る？」

「共有する、だ」

「人は……バラの花を共有しない……一人いて、もう一人いて、さらにもう一人いるとき、私はどうすればいいの？……一人、もう一人、もう一人、全部で三人」

ここでいったん止まった。

「最初のフレーズよ」

彼は尋ねた。

「いくつあるの？」

娘は答える。

「四つ、四つのフレーズと三人のボーイフレンド……先を続けないといけない？」

「もちろん！」

「一人は……きれいな家と刺繡入りのチョッキ、それに家畜を十二頭持っている……大きな革の財布には、金貨がいっぱい……みんなを羨《うらや》ませたいから……ただし、財布が重い分だけ、頭は空っぽ」

「これで一人」彼が口をはさむ。「合わせて二つのフレーズとボーイフレンド一人」

笑いだした。楽しくて仕方がない様子だ。

「そして、その次は？」

「一人は……ハンサムで、背が高い……誰よりも高い。でも、うちの母さんは、よく知っている……だから私を呼んで、耳元で囁《ささや》いた。『あれと行けばいいさ……乞食のやり方を教わりたいなら』」

彼はさらに大声で笑う。そして言った。

「これで二人だ」

「もう一人は……私の大好きな人」

ここで黙りこんだが、彼の方には視線を向けない。なかなか浮かばない言葉を探すかのように、虚空をみつめている。再び口を開いた。

「四番めの、最後のフレーズよ」

そして、

「私の大好きな人がいる……誰も、あの人ほどは笑わせてくれない……ただし、後ろを向かせないようにしてね……前からだと、まだいいわ……背中のこぶが見えないから」

彼は大笑いした。笑いがとまらなくなった。やっと収まると、

「さあ、これで終わりだね……三人しかいないから」

娘はまた裁縫糸を引きはじめた。

「人数が多すぎると思った？」

「そうだよ！」彼は答えた。「初めて聞いた」

「まあ！」娘は答えた。「これは歌だけの話よ。上品な歌の仲間にはとても入らないけれど、うちでは、男の子をからかうときに歌ってる。でもこれは、ただの歌よ。ほんとの生活は別」

「ほんとの生活？」彼は繰り返した。

「そうよ」娘は答えた。「ほんとの生活……そうよ、その中で、好きなだけフレーズを作れるわ」

彼はまた突然、幸せいっぱいな気分になった。

「その気になれば、さらに別のフレーズ、さらに新しいボーイフレンドを加える……多すぎると思ったでしょう……でも、私が言ったことも、まんざらでもないでしょ？　一人では足りない……一人では足りない」

しかし娘は、彼の方をまったく見ていない。目をそらしたままだ。

「背中にこぶのない人……利口な人……喜んで仕事をする人……」

俺を見てくれない。裁縫に没頭している様子だ。そこで、思いきって言った。

「じゃあ四人めは……四人めが現れたら、どうするの？」

娘は肩をすくめた。

横顔しか見えないが、頬にえくぼができていた。

「わからないわ」娘は答える。「まずは探さないと」

II

母親がまた言っている。

「お聞き、この家にもう一人は余計だよ」

「母さん！」フィルマンは叫んだ。声を荒げることで、続きを言わせまいと考えて。だが、母は負けない。

「そうだよ！　言っておくが、気をつけるがいい！　あいつは赤の他人だが、わしはおまえの母親だ……赤の他人どころじゃない。わしたちとは、血筋もちがえば、宗教もちがう……神様が同じじゃないから、おまえのことが心配だ。おまえのことも、わしのことも心配だ」

もう一度遮ろうとしたが、相手は声を落として、また話しだした。

「それに、あれは外見だけつくろっている。やることなすこと、みんなうそだ。どれをとっても、おまえを騙《だま》すためにしていることだ」

「母さん！　母さん！」

耳を貸そうとしない。

「母さん、母さん。長い間いるわけじゃないのは、わかっているね。悪いのは俺で、あの子じゃない。我慢してくれないか」

「金を持ってあれと出て行け。あり金全部だ。金を持って、連れて行きな」

息子は尋ねた。

「どうしろというの？」

フィルマンは山を指さした。

だが、母は言う。

「わしがそれを知っているとでも？　ここから一度も出たことのないわしに、指図しろというのかい？　行き方を知っているかだって？　わしが言えるのは、これだけだ。道を一本、急いで見つけな。歩ける道を、急いで見つけな。すぐに見つけるのだよ。遅いと、手遅れになってしまうから」

息子は反論した。

「無茶を言わないでくれよ」

頭に血が上ってきた。爆発しそうな気がしたので、部屋から出る。じっくり考えてみた。難しい立場にいるのは明らかだ。それでも思った。〈きっとわかってくれるだろう。また今度話そう〉

そして実際、母は納得した。

〈おふくろは年寄りだから、これまでの習慣を変えたがらないのは当然だ……だが、俺が気をつけていれば、大丈夫だ〉

〈そうだ！　忘れていた〉

お礼にと、小さな花束を作って、持ってきていたのだ。咲いている場所は知っていた。まだ冬に支配されていない、日光が十分暖かな場所へ行けばいいだけだ。風をよけられる斜面の裏手や、垣根の前だ。そこでは、融けた雪がちょろちょろと流れでて、大地を黒く湿らせている。もはや冬の気配はなく、冬はもう決して戻ってくることはないだろう。そう望めば、冬など存在しないのだ。大ぶりの紫色のアネモネが、ぶ厚い綿毛を銀色に輝かせながら、すでに最初の花を開いている。クロッカスは、白、黄色、薄紫色の小さな炎のようだ。——色褪《あ》せが早く、とても華奢《きゃしゃ》で柔らかいので、すぐに駄目になってしまうけれど、それでも花束を作ることはできる。彼はそれを上着の中に隠した。花束を持って、人の間をすり抜けるのが、愉快だった。手はポケットの中に入れている。このように、二本のうちの一本、左手の方を隠した姿で進んでいる。冬のさなか、すでに手の中には、真っ盛りの春がある。ほかの者たちより、ずっと先に。しかも二人の間には、初めての小さな秘密ができていた。娘は彼のために、黒いシルクのネクタイを縫ってくれた。日曜のミサに行くとき、それを結ぶ。

「かっこいいじゃないか」様子をずっと眺めていたミュトリュが、声をかけてきた。「もっとも、ここへ来るときは、みんなかっこよくなるがね。何があったのかな」

ワッペンをつけてぶらついているマニュを指さした。

日曜の朝とその午後は、天候に問題がないとわかれば、村をひと回りしたくなる。まだ雲行きが怪しいな、と思うこともある。——それでも村人たちは、家の前までは出て、日差しで身体を暖めようとする。

娘も表へ出て、あちこちの家を訪ねる。おしゃべりをするためだ。自分の言っていることが、みな通じるようになった。

老人たちと会う。黒い染みのついた手で、杖の先を握っている。青いペンキを塗られた日時計の下に、三、四人がのんびりと座っている。時計は、また時を刻みはじめていた。

「こんにちは」

「こんにちは」

帽子の下の顔が揺れている。

オーギュスチーヌという名前の女が子供を産んだとか、周辺のどんなささいな出来事も、おしゃべりの好材料になる。

問いかけと答えがスムーズに行き来すると、生活が楽しく、気分がすっきりする。何か話しかけられると心が暖まるし、自分を気遣ってもらっていると自覚できる。

「調子はどう？」

「まあまあだわ。あなたは？」

「ええ、健康そのもの」

「よかった」

それから、しばらくして、

「本当に」また話しかけられる。「時の経つのは早いものね。もうどれくらいになるのかしら」

「五か月よ」

「うそ！　そんなになるの？　あとどれくらいいるの？」

「三か月か四か月」

「それからどうするの？」

「それから、家に帰ることになるでしょう」

「残念だわ！」

そのとき、ピトルーがワイン蔵の入口に現れた。ほとんど一日中、ここに入り浸りだが、一人ぼっちでいるのはつまらない。――すると、娘は言った。

「ほんの少ししか飲めないわ。やけどをするから」

「わかった！　これは本物のワインだぞ。混じりっけなしで、まがい物じゃない。ブドウでできたワイン、ブドウ畑で生まれたワインだ！　どうやって作られたかもわかっているワイン。俺たちが育てて、素性《すじょう》も知っている……子供のように、名前や生まれ年を持ったワインだ」

二人は、樽の腹を指で叩いている。

「二歳……そして、こっちが三歳だ」

それから、小さな樽を指さして、

「これは、かなり古い。十五年は経っている……でも、大丈夫だ。こいつは俺たちと昔からの馴染みだから、身体に悪いわけがない」

娘は固辞したが、それでも中に入らされた。年代ものの甘口ワインが運ばれてきた。

「これは、ご婦人向きのワインだ……おたくの方でも飲むのかい？」

向こう側のことに、興味津々《しんしん》だ。行ったことがなく、想像することさえなかなか難しい土地だから。

「まあ！　うちでは、ブドウは木の上で熟すの。ワインは、リンゴの木の中で育ってる」

みなは笑いながら言った。

「そのとおりだ！」

こんな調子だから、ワイン蔵を出るときには、ちょっと酔っ払っていることもある。――日曜日の午後。――

フィルマンは、あちこち探し回って、気が滅入《めい》っている。あの子を見なかったか、と出会った人に訊くのは憚《はばか》られた。ポケットに手を入れたまま、村の中をあちこち行きつ戻りつする。

そのとき突然、村の下の方から呼びかけられた。声が突然、下の土地から湧き出てきた。そこから顔が現れて、自分の方を向いた。

III

マティアスが戻ってきた。もう冬は終わりかけている。マティアスは冬から抜けだして、冬の気配のまったくないところにやって来た。北からの旅なので、新しい季節が丘の上を移動するさまを目にすることができた。季節は、白い地面の上の白い大気の中を移動している。白い地面に、彼の悪い方の足は小さな丸い穴を、よい方の足は大きな卵型の穴を穿《うが》っていく。白と白の間に見える黒く大きな柵に向かって歩く。その先には、さらに樅の森がいくつもある。

森を突きぬけ、尾根の反対側に達した。

山頂から下りる前に、少しあとずさりした。まぶしくて、そうせずにはいられなかった。日光が、湖のすみずみまでを照らしはじめていた。干し草に火をつけたときのようだ。波は、どれも草むらに見える。炎は次々と飛び移って、視界の届く限りいっぱいに、ゆらゆらと輝いている。

再び彼はやって来た。そこにしばらく佇《たたず》んでから、あの別の季節、別の土地へと下りていった……

「お嬢さま方の好まれるものは、もうよく心得ております」近寄ってきた娘たちみなに向かって言う……

朝のきれいな大気の中、再びコルネットを吹き鳴らした。春のほんの走りの頃だ。それから、絵や楽譜、フリルのついた服、ブローチ、ピン、鏡などを取りだした。

「お嬢さま方のために、お持ちしました」

商品入れの一つに手を入れて、探している。

「これは、みなさんのために特別に作られたかのようではありませんか。みなさんのことを本当に思ってのものではないでしょうか」

指の先で取りだしてかざすと、それはまばゆい光の中、親指とほかの指の間できらめいた。四旬節《しじゅんせつ》（復活祭前の四十日間の斎戒期）に入ったばかりの頃だ。

「ロザリオです……おわかりでしょう、みなさん」

人がどんどんやって来る。彼の方は、やっと壁の隅に腰を下ろした。

時間はある。売れるかもしれないし、売れないかもしれない。壁の隅に座ったまま、正面の上の方に見える山腹を指さして、突然叫んだ。

「美しい！……ほんの少しだけ、よけてくださいませんか。視界に入ってしまうものですから」

また目の前の山腹を指さしている。娘たちは、少し驚いた様子を見せた。

「ああ！　えらく美しい！　けれど、えらく高いですな！」

山並みに沿って視線をすべらせ、頂上まで達するには、完全にそっくり返るまで頭をのけぞらせる必要があった。

壁面は実に快適だ。壁石に手を触れると、動物の身体のように湿っていて、気持ちがいい。相変わらず、山を眺めている。商売を忘れたのだろうか。

みながそんな気がしてきたとき、彼が尋ねる。

「山の向こう側には、何があるのですか」

「そうです、二種類あります」自分の質問を忘れたかのように、彼はすぐに話題を変える。「二種類です……銅だけのものと、銅に銀めっきしたもの……一フランと二フラン五十……ごらんのとおり、ただ同然のお値段です」

「知らないわ。誰も行ったことがないもの。ちがう土地で、ちがう種類の人たちが住んでる」

そして、声を落とした。

「ねえ。あの子は、あっちから来たのよ」

「誰ですか」

「あの女の子よ。フィルマンの家にいる……知ってるでしょ？」

「もちろん。お得意さんですから……そうか！　その女の子はあの山から来たのですかね。道はありますか」

娘たちは答えた。

「あの岩壁が見えるでしょう。その壁に沿って、道があるわ」

「おやまあ！」

「それを左へ行くの」

「そうですか！　わかりました……ありがとうございます」

それから、

「ところで、もうお決めになりましたか」

再び立ち上がって、

「ロザリオ、聖水盤……」

小さな陶製の聖水盤も持っていた。天使の顔と二枚の羽根が支えになっていて、磔《はりつけ》にされた主《しゅ》の像が上にある。

「左へ行く、と言われましたね。それから先は？」

「今度は右へ行くの」

「ああ！　そうですか！……ええ、一フランです……どうぞ……お嬢さんもですか。一フランです……ありがとうございます」

　小さな女の子たちもやって来たので、絵をただであげた。祈禱書にはさむ絵で、光沢のあるレースの美しい紙の上に、鮮やかな色で印刷されている。――太陽がどこへでも顔を出すように、春がくまなく訪れるように、おじさんは君たちのためにやって来たんだよ、お嬢ちゃんたち……

　さらに歩いて、教会の前に達した。

　誰かが声をかけてきた。

「変わったことはなかったかい？」

　だが彼は、

「ワインが飲めるところは、ここからどう行くのでしたっけ？……ワインはどうなっているでしょう……」

「寄っていけよ」

「またあとで」と答えた。

　小道の一本を進んだ。まるで偶然のように、娘はそこにいた。彼が道を下っていると、反対から上ってきた。彼は三角帽をとって、敬礼した。気をつけの姿勢になった。

　娘は言った。「十三日よ」

　彼は小道の、娘より高い場所にいる。娘の頭上には青天井《てんじょう》が広がっているが、彼のところは、細い脇道のような日が差すだけだ。娘は立ち止まって、「十三日」と言った。さらに、自分たちの言葉で、もう一度。「十三日。六月十三日」

「わかりました。前の晩に、みんなで来ましょう」

　相変わらず自分たちの言葉で、

「奴は今、どこにいますか」

「いないわ。でも、前の日は気をつけて来てね」

彼は再び歩きだした。娘はそのまま進み、彼もまた進む。もう一度挨拶した。敬礼だ。娘が上る道を彼は下り、下りきった。黄色いコルネットを吹いた。吹き口は、牛の黒い角《つの》でできている。下の集落に住んでいる人たちに知らせるためだ。革袋を背負い、三角帽をかぶって、二本でなく、彼の言葉を借りれば一本半の足で進む。足はそれぞれ、別種類の音を立てる。――また人が集まってきた。

「おや！　また来たのかい！」

「意外ですか？」

「いや、うれしいのさ」

「私もです」

「ただし」彼は突然口を開いた（背にした荷物をほどきながら。これが奴の商売上手なところだ）。「ここにいらっしゃるのは、みなさんだけではありません。そうは思っていません。みなさんがいて、そしてワインがある」

答えが返ってくる。

「同じことだよ」

どんどん人が増えてきた。商人はコルネットを吹いた。

彼がその音を聞いたのは、ずっと高い所でだ。音は頑張って這い上がって届いたにちがいない。小さな段がたくさんあるので、音は何度もジャンプする必要があった。フィルマンは、かなり上の段の、林のすぐ下にいた。土地を耕しておかねばならない。寝室とあまり変わらないほどの広さの畑を、行ったり来たりしている。畑はもう準備万端だと、来たるべき季節に思わせないといけないからだ。新しい季節がやって来る、確実にやって来るのだから、と彼は考えている。そのとき、コルネットが聞こえた。

台所には、母しかいなかった。「おや、もう帰ったのかい。十一時が鳴ったばかりなのに」と言われた。返事に窮した。

自分の部屋へ入ると、娘もいるのが、音でわかった。行ったり来たりしている。もう少し待っていよう。まもなく昼食になる。三人は再び、台所のテーブルについた。もうほとんど何もしゃべらない。食事が終わると、娘は自分の部屋へ上がった。彼は考える。〈奴がどこにいるか、見に行こう〉

マティアスは、すぐには見つからなかった。呑んでいたからだ。ちょうどワイン蔵をあとにするところに出くわした。この三、四段の敷居は滑りやすいから、気をつけなければいけない。しかしマティアスは、まったくふらついていなかった。

まさに呑み終えたところだった。

「おや！　こんにちは。そこにいらっしゃいましたか。お元気ですか」

村の二、三人の男と一緒に出てきた。フィルマンに近づくと、尋ねた。

「そして、おたくの下宿人は？」

笑い声が起きた。

「そうだ！」クチュリエが言う。「みんな、あの子くらい元気だといいのだがな！」

もうマティアスは、何も隠すつもりはなかった。秘密など誰にもない、と言わんばかりに、遠慮なく口にした。

「ご存じですよね。あなたは多分、私に少しばかり借りがあります」

「そのとおりだ」フィルマンは答えた。

「糸、針、ビロードの布きれ。よく存じております、仕事ですから……ただし、これまでお嬢さんの好きにさせてこられたのですから、このまま好きにさせるしかないでしょう」

みなの前で言ったのだから、隠しごとではない。ベンチに座ると、話はさらにおおっぴらになった。

「ちょっと待ってください、お見せします……いつもの仲間から、譲ってもらいました。奴は今、山の裏側の地域を回っているところです……ほら（山腹を指さした）、ちょうどあそこの、峠の先です……安くてよい品を持っていました」

そう言いながら、袋を開けた。

それは、布きれの中に丸められていた。

「とても柔らかいのが、おわかりでしょう……そうです！　全部きれいなわらでできています。イタリア製で、麦わら帽子と呼ばれています……あちらでは、祭りの日に女たちがかぶる帽子とのことです」

帽子を手にのせている。ちょっと風が吹いただけで、大きく柔らかな縁が、おとなしい蝶の羽のように揺れる。ひさしの上の周りには、金色のリボンが巻かれていた。

「欲しいのはたしかにこれだったか、尋ねてみましょう。きっとこれだ、と仲間は言っていましたが……一緒に行こうじゃありませんか」

フィルマンにそう言った。

全部みなに聞こえるように。フィルマンだけが、困りきった様子を見せた。そして言う。「ちょっと待たなくてはいけないだろうな」みなは理解した。母親がいつもいい顔をするとは限らないのを知っていたから。そこでみなは言った。「それなら、戻って呑み直そう」

台所には、誰もいなかった。フィルマンは喜んだ。

「上がってくれるか」マティアスに言った。

娘はほんの少し振り向きはしたが、裁縫の手をとめることはなかった。

「いえ！　おかまいなく」マティアスが口を開いた。「お好きなようになさっていてください。それに、通りがかりに、ちょっと寄っただけですから」

再び袋が開けられた。

娘は手を叩いた。立ち上がった。もう指貫のことも、鋏のことも、糸巻きのことも、忘れてしまった。

「帽子だわ。うちの方の帽子だわ！」

そして、

「これで逃げられる」

娘はこちら側の言葉で言ったのだが、それはわざとだろうか。フィルマンは意味が全部わかったが、頭を素通りしてしまった。そのときは、別のことを考えていたからだ。

「うちの方では、こうやっておしゃれをするの」娘は話しだした……「（マティアスに）私のことをこんなに気にかけてくれて、どうもありがとう！　でも、どうしてわかったの？　この帽子をどこで見つけたの？」

「ああ！」マティアスは答えた。「それは秘密です」

だが、この会話も、フィルマンの前を素通りした。ちょうど部屋から出るところだったからだ。階段を下りて、自分の部屋へ入る音がした。金庫を開けているにちがいない。金具のきしる音、鍵を回す音が、しばらく聞こえた。

かなり時間が経ってから、また階段を上ってきた。今度は彼の方が、戸口で聞き耳を立てる番だ。こちらとはちがう言葉で、二人が早口にしゃべりまくっていたから。――入ってきたとわかると、すぐに口をつぐんだ。

彼は、ポケットから財布を取りだして、マティアスに言った。

「ずっと前から借りがあるな。全部でいくらになる？」

相手は何も受け取ろうとしなかった。

「私のささやかな好意を、無にしないでください」商人は言う。「これは、ふと思いついた遊びです。商売抜きの……それに何より（袋をまた背負った）、私は一銭も金をかけていません……仲間からのプレゼントですから」

杖を手にした。

「好意を無にさせないでください」

三角帽をかぶった。

「それでは失礼。また、この次」

出ようとしたとき、フィルマンが言った。

「それなら、せめて送らせてくれ」

娘も言った。

「それなら！　私も」

「それはどうも」マティアスは答えた。「お金をいただくよりも、うれしいです」

三人とも表へ出た。並んで歩いているのが見える。マティアスが真ん中、右がフィルマンで、左が娘だ。道は十分広いとは言えないが、なだらかなまま、ずっと続いている。すでに影ができはじめていた。

「もう、すっかり春ですね」空を見上げながら、マティアスが言った。

さらに言った。

「気持ちいいですよね？……よい香りが戻ってきましたし」

革袋、三角帽、肩掛けかばん、杖、コルネットを身につけている。——〝さようなら《オー・ルヴォワール》〟という意味のレヴィールという名の場所まで、三人は行った。そこで道が曲がり、急な下り道が始まる。

フィルマンは立ち止まって、マティアスに言った。

「楽しい旅を！」

今度は娘の番だ。

「これでもうお別れ、と言わなくちゃね。もう会うことはないでしょうから」

マティアスは言う。

「また、この次に」

「私はもうここにはいないでしょう」

「いつお発《た》ちになりますか」

「牛がまた山を登る頃。あなたは、いつ戻っていらっしゃるの？」

「そうですね！」彼は答えた。「私の方は、はっきりとはわかりません……旅の状況次第ですし、よい季節になってきたので……やはり、これでもうお別れ、と言った方がよいかもしれません」

別れを告げた彼は、坂を下りていった。坂道を下った先の、大河が白く流れだす場所にまた現れた。砂利《じゃり》の広がる河床に沿って、しばらく歩いている。この季節の川床は、かなり狭い。水はわずかだから、貴重だ。冬はまだ雪を手離していない。

河床、浅瀬、岸辺と、姿が見えた。方向を変えて見えなくなる前に、「さようなら！」と手を振ってきた。


フィルマンははじめ、まったく何もしゃべらなかったが、ようやく口を開いた。

「今夜は寒くなりそうだ」

さらに続けた。

「今夜はきっと、凍りつくな」

そして、怒ったように、

「まだ早すぎるんだ、春のような気候は！」

二人の後ろから、足音が聞こえた。フィルマンが振り向くと、マニュがついてきていた（実はずっと前からなのだが、フィルマンは気づいていなかった）。

彼は腕を振り上げた。

「そこで何をしている、おまえは！……消え失せろ！」

相手は、いつもの笑い声のような音を、ずっと立てている。動かない。そこでフィルマンは、石を拾った。娘は彼の手を、自分の手で遮らねばならなかった。その手に、できる限りの力を入れた。そして言う。「何を考えているの？」

彼は答えた。

「奴は、ここでは用なしだということさ」

IV

みなはカーニバルを盛大に祝う。ここの四旬節は過酷だから。まさに、この日は特別だ。ふだんは、燻製のにしんやゆでたトウモロコシの粉しか食べず、酒もあまり飲まない。マントルピースにぶら下がった、最上の淡水すずきのソーセージを取り外す。そして、朝から晩まで、たらふく食べて飲む。これで、復活祭までおしまいだ。

カーニバルの始まる午前十時でもないのに、太鼓の音が聞こえてきた。

男の子が、戸を叩いて言った。「フィルマンはいる？」

テレーズ婆さんが訊く。

「何の用だい？」

「迎えに来たんだよ」

母は息子に声をかけたが、彼は行こうとしなかった。

まもなく出かけたのは、母親の方だった。彼は部屋の中を、行ったり来たりしている。家の中は、もう何の物音もしない。外のどうでもいい音の中に、自分にとってだけ大事な音が混じるかもしれない。それをなんとか聞き分けようとしているのだ。ある家のブドウ棚の下で、また太鼓の試し打ちが行われている。冬が終わる前の、葉のついていないブドウ棚だが、その下に男が立って、二本の撥《ばち》で、ピンと張った皮を叩いている。皮の真ん中は、丸く黒ずんでいる。太鼓叩きは、撥の丸い先で、小さく三、四回叩く。それから、片足をベンチにのせ、腿で太鼓を支えながら、再び皮の張り具合を調べる。低い音が正しいかどうか確かめてから、音階を次第に上げて、最適の音に調整するのだ。

そのとき、少女の一団が、全速力で走ってきた。種まきに使うような袋を抱えた男の子に追いかけられている。袋は灰でいっぱいだ。

灰をつかんでは、出会った人に投げつける遊びだ。

みなはまた、できるだけ古いかぶり物や衣装を見つけようと、物置の奥まで入る。そして、もう時代遅れの帽子や、見物人が吹きだしそうな服を身につける。

袋を持った男の子が、道を下ってきた。少女たちは、スピードを上げるために、スカートをたくしあげている。太鼓叩きを見つけると、男の子は叫んだ。

「あの子たちを止めて！」

だが彼は、トレモロで太鼓を打つのみだった。音がまったく途切れない。前を通りすぎた少女たちは散り散りになり、それぞれ壁の角の向こうの戸口の中に消えていった。

太鼓叩きは、またトレモロを始めた。灰の袋を持った男の子が下りてくる道を、太鼓叩きは上る。出会った二人は、ともに立ち止まった。窓ガラスの奥には、ひげを剃っている男たちもいる。まるで日曜日のようだ。日曜日以外にひげを剃ることは、まずない。女たちは台所の窓ガラスの奥、男たちは寝室の窓ガラスの奥にいる。そのうち、一人、さらにもう一人と準備が整った。太鼓叩きを含めると、これで四人だ。みなでしゃべっている。

何か計画があるにちがいない。太鼓叩きは、「さあ！　準備ＯＫだ！　先頭に立て」と促される。太鼓を叩きながら、歩きだした。最初の行列ができた。まさにほんの少人数だが、ともかくも行列ができた。太鼓叩きが前で、残り三人が後ろを歩いている。そこに、少女たちが加わった。太鼓の音が聞こえるやいなや、みなネズミの穴から飛び出してきたのだ……

フィルマンは、数軒先まで太鼓の音が近づいているのに気づいた。しかし、詳しい状況はわからない。自分の家の前で止まったようだ。再びトレモロの音がした。村の触れ役が、知らせを告げるときのようだ。だがフィルマンは、そのまま無視した。次に音がやんでからの方が、彼をずっと不安にさせた。村中が遊び、なんでも許されるのは、一年のうちでもカーニバルのときだけだ。笑い声が聞こえた気がした。本物の笑い声。上の部屋だ。それから、大声がした。はじめは恐る恐るだが、まもなく明るい響きになった。声はどんどん大きくなる。今はもう、叫び声から笑い声に変わっている。通りのみなも笑っている。通りで声がした。男たちの声だ。また突然、太鼓が鳴って、話し声はかき消された。

そのとき、敷居の上のドアがきしんで、フィルマンが現れた。三、四人の女が小道にいた。インド更紗《さらさ》のエプロンの下に手を入れたまま、よその方向を見ている。女たちを脇に押しのけた。通りへ出ると、みなが輪を作っている。すぐにはその理由がわからなかったが、窓を見上げると、開いている。上から大声がする。「手が届かないわ！」笑っている。

「低すぎるんだ！」

誰かが下で言った。

「足場が悪いからな」

しかし、ほかの者たちは叫んだ。

「さあ、思いきって！　大丈夫だから」

上では娘が、いったんかがめた身体を、また伸ばしている。壁をよじ登っていた男の指先が、窓にかかった。ピトルーという名の男で、その下の、家の壁に身体を預けている男の名はクチュリエだ。彼がまず家の土台に乗り、その肩の上にピトルーが乗ったのだ。

話し声や笑い声がする。賭ける者もいた。だが、クチュリエが横に引っ張られ、それと同時に、もう一人が転げ落ちた理由は、誰もすぐには理解できなかった。上にいた男は下に落ち、引っ張られた下の男は、石に肩を打ちつけ、次に頭もぶつけた。二人が元いた場所に、ピトルーが長々と転がった。

何かよくわからないことが、あっという間に起きたにちがいない。みなは声が出ないほど驚いた。そして、何が起こったのかと近づいた。立ち上がろうとしたピトルーに拳が飛んで、再びひっくり返るのが見えた。

「フィルマン！　フィルマン！　何をするんだ」

上からも声がした。

「フィルマン！」

上の声には、訛《なま》りがある。

そして、女たちが叫んだ。「止めて！　捕まえて！」みなはそこまでするつもりはなかったが、今やフィルマンは捕《とら》われの身だ。

「どうした？　おい、気でも狂ったのか！」

みなは諭《さと》そうとする。

「これは遊びじゃないか。遊んでもいけない、というのか？　きょうはお祭りだから、冗談で……」

しかし、彼がまだ暴れるので、三、四人で押さえつけることにした。さらには、フィルマンに飛びかかろうとするピトルーも止めねばならなかった。

お祭りだ。

村人たちがやって来る。祭りの日。何もしなくてよい日。

「ただじゃすまないぞ、この卑怯者！　けちな、やきもち野郎め！……後ろからかかる度胸があるなら、今度は前からこい」

「黙れ！」

フィルマンはそれ以上何もしゃべらなかった。人が次々と寄ってくる。そして尋ねる。「何があったの？」そのとき、上の窓にいる娘も、何か言いはじめた。つまり、それがフィルマンに聞こえたということか。実際、急に興奮が収まった。そして、首を振りながら言った。

「もういいよ！　放っといてくれ！」

ほかの者は、その間にピトルーを連れて行った。

この地方の村では、年に一度の、四旬節の中のお祭りだ。三週間前からろくな物を食べていないし、これから三週間もろくな物を食べないだろう。

フィルマンは敷居の階段を上った。一人になろうと台所へ入り、テーブルの椅子に腰かけた。肘を膝に乗せて、うなだれた。もう動かない。娘が来ても動かない。娘が下りてきて、目の前に立ちつくしても。何もしゃべらないので、娘は首を振った。また首を振ってみたが、何も話してくれない。娘も何もしゃべらず、かまどへ近づくだけだった。お昼まで、そう遠くないにちがいない。まるで自分の家にいるかのように、支度を始める。底が黒い大きな両手鍋を、自在鉤《じざいかぎ》に吊るす。細く割った薪の束を取りに行った。火勢を調節するためだ。食卓の準備を始める。彼はすでにいなかったが、どこにいるか見当がついたので、寝室のドアを叩いた。好き勝手な行動を、もう許しはしない。もう決して、好き勝手な行動や振る舞いはしないだろう。娘はドアを叩いた。それだけだ。声をかける。「来る？」何の返事もない。来たくないのだろう。だが、やって来た。丸パン、スープ鉢、深皿がある。彼がこっちで、娘が反対側だ。「来て」とだけ言ったから。

食事が終わってから、訊いた。

「ねえ、午後は何をするの？」

彼は答えた。

「何も」

娘は言った。

「じゃあ、私は表へ出る」

「そうか！　じゃあ行きなよ」と言いかけたが、やめた。言葉や言い回し、声の調子まで変えて、彼は尋ねた。

「もちろんよ、お祭りだもの。もし一緒に行ってくれるなら……おしゃれをするわ。故郷のワンピースを着て」

「表へ出るの？」

彼は何も言わなかった。

お祭りだ。四旬節は長く、最後までその間の節制を我慢できないから、こんな一日もある（一年のうちで休むのは、ほかに一、二日、全部で三、四日くらいか）。みなは、太鼓、ハーモニカ、アコーデオンを持ち出す。トランペットを吹く者もいる。音が近づいた。さらに近づく。ますます大きくなる。フィルマンは思った。〈俺も着替えなくては〉これは、男がおしゃれをするときの決まり文句だ。声と音楽の混ざった音を、風がどんどん運んでくる。彼もまた、窓ガラスにへばりついた。窓枠には、前に娘に貸した鏡が掛かっている。男たちは、羊毛でできた濃紺か黒の服を持っている。裁ち方はみな、ほぼ同じだ。一生を通じて、これ一着しかない。人生が終わっても、これを身につける。棺に入れるときに着せる。彼は、死んだときに着せられるのと同じ晴れ着を身につけた。そのとき、二階の床を叩く音がした。上から声がする。梁の間を通り、天井を突き抜けて、声が届いた。

「準備はできた？」

うん、と答えた。

「それじゃあ、迎えに来て」

また明るくなりはじめてきた。熟したリンゴのようにきれいな色の太陽が、顔をのぞかせている。部屋に入ろうとしたとき、日差しを浴びた。だが、本当に太陽からだけだろうか。日差しがどこで終わり、娘の髪の毛がどこで始まっているか、同じ金色なのでもうわからない。娘は横を向いたまま、話しかけてくる。鏡を覗きこんでいる。両手を上げる。左右の腕を半分曲げると、むきだしの肘、さらにはその上の腕の一部が見える。視線を前に向けたまま、話しかけてくる。

こう言った。

「ああ！　来たのね」

それから黙って、また鏡を覗きこんだ。自分が口にしたことや、彼がいることさえも忘れたかのようだ。だが男は満足だった。少なくとも邪魔者扱いはされていない。すべてが鮮明に蘇って、混ざりあう。自分は、ここにいながら同時に、山の高みにもいる。峠の道とここ、ラバを引きながら絶壁へ向かう自分とここにいる自分、そしてまた、気持ちがここから離れていく……

「この帽子は、ちょっと大きすぎるわ。ぶかぶかなのが、すぐにわかっちゃう」

娘がそう言ったとき、彼は身震いした。娘はさらに言った。

「仕方ないわね！」

続けた。

「うちでは、大きなお祭りの日にしか、これはかぶらないわ。でも、みんなが出てくるのだから、大きなお祭りということかしら」

笑うと、歯がのぞいた。頬は、膝でこすったリンゴのように輝いている。手は上げたままだ。視界が利くように、少し間隔を空けて、帽子のつばをずっとつかんでいる。——彼はまた、想像の旅を始めた。大旅行だ。路上の小石はまだ熱いが、木枯らしが吹いてくる。足元は熱くなり、上半身は冷えていく……

二人は今、通りを歩いている。きれいな道だ。まっすぐではないが、明るくきれいな道だ。左右に折れる小道から、トランペットを吹く音が聞こえてくる。祭りの日だ。年に二、三日しかない祭日の一つ。仮面をつけた男が、ポケットに手を入れたまま、何も言わずに二人の脇を通り過ぎた。下の通りの端まで達すると、今度は上の通りへ入る。こうして二人は、教会の前の広場に着いた。

広場には、カフェから持ち出したテーブルとベンチが置いてあった。店の白壁に、七、八人が寄りかかっている。黒ずくめの男たちは、互いにグラスを合わせてから、口へと運ぶ。ところが、ミュトリュのグラスは宙に上げられたままだった。東側を向いて、顔をそり返らせている。はるか先を、ずっと視線が追っていた……

グラスを手元に戻す代わりに、高く掲げた。ベンチの上に乗った。

「ああ！　来たか！　やっとだな！」

さらに続けた。

「やあ、フィルマン！　やあ、お嬢さん！　まずは別々に挨拶しよう！　それから、お二人一緒にだ！　もう公認の間柄だと、みんなに納得してほしいからな」

フィルマンは小声で言った。「先へ行くのはよそう」だが娘は、「なぜ？」と訊いた。

止まらずにそのまま進んだので、娘の方が少し前になった。それに気づいたフィルマンは、また歩きだした。

「もう決まりだな……便箋に文字で書いたみたいに、明らかだ……こうなってほしかったよ……こっちへ来て、座りなさい」と、ミュトリュ。

フィルマンは娘に、もう一度言った。「行くな」まだかなり距離があった。

さらに言った。「頼む！」娘は聞こえない様子だった。

娘は手を上げて合図してから、近寄ってきた。輝かしい衣装でやって来る。日を浴びているが、娘の方が太陽よりも輝いている。祭りだ。祭日だ。祭りのために、おしゃれをしたのだ……

「いいぞ！」鐘つき男が叫んだ。「俺たちのために気を遣ってくれて、ありがとう！」でかい赤ら顔だ。炭火にあぶられた頬は、表面どころか、肌の奥まで傷《いた》んでいる。「いいぞ！」と叫んで笑った。娘はそのまま前に進んでいる。クリップ、シルク、ビロード、リボンで、全身が輝いている。

村役場の広間で、太鼓が鳴りはじめた。太鼓が伴奏するダンスパーティーがあるのだ。大人たちみなで踊るのが、カーニバルの日のならわしだ。男の子や女の子たちは、別の場所に集まる。

ミュトリュがグラスに酒を注ぎ終えたとき、太鼓が鳴りはじめた。ミュトリュは言った。

「フェンダンの白ワインだ。好きなんだろ」

娘と乾杯した。フィルマンとも乾杯しようとしたが、フィルマンは身振りで断った。

「ああ！　俺と乾杯したくないのか。何が気に入らない？」

新たな諍《いさか》いが起きるのを案じた鐘つき男が、フィルマンの腕を引っ張った。

「ここは退屈だろう。踊りに行こう」

村役場の広間の太鼓が、ダンス曲を奏《かな》ではじめた。ドア付近に、どんどん人が集まってくる。眺めるだけが楽しみの女たちが、特に多い。もう誰にもかまってもらえないから。一番下の子を腕に抱いて、ほかの子供たちはスカートにまとわりついている。鐘つき男が立ち上がったが、フィルマンはまたしても首を振った。

そのとき、娘が言った。

「私は？」

「おまえさんかい」鐘つき男は答えた。「無理だな！」

「見に行くことも、できないの？」

「ああ！　見るだけなら、もちろん大丈夫だよ！　よければ、一緒に来ればいい」

急いでグラスを空けると、彼について行った。しかし、フィルマンは動かない。しゃべり続けるミュトリュの前に座ったままだ。

広場は大きくないので、すぐに抜けられる。また全員が、娘の方を振り返った。それくらいびっくりしたのだ。ここの服の色は、黒かグレー、あるいは暗いブルーだ。娘は赤い色でやって来た。誰も口をきかない。誰も動こうとしない。娘だけが、しゃべり続けている。笑っている。

「かまわず進もう」鐘つき男が言った。

先導して歩く必要があった。それくらい人がいた。

「ここは気をつけて」敷居にかかったとき、鐘つき男はまた言った。

ドアは開いていたが、太鼓の音は低いので、ほとんど外に洩れていなかった。入った途端に、雷のような音が響いた。壁にぶち当たったかのように、前へ進めない。

「出て行きなさい、おまえたち!」子供たちに向かって、鐘つき男が叫んだ。聞こえない様子なので、一人一人の肩をつかまねばならなかった。

娘は耳をふさいだ。鐘つき男の方を向いて、満面の笑みを見せるが、声は全然出さない。手を上げると、耳の中に指を入れた。そうしないと、我慢できないからだ。鐘つき男は面白がって、また叫んだ。「どうだ！　これが音楽だ！」太鼓は三つ。ときどきしか見えない。現れては消え、ちらと見えたかと思うとまた見えなくなる。隅に置かれた太鼓の前のベンチに三人が乗って、正確に叩いている。撥さばき、顔の動きも同じだ。三人だが、まるで一人になったかと思うほど、拍子《ひょうし》がぴったり合っている。リズムが響く。それに引っ張られるかのように、みなは旋回する。何組かのカップルがいる。天井が低すぎるので、頭を下げないといけない。窮屈な黒い服を着て、押し合いへし合いしている。人数がやたらと多いし、天井が低いから、みなのっぽに見える。二人ずつ肩を寄せ合い、横に動いたり回ったりしている。娘は眺めていた。指を耳の穴に入れたまま。二、三組のカップルが、新たに入ってきた。そのとき、娘は鐘つき男の方を向いて、頭で合図した。顔は、踊っている人たちの方向を示している。男は肩をすくめた。まずはそうやって、「無理だ」と伝えた。娘がまた合図する。また肩をすくめた。だが今度は、「やれやれ！　仕方がないな！」の意味だ。そして笑った。

二人は連れ立って、自分たちのいる場所から離れた。

突然、太鼓が響き渡った。そのためミュトリュは、していた話を途中で遮られた。顔を上げて、「何事だ」

子供たちが窓によじ登っているのが見えた。

「何事だ」また彼は言った。「来るか、フィルマン」

ついて行こうとフィルマンは立ち上がったが、突如、気が変わった！　周りで笑い声や囃《はや》し声が聞こえてきたからだ。相変わらずの人混みなので、肩を使って中へ押し入った。祭りだ。きれいな空に、川底の砂のような小さな雲が点在している。気候は穏やかで、風がまったくない。——どんどん進んでいくうち、老婆を倒しそうになった。突然、誰もいなくなった。教会の前に達したからで、そこから右手へ上った。教会の裏手の墓地まで進んで、立ち止まった。壁の隅に長い時間座ったままでいる。まるでこちらが本当の仲間であるかのように、死者の傍らに長くいる。地下にいる彼らを羨ましく思った。父親のことを思い出しながら考えた。〈俺が死んだ方がよかった〉そこに座っていると、また太鼓の音が、笑い声や話し声と一緒に聞こえてきた。しかし、それらはみな、でこぼこした大地、盛り土のいくつかが黒や青の木の十字架を支えている大地に吸い込まれていくような気がする。彼はまた歩きだした。どこを通ったか、もうよく覚えていない。きっと、ぐるっとひと回りしたのだろう。日が暮れてきた。

再び太鼓の音が、今度はずっとはっきり聞こえてきた。夕暮れだが、いつもと同じ数の家の屋根が、目の前に見える。宿屋に灯りがともされた。村役場にもともされた。広場には、もうほとんど誰もいない。女たちは子供を連れて、家へ帰ってしまった。彼は歩を進める。丸い円を描くように、ぐるっと回ると、元の場所に引き返した。男たちの背中が見える。みなドアの前に集まって、中を覗こうとしている。彼も見たいと思った。ただ一番後ろなので、うまくいかない。相変わらず派手に鳴っている太鼓以外の音がしないのに驚いた。みなは沈黙し、それから爆笑が起こる。また静まりかえる。子供がしていたことを思い出して、窓によじ登った。

窓のへりに立つと、室内で輪を作っている人たちの頭が見えた。

娘がそこにいる。周りに輪が作られている。

指の先でスカートをつまむと、円に沿って回りはじめた。マニュがいる。娘のあとを追おうとするが、いつも途中で止まってしまう。

靴墨を塗られた彼の顔は、まっ黒だ。上着をつかまれたり、足をかけられたりする。娘が呼ぶと、また動きだす。つかまえてほしそうな素振りを見せていた娘は、追いついて手を伸ばした瞬間、逃げてしまう……

窓ガラス越しのフィルマンは、冷静だった。二、三度首を振ったが、口から出た言葉は短かった。

自分に向かって言う。「終わりだ!」もう一度言う。「これで終わりだ!」

穏やかな悲しみに包まれながらも、また口にした。「終わりだ、これで終わりだ!」

家に帰るだけだ。あとはどうにでもなれ。

しかし、戻ろうとしたそのとき、娘が立ち止まって、彼を正面から見据えた。

大きな灯り、天井からぶら下がっている一つ、二つ、三つの大きな灯りの光は、かなり強烈だ。娘は今、この世にはもう彼以外のものは存在しない、と言いたいかのように、じっとみつめている。

飛び降りて逃げようとした瞬間、彼は引き止められた。首を振って合図し、自分を呼んでいる。手で合図して、自分を呼んでいる。そのすきを狙ってマニュが近づいたが、彼女に突き倒されて、ひっくり返ってしまった。

爆笑が起きた。みなは上機嫌だ。たっぷり呑んで酔いが回っているから、気分はもう十分高揚している。今は誰もが友達だ。「さあ、フィルマン！」呼びかける。「フィルマン。残るは、お前だけだ」

何もかもが蘇ってきた。心の中にある何もかもが、再び蘇ってくる。

窓の下へ飛び降りたが、帰るためではなかった。

両足がしっかり地につきはしたが、自分を遠くへ運ぼうとしない。

足が勝手に動く方向に従った。太鼓がやんだ。声がする。「どこにいたんだよ。さあ、おいで、急いで！」前のスペースが空けられた。

娘が走り寄り、両手でつかんで引きいれる。

そうなるともう、女の子たちは我慢できない。何人かが入ってきた。──きれいで静かな曲が始まったので、みなは静かに旋回する。幸福が永遠に終わることなく、誰もが一生踊り続けていられるかのように……

そのとき、誰かがやって来て、フィルマンに言った。

「困るからな。つまり、祭りを台なしにされると……」

ピトルーが連れてこられる。仲直りした。謝りさえした。

それからみなは、また踊りはじめる。彼はもう、娘としか踊らなかった。娘はもう、彼以外とは踊りたがらなかった。

夜の二時まで続いた。


しかし家に帰ると、彼は言われた。

「どこに行ってたんだい？」

こうも言われた。

「あの子と私のどちらかを選んでちょうだい」

彼は選んだ。

二時か二時半。フリーダは、すぐに部屋へ上がった。——彼は台所で、灯りをつけずに待っていた母親と差し向かいだ。また言われた。

「どこに行ってたんだい？」

彼は答えた。

「それなら、好きにすればいいさ。行くあてがあって、ここよりも居心地がいい、と言い張るんだから」

夜の二時か二時半。母はもう何も言わなかった。

しばらくの間、何の言葉もない。もうほんのひと言も出てこない。

母は片手でランプをつかんだ。彼はその場から動かず、隣の寝室の中を行き来するさまを眺めている。

衣装箱を開けた。古ぼけた下着ともう一枚のワンピース（二枚しか持っていない）を取りだす。

ランプを手に持って、釘にかけていた肩掛けと帽子を外す。

手に持ったランプを掲げて、もう一度隅々《すみずみ》を見渡してから、台所に戻ってきた。

それに気づいても、彼は何も言わなかった。

母はテーブルの上にランプを置いてから、古いベッドカバーを広げる。その中に自分のわずかな持ち物を入れて、包みにした。

台所を横ぎる。彼のすぐそばを通った。

入口の掛け金が、突然、金切り声をあげる。彼は知らん顔をした。

まずは母と縁を切らなければならなかったからだ。

第七章

I

こちらの干し草置き場は、家とくっついている。たいてい二つか三つが各家を取り囲んでいて、冬を越すための食糧もしまってある。インゲンマメ、ソラマメ、小麦粉、あらゆる種類の小麦、トウモロコシ、干し肉。干し草置き場は、基礎杭《くい》を打った上に建てられる。杭の上には、それをはみ出すくらいの大きさの、平べったい石が置かれている。

四つの平べったい石が、全方向に張り出すよう、配置されている。そうすれば、ネズミが入ってこられない、と言われているからだ。

全体は木でできていて、梁が支えている。ほとんどの梁は、かなり昔のカラマツ材なので、もう黒ずんでいる。空気の通りがよくなるよう、うまくすきまが空けてある。格子越しに、空気と光が往来する。入りもするが、出もする。中に入れられる物もまた、裂けめを利用する。干し草の束を掛けて風に当てていたり、八日間剃らずにいた顎ひげのような硬いわらが差しこまれている。しかしながら、漂う匂いは強烈だ。臭くて甘く、苦くて心地よい。枯れ草や乳製品だ。暑さで少し傷《いた》んだ肉もある。芳香もすれば、悪臭もする。それらがすごい勢いで、こちらへ向かってくる。

フリーダは、干し草置き場を順番にたどりながら、村を一周した。

小さな菜園では、男たちが土を掘り返している。女たちは、洗濯物を紐に掛けている。

男は、平たい刃のスコップを持ってきていた。一年中使い続けた刃は、秋にはまだ輝いているが、冬の間は少しくもってしまうので、くもりを消す。男はスコップの刃に足をのせる、靴底で重しをかける。その間に女は、地面に置いたたらいから、色とりどりのきれいな洗いものを取りだす。それを空中にかざしては、次々と並べていく。

同じ道を散歩するものだから、フリーダがほとんど毎日やって来ることに、みなはもう慣れていた。菜園を掘り返している男に向かって、そこに何の種を蒔《ま》くのか、といつも尋ねていた。柵の向こう側から。柵に肘をつくときもある。そして訊く。「何を蒔くの?」

蒔く予定の種の名前を、男は告げる。すると娘は、山を指さす。

広い山腹と山並みを指さす。場所によって、見え方はいささか異なる。今は、下に干し草置き場の屋根があって、その上に稜線が伸びている。線が二重にできている。上下に二本の線がある。片方はグレーで、もう片方は真っ白だ。

「うちでは、一か月も遅いわ」娘は言う。

だから、こんなふうに山を指さすのだ。それから、干し草置き場の梁の間から先をのぞかせているトウモロコシの長い枯れ葉を引っ張りだした。

「これは何?」

「トウモロコシさ」

「うちにはないわ」娘はまた言った。

その葉を引き出すと、次にかかった。うまくいかない。笑い声が起きる。

「穂が引っかかっているから……」

今度は、梁の間から、わらくずを引き出そうとした。「ああ、これは干し草ね」

「いや、二番草《そう》だ」

わらのときもある。干し草置き場のいくつかには、木材もたくさん入っている。——もし風が南から吹いているなら、そちらに火をつければいい。北から吹いていれば、北に。

家畜の鳴き声が聞こえてくる。娘が一人でいる午前中のことだ。外出した。マニュが離れてついて来る。身体を前後左右に揺らしながら、歩いているのが見える。首を少しかしげると前に進むので、その動きに従っている。娘がいる菜園の近くまでたどり着くと、あと数歩のところで立ち止まった。娘が歩きだすと、また歩きだす。止まると、自分もすぐにそうする。その場で腕を組み、首をかしげて、身体を揺らし続ける。頬が輝いている。黄《おう》土《ど》でできた鉢のようだ。

しかし、娘がさらに先へ行くので、またつき従った。娘は、人目につかない場所を探していたのだ。そこからマニュに合図を送ると、彼は笑いだした。しかし、静かに、と身振りで示されると、意味を理解した。

「そこに座って」

娘は彼をじっとみつめる。

「私のこと、好き?」

意味がわかった。とてもよくわかった。自分の流儀で返事をした。すると、娘は言った。

「フィルマンは?」

今度は、娘が笑う番だ。

「この村の人たちは?」

また笑った。そして言った。

「そう、わかった。私が逃げるときは、連れて行ってあげる」

また梁の間から、干し草かわらの束を引っ張りだした。言葉を続ける。

「これよ、マニュ……私が言ったときは、どうすればいいかわかるかしら?……今じゃない、もう少しあと……

でも、いつか声をかけたら、一緒に来るのよ……お利口なら、マニュ、とてもお利口で、言うことを聞いてくれるなら……じゃあ今、聞きわけのよいところを見せて。お行きなさい！」

彼はすぐに従った。娘も散歩を再開して、村の四方を順繰りに巡った。南からの風と北からの風があるからだ。東から吹く風も西から吹く風もある。

II

彼は孤児のような状態になった。しかも、妻でない女と暮らしている。何もかもが一斉に表へ出る季節だ。見境なく。果樹園にある、わらでできた三つのミツバチの箱は、おとなしくしていられなくなった。足元からは、草の甘い香りが漂いはじめてきた。ほとんど枯れていた大河の上流は、もう姿を変えている。以前は、誰も通らない廃道のように真っ白だったが、今は往来のある街道だ。水は下り、時は進む。ブドウの木は樹液を流す。春小麦が姿を現し、秋小麦は首を垂れる。村人たちは、小型のローラーとハロー（機砕土）を持って、再び畑へと向かいだした。道が険しく、畑が狭いので、道具は普通より小さい。ブドウの木のところまで行って、剪定《せんてい》を行った。フィルマンも、きょうはまだ自分の畑にいた。帰路につく。果樹園のミツバチの箱から音が聞こえてくる。彼は今、かなり丈の高いプラムの木々の中にいる。葉が蘇ったことで、青いカバーのかかったトンネルのようなものができていた。

幹の一本に近づいた。肩を樹皮にもたせかけて、地面をぞろぞろ歩くアリたちを眺めている。

ミツバチの羽音は、もう箱だけでなく、枝の間からも聞こえてくる。花が生まれる過程を、彼はこれまでも見てきたし、今も見ている。小さな芽の中ではグレーだが、脱けだすうちに、白へと変わる……

正午だ。自分を呼ぶ声がする。

声は、大地の香りを越えて届いた。香りは同時に、色彩でもある。その色彩は、同時に音楽だ。至るところに幸福らしきものが存在し、みなを幸せな気分へと誘う。

枝の間にひっかかって震えているもの、それが幸せだろうか。いや、不幸だ。他人が幸せなだけだ。少女たちが歌う声も聞こえている。その中に、また自分を呼ぶ声がした。彼は相変わらず、腕を幹にあてたままでいる。それから顔を突きだして、通りすぎる風にそよぐ草の若芽を眺めた。

再び声がした。「どこにいるの？」何も答えない。娘がやって来て、叫んだ。「ああ！　ここにいたのね！」それから急に立ち止まった。彼も近寄ろうとしたが、一歩が重い。そして、まったく前に進めなくなった。

見上げていた娘が、だしぬけに言った。「まあ！　見て！」

腕を上げると同時に、木々の先端のさらに上にあるものを指さした。そして、

「フィルマン、来て見て！　フィルマン！」

何事かわからなかったが、近寄った。そして、わかった。でも彼としては、知らない方がよかっただろう。

「ねえ！」娘はまた話しはじめた。「季節がどんどん進んでいく、どんどん先に！　きのうはまだ、林の下に雪があったのに」

きのうは確かに残っていたが、きょうはもう消えている。上の方で何が起きているか、とてもよく見渡せる。何もかもが崩れ、前へ滑ってバラバラになり、水滴をしたたらせながら落ちている。それに伴って、ときおり、雷が鳴っているときのような、山が咳をしているような音が聞こえる……

「あさっては放牧ね」娘は言った。「そして週末は峠へ行く」

なぜなら、実際のところ、するべき仕事は、どこも同じだからだ。どこでも季節は巡り、時が進んでいく。

彼はもう我慢できなくなった。そして訊いた。

「それが、うれしいのかい？」

娘は首を振って否定した。

彼の気持ちが、また全部入れ替わった。今はもう、両極端しか存在していない。

「それじゃあ！」彼は言った。「行かないで」

言葉が突然、すっと出てきた。物事はどれも単純なのだから、これもそうではなかろうか。しかし娘が再び首を振ったので、また何もかもが難しくなった。

言葉がまた出なくなる。やっと見つけたひと言は、

「なぜ？」

娘は答えた。

「どうもこうもないわ」

暗くなってきた。太陽が翳《かげ》っている。娘が言うのが聞こえた。

「スープができているわ。だから呼びに来たけれど、つまらないことに気をとられて」

その間も、彼は考えていた。〈言わなくては〉もうこれ以上は我慢できないと、気づいていた。残っている力を全部振り絞って、声をかけた。娘のあとを歩いているときだ。

「言いたいことがある……」

二人は家に向かって、小さな果樹園沿いの草むらの中を下りている。三つのミツバチの箱の前を通りすぎた。

「言えばいいじゃない」

「いや、今じゃない……」

窓の下にたどり着いた。そこは一日中、陰になっているので、地面がいつも湿っている。彼は寒気を覚えた。

〈今じゃない〉

首を動かす。

〈いつか日曜日にでも……ここはだめだ、落ち着いて話さないといけないから〉

考えが先に進まない。進みようがないからだ。その間も、山がどんどん動いている音が聞こえてくる。——大きな山腹全体が活動して、邪魔物を捨てている。プラタナスの幹から樹皮がはげ落ちるように、雪の塊を落としていく。

その夜は、娘がベッドに入っても、まだ音が聞こえていた。ベッドの中で思う。〈頑張って。急ぐのよ!〉陰になっている、あの裏側の斜面のことを考えた。向こうの谷間や峡谷に残っている大雪のことを。自分たちの地方は、ひと筋縄ではいかない。北に面しているからだ。——〈さあ、山よ、急いで!〉

また、咳きこむような山の音が聞こえてきた。熱があるかのごとく、絶え間なく続いている。娘は寝返りをうつと、夢にうなされたかのように、大声で何か叫んだ……

同じ頃、山の向こう側では、熊亭の屋根を覆っていた雪が、ある朝、どさりと落ちた。

ほどなく、マティアスが帰ってきた。山をぐるっと回って。もうすぐ、その必要がなくなるだろう、と彼は言っていた。

コルネットを吹くと、みなが叫ぶ。「来た! 来た!」彼はまだ、遠くの道に小さく見えるだけだ。その道の真ん中には、もう黒い土が出ている。

姿はまだ指くらいの大きさでしかないが、コルネットは上物《じょうもの》で、音が彼方まで届く。若者たちが駆け寄った。のっぽのハンスが先頭だ……

娘は相変わらず、「急いで!」と叫ぶ。朝起きると、山が急いだのがわかる。晴天が続いたこともあって、今年は季節が順調に進んでいる。すべてが動き、すべてが下り、すべてが変わる。きのう存在していたものが、きょうはもうない。あすはまた、大きく様変わりしているだろう。こんなに速く進んでいるのに、娘は、「もっと速く! もっと速く! もっともっと速く!」と言う。アンプレーズ村は、放牧を再開した。プラピオ村とキュラン村も出てきた。ラ・フォルナレッタ村は、そのさらに右側へ出ている……

「どうだった？」若者たちは、あらん限りの声で叫んだ。

少し大きく見えてきたマティアスが、両腕を上げた。

「六月十三日だ」

若者たちが応える。

「十三日か？」

マティアスは言う。

「十三日だ。だが俺たちは、二日前に出発しないといけない……それに知ってのとおり、俺は速く歩けない。とりわけ高いところの道はな。（空を見上げる）でも、助けてくれるな」

III

その日曜日が晴れているのを見て、フィルマンは幸せな気分になった。最高のお膳立てだ。

正午を過ぎてまもなく、上の村の人たちが、四方から集まってきた。標高の低いこちらを気に入っているし、春には、ワイン蔵をめあてにやって来る。

樽の中で二次発酵を行った新酒は、今はおとなしくなっている。樹液の香りもする。樽になる前の姿を、まだ完全には忘れていないのだ。初夏になる前は、白、バラ色、あるいは両方が混ざった色に見えていた木々の下の草むらに、少女たちが座っている。

シュナレットの林で、彼はフリーダと待ち合わせをしていた。

近所をちょっとひと回り、といったふうに、娘は帽子なしで外出した。いつものとおり、マニュがついて来たがったが、振り返ると、指を口に当てて首を振った。

垣根の外の下の道から、村を一周した。

すぐ近くで話し声がした。すぐ近くで声が聞こえると、うれしくなる。それだけ自分の存在が警戒されていないから。野バラ、サンザシ、りんぼくの茂みの向こうに、二人の恋人たちが身体を寄せ合って立っている。短い言葉を交わしながら、身体を寄せている。小声で、楽しそうなことをしゃべっている。どんどん身体を寄せるので、倒れるのではと思うくらいに。

二人の恋人たちは、垣根の向こうの道にいる。ちょうどよい気候だ。

シュナレットの林は、村の東寄りの、上から下までを占めている。斜面に縦に広がっている。

フィルマンは、林の上の方にいた。最初に気づいたとき、娘はまだずっと下にいた。花束を作っているのがわかったが、また見えなくなった。再び姿を現すと、花束はもうかなり大きくなっていた。彼は帽子と目だけが見えるよう、枝の上から少し顔を出した。娘は小さな叫び声をあげると、駆け寄ってきた。

ああ！　きょうは、何もかもが俺たちにおあつらえ向きだ。このまま成り行きに任せておけばよい気がする。

自分の隣を指さした。来るよう言ったところに、娘はやって来た。左腕に大きな花束を抱えている。手では持てそうになかったからだ。娘は彼の言うとおりにした。座ると、花をスカートの上にのせた。

二人は、うっそうとした枝のすきまの、窓のようなスペースの前に、並んで座った。

口を開かなくてもよい気がする。つまり、すでにあらゆるものが、しかもとても上手に語ってくれているからだ。下の斜面が、急に動きだす。はじめに落ちた雪の塊は少しだけだが、それは残り全部が動くのに邪魔にならぬよう、わざと場所を譲ったかのようだ。こうして、段がきれいに並んだ半円状の土地が現れた。それは、この一年の見通しを立てられる時期でもある。秣《まぐさ》になりそうな草が生えはじめ、小麦が顔を出し、ブドウが房を見せる。

彼は手を動かした。まず、そうした。

手を使って円を描いてから、下げた。土を手で掘る仕草をした。――「幸いなことに、俺たちはここにいる。日当たりのよい場所だ。俺たちがここにいるということは、つまり南にある太陽の方を向いていることになる。ここに寝そべると、斜面と一緒に、日差しをたっぷり浴びられる。斜面に中腰になれば、その恩恵をもっと受けることができる……でも、あっちでは」声を出さずに語りかけ、正面に見える山を指さした……

なぜなら彼は、大演説を始めていたからだ。しかし、口から出る言葉はほんのわずかで、残りは自分の中に入っていく。

「つまらないところじゃないか！」

逆側の斜面の上の方に手をさまよわせてはいるが、大声でそう言ったわけではない。しかし、雪、氷河、石ころだけの土地を指さしている。つまらないところじゃないか！……「あそこもそうだ！」さらに下の岩場も指さした。

「あそこは、悪い土地だ（声は出ていない）。何も採れない、役立たずの土地だ。こっちだって、どこもいいわけではないのは、認めるけれど」今度は、二人の背後の大きな山腹を指さした。こちら側にも、岩がむきだしで、植物が何も生えていない空間がある。山が崩れた跡もだ（雪の下から顔をのぞかせはじめていて、ちょうど春の日差しを正面から受けて輝いている）。「あそこは、境界を示すことにしか役立たないだろう。――見てごらん！あの高い所は、輝いているだけで、何の価値もない、どうでもいい場所だ」それから腕を下げて谷の方へ向け、その奥に隠れている大河を示した。ミルクのように白く美しい大河が、河床《かわどこ》を満たし終えていた。「これが草や作物を大きく成長させる。俺たちには、水がたっぷりの小さな運河がいくつもある。水門へ行って、流れる大河の水を拝借する。ブドウ畑の灌漑にさえも使っている。砂利だらけで、しかも傾斜がきびしいので、雨水がよくしみこんでくれないんだ」再び大河と谷の奥を指さした。次に、そのすぐ上の段々畑を指さした。半分くらいしか見えないが、小さな段と踊り場があり、畑の石壁の間に切り株が入れられている。彼はそれについて話す。手を使って、それについて話す。

「うちには四、五種類のワインがあるんだ。レーズがあるし、ミュスカデがある。アミーニュもあるし、フェンダンもある。あの狭いブドウ畑だけで、四、五種類のちがう苗が植えられている……」

大声になった。

「一番いいのはミュスカデだ。八日間、発酵させる」

さらに続けた。

「あんなちっちゃなブドウ畑から四、五種類もワインができるなんて、うちはすごいだろう？」

こんな言葉が出てくる。次々と出てくる。そのつもりはないのに、出てくる。もう口を止めることができない。手を上げた。指さしたのは、すぐ近くだ。これが本題、心が訴えたがっていることだ。同じ段の平地にあって、二人のすぐ下に見えるのが、この村だ。もうしゃべらないことにしよう。でも、しゃべり続けている。

「やっぱり、きれいだ。ねえ、そうじゃない？」指さした。

村と、それを取り囲むブドウ畑。村は円形で、グレーの屋根が、まるで一枚屋根のように、みなつながって見える。ブドウの木々の中に薄グレーのしみがついているかのようだ。

「ごらん。果物だってある」

手の動きが小さくなった。細部を指さそうとしている。美しい洋ナシの大木に向ける。垂れた枝は、カールペーパー（カールする髪を巻きつけておく紙）をつけて縮らせた髪の毛のように見える。

「いい場所にあるな、まったく！」

彼はまた、大声でそう言った。草を指す。小麦を指す。

四方に無数に点在している小さな畑を指さした。色つきのハンカチを洗濯したあと、日に当てて乾かしているかのようだ。小麦があり、オート麦、ライ麦、大麦、そば麦がある。トウモロコシ、アブラナ、麻もある。「ああ！　ここでは何でもできる」彼はまた、声を出さずに言った。「でも、手入れをしなければいけない。欲しい物もあれば、そうでない物もあるから……」

プラム、リンゴ、さくらんぼ、あんず、桃、くるみ、四、五種類のワイン……

「ごらん。ずっと上まで村が広がっている。てっぺんの畑も、俺たちのものだ」

身体をひねると、腕を上げた。今度は上の地域を指さしている。大声で言う。

「あそこに見える森まで、使っていない土地はない……どうだい？　つまり、ずっと上の先まで、そして山の向こう側の大河まで……」

だが、ここで気を取り直した。

「ただし、いつもせっつかれるように働いているわけじゃない。仕事にばかり気をとられているわけじゃない。もし君が望むなら……」

声を落とした。

「誓ってもいいが……」

そして言った。

「わかっているね。あの家は俺のものだ。親父のだったから。そして、財産全部も俺のものだ」

娘はその間、斜面の苔の上に腰を下ろして、身動きしなかった。

「わかっているね。おふくろがいたけれど、今は伯母さんのところだ。状況が整うまで、放っておけばいい。こんな問題は、時間が経てば、自然に解決するものだから。うまくいくだろう……そして」また話しはじめた。

「村の人たちのことがあるかもしれない。土地の者でない娘と結婚するのは、珍しいから。でも、もう君はみんなと馴染みだし、とても好かれている。つらく当たられることはないだろう」

さらに言った。

「そうじゃない？」

問いかけの始まり、求婚の始まりだ。また手を使って、豊かな土地を照らしている恵みの太陽を示した。「すばらしい結婚式になるだろう（口にはしなかった）。この恵みの太陽が、俺たち、そして俺たちの結婚式を彩ってくれる。見てごらん」――もう一度、輝く太陽を指さした。樹液や湿った地面に熱気が当たると、空気は靄を立てて震える。目の前のすべてのものが、ゆらゆら揺れる。同時に、パンとワインの匂いがしてきた。ご馳走の匂いもだ。この機会を利用して楽しもうと、みなが持ち寄ってきたご馳走だ。だがまずは、心を満たさなければならない……

だから、彼は言った。

「どうだろう」

これら全部を、プレゼントした。また手で示しながら、言う。

「全部、君にあげられる」

しばらく待った。みつめる勇気はなかった。

だが、何の反応もなかったので、娘の方を向いた。

娘はまず微笑んだ。これが始まりだ。バラ色の頬に、きれいな歯が現れる。

それから、とてもゆっくりと、申し訳ないが仕方ないといったふうに、首を振って断った。――一度、二度と。

目を伏せると、膝の上にある花束をつかんで、持ち上げた。そしてまた首を振った。

彼はさらに説得しようとした。

「つまり、もちろん急ぐ話じゃないから、まずは君の村へ帰って、あっちのことを片づけてくれないか。これは、戻ったあとでいいことだから」

　しかし、再び首を振られた。

　娘は寝そべった。身体は仰向けだが、目は完全に彼の方を向いている。視線は彼をとらえている。うなじに手をあてると、自分の土地の言葉でつぶやいた。意味はこうだ。「私と一緒に」

　彼をみつめた。視線の端に入れたまま、動こうとしない。また自分の土地の言葉で言った。こんな意味だ。

「あなたが私と一緒に来るのよ」

　さらに、あちらの言葉で、

「ずっときれいよ、ずっと……あっちは」

　意味がわかっていないらしいので、説明した。彼は膝の間に両手をついて、身体を前にずらした。今は背中から言葉が届く。

　こう言っている。

「ずっときれいだと、わかるわ……来るのは、あなたの方だから……」

　次に届いたのは、言葉ではなかった。腕が伸びてきた。その腕が、彼の首に巻きついた。

　しかし彼は、放っておいた。

　そして、またこう言われた。

「ここよりどんなにきれいか、わかるわ。あなたが来て、見てくれたら……ずっときれいで……ずっと豊か……」

　彼はいやだと言わず、放っておいた。娘から離れなかった。立ち去らなかった。これで、故郷も捨てなくてはならなくなった。

別の日曜日に、彼は三つめのものを捨てた。

暑い中、二人は垣沿いを登り、山腹を横ぎって小礼拝堂へと通じる道まで行きついた。

娘がこう言った。「残った日を、有効に使わなくては」彼は娘に連れ回されていた。――それは、真っ白な小礼拝堂だ。岩の上に立っているので、かなり遠くからでも目に入る。

「あれは何？」

彼は口ごもった。

「ジレットの礼拝堂だ」

「あそこで、何をするの？」

また口ごもった。

「子供ができないとき、聖アンナ（聖母マリアの母。年をとってから聖母マリアを身ごもったと言われている）様に授かりをお願いするのさ」

ちなみに礼拝者は、膝をついて上る。山の上の道を進むと、階段のある場所に達する。礼拝堂は、その少し上に建てられている。岩に掘られた段を、膝をついて上る。遠方から来る者もいる。男女のカップルだ。大きな谷間全体、谷のかなり奥からも、よくやって来る。徒歩で丸一日かけて。ひと晩中ということもある。夜歩けば、時間の無駄にならない。ずだ袋にわずかばかりのパンやチーズといった食糧を入れて、持ち歩く。飲み物は、泉の水だ。そして、一日中、ひと晩中、歩いてくる。ようやく階段の下に達すると、膝をついて上りはじめる……上りながら、四つのロザリオの祈りを唱えなければならない。男女二人で。ロザリオの祈り一つが八段。祈りを唱え終えると、また段を上る……

娘は彼を質問攻めにする。しぶしぶではあるが、それでも答えている。

「それから？」娘は尋ねた。

「それから、つまり願いが聞き届けられると、聖アンナ様が授けてくださった子供がかぶった最初の帽子を、聖アンナ様に納めに来るのさ」

二人も段の下に達した。娘は上りたがった。

上りきると、礼拝堂の中に入りたがった。

彼の前を横ぎり、まるで普通の家に入るのと変わらない様子で、入っていった。聖アンナ像は奥にある。

内陣の両側の小さな窓から、日が差しこんでいる。聖アンナ像は、もっと向こうだ。大きな黒い寛衣《かんい》をまとっているが、彼女自身もかなり大きい。だが、腕に抱えているものは、とても小さい。ほんのちっぽけなものが、母の腕にのっている。それを母は抱えている。自分自身はかなり大きいのに、子供はとても小さい。さらには、像の周囲の円天井の下部や壁が、持ってこられた贈り物ですっかり覆いつくされているのにも気づく。あの小さな帽子だ（最初にはるか遠くからお願いにやって来て、その後もう一度、またその遠くからお礼にやって来る）。──小さな帽子はどれも、二人の名前を書いた紙か、二人の名前をナイフの先で刻んだ木の札をつけて、釘に吊るされている。

彼は頭を垂れた。娘はそのままだ。

突然、大声で言った。

「何なのよ！　これってどういうこと？」

それから、表へ出ようと向きを変えた。

道へ戻ると、肩をすくめて言った。

「うちでは、こんなものなんか信じない！」

さらに言った。

「みんなうそっぱちよ、私たちからすれば！」

しかし彼は、何の反論もしなかった。娘から離れなかった。これで、さらに宗教も捨てなくてはいけなくなった。

IV

その夜、娘はテーブルの向こう側にいた。ランプが二人を照らしている。火口《ほぐち》に芯がぶら下がっている石油ランプだが、むきだしなので、風がちょっと吹いただけで、炎が揺れる。娘が話しているときも、炎は揺れている。

「ああ！　どんなにつらいことでしょう」

言葉を発するたびに、炎が小さく揺れた。

「ああ！　一人だけで旅しなければならないなら、ほんとにどんなにつらいことでしょう。山のこっち側にいても一人ぼっちだけれど、向こう側へ行くと、もっと孤独になってしまう」

ランプの炎が動き、止まり、また動いた。

「最初の曲がり角で、ハンカチを振りながら、あなたにさよならを言うとき、家の前にいるあなたの姿は、とても小さく見えるでしょうね。そして、もう会うことはないでしょう。この家にも……」

炎が動く。彼が動いているのか？

「私はあなたにこう言うでしょう。『帰りのために、パンを少し分けてちょうだい。かじりながら登るから』あなたはきっとくれるでしょうね」

「フィルマン！」と呼びかけた。

娘はまだ何もしていないのに、炎が揺れはじめた。彼の顔、顎、口の周り、目元に、何か動きがあったからか？

彼はそこにいる。娘は真向かいだ。二人きりだが、間にテーブルがある。娘がいる。きちんとした姿勢で座っている。——ランプの炎が揺れた。さらに激しく揺れる。動きが止まる……

「フィルマン！」

また二度揺れる。再び壁の上に、鳥がはばたくような影が映った。

「もうすぐ私は登るから。でも、一人で登りはしない。それから下るけど、下るのは一人じゃない。うちの村に着いたら、こう言うわ。『この人が私を誘拐したの。これからも面倒をみてくれる』と。きっとみんなは、私が死んだと思っているでしょう。れて、下へ連れて行かれたけれど、今度は私が、もう一度山を越えさせた。ずっと一緒にいられるよう、私がこの人を連れてきたの』と」

炎がさらに激しく揺れた。それが炎自身のせいなのかは、わからない……

娘は続けた。

「入口の前に立っているあなたに言うわ。『ここで待っていて』私は家の中に入って、お父さんとお母さんに告げる。『私の心が、あの人を選んだの。だから、一緒に迎えに出て。入口の前で待っているから。二人が出てくるのを待っているから』両親は出てくるわ。私を愛しているもの。そして言うでしょう。『お入りなさい、ここは、あなたの家だ……入って席についたら、私たちと一緒にお食べなさい』と。あなたが先に入るのよ、フィルマン。私はあと。フィルマン、あなたは旦那様になるのだから……」

手を伸ばして、彼の手をとった。ランプの炎が揺れる。

「一緒に村を回りましょう。家を訪ねてみんなと引き合わせるし、土地を案内してあげる……どんなにきれいか、わかる。大きな泉をいくつも目にするわ……水は好きなだけあって、歯にしみるくらい冷たい……家はこっちの十倍も広くて、窓の数も十倍よ。そして、どの窓にも、花が飾ってある。私たちは花が大好きだから、たくさん栽培しているの。手入れをするのは女の役目。私が花の手入れをするわ。私があなたの妻になれば、みんな幸せになれる……ねえ、フィルマン！」

娘は口を閉じた。炎はもう揺れなくなった。娘も動かない。彼もまた動かない。

黒く縮れた短い顎ひげが見える。大きな瞼《まぶた》は、閉じられたままだ。

第八章

I

牛が山を登りはじめるまで、あと二、三日しかなかったので、娘はマニュを連れて、毎朝表へ出た。

これまで見たことがないほどの上機嫌なので、村人たちは尋ねる。

「俺たちともうすぐ別れられるからかい？」

娘は驚いたふりをした。

「まあ！　まだ先よ」

「おや！　そう思っていたが」

前は、「牛が山を登る頃」と村人たちに言っていたが、今は、「まあ！　まだ先よ」と答えている。すると、みなは言う。

「ああ、そうか。よかった！」

こうして娘は、村の四方の端のしかるべき場所すべてに、もう一度マニュを連れて行った。風はどちらから吹くかわからないからだ。また全部よく説明した。

娘が話している間、彼は顔をじっとみつめている。一番いい場所だと思って選んだ干し草置き場を、娘は指さした。外に出せるかぎりの秣《まぐさ》やわらが、表に引き出されていた。

そして言う。

「場所をきちんと覚えた？」

彼は身振りで、うんと答えた。

娘はまた話しはじめた。

「いつもいるところへ、いてちょうだい。どちらへ向かえばいいか、合図するわ。よくわかったわね、マニュ」

彼は首を振ろうとしたが、スムーズにいかない。鐘つき男が打つでかい鐘もそうだが、自由に動くようになるまで、しばらく時間がかかった。

最後の日になると、娘は言った。

「これを持っておいて」

真鍮《しんちゅう》製のマッチ箱だ。マッチがいっぱい入っている。

「使ってはだめよ、マニュ、いいこと、今は使ってはだめ……私が声をかけたときだけ使うのよ！」

指でつついて、念を押した。使わない、とすぐに身振りで答えたので、さらに言った。

「急いで来てね！」

ご褒美《ほうび》がある。彼はそれを楽しみにしていた。——言われたとおりのことをきちんとすれば、一緒に連れて行く、と娘は約束してくれた。その大事なご褒美をもらえるのだ……

あと四日、三日、二日。もうほとんど夏といっていい。いつものように、娘の姿が給水場で見かけられた。菜園にもだ。人々は早生《わせ》野菜を収穫していた。ちょうど鐘が鳴っていた。

鐘は一日に三回、勢いよく打ち鳴らされる。一回につき、三度続けて。それが三回、これが毎日だ。

みなは、ふだんの生活を続けている。何も変わっていない。目に入るものには、何の変化もない。いつものとおり、フィルマンは道を進んでいる。ラバをつないでから、二輪荷馬車の後ろを歩いている。ラバはまったく呑《のん》気《き》なものだ。垣根や、さらにその先の急な坂道に向かって、長い耳を振っている。道は白く見える。立てかけられた板のようだ。

夕方になった。

一番星が現れる少し前だ。

ラバは今、道を下っている。動きを止めるために、フィルマンは走らねばならない。轡《くつわ》をつかんで、後ろへ引いた。最初の鐘が鳴る。一度め（これで終わりだろう）。

家畜はまた逆らった。彼は帽子を左手でとる……二度め（これで終わりだろう）。

「おとなしくしていろ！」

家畜は耳を垂らす。三度め（これで終わりだろう）。

II

山の向こう側では、月曜日の早朝に、男たちが出発した。

日曜日に、すべての手筈《てはず》を整えた。誰も働かない日だから、うってつけだ。最後の集まりが、熊亭で開かれた。

その折、リーダーののっぽのハンスとマティアス以外の十二人の遠征メンバーが、最終的に選ばれた。

その夜はまだ、峰の向こう側にいた。しかし、翌朝の太陽が昇ったときは、もう旅を始めていた。

まずは、谷底を伝って進んだ。稜線の向こう側には、そうした谷底が数多くある。歩みは速くない。マティアスのせいだ。「俺がいるのを忘れないでくれ」と彼が言うと、みなは答えた。

「心配しなくていい。二十四個の肩と二十四本の腕があるんだぞ」

すると、マティアスは前に出て、みなの先頭に立った。一歩進むごとに、全体重を太いサンザシの杖にかけるので、ずっと二種類の音を立てている。ただし、後ろの男たちには聞こえない。

きょうはいろんな物音がほかにするから、聞き分けるのは難しいだろう。たくさんの元気な足が、路上の石、あるいは石ころのない道、土の部分、寄せ集まって滑りやすくなっている樅の木の針葉を踏んでいる。

一人で先を進んでいるマティアスの足音は、聞こえなかった。聞こえるにしても、かすかだ。話し声、底に釘を打った靴の十三人分の足音、銃がぶつかる音がする。いざというときのために持ってきていて、肩からぶら下げている。

先頭を行く足音は聞こえないが、姿がたまに見える。それで十分だ。枝の間に三角帽が輝いたとき、軽く目をやりさえすればいい。日が差しこまない場所へ入ったときは、コルネットが合図を送ってきた。

十三人は、二人ずつ並んだり、一列になったりする。急流沿いの道と、草の生えはじめた放牧地の脇のジグザグ道が、交互に続く。木々の下は、かがんで進んだ。土砂崩れの跡とシャクナゲ畑が、交互に続く。最初の滝を過ぎると、また別の滝が現れた。岩が突き出ているので、両腕で滝が吊り下げられているかのようだ。

五時頃、山小屋に到着した。

マティアスは、暖炉の前の最上席に座らせられた。みなが両側についたので、炎を背にして取り囲まれる形になった。

その夜は、暖かい火の前から動かなかった。マティアスが真ん中だ。上までぎっしり詰まっている布袋を開けた。三、四日は困らないよう、あらゆる物が入っている。一番大事なのは食糧なので、自分で詰めてきた。もっとも、女たちが用意したものだが。

腰を下ろすと、袋を引き寄せ、細紐をほどいて口を開いた。ひびの入ったパン皮に、ナイフを突き立てる。ポケットナイフの大きな刃がパンの身に届くと、塊を口まで持ち上げる。

男たちは何もしゃべらない。その方がいい。ちゃんと聞いているのだから。

男たちは何もしゃべらない。食べているのだから。食べながら、聞いている。真ん中にいる男の話を聞いている。——炎のせいで黒く見える山羊ひげが、前につきだされたり、横を向いたりしている。

マティアスはもう一度、自分の三度の旅について語った。最初の旅、二度め、三度めの。そしてまた、詳しく説明しなければいけない。

話の最中にときどき、強いチェリーブランデーやできたてのプラムブランデーが回ってきた。マティアスに水筒が差しだされる。山羊ひげが上下する。さらに何度か。そのたび、また話に力がこもる。彼は、あっちがどんなところか語っている。道のりを語っている。変化するさまを語っている。文化が変わる。人間が変わる。顔つきが変わる。話す言葉が変わる。旅の話は、方向を変えた。南へと進みはじめたのだ。すると男たちは、ぼそぼそしゃべりだす。こととはちがう言葉で。「そして」彼は話を続けた（また水筒が回ってきた。前をじっとみつめた。さらによく思い出そうと、目を閉じた）。「はっきりしないが、下界に何か見えてくる。白いものが動いている。あそこには、まぶしいくらい、たくさんの水がある」

水について語った。大きな湖について語った。ブドウ畑、ワイン、二本の帆をつけた小舟について語った。――彼は旅全体を再現したのだ。聞いている男たちも、一緒に旅している。

そして、村に着いた。

どんな経緯で娘を見つけたかも語った。稜線の向こうについては、独壇場だ。娘と自分がどんなふうに合意したか、具体策を少しずつどのように取り決めたか、もう一度話した。娘は重責を担った。すごい勇気と辛抱が必要だし、その間ずっと、猫をかぶっていなければならない。「さあ、あの子を称《たた》えよう！」そう締めくくった。

話を聞いていたのっぽのハンスは、娘を誇らしく感じるとともに、会いたくてたまらなくなった。離れて久しいから。ほかの者たちは、血をたぎらせた。

みなが時間を気にしていない様子なので、マティアスは、自分の卵形の大きな時計を覗かねばならなかった。「さあ、もう潮時《しおどき》だ」とマティアスは言った。「あすの夜は、今晩みたいにはぐっすり眠れないぞ」

夜は長くなかった。一年で一番夜が短い時期だ。三時半には空が白みはじめたのが、壁と屋根のすきまからうかがえた。マティアスは、みなに出発の合図を送った。

峠に達する前の最後の上り道。水の流れや亀裂、崩壊箇所が多くあって、道はまっすぐではない。泥がかぶさっているからだ。さらに山のこちら側は、向こう側ほど開拓されていない。太陽の恵みが少ないせいだ。

時々、発破《はっぱ》をかけたような音が聞こえる。正しい道を間違いなく歩いているか、自分でも確信が持てない。雪に塵《ちり》がかかって、表面が黒くなっている。

列の先頭を交代しながら、一歩一歩進んでいった。それくらい疲労が激しい。膝や腿のあたりまで埋まるときもある。

マティアスを担がねばならなくなった。代わる代わる担いだ。

道すじをつける役、マティアスを担ぐ役が交代する。担ぎ手は二人なので、彼はふた組の肩の間に高く持ち上げられる。ほかの者より高いため、遠くからでも目に入る。白あるいは黒の斜面が背景だ。白いときは黒く見え、黒いときは白く見える。

山頂、尖峰《せんぽう》、針峰《しんぽう》、それに尾根や岩壁が絡みあって、大きく悲しげな影を落としている。——彼らは晴天の下を旅しているが、季節はずれの寒さの中の旅でもある。

ちびのゴットフリートの遺体を見つけた一人が、メンバーにいた。発見した場所を指さす。再び怒りが、彼らを奮い立たせた。最後の力を振りしぼって、顔や肩を前へ突きだす。

足元の傾斜がなくなってきた。すでにわずかな日差しが、顎の下まで当たっている。太陽の階段を一段ずつ登っているようなものだ。各自の脇腹に、次々と日が当たる。目の前の小さな湖から、照り返しが送られる。雪の量が減った。どんどん減っていく。そして全部なくなった。突然、目の前に湖が姿を現す……

さらに歩き続ける。止まることなく、足をできるだけ速く動かす。——そして、一斉に立ち止まった。

ちょうどそのとき、谷の奥のどこかから、鐘の音が聞こえてきた。大きな鳥が、翼で円を作りながら、虚空を舞っていた。ちょうどそのとき、ひと声鳴いた。――みなは、広大な湖の前にいる。水面全体が日光に輝く時刻だ。その向こうにある物が、一つ一つと見えてくる。少しずつ出てきて、ついに全貌を現す。

大きな鳥は、円を描き続けている。彼らは動くことなく、しばらくそれを眺めている。一人が何かを指さした。大河だ。マティアスが、その名を告げた。

こうして眼下に、作物は豊富だがくらしは貧しい土地の全景が見えてきた。自分たちの方は、土地は貧弱なのにくらしは豊かだ。豊かな土地で豊かに暮らしたい、とみなが願っているのに、山があるだけで、人は隔てられている。

彼らもまた、隔たりに気づいた。それと同時に、土地の豊かさをうらやましく思った。だが、すぐにそれも消えた。ここまでやって来たのだから。これから下りて、復讐する。――復讐する理由が、今は突然、二倍になった……

急ぐ必要はないので、長い休憩をとった。腰を下ろして、ほどよく湿った大地に身をあずけた。そうしていると、眼下の物が、次々と見えてくる。水より軽いものが、水面を突き破ってくるかのようだ。

村々、大河、そこへ流れこむ谷川、平原の奥の端にところどころ突き刺さっている岩山、影、光、窪み、隆起した箇所、何もかもだ。――それらの出現にかまうことなく、彼らは黙って横たわっている。まるで地図の前にいるかのようだ。マティアスは教師のように、伸ばした腕をその地図の上で行き来させながら、主要地点を指したり、方角を告げたり、村の名を教えたり、自分が以前に通った道を示したりした。そのあと、切れ切れにしか見えないものの、これから自分たちが通るべき道を指さした。

道を下った先のその村も見えはしないが、場所は簡単に特定できる。稜線の背後に、窪みを発見したからだ。巣の中にあるかのようだ。

教師が持つ棒のように、マティアスの手が再び伸びる。そして言った。「さあ、あそこだぞ！」

彼らはもう一度袋を引き寄せ、できたてのプラムブランデーあるいは熟成したチェリーブランデーの入った水筒をまた回してから、横になった。

そのうえ、自分たちが完璧に安全な場所にいることを承知している。山のこの高度でこの季節では、不意を襲われる心配などない。食べかつ飲んでから、背中や脇腹をつけて寝そべる。すぐ目の前を通って上空へと向かう小さな雲を眺めている者もいれば、膝の間から広大な下界を覗いて遊んでいる者もいる。両膝の開き具合によって、遠くにも近くにも見える。

そうしているうち、昼になった。太陽の輝きが一番強い時刻だから、靄は跡かたもなく消えた。空気が澄み渡ったので、自分たちに近寄ってきたと思うくらい、何もかもがはっきり見える。

マティアスは言った。「行くぞ！」

石ころだらけの中を歩いている。屋根のない家のような岩塊の間を進み、牧畜小屋のそばを過ぎ、岩壁を伝う。長い点の連なりが、巨大な岩壁の側面に、長時間掛かっていた。アリの行進のように、壁を何度も何度も横ぎる。下の森林地帯までたどり着いた。

ここはもう、夏がすっかり支配している。ミツバチやいろんな虫がいるし、苔も生えはじめている。

彼らは道から外れた。正しい方向を確かめながら、小さな谷を下りていった。

また何度も、マティアスは担がれた。だんだん、午後から夜へと変わっていく。枝の間から光を注いでいた太陽がぐっと傾いて、下から差しはじめた。黙りこくった彼らの歩みが遅くなる。松林の中の急坂に達した。林のはずれに生い茂っている藪《やぶ》までは、滑り降りさえすればよかった。みなはそこに並んで、しゃがみこんでいる。折った枝で、寝床まがいの物をこしらえている……

今いるところからは、帽子をかぶった人たちの姿が見える。男か女かもわかる。鐘楼《しょうろう》の鐘もよく見えた。大きく揺れてから、音が聞こえてきた。

勢いよく鳴っていた鐘がやむ。それから、鐘つき男が鐘の舌を三回揺らすのが見えた。一打、また一打、さらに一打。

そのとき、窓に最初の明かりがともった。

下から微風が吹きはじめた。子供が泣いている。なかなか泣きやまなかった。明かりが消えた。

消されていない明かりが、一つだけあった。窓の前で揺れている枝のせいで、小さな灯台のように、見えなくなっては現れ、また見えなくなった。

III

ベッドの脇にランプを置いたあと、彼は思った。〈消すことにしよう〉しかし消さなかった。ベッドに横たわったが、座り直し、そしてまた横になった。

またベッドに腰をかけた。服は着たままだった。上着をとると、寒気を感じた……俺たちの間に山があったから、隔てられていた。しかし、今なお隔てられているし、これからも隔てられたままだろう。

顔のすぐそばで、ランプが燃えている。げっそり痩せたのがわかる。手と足を組んで、ベッドに仰向けになった。顎ひげの上にある目が輝いていなければ、死んだと思われるかもしれない。

骨ばかりが目立つ顔を、ぴんと張った皮膚が覆っている。湿らせて型取りした皮のようだ。短い顎ひげは縮れているし、髪の毛も縮れている。

長い間じっとしていた。今夜もまた眠れない。人生について考えた。人生とは難しいもので、心にいろんなものが詰まっているときは、なかなか幸福になれないことに気づいた。休息の恵みは得られなかった。眠りたいと願ったが、この最後の夜も眠れなかった。壁の梁を食っている虫だけが、穴の奥で、時計のチクタクに似た音を立てている。

うまくいかないのは俺のせいか、それとも世の中のせいか。

木を食う虫が立てる小さな音以外は、静まりかえっている。多分、今あるものだけで満足するべきだったのだ。身体を動かす。片方の腕を引き寄せて、頭の下に入れた。理解しようとする。とてつもなく難しい。多分、重要なこととそうでもないことがある。だから、どちらかを選ぶべきだったのだ。

手は二本しかない。二本しかないのだから、子供みたいに、一度に全部とろうとしてはいけない。

だが、あの人、哀れなくらい年をとった人、自分を産んでくれた人なら、とるべき道を教えてくれるのではなかろうか。こうして最後の最後になっても、夜こっそり母に会いに行った。しかし、母も言う。「選ばなくてはいけないよ」ああ、隔たりよ！　何もかもが折り合ってくれない。自分の好きなものと、両想いにならない。夜、母のもとへ通った。最後の晩になっても。せめて別れを言いたかったからだが、遠くから姿が見えると、ドアを閉められた。

これまでずっと、そして今なお一緒にいるものからも、まもなく隔てられることになる。太陽をはじめて目にしたときと同じだ。まずは目をくらまされてこそ、太陽は親しい存在になる。大地はといえば、まずは足元にしっかり横たわっているのがわかってこそ、我らの大地になる。

馴染みの土地やものとの別れだ。それらも母親のようなもの。大地は、今もなお母親だ。

周囲の木々を、もう一度目に浮かべる。こちらにある木、家の形、言葉、服装がどのようであるか、思いをこらす。

今は自分のものであるこれらすべてが、もう自分のものではなくなる。それらに「知らない」と言うだろう。すべてのものに、「おまえのことなど忘れた」と言うだろう。

「おまえたち（物に対してだ）のことは忘れた。誰かもわからない」

ラバ、牛、あらゆる動物も同じだ。〈おまえたちのことは忘れた。俺は消えるよ。帽子をかぶったら、お別れだ〉もう道を上っている姿を想像する。すると、あれらの物が、自分からこぼれ落ちていく。目に浮かぶのは、朝の光景だ。屋根が崩れている。桜の木、プラムの木、洋ナシの木はどれも、一本一本に名前をつけているほど熟知している。背後で、それらの木が伐採されている気がする。あとずさりするように倒れる……

最後の夜もなお、こんなことが頭を去来した。わら布団の上で、うつ伏せになっている。ランプは、すぐそばだ。彼は目を大きく開けている。虫が木をかじる音が、またかすかに聞こえた。

突然考えた。〈もし行かなかったら?〉

腰かけた。今何時か、はっきりしない。何時でもかまわないが、この季節の夜は短い。夏の夜は、すぐに終わる。時の動きを止めたかった。せめて考える時間を残してくれれば。――もう全部の時間は無理だろうが。もし行かなかったら?――そのあとのことは、よく承知している。そのことがすぐに浮かぶ。みなは、牛につけるカウベルを、倉庫へ取りに行くだろう。首輪のように牛に巻きつけるのだ。ふだんより早く起きるだろう。自分も早く起きて、表へ出るだろう。

早朝の戸外の光景が、はっきりと目に浮かぶ。はじめはグレーだが、色は急速に変化する。変わっていく色彩の中を、みなは進む。自分も一緒に進んでいる。――だがそのとき、別の隔たりが始まる。村人全員に同行している間に、あの子、あの子だけが、ちがった方向へと立ち去っていく。――そのため、互いが一歩踏みだすごとに、距離が広がる。あの子は、山の高みまで登っている。俺の方は、顔をそらせて、あとずさりしなければならないだろう。どんどん顔をそらせ、どんどんあとずさりしなければならないだろう……

そんなことはできない。もうすぐみなは、カウベルを取りに行く。放っておくことにしよう。

起き上がって、裸足のままで部屋のあちこちを歩き回ると、また横になる。もう待つしかない。

待つのだ。みなは夜明けとともに起き、まずは家畜につけるベルを、それぞれ急いで取りに行くだろう。俺はこのまま寝ていることにする。

そうしていると、実在しない音が脳の奥から聞こえたのか、それとも戸外からの現実の音なのか、はじめはわからなかった。

しばらくわからなかったが、そうだ、幻ではない。小刻みに打たれる朝一番の鐘の音が聞こえてきた。ランプの灯りが、どんどん暗くなっていく。

IV

戦乱の時代のように、空が赤かった。戦乱の時代は、いつも空が真っ赤に染まっていた。これは戦争の前触れ、と伝えられている。

群れを行かせてからすぐに戻ってくる、とフィルマンは娘に約束していた。

娘は息を殺し、つま先立ちで、まずは窓の外を眺めた。そして、大きく胸をなでおろした。マニュを見つけたからだ。いつもしているとおり、姿を見られないように窓ガラスの端から覗くと、彼がいた。マニュは、積み重ねた梁の上で待っている。

うれしくなったが、ぬか喜びは禁物だ。忘れてはいけないことが、まだたくさんある。

みながカウベルを取りに行く時刻になった。それをベルトで、牛の首に籠のように巻きつける。ただし、一番重いものは、二本の手だけでは難しい。

カウベルがあちこちから響きだし、次々と近寄ってきた。乳搾りが終わった。女たちは、台所でスープを作っている。

いつもとちがう色の空に向かって、いつもの煙が立ち昇った。視界を遮らないくらいの、きれいなブルーだ。

――娘はといえば、相変わらず窓ガラスの向こうにいる。忘れものがあってはならないからだが、何も忘れてはいなかった。

煙を眺めた。一本、二本、全部で六本、四角形の太い煙突の上に出ている。みな同じ方向へ流れている。それを娘は見ている。まだ谷風だけで強風ではないが、日が昇ると、きっと勢いを強めるだろう。みな同じ方向に流れている。だから、彼を行かせるべきは、下の方角だ。

目を転じると、マニュは身動きしていなかった。白くなったワッペンを相変わらずつけ、膝に腕を回して、積み重ねた梁の上にじっと座っている。顔を窓に向けたまま、合図を待っている。

みなは動き回っていて、真っ赤な空に気づくどころか、眺める素振りさえ見せない。あの人たちも、するべきことがたくさんあるのだ。家畜に水を飲ませたら、身づくろいをしなければいけない。女も子供も。

あちこちのドアが、開いては閉じる。女の子が走っている。

走っていると、呼びとめられた。ミュトリュが家から出てきた。女の子は振り返ると、笑いながら返事をしたが、足が止まることはなかった。

今度は、燕尾服を着てネクタイを三重巻きにしたバティスト爺さんが現れた。その姿も、娘は見ている。全部見ている。

杖をついたバティスト爺さんが、一番に出発する。慎重な先導役だ。

五時の鐘が鳴る。あちこちから聞こえるので、正確に数えるのは難しかった。まずは、ほかの鐘が発する音と聞き分けねばならない。幸いなことに、大時計が二度、時を告げた。鐘が次々と鳴っていく。興奮したのか、一頭の雌牛が、戸口に首をこすりつけている。鞭《むち》を受けると、速足で動きはじめた。

それから、太陽が見えてきた。あまり早くは顔を出さない。まず山脈の頂に達してから、その光は背後の斜面を、苦労しながらゆっくりと這い下りてこなければならない。だが突然、しかるべき場所に跳び移る。正面に見える屋根の上方と片側の色が変わったことに、娘は気づいた。

屋根の影が、小道にいる動物たちの背中にかかっていった。表へ出た動物たちは、二頭ずつ、また二頭ずつと列を作る。家畜小屋は、どこも空になる。同時に、人家も空になる。

男、女、子供たちがいる。男が先頭で、妻が従い、子供たちは棒を持って走り回る。あちこちから続々とやって来る人や動物たちが、音の波を作っている。一か所に向かって、どんどん近づいている。

動物の群れが集まるのは、教会の広場だ。最後の小グループが通るのを、娘は目にした。

遅れてやってきた女が、まだいた。息を切らせて走りつつ、スカートのポケットの中へ、複雑な形のばかでかい鍵を押しこもうとした。鍵はうまく入らない。やっと入った。

広場では、まだしばらくの間、大音響が渦巻いていた。まだ出発していなかったからだ。娘は急いでマニュへ目をやったが、こちらは問題ない。煙を見上げた。予想どおり、風が強まってきた。こっちも順調だ。次は空。雲は、ちょうど村の真上、軒の真上まで来ている。まるで目標地点を示しているかのようで、これまた順調だ。それでも娘はおとなしくしている。歓声をあげたくなるのを堪《こら》えている。立っている場所を変えようともしなかった。

そして、鐘が派手に鳴らされる時刻になった。それを合図に動物の群れが歩みを始め、全村民があとに続く。拍子がとられ、リズムが刻まれた。たくさんの小さな音楽が混ざりあって大きな音楽となり、よくバランスのとれた、見事なハーモニーが作り上げられる。もともとかなりの音響だが、急にもっと大きくなった。村を出るときだ。もう遮るものがないから。山のふもとで、音はさらに大きくなった。山に反響して、いろんな和音が同時に聞こえる。不思議なことに、その中から鈴の音がする。ちりん……ちりん……響きは鈍く断続的だが、いつも同じ。ちりん……

周囲の音は伴奏役に回り、徐々に小さくなる。鈴の音がますます響く。それは、大きく膨らんだ錬鉄製の鈴だ。

下の方は閉じられていて、狭い出口が一つあるだけ。その中で、粘っこい音を立てる。もう何も聞こえなくなったと思うと、また聞こえてくる。間をあけて響く。

一回だけ……しばらくして、また一回……それから、もう何も聞こえない……

いや、もう一回。ちりん……彼方から。

娘は静寂に耳をすませる。部屋や階段の気配に耳をすませる。急いで木製のかんぬきを外すと、椅子に上った。フィルマンが戻ってくることになっているからだ。だが彼は戻ってこない。

怖くなって、また耳をすませた。やはり彼は戻ってこない。

階段を下りる。ドアを叩くが、何の反応もない。

ドアを叩く。「フィルマン！　フィルマン！　いるの？」

何も返事がない。こう言わなかったら、彼はきっと自分のところには来なかっただろう。

「ねえ、あなたを待っているの……ねえ、約束してくれたわよね」

そのとき、彼がわら布団から起き上がる音が聞こえた。

再び階段を駆け上った。窓を開け放した。積み重ねた梁の方を向く。そこにいるマニュに合図する。すぐにやって来た。大急ぎでやって来た。娘は彼に、どの方向かを示した。風が下の方から吹いているので、下の方角だ。

「わかった？」

マニュはうなずいた。

娘は部屋の中央まで戻った。彼は来ると言っていた。人柄はよくわかっている。きっと来るだろう。そして実際、彼はやって来た。娘は駆け寄ると、首に腕を回して抱きしめた。

「これで、あなたは私のもの！」

さらに言った。

「これで、あなたは私のもの、そして、私はあなたのもの」

身体を引き寄せて、抱きしめた。——今度はもう彼は拒まなかった。

娘は彼から目をそらさず、あとずさりした。よろめいたので、支えてもらった。さらにあとずさりした。かなり具合が悪くて、足元がおぼつかなくなったかのようだ。

彼は、娘の脇の下に両手を入れた。支えられた娘は、首をかしげたまま、彼の方へ口を寄せる。少し開いているので、歯が輝いているのが見える……

突然、彼は言った。

「何か聞こえない？」

娘は答えた。

「それがどうだっていうの」

さらに彼に近づいた。首を肩に乗せた……

そのとき、大きな叫び声がした。

「大変だ！　大変だ！」

今度は、村中にはっきり聞こえるような叫び声だ。彼はいきなり立ち上がって、言った。

「何かが起こったにちがいない」

「それがどうだというの、フィルマン。私たちは逃げるのだから……」

彼はそのまま耳をすませるが、何も聞こえなくなった。

「フィルマン！　フィルマン！　あなたが好きだから……」

「火事だ！」

別の声がする。男の声だ。娘は窓から、大きな煙が立ち昇っているのを見た。空全体を覆いつくさんばかりだ。

「火事だ！　火事だ！　火事だ！」

誰かが声をかけながら、通りを走り回っている。フィルマンが表へ出ようとする素振りを見せると、娘は身体を投げだして、抱きついた。首筋に全体重をかける。

「フィルマン、私が嫌いなのね。そうでないなら、燃えるのは放っておいて」

そのとき、坂の上で、コルネットが三度鳴った。——誰が吹く音か、彼にはわかったにちがいない。また、こう言ったからだ。

「何か聞こえない？」

しかし、娘は答えた。

「それがどうだっていうの……それがどうだって……」


マティアスが合図を送ると、みなは互いに間隔をあけつつ、急いで半円状に広がった。

マティアスは、コルネットを手にとった。打ち合わせどおり、コルネットを三度吹いた。再び吹き口の先をくわえた。聖人の絵を持ってきたときと同じだ。指輪やネックレス、縫い糸や針、聖水盤を持ってきたときと同じだ。それは冬、春、それに晩秋だったから、青かグレーの空が少しのぞくだけだった。——今は空が赤い。

赤い空の下、コルネットを口にくわえて、三度吹いた。煙があちこちで上がっている。

煙が来る、やって来る。何もかもが包まれた。ついにマティアスは、どこへ行くべきか、急いで彼らに指さす……

階段を上る足音は、一つに聞こえた。

フィルマンが振り返った刹那、肩の一撃をくらったドアが、真っ二つに割れた。

V

牛たちの戦いが始まってまもなく、男の子が息せき切って駆けつけた。群れを女たちに任せて、男たちは駆けだした。

村へ着くと、火はちょうどフィルマンの家にかかっていた。入口に吊り下がっているフィルマンの遺体を目にするのがやっとだった。殺されたのか、自分で首を吊ったのかわからない。

近寄ろうとすると、炎が襲いかかる。四方からも下からも、襲いかかってくる。

高台の地区まで戻ってから、鐘の方へ向かった。助けを呼ぶために。

くしゃみ、そして目から涙が出る。煙のせいだ。鐘は当初、思うように動かなかったが、全力で綱を引っ張った。鐘の舌が前に動いて、最初の音を打った。

この音は、ほかの村への知らせだった。それはまた、山へも向かい、さらに山腹を登った。――しかし、みなはもう、彼らの姿を見ることはできない。森の中へ入っていたからだ。

山腹脇の森の小道を進む一団を、誰も見ることができなかった。その中にいる娘も。身体を抱きかかえられ、二本の腕にしっかり支えられている。そのうしろでは、三角帽の男が、うつ伏せに倒れている。そのずっと下にいる別の男、大顔の男のことなど、なおさら誰も気づかない。彼は一歩進むごとに転んでは、また歩く。

転んでは立ち上がる。また転ぶ。顔に溢れた涙が、まっすぐ顎まで垂れ落ちる。皮膚がすべすべしているから、止まらないのだ。

山腹は、かなり広い。彼は、広い山腹のずっと下にいる。目で追っていくと、上はあまりに高いので、首をかなり後ろにそらさねばならない。――マニュは顔を上げる。そらす。ひっくり返ってしまいそうだ。

歩きだした。転んだ。

立ち上がる。歩きだす。また転ぶ……

アルプス高地での戦い

La Guerre dans le Haut-Pays

第一部

I

彼の前には、一枚の紙、そして縁の欠けた古い白陶器製のインク壺がある。ペン先で顎《あご》ひげをつついている。韻が浮かばない。

まだタイトルの〝シルヴィーの饗宴〟と二行の詩句しかできていない。それだけだ。見てのとおり、三行めに進むには韻を合わせる必要があるが、それに苦労している。壁に韻がかかっているのでは、と期待するかのように、周囲を見渡しはじめた。

山小屋風の家の広い寝室。全部木でできていて、天井はかなり低く、小さな三つの窓は、くっつきそうなくらい間隔が狭い。

片側には、少なくとも四ピエ（約一・三メートル）の高さはある大きなベッドが据えつけられている。その下に、キャスター付きの簡易寝台が入っている。夜、それを引き出す。その正面には、もっと小さなベッドが二つある。隅にある灰色の石製ストーブは、台所の暖房と兼用だ。ほかに、不格好な椅子が二つと、脚の曲がった柏《オーク》のテーブルがある。――そのテーブルの前に、ドヴノージュ先生が座っている。四方を見渡しながら、韻を探している。

相変わらず見つからないので、すでにできている二行を読み返した。

　この気候は好都合ではないが、
金髪の女神よ、おまえの海の気候は……

おわかりのとおり、シルヴィーをビーナスになぞらえ、古代世界と近代世界、ギリシャの海とヘルヴェティア（スイスの古名）の山々を融和させようと考えている。壮大な野心の持ち主だ。しかし、彼も感じているように、それはまだ野心にすぎない。いつか現実の形をとる日が来るだろうか。

金色の額縁に入れて壁にかけてあるドリール神父（フランスの聖職者、詩人）の肖像画を、悲しげに眺めはじめた。〈まったく残念だ〉彼は思う。〈ブリデル（ヴォー地方の牧師、詩人）さんの選集に、この詩を送りたかった。あの人の信条と合っているから、きっと採用してくれただろうに〉

しかし、彼の生活は容易ではなかった。その言い訳を探すと、望むだけ、あるいは望む以上にも出てくる。既婚者で貧乏、五人の子供、太った口やかましい妻、なめた態度を見せる学校のがきども、霊感が下りてきそうな瞑想の時間など、一分たりともない。

そのとき、本物に敬意を表して（ジャン＝ジャックのヒロインだとすぐにピンとこなければならない）ジュリー（ジャン＝ジャック・ルソー作『新エロイーズ』の主人公の名前）と名づけた末娘、そのジュリーちゃんが泣きだした。次男のエミール（これもルソー作『エミール』の主人公の名前）も、すぐに続いた。子供はみな、台所で洗いものをしている母親の周りにとりついている。ドヴノージュのおかみさんは怒りだす。次々に平手打ちが飛ぶと、子供たちの叫び声が倍加する。哀れな教師は、それまで以上にカリカリして、顎ひげをペン先でつつきはじめた。目から涙が流れている。ドリール神父は、額縁の上の方から、意地悪そうな視線を向けている。彼は、こう言っているかのようだ。

「可哀想に、ドヴノージュ、おまえは永遠に偉大な詩人の仲間にはなれないな」

言葉なんて、うんざりだ。いい天気じゃないか。そのとおり、いい天気だが、このように心が集中しているときは、上天気にも気づかぬものだ。

〈〝好都合な〟〉ドヴノージュ先生は考える。〈〝好都合な〟……〝艶やかな〟、〝オデッセイア〟、〝可能な〟、韻を

踏んでいなくはないが、どれもぴったり来ない……そして、音の響きも……〉

立ち上がりたかったが、妻がいるので、押しとどまった。不機嫌は妻に向けられる。なにもかも〈理由がないわけではないが〉あの女のせいだ。

ちょうどそのとき、自分を呼ぶ声がした。知らんぷりをする。人は、自分のできる範囲で復讐するものだ。

もう一度呼ばれた。叫び声はずっと大きくなったが、相変わらず動かない。〈ああ！〉心の中で念じる。〈叫んでいろ。好きなだけ叫び声を上げるがいい。俺が返事をすると思うならな。とにかく、調子が出ないのを俺のせいばかりにするのは不当だ……消え失せろ、妖怪婆あ！　空っぽ女、心かさかさのデブ！〉

最後まで念じ終わらないうちに、ドアが開いた。

「どうかしてるわ、どうかしてる！」

今度は立ち上がった。ドヴノージュのおかみさんが、目の前で赤くて太い腕を振っている。石鹸水のために、指の先が真っ白にふやけている。

「もう四度も呼んだのよ……牧師様がいらっしゃってる！」

「牧師様が！」

「そのとおりよ、姿が遠くに見えたから、あんたを呼んだけれど、聞こえないふりをしていたでしょ！」

もう聞いていない。表へ駆けだした。実際、黒服姿の人物が小道を進んでくるのが見えた。

あの時代、牧師というのは、非常に恐ろしくかつ非常に恐れられた存在だった。今日《こんにち》のように、魂だけを受け持っていたのではない。人々の素行を公的に監視する、行政官めいた役割も担っていた。哀れなドヴノージュは、恐怖に震えている。〈我が家の内情をご存じなければよいが！　サビーヌの叫び声が聞こえてなければよいが！〉

前へ進むと、深々とお辞儀しながら、牧師に近づいた。小道は急な上り坂になっている。暑いので、牧師は三角帽をとった。背は高く、肩はがっしりしている。顔は赤い。かつらをかぶり、胸飾りつきの僧服を着ている。

ドヴノージュの息が荒くなった。額の汗を拭《ぬぐ》う。

「やあ、ドヴノージュさん。あなたにお会いしたいと思ってやって来ましたが、幸いなことに、苦労の甲斐《かい》があったというものです」

「そんな！　牧師様」ドヴノージュは答える。「お目にかかれてうれしく光栄に思うのは、私の方でございます」

言葉がなかなか見つからない。それほど気が動転していた。こんな挨拶がとりとめもなく交わされたが、それでもまもなく二人は歩きだし、家に入った。

奇跡が起きたかのように、台所はもぬけの空になっていて、物音一つしない。ドヴノージュのおかみさんが立ったまま、食器だらいをこすっているだけだ。

偶然のように振り向き、牧師を見つけて驚いた様子を見せた。

彼女も駆け寄り、エプロンで手を拭きながら、深くお辞儀する。牧師は微笑んだ。

「失礼しますよ、奥様！」

部屋の中を眺めた。完璧に片づいている。

「あなたこそが主婦の鑑《かがみ》、と教区民たちが絶賛していますが、その証《あかし》を目にすることができて、とてもうれしく思います」

かなり遠くの納屋の方から、小さな叫び声が上がっているのが、かすかに聞こえた。意識して出しているものか、それとも思わず出ているものか、どっちにもとれる。

二人の男たちは、ドヴノージュの部屋のドアを閉ざすと、長い時間そこにとどまっていた。再び姿を現しても、ドヴノージュのおかみさんはまだ石鹸で洗っている。しかし叫び声は、ますます明瞭かつ甲高くなっている。

幸いなことに、牧師様は気づいた素振りをお見せにならない。かなり急いでいらっしゃるご様子だ。ドヴノージュのおかみさんに向かって軽く会釈し、指の先で夫を指さすと、もう表へ出ていた。身体を二つに折り曲げたドヴノージュがあとに続く。

戻ってくると、顔が真っ青だ。ドヴノージュのおかみさんは洗いものをやめる。

「何て言われたの？」尋ねた。

腰に手をあて、首をそらせて振り向いた。彼は返事をしない。

「ああ！　そういうこと！」また言った。「つまりあなたは……」

ここでやめた。ドヴノージュはいなくなっている。

家のドアが開いたままなのを忘れていた。彼は一、二歩歩くだけで、表へ出られた。これが最上の方法だ。家や村とは逆側の斜面へと逃げる。そこなら、もう人目を気にしなくていい。誰にも見とがめられない。妻を気にして最初は急ぎ足だが、もうどんどん速度をゆるめている。

納屋の叫び声は、ますます大きくなっている。〈ちょっと待って！〉とドヴノージュのおかみさんは心の中で口にするが、開けに行かなかった。そのとき、ドアを蹴る音がしだした。叫び声も聞こえる。「ママ！　ママ！」〈開けてって、お父さんに頼みなさい！〉心の中で言う。〈あっちはヒマだけど、私はそうじゃない〉

これが物語の第一場だ。ドヴノージュは、そこからどんどん離れていく。

山上は晴れていて、空は真っ青だ。左手の彼方に、尾根が白くそびえている。吊り下がった氷河と、頂上を覆っている雪のために。一方、陰になっている下の方は、亀裂が入ったり割れたり崩れたりして房のようになっているので、黒い岩の間では青く見える。

ドヴノージュ先生は首を振る。そして思う。〈しかし、俺はできることをしているだけだ。あの方が言う〝俺の思想〟とは、どういう意味だろう。思想を抱く権利くらいはあるのでは？　そして俺の生活態度は？　問題ない……スパイがいるんだろうか〉ドリール神父の肖像画を、不安そうにみつめた。〈あれを隠す必要があるだろうな。テーブルの上の書きつけも、片づけていなかった。タイトルを読まれたかもしれない……俺が詩を書いて

男にとって、それはまさに難しい時代だった。動きがどんどん激しくなる。生きる糧《かて》を稼がねばならない哀れな
〈俺はおしまいだ！〉また考える。首を振る。
いることを、知られてしまうな！〉

II

それは世界中で大混乱が起きた時代だった、と言わねばなるまい。私たちは狭く閉ざされた谷の中で暮らしているが、それでも間違った思想がいつのまにか入りこむのを防ぐことはできない。近隣で起こっている混乱に、多少なりとも影響される。

湖から遠くない場所では、なおさらだ。空気の暖かさやブドウでできたワインが、人々を新奇なものへと駆りたてた。こうしてしばらく前から、人権、万人の平等、市民の自由な合意によって成立する共和国、といった言説が流布している。

ちなみに、ここ高地は、ベルンの住民、すなわち貴族側と同盟を結んでいる。しかし、彼らに不満を持ついわれはない。その逆だ。特に若者たちの中にいる数人の例外を除いて、みな旧来の思想や慣習に強い愛着を抱いている。

高地の住民というのは、生まれた土地に似て、厳しく頑固な種族だ。柔軟さよりも辛抱、俊敏さよりも一徹を旨としているので、昔からの信条に取って代わろうとする曖昧な思想には警戒心を抱く。神様が一人、そして殿様が一人必要だ。聖書の神様はいる。殿様もいるが、かなり遠くに住んでいるので、ほとんど煩《わずら》わされることはない。はるか彼方、北側のベッカ・ドードン山の先に、我らが領主様と呼んでいる人たちがいるが、あまり見たことがない。代理人を置いてはいるが、自分たちが選んだ代理人だ。ほかは勝手気ままに暮らしている。好きな

ときに干し草を作り、好きなときに木を切り、好きなときに牛の乳を搾《しぼ》る。こんな具合に、ずっとやってきた。自分たちも父も祖父も、さかのぼれる限りはるか昔から。この方が、パリで印刷された紙に書かれた全然意味のわからないものより価値があるのではないか。湖畔の住民たちがこの新奇な思想に触れてみたいと思うのは、いっこうにかまわない。だが、俺たちはいやだ。俺たちは今、聖書の十戒を注釈つきで学んでいる。聖書の教えを、家で毎晩読んでいる。いつか最後の審判の日が来たら、それぞれ職業によって審判が下るだろう。天国に行く者もいれば、地獄行きもいる。それまで大事なのは、よい行いをすることだ。あとはいわば、口先にすぎない。俺たちには信仰がある。それで十分だ。だから、これまでずっとやってきたまま続けよう。世間で起きていることに関知しないようにしよう。きっと悪魔に支配されているのだ。だが、幸いなことに、俺たちはそれから逃れている。奥まった谷にいて、流入を止めるのは簡単だから。

こんなふうに、ほとんど誰もが考えていた。しかし、一枚岩ではない。すでに新思想は、この教区の中にも賛同者を得ていた。とりわけ、ピエール・アンセルモという名の男がそうだ。フランス軍に長く勤務し、五、六年前に故郷へ帰ってきた。そして、腐ったリンゴがまわりのリンゴを腐らせるように、周囲に悪影響を与えはじめていた。

その朝彼は、アブラン・ニコリエの店のテーブルについていた。みなはそこを〝呑《の》み屋〟と呼んでいる。この村には、食事を供する宿屋などないからだ。天井の低い一階の部屋にすぎず、ニコリエと妻の寝室が隣接している。

早朝だったので、アンセルモ一人だ。カルテット（約三百四十ミリリットル）の白ワインを注文した。半分空になった錫《すず》製のタンブラーの前で肘をついて、マリーを眺めている。店内を切り盛りする女中だ。今は掃き掃除をしている。

彼は何もしゃべらない。しゃべりまくる日もあるが、こうして口を開かない日もある。

このアンセルモというのは、おかしな男だ。背は低くて不格好、こけた頬、大きな鉤鼻《かぎばな》、ひげ剃《そ》りも入浴も一切しない。いつも微笑んでいる目がなければ、相手は恐怖心を抱いてしまうだろう。なぜなら、すこぶる醜く不潔なだけではなく、服装が、これ以上ないほど奇妙奇天烈《きてれつ》だからだ。軍服と平服が半分ずつで構成されている。そしてその朝は、庇《ひさし》のない略軍帽、赤い折り返しのある青い上着、ボタンのとれた褐色のチョッキを身につけ、高く巻き上げたゲートルからは、地元産の粗いウールでできた着古しの半ズボンがのぞいている。しかし、彼に言っても埒《らち》があかない。村中の人々、牧師さえもが説得に努めたが、無駄だった。時が経ち、全体のバランスが乱れ、毛織物のあちこちがたわんでこない限りは、決して装いを改めようとしなかった。彼はうれしそうに言う。「俺の服は、好きなときに俺から離れていくだろう。俺はそれを尊重するよ」結局、放っておくことになった。

その日も、ふだんどおり、真っ先にニコリエの店に陣取っていた。室内を掃除するマリーを眺めている。娘はしょっちゅう手を休める。貧血気味で、あまり丈夫でないのだ。

憐みと称してニコリエ夫妻が引き取った孤児だ。年齢に見合った以上の辛い仕事をさせられている。

どんどん天気がよくなっている。大きく開いた窓から、日光が斜めに入ってくる。窓の外には街道、そしてそこを歩くラバの群れが見える。あの時代にはまだ、現代のようなしっかりした道路はなかった。あまり立派とはいえない細道だけだ。そのため、あらゆる荷物は、家畜の背中に乗せて運ばれる。

突然、窓枠の一つから顔が現れた。

「ねえ！　マリー！」

箒《ほうき》を持ったまま、マリーは振り向く。「まあ！　あなたなの！」相手は続ける。「ところで、マリー」マリーは近づく。相手が話す声が聞こえる。「ダヴィッド・アヴィオラはもう来た？」

マリーがいいえと答えると、フェリシーはちょっとだけ悲しそうな様子を見せた。日差しの中で首を振る。みごとな金髪だから、額のまわりの髪の毛が黄金の輝きを放っている。その下に、丸い顔がある。大きな頰《ほ》っぺたは、幼児のようにバラ色で、すべすべしている。

「変だわね」フェリシーが言う。「十時前に立ち寄る、と言っていたのに。まあ、仕方ないか！」

立ち去ろうとする素振りを見せた。だがそのとき、声がした。

「どうした、フェリシーちゃん。けさはご機嫌斜めだな」

アンセルモだ。さっきから娘を盗み見していたが、それに気づかなかったのだ。にらみつけると、笑いだした。小さな目が、いたずらっぽく輝いている。

「何が望みだ？」彼は続ける。「人生は、何でも思いどおりにいくとは限らないさ」

娘は肩をすくめた。

「まあ！　あなたなの！」そう言うと立ち止まって、また肩をすくめた。マリーはもう掃除を再開している。

「まあ！　あなたなの」繰り返した。今度もまた、先を続けない。

「まあ！　あなたなの」アンセルモは口真似した。「この無礼者が！　誰に向かって口をきいているか、わかっているのか。バスチーユを占拠した、フランス王の軍隊の古株だぞ。望みさえすれば昇進もできたが、信条が許さなかった……これからは、礼儀をわきまえろ。二十歳に満たない小娘たちには、教え諭《さと》さねばいかん！」

半分冗談、半分不機嫌に話を続けようとすると、フェリシーはもういなくなっていた。

窓辺は空っぽだ。フェリシーはもういない。また遠くに、牧草地が見えている。アブランの店の向かいには家が一軒もないからだ。その牧草地の先に、山のふもとが現れている。

アンセルモはまた飲みはじめた。ときどき、上ではフィラールと呼ばれている網状のロープに結わえられた、大きな草の塊を荷鞍《にぐら》に積んだラバが通りすぎるのが見える。あるいは、それを背中にしょった男たちが、牧草地から厩《うまや》や干し草置き場まで下っている。

鉄製の鈴の音が聞こえてきた。音はどんどん近づいてくる。動物の首と同時に、男の姿が見えた。轡《くつわ》をつかんでいる。ダヴィッド・アヴィオラだ。

このダヴィッド・アヴィオラは、村の郵便屋だ。夏は週二、三回、冬は天候によって週一、二回、家畜を一頭連れて平野まで下り、夜か翌朝、また登ってくる。みなは彼が通るのを待ちかまえる。小包や手紙を渡すために。小道から彼の呼ぶ声が聞こえた。「何かありますか」上から、アブラン・ニコリエの声が答える。「いや、何もない」すると、店のドアが開いてダヴィッドが入ってきた。

アンセルモに気づいたのだ。二人は似ても似つかないが、ある特殊な理由のために親しかった。

ダヴィッドが近づいた。アンセルモと握手する。彼の前に座った。しかし、アンセルモがもう一つタンブラーを頼もうとテーブルを叩くと、ダヴィッドはジェスチャーで止めた。

彼は酒をほとんど飲まない。節制しているし、店に入ったのは、飲むためではない。だから首を振った。そして、少し身をかがめながら言う。

「なあ、ピエール。ずっとここにいるのかい？」

「一時間はいるな、なぜだ」

アンセルモは、またニヤニヤしだした。しかし、相手はためらっている様子だ。

再びアンセルモ。

「おまえが俺に隠すことなど何もないのはわかっているな。友達だから。そうだろ……あの子が来たかどうか知りたいのだろう。そうとも、やって来た。おまえがいなくて不満な様子さえ見せた」

「本当か」

「言ったとおりだ。でも、がっかりすることはない。また会えるだろう」

ダヴィッドが少し悲しげな様子なので、とりつくろおうとする。

「おまえがまたかなり遠くへ行くといっても、アントルロッシュまでだ！……あすの朝には、もう帰っているだろう。それに、わかるだろう、引き離された時間が長ければ長いほど、再会の喜びは大きい」

「俺はここに来ている、と約束したから。約束を守らない男と思うだろうな」

アンセルモはウインクしてから、ワインをぐっと飲んだ。

「話し合えばいいじゃないか」彼は言う。「たまの小さな諍《いさか》いなんて、どうってことない。仲直りの喜びがあるというものだ」

また笑った。ダヴィッドは何も答えない。

アンセルモは、彼をさらによく見ようとした。ダヴィッドが座っている場所は逆光なので、表情がよくわからない。

「なあ、ダヴィッド！」

相手は顔を上げる。

「まあ、こんなものさ。それでも下りるのだろう？」

「そうだが？」

「それでいい。だが、とんでもないことを言う奴らがいる。『あれは、いいところの息子、地方判事の息子だ。連中は、俺たちよりできがよく、思想もしっかりしているが、あのダヴィッドは、腐りきった低地の悪人たちのところへ通いつめている』と。俺なら、そう、何でも許される。だが、おまえはちがう。親父がいる。あいつの耳に入らないかな？」

だが、ダヴィッドは立ち上がって言った。

「誰が知ろうと知るまいと、かまうものか！」

「そのとおり！」アンセルモが応じた。

ふざけているのか真剣なのか、全然わからない。大事なことを話しているこの瞬間にも、また笑いだした。ダヴィッドは逆に、いつもの暗い表情を崩さない。しゃべっているときも、眉《まゆ》をひそめ、拳を前に突き出していた。

今アンセルモは黙っているが、もう口を開きはしなかった。

　ダヴィッドは背の高い、痩せた若者だ。首が長く、肩幅は狭すぎるくらい。日焼けしてはいるが、顔色は青白い。口ひげはかなり短く、目はらんらんと輝いている。

　やっと、首を振ってから話しだす。

「どういう意味だ。俺は正義が好きだ」

　これが沈黙を破って出た言葉だ。

「俺は正義が好きだ。あの人たちが自由について語るとき、万人に平等な権利という意味で使っていて、今のように富を独占している者とすっからかんの者との区別がなくなるというなら――俺は自由を信奉する！」

「静かに！」アンセルモが口をはさむ。「誰かに聞かれたら……」

　彼の小さな瞳は、これまで以上に生き生きと輝いている。めくれあがった唇の端から、歯のない歯茎がのぞいている。

「俺は、そうだ、そのとおり、と言うぞ。ただし、誰かに聞かれるかもしれない。一つ忠告だ、兄弟。このことは、おまえの胸のうちにしまっておけ。どうしても我慢できなくなったら、俺に会いに来ればいい。大いに話し合おうじゃないか」

　もう店から出ようとしながら、

「なあ、あの頃はよかったぞ。王、王妃、世継ぎというパン屋の一家（フランス革命時、パリ市民は国王一家をパン屋と呼んでいた）がいた。俺たちはその周りでダンスだ、信念があったからな。まさに、いつも話しているとおり……みんなは、はね橋を斧でたたき落として中に入り、何もかもぶっ壊した。そして俺、俺はといえば……」

　話が止まった。ニコリエが入ってきたからだ。ダヴィッドの方も、出発しなければならない。

アンセルモ、そしてニコリエと握手すると、ドアへと向かった。

つないでいなかったのに、ラバは動いていなかった。忍耐強い動物だ。荷鞍《にぐら》の上に、大きな布袋がのっている。袋の口は紐《ひも》で縛《しば》ってある。その中に、手紙とありったけの小包が入っている。その日は満杯ではなかった。もう満杯になることはないだろう。

ダヴィッドは轡《くつわ》をつかんだ。すでに鈴の響きは、日当たりのよい路上を遠ざかっている。

舞台は次の場へと移る。しばらくすると、四、五人の男たちがニコリエの店に入ってきた。すぐに政治を論じはじめる。あの頃は国中、政治の話しかしなかったから。

その中に、フェリシーの父親のジャン・ボンゾンがいた。彼は言う。

「うまく収まるさ」

不安がる者の気持ちがわからず、物事を実際より都合よく見てしまうタイプの男だ。

顔の丸いところは、娘に似ている。

「放っておけ」彼は続ける。「しゃべらせておけばいい。それが一番だ。みんな言葉だけで消えてしまうだろうから」

だが、経験豊かなモイーズ・ピテ爺さんは首を振る。

「去年の閲兵式のときの、キュラン伍長の事件を思い出してみろ……あと少しで、とんでもないことになるところだった。もしディズバッフ総督が我慢強くなければ、あいつの首は飛んでいただろう……キュランはもういなくなった、と言っても、あんな男は一人じゃない。きっかけさえあれば……」

彼らはそのときまで、アンセルモがいるのに気づいていなかった。隅で動かなかったからだ。一斉に振り返った。アンセルモは立ち上がると、かかとを揃え、背筋を伸ばして、軍隊式の敬礼をする。

「キュラン伍長は」叫ぶ。「ここにおります！」

奴はちょっとおかしい、と言われているのは、もっともだ、このアンセルモは。

III

フェリシーには、妹が三人いた。サラ、ジェニー、マドレーヌ。ボンゾン家は娘ばかりだ。広い屋根の、大きくきれいな山小屋風の家に住んでいる。正面は、日光や雨のために、しっかりスモークしたハムの表面のような色に変わっている。その上に、大文字でこう銘が刻まれている。

天と地を創造された全能の神の恩寵《おんちょう》により、幾世紀を経たのちまでも称《たた》えられますよう、アーメン。一七二三年、実直な男ジャン＝ピエール・モリヤンとその妻アンヌ＝マリー・タヴェルニエは、ダヴィッド・モリエ親方とジョジュエ・ティーユに依頼して、この家を建てた。

次に、聖書の唱句だ。〝神を恐れぬ者は、砂上に楼閣を築く。だが十戒は、風雨に挑む岩のごとく、永遠に効力を保つ〟

こんな唱句が三つ四つある。その下の家幅《いえはば》全体に張りだした梁《はり》に、刻んだような小さな装飾が彫られているのが見える。

正面の真ん中から上る階段は、左側をくりぬいて作ったドアまで続いていて、そこから直接台所に入ることができる。玄関階段の下には、ドアがもう一つ。厩舎に入るドアだ。家の壁には、備蓄用の薪《まき》が並べられている。これらは二番目の壁の役割を果たしている。かなり広い庇《ひさし》のおかげで雨には濡れず、風や寒気が家の内部に入るのも防いでいる。

だからジャン・ボンゾンは、家でぬくぬくとしている。しかも金持ちで健康。娘しかいないが、今の生活に大満足の様子だ。

みなは昼食に、ベーコン入りのキャベツ料理を食べた。朝のうちに火にかけておくと、日曜礼拝から帰ればできあがっている。いつものように、食卓は六人だ。石灰質の砂岩でできた暖炉は、灰がきちんと片づいている。その真ん中に、赤黒く燃える熾《おき》が見え、両手鍋が湯気を立てている。

フェリシーが行き来する。母親に代わって、家事を受け持つようになったのだ。

一時が鳴り、食事が終わった。ナイフをパンで拭いたジャン・ボンゾンは、それを折りたたむと、ポケットにしまった。あくびをする。眠い。

夏の日曜日、みなは昼食後にしばらく眠る。そのひまのある唯一の日だ。この日は働くのを禁じられているから。消化が始まると、暑さがさらにこたえて、眠気へと誘う。旧姓がモリヤン（家の正面に名前が記されているジャン＝ピエール・モリヤンの孫か曾孫）の妻も眠そうだ。家の中に午後の間ずっとこもっていたくなさそうなのは、子供だけだ。許しが出ると、すぐに食卓から離れた。母が尋ねる。

「どこへ行くの？」

三人は答えた。

「サビーヌとアンリエットが、来てと言っていたから」

母は言う。

「そうなの、じゃあ行きなさい」

十二歳、九歳、七歳の三人の女の子は、あわてて階段を駆け下りた。ジャン・ボンゾンが寝室に入ると、まもなく妻も続いた。

一人残ったフェリシーは、よそ行きのワンピースの上に、布製の大きなエプロンをかけた。そして袖をまくりあげると、鍋をつかんで両手で持ち上げた。

この年齢の少女にしては、かなりの力持ちだ。鍋に残った物を、流しの上の食器だらいにぶちまけた。湯気が立つ。すごい量の蒸気だ。流しの上に小さな窓があるが、日光はドア（たいてい開け放している）とこからだけ入る。スープ皿を洗いながら、この小さな窓から牧草地の斜面へ目を走らせる。あの人は、あそこを通るかしら。通らないかしら。

タブーセの森で二時に会う約束だ。村をつっきるのが一番の近道だが、ダヴィッドのことだから、多分大回りするだろう。

私も急がなくては。彼の姿は見えなかったが、おそらく抜かりはないだろう。こんなことには、慎重さが必要だから。それに、自分の仕事はもう終わっていた。皿の数はそう多くない。何でも同じ皿を使う。スープを入れ、それから塩漬けポークかジャガイモを入れて食べる。彼女は手を洗うと、エプロンをとった。鏡がないが、自分の部屋まで行くのはまずい。そのため、本当は結構おしゃれなのだが、手探りで髪の乱れを直した。

こんな日曜日の午後があって幸いだ。さもなければ、まだ公にしていないカップルは、どうすれば会えるだろう。だが、こんな午後は、みんな眠っている。ちょっと細工するだけで、誰にも怪しまれない。

音を立てずにドアを引いて、出かけた。

今いるところからも、すでに谷底が見渡せる。眼下にある野地板《のじいた》つきの屋根は、どれも銀色に輝いている。互いの距離はかなり離れていて、草がたなびく緑の面の至るところに散らばっている。二、三軒あるかと思うと次は何もなく、そしてまた二、三軒。谷底の平地に多いが、斜面のかなり高いところにもある。

実は、村など存在していない。この一帯を表す名前がないのが、その証拠だ。小屋が集まった小グループそれぞれが、名前を持っている。全体をまとめて一行政単位、というのが、正しい名称だ。便利だから、村と言っているだけ。かなり広い地域で、教会は真ん中にあるが、これも人里離れている。役場も同様だ。それ以外は、小集落が独立性を保っている。プランの住民、ムーランの住民、シーの住民、教会方面の住民、という具合に。ときどき集まって協議するし、日曜礼拝で会うことはあるが、ほかはほとんど没交渉だ。

フェリシーはプランに住んでいる。一番東、すなわち一番離れたところだ。谷底の窪みの部分で、南と北だけでなく、さらにその東側も山に遮《さえぎ》られている。ここからも上り坂が始まっていて、さらに進むと、かなり高い場所にある峠に達する。ベルンの人たちが住む地方へは、そこを通って行く。フェリシーは、すぐに牧草地の真ん中に着いた。まだいくつか家があるが、避けるのは簡単だ。さらに人里から離れて登り続けると、まもなくタブーセと呼ばれる小さな森のはずれが見えてきた。

二人はここを、待ち合わせに最適の場所として選んだのだった。誰かが偶然通りかかっても、ちょっと移動すれば大丈夫だ。このはずれには、隠れるところがいっぱいある。茂みの枝が地面まで垂れ下がっているから、小さな部屋のようなものだ。——そしてこの部屋には窓があるので、気づかれることなく見渡すことができる。ダヴィッドはもう着いているはずだ、葉が動いているから。そのまま前へ進むと、手と頭が見えた。しかしダヴィッドは出てこない。

自分から近づいた。彼は立ち上がって、手を差しだす。

「元気？」

「まあまあだよ。君は？」

二人は隣り合って座った。周囲の地面に、日光がさんさんと降りそそいでいる。

鳥が飛んできた。羽毛がグレーのツグミの雌だ。ちっちゃな顔を上げて、か弱い声で鳴く。そのたびに嘴《くちばし》が開く。

「ところで、うまく出られた？」

「見てのとおりよ」

「出る間際に止められたのでは、といつも不安になるんだ。まったくうんざりだよ、日曜日にしか会えないなんて」

「まあ！」彼女は言う。「うまい方法は、いくらでも見つかるわ」

「本当？」

「望みを捨てないことね」

ここで話をやめた。考えこむ。万事が思いどおりにはいかない。ダヴィッドの父親のジョジアス＝エマニュエルは、気さくな性格ではない。ジャン・ボンゾンとは正反対だ。一方は物わかりがよく、もう一方は頑固だ。役場で討論をする機会が、これまで何度もあった。道や橋、あるいは放牧地の整備に関してだが、一人は出費、もう一人は倹約を主張する。隣人との友達付き合いを何よりも大事にするジャン・ボンゾンが、ある日ついに怒りだした。

「このけち野郎とは、やってられん」肩をすくめて言い放った。

ジョジアス＝エマニュエルは、忘れっぽい男ではない。ダヴィッドとフェリシーが二人でよく会うようになり（一緒になりたいという気持ちは、こんなふうに生まれる。なぜだかよくわからないが、離れると淋しくなってしまう）、愛と呼ばれるものが訪れたとき、自分たちを待ち受けている困難を考えずにはいられなかった。そのうえ、ほどなく政治が絡んできた。ジョジアス＝エマニュエルはベルンのお歴々と個人的につながりがあるが、ボンゾンはどちらかというと反対派だ。時機を待たなくては、と二人は言い合った。丸一年が過ぎた。二人は短い逢瀬《おうせ》を重ねることで、時の経過を忘れようとしている。こっそりとでも会える間は、まだ何も失っていない。だが、じれったく思う気持ちは、ダヴィッドの方が強い。ときどきこう言う。「いつまで待てばいいんだ！」しかしフェリシーが「でも我慢するのよ！」と答えると、そのとおりだと納得する。

二人はやって来ると手を握り合って、挨拶を交わす。キスはまだ、将来を約束した日の一度しかしていない。何事にも極端に控えめだ。隣り合わせに座ると、おしゃべりを始める。話題はいつも同じ、未来のこと。どこに住むか、どのような家庭を築くかだ。結婚式もある。まずはこちらを叶《かな》えたいが、何から手をつけるべきか。そこで二人は衣装を探しはじめたが、よいものがまったく見当たらない。がっかりしたけれど、二人は悲しみの中にさえも小さな幸せを見つけられる。一緒に探すというのは、互いをさらに近づけることだ。

しかしながら、娘はその午後、ダヴィッドがふだんよりずっと落ち着きがないことに、すぐ気づいた。最初は理由を訊かずにいた。まずは会話を滑りださせる必要があった。そして、自分が望んでいる話題へと誘導していった。ほかの少女たちと同様、愛が混じっているときは、とかく繊細になるものだ。

「日曜礼拝へは行った？」

もちろん彼は行った。父の同行者が一人でも欠けるなんて、許されないことだ。

「どうしてそんなことを訊くの？」

「まあ！」彼女は答える。「何をしたか互いにみんな知っているのは、とてもいいことだわ。一緒にいたような気分になれる。時間を蘇らせるのよ、わかるでしょう」

彼はうなずいた。娘はさらに言う。

「礼拝のあとは？」

彼が答える。

「おかしな子だなあ！　礼拝のあとは家に帰って、親父と一緒に食卓について……」

「献立は何だった？」

彼は言う。

「ベーコンとキャベツだよ」

「まあ！　なんてうれしい。うちと同じだわ」

しかし彼は笑おうとしなかった。そのため、彼女はもうひと押しした。

「同じお昼ごはんで、うれしくない？」

「うれしいよ！」

「それで？」

「牧師様の説教を聞かなかったのか」

「何かあったかしら」

「何かあった、だって？　俺の親父のことを知らないから！　すぐに親父はその話を始めた」

牧師はその朝もまた、〝フランス伝来の悪魔的で万死に値する異端思想〟なるものを声高に非難したのだった。

「つまりだな」ダヴィッドは続ける。「親父は礼拝のことをしゃべりはじめた。牧師様の意見に同感どころか、それよりずっと過激だった。どんな人間か知っているだろう。激高はしない。冷静だが、あんなときの目の動きは、人を怯《おび》えさせる……そしてついに、君の親父さんについて語りだした。あいつは怪しい、怪しい奴はいてはいけない、いなくなるよう取り図ろう、と。こうも言った。『申し開きをさせよう、奴やほかの者も……』わかるだろう。俺たちのことを考えた。俺自身についても考えた。なぜって、もし俺が同意見でないと知ったとすれば、親父は……」

急に口をつぐんだ。娘も。長い間沈黙した。彼をみつめているが、全身から力が抜けている。男は背中を丸め、肘《ひじ》を膝にあてたまま、正面をじっと見ている。ついに娘の方が我慢しきれなくなった。「ダヴィッド！」彼は顔を上げたが、またうなだれた。

心の命じるままに従えば、それが特効薬になるのはよくわかっていた。立ち上がって身体を寄せ、両腕を首に回して、甘い言葉をささやくか、あるいは唇を重ねるだけでいい。だが、できなかった。そんなに大胆にはなれない。しつけ、血統、種族の伝統が許さない。だからもう一度「ダヴィッド！」と呼びかけるしかなかった。さらにもう一度「ダヴィッド！」と声をかけたが、相変わらず返事はなかった。

「ダヴィッド、私を悲しませるのね」

　このような不平を口にはしたが、もう気を取り直していた。

「私たちのような恋人には、逃げ場がないというの？　こんなに固く結ばれているのに、どうやって引き裂くことができるでしょう。たとえ世界中を敵に回しても、私たちは二人じゃないの。それでも不足？　もっと深く愛さなくてはならない、というなら、私には難しいけれど、何とか頑張ってみる」

　彼は感激した様子で振り返った。

「まあ！」彼女は言う。「それがあなたよ！　いやそうな目をしていない」

　たしかに、今の彼は笑顔だ。小さな植物が石の下から顔をのぞかせようとしているときのような、ぎこちない微笑みだが、ともかくも笑っている。娘は続ける。

「さっきの目より、今の目の方が好き。もうあんないやな目つきはしない、と言って。怖くなるから」

　彼はわずかに肩をすくめた。

「君たち女というのは、物事がわかっていない。うまくいくわよ、と言いながら、どうしたらいいかは口にしない。俺たちが考えているのは、物事のまさに具体的な部分、たくさんの小さな障害だ。それだけ世の中をよく知っているから」

「でも、深く愛し合っているのだから」娘が口をはさむ。

「もちろん深く愛し合っている。だが、それだけでは十分でない。あくまで一つの要素だ。それをどう利用するか、さらに考えないと」

　口を一度閉じた。

「俺はまだ一人前ではない……つまり」また話しだした。「それでも信頼が必要だ。君たち女のいいところは、いつも信頼してくれることだ。俺は話す。君は笑う。俺は物事を考える。君は俺をみつめる。君たち女は、俺たちをみつめて、笑いかける。俺たちがみつめているのは、広い世間だ。だから怖くなる。君たちが見せる笑顔、寄せてくれる信頼が必要だ……手を出して、フェリシー」

彼女は手を差しだした。もう何も言ってはいけないと感じたので、何もしゃべらない。手を出しただけだ。彼はそれをとると、膝にのせ、両手で握りしめた。

そして深い静寂が訪れた。おそらく巣に戻ったのだろう、雌ツグミの鳴き声も聞こえなくなっていた。ときおり姿を現す小鳥たちは、わずかに羽音を立てるだけだ。山間《やまあい》の日曜日。右、左、正面、どこを向いても、山がそびえている。別の山脈に属する山であっても、山脈の境を目で特定するのは難しい。違いといえば、南側の山の方がずっと高く、まだ雪を頂上にいただいていることだけだ。峡谷、突出部、岩壁が見える。これらの壁のいくつかの上に、〝岩帯〟と呼ばれる小道が、平行に走っている。下は深淵だが、カモシカ猟師たちは、逃げる獲物を追って、そこまで行く（一人が群れを追い立て、もう一人が待ち伏せする）。壁に沿って、さらに目を走らせる。ふもとには崩れ落ちた土砂、その下に放牧地が見える。さらに目を走らせると、森林や谷だ。目は元の小さな森へ、また戻ってきた。

タブーセの森の中で、二人は隣り合わせに座っている。日曜日なので、静かだ。真っ青な空の下、雲が船のように揺れている。彼は彼女の手をとる。彼もまた、もう黙っているしかないと感じている。二人の口から出た言葉は、静寂の中に溶けてしまった。沈黙が、二人に代わって語っている。言わねばならないことすべてを、自分たちより上手に語っている。あとはみつめることしかできない。緑の中の窓の一つから、谷底へと続く道の端が窺《うかが》える。人の姿が見えはじめた。

牧草地をひと回りする村人たちだ。日曜日はどんな仕事も禁じられているから、散歩をしている。ちょうどシメオン・ファヴル爺さんが通るのが見えた。かつてのカモシカ猟師だ。リューマチを患《わずら》っているので、杖によりかかるように歩いて通りすぎる。おバカのジャンも来ている。おバカのジャンの姿は、どこでも見かけられる。

家から家、集落から集落へと、いつも歩き回っているし、夏には山の高みにある山小屋までも足を伸ばしている。しかし、道はかなり遠くにあるので、彼のことを気にする必要はない。そこに、ドヴノージュが突然現れた。孤独を求めて、道から外れたのだ。まっすぐこちらへやって来るのが見えた。

幸いにもドヴノージュは、すぐに立ち止まった。ポケットの中に本が入っている。座って、読みはじめた。

頭をときおりのけぞらせると、腕を広げて、大声でしゃべる。わけのわからない言葉だ。同じ音が、規則的な間隔で繰り返される。フレーズも同じ長さだ。

IV

十月の半ば頃、低地の連中が武器を準備しているという噂が流れた。

フランス人たちが船で湖を渡って、低地の連中の加勢に来るにちがいない、と主張する者さえいる。黒い船体の大型の石材運搬船だ。彩色された二つののぞき窓が、船首についている。サヴォワのある小さな港に集結している、と断言する。

腕を振り上げ、拳をテーブルに叩きつける。

「そんなことがありうるだろうか……まあ、来たとしても、目にもの見せてやるが！」

「たしかに、こちらから出向く必要はない」こう言う者もいる。「同じ血を分けた兄弟が戦うのは、悲しいことだ。だが奴らが始めるというなら、放ってはおけない。いかさま思想に惑わされて、どこに正義があり、どこに真実があるか、もうわからなくなっている……だから、お望みなら、登ってくるがいい！　俺たちは絶好の持ち場を知っている。姿が見えたとたんに、一発お見舞いするさ」

銃の手入れを始めた。火打ち式のカービン銃だが、猟師がほとんどだから、扱いは心得ている。さらに射撃については、ときどきベルンのお歴々が、軍隊式の訓練を施してくれた。

銃はベッドの上に吊り下げてある。夜寝る前にそれをみつめ、朝起きるとそれをみつめる。月に一回外して、細かな点検を行う。

これをまた行った。その日曜日は一日中、武器を膝の間にはさんで家の前に座っている人たちの姿が見受けられた。脇には、少量の油の入った瓶が置かれている。

翌日かその翌日、ベルンの将校がやって来た。監察官だ。

まずは牧師宅を訪問し、一時間以上いた。次は地方総督宅だ。最後にジョジアス＝エマニュエルの家に来た。ダヴィッドは、ちょうど薪を割っているところだった。二人の副官に付き添われた（ほかに地方総督と二人の議員がいた）将校の姿が目に入ると、薪置き場の隅《すみ》に隠れた。

ドアを叩く音がした。みなは中に入ったが、彼はその場を動かない。すると、あっという間にみな（今はジョジアス＝エマニュエルもいる）が出てきた。ダヴィッドはこっそり首をのぞかせる。一群が教会の方へ遠ざかるのが見えた。

遠くの界隈《かいわい》の動きが慌《あわ》ただしい。女たちは窓辺に顔を出し、子供たちは右へ左へと走り回っている。何か起きたことを、誰も否定できない。

実際にその夜、来週初めに閲兵《えっぺい》を行うとの命令を聞いたのだった。翌朝、誰の手によるかわからないが、三か所同時に（すなわち教会、役場、ニコリエの店の前）声明文が貼られていた。

大きな紙に、太くきちんとした字体で、こう書かれている。


大変喜ばしいことには、十月十三日の夜十時頃、シャブル地方行政区の高地地区を救援に来るとの知らせが、猟歩兵ジャン＝ヴァンサン・キュランによってもたらされた。それゆえ、みなが祖国救済の呼びかけに疑念を持たず馳《は》せ参ずるよう通告する。

声明文の見出しはこうなっている。

一山男から武器を持つすべての勇敢な同胞への声明

状況はこのように深刻だから、備えが必要だ。さらには勇猛だった祖先を思い出し、信仰を否定することなく、ベルンのお歴々に忠実でいよう。――この種の大げさな文句のあと、もったいぶった説教や〝神と人の法に背《そむ》いている〟低地の住民の悪口が続く。

全部読むのに時間がかかる。各々、自分のペースで読んだ。この声明はベルンからだ、と断言する者もいれば、起草者は牧師にちがいない、と主張する者もいる。そして何人かは、口を開くことなく、不審そうに肩をすくめている。

ともあれ、予定どおり、次の月曜日に閲兵が行われた。朝の十時から、武器と荷物を持った三中隊がプラン・ド・ルージュに集まった。総勢三百三十人で、カービン兵、擲弾《てきだん》兵、猟歩兵、さらに工兵がいる。危急の事態に備えて納屋にしまってある大砲二門さえも運び出された。

装備に問題がないか確かめるのが目的だ。弾薬は行き渡っているか、服のボタンはとれていないか、靴は大丈夫か。銃の分解掃除も義務だ。その後、教練が行われた。

村中が集まっているが、一番の人だかりは二門の大砲の周りだ。火縄桿《ひなわかん》に点火する。小さな女の子たちは、耳をふさいで逃げだした。

空砲なのに、すごい音がとどろいた。山のあちこちが反響した。大砲の口から出た炎は、ゆうに一メートルはある。同時に、莫大な量の煙が立ち昇る。家の窓ガラスどころか、どっしりした屋根組みや周囲の斜面までもが揺れている。

だがそのとき、新たな号令が聞こえる。「武器をとれ！」すべての銃が持ち上がると、先についた銃剣が光を浴びて輝く。そしてまた大砲だ。突然、狭い空の彼方に、太陽が姿を現す。神に従って暮らし、十戒を遵守《じゅんしゅ》している者たちへの勝利の約束の証《あかし》だ。


その日は誰もダヴィッドを見なかったが、驚きはしなかった。

あらかじめ手筈《てはず》を整えていたからだ。前夜、アントルロッシュの郵便局まで下りた。ふだんは午前中だが、午後まで待ってから帰り道を登りはじめたので、家に着いたのは夜だった。低地の人々とも会った。彼らもかなり興奮している。下でも、多くの者が武装している。そして帰り道に、心配せずにはいられない事件が起きた。だからその夜は、気が落ち着かない。炉に火をつけて、わずかなスープを温める。一人で食べた。ジョジアス＝エマニュエルはまだ帰っていない。ニコリエのところで会合があるので、まだそこにいるはずだ。

そのためダヴィッドは、自分の部屋へ上がった。なんとなく胸騒ぎがしたので、寝支度をするときにともす灯《あか》りをつけなかった。ズボンや上着を脱ぐひまさえ惜しかったから、服を着たままシーツの間に潜りこんだ。考えるべきことがあったのだ。三十分くらい経っただろう、時計が八時を打っている。あのしわがれた咳のような響きが、闇夜の向こうで八度炸裂した。風がそよぎだしている。

突然ダヴィッドは、誰かが家の前を歩いている気配を感じた。耳をすませた。父の足音だ。もう何も考えられなくなった。

〈ひょっとして〉彼は思う。〈親父は夕食のために戻ってきたのだろうか。でも、会合に参加したのなら、こんなに早く帰ってくるわけがない〉

やはり父だ。疑いの余地はない。大きな鍵を錠に入れたところだ。ばねが作動する。奇妙な金属音が、家全体に響いた。

古くてでっかい錠だ。鉄床《かなどこ》の上で鍛造《たんぞう》した手作りで、構造は複雑。鍵だけでも五百グラムくらいある。

ダヴィッドの部屋の真下の台所に入った。火打ち石が鳴る音がした。それからしばらく静まりかえった。すると、ため息が聞こえた。一回、二回。よほど参っているか、あるいはかんかん照りの道をずっと歩いて疲れはてたときのようなため息だ。突然、声が響く。「なんてことだ！」繰り返される。「なんてことだ、俺たちに！」

声は続く。「神様、こんなに厳しく罰せられるとは、我々の罪がよほど大きいにちがいありません。しかし、すべてを受け入れます。あなたの右の座におわす方（イエス・キリストのこと）は公正だからです。あなたの教えで役立たぬものは一つもありませんし、我らのために打擲《ちょうちゃく》など一つもありません」

ふだんからそんな父を見慣れているので、ダヴィッドはあまり驚かなかった。ただし、この祈りの理由、なぜ困惑しているかはわからない。

何に対する罰だろう。あのため息のわけは？　そのことをずっと考えているうちに、台所を歩き回る音が聞こえてきた。これも心配事があるときの父の癖だが、今夜はとりわけそれが大きい。すると、突然ひらめいた。ダヴィッドは心配の理由を思い出したのだ。

それは予期せぬ事件だった。ラ・ティーヌと呼ばれる場所に近づいていた。平野へ向かう谷（そこからロープを伝って平野まで下りるのが近道だが、一度方向を間違えると、いくら進んでも谷が広がるばかりだ）を閉ざしている峡谷のようなところだ。そのとき、銃を持った一群が岩陰から出てきて、「止まれ！」と叫んだ。はじめは冗談と思っていた。そのうちの数人は、すぐ隣の集落のレ・ゼセルトの住民で、彼らのことはよく知っていたからだ。だからそのまま進むと、銃を構えてきた。

立ち止まる。

「俺がわからないのか。郵便局のダヴィッド・アヴィオラだ」

返事がある。

「もちろん、わかっているさ。だが俺たちは、ここに来たものすべてを止まらせるよう、命じられている。おまえだけを見逃していいわけがない」

近づいてきて、彼を取り囲んだ。意地悪く疑わしそうに眺めている。最初ダヴィッドは、理由がわからなかった。もし男たちの隊長らしき者がこう言わなかったら、きっと永遠にわからなかっただろう。

「なあ、おまえ、気をつけろよ、怪しまれている。しょっちゅう下へ行くだろう。このあたりはスパイだらけになっているから、郵便というのは、おそらく口実で……下で何か訊かれなかったか」

ダヴィッドは顔に一発お見舞いしたくなったが、フェリシーのことを考えて、踏みとどまった。ただし、顔面が蒼白になっている。

「俺を誰だと思っている？」

相手は言う。

「それなら、誓え」

誓わねばならなかったが、足が震えるほどの屈辱を感じていた。だが同時に、自分はますます虚偽の立場を演じているのだから、ラ・ティーヌの住民が俺を疑うのはあながち的外れではない、と考えた。では、どうするべきか。どのような決心をしよう。一人なら、ほかの者たちがすでにしたように、故郷を離れていただろう。だが、フェリシーがいる。

台所の足音は続いている。ついにこう思う。〈何が起きたか、もうこれ以上知らないわけにはいかない〉

ベッドから出ると、窓辺までしゃがんで進んだ。小さなガラスを組み合わせた、上げ下げ式の開き窓だ。音をさせないように持ち上げた。下の部屋では、相変わらずうろうろしている。ためらうことなく窓をまたぐと、薪の山の上に滑り降りた。その上に座って、また耳をすます。ジョジアス＝エマニュエルは何も気づかなかったはずだ。ダヴィッドは裸足《はだし》のまま、村の方へと向かった。

家をかなり離れてから、靴を履いた。近道ばかり通ったので、まもなくニコリエの家の近くまで来た。ここで情報を得るつもりだ。

錯綜する声、巣箱のミツバチのような大きなざわめきが、窓越しに聞こえてくる。会合は大人数で、活気づいているにちがいない。それでもダヴィッドは、入る決心がつきかねた。

気力が突然失せたのだ。どんな質問を浴びせられるだろう、それに快く迎え入れてくれないかもしれない、と考えた。

だから、ずっと動かずにいた。もし呑み屋になっている部屋のドアが不意に開かなければ、おそらく何の情報も得ず、誰にも会わずに帰っていただろう。——若者の一団が現れた。

ダヴィッドの友達だった。

「おや！　おまえか」彼を見つけて、声をかける。「どこにいた？」

かなり上気している。同時にしゃべりだす。

「どこにいたかだと？」ダヴィッドは答える。「知っているだろう、下から戻った。何かニュースはないか、と思って、ここへ来た」

「ならば上首尾だ！」

みなは笑いながら言う。

「きっとおまえが望んでいる以上にな！」

そして閲兵に参加したこと、その後デュペルチュイという奴の家で、いささか飲みすぎるほど飲んだことを話した。夜が更《ふ》けたが笑い足りないので、老人たちがいるはずのニコリエの店に行くことに決めた。

そして行った。「ちょうど」彼らは続ける。「おまえの親父が一説ぶっているところだった。おまえの親父がどんな人間か知っているよな。またしても新思想に反対意見を唱えていた。そのとき、あの大馬鹿のデュペルチュイが近寄って、こう言った。『ねえ、もう黙ってくれないか』親父さんは黙らない。するとデュペルチュイは、持っていた緑色のバッジ（ヴォー地方革命派の目印）を取りだして、ボタン穴につけた。おまえの親父の緑アレルギーは知っているよな。今度は口をつぐんだが、顔面が蒼白になった。何も言わずに後ろを向く。総督や義勇軍の隊長、ほかのみんなも立ち上がったが、話を聞こうともせず、出て行った。もちろん俺たちは大目玉さ。おまえの親父に謝りに行かなければ裁判にかけるぞ、と総督に脅された。あす親父さんのところへ行くよ……見てのとおり、それで収まった。しばらくはぞっとしたけどな。つまり、これはほんの冗談だし、誰でも好きな思想を持つ権利はあるってことだ」

こんなふうにべらべらとしゃべった。さらに続けようとすると、もうダヴィッドはいなくなっていた。挨拶もなしに立ち去ってしまった。驚いて、すぐには言葉が出ない。それから呼びかける。「おい！　ダヴィッド。一緒にいろよ。もう一杯飲むから……」しかしダヴィッドは振り向かない。もう一度言う。「ダヴィッド、どうした？」もう聞こえないくらい遠くにいる。何が起きたかわからないものだから、自分とは意見が異なるとはいえ、父親があんな扱いをされたことを、多分怒っているのだろう、と言い合った。

ダヴィッドは、来た道とは反対の方向に遠ざかっている。闇に紛れて、もう何も見えない。月も星も出ていない。若者たちは、肩をすくめながら言う。「中身はちがうけれど、あいつの馬鹿さ加減は父親とどっこいどっこいだ」

月も星もない夜だが、彼はどんな小道をも熟知している。それに、どこへ行こうとかまいはしない。傷ついた心にとって、闇は深ければ深いほど幸いだ。

〈わかったぞ！〉彼は思う。〈これで全部の謎が解けた。だから親父は、長い時間いきり立っていたのだ。親父を考えこませるには、反論するだけでいい〉さきほどの場面、父のため息、洩らした言葉について、納得しすぎるくらい納得できる。
おそろしく気弱になっている。孤独を感じた。行こうとしている場所がわかった。フェリシーを求める気持ちで、心が一杯になってきた。
考える。〈窓に顔をくっつけて、やさしく呼びかけよう。近寄ってくるはずだ。暗くて見えないだろうが、手だけでもあの子に触れたい。俺のことを好きだから、気のきいた言葉をかけてくれるだろう。それで俺は慰められる。俺のことを好きだから、俺の悩みを引き受けて、楽にしてくれる〉
道を進む。まもなく、闇の中に家が現れた。闇よりもっと黒い塊に見える。灯りは一つもついていない。おそらく、みんな眠っているのだろう。それでも彼はまた考える。〈俺だとわかるよう、窓ガラスにくっつこう〉
こうして、さらに進んだ。今は窓の真下にいる。あとは石の下壁を登って、手を伸ばしさえすればよい。だが、一度上げた腕をひっこめた。〈ああ！　だめだ〉考える。〈俺はとんでもない卑怯者になってしまう。眠っているのだから、そのままにさせておくべきだ。心安らかなあの子に、なぜ迷惑をかけられよう……悩みは、自分だけで背負うべきではないか。俺の方が強いのだから……〉
ベッドで眠っている娘の姿を思い浮かべた。顔を枕にうずめている。夢を見ながら微笑んでいる。唇が動いているみたいだ。名前をささやいている。きっと俺の名だ。
身体全体が震えだした。足が冷えてきたが、顔は逆に焼けつくようだ。〈いけない〉また思う。〈何よりあの子が幸せでなければ……俺の方で精いっぱい頑張ろう〉
彼はもう引き返していた。頭に思い浮かぶだろう、あちこち家が立ち並んだ、斜面だらけの土地を。暗くなりだすと、もう歩いている人は誰もいなくなる。彼は道を次々と通りすぎる。村は今、右手にある。しかたなく家に戻っている。だが、歩き方はぎこちない。あるイメージに心がとらわれ、自分が何をしているか考えられないのだ。そして、足元が坂から平地に変わったとき、転びそうになった。

バランスが崩れて、我に返った。平地に着いたということは、もう家からそう遠くない。突然フェリシーのイメージが消えて、父のものとなった。一つの顔が遠ざかり、別の顔が近づいてきた。台所を歩き回っている男の顔が見える。細面《ほそおもて》で、頬はこけているものの、目は輝いている。「どこに行っていた？」と訊かれたら、どう答えればいいだろう。一瞬、戦慄が走った。そして、これ以上うそをつき続けるのは無理だと感じた。〈洗いざらいしゃべったらどうだろう〉と考えはじめる。何もかも台なしにしかねないことだから、親父が全部知っていた方がいいのではないか。そうだ！　親父に向かって、洗いざらいしゃべろう。しかし、すぐに笑いだした。〈親父が聞こうとするはずがない〉と思ったからだ。

父親のことは知りすぎるくらいよく知っている。彼がまだ二歳のときに、母が死んだ。父に育てられたのだ。いつも一緒にいて、ジョジアスはできるだけ息子の世話をした。だが子供は、一度たりとも安らぎを感じたことはなかった。地上のあらゆる美や喜びに背を向けるタイプの男だ。幼いダヴィッドが花束を作って渡すと、遠くへ投げ捨てる。「こんなものは長持ちしない」と言いたいかのようだった。それは、命あるものすべてに対して感じる激しい怒りのようなものだ。人は裏切られたあと、この種の怒りにとらわれる。彼の場合は、妻の死だ。それ以来、死にゆくものはどれも軽蔑の対象で、長寿を約束するものや永遠の希望を抱かせるものの中に逃げこんでしまった感がある。日曜日はいつもミサに行く。聖書を毎晩ダヴィッドに読み聞かせる。朗読をときどき中断しては、読んだ内容について尋ねる。ダヴィッドがきちんと答えられないと、怒りだす。こんなふうに、ずっと一緒に過ごしてきた。子供の頃はわからなかった。しかし、だんだん年をとる。ぐっと成長する時期がやってくるものだ。人の役に立ちたいと思うが、献身する相手が見つからない。傍《かたわ》らには父しかいない。誰かに心を打ち明けたいが、聞いてくれる者は父以外に誰もいない。二つの心は隣り合わせだが、互いに防壁を作っているかのようだ。

一番大事な秘密を今ここで打ち明けるなんて、とんでもない。価値がわかる人にしか、この宝物は見せられない。「なんだ、この石ころは」と言われるのがおちだから。手を握ったこと、小さな森の中の逢瀬、将来を誓ったことなど、ジョジアスに何の意味があるだろう。こう言うにちがいない。「肉体は草のようなもので、刈り取られると、すぐにしおれてしまう。枝から離れた果実、風に運ばれる落ち葉と同じだ」どうしようもない。ダヴィッドはわかりすぎるくらいわかっている。そのとき、昼間の脅し文句の数々が蘇ってきた。心のあちこちから、同時に湧きあがる。夏の雷雨シーズンに、南だけでなく東、西、北からも飛来した雲が、周りの高い尾根全体にのしかかっていくさまに似ている。またしても気持ちがくじけ、もう一歩も動かず、ここで寝転がってしまいたくなった。

それでも帰らなくてはいけない。村で人声らしきものが聞こえる。ニコリエの店から出てきたにちがいない。それは実際に話し声だったが、彼は先を急ぐ。そして、たどり着いた。ああ！　帰らねばならないが、辛い。しかし帰らねば。台所の窓の明かりは、そのままだ。忍び足で進む。薪の山のすぐ近くで、また靴を脱ぐ。

ベッドに身を投げだした。もう何も聞きたくないし、考えたくない。近くの谷の真ん中を流れる早瀬の音が、開いたままの窓から入ってくる。

このように水は、俺たちにおかまいなく流れている。だが、人の心の中で起きていることを誰が知ろうか。こんなに苦しんでいる理由を誰が教えてくれようか。

V

翌朝、フェリシーが豚に与えるランペの茎を家の前で引っ張って伸ばしていると、エステル・タヴェルニエという名の友達の一人が声をかけてきた。

ランペは野生の大黄《だいおう》の一種で、筋がいっぱいついた茎は、長く伸ばさないと折れない。だから〝引っ張る〟という表現は、言い得て妙だ。

「ねえ！　フェリシー、フェリシーったら！」

聞こえないみたいだ。そのため、エステルは近寄った。フェリシーが顔を上げる。

「どうしたの！」エステルが言う。「顔色がすごく悪いわよ！」

するとそのことはもう忘れたかのように、

「ところでね！」

「何かあったの」

「ジョジアスのところへ男の子たちが行くのよ。村の人たちみんな見ている」

「本当？」

「本当よ」

「じゃあ、私も行くわ」

すでに先を進んでいるエステルのあとを追いはじめた。

「見える？」エステルはそう言って、指さした。

真ん中を早瀬が流れる平坦な窪地を、黒い点が移動している。緑色のテーブルクロス（草のことだ）にたかったハエのようだ。一つ、二つ、三つ、四つ……六人だ。黒っぽい色の服だとわかるから、若者たちはよそ行きを着てきたにちがいない。二人が先頭、次に三人、しんがりは一人だけだ。

「デュペルチュイよ」フェリシーの肘をつつきながら、エステルが言った。また笑う。「ねえ、あの子が主犯だけど、一番誇らしげだわ。私に言わせると、あの事件で、かなり男を上げた。これからずっと、みんなはあの子に馬鹿にされるかしら。『おい、ダニエル・デュペルチュイ。またジョジアスのところへ行く気かよ』なんて口にしそうだもの」

この思いつきは、箸《はし》が転がってもおかしい年頃の娘を一層陽気にした。首をのけぞらせ、大きく口を開けている。

フェリシーは黙ったままだ。

「ねえ、フェリシー！　あの話は知ってるの？」

知っている、とフェリシーは身振りで示した。

「楽しくない？」

首を振った。楽しいことなど、もう何もありはしない。

その朝、全部聞いたのだった。みんながコーヒーを飲んでいるとき、父がほかの話をするはずがない。気が動転し、ダヴィッドのことで頭がいっぱいになった。〈あの人はどうするつもりかしら〉と考えた。

小さな点はどんどん遠ざかり、シーの最初の住宅地まで達した。山小屋風の家がたくさん集まっている。そこからずっと奥に、小さな家がぽつんとある。日がまったく差さない北斜面に埋まっているように見えるが、煙が上がっている。ジョジアスの家だ。

「まあ」エステルが口を開く。「どうしてそんなに不安なの？　謝りに行くのだから、まるく収まるに決まっているわよ。ダヴィッドは、この件に一切関わっていないし」

こう言って、フェリシーを慰めようとする。気立てのよい娘で、秘密も打ち明けてくれている。だがフェリシーは、聞いていないようだ。彼女も下の道の方を眺めているが、とりわけ視線が向くのは、さらに先の家だ。また考える。〈ダヴィッドはいるかしら。男の子たちが入ってきたら、どうするつもりだろう〉叫びたくなるほど胸が苦しくなったが、おしとどめる。頬に手をつけて顎を押さえ、身体全体を硬くこわばらせて、微動だにしない。

隣家の前に人が集まっている。近くの路上にも人だかりができている。笑いや冗談を交えつつ、互いに声をかけあう。みんなからすれば、若者たちの行軍はお祭りだ。しかし彼女にとっては、葬列のようなもの。太陽が雲で覆われてしまったような気がする。

「いよいよだわ！」エステルが言う。「中に入った」

ぞっとするような悪寒が、フェリシーの背筋を走った。これ以上は耐えられない。〈帰らなくては！〉そして逃げた。昨夜のダヴィッドが若者たちにしたのとそっくりだ。

まだ半分ほどしか積んでいない籠《かご》の前へ急いで戻って、またランペを引っ張る。かなり大変な作業なので、息が切れる。

誰も家にいないのに気づいた。お母さんはおしゃべり好きだから、お隣さんのところにいるのだろう。坂を下ったところに、お父さんの姿が見える。二、三人の議員と話をしている。それなのに孤独だ！　孤独をひしひしと感じる！

手が動いている間に、心も動く。動きを止めることはできない。誰も見ていないのだから（突然こんな考えがひらめいた）、あの人に会いに行こうか？　もちろん常軌を逸してはいるが、待っていられない。ところが、歩きだそうとしたまさにそのとき、足音が聞こえた。振り返ると、そこに彼がいる。やはり、心の声を聞いたのだろう。魂の親和力だ。しかし娘がはしゃいで駆け寄ると、相手は顔をそむけ、もじもじと家の陰に隠れた。

もはや何の気づかいもせず、まっすぐ彼のもとへ向かう。見られたってかまいはしない。話をしなければ。そばまで行った。相変わらず黙ってうなだれているので、

「まあ！　ダヴィッド、まあ！　どうかしたの？」

「親父に話した。駄目だって！」

いつの間にか二人は、納屋の片隅にうずくまっていた。言葉が出る。また彼からだ。

「それを伝えに来た」

娘ははじめ、何も言わず、身動き一つしなかった。それから、鈍い呻《うめ》き声を上げると、彼に抱きついた。触れたことさえこれまで一度もなかったのに、今は首に手をかけ、強く抱きしめている。唇も、じきに行き先を探しあてた。

こんなことは、初めてだ。死んでしまいそうな気がした。

しかし、娘はすぐに横を向いて目を伏せた。もう何をしてよいかわからない。今度は彼の方が身を寄せ、手をとった。

娘の口が小刻みに動いているのが見える。キャベツの葉をかじっているウサギのようだ。

身体を引き寄せようとしたが、かわされる。しばらく沈黙がある。そして小声で、

「頼むから、フェリシー！」

「どうして……どうして話したの？」

「仕方なかったんだ」

「どうしてこんなときに？」

彼は繰り返す。

「仕方なかったんだ」

娘は今、忍び泣きをしている。溢れる涙を指でこすっている。彼は続ける。

「きのうはまだ言うつもりはなかった……だが夕べ、俺は家から出て、あの話を全部聞いた。親父は寝ていなかった。一瞬、〈洗いざらいしゃべってしまおう〉と考えたが、それは無理だとすぐに思い直して、ベッドに入った……夜中のうちに、また浮かんだ……だからけさ、話した」

「そう……それで……何て言われたの？」

「駄目と言われた」

「なぜ駄目なの？」

「おまえの親父が煮えきらない奴だから、駄目なんだそうだ。おまえはまだ結婚するには早すぎる、そのときが来たら、俺の方で相手を選んでやる、とも言われた。そして、夕べはどこにいたかと尋ねられた。俺を疑いだしていることに気づいた。だから俺は、どう答えていいかわからなくなった。まだ言おうとしていたことがあったが、勇気がなくて言えなかった」

　彼女は尋ねた。

「どんなこと？」

「思想がちがうことだ……でも家に戻ったら、今度は全部言うよ」

「ダヴィッド！」娘は叫ぶ。再び近寄って、腕をとる。「駄目よ、わかって、駄目よ」

「いや、言う！」彼はそう答えたが、気持ちはどんどん沈んでいく。「情けないからな、そうしないと」

「でも、それで終わりになってしまう」娘は言う。「ダヴィッド、そうなったら終わりよ……お父さんは駄目と言ったけれど、時が経てば、きっと気持ちが変わるわ。辛抱していればいい……それでも会うことはできるし、将来を誓い合ったのだから」

「それが何だ。俺はうそつきでいたくない」

「どうしてうそつきなの？」

「つまり、行動を共にするかしないか、とあの人たちに尋ねられたとき、どう答えていいかわからないからだ……返事をしないと、うそをつくことになる」

「じゃあ、私よりも思想が大事なのね……もしどちらか選ぶよう私が言われたら、訊かれた途端に、思想なんかとはおさらばしてしまうけど。思想って、何の意味があるの？　空気、煙、溶けていく雲のようなもの……ところがこのとおり、私はここにいる。泣いているの。苦しんでいるの」

だが彼は、考えを曲げることなく言う。「君は女だから、わかりっこない」今度は娘が傷ついた。手で顔を覆う。「帰って！」叫ぶ。「帰って！」

立派な決心の数々はあっという間に揺らぎ、雪崩《なだれ》にあった森のようになぎ倒された。

「わかったよ、フェリシー。でも、俺の話を聞いて」

すぐには耳を貸さなかった。話を信じようとしないからだ。哀願や、思いつく限りの優しい言葉をかけねばならなかった。やっと答えてくれた。「本当？」彼は言う。「本当だ」娘は微笑んだ。

にわか雨のあとの牧草地が日を浴びて輝いて見えるように、涙に濡れた顔が晴れ晴れとしてきた。口を開く。

「そうすれば、みんなきっとうまくいくわ」

さらに言う。「お父さんと仲良くしていれば大丈夫よ。何でも言うことを聞いて。あなたの振る舞いに満足すれば、賛成してくれるかもしれない……ほかの人は放っておくのよ。こっちがかまわなければ、あっちもかまわなくなるでしょう」

彼は言う。「ああ！　そうだね！」反論しない。

娘は言う。

「約束する？」

彼は答える。

「約束するよ」

「あと一つ」彼女は続ける。「森で会うのは、もう無理だわ……落ち合う場所を見つけてくれないと」

ちょっと考えてから、ヴェイヤールの家の干し草置き場ならどうだろう、と彼は言った。

「知っているよね、真っ黒な古いやつで、かしいでいる」

よく知っている、と娘は答えた。

相変わらず、道から話し声が聞こえる。声はどんどん近づいている。

「急いで逃げるのよ」彼女は言った。

キスさえ交わさなかった。遠慮がちな二人に戻っている。

一方ジャン・ボンゾンは、二人の議員とのおしゃべりを続けている。三人とも、若者たちに怒っている。だが彼らに言わせれば、ジョジアスも極端すぎる。「といっても」続ける。「物分かりのいい奴が、本当にそうだとは限らないし」談笑しつつ、かなり前に地方判事の家に入ったままの若者たちの帰りを待ちわびていた。

「おや」ヴァンサン・オゲーが、突然口を開いた。「奴らが出てきた」

実際、シー（みなが見ていた地区だ）の方に再び黒い点が現れ、どんどん大きくなっている。

ボンゾンと二人の議員は、広場まで下りた。牧師はもう来ていた。その右手に地方総督のイサック・タヴェルニエがいて、左手の帽子をかぶっていない男はドヴノージュ先生だ。

牧師がドヴノージュに話している。愉快なことは言っていないはずだ。哀れな男は身動き一つせず、顔面を蒼白にして目を伏せている。

広場には、たくさんの人が集まっている。ただし、名さえないほどの、ごく小さな広場だ。何本かの道がここで折れているだけだから、四つ辻と言ってもいい。

そこにも給水場があり、樅の木の幹の真ん中をくりぬいた水槽が二つ置かれている。水は、一方からもう一方へと流れる。下は洗濯に使う水槽、上は家畜に飲ませるきれいな水の入った水槽だ。

二番めの水槽の脇にアンセルモは座り、パイプを吹かしている。煙草を喫う者はこの辺ではほとんど見かけない。この習慣は、外国で身についた。

みなの視線の方向に、注意を向けた。いくつかのグループが歩いている。戻ってきた若者たちだ。

牧師はドヴノージュを解放すると、道の端まで進んだ。若者たちの方も近づいているが、歩みはどんどん遅くなる。牧師から数歩のところまで来ると、帽子をとって完全に立ち止まった。

みなが詰めかける。牧師は手を上げた。聞こえる範囲にいないから、何を言っているかわからないが、説教は長く続いた。指をこめかみにあてて揺らしたり、首を振ったりしている。彼の前にいる若者たちは、その間、目を伏せたまま傾聴している。さっきの先生と同じだ。

権威が復活し、旧来の規律が再び優位に立った、と実感する。いつもそうだが、社会秩序というのは、このような無秩序そのものから生まれるものだ。恐怖心があるからだ。しかし、若者たちのあの挑戦は、それほど深刻なものではなかった。もう収まっているし、誰よりも彼ら自身が悔いている様子だ。みなはその姿に賛同する。とりわけ老人たちは、「長続きするはずがないのはわかっていた」と言いたいかのように、うなずいている。

そのための牧師の説教だった。話し終えるや牧師は、総督を連れて立ち去った。若者たちもいなくなった。しかしながら広場では、さまざまなグループが入り乱れている。明らかに、事件のことを話したいからだ。ジャン・ボンゾンと二人の議員たちも、ほかの者と同じく、前に踏みだした。とりわけみなは、ジョジアス＝エマニュエルの家で起きたことを知りたい様子だ。この大事な点について、もう何人かは詳細まで知っているらしい。ジョジアスとも若者たちとも話すことができなかったのに。けれどニュースというのは、風に運ばれるのかもしれない。自然現象の一つ、秋の煙の匂いのようなものだ。火が見えなくても、匂いはもうやって来ている。「奴らは迎えを受け」誰かが説明する。「話すことを許された。それからジョジアスは聖書を読み聞かせて、お祈りをした。あらかじめ唱句を選んでいたな。それが終わると立ち上がり、若造たちは出てきた」

ジョジアスを知っている者たちは、これとそっくりなことが実際にあったにちがいない、と言い合う。みなは賛同する。聖書は、すべての忠告や教訓をあらかじめ書き記した書物と言えるからだ。

逆方向から、声が一つだけ上がった。誰のものか、大体察しがつく。賛同のざわめきの中でも、その声に遠慮はなかった。

「その調子だ、諸君。それでもバスチーユが襲撃されたことに変わりはない！」

アンセルモの方を振り返った。水槽の脇に座って、相変わらずパイプを吹かしている。

「いいぞ、諸君」さらに言う。「時代には遅れるけどな」

「黙れ！」みなは叫ぶ。

しかし、聞こえないようだ（あるいは、自分がどう思われようが気にしていないのか）。

「年寄りたちは今の暮らしに満足しすぎているから、先々が不安なのだろう。若者たちはどうだ。まだ面と向かって逆らおうとしないだけだ」

笑いだしたが、酔ってはいない。ただ、こんなふうにしゃべるには、それなりの勇気が必要だ。みなが詰め寄ってきたからだ。囲んでいるうちの何人かは、かなり興奮している。特にティーユという名の男がそうだった。びっくりするほどのチビだが、顔はずるがしこそうで、年齢不詳だ。拳をつくって繰り返す。

「黙れ！　さもないと、水に突き落とすぞ」

アンセルモは、煙を一つ吐きだした。上るさまを眺めている。

「好きなように言えよ、言えばいいさ。そんなものは、パイプの煙と同じだ。しかもきょうは風がある」

幸いなことに正午の鐘が鳴って、議論はお開きとなった。

ジャン・ボンゾンが家に帰ると、娘がいた。歌を歌いながら、食卓の準備をしている。

「何の歌だ？」入りながら尋ねる。こんなに上機嫌なのは、はじめてのような気がする。「何の歌だ？」

娘は答える。

「〝バラのつぼみ〟という歌よ、お父さん」

「ああ！」彼は言う。「とってもきれいだ。もう一度歌ってごらん」

また歌いだした。

バラのつぼみの中に
私の心は閉じこめられている
誰も鍵を持っていない
愛しいあの人のほかは

彼も一緒に歌う。みごとな低音だ。首で拍子をとっている。

娘は歌い終えると、重ねたスープ皿を持って近づいてきた。向かいの窓から、強い日差しを受ける。娘を見て、父は言った。

「一体どうしたんだ」(さっきのエステルと同じだ)

「何でもないわ」

実際、娘はすこぶる陽気だ。歌がそれを表している。

「泣いたみたいだな」

本当だ、みごとに言い当てられた。しかし、そのことはもう忘れていた。

気分というのは、なんと変わりやすいものか。朝の出来事のうちで覚えているのはただ一つ、ダヴィッドの約束だ。それが今の自分を幸せにしている。しかし、顔が心に追いついていないことを知ると、恥ずかしくなった。

顔をそむけつつ言う。

「何でもないわ。少し疲れただけ」

ジャン・ボンゾンは、もうそれ以上尋ねはしない。腹がすいていた。ちょうどそのとき、妻と三人の別の娘たちが、キャベツの入った籠を抱えて、菜園から戻ってきた。みなはテーブルについた。

一日は続く。ほかの初冬の日と同じだ。最後の二番草《そう》も取り入れた。野菜はほとんど全部、地下倉に収まっている。村人は森へ行くため、雪の降るのを待っている。もうたいしてすることがない。柵を直したり、溝をさらったり、できる範囲で家の修繕をしたり、といったこまごました作業にいそしむ。のこぎりの音や釘を打つ音が聞こえる。ラバは、鞍《くら》の両側に肥料の詰まったズダ袋をつけて、小道を進んでいる。

四時になった。みなは乳搾りに行く。

それが終わると、ミルクを処理場へ運ぶ。そこには可動式の柄《え》に吊るされた銅製の大釜があるので、熱で簡単に分離することができる。

この時間になると、もうかなり暗い。その日は曇っているだけに、なおさらだ。しかし、日が落ちたかと思うと、まもなく山の上に亀裂ができた。山の背後から差す光が、雲の端をほんのりバラ色に染めている。

きょうは晴れそうな気がしたが、晴天にはならなかった。すでに雲は、すきまを閉ざしている。夜の帳《とばり》が下りるやいなや、湿って凍えそうな風が立ち昇った。雪の到来を告げるものだ。

VI

二日後には、高地全体が雪で覆われた。雪はそのまま、ローヌ平野まで下りていった。アントルロッシュの通りは、ぬかるんでいる。除雪車を走らせても無駄だ。道を開いても、すぐにまた閉じられてしまう。しかし一番悲しいのは、降雪とともに、強烈な風が吹き続くことだ。肉屋のシェリックスは、自分の木のことで、その夜ずっと不安に苛《さいな》まれていた。みごとな〝自由の木〟だ。前年の春に、演説、カンタータ、行列つきの盛大な催しのもとに植えられた。

肉屋のシェリックス自身が町に寄贈した。彼ほどの愛国者はいない。

とはいうものの、愛国者という言葉には違和感を覚える。実は住民が千五百人の小さな町で、これまではずっと平穏そのものだった。人々が騒ぎだすには、あの世界的な大事件（フランス革命のこと）が必要だった。だが、もう迷ってはいられない。行動だ。三、四本の小さな通りには、突き出した庇や褐色の木のよろい戸のついた商店が並んでいるが、そこはしばらく前から、とんでもなく騒がしくなった。すでに何度か、窓に緑色の旗がかけられた。たくさんの兵士が通るからだ。ベルンの代官様は、もう城館から出られない。噂の愛国者たちといえば、毎日カフェに集まるか集会を開いている。

だから一晩中、肉屋のシェリックスは眠れなかったのだ。夜が明けるやいなや、広場へと駆けつけた。〝俺の〟木は、しっかりと立っていた。だが午前中、これまで以上に風が強く吹きはじめたので、再び不安に駆られた。昼食を終えるや、様子を見るために、また走った。よかった！　木は相変わらず頑張っている。樹齢七年か八年の菩提樹《ぼだいじゅ》。将来の葉つきを考えて、肉屋のシェリックスは、かなり丈《たけ》の高い苗木を選んだのだ。これはただの菩提樹でなく、シンボルだから。ぬきんでて目立っていなければいけない。

木がしっかりしているのを見て、肉屋のシェリックスは小躍りした。これはシンボルでもあるのだから、と彼は思う。支柱を一本添えてはいるが、どうってことはない。しっかり縛った幹の上方で、まっすぐ伸びた二、三本の枝が風に揺れるさまを、シェリックスは飽きることなく眺めている。〈同じだ〉こんなことを考えながら、うなずく。〈圧制からの攻撃にさらされる自由と同じだ。しなることもあろうが、それはこれまで以上に力強く立ち上がるためなのだ〉

そうこうしていると、委員会のお歴々が現れた。握手をする。さっき浮かんだ台詞《せりふ》は荘重かつ深遠に思われたので、シェリックスはまた口にした。みなは喝采を送る。もう暗くなりかけてきた。お歴々は、いつもの集合場所のカフェ〝セクシオン・ジュニ〟へと向かった。

たしかに、よいニュースばかりだ。中央委員会のゴー・サインが出さえすれば国境を越えようと、メナール将軍は待ち構えている。船は現実にトノン港に投錨《とうびょう》していて、いつでも砲兵の大部隊を運ぶことができる。ローザンヌは、これまで以上に沸き返っているとのことだ。臆病者さえも、態度を明確にしはじめた。旗色の悪さを自覚しているベルンが、まもなく新たな譲歩に応じることは、大いにありうる。さしあたりは時間を稼いでいるが、迷っているように感じられる。とどめを刺す絶好のチャンスだ。

〝自由の木〞のことは、もう忘れ去られた。様子を知らせる日報のシステムが整備されていて、それらが次々と到着する。こうしてお歴々のテーブルは、周辺の各地域から寄せられた知らせで溢れる。それらは命令の形で送り返される。心臓に吸い込まれた血液がまた押し出されるのと同じだ。

しかしながらその日は、最重要とみなされるいくつかの情報が届いていない。七時の鐘が鳴ろうとしていたので、じりじりしはじめた。今回のものは、あやふやな日常連絡ではなく、とりわけ大事な使命を帯びた特使のものだからだ。朝から帰りを待っている。

お歴々は、ますますイライラしてきた。一人がトランプをしようと提案したが、賛同を得られなかった。午後七時頃、ついにドアが開いてドラショー兄弟が現れると、大きな安堵のため息が洩れた。二人とも、猟師服に油脂を塗ったロングブーツ、ウサギの皮製のハンチング姿で、首に赤いスカーフを巻いている。銃の起爆部分は、ていねいに布切れで覆われていた。

みなに取り囲まれたが、まずは一杯飲みたかった。熱いキルシュのグロッグ（チェリーブランデーを砂糖湯で割った飲み物）を注文すると、一気に飲み干した。これでいわゆる〝生き返った〞状態になった。それでも二杯めのグロッグを頼む。ちびちびやり終わるや、兄弟の兄の方が話しはじめた。

街道を通らず、レ・ビオーユ村経由で山を登った。面倒だが、右手のラ・ティーヌ、左手のレ・ゼセルトは避けなければならない。通り抜けられそうな場所はそこしかない。悪路だ。岩だらけ、雑木林だらけ、しかも至るところ、雪が二ピエ（約六十五センチ）は積もっていそうだ。だが、雪も、岩も、雑木林もお手の物だ。手や膝を使ってよじ登り続けたおかげで、歩哨に気づかれることなく、監視地点をすり抜けることができた。「レ・ゼセルトの奴らにも見つからなかった。あの持ち場を、しっかり偵察したよ。二十二人いた。数はだいたい間違いない。俺たちはいい場所にいたから、一人ずつ引っ張りこめば、どこから拳骨が降ってくるか、どうやって反撃すればいいかさえわからなかっただろう。

歩哨の交替があった。ラ・ブーセットの徴集兵がやって来て、『軍旗への忠誠』という文句が聞こえた。奴らは街道の曲がり角、小さな岩壁のところにいる。向かいは大岩壁、そして峡谷だ。つまり、そこであらゆるものを止めている。俺たちはしっかり偵察した。

それから、もっと遠くの情勢を確認せよとの命令を受けていたものだから、銃を隠すことにした。銃を持っているところを見られたら、すぐにやられてしまうだろうからな。木の幹の下に置いて、葉っぱをかぶせた。そして、奴らの持ち場をあとにすると、谷の中へ入りこんだ。だが、見つかってしまうから、村へ下りられないのはわかるだろう。遠くから眺めただけだ。まったく平穏だった。暗くなってきたので、もっと近づくことができた。怪しいものは、何もなかった。納屋の裏に隠れて、会話を盗み聞きしようとした。道を歩いている二人の男の会話が耳に入ったが、話題は仕事のことで、噂のような戦闘準備ではなかった。

そして、また山を登った。干し草置き場で一夜を明かして、戻ってきた……要するに、今のところ、あの監視地点以外はないようだ。ただ気をつけなきゃいけないのは、奴らの準備はもう整っているはず、ということだ」

みなは、ドラショーの兄と弟の労を、大いにねぎらった。二人の身体についた雪や泥が急に融けだしたので、立っている床に大きな黒い水たまりを作っている。それでもみなからの賛辞を聞いていると、身体が内側から（よい傾向だ）どんどん温まってくる。三杯めが持ってこられた。グロッグのせいだけではないだろうが、ずぶ濡れなのに、それほど辛そうに見えない。お歴々は議論を再開した。突然、一人が言った。

「なにより必要なのは、上に仲間を作ることだろう」

「もちろんだ」別の者が応じる。「そして考えを広めるのだ」

「俺たちに味方するグループを組織する」三人めが言う。

「しかも」また最初の男だ。「中心となる奴は、すでにいる」

誰と交渉ができそうか考えた。あいにく、同志であることを意思表示した者のほとんどは、あの高地から去って、下の部隊に加わっている。だから奴らは何もできない。ほかの者との接触は容易ではない。もう市場へ下りてこなくなったからだ。

そのとき、肉屋のシェリックスが口を開いた。

「ちょっと、皆さん。いい奴がいますよ」

みなが振り向く。誰だ？　ダヴィッド・アヴィオラという名の男、と彼は答える。

「ああ！　郵便配達をしている奴だな」

「そうです」シェリックスは続ける。「今も毎週やって来ています。奴なら頼めるでしょう」

「話してみてくれ」

シェリックスは託された使命を忘れはしない。自尊心がくすぐられたのだ。何日もダヴィッドを待ったが、ダヴィッドはなかなか姿を現さない。おそらく雪が深すぎるからだろうが、シェリックスは諦めなかった。

こうして一週間後の火曜日、郵便局の前にダヴィッドのラバを見つけた。

中に入った。ダヴィッドがいた。

彼はその日、いつもとちがって、ほかへは行かなかった。家畜の荷鞍さえ外していない。隅に座り、肘を膝に乗せて、うつむいている。帰る時間をじりじりと待っている様子だ。

しかし、そんなことで遠慮するシェリックスではない。ダヴィッドに近づいた。

「おや！　やあ、君か」会ってびっくりしたかのように、話しかける。「長いこと戻ってこなかったな」

「十二日だ」ダヴィッドはそう答えただけだ。

「それなら、することはわかっているな。俺たちと一緒に何かつまもう」

ダヴィッドは断った。相手は粘る。ダヴィッドは言った。

「袋ができたら、すぐ山へ戻る」

「それはないよ！」

「すぐだ」ダヴィッドは答えた。

シェリックスが何と言おうと、ダヴィッドは耳を傾けなかった。相手はちょっと困った様子で、耳の後ろを掻いている。すると、誰にも二人の会話が聞こえないのを知っているにもかかわらず、声を落として話しはじめた。ダヴィッドは首を振る。シェリックスがしゃべればしゃべるほど、黙ったまま首を振る。

郵便局員が袋を持って現れた。シェリックスは口をつぐむ。ダヴィッドは袋を受け取ると、表へ出た。シェリックスが追いかける。

そのとき、ティーユという名の男が、偶然通りかかった。

たまたま視線を上げていたダヴィッドは、彼に気づいた。考える。〈ここで何をしているのだろう。下りる用事がある、と誰にも言っていなかったが〉

やはりティーユだ。ただし、立ち止まらない。ダヴィッドには気づかなかった様子だ。じきに道の角を曲がった。ダヴィッドも歩きだしたが、シェリックスは相変わらず離れない。

大通り、そして次の道と、ダヴィッドの傍らを歩く彼の姿が見える。ジェスチャーを交えながら、しきりに話しかけている。だがダヴィッドは、相変わらず答えない。首をときどき振るだけだ。

水車のところまで来た。苔に覆われた木製の大きな車輪が回っている。ついにそこで、シェリックスが立ち止まった。おそらくダヴィッドも立ち止まってくれると期待したのだろう。しかし、無駄だった。ダヴィッドは先を進む。

シェリックスは長い間、彼を目で追った。曲がり角で、姿が消えた。ブドウ園の高い垣の後ろだ。しばらくすると、またダヴィッドが現れたが、再び消えた。

晴天だ。シェリックスの右手にある丘の上には、角に四つの小塔を備えた古い城が建っている。城の入口の前で、歩哨の銃剣が輝いている。

だが、シェリックスがじっと見ている先は、正面にある斜面だ。道は、垣の間を迂回しながら上っている。ダヴィッドはもはや小さな点でしかない。シェリックスは相変わらず目を凝らしているが、ときおり、肩をすくめる。シェリックスには何も理解できない。

VII

そろそろ森へ行く頃合いだ。十分な厚さの雪が積もるのを待っていた。前の夏に、学校を建てると決めていたのだ。必要な資材を調達する必要がある。学校はみんなのものだから、全員がこの作業に参加することも大事で、そのために当番が割り当てられた。各住民は何日かの労役に携わるか、それに見合った金額を支払わなければならない。

そしてみなは、時間と肉体を提供する方を選ぶ。戦争の噂が飛び交って以来、金を拝める機会がますます減ってきた。最初の労役隊は、全員そろって出発した。

もうかなり上にいる。南斜面は陰になっていて、一番木が多い。そこに、幹を滑り落とすためのルンゼ（急峻な岩溝）がある。これがなければ、道さえないところから村まで、どうやって運べばよいというのか。しかし、これらのルンゼがひとたび雪に覆われ、氷が張りついて表面が硬くなると、幹の端を引っ張るだけで十分だ。何もしなくても、自然に下りてくれる。

木曜日、つまりダヴィッドがアントルロッシュへ下って午後のうちに戻ってきた日の翌々日。労役隊は、いつもどおり森へ行った。ダヴィッドも加わっている。彼はほかの者より多く参加し、二倍の時間働かなければならない。自分の割り当てだけでなく、父の分もある。

樅の木は密生しているが、都合のいいことには、もう枝はみんな落ちている。所狭しと並んだすべすべした幹の頂上に、細くて小さな黒い葉むらがついているだけだ。根元に打撃を与え、かけてある綱を引っ張ればすむ。男の子が幹を登る。腰に綱を巻いている。幹の三分の二の高さまで達したら、綱をとって、幹に縛りつける。下りてくる。みなは斧で、根元に襲いかかる。柄の長い斧を頭上まで上げると、一気に振りおろす。雌鶏《めんどり》が羽をむしられたかのように、白くて軽い木くずが一面に舞いあがる。

仕事は順調だ。天気もよい。だが大寒気が下りてきているので、昼間でさえ氷が融けない。雪を踏んだ穴の周りから、薄く割れやすい氷が張っていく。その上に足をかけると、ガラスが割れたような音がする。しかし、みなが行き来するので、どんどんならされ固められて、床のようになる。靴の結び目が、少しずつ埋もれなくなった。

正午まで働いた。それからお昼を食べに行く。枝を集めて、ちょっとした掘立小屋を作っている。入口で火を焚《た》くので、風雪や寒さをしのげる。こんな労働をしたあとは、体の冷えに気をつけなければならない。汗だくだが、顎ひげからつららがぶら下がっている。ズボンは、二本の金属管のようだ。だから、男の子を先にやって、準備をさせておく。みなは火の周りに座った。

はじめは何もしゃべらない。ほかにすることがあるからだ。だが、スープを飲み、ポケットから取りだしたナイフで黒パンを切り、当面の空腹が満たされると、あの欲求が戻ってきた。なんといっても人間なのだから、話さなくてどうしよう。目を交わしだす。「さあ、もういいだろう」と言いたいかのように、互いにうなずく。最初に出た言葉は短かった。まず口にしたのは、仕事のことだ。それから徐々に思考が覚醒して、次々と動きはじめる。投げた石が水面に波紋を作るように、議論は活発になっていく。自然と政治の話に移った。正確な情報がないのは間違いないが、知らないことが多ければ、それだけ憶測が幅を利かす。すぐに誰もかれもがしゃべりだす。ダヴィッドだけが黙っていた。

隅に座っている。ほとんど食事が終わろうとしているのに、まだ何もしゃべっていない。フェリシーにした約束を覚えていた。前の日曜日に会ったときも、その約束の念を押された。要するに、黙ってさえいればいいということかな。

しかし、平野で組織されているという噂の、軍隊の動きに話が及んだときは別だ。何もありはしない、と言いきる者もいれば、それは神かけて真実だ、と強く主張する者もいる。自然にみなは、ダヴィッドに訊いてみよう、と考えるようになる。そこから帰ってきたばかりだから。

「おい！　ダヴィッド」ジャン＝ルイ・ボルロという名の男が、突然声をかけた。「俺たちより事情をよく知っているはずだな」

ダヴィッドは答えなかった。

「噂を聞いているか。何も見なかったのか」

「うん、何も見なかった」ダヴィッドは言った。

「下では何をしている？」

ダヴィッドは肩をすくめた。

「こっちと同じさ」

「『こっちと同じ』だと？」

「つまり、そう、食べて、飲んで、寝ている」

「兵隊を見なかったか」

「たくさんはな」

「フランス人は？」

「まったく見ていない」

いくら尋ねても、暖簾《のれん》に腕押しだ。みなはびっくりして、それぞれ思いを巡らす。〈あのダヴィッドが、おかしなくらい変わってしまった。キュラン伍長の事件の頃は、かなり燃えていたのに！　反対意見を言われると、真っ赤になって怒っていなかったか。今はもう、何も考えていないみたいだ。アンセルモと一緒のところも見かけないし……だが、親父に何か言われた、というのはありうるな。親父を怖れているのか〉ジョジアス＝エマニュエルのことはよく知っている。冗談のわかる男ではない。

これで説明がつく気がした。そのため、話が途切れると、自分たちの議論へと戻った。

「どっちもどっちだ」誰かが言う。「俺たちが市場へ行かなくなってから、下の奴らも困っているにちがいない……どの店も、俺たちが食わせてやっているのだから！　グランジュ通りの角の小間物屋のおかみさんなど、お先真っ暗と思っているはずだ。客といえば、俺たちだけだったから……仕方ない！　いい薬だ」

「そうだ」別の者が口をはさむ。「ただしおまえは、小麦の値段がどうなるか考えていない。まだあればの話だが……もう恐ろしく上がっている……十分な蓄えのない者は」

「そのときはどうすればいいと思う？」三人めが割って入る。「なしですませるのさ。どうしようもなくなれば、オート麦のパン、おがくずのパン、土のパン、骨のパンを作ればいい。どうしようもなくなれば、ラバ、犬、猫までも殺してしまおう。食い物くらいのことで、俺たちがそう簡単に屈しはしないところを、奴らに見せるんだ」

「そうだ」二番めの男が言う。「食い物のことだ！　俺の立場にもなってくれ……」「別にいいじゃないか！」〈彼は興奮している。ほかの何人かも興奮している。たちまち二派に分かれて、全員参加の議論となった。相変わらず聞いている素振りを見せないダヴィッドを除いて〉「別にいいじゃないか、何はおいても名誉だ。名誉と言えば、わかるよな。ほかの何よりも重要だ。食い物しか頭にない奴と言われるようじゃいけない」

立ち上がった。もう遅くなっている。樅の木のところに戻った。すでに四、五本倒している。まずは端の小枝を切った。幹の上端そのものも取り除く。細く、しなりが大きすぎるからだ。こうして幹の用意が整うと、フック代わりに使うため、斧を何本か打ちこむ。そして片側に十人、別の側に十人ついて、とねりこの斧の柄を引っ張りはじめる。気合いを入れるため、「ヘイホー！……ヘイホー！」とかけ声をあげる。幹が徐々に動く。こうして木材運搬路まで持ってくる。さらにもう少し前に進ませると、先端が斜面の角から虚空に突き出て、急に支えを失う。ちょうどバランスのとれるポイントを探さなければいけない。

こうなればもう、あとひと押しだけですむ。突然全体がぐらぐらして、当初はためらっているかのようだが、どんどん速度を上げ、すさまじいスピードでルンゼに突っこんでいく。男たちは身をかがめて、それを目で追う。しかし、彼方にあるのは、もはや稲妻のようなとどろきと舞い上がる雪、鈍い衝撃音だけだ。落ちる寸前、縦になった幹は、銃で撃たれた男がつま先立ちで立って腕を上げているかのようだ。

こうして、一、二、三、四、五本と送った。木材運搬路の下に、だんだんうずたかい山ができる。冬に山の中にいると、突如雷鳴が聞こえてくる。〈雪崩が起きたのだろうか〉と思われるほどだが、上の方に小さな黒い人影もある。その下の山腹では、氷の滑り道が輝いている。すべすべして艶《つや》があるので、大砲の内部のように見える。鈍い雷鳴がしばらくとどろくと、山が揺れる。槍の矛《ほこ》で腹を突かれたときのように、呻き、のたうちまわる。それから急に静かになる。

日が落ちてきた。彼らは最後の幹のところにいる。それもまた突き落とした。作業が終わったことを目で確認する。下山の準備にとりかかった。籠を取りに行く。太陽はとっくの昔に沈んでいるように感じられる。昼間もほんのしばらくしか日が差さない北に向いた斜面にいるからだ。だが向かいの斜面は、全体がバラ色に染まっている。木がほとんどない、なだらかな斜面を、豊かな牧草が覆っている。その中に岩の先端が見える。岩はほんのり輝いている。一方、その下に続く傾斜は、紫色、さらに暗い紫色、黒に近い紫色へと変化していった……

夜がこのように近づいている。男たちは夜の到来を待ちはしない。すでに道を進みはじめていた。

ダヴィッドは、少しだけ遅れて出発した。別の小道を進む。まもなく谷の中に入った。シーの入口にある二、三軒の家を過ぎると、もうそこから遠くない。家と斜面は、ほとんど混じりあっている。白い屋根が同じく白い傾斜面にもたれかかっているから、見分けがつきにくいのだ。屋根のない家のようで、上部の角を切りとられた黒ずんだ正面しか見えない。周囲には何もない。一本の木さえない。小さな庭がありはするが、柵が雪で覆われているので、もはや庭とはいえない。明かりのついた小さな窓があるだけ。玄関の上にある窓だが、とても小さく、しかも明かりはわずかだ。この静寂と荒涼、高くそびえる何もない斜面、暗く虚ろな空、さらに寒気と接していると、胸が締めつけられる。

家に近づくダヴィッドも、いつの間にかそんな気持ちになっている。玄関の階段を上って、ドアを押した。暖炉の火を見ると、元気が出てきた。だが、暖炉の前に親父がいる。恐怖心がぶり返した。中に入ると、父の方のアヴィオラは、暖炉の前にかがんで、自在鉤に吊るした両手鍋の中で煮立ったスープをかき回しているところだ。ふだんはダヴィッドがスープを作るが、森へ行くと帰りがかなり遅くなるので、父親が代わりに家事を引き受ける。だからジョジアス＝エマニュエルがスープを煮ているのだ。ダヴィッドが入る物音を聞くと、振り返った。ダヴィッドが「ただいま、父さん」と言うと、相手も挨拶する。そしてまた両手鍋にかがみこむ。沈黙が訪れた。ダヴィッドは帽子をとって、釘にかける。テーブルは準備が整っているし、スープもできたはずだ。黒パンのかけらと虫に食い散らかされたチーズの塊がある。傷《いた》んでいないところを売っている。パンのかけらとチーズとスープ、それだけだ。準備の整ったテーブルをみつめた。することが見つからない。〈親父を手伝うべきかな。だが、状況次第だ〉と考える。それでも近寄った。相手は言う。「できた。座っていろ」

ダヴィッドがテーブルにつくとすぐ、両手鍋を持ってやって来た。二人の間に、じかに置く。まずは父がよそう。会話はない。カンテラのつきが悪いので、ほとんど真っ暗だ。一番の明かりは暖炉の火だが、不安定だ。消えそうになったかと思うと、急に勢いを増す。周囲の壁の上に、奇妙な踊りのさまを映しだしている。ジョジアス親爺は、火に背を向けている。ダヴィッドからは真向かいだ。スープ用のスプーンですくおうと、首を突きだす。二人とも、テーブルの端にしっかりと肘をつけている。肩はテーブルと一体になったかのようで、首と手だけが動いている。

こうしてスープを食べ終わると、次はチーズとパンだ。大きなパンの塊を、それぞれが切る。ポケットナイフを使って、薄切りにする。昼食とまったく同じだ。いつも食事は似たりよったりだから。だが今は、それに沈黙が加わっている。親父が目の前にいる。ダヴィッドは、食べるのを急ぎすぎたように感じた。それでも父が立ち上がるまで、席を立とうとしない。身についた習慣を軽んじはせず、受けた教育に素直に従っている。そんなに急いで立ち去ることなどできない。自分はもうとっくの昔に食べ終えているのに、父はまだ食べている。

やっとジョジアス親爺がスープ皿を押しのけた。座っている椅子を引いて、ナイフをしまう。これがいつもの合図だ。ダヴィッドは皿をとって、ラックの上にのせる。ラックの下に、両開きの物入れがある。そこにパンとチーズを押しこんだ。両手鍋は、暖炉の脇に置いた。これでテーブルは全部片づいた。しかし、すぐに部屋に上がることはできない。まだ何かあるはずだと、立ち去らずに座り直した。実際、ジョジアス＝エマニュエル親爺は立ち上がると、褐色の革と留め金で装丁された、かなり古くてぶ厚い本を、棚《たな》から取りだした。自分の前に置く。父と息子は再び差し向かいだ。だが今は、両手鍋でなく、その本が間にある。静寂がさらに深まってきた気がする、どちらも動かないから。ジョジアスは、指の先を本のページの間に入れる。かつては赤かったが、時とともに、黒くなったり色あせたりした箇所ができている本だ。適当に開くと（「適当」と言ってはいけない。知らないうちに、至高の意思が我々の全行動を決めているのだ）、彼は大声で読みはじめた。

ゆっくりで少しこもった声だが、すこぶる明瞭でしっかりしている。いくつかの言葉はもったいぶるので、スピードが落ちる。文の終わりでも、スピードが落ちる。そして短い沈黙となるが、それはまさに瞑想のひと時だ。また重々しい歩みを始める。お国なまりが、よく知られた言葉に思わぬ威厳を与えている。

すなわち、聖書の二百十一ページ、『ヨシュア記』の第十五章が開かれたのだ。十九節にさしかかる。ジョジアスはその節を読んだ。「彼女は答えた。『贈り物をください。乾いた土地をくださったのですから、泉もお与えください』主は、高いところにある泉と低いところにある泉を与えられた」ここでジョジアスは口を閉じた。しかし、また指をページに入れて、すぐに再開した。今度は四百十三ページ、『歴代誌』の「下《げ》」の第二十九章だ。「そこで祭司たちは主の宮の奥に入って、それを清めた。主の宮にあった汚れた物をことごとく主の宮の庭に運びだした」同じ要領で、四百八十三ページにあたった。『詩篇』十六の節は、我々にも理解できる。

七　わたしの思いを励まし、夜ごと諭《さと》しをさずけられる主をほめまつる。
八　わたしは常に主をわたしの右に置く。主がわたしの右にいますゆえ、わたしは動かされることはない
……
十一　あなたはいのちの水をわたしに示される。あなたの前には満ちあふれる喜びがあり、あなたの右には、とこしえにもろもろの楽しみがある。

七と十一がもう一度読まれた。綴りを言うときのように、音節ごとに区切って。「わたしの思いを励まし、夜

ごと諭しをさずけられる主をほめまつる。……あなたの前には満ちあふれる喜びがあり、あなたの右には、とこしえにもろもろの楽しみがある」そして口をつぐむ。ジョジアス＝エマニュエルはひざまずいていた。大きく開いた本の前で手を合わせている。章の最初は赤文字で、ところどころに挿絵が入っているが、もう読みはしない。父と同じく、ダヴィッドもひざまずいた。彼も手を合わせている。

突然、ジョジアスが立ち上がった。ダヴィッドもまた立ち上がった。相変わらず頭を垂れたまま、手を前で組んでいる。だが年とった方は、ゆっくり顔を上げた。ダヴィッドはさらに頭を垂れた。年とった方は、今は天井を見上げている。ジョジアスは、梁や屋根そのものが消えて、無限の彼方まで見える気がした。心の目は、地上のものに邪魔されない。ジョジアスは、天井の薄い板の向こうに、広大な空と神の王国があるのだ。心の目は、地上のものに邪魔されない。しかしながら、聖霊が降臨するのを待たなくてはいけない。再びあの深い沈黙。かなり経ってから、再び声が上がった。「主よ、あなたのお声で教えを賜《たまわ》るのは素晴らしいことです。心の中に疑念がありましたから。贈り物をください、乾いた土地をくださったのですから、泉もお与えください、と私は言いました。我らが神よ、泉をくださり、ありがたく存じます。斜面の高いところに牧草地があるときのようなものです。雨を長い間待ってもずっと降ってくれなければ、草は枯れて黄色くなるでしょう。——真実から遠ざけられた我々の心も同じです。しかし、あなたによって真実がもたらされました。主よ、二人ともあなたの前にいます。父の脇に息子がいます。なぜなら、父が罪を犯したなら、息子もまた罪を犯したのですから……父は疑いという罪を犯しました。息子は別です。あなたの教えを忘れるという罪を犯しました。しかし主よ、この子をお導きください。みずからの口で赦《ゆる》しを乞おうとしているのですから。この子にも、約束された人生の道をお示しになり、あなたのご尊顔を思い浮かべることが至上の喜びとなりますよう」

これでやっと終わりだ。ジョジアスは座り直した。ダヴィッドは座っていない。

父を見はしない。テーブルの向かい側に立ったままだ。手だけはほどいていた。そのとき、上の屋根裏部屋から物音が聞こえた。庇の下に吹きこんだ風で、木組みがギシギシ鳴ったのだ。

「父さん……」ダヴィッドが突然言った。

ドアの方へ数歩進んだ。

「おやすみなさい、父さん」

ジョジアス＝エマニュエルが顔を上げた。「ダヴィッド！」声をかけた。振り向いたので、

「部屋に上がるというのは本当か、それとも聞き違いか」

「もう遅いから」ダヴィッドは答えた。

だが、ジョジアスは言う。

「まだ真実の究明がなされていない」

こうして引き留められたダヴィッドはもう動けず、樅の木で作った古い家具のそばに立っている。年代物で傷《いた》んでいるが、上側は棚、下側は箪笥《たんす》代わりに使っている。

再びジョジアスが言う。

「おまえから話してほしかったが、話さないので、わしの方から言わねばなるまい……噂は本当か、ダヴィッド」

ダヴィッドが何のことかわからず黙ったままなので、

「この前、郵便の仕事で下りたとき、にせ神の信奉者たちと話しているところを見られた、というのは本当か……聖書の言葉に反することばかりして、口から出るのは聖なる御名《みな》を冒瀆する言葉だけの奴らと一緒にいたというのは本当か」

すぐにダヴィッドは、ティーユを思い出す。町、町の上にある山、そこへ向かう街道の光景が、稲妻のように目の前を通りすぎた。シェリックスが隣を歩いているのを、ティーユが見たのだ。だが、咎《とが》められるようなこと

は何もしていない気がしたので、

「どうすればいいというの、父さん。仕事だから仕方ないよ。俺が下りると、もちろん誰かが話しかけてくる。返事はしなければならないでしょう。そうしなければ、どうやってうまくやっていくの？」

「いや」ジョジアスは大声で言った。「おまえには大きすぎる誘惑だし、まだ心が全然できていないから、この誘惑から遠ざけることにしよう。いいか、ダヴィッド。きょうから郵便の仕事をしてはいけない」

反論しようとしたが、フェリシーが思い浮かんだ。相手は言う。「わかったか」彼は「うん」と返事しただけだ。そして黙った。父も黙っている。

しかしダヴィッドは、それまで伏せていた視線を突然上げて、父の方へ向けた。父もこちらを見ているのに気づいた。こうして父にみつめられることで、何かが身体の中で動きだす。瞼《まぶた》の下がチクチクするのを感じた。考える。〈もう一度話してみたら。前は最悪のタイミングのときに話したから、わかってもらえなかった。だけど、わかってくれるかもしれないと予感させるものが、親父の中にある。目がそう言っている。前のような、ちょっとぶっきらぼうな言い方ではなく、息子としての気持ちのこもった言葉を思いつくままに並べたらどうだろう。今はお互い敵同士のように立っているが、きっと心の奥では愛し合っていて、その愛が怖いだけなのだ……父さん、俺の愛する人を連れてくるのを許してください、と言おう。あらゆる誤解は一挙に吹き飛ぶだろう。あなた自身が開けてくれたドアから、あの子が入りさえすればいい。そこであなたは言うだろう。「入りなさい、おまえは私の娘なのだから。この家にはずっと女がいなかった」と。そう言ってくれさえすれば、ほかのどんな思想だって消えてしまう。愛し合っているなら、もうそんなものは必要ないから〉

こんなことを思いはするが、沈黙したままだ。父の視線は、ずっと自分に注がれている。ジョジアスは考えを全部読みとったかのようだ。しかしダヴィッドは、まだ話さない。きっかけを待っているからだが、父も同じく待っている。

二人とも待っている、というのは誤解だった。思いつくままに話すべきときだったが、互いに似すぎている。しばらくすると、もう堪《こら》えきれなくなった。ジョジアスは「わかったか」とだけ繰り返した。ダヴィッドは「わかった」と答えた。

カンテラを手にとると、樅の小枝に火をつけた。油のしみこんだ芯の脇で、小枝の小さな炎が一瞬揺れる。そして、丸い角灯ガラスをはめた。手にカンテラを持って、ドアの方へと向かう。

ドアを開けると、もう一度言った。

「おやすみなさい、父さん」

振り返りもせず、敷居をまたいだ。

階段を上って、部屋に入る。ベッドの上に倒れこんだ。

もう郵便の仕事ができないと思うと、深い悲しみに襲われた。その間は自由で、熟知している長い行程を、ラバともの思いだけを道連れに歩くことができたからだ。こんなことを考えながら。〈今自分は、好きなことを考えられる。今は本当の俺そのものだ〉ときどき、前を石が転がる。岩床を伝って、峡谷の底まで落ちていくのが聞こえる。誰もいない。大きな樅の木、そして高くて暗い両側の斜面の上に日光の縁どりが見えるだけだ。だが、早瀬の音は始終聞こえる。〝あの子〟のことをずっと語りかけてくれているみたいだ。耳をすますだけでいい。速い流れがこだまを作り、「フェリシー！　フェリシー！」と、いつもその名を返してくる。次は「本当に好きなのか？」だ。彼は水に答える。「そうとも！　そうだ、好きだ」彼女がずっと自分のそばにいてくれているような気がした。

しかし、もう何もない、終わってしまう。門が閉じられたような気がする。牢獄にいるのも同然だ。だが、悲しみより耐えきれないのは、心の中の恥辱感だ。父のことが突然また蘇った。父の前にいる自分が見える。そして思う。〈親父の前で、俺は子供みたいだった。臆病者のように、恐れをなしていた〉

〈あの子のためだった〉とも考える。だが、次の日曜日に会ったとき、私のために犠牲になってくれた、とちょっとでも思ってくれるだろうか。それがどれくらい大事だったか考えもせず、ずっと近くにいられてうれしい、と微笑むだけではないか。

現実がさらに厳しいことを、彼は想像していなかった。すなわちその日曜日、彼女はやって来なかった。

VIII

役場はダヴィッドの後任に、ピエール・ピテという男を任命した。少しおつむが弱くて誰とも話さないから選ばれたのだ。

次の木曜日まで出発しなかった。また雪が降ったし、小包も手紙もどんどん数が減っている。

しかし、木曜日が来て、朝早く出はしたものの、道がぬかるんでいるので、今夜中に帰ってこられるとは誰も思っていなかった。

ひどく暖かな昼間の日差しを浴びて、屋根の雪が滑り落ちた。家は、大きな縁なし帽のように見える。端の張り出しているところは毎晩凍るため、窓の上の方に庇《ひさし》めいたものを作っている。

ときどき、出っ張った部分も割れて落下し、熟した果実が破裂するような音を立てる。割れた氷の厚みによって、黒い木目模様が三層見えたり、四層見えたりする。

静寂が至るところを支配している。地表、斜面、空のどこも音を立てない。聞こえるのは、ところどころから上がる声と小さな女の子の咳だけだ。ごく小さな音が、奇妙なくらい大きく聞こえるときがある。家の中で木をのこぎりで切っているときなどだ。ジャン・ボンゾンは梯子《はしご》に上って、二枚の板の間の裂けめを補強する木を釘で打ちはじめた。

どうやってあのニュースが届き、誰がそれを伝えたか、はっきりしない。正午を少し過ぎた頃、このささやかな冬の生活が続いている最中に。その日は誰も森へ登っていない。男たちも村にいたので、誰もが教師宅で起きた事件に立ち会うことができた。彼の家は少し離れているものの、どこからでも見える位置にある。そしてあの窓が開いたとき、誰もすぐには気づかなかった。昼食を終えたばかりだから、なおさらだ。みなは戸口でひと息ついていた。

かなり滑稽なことで、実際に最初は大笑いしていた。窓が開くやいなや、どら声が聞こえた。ドヴノージュのおかみさんの声とわかった。

「この怠け者！　できそこないの親父！　こうやって、子供たちの口からパンを取り上げるのね！　あんたのろくでもない本を、誰が楽しみにしているというの……どうするか見てらっしゃい！」

そう叫ぶと同時に、二本のむきだしの太い腕が、窓の外へ突き出た。包みに入った綴《と》じ本が、家の前の雪の上に散らばった。何冊かは、悲しげにページを地面に開げている。角が当たったものは、ずっと先まで飛んでいく。

「このとおりよ、わかったわね。こんなゴミなんか、もう要らない」

ドヴノージュのおかみさんが再び現れ、新たにひと抱えの本が投げ捨てられた。そのとき、それをやめさせようと、ドヴノージュが背後から近寄ったようだ。彼女はさらに大声を上げる。

「なんですって！　私にさわらないで、あとにして！　あとに！」

みなは二人の方を振り返ったが、しばらく何も見えなくなった。

すると、家のドアが開いた。ドヴノージュが姿を現し、大急ぎで階段を下りた。それでも、ドリール神父の肖像画を頭に受けるのを避けられるほどには速くない。段の上で、ガラスが音を立てて割れた。

彼は物置に入って鍵をかけるのがやっとだった。

さらに、この大騒ぎの原因がほどなく伝わった。牧師の勧告を受けて、役場は前夜、彼を免職したのだった。

滑稽なところがあるから、当初この場面は、みなに笑いを提供した。まだそれほど深刻ではなかった。それに、天気はよくて暖かい。鳥のさえずりが聞こえる。小さな真珠のような滴が、屋根の端から落ちている。このように、はじめはのんびりしていた。しかし、あちこちで人が集まりだすと、噂がすぐに広まった。これは別のニュースだ。真偽のほどは定かでないが、なんとなく不安にかられて、さっきまでの楽しげな気分が吹っ飛んだ。峠をつなぐ街道全体に、低地の奴らが大人数の偵察隊を派遣した、という情報だ。攻撃が近い証拠かもしれない。もう待ったなしなほど近いのだろう。

牧師が地方総督宅に入る姿が、再び目撃された。三十分後、ドイツ語住民側の斜面（ザーネン地方）に住むお歴々に宛てた至急便が出発する。シーだけでなく、ムーランやプランでも大騒ぎになった。

しかし、四時頃には収まったかに見えた。乳搾りの時刻だからで、各自は家に帰った。日が暮れはじめてから、牛乳用の籠を背負った男たちがまた現れる。

みな乳処理場へ向かっている。大釜のある部屋は、じきに溢れんばかりの人となった。そこでニュースのことが蒸し返される。再開した議論は、前より活発だ。興奮もしているだろう。夜の到来がかもしだすのは、この種のいわれのない恐怖感だ。

こうしたところへ、ダヴィッドもやって来た。最後に現れた一人だ。いろんな世代の男が三、四十人いるが、特に若者が多い。彼は声をかけられたが、返事をしなかった。

うつむいたまま人混みを割って通りぬけ、二ポ（一ポは一・三五リットル）、一ポ、半ポの桝《ます》が置かれたテーブルまで進む。九ポ半、とその日持って来た量をノートに記してもらうと、相変わらず何も話すことなく、出て行った。「おい、ダヴィッド！　今晩会えるよな？」とか「ダヴィッド！　今晩ニコリエの店に来いよ」と声をかけられても、聞こえない様子だ。もういなくなっている。これは驚きだ。「奴はどうしたのだろう」とみなは不思議がる。

郵便の仕事をしてはならないと父に言われた夜から、彼の心がどんなに苦しんでいるか、この苦渋にどれだけ苛《さいな》まれているか、知らないからだ。そのうえ、次の日曜日はフェリシーと会えず、それからも会っていない。彼は考えた。〈あの子も俺を捨ててしまう〉妹の一人が氷の上で橇から落ちて頭に大怪我をしたと聞いても、やはりこう考えてしまう。〈来ようと思えば、来られただろうに〉考えをなかなか整理できない。堂々巡りして、何も結論を得られない。つまり、自分はみんなに嫌われているという思いと、世間に対する深い恨みの念しか残っていないのだ。あの苦渋の気持ちに始終襲われるため、外部の音が耳に入らず、外部の物が見えなくなっていた。だが、乳処理兼チーズ製造場にいたみなは、それがわからないので、「どうしたんだろう」と言い合う。「親父とうまくいっていないにちがいない！」すると、すぐに誰かが付け加えた。「それに、奴は俺たちの仲間じゃない。仕方ないな。でも、誰が味方で誰がそうじゃないか知るのは大事だろう」

このような疑念の声が上がったが、あながち見当外れとは思えない。そこにいた若者の一人が、口に手をあてて、思いきり叫んだ。「おい！　ダヴィッド……ダヴィッド、聞こえるか。言いたいことがあるんだ」続ける。「ダヴィッド！　ダヴィッド！」無駄だった。ダヴィッドの姿はもう闇にまぎれていて、しばらくするとまったく見えなくなった。

彼は次第に厚みを増す夜の帳《とばり》の中に溶けていった。同時に山上では、一番星が夕陽の脇で輝きはじめた。

その夜は、かなり寒かった。六時が鳴った。乳処理場の前の人だかりが、散っていく。六時半が鳴る。食べていたスープを空にする。七時になると、最初のいくつかのグループが、ニコリエの店に近づいてきた。

天井から大型の石油ランプが吊り下げられているが、それほど明るくない。

天井の低い部屋の真ん中に、長テーブルが置いてある。樅の木でできていて、褐色のペンキが塗られている。太く四角い脚は、むしろ梁を連想させる。

その長テーブルの両側に、それよりも小さなテーブルが三つずつ、奥にも一つ。

手を上げると、天井についてしまう。灰色の石製の大きなストーブが、隅で燃えている。教師の家のストーブと同様に熱が仕切り壁を越え、台所と兼用になっている。このようにストーブは、ふた部屋をまたいで置かれている。

朝からずっと燃え続けているので、室内はかなり暖かい。ドアが開いた。三人の男が次々と入ってくる。そしてドアが閉まった。

大テーブルの端にベンチを引いて腰かけ、何も言わずに肘をつく。またドアが開いた。二、三人の男が入ってきた。

このように、グループ単位で到着する。教区の至るところからやって来る。隣どうしで一緒に行く約束をすることもあれば、途中で声をかけあうこともある。こうして教会方面のモイーズ・ピテ、モイーズ・ニコルラ、やはり教会方面に住んでいる初級裁判員、ジャン＝ピエール・ボンゾン、イサック・ボンゾン（イサック・ボンゾンは二人いる。この地方はどこでも、同じ苗字だけでなく同じ名前が多い。そのため、この二番めのイサック・ボンゾンは、もう一人と区別するために、シーのボンゾンと呼ばれている）が、たて続けに姿を現した。シーのボンゾンのすぐあとに、ジャン・ボンゾンが議員のヴァンサン・オゲーを伴って現れた。地方総督を含めたタヴエルニエ一家が二、三人、ティーユ一家が二、三人、アンセルモ一家も来た。ボルロ一家、ファヴル一家、アヴィオラ一家もだ。それぞれ大テーブルまたは小テーブルの前に腰かける。考え方や親密さに応じて、席の割り振りが決まる。

最後に入ってきたのは、猟師のシメオン・ファヴルだ。三か月前から寝込んでいたので、来るとは思っていなかった。「だけど」彼は言う。「俺が必要になるだろうと思って」

みなは立ち上がって喝采した。彼は松葉杖を使って立つのがやっとだ。苦労して、ドアの掛け金を肘《ひじ》で外した。ドアを押すのは膝しかない。そして、鐘の舌が揺れるように、ふらふらしながらゆっくり前に進んできた。まだそれほどの年でもないのに、髪の毛は真っ白になっている。顔が左肩に向かって傾き、上体は大きく湾曲している。完全にねじれた右足は、つたが幹にからまるかのごとく、松葉杖に巻きついているように見える。でもかまいはしない。〈みんなは俺を必要としているかもしれない〉と思ったので、やって来た。

地方総督が出迎える。腕の下に身体を入れて支えると、自分の右側に配した。

「我々みんなの模範にしたい！」と彼は言う。

全員が賛成した。

「総督、模範とは言いすぎだよ。むしろ、わしのような身体の者がほかにいなくて幸いだと思っている。あのいい時代は過ぎた。思い出せるよな、総督。ベッカ・ブランシュ山のルンゼを日に三度、必要なら四度も往復した頃のことを。〝青の岩帯〟と呼ばれているところへも行かなくなった。レ・ベージュ村の上にいる、羊の群れに会うこともない。覚えているな、十五頭いて、それぞれが三頭ずつ殺した……そんなこともうない、終わってしまった……だが、うれしいのは、この若い連中は、わしと似ても似つかないことだ。腕も足もしっかりしている」

またうなずいた。ずっと微笑んでいる。室内のあちこちから、ささやき声のようなものが長く続いた。彼を誉《ほ》めたたえている証だ。

こんなひと幕があったが、そのときニコリエの店には、ゆうに四十人の村の男たちがいた。もうどのテーブルにも空いた席は一つもない、と言っていいだろう。ほかに若者が二、三人、窓際にいる。カルテットのワインが運ばれてきた。シャンヌと呼ばれる錫製の蓋つきジョッキやゴブレットでも飲む。天井がかなり低いので、頭が窮屈だ。壁が低いと、物が歪んで見えるものだが、顔がとても大きく感じられる。帽子を後ろ向きにかぶっているから、目鼻立ちが目立つ。とりわけ額や鼻、顎が浮き彫りになる。照明が暗いので、くぼんだところはどこも影になり、出っ張った部分はさらにはっきりする。議論はますます白熱していき、首を伸ばしたり、拳を上げたり、肩をすくめたり、首を振ったりする頻度が増えていく。

この地の住民の夜の集まりは、いつもこんなふうだ。ウエイトレスのマリーちゃんは、今夜は眠くならない。ニコリエと女房もまだ寝ていない。二人とも、することがたくさんある。男はしょっちゅう酒樽まで走る。女は台所の中を行き来する。戸外は相変わらず、ビロードのように黒く美しい冬空だ。星々は、その上に縫いつけられた真珠玉のように見える。

地方総督が、ゴブレットの底でテーブルを叩いた。

「議員諸君、住民のみなさん」彼は話しはじめる。「噂が流れているのはご存じでしょう。きょうの午後、正式な知らせが届いたので、協議のためにお集まりいただきました。私が言わねばならないのは、次のことです。仲間であり友であるみなさん、我々の心根は常にまっすぐで、他人に喧嘩を売ったことなど一度もありません。しかし、問題はもうそこにはないのです。今問題になっているのは、攻撃されたらどうするべきか考えることです。防御せずに降伏するか、あるいは徹底的に抵抗するかです。信心深いみなさん、平和を愛するだけのために思想や信仰を捨てるか、それとも平穏でいたいという気持ちよりも名誉を大事にして、血を流す覚悟を見せるかです。この点について、まずは合意が必要です。私は躊躇することなく、今すぐに意見を申し上げます。防戦しなければならない、です。ベルンのお殿様たちに不満を持ったことがあるでしょうか。いつも領主様たちは、我々の習慣や自由を尊重なさり、厚生にも心を砕かれ、飢饉のときや収穫の悪い年には配慮されて援助の手を差し向けてくださったではありませんか。低地の奴らが唱える新思想など、何の役に立つというのでしょう。すでに私たちが自分たちなりに幸せに暮らしているというのに、何をもたらそうというのでしょう。万一その考えを受け入れたとすれば、我々の一番貴重な財産を逆に奪われないとも限りません。新しいということは、つまりまだ試したことがないということです。新品の銃のようなものです。ご存じでしょう。狩りに行くとき持っていくのは、むしろ古い方です。なぜなら〈これの性能はわかっている〉、そして〈もう一つは、日曜日にでも的を狙って試してみよう〉と考えるからです。これが私の意見です。別の意見をお持ちの方は、おっしゃってください」

喝采が起きた。ここにいる大部分が地方総督に賛成であることを、よく表している。反対意見を述べそうな者は、誰もいないだろう。ところが、びっくり仰天したことに、ジャン・ボンゾンが立ち上がった。

二番めに話したのは彼だったが（これが公の議論というものだ。総督自身が促したのだから）、心のもやもやを解消したいという気持ちがなければ、おそらく控えていただろう。人前で話す習慣など全然なかったからだ。「つまり」彼が話しだす。「相手方が何をしようとしているか、十分な情報がありません。互いに理解しあえば、おそらく最後の手段に訴えずにすむでしょう。だから」彼は言う（早口で聞きとりにくい。ますます気弱になっている）。「だから、やってみるべきでは……使者を送るべきでは。そして、こう言いましょう。『我々はあなたたちに悪意を持っていない。好きなようにしてかまわない。だが、我々も好きなようにさせてくれ』こんな感じです。繰り返しますが、互いに理解しあうことです。我々と同様、おそらく相手も戦いたくないでしょうから」

座った。大テーブルの端の彼を囲んだ数人が、同意見だと大きくうなずいた。しかし、数は多くない。実直な男なので、ジャン・ボンゾンはたしかにとても好かれているが、威厳には乏しい。さらにそのとき、ジョジアス＝エマニュエルが立ち上がった。

それまでひと言もしゃべらず、身振り一つ見せていなかった。はじめは立っただけで、何もしゃべらない。背《せ》丈《たけ》は息子と変わらないし、外見も似ている。テーブルに両手をついて、前をじっとみつめている。頰にふくらみのないやせた顔、締まった薄い唇、グレーの髪が後退してかなり広くなった額が、もう長い間、微動だにしない。静まり返ったので、ニコリエの女房が台所で洗っているスープ皿のぶつかる音がよく聞こえる。

突然、話しはじめた。「ジャン・ボンゾン、ジャン・ボンゾン（二度その名を繰り返すと、口をつぐんだ）。おまえは弱虫だ。だが、傍らにおわす神様が、おまえに決心を促してくれよう」

また言った。「ジャン・ボンゾン！」それから、一陣の風が考えを運んできたように話しだした。「もう迷ってはいけない。前に一度、わしは声を上げたが、それは時期外れに鳥が鳴いたようなものだった。おまえたちの心がまだ乾いていたから、わしの声は砂漠の中で響くようなものだった。寒い季節の木々と同じで、おまえたちの心は冬に閉ざされていた。だが、不信心者が聖なるものを冒瀆し、金の亡者《もうじゃ》が近くではしゃいでいるのを、これ以上許しておくのか。行って、奴らの偶像を倒せ、と言いたい。さもなくば、奴らの方からやって来る。おまえたちの気の弱さ、卑怯さへの神の怒りを利用して、我々を殲滅《せんめつ》するだろう」

ここでひと息いれた。再開しようとしたとき、邪魔が入った。ドアが押されたのだ。大寒気が入ってきたかに思われた。突然、周囲も心の中も闇に包まれたようだった。

姿はまだ見えないが、あの声がすでに届いている。かなり震えてかすれてはいるものの、聞くのには十分だ。

「手遅れだ！」

何人かが腰を上げたが、座り直した。また声がする。

「奴らはニコライ宗の者どもに身を売った。バラムの教えに淫したのだ！」（『ヨハネの黙示録』から）

声がまた同じことを繰り返すと、本人が姿を現した。

かなり年をとった人物で、もう誰も正確な年齢を知らない。百歳を越えていると噂されている。多くの住民にとって、彼を見るのは初めてだ。人里離れた小さな家に一人で閉じこもり、ずっとわけのわからない本を読んでいるからだ。

しかし彼が入ってきたとき、みなは少なくとも誰かわかった。迷う余地はなかった。ふり乱した長い髪が肩まで垂れ、白い顎ひげは長く、流行遅れの古い服を着ている。みなは言い合う。「あの人だ！」さらに言う。「あの人が来たからには、重大なことが起きるにちがいない」みなは恐怖であとずさりした。イザイだけがしゃべりだした。次第に高まる声を聞いていると、ものが考えられなくなってくる。ジョジアス＝エマニュエルは、「もう黙っても大丈夫だ。俺よりもこの人が上手に話してくれる」と言いたいかのように、うつむいている。

そして再び、イザイの声が高まった。

「四つの生き物が雲を振り払うと、天使がらっぱを吹き鳴らした。オリーブ油とワインをそこなうな、と言われていたのに、駄目にしたからだ。神の印が現れた。小麦のひと枡《ます》は銀貨一枚、大麦三枡で銀貨一枚だ。人々はもう、女のような髪をしたいなごに近寄っている。さらに赤い馬のあとに従うであろう。そのとき泉は涸《か》れ、草は灰に覆われ、水の池は血の池に変わるであろう。わしは、赤い馬と大いなる娼婦（バビロンの町のこと）がやって来るのを見た。それをおまえたちに伝えるために、わしは立ち上がった。もう手遅れだ、と言うためにもな」（同じく『ヨハネの黙示録』から）

手を上げた。合図のようだった。ちょうどそのとき鈴の音が聞こえて、郵便配達のピエール・ピテが入ってきた。

「どうしたんだ」みなは叫んだ。

「これからは好きなようにしてくれ。俺はもう山を下りない」

みなは再び立ち上がった。いろんなことが次々に起きる。あまりたて続けなものだから、もう全体の状況がつかめない。ピエールに詰め寄って言った。「話してみろ！」

「つまり」ピエールが口を開いた。「もうおしまいだ……俺は低地でひどい目にあった」

「まさか！」

「うそじゃない。〝自由の木〟に一礼するよう求められた。寄ってたかってだ。『帽子をとれ』と言う。俺はそうしなかった。すると奴らが襲いかかってきた」

「本当か？」訊き直す。「本当なのか？」

信じられない。この類いのことは一度もなかった、と誓って言える。もちろん議論はしたし口論もあったが、暴力沙汰になったことなど一度もない。

「間違いないか？」みなは尋ねる。

「間違いないさ！　俺はどうやって戻ってきたか、よく覚えていない。奴らに止められたからだ。こう言われた。

『おまえを帰さないことにする。裏切り者め。こっちで見たことを、またしゃべるかもしれないからな。だが、しゃべるなよ。そのときは、おまえを見つけてぶっ殺すぞ』俺は駆けだした。ブドウ畑まで追っかけられた」

「どうしよう」

あちこちから声が上がる。こう言っている。「放ってはおけない……俺たちは襲われる。ジョジアス＝エマニュエルの言うとおり、下りて戦うべきだ」興奮した連中は、もうドアの方へと向かっているが、事はまだ終わりではなかった。

物事には、いくつか節目があるものだ。通りで、突然足音がした。誰かが駆けてくる足音だ。

今度は、ドアが開くどころか、壁にぶつかりそうなくらいの乱暴な押しようだ。その男は、戸口からテーブル近くまでひとっ飛びした。手には銃を携えている。

かなり寒いのに、顔は紅潮して、汗がしたたり落ちている。服のボタンは外れ、シャツの襟《えり》がはだけている。しゃべりだす。

「必死で走ってきた」

理由を尋ねる必要はなかった。自分から告げる。

「レ・ゼセルトの男が殺された……知っているよな、猟師のヴィクトリアン・シャブレだ」

腰かけが倒れた。それだけだ。

「額に弾を受けて、ばったり倒れた」

台所の戸口に立っていたニコリエの女房が、わっと泣きだした。誰かが咳をした。かすれた吐息がする。それから全部を包みこむように、闇の向こうから鐘が鳴り響く。

一打一打が弔鐘《ちょうしょう》のように聞こえる。鐘の舌の周りを細い紐で縛ってあるからだ。静寂の中、鐘の音は軒を越えて届くが、それはさらに遠くへと広がって、山々の斜面とぶつかる。動きが速くなった。打つスピードがどんどん増していく。助けを呼んでいるのに、それが来ないときのよう。胸が締めつけられて呼吸が速くなり、鼓動がどんどん激しくなっていくさまに似ている。あの大きな心臓が、闇の中で高鳴っている。人々は言い合う。「あれはこの土地の心臓だ。この土地は俺たちを必要としている」

みなは叫んだ。

「行かないと！」

入り乱れてドアへと殺到した。

しかし、こんな無秩序な高揚感だけでは目的まで達しないことに、総督はすぐ気づいた。冷静さを失っていなかった。大声で叫んだ。「止まれ！」もう一度。「止まれ、止まれ、まずは合意が必要だ」一番近くにいる者たちが立ち止まって、もう表に出ている者たちを呼びもどす。総督の言うとおりだと感じていた。

再び全員が輪になった。総督はまた話しはじめる。「まずは組織作りだ。そして」続ける。「誓いを立てることも必要だ」

上がった叫び声は一つだけ、全員賛成だ。意見を交わすのは結構だが、それらはただの意見でしかない。信条がどうであれ、この土地の人間であることが第一だ。今、仲間のうちの一人が侮辱され、血が流された。この侮辱と血が、みなを一層団結させるつなぎ目になっている。

テーブルに近寄った。総督が席につく。その隣に、ジョジアス＝エマニュエルがいる。

聖書を持ってくるよう、ニコリエに頼んだ。彼は聖書を持ってくると、総督の前に広げた。これから読まれる聖なる言葉を傾聴しようと、全員が身がまえる。あとは手を上げればよいだけだ。

だが、タヴェルニエが聖書のページを探しているとき、ティーユという男がこう言った。

「誓いを立てる前に、ここにいない者たちを連れてくるべきじゃないかな」

みなが彼の方を向いたので、また言った。

「たとえば、ジョジアス＝エマニュエルはここにいるが、息子はいない……なあ、ジョジアス＝エマニュエル、息子さんが俺たちと同意見なのは察しがつくが、ここにいない者たちのことはわからないだろう？」

ジョジアス＝エマニュエルはティーユをみつめた。

「ティーユ、おまえの言うとおりだ」


ダヴィッドは自分の部屋にいた。早鐘《はやがね》が聞こえても、驚きはしなかった。何が起こっても平気だ。〈きっと悪い知らせが届いたのだろう〉どうするにせよ、決着がまもなくであることはわかっていた。

彼はそれに幸せを感じていた。自分自身を取り戻すのだ。〈俺がどんな男か、やっと見せてやれる〉どのように振る舞うかはまだはっきり決めていないが、一人前の男であることをみずから証明するときが来た、さもないと永遠に軽蔑されてしまうだろう、と感じている。決心を固めるべく、しばらく考えた。すると、錠を回す鍵の音が聞こえた。父だとわかった。自分を迎えに来たのもわかった。

事実、ジョジアスが声をかけてきた。ダヴィッドは返事をしない。

階段を上る音がする。ドアが大きく開けられた。

「聞こえなかったのか？」

「いや」ダヴィッドは答えた。「聞こえた」

「じゃあ、なぜ返事をしなかった？」

ダヴィッドはまた返事をしないでいる。ジョジアスは無理強いしない。だが、父は父だ。父は命令する存在で、息子は従うだけ。

「急いで服を着ろ。台所で待っている」

来るのはわかっている。ダヴィッドが階下へ下りるために立ち上がるのを待ちさえしなかった。階段の半分も行かないうちに、ベッドから飛びだしたダヴィッドの裸足《はだし》の音が、かすかに聞こえた。

早鐘は相変わらず鳴っている。しばらくやんだあと、さらに強く鳴りだした。打ち方が違っている。おそらく鳴らし手が交代したのだろう。

ジョジアスは立ったままだった。ダヴィッドが現れた。ジョジアス、

「支度はできたか？」

「うん」ダヴィッドは答えた。「できた」

「なら、来ないといけない」

「何をするの？」ダヴィッドは尋ねる。

「そうだ、知っておくべきだな。つまりダヴィッド、みんなは誓いを立てているところだ。おまえも誓いを立てるよう、迎えに来たのだ」

驚いたことには、声音《こわね》が不安そうで、しかも口調が柔らかい。だがダヴィッドは、聞いていない様子だ。あるいは話し方などどうでもいい、並んだ言葉だけを耳にしようとしているかのようだ。今度は彼の方が強く出る。ぶっきらぼうでそっけない口調だ。

「俺抜きで誓いを立てなよ」

「なあ、ダヴィッド。わかっていないようだな。攻撃されるという噂があるから、防戦しないといけない。わしたちがする誓いは、祖国のためだ。来ないといけない、ダヴィッド、さもないと……」

声が震えだした。人間というのは、こんなに変化するものだ。心の奥底を誰が知ろう。

その心が突然もたげてきたのだ。強い北風を浴びた木の表面がはがれて、内部が見えるようなものだ。だが、きっともう遅すぎたのだろう。ダヴィッドは再び言う。

「行かないよ」

「ダヴィッド。おまえはわしの息子だというのを忘れたのか……（息が足りないかのように、声がふらついた）ともかく、おまえはわしの息子だ……息子は父親の言うことを聞いて、おとなしく従わねばならない」

ここで、また声がゆらいだ。「ダヴィッド！」さらに、「ダヴィッド！」まるで祈りのようだ。しかし息子は、三度めもこう答える。

「行かないよ」

すると、ジョジアス゠エマニュエルが身を起こした。

「よく考えた末か？」

イエス・キリストとの関わりを三度否認した聖ペテロのごとく、これで三度だ。父はゆっくり腕を伸ばして、戸口を示す。「出て行け」ダヴィッドはうなだれたまま、何の返事もしない。ジョジアスはさらに言う。「おまえはもう息子ではない」


ダヴィッドは路上にいた。たくさんの小さな光が動いている。ほんのりブルーに照らされた雪を背景にして、黒いものが速足で移動している。これからどうするか、まだ自分でもわからない。今は単に足を動かしているだけだ。あちこちで窪みにはまったり、凍った轍《わだち》につまずいたりしながら。ここは橇の通り道だったにちがいない。丸太もここを滑り落とした。

こうして彼は道の端まで行くが、そこで突然立ち止まる。自分のしたことは正しかった、と思う。必要なことだ。熟した果実が落ちる運命にあるように、ああしたことは起きて当然だ。自分はそれを予想さえしていた。だから元気を出そう。避けられないことと考えよう、それが時の力というものだから。よしとされることだ、時の流れなんだ。彼は歩きながら考える。〈よしとしよう〉けれども、これからどうしよう（もうそのことを考えはじめている〉。

親父のところへは戻れないだろう。村の誰も、俺を暖かく迎えようとしないだろう。それにプライドがあるから、誰にも頼めない。冬なので、一面雪に覆われている。あまりの寒さのために、斜面の岩が破裂する音がする。出て行こう。彼は考える。でも、どこへ？　心はいたって冷静なままだ。

左手の空の下では、相変わらず鐘が強く打ち鳴らされている。急ぎの仕事でやって来た職人が、壁につるはしを打ちこんでいるかのようだ。だがそれは、俺にはまったく関わりがない。するべきことが、まったく別にある。だから長い間、周囲の闇と星々を凝視している。すると闇の中から、自分の本当の星が立ち現れた。彼は思う。〈会ってくれるよう、あの子に頼んでみよう。話し合えば、万事解決だ〉

また歩きだした。大きな流れに導かれるままに。みんな壊れてしまうのは、ときには悪くない。自由を得られるから。弱気の虫が顔をもたげたが、振り払わねばならなかった。だが、一つ問題がある。どうやって早瀬を渡ればいいだろう。橋の上には、人がいすぎる。しかし幸いなことに、ところどころ完全に凍っている。そこでは、積もった雪が橋の代わりをしてくれる。村の中は、なんて騒がしいのだろう！　ニコルラの二人兄弟の家は避ける。戸が大きく開いていて、前に女たちがいっぱいいる。赤ん坊の泣き声が聞こえる。誰かが走ってくる。何を持っているのだろう。銃だ。俺はといえば、あの子に会うだけで、すべてがうまく収まるのだが。

憶《おぼ》えていないかい、ダヴィッド、あの子の家に近づくにつれて足取りがゆっくりになった、あのときのことを。もうスピードを落とさなくていい。戸が大きく開いているのが見える。あるときはダヴィッド、憶えているか、おまえは着くと、恥ずかしがるかのように、物置の後ろに隠れたではないか。今はもう隠れなくていい。戸が開いているのが見える。玄関の階段の上で、二人の女がジェスチャー交じりにしゃべっている。ボンゾンのおかみさんと隣人だろうが、もういなくなっている。いなくなってくれて幸いだ。最悪でも、あの子に声はかけられるだろう。家にいてほしい。自分のもとに来てほしい。釣り針を垂らすように、あの開いたドアから視線を投げかければ、食いついてくれるだろう。目で見えなくても、以心伝心ということがあるではないか。

あの子の心が先に俺を見つけて、俺だと気づいた。本当だ。彼女が現れる。玄関の階段の上から、身を乗りだしている。「おい、フェリシー！」娘は恐怖を感じて、後ろに飛びのいた。また声をかける。「俺だよ、フェリシー」恐怖心は消えた。また身を乗りだす。彼は言う。「なあ、あす何とかして、ヴェイヤールの家の干し草置き場まで来てくれないか。そこにいるから。一日中待ってる……すべてうまくいくだろう」彼は念を押す。相手に返事するひまを与えず、さらに言う。「本当だ、すべてうまくいっている。だが、お互いの合意が必要だ……だからあす。いいかい？」

階段の下まで進んだ。もう何もしなくていい。きっと返事をしてくれるだろう。だが、足音が近づいて、一人の女が駆け抜けていった。鐘がますます激しく鳴り響く。空が落ちてくるのでは、と思うほどだ。やっと家の明かりがついた。ところが、叫び声が上がる。

「火事だ！　火事だ！」

フェリシーは何も言わなかった。全身が明かりで照らされた。両手で顔を覆っている。

彼は娘の視線の先を追った。人の腕が上がるように、彼方で炎がまっすぐ上がっている。

そのとき、誰かが叫んだ。「ピエール・アンセルモの家が燃えている！」

炎は、アンセルモの家の隅から出ている。帽子の羽根飾りのように、空中で揺らめいている。群衆が家を取り囲んでいる。だが火を消そうとはしていない。若者や大人たちの誰もが、火の回りのよさに魅了されている様子だ。炎に向かって喝采を送っている。

しゃべっている内容が、次第にわかってきた。叫び声がどんどん大きくなるから。「前からも火をつけたらどうだろう」「それはいい！」「おっさんよ。口は災いの元、と肝に銘じることだな……熱いか。いいじゃないか、冬だから」

家のドアは開いていた。腕が出てきて、閉じられる。そのすぐあと、窓が開く。男が現れて、身を乗りだした。顔の前で手を動かしている。何かしゃべりたそうだ。怒号を浴びた。アンセルモだ、とダヴィッドは気づいた。頭にある考えが浮かんだが、そのまま動かなかった。

しかしながらダヴィッドは、状況をよく把握したはずだ。アンセルモは、窓の下に足を下ろそうとした。みなが詰めかけると、後ろに倒れた。再びドアが開いた。今度はピストルを持って、いつでも撃てるよう、拳を突きだしている。今度はきっと通り抜けられるだろう。すると突然、後ろからつかまれた。若者の一人が、ドアと彼の間にうまく潜りこんだのだ。

ダヴィッドの全身に強い悪寒が走った。大声で言う。「行かなくちゃ」フェリシーがいるのを忘れ、自分だけに向かって話しているかのようだ。まずは一、二歩前に出る。強い反射光が、顔を赤く染める。突然、駆けだした。

娘が呼ぶ声は聞こえただろうか。一度、二度、三度、呼んだ。「ダヴィッド！　ダヴィッド！　行かないで！」声がどんどん大きくなる。「お願い、ダヴィッド。行かないで！」――彼は振り向きもしなかった……

攻撃があまりに急だったので、誰も防御に気を回していなかった。背中や肩、頭を棒で殴られた。若者たちの誰も、すぐにダヴィッドとは気づかなかった。それほど彼の登場は予想外だった。

悪魔が現れた、ときっと思ったはずだ。若者たちはあとずさりした。アンセルモはすばやく立ち上がると、ダヴィッドに駆け寄った。ダヴィッドが声をかける。「来たぞ！」棒を持っている。途中の柵で抜いた長い木切れだ。二人とも前に出た。ダヴィッドは腕を伸ばして、持った棒を高く掲げる。群衆のところまで進むと、通り道が開いた。そのとき、屋根の支柱が崩れた。もう誰も動かない。もう誰も何もしゃべらない。みなが我に返って、「奴らを追え！　捕まえろ！」と叫びだしたとき、二人の男はもう姿を消していた。

第二部

I

アンセルモの小さな家は燃え尽きた。急ぎ徴集された兵士たちは、ラ・ティーヌへと下った。夜が終わり、朝になった。新しい一日だ。

しばらく右側に進んで、さらにしばらく山腹の狭い小さな谷のようなところを分け入ると、ヴェイヤール家の干し草置き場がある。ダヴィッドとアンセルモは、そこに隠れていた。

早朝から、アンセルモは出発したがっていた。

「夜まではだめだ、どうしても!」ダヴィッドは答えた。

「どうかしているぜ。もし追っ手が来たら?」

しかしダヴィッドは譲らない。アンセルモは言う。「仕方がない。そう言ったのは、おまえのためなのに。俺はどうか? もう失うものなど何もない」

こう言うと、また笑いだした。おかしな性格だ、まったく! さっき家を焼かれ、故郷から追いだされ、ポケットには小銭が一、二枚あるきりなのに、以前と変わらぬ冗談口を叩いている。干し草置き場の隅にある灰色の石製の小さな暖炉の前に座って、ときどき、枯れ枝をひとつかみ火にくべている。

干し草置き場の中に枯れ枝があって、幸いだった。ここはいつも非常に寒い。日がまったく差しこまない小さな谷の奥の冬は、ほかよりもずっと過酷だ。彼らは干し草の中に寝床を掘って、夜を越した。こうして寒さを防いだのだが、それなしなら、粗末な上着しかない身体では、長くは耐えられなかっただろう。アンセルモは何度も炎を振り返る。ダヴィッドはじっと動かない。今アンセルモは口を閉ざしているが、ダヴィッドも同じく黙っている。もっとも彼は、ほとんど口をきいていない。反対にアンセルモは、もうたっぷりしゃべった。

彼は腰かけのようなものを引き寄せた。幹の輪切りに三本の杭を打ちつけたものだ。それから、ポケットの中を探った。

いつものとおり、軍服を着ている。いつものとおり、上までボタン留めしたゲートル、古びた褐色のウールのチョッキ、略軍帽というういでたちだ。ポケットの片方から水筒を取りだした。もう片方からは、小さな布袋。物がいっぱい入っているようだ。「どうだ」また話しはじめた。「人間は慎重でないといけない。まずいことになると思ったとき、用意した」

実際に袋を開けてみせる。中には大きなパンの塊、脂肉、チーズがあった。

しかしダヴィッドは首を振る。

「おい」アンセルモは言う。「どうした。パンのひと切れでも」

ダヴィッドは、もう一度首を振った。

「それじゃあ、チーズは？」

三度めも同じ仕草だ。

「それなら、ちょっとくらいは飲め。年代物だぞ！」

だがその勧めも、同じく不首尾に終わった。アンセルモはダヴィッドをみつめると、肩をすくめた。

こんなふうに一日が始まった。長い一日。ゆっくりした一日。永遠に終わらないのでは、と思われるほどだ。

ダヴィッドはもう二度も立ち上がって、表へ出た。戸は半分開いたままだ。

干し草置き場の前には、屋根の縁に沿って、腕よりも太いつららがぶら下がっている。先がとがっているので、ロウソクの炎を逆さにしたように見える。その下の雪の中に、ドリルで掘ったような穴がある。そこに滴が垂れたのだ。干し草置き場の裏の、半分以上雪に埋もれた壁と屋根を支える山の斜面との間に、小さなトンネルらしきものができている。もはや一軒の家には見えないが、白の中のところどころで、赤褐色がわずかに輝いている。切妻《きりづま》の突出部だけが、遠くからでも場所を教えてくれる。山の斜面にはさまれた狭い空の下、深い静寂があたり一面を覆っている。

相変わらず、火がパチパチ燃える音と、アンセルモが左右の顎を交互にゆっくり動かしながら食べている音しか聞こえない。

彼は食べ終わると、あくびをし、またしゃべろうとした。だがダヴィッドは、肘をつき、顔を手で覆っている。自分が何をしているか考えてさえいない様子だ。

アンセルモは、ポケットの底からわずかに見つけた煙草の葉をパイプに詰めたが、ほとんど煙が上がらず、咳きこんでしまった。パイプはすぐに消えた。アンセルモは、暖炉の端で、それをトントン叩いた。

それでも時は経つ。前の斜面の上の太陽が没していくのが、半開きのドア越しに見える。入口の高いところに、ドアの形に型取られた明るい光が差しこんできたが、その下は薄暗いままだ。もうしばらくすれば、太陽は尾根を越すだろう。そしてまた急に暗くなるだろう。

ダヴィッドは、再び立ち上がった（一日中、この繰り返しだった）。再び表へ出た。

奇妙なことに、戸外は熱気と寒気が入り混じっている。ときおり、なま暖かい風が上から吹くかと思えば、張った氷が足元で割れて、逆に冷気を立ち昇らせる。太陽を見ると、もう陽気はいいのでは、と思えるほどだ。ところが闇に包まれた一帯は、ますます凍っていく。至るところに雪がかなり残っているのが、その証拠だ。ダヴィッドは難なく小さな丘まで達した。そこから小谷の遠くを見渡せる。丘というのは、この地方に多くある花崗《かこう》岩《がん》の塊の一つだ。大昔に山から落ちてきたが、地中深くに埋もれてしまった。徐々に雑木林や草に覆われて、今では転がり落ちた土地と完全に一つになっている。ダヴィッドは、風が掃き清めた場所へ腰を下ろした。そして身動きすることなく、谷の入口をじっとみつめている。もちろん、あの子がもう来ているなんて、期待できない。だが、もしや、ということがあるではないか。見逃してはいけない。

たっぷり一時間待ったが、娘は現れなかった。がっかりして、干し草置き場へ戻った。もうアンセルモは火の近くにいない。おそらく寝たのだろう。その方がいい、気兼ねしなくてすむから、とダヴィッドは思った。あぁ！　心がこんなに昂《たかぶ》っているとき、それをまったく悟られないようにするのは、なんと難しいことか。狭く空っぽな部屋の中を行ったり来たりする。たびたび表へ出ては、すぐ戻ってくる。火の前に座りに行くが、長く座ってはいられない。大きなため息が出てしまう。呑みこもうとするが、うまくいかない。

暑くてたまらないかのように、手で額を拭う。二、三度そうしてから、手を下ろした。立ったまま、腕をだらんと下げて、足元の何かをみつめている。

そろそろアンセルモが目を覚ます時間だ。仕切り板の向こうで、干し草のガサガサという音がした。アンセルモが現れるのを、ダヴィッドは待たなかった。

とはいえ、小さな丘の上以上の場所はない。少なくとも一人でいられるから、そこに座っている方がましだ。丘に登って、腰を下ろした。石の角がむきだしになっている。座り直した。〈そんなに遅くはない〉と考える。まだ来る可能性があるのは確かだ。早く来たら、その方が驚きだ。日曜日ではないので、きっと仕事があったのだ。だが、きっと来てくれるだろう。今は二人の人生にとっての一大事だから。やむをえなければ、うそや計略を用いても、会いに来るだろう。俺がそうしたように。俺はもうすぐ立ち去るのだから、あの子はきっと来るだろう。そして一緒に逃げるのだ。

岩の高みに座って、こんなことを考えている。尾根を照らす美しい金色がバラ色に変わりはじめたが、彼は気づきさえしなかった。一羽の鳥が頭上を飛んでいるようだ。山に住む大きな鳥の仲間で、どこに巣があり、一面雪に閉ざされた冬をどう過ごしているか、誰も知らない。それでも姿を現して、空の高みをゆっくりと滑空している。静寂はそのままだ。何の物音も聞こえない。小川のせせらぎさえない。完璧なまでに雪に覆われている。どんどん寒くなる。空気も次第に動かなくなり、少しずつ凝固しているように感じられる。割れてしまいそうなほどだ。夜はまもなくだろう。

アンセルモの方も、そう思っている。戸口まで出ると、あたりを見回す。何も来ていないとわかると、部屋に戻った。

しばらくして、また戸を開けた。びっくりしたことに、空が変な緑色に変わっている。〈ああ！　あの若造どもが来たか！〉と考える。

また火の前に座った。これが一番賢明だ。

それからずっとあと、真っ暗になってから、戸を押す音がして、人が入ってきた。だが、入ったのは一人だけだ。

アンセルモは振り返らなかった。何も言わなかった。

何かがひっくり返ったときのような音が聞こえた。身体がどしんと倒れたようだ……

II

その間、高地の徴集兵たちはラ・ティーヌに陣取って、攻撃を受けた際の防戦準備を整えていた。その日は攻撃がされなかった。翌日も同様だ。戦いになると思っていたが、ひとまず戦いはなかった。二日待っても何も起きなかったので、徴集兵たちは三日めに山へ戻った。もちろん、敵に卑劣な殺され方をしたのが明らかなヴィクトリアン・シャブレの葬儀に立ち会ってからだ。

立派な葬儀だった。赤と黒の旗で覆われた棺《ひつぎ》を、下士官四人が担いでいる。その上に、故人の肩章と軍帽が置かれている。

武器を持った二百人が墓地に集まる中、弔辞が述べられた。ロープを使って穴に棺を下ろす間、悲運のシャブレのために、さらに三発の礼砲が発せられた。士官が「撃て！」と叫ぶと、銃が一斉に空砲を放つ。大砲の音に似ているが、はるかに耳をつんざいて響く。そして山のあちこちの斜面とぶつかり、荷車引きが気晴らしに鞭の革ひもを力まかせに振ったときのような音を、しばらく立てていた。

翌朝、徴集兵たちは家路についた。

元気いっぱいだ。方言でできた歌を歌っている。訳すと、こうなる。

来るなら来い、下の奴らめ、受けて立つぞ
蕪《かぶ》の種の詰まった銃じゃない
俺たちの銃の中は、きれいな鉛の弾だ
乾いた火薬を二倍こめてある

来やがれ、たとえこっちは老いぼれでも、行ってやる
中尉さんよ、どこに配置すべきか、命令を
あそこの太い樅の木の幹の陰か
それとも、あの岩塊の陰か

だが、隠れてはいけないなら、そう言ってくだされ
女房には暇を出し、婚約者には別れを告げてきたのだから

口々にこう言ってくれた
「名誉が汚されるよりは死んだ方がまし！」

こんな歌を歌いながら、勇んで歩く。まもなく村が見えた。歓声に迎えられた。実際のところ、大事なのは意見の一致だ。一致は見たように思われる。論争は忘れられた。ニコリエの店での会合やその後の経過も忘れられた。それを蒸し返さないのが掟だ。思い出させるものといえば、丸く焼けた場所だけだ。中には、灰と黒焦げの梁の残骸が転がっている。——ただし、おバカのジャンは例外だ。その夜からずっと笑いどおしで、独り言を言いつつほっつき歩いている。

しかし、見過ごされている者がいる。ほかの事柄と同様、こちらも注目を浴びていない（壁や屋根があり、ドアが閉まっているせいだ）。

ほんのときたま、一人の女がその部屋のドアの前で立ち止まる。下着の包み、あるいは何かが入った器を抱えている。入ったと思うと、もう出てきた。事情を尋ねられるときは、耳うちで行われる。だが母親もよくわかっていないらしい。

わかっているのは、フェリシーが卒倒し、叫び声を上げながら、のたうち回ったということだけ。

アンセルモの家が燃えたときの恐怖感が原因だ、とみなは言う。そうではないか。若い娘というのは、神経があまり図太くない。ちゃちな機械のようなものだ。いら立ちやすく、血の気もそんなに多くなかろう。どんな思いを隠しているにせよ、それが昂じて爆発することがある。

容易に回復しそうにない気配だ。ふつうは火事だけが原因なら、ショックが長く残るにせよ、気にしなくなるものだが。

「わかった、あの子は転んだのよ！」〝わけ知り〟女たちが言う。

「それから？」

「それから、そう、それから寝かせて、ずっと寝床から離れない。それだけじゃない。意識が戻っていない。お父さん、お母さん、誰も……」

女たちは今、こうして輪になっている。いろんな仕草で話に応じる（手を上げたり、肩をすくめたり、目を真ん丸にしたり）。その間に、村から歌と笑い声が聞こえてきた。軍隊と徴集兵たちが戻ってきたとわかった。

突然、女たちは口を閉じる。ジョジアス＝エマニュエルが通りを進んでくる。

顔を上げて、正面をみつめている。足取りはしっかりしている。痩せていて、帽子の下からグレーの髪の毛が見える。

通りすぎた。女たちは言う。

「ご機嫌でいられない人が、もう一人ね」

しかし、物腰にその気配はまったく現れない。身体がわずかにこわばっているかもしれない。いつもより口元が締まり、視線を動かさない。だが、彼のプライドの高さは知られていた。

こう付け加えておくべきだろう。ダヴィッドの情報はまったくない。火事のときの振る舞い、アンセルモと一緒に逃げて、それから二人とも姿を見せないことを除いては。

二人は土地を離れたにちがいない、というのが、みなの結論だ。

大きな騒ぎ声が、相変わらず村から聞こえている。酒盛りをしている徴集兵たちだ。友愛、心の絆《きずな》、信頼の誓い、上々の首尾、こんなことで陽気になれる。宣誓、握手の交換、友情の約束などが、かなり遅くまで続いた。家では節制しているし、ほかの地方に比べて飲ん兵衛というほどではないが、ひとたび機会があれば、遠慮などしない。十一時になっても、まだ乾杯していた。しかし、十一時の鐘が鳴り終わると、みな寝に帰った。

明かりが全部消えた。あと一つ残っているだけだ。小さな目のように、それだけが闇の中で丸く輝き続けている。

ジャン・ボンゾンの家のフェリシーの部屋の窓だ。初陪餐《ばいさん》（プロテスタントがはじめて聖体を受けること）のときから、自分の部屋を持っている。両親や妹たちがいる大きな部屋の隣のごく小さな部屋で、家具はベッドとテーブルしかない。その銘によれば〝聖ペテロ、使徒の指導者〟を描いた聖画が、壁に掛かっている。

シーツを顎まで引いて、ベッドに横たわっている。ジャン・ボンゾンが傍らにいる。ついさっき妻が入ってきたが、あまりに取り乱すので、声を荒げて追いだした。ボンゾンのおかみさんは出ていった。そのとき、妹たちが泣きだした。しかし母親が叱ると、妹たちは口を閉じた。あの子たちはもう眠っているはずだ。おそらくボンゾンのおかみさんも眠っているだろう。どちらにせよ、屋内の物音はまったく消えている。こうしてジャン・ボンゾンは、娘の看病の四夜めを迎えようとしている。疲れているにちがいないが、昼間に少し休んでいる。

上着を脱いで、丈夫な手編みウールの狩猟用チョッキを着こみ、その上に上着を羽織《はお》った。椅子に座り直すと、それをさらにベッドへ近づけた。夜中にひどく暴れるから、すぐそばにいなければいけない。日中は動かないが、夜の帳が下りるやいなや、不安に駆られて、何度も寝返りをうち、呻《うめ》き、ため息をもらす——すると父はすぐに近寄って、腕をとる。娘は彼に気づかないが、されるがままになる。いたって優しい仕草だ。こんなことが男にできるとは想像つかないだろうが、知らなくても愛が教えてくれる。習ったことなどないのに、彼は必要な身振り、さらに必要な言葉をも見つけた。

だから、またそばにつき、徹夜の看病を始めた。すると、小さな声が聞こえるような気がした。フェリシーの方を向くと、本当に唇を動かしていた。

きっと、これまで幾度もあったような熱のぶり返しだろう。水を火にかけたときのように、血が沸きたち、それが脳まで昇って変調をきたすのだ。一つの動きが身体全体に伝わることは知っているし、もう慣れている。だが、言葉を発したことは一度もなかった。ため息や呻き声も、言葉には至っていない。びっくりして、耳を傾ける。はじめはよくわからなかった。それから突然、もぐもぐ言う声の中から、はっきりした言葉が一つ飛びだしてきた。こう聞こえる。「ダヴィッド！　ダヴィッド！」

彼は声をかけた。「娘や、落ち着いておくれ。お願いだ、落ち着いておくれ」いつものように腕をとったが、今は抵抗にあっている。

もう一度寝かせるには、かなりの力が必要だった。ふだんは、いたって従順だ。だが、頭が枕についたかと思うと、再び上げる。声が大きくなる。「そうよ、あなたが望んでくれさえすればいい……私のためよ、そう、私のことが好きなら……私は……二人はずっと一緒だから……」

彼は手をとったまま動かない。秘密は聞きたくなるものだ。だが同時に、大きく開いた目がますます広がっていくさまに恐怖を覚えた。娘は目の前の何か、見えない何かをじっとみつめている。

「フェリシーや！」

「ああ！　いやなのね、意地悪……あなたは私を捨てるの、ダヴィッド……どうしても行くのね……ああ、神様！　行ってしまう！……本当なの？　そんなことってある？」

それから急に手を上げると、頭の両側にあてて、締めつけた。顔が歪んでいく。

二、三度、頭を激しく振った。きちんと結っていない髪の毛の長い束が、肩に落ちる。そしてまた動かなくなった。目はさらに大きくなり、口もどんどん開いている。大きな叫び声を上げた。

家中に響き渡るほどの、長くしゃがれた叫び声だった。

隣の部屋の床がきしむ音が聞こえ、声がした。「まあ！　ジャン、何があったの？」

彼は答える。

「そこにいればいい。わし一人で大丈夫だ」

震えた二つの小さな声が「ママ！　ママ！」と呼んだ。

「ちびたちの方を頼む」ジャン・ボンゾンはまた言った。

実際、飛び起きたのは妹たちだった。病人がいると、家は平和でいられない。夜の安息などかまいはしないから。叫び声が発せられるや、ジャンは飛びのいた。また近づく。フェリシーに身体を寄せ、髪の毛に口づけしながら言う。「わしの言うことを聞こうとしないなら、もう娘ではないよ、フェリシー。わしを愛し、信頼してくれていたのではないか？」だが、何を言っても無駄だった。娘を抱きしめても、こちらの存在に気づいていないようだ。すすり泣きが始まった。このすすり泣きもまた、自分には向かっていない。——小さい子が転んで額にこぶを作ったとき、誰か来て、と泣いているときのようだ。

「娘や、お願いだ、フェリシー、わしの可愛い娘……」

彼の声は、あまり響かない。相手の声は、屋根を突き破るほどだった。だが、今突き破るべきは、もやもやした思考の方だろう。正気を失った娘の心を、ほかに向けなければ。そうすれば、もう頭脳は働かない。そのため、無力感に苛《さいな》まれながらも、結局口をつぐむことにした。

相変わらずすすり泣いているが、だんだん収まってきた。今は涙が溢れ出て、指の間を伝っている。

そして、また言葉が聞こえた。こう言っている。「ああ、そうだ、それでもあの人が行ってしまったということは、きっと私を捨てるつもりなんだわ……終わりよ……終わりよ……終わりよ……終わり……」首を揺すりながら、とても悲しげに、まるで歌の文句のように、そう繰り返していた。

それから二度言った。「可哀想なフェリシー！……可哀想なフェリシーちゃん！」自分で自分を慰めようとするかのようだった。

目から手を離すと、顔を横に向けた。隣の部屋の妹たちは、また寝入っていた。再び家中が静寂に包まれた。

ジャン・ボンゾンは、じっと考える。状況を把握するには、フェリシーが洩らした言葉をつなぎ合わせるだけでよかった。

〈ああ!〉彼は思う。〈だから日曜日は、しょっちゅう帰りが遅くなっていたのだ。女友達の家にいた、と言っていたが……そう信じていた……可哀想に!〉

この件に合点《がてん》がいくと、ほかのことは簡単に説明できる。この子のあげた叫びは、きっと火の手が上がったときのものだろう。「行かないで」と言っている。ということは、そのとき一緒にいて、自分の元にとどまるよう頼んだのに、ダヴィッドが聞き入れなかったのだ。

本当に可哀想な子だ。野暮天《やぼてん》だから察してやれなかった、と自分を責めた。しかし、少なくともはっきりわかったのは、この秘密を自分の胸にしまっておかねばならない、フェリシーの病気の原因を他人がどう言おうと放っておく、妻にさえ知られてはいけない、ということだ。〈なぜなら〉彼は考える。〈解決の方法が多分あるだろうから。娘をこのままの状態にしてはいられない。あんなに明るく元気で、自慢の種だったこの子が、今は蠟人《ろう》形のように恐ろしい顔をして、鼻をすすりあげて泣いている〉

すぐに方策を探しはじめたが、何も見つからない。

また必死で探すが、うまくいかない。考えが堂々巡りする。焦《あせ》って物をかき回しているようなものだ。何も見つからないが、それでも希望を捨てはしない。そんな性格だ。しかも愛がある。

当初は、願いどおりに事が進みそうだった。二、三日が経った。フェリシーは快方に向かっている。ある夜(倒れてから七日めの夜)、突然振り返ると、こちらをみつめた。

長い時間みつめる。彼はもう呼吸できない。息が喉に詰まった。すると、

「お父さんなの?」

言葉を探すのに、しばらくかかった。

「そうだ、娘や。わしだよ」

娘はゆっくりと髪の毛をかき上げた。

「病気だったようね」

「ああ！　そうだ、病気だった。だが、今はよくなってきている」

「多分ね」娘は答えた。

彼はうれしくなった。

ちょっとだけ間ができた。二人とも口をつぐむ。娘はもう彼を見ていない。

「変だわ」また話しだす。「何も憶えていない」

何かを見つけようとするかのように、首を伸ばしている。両手もまた、シーツの上で動いている。

「娘や」彼の口調は、相変わらず穏やかだ。「よくなりたいなら、それが一番だ」

身体を寄せて、額に口づけした。

だが娘は、その口づけを感じなかったようだ。また手が動いている。突然こう言いはじめた。

「ああ！　そうだ……ああ！　神様、神様……」

もちろん憶えていたのだ。そこで彼は、言葉を使って理解させるのがよいと考えた。わしはあいつを嫌いではない、友達だ、できるだけの手助けをするつもりだ、と。「フェリシー」彼は言う。「元気を出しなさい……わかるね、あいつは戻ってくるさ」

娘は急に彼の方を向いた。

「戻ってくるかしら」

「必ず戻ってくる」

娘は両手で身体を支えたまま、顔を突きだしている。何をしようとしているかわかったが、もう遅かった。

「でも」娘は叫ぶ。「あの人は行ってしまったのよ！」

また大きな叫び声を上げると、錯乱状態に陥った。

III

朝早く出発したので、ダヴィッドとアンセルモは、あまり苦労なく峠を越えられた。

アントルロッシュに近づいて最初に目に入ったのは、軍事教練をしている一隊だ。アンセルモは、略軍帽を宙に掲げて、「共和国万歳！」と叫んだ。

将校の制止にもかかわらず、部隊全体が振り返った。

「おや！」ダヴィッドを指さしながら、男たちは口々に言う。「あれは郵便配達をしていた奴じゃないか」すぐに駆け寄った。将校は止めようとしたが、耳には入らなかったようだ。

「どこから来た？」

「どこから来た、だと？」アンセルモは答えた。「見てのとおりのひどい格好で、しかもずぶ濡れの俺たちに、訊くようなことか。そうだよ！　峠を越えて来た」

「楽な道ではなかったはずだ」

「いや」アンセルモは答える。「それほどでもない！」

「どうしてここまで来たのだ？」

「これにはわけがあって……」

「先を話せ」

アンセルモは勿体《もったい》をつけることなく始めた。知ってのとおり、語り方はいつも同じだ。ほどよいスピードにほどよい態度、大きなジェスチャーがつく。演壇に上った弁士のようだ。

「市民諸君！」と始めた……

そして一部始終が語られた。長い話だが、そう長く感じられなかった。怪しげな箇所があるものの、明らかにみなを惹きつけている。アンセルモが話し終えるや、感嘆の動作や声が沸きおこった。何人かは腕を上げて、「とんでもないことだ！」と叫ぶ。別の者は、彼らの言によればまさに〝時代遅れな〟高地の住民に対する軽蔑の薄笑いを浮かべて、首を振ったり肩をすくめたりしている。さらに、二人のよき愛国者の人格が踏みにじられたからには、今晩にもラ・ティーヌの詰め所を攻撃するしかない、と主張する者たちがいる。

こんな様子を見てアンセルモは、一発決めるべきときだ、とひらめいた。

「市民諸君、兵士諸君」また話しはじめた（彼の声は今、他を圧している）。「こうして圧制の犠牲者たる我々は、自由の子たちの懐に身を隠そうとやって来ました」

喝采が起きた。

「……避難所と保護を求め、自分たちが住む山の上から、解放者かつ同志であるあなた方のところまで下りてきました」

演説が終わらないうちに、百もの手が彼を持ち上げた。肩車されている。

しかし、夜が近づいてきた。将校がサーベルを上げて、集合の合図をした。部隊が整列する。将校は「番号！」と叫んだ。男たちは番号を言った。

この部隊の規律は、あまり厳しくない。列の隣同士でしゃべりさえしている。よき時代の民兵だ。自分たちで将校を任命するのだから、それだけの権利がある。従うよりも命令することの方が多い気がする。だからみなは、縦隊の先頭に立つよう、アンセルモとダヴィッドに言った。アンセルモはすぐにそうした。ダヴィッドも、そのまま彼の脇についた。

また命令が下った。「前へ、進め！」アンセルモは左足から踏みだした。自分もかつて兵士だったことを見せようとする。しかも正規兵だぞ、と義勇兵たちにちらつかせている。顔を誇らしげに上げて、前進や足踏みをする。

　こんな帰還は初めてだ。空がバラ色に染まる夕暮れどき、低い屋根の家が並ぶ町が見えてきた。丘の上の城館も近づいている。百人の男たちは一糸乱れない。百人分の足が一斉に上がっては下りる。その衝撃で雪が固まり、足音が湿った太鼓のように鳴り響く。

　隊長は事実上アンセルモだ。先導しているのは彼だから。本物は場所を譲ったかのように、縦隊の脇を遠慮がちに歩いている。

　窓が開いた。店の戸口に、男も女も顔を出す。「誰が引き連れているか、見てみろ」と叫ぶ声がした。そして、みなは気づいた。「まさか！　まさか！　あれは高地の男たちだ！」

　噂の方が先回りした。縦隊が入りさえしないうちに、もう通りの端まで達していて、人々が殺到する。狭い歩道は団子状態だ。今は子供たちの一団が、アンセルモとダヴィッドの前を歩いている。その後ろを、隊が整列して進む。

　大通りは、カフェ〝セクシオン・ジュニ〟のある広場へ通じている。委員会のお歴々は、その夜もふだんどおり、トランプをしていた。彼らも表へ出た。その中に肉屋のシェリックスがいた。

　縦隊が到着する。隊長が「止まれ！」と叫んだ。次に「分隊ごとに左向け左！」隊は再び一列になったが、今度はカフェと真向かいだ。

　一番前に、ダヴィッドとアンセルモがいる。

　隊長は委員会のお歴々に挨拶すると、手短に報告を行った。お歴々はすぐに帽子をとって、「真の共和主義者たちに敬礼！」と応じた。

　それは間違いなくすばらしい瞬間だった。広場はごった返しているので、群衆を威圧するには、警官をも投入しなければならなかった。ここにいる二人の男は、大量の脱走者の前触れにすぎない、上では意見が分かれているから、という噂が、すでに駆け回っている。きっと高地は、抵抗さえせずに降伏するだろう、とみなは言う。これは勝ったも同然だ、予想よりはるかに楽な勝利だ。

こうして群衆は熱狂した。お歴々もまた、うれしさを隠さなかった。彼らは近寄ると、アンセルモと、次にダヴィッドと握手した。同時に、カフェの窓の一つから、共和国を示す緑色の旗が大きくひるがえった。あちこちで歓声が沸きおこる。お歴々は、割り当ての三倍の量のワインを部隊の夕食につけるよう、命令を下した。

日が落ちて、町に明かりがともった。花火が打ち上げられている。

委員会のお歴々は、アンセルモとダヴィッドを中に入らせ、テーブルにつかせた。ここで階級を決めなければいけない。膨大な量の書類が並んでいるが、その中に半分印刷、半分手書きの大きな用紙があった。その上に書きこむ。アンセルモはただちに伍長に任命された。一方ダヴィッドは、ただの兵士登録だ。

彼は何も言わない。すべてに無関心な様子だ。苗字と名前を尋ねられたので答えたが、それだけだ。アンセルモはいつもどおりしゃべりまくっているが、彼は黙ったまま。

そんな態度にはおかまいなし、といった雰囲気だ。実際、お歴々もまた、しゃべりまくっている。「勇敢なる自由の闘士よ!」彼らは言う。「不滅の信条の殉教者……」こんな調子が続くと、他人の賛同など必要ないほど自分に酔っているな、と感じてしまう。

結局、二倍の給料を〝二人の勇者〟に支払うことに決まった。もうそう呼ばれているのだ。また誰かから提案があり、部屋代を町が負担することが、満場一致で可決された。ちょうど、警察署の上の部屋が空いている。そこを用意することに決めた。これで住まいと食事は確保された。衣服も大丈夫だ、軍服が用意されているから。二人の行動を掛け値なしに評価しているところを見せようとしている。

うだるような熱気だ。だからアンセルモは、あんなに呑んでいるのだろう。呑んでいるだけではない。いつものとおり、呑めば呑むほど饒舌《じょうぜつ》になる。またしても、バスチーユ占拠。またしても、王と王妃の到着に立ち会った話だ。二人を実際に見ている。昇進を拒否したところからは、戦いの連続だ。「ドーン！　ドーン！」と大砲の音を真似る。そして最後に、ゲートルのボタンを外して、腿にある穴を見せた。「指を入れてみるといい！　銃弾の方は、あちこち動き回っている。今は肩のあたりだ」

シェリックスが軽い嫉妬を覚えないはずはなかったが、その素振りはまったく見せなかった。あらゆる称賛が、アンセルモに向けられている。彼だけが、しゃべり続けている。今は立っていて、腰掛けによじ登りさえした。おかしなことには、身体を動かしているうち、ゲートルがいつの間にかずり落ちて、痩せこけたふくらはぎと、ぼうぼうのグレーのすね毛が、むきだしになっている。

だが、もう寝に帰る時間になった。お歴々は、警察署までアンセルモとダヴィッドを送る。

部屋は広く、上質のベッドが二つ入れられている。今まで、こんな上等なところには住んだことがなかった。アンセルモは、鼻歌を歌いながら服を脱いでいる。ダヴィッドは相変わらず何もしゃべらない。ダヴィッドは、すばやくシーツの下に入った。アンセルモは、ずっとゆっくりだ。足元がいつもよりふらついている。ときおり、壁によりかからなければならないほどよろける。

突然、アンセルモはダヴィッドの方を向いた。「おい！」と声をかける。そして「なんだ、もう檻《おり》の中かよ！」と言う（ダヴィッドが横になっているのを見てのことだ）。

相手はまったく返事をしない。

すると、アンセルモは首を振る。

「当然、俺のことをいかれた奴と思っているだろうな！……まあ、それほどでもないがね」

独り言を続ける。

「わけがわからなく見えるのは確かだが、いつもそうだとは思っちゃいけないな……もしひょっとして助けが必要なら……」

IV

プラン地区の高台にある家は、その年のクリスマスを陽気に祝えなかった。

教会の鐘が三度続けて鳴ったが、教会の席にフェリシーを探しても無駄だろう。男と女は、両側に分かれて座っている。彼女だけがベッドにいる。山のふもとも斜面も少し曇った空もみんな真っ白な中、澄んだ小さな調べが告げる福音さえも聞こえていなかった。

二つの大きな鐘が激しく揺れるので（三人の男が綱にぶら下がっている）、いつも鐘にとまって夜を越す小鳥たちは、どれも怯えながら周囲を飛び回っている。羽をばたつかせつつ上下し、さらには風に吹かれた木の葉のように舞って雪上に下りるが、脚が冷たすぎるので、すぐまた飛び立つ。ペンキのはげた古い壁の窪みでは、丸まった褐色の小さな生き物たちが、たえず押し合いへし合いしている。一方、路上には、ゆっくりと進んでいる村人たちの姿が見える。

男も女も全身黒ずくめだ。小グループに分かれて、ゆっくりと荘重な足取りで進んでいる。子供たちさえ走らない。

このように、村中が黙って集まってくる。二つの鐘は、「いと高きところでは、神に栄光があるように、地の上では、御心《みこころ》にかなう人々に平和があるように」（『ルカによる福音書』から）と空から休みなく告げている。――しかし、そのメッセージはほとんど聞こえてこない。もうその必要がないからだ。だが、それを聞かせるべく、天使たちがみずからやって来た。そう信じなければいけない。ともかくもそう願って、心の中で思いを凝らさねばならない。

そのおかげで、厳粛な気持ちになった。牧師が説教をし、讃美歌が歌われた。列席者が散会したのは、十一時近くだった。

「どんな具合？」家に着くと、ボンゾンのおかみさんが尋ねた。

ボンゾンが答える。

「相変わらず同じだ」

彼女は帽子とコートを脱ぐと、ドアの後ろの釘に掛けた。また夫の方を向く。

「まあいいわ。よかったわよ、お説教は。来られなくて残念」

「仕方ないだろう？」

本当だ。フェリシーを一人にしておく方法など、いつだってない。彼は看病し続けている。昼間に眠るときは妻が代わるが、毎晩必ず娘の傍らに陣取る。

美しい太陽が出たあとに、風が吹く。次に、厚い霧が発生する。重くなった空の四隅《よすみ》が外れて、谷へ下りていくかのようだ。見たこともないような雪が、そこから降ってくる。すると再び太陽が現れる。小さな違いはあるにせよ、この地方の冬は、こんな空と天気の変化の連続だ。何も変化しない唯一の場所が、あの部屋だ。中にベッドがある。

神経の病だ、と人は言う。もっとも、この種の病は、一番たちが悪い。夏に山の斜面で摘むいろんな薬草を持って、女たちがやって来た。各々、自分のものが最良だ、と主張する。発汗を促すもの、血をきれいにするもの、気分を落ち着かせるものなどだ。全部試したが、どれもまったく効果がなかった。

祈禱師のマリー＝マドレーヌ婆さんが連れてこられた。病人と二人きりにしてくれと頼むので、そうさせた。一時間以上祈禱したが、あまり効果はなかった。

だが、個人の意思ではどうすることもできない超自然の意思が関わっていることも、ときにはあるのではないか。クリスマスが終わり、新年になった。みなは諦めたようだ。家の中は静まりかえっている。家の周囲も同様だが、おバカのジャンだけは、階段の上から離れない。

不幸が彼を惹きつける。フェリシーが倒れてからは、かつてないほど陽気だ。前はいろんな家に行っていたが、今はもうボンゾンの家しか知らないかのようだ。

入りたいとときどきせがむので、中に入れてやる。騒ぎすぎると追いだすが、また戻ってくる。好物のケーキとバターつきパンをあげるからどこかへ行ってくれ、と説得しても無駄だった。食欲よりも、ここにいる喜びの方が優《まさ》っている。

やっと熱が下がってきた。家が土台まで焼けて、燃やすものがなくなった火が収まるように、体内の炎は、肉体の力を全部奪ってしまうと、自然に離れていく。フェリシーは顔を上げて、周囲を見渡した。そして言う。

「寒いわ」

これまでずっと、暑くてたまらなさそうだったのに。毛布が持ってこられた。それでも娘は言う。「寒いわ」衰弱のせいとわかった。実際、かなり痩せている。きれいに膨らんでいた頬が、今は両方ともあわれに窪んでいる。指は、細い棒にかろうじて皮がついているかのよう、首は、束ねたロープのようだ。

スープを作っても、飲もうとしなかった。どんな菓子であれ、触れるのさえ嫌がる。パンを浸した少量のミルクにたまに口をつけるのがやっとだ。喉が渇くと、頼むのは水。「でも栄養にならないよ!」と言ってやっても、やはり欲しがる。

女たちがときどきやって来る。

「具合はどう?」

「少しはいい」

「回復しているの?」

ジャン・ボンゾンは肩をすくめる。

「劇的というほどじゃない」

た。


「相変わらず原因はわからないの？」

「うん、気持ちの動揺からかな？」

彼女たちは立ち去る。何も心当たりが浮かばない様子だ。ジャン・ボンゾンを除いて、誰もがそうだ。ボンゾンのおかみさんさえも。みなこう言う。「おかしな病気ね！　どんどん弱っていくなんて。時間が必要だわ」来ても、大体はがっかりするだけ。それに、フェリシーは呻かなくなっている。父を悩ますことも、もうなくなった。


こうして一月が終わった。

ある日、起こして、と頼まれた。古い肘掛椅子に座れるよう、身体を支えねばならなかった。窓際に用意したもので、背もたれにクッションをつけている。

ベッドにはもううんざりしている。だから翌日も、起きたいとまた頼んだ。ふだんの習慣を、だんだん取り戻してきた。弱ってはいるものの、今は一日中、肘掛椅子に座っている。

窓から外を眺めている。正面にある坂を斜めに横ぎるように、柵を張った道が続いている。その柵に、風が運んできた雪が積もっている。柵に斜めに交叉して打ちつけられた木切れの端が、いくつか見えるだけだ。その向こうを通っている人は、肩から上しか見えない。縁なし帽かソフト帽をかぶっている。肩を覆っているのは、襞《ひだ》の大きなショールか赤褐色の狩猟用チョッキだ。それが動いている。二、三人がやって来る。そして誰もいなくなった。灰色と白の世界だ。上が灰色で、下が白。空と村の間には、大きなすきまがある。このすきまに変化があるのは、木が火にくべられて細い煙が上がる数時間だけだ。娘はそれでもじっとみつめている。そのとき、遠くの家の前で、何かが動いているのを見つけた。軒下の薪を取りに出た女だ。まるで赤ん坊のように、それをしっかり腕に抱えている。斜面の下には、おそらくラバなのだろう、動物の前で手綱《たづな》をつかんで立っている男が、別の男としゃべっている。教会方面地区の方では、子供たちが、小川に張った氷の上を滑っている。

突然、台所から声が聞こえた。きっと、また来客だ。実際にドアが開き、議員の妻のオゲー夫人が入ってきた。すごく太った女性だ、オゲーの奥様は。すぐりのジャムを塗りつけたような頬をしている。

「まあ！　あの子は起きているの。よかったわ、うれしい。寝てばかりだと、悪くなってしまう」

フェリシーの手をとり、思いきり振る。その手がどれだけやつれているか見もせずに。

「午後、旦那さんに会いに来る、とヴァンサンが言ってた。雌牛のことで用があるの」

「来ても大丈夫よ」ボンゾンのおかみさんが答える。「ジャンはいるから」

「じゃあ、決まりね。私は帰るわ。お昼の支度を始めないと」

オゲー夫人が立ち去り、静けさが戻った。フェリシーは、また一人で外を眺めだす。

何も考えたくなかった。あまりに悲しく、どうにもならないことだから。心の中のどんな小さなささやき声も、押し殺そうと努める。それは、水車の羽根車が空回りしているようなものだ。こうして無理やり心を沈黙させ、静まりかえった戸外と同じにする。それでもきっと待っているのだろう。まったく望み薄なのに、待っている。何の素振りも見せないから、他人にはわからないが、少しずつ衰弱が進んでいる。

しかしながら、ジャン・ボンゾンの家には活気が戻ってきた。一月になって、彼の家での夜の集まりが再開されたからだ。

この夜の集まりは、土地の習慣だ。冬の夜は長く、しかもあまりすることがない。おかみさんたちは、糸車と編み物を持参する。娘たちは、小さなクッションにかぶせる緑色の布に、レースをつける。たくさんの針が突き刺さっている。みなは、火が赤々と燃える台所の炉の周りに集まる。男の子たちは、壁のそばや腰掛けの上に並んで座っている。

この夜の集まりでは、いろんなことが語られる。炉に立てかけた切り株の炎が輝くと、光が急に上がって隅々までを照らすが、すぐ暗くなってしまう。すると、心が解放され、何でも許されるような気がしてくる。もはや現実などないか、あるいはすべてが現実だ。何が起ころうと不思議ではない。戸外は深い静寂に包まれているが、壁に囲まれたこの部屋の中では、頻繁なやりとりがある。そして物語が始まる。大昔から伝わる話だが、決して飽きることはなく、いつも新鮮に思える。水晶の家の中で宝石を口に入れている、青い湖の妖精たちの姿が見える。せむしの小人たちは、木のスプーンを腰にぶら下げて、夜中にクリームを盗みに来る。氷河の上を永遠にさまよう罰を受けた魂もあり、大寒波が起きると、遠くから嘆き声が聞こえる、とも語られる。急流で溺れている者たちも見える。ジャン・ヴェロは、弟を殴って急流へ突き落とした。哀れなリュック・ヴェロは流されたが、死にたくなかった。それからずっと、ヴァシュレスを曲がったあたりで、しわがれた同じ嘆き声が聞こえる。張りだした岩に白い滝がかかっている場所だ。

「やめてよ！」針仕事の手を止めて、おかみさんたちが言う。

だがモイーズ爺さんは、首を振りつつ答える。「本当のことだ」また首を振る。中を蝕《むしば》まれた切り株が突然崩れて、みなをぎょっとさせる。

しかし言っておかねばならないが、夜の集まりは、物語を聞くだけが目当てではない。多くの者は、まったく別の理由でやって来ている。昔から、ここで結婚が決まったとのことだ。実際、出会いと接近の絶好のチャンスだ。モイーズ・ピテ爺さんがくだらない話をつらつらしゃべっている間に、気のきいた言葉を耳元でささやくことができる。前は、いつもダヴィッドがいた。今はどこにいるのだろう、ダヴィッドは。それでも、フェリシーの容態が快方に向かっている、と言われだしてから、ジャン・ボンゾン家の夜の集まりは、またかなり頻繁になった。みなは言う。「きっと春には全快しているよ」娘の部屋へちょっと挨拶してから火の前に座ると、舌が滑らかに動きだす。

その年は、話題に事欠かない。新しいニュースがなければ、古い話がまた持ち出され、検討され、意見が述べられる。この地方の未来は、どうなるのだろう。議論はすぐに白熱する。何か変わったことが起こらないか、様子見の時期が過ぎ、それでもしばらく前から何も起こっていないにもかかわらず。

驚いたことがある。この夜の集まりを、今のところティーユは一度も休んでいない。

最初に現れたのは、ダヴィッドが消えてまもなくだ。ボンゾンのおかみさんに迎えられた。ひからびたパンのような顔色にすべすべした肌、目はやぶにらみだが、気どり屋だ。その日も、おしゃれをしてきた。新品の上着に、糊《のり》のきいた襟《えり》つきシャツ姿。

「お嬢さんの御加減を伺《うかが》いに参りました」

「まあ！　ご親切なことに」ボンゾンのおかみさんは答えた。裏を読めない性格だ。「よくなっている気がしますが」

「そうですか！　よかった」ティーユは応じる。「このままいくといいですね……さて、また来ます」

実際にまたやって来た。今度は連れはなしだ。

みなと同じく、フェリシーの部屋に入った。だが、ほかの人たちはすぐ出るのに、彼は長い時間ぐずぐずしている。娘は気づいてもいなさそうだが、ベッドの脇に立ったまま、目を離さない。

ジャン・ボンゾンは心配になってきた。ティーユを信用していないからだ。ここは勇気を出すべきところだ。みながするように、〈多分うまくいくだろう〉と自分に言い聞かせる。そのとき、ティーユが出てきた。彼はまた、いわゆる〝胸騒ぎ〟を感じた。

間違っていなかった。それからしばらくして、物置の中で薪を割っていると、ティーユが突然現れた。

ティーユの登場で、またすべてが始まる。雪を背景にして、痩せた身体と少し傾いた肩が、入口のところに黒く浮かび上がっている。

「音が聞こえたから、きっといると思って」

そして、顔を少し突きだすと、

「ちょっと話したいことがあるんだけど」

「入るといい」ジャン・ボンゾンは答える。「たいした仕事をしているわけじゃない」

刃がカーブしている鉈《なた》を振り上げると、薪割り台に突き立てた。

物置には窓がないので、かなり暗い。ティーユは戸口に背を向けているので、表情がわからない。うつむいた顔が少し斜めになっているのが見えるだけだ。もみ手しながら、近づいてくる。軽い咳払いをした。ジャン・ボンゾンは彼をみつめている。

また咳払いをした。

「つまり」話しはじめた。「どう言ったらいいのか」

言葉を一つ一つ探しているかのようだ。あらかじめ準備していて、話の持っていき方を完璧に決めていたにもかかわらず、どれも間違った方向へ進んでしまう。

「ダヴィッドの、あの事件だが……聞いたかどうか知らないが……そう、つまり」(ここで小声で早口になった。ますますうなだれている)「あいつはフェリシーを好きだったと思う。少なくとも、俺はそう感じた。だが俺は、あなたや娘さんの身を考えて、思った。〈あのならず者のしでかすことで、二人が苦しむ羽目になってはいけない〉ジャン・ボンゾン、あなたの身を考えた。奴の親父に会いに行った……俺は立ち会っていないから、二人の間に何があったか知らない。でもきっと、激しいやりとりだったにちがいない……だから、あなたたちが奴を厄介払いできたのは、俺のおかげでもある」

ここで話をやめた。もちろん続きを準備していなくはないが、ジャンが口をはさむ間をちょっと作りたかった。あとは想像のとおり、結婚の申し込みをするだけだ。ボンゾンは快い返事をしてくれると、ティーユは思っている。ところが次に起きたのは、彼がさしあたり期待していた感謝や励ましの言葉でなく、沈黙だった。ティーユは顔を上げる。ジャンの顔は真っ赤になっていた。

荒い呼吸で、身動きしない。それほど怒りは激しかった。一歩前に踏みだす。

ティーユはどうにかあとずさりした。さもなければ、ボンゾンの拳を、まともに顔面に食らっていただろう。

「おまえがやったのか！……おまえか！　おまえか！」繰り返す。「卑怯者め！　見ていろ」

ティーユはさらにあとずさりしたが、壁が邪魔になって、すぐに止まった。ジャンの方は、どんどん近寄ってくる。

ティーユにとっては幸いなことに、そのときボンゾンのおかみさんの声がした。「ジャン！　ジャン！」叫ぶ。

「牧師様が会いに来られたわよ！」ティーユは逃げた。

ジャンは、すぐは表に出なかった。気持ちが収まるのを待った。

牧師は玄関階段にいた。ボンゾンのおかみさんが牧師と話していたが、夫が現れるや、「ああ！　来ました」と叫んだ。

振り返った牧師は、数段下りて、ジャンに手を差しだした。

「お元気ですか、ボンゾンさん。お目にかかれて、うれしいです。仕事がなければ、ずっと前に来ていたのですが、ご存じのとおり、ここのところかかりきりで……」

本当だ。ジャンの家に来たのは初めてだから、かなりの驚きだ。顔は真っ赤なままだが、それでもジャン・ボンゾンは、いらついたところを微塵《みじん》も見せなかった。

「わざわざ拙宅においでくださり、感謝します、牧師様」

実際のところボンゾンは、次に起きる場面を、想像さえしていなかった。フェリシーはいつものとおり、窓際に座っている。牧師に気づくと、立ち上がった。

挨拶するためと思われた。牧師もまた、おそらくそう思っただろう。笑みを浮かべると、にこやかな調子で、

「こんにちは、お嬢さん。具合はどう？」

だが娘は、そっぽを向いた。近づかせないためかのように、手を前に出す。

「あなたじゃない！」また言う。「あなたじゃない！」

「フェリシー、私がわからないのかい？」

親しげな口調だ。かつての教理問答の生徒だから。いつも素直で熱心だった。人違いしているはずだ。さらに近寄ろうとすると、娘は大きな叫び声を上げた。

身体全体が震えている。手が、風に舞う木の葉のように揺れている。口元は歪み、視線が動かなくなった。こんな状態の娘を、ジャンは一度見たことがあった。でもそのときは、意識がなかった。

「フェリシー」牧師が大声で呼んだ。

聞こえていない様子だ。牧師は諦めた。

「出直すことにします」彼は言う……「そう」続ける。「あの子の具合が、もっとよくなってから……今は、少し神経が参っている様子なので」

そう早口に言うと、急いで表に出た。詫《わ》びの言葉を並べながら、ボンゾンのおかみさんが見送る。ジャン・ボンゾンも見送るが、いやいやだから、近づかない。家長としての義務とフェリシーから目を離す恐怖との板ばさみになっている……

戻ると、びっくりした。座り直した娘は、まったく落ち着いている。何もしゃべらない。いつものように、窓の外をじっとみつめている。何事もなかったかのようだ。

話しかけてみた。

「フェリシー……フェリシー、どうしたんだ」

娘は軽く肩をすくめる。「あの人、好きじゃない」と言う。それだけだ。

しかし、彼はまた悩むことになる。翌日から村中にさまざまな噂が広まったことで、ますます悩みの種が増えた。フェリシーの病気は悪魔憑《つ》きで、サタンに操られている、というものだ。発作が起きると口から泡を吹く、家の中を夢遊状態で徘徊している、といった話も生まれた。

ティーユの仕返しにちがいない。おそらく牧師もだ。みんなが自分を避けていることに、ジャン・ボンゾンは気づきだした。

周囲を見渡す。確かなものは何もない。フェリシーは、よくなるどころか、日々弱っている。とりわけ問題は、気持ちの変化だ。完璧に正気を失っているらしいときが、ままある。わけもなく笑いだしたかと思うと、今度は逆に、何時間も理由もなく泣き続ける……。

さらに三日間、じっと考えた。四日めの朝、決心した。

大事なのは、行動を人に知られないことだ。そのため、かなりの大回りをした。ヴィラール、プレフォーダン、ベンヌや、谷の奥の、冬は無人になるいくつかの小さな集落を通って、ジョジアスの家の裏まで達した。一時間以上かかったが、時間は問題ではない。

あとは家の前に回るだけだ。ドアは閉まっている。三段上って、戸を叩いた。

返事がない。耳をすますが、まったく音がしない。しかし、蓋《ふた》が半開きの煙突の上で、青い煙がわずかにゆめいているのに気づいた。彼は思う。〈もう一度やってみよう〉再び戸を叩いた。

相変わらず、誰も出てこない。多分ジョジアスは、窓からこっちを見たうえで、知らん顔をしたいのだろう。ボンゾンは勇気を振り絞る。今度は思いきり、一枚板のドアに拳をぶつける。こう叫びながら。

「ジョジアス＝エマニュエル、私です！　話したいことがあって、ジャン・ボンゾンが来ました」

そのとき、台所で足音がした。急に錠がきしんだ。鍵を回しているときの音だ。

白髪の男が現れた。ジャンは彼だとすぐにはわからなかった。一週間分の顎ひげが、こけた頬を覆っている。

くぼんだ目は、ヴェールで覆われているような、奇妙な輝き方をしている。灰の中に残った燃えさしのようだ。だが、戸がわずかしか開かれていないので、身体のほかの部分は隠れている。

それでも、視線をまともに受けたジャンは、当初恥ずかしさのようなものを感じて、うつむいた。だが、恥じることがあっただろうか。みずからそう言うことなどできない。相手が何もしゃべらないので、また勇気を出した。

「ジョジアス＝エマニュエル、お邪魔でしたなら、すみません。でも、中に入れてほしいのですが。物事を話し合うには、中の方が静かですから……」

相手は話を最後まで聞いた。そして、ドアを必要なだけ開ける。

「入れ、かまわん」

このように、ずっと年上のジョジアスの口調はぞんざいだ。ボンゾンは年下なので、ジョジアスに敬語を使う。

彼が入ると、ジョジアスは戸を閉めた。

暖炉には、ほとんど消えかけの炭がいくつか残っているだけだ。台所は、広いが暗い。テーブルの上には、褐色の革表紙で小口《こぐち》の赤い聖書が開いてある。

「申し訳ありません、ジョジアス」ボンゾンがまた話しだす。「でも、あなたもご承知のとおり、都合のいい時間というのは、わからないものなので……」

ドアの近くに立っている。座れ、とジョジアスが言わなかったからだ。ジョジアスもまた、座っていない。いつもの場所に戻っただけで、立ったままだ。その長身が見下ろしているのは、黒インクで印刷された本。右ページの上に、赤い大文字と挿絵が見える。

沈黙の間ができた。ジョジアスは待つ。

「まあ、そうですね」ボンゾンが再び話しはじめる。「あなたには、何も隠さない方がいいでしょう……私は苦しい思いをしました、ジョジアス。眠れぬ夜が何夜もです。あれ以来……（ためらいつつ）息子さんがいなくなって……以来……」

ジョジアスをみつめた。ジョジアスの挙措に動きはなかった。

「……これでよし、と思うまで、何夜も思案し、アイディアやプランを巡らしました。何夜もです、ジョジアス。でも、いくつかわかりました。ある男があなたに、息子さんの悪口を吹きこみました。おそらくそれが、出て行った理由の一つでしょう。それはおまえとは関係ないではないか、と答えられるでしょう。そのとおりです、ジョジアス。でも、これだけは聞いてください。うちの娘は重病です。病気の原因は、おたくの息子さんにあります。息子さんがいなくなってから、病が娘にとりつき、熱に苛《さいな》まれて、息絶え絶えです。私は思いました。〈薬はただ一つ、ダヴィッドが戻ることだ〉娘は、息子さんなしではいられないほど愛しています。食べ物を失くした人のように、息子さんがいなくなったことで、娘は衰弱しています。戻ってきてくれさえすれば、それが栄養になって、顔の色つやを取り戻すでしょう……お願いします、ジョジアス、息子さんを赦《ゆる》してやってください。そばに呼び戻してください。三人を幸せにできますぞ、ジョジアス。あなたも恐らく息子さんの不在に苦しまれたのでしょうから、全部で四人が幸せになれます。戻る赦しを与えてください。さもなければ、戻ってこないでしょう。あいつがどこにいるか知らない、ときっと答えられるでしょうが、みんなで所在をつきとめてみせます。必要なら、私自身が迎えに行って、『おまえの親父さんは赦してくださるぞ』と言いましょう。そうです、彼をよく知っています。若いけれど、気のいい男です」

そのまま待った。何の反応もない。ボンゾンの声に力がなくなってきた。

「私について、ジョジアス、ひょっとしてお気に召さないことがあったなら。知らないうちに、あなたを傷つけてしまっていたのなら……つまり、ジョジアス、つまり……それを記憶から消してください、必要なことは……何でもしますから」

ジョジアスはすぐに反応しなかった。やっと首を振る。

「おまえが何を言いたいのか、わからん」

「お願いです、ジョジアス！」

相手は再び首を振った。

「本当だ。わからん」

「ジョジアス、あなたの息子さんは……」

「わしには息子などおらん。一人いたが、とっくの昔に死んでしまった」

ジャンはもう自分を抑えられない。もう一度、懇願するような声で言う。「ジョジアス、ジョジアス、お願いです」だが、相手が聞いていない様子なので、

「はっきり言わせてもらいます。あなたは悪い父、悪いキリスト教徒です。人は赦さなければならない、と聖書に書いてありませんか。目の前にお開きのページの中から、そう叫んではいないでしょうか。けれど、あなたの神とは、頑固でうぬぼれの強い人たちのための神だ。あなたは高慢な態度を崩さない……注意なさい、ジョジアス。いつかあなたが後悔したとしても、みな知らん顔をしますぞ」

さらに続けようとしたが、何を言っても無駄と気づいた。ジョジアス＝エマニュエルは、自分の存在を忘れたかのようだ。ボンゾンは、もう一度言う。「注意なさい！」それからドアに手をかけると、バタンと閉めた。

もう人目など気にしない。道中ずっと、怒りにとらわれていた。家の前に着いてはじめて、不首尾を明確に自覚した。考える。〈うまくいかなかった。さて、どうすればいい？〉

帰ってくるのを見ただろうから、このすぐ近く、窓の向こうで、鼻がつくほど窓ガラスに顔を寄せているだろう。だが、わしはどうしてやれよう。もし「お父さん、苦しい」と言えば、何と答えればいいだろう。もう痛みを和らげる術《すべ》などまったくないのに。

台所に妻がいた。火をおこしている。ジャガイモの入った両手鍋を運ぶと、上体を折り曲げて、自在鉤に掛けた。炎がスカートをかすめている。彼は腰掛けを動かして、炉の前に座った。

座ったとたん、自分を呼ぶ声がした。動かずにいたが、ボンゾンのおかみさんが声をかける。「ジャン、聞こえなかった？　フェリシーが呼んでいるわ」

娘は尋ねた。

「お父さん、どうしてそんなに悲しそうなの？」

「悲しくなんかないよ」

「あら！　そうよ、そう感じた。私のいるところからでも感じられた……今の私は、何でも感じられる」

彼は恐怖を覚えた。舌がからんでしまう。

「何……何を感じている？」

「そう、つまり、お父さん……心配しすぎよ。それでも、結婚の申し込みがないわけじゃない。たとえばティーユでしょ、ほかにもたくさん……ああ！　私がその気になればいいだけのこと。私がこんなにみっともなくなってはじめて、みんなが押しかけてきた」

ため息をつく。さらに続ける。

「ねえ、お父さん、何もしなくていい……放っておいてくれればいいの。私は面倒ばかりかけてしまうから」

「もう言うな！」彼が口をはさむ。「お願いだ、もう言うな」

娘は穏やかな声で続ける。

「私を黙らせても、何にもならない。そう、どうしようもないでしょう。ああ！　お父さん、私って、とても不幸……」

それから急に口調が変わった。

「どうでもいいわ。陽気にならないと！……聞いて、おバカのジャンが笑っている」

指を上に突きだした。外の玄関階段で、本当に笑い声がしている。突然、いくつかの声が合わさって聞こえた。

「お母さん、あいつ、ネズミを食べてる。お母さん、あいつ、ネズミを食べてる！」

「どうしたんだ」そう言うと、ジャン・ボンゾンはドアを開けに行った。

その瞬間、三人のちびちゃん、サラ、ジェニー、マドレーヌが、台所の中に走りこんできた。後ろに、おバカのジャンが見える。

ジャンは急に立ち止まると、大声で笑いだした。首がなくなったネズミを手に持ち、もう一方の手で腹をさすっている。

V

二人が軍に配属されて数週間が経つが、アンセルモは訓練に行かない。「俺は名誉伍長だ」と彼は言う。「まだ十分やれるから」いつも古酒の一杯あるいは半リットル瓶をおごってくれる者を見つけては、酒びたりの毎日だ。だから彼の話は、みなが望むとおりに進んでいく。頭を横に傾け、片目を半ば閉じる。「……旗の竿に勲章が掛けられた……アルトワ連隊、気をつけ！……捧げ銃《つつ》！」

霧雨になったり、にわか雨が降ったりする。緑や赤の傘をさした町の婦人たちが、スカートを膝まで上げて往来するのが見える。樋《とい》のない屋根の端は、水でできた顎ひげがぶら下がっているかのようだ。だが、カフェの中にゆったりと座っているアンセルモは、どんな天気になろうが、あまり気にする必要はない。空《から》のカルテットが片づけられ、なみなみ入ったカルテットが持ってこられる。

「するとそのとき（このように、彼は何もかも一緒くたにする。話に全然脈絡がない）、馬に乗った男が、俺たちのところへやって来た。俺はラ・フォーヴェットに言う。『あいつをやっつけろ』ラ・フォーヴェットは、サーベルを抜いて叫ぶ。『止まれ！』相手は止まらない。ラ・フォーヴェットがサーベルを振る。相手は一巻の終わり、とみんな思った。ところが、奴は笑いだした……奴の片足は、木でできていたのだ！　しかも、かなり堅いので、ちょっと切り傷がついただけだ」

その間、ダヴィッドは軍事訓練に参加している。フォルヌロ隊長が指揮する志願兵の中隊に所属して。かつてのピエモンテ軍将校で、厳しい人物なので、兵士たちから恐れられている。ほかの者たちは気を抜く時間があるかもしれないが、彼らにはない。朝から晩まで教練だ。あるいは、雨に濡れた牧草地で、旋回、正面突破や左右への方向転換、グループごとの縦列行進、さらに分列行進や突撃などに用いるさまざまな歩調を習う。隊長が出来に十分満足したときだけ、休憩がある。これで元気回復だ。男たちは、声をかけあいながら、無数の水滴が輝く柳の木の下に集まる。階級の違いをはっきりさせるため、隊長だけは集団から離れている。だが、笑顔のない男がもう一人いる。ダヴィッドだ。みなが誘っても、返事をしない。会話にも加わらない。無理強いはしなかった。結局のところ、兵士に求められているのは、任務を尽くすことだ。この点、彼は文句のつけようがなかった。

野原での食事の間も、一人きりだ。数列の丈の低い柳の木が、小川の流れに沿って、はるか先まで並んでいる。彼の苦悩は、あまりに大きかった。軍に配属されたからといって、どうすればいい。消えれば脱走だし、とどまれば裏切り者だ。上空には、青と黒のまだら模様の春の空ができつつある。ときどき、日の光が、まるで縄梯子《なわばしご》を広げるかのように差しこんでくる。だが、俺はまだ、冬の中に暮らしている。心を覆っているのは、相変わらず広く真っ白な光景だ。そこに家が見える。暖かい風は、まだ届いていない。ドアの正面に見える太陽は、入口さえも暖めていない。上の地方に春を告げるのは、風ではなく、真っ昼間でさえほとんど裂けめのないほどぶ厚い、灰色の霧だ。その霧が見える。その霧は長期間続く。そのあと、やっと雨が降りだす。斜面で、なだれが轟音を立てる。眠りから覚めた山が、しゃべりだすかのようだ。〈けれど〉彼は考える。〈あの子は？……〉ほかはみな心に浮かぶのだが。彼女については、もう何も知らない。

何も知らないから、こんなに心が苛まれるのだ。自分が悪かったのでは？　忘れっぽい子だ、と思ったのは、おそらく間違いでは？　自分にもあることだが、おそらくあの子も、後ろから声をかけたが、その声が届かなかったのだろう。めまいがする。それからまた、相手を非難しはじめる。そうしないと、心のバランスが崩れてしまう。会いに戻るのは不可能だ。待つのだ。だが、何を待つ？　何であれ、この不確かな状態の中で心が消耗していくよりはましではないか。ずっと泳いでいるのに、まったく岸にたどりつけないようなものだ。

「集合！」

フォルヌロ隊長がサーベルを上げる。集団が崩れて、横列ができる。

教練が再開されたが、彼は必要な所作を無意識になぞるだけだ。どんどん意識がなくなる。心はまた、山の方、山の中のあの窪地へと向かう。巣に戻ろうとする鳥のようだ。

夜になって、アンセルモと再会した。アンセルモは、じっとみつめる。アンセルモは、何も言わない。

二人は同じ部屋で寝ているが、二月に入ってからは、おそらく十語も言葉を交わしていないだろう。アンセルモは呑みすぎることがよくある。遅く帰ってくる。階段を上りながら歌っているのが聞こえるが、ドアの前に来たら、口をつぐむ。ぎこちないが慎重な手つきで掛け金を外し、顔をのぞかせ、ドアを押して入ってから閉める。そして、つま先立ちで歩いて、ベッドまでたどり着く。ダヴィッドは横になっているが、眠っていないことに気づく。服を脱いで、ロウソクを吹き消す。

「おやすみ」彼は言う。

ダヴィッドは返事をしない。ふつうアンセルモは、それ以上しゃべらない。

だが、それでも無性にしゃべりたくて仕方がないときもある。ダヴィッドが目を覚ましているのを見ると、

「ああ！　そうだよな」彼は首を振りながら話しだす。「アンセルモの言うとおりだった、と誰が思うだろう。おまえは命を落とすことになるぞ、と言われたって、ほかの奴らが苦しんでいるときも、俺は歌い続けるぜ」

そして独り言のように、

「まったくおまえの言うとおりだよな、ピエール。奴らが秤《はかり》に分銅一個を乗せたら、もう片方の皿に一個乗せようぜ。ため息一つに歌一つ、これで計算が合う」

本当に、新しい歌を歌いだした。ベッドに視線を向けて笑いかけたが、ベッドの中は微動だにしない。

こんなふうにしていると、ある月曜日、フランスの革命軍が到着した。千人くらいいる。ここは小地方なので、一端を垣間見るだけだが、同じような軍が、全ヨーロッパに展開している。一つの信念に導かれて。彼らは言う。

「おまえたちに自由をもたらすぞ」それを望む者たちとは同盟を結ぶ。望まない者たちは叩きのめす。

アントルロッシュでは、大歓迎を受けた。二日前にはもう、軍が船に乗りこんで湖を渡りはじめた、というニュースが広まっていた。すぐに、薄葉紙《うすばがみ》で作った花を挿《さ》した葉飾りが編まれた。地方総督は、真夜中のうちに逃げだした。大通りの端から端まで、窓に緑色の旗がひらめいている。委員の娘たちは、式用のドレスを作ってもらうべく、急いで仕立屋へ連れて行かれた。その間、一番年上のソフィー・ルノーちゃんは、歓迎の辞を暗記している。必要なときに備えて、この地のドヴノージュが作成したものだ。

日曜日の夜のアンセルモは、ふだんより帰りが遅かった。いつものようにベッドの方を眺めると、例によってダヴィッドが横になっていた。

「さて、どうしよう」声をかける。「隠れるか？」

ダヴィッドが相変わらず黙ったままなので、

「そうしたら、自由を望んでいないことになってしまわないか。しかし、人はこんなにも変わるものか！」

毛布の下は、まったく動かない。アンセルモは歌いだした。

愛に武器を返せ
時間すべてを与えよ
涙までをも慈《いつく》しめ
警告さえも
魅力に感じる
恋人たちには、すべてが甘い

ラモー（フランスの作曲家。一六八三〜一七六四）のオペラの中の一曲だが、当時流行《はや》っていた。かなり調子外れに歌っている。

朝になると、鐘が一斉に美しい音を響かせる。そして、拍子をとるかのように、迫撃砲が決まった間合いで炸裂する。群衆は町の入口まで行った。糊がきいてきれいな白いドレス姿の女の子と委員会のお歴々は、街道の真ん中にいる。道の両脇とその後ろには、二千もの市民が待っている。何か光るものが見えた。白馬が現れた。赤い羽根飾りをつけ、銀の刺繍《ししゅう》がいっぱい入った、素晴らしいいでたちの将校が、ゆっくりと剣を振って挨拶した。それから反転すると、速足で引き返した。

彼は副官にすぎず、部隊がまもなく到着することを告げに来ただけだった。

実際、輝く無数の点が、どんどん近づいている。軍帽の徽章と肩章だとわかった。背の高い男が見えた。毛皮でできた軍帽がばかでかいために、顔がとても小さく見える。皮の前垂れをつけている。握りが銅でできた棒を振り上げると、太鼓が鳴りはじめた。

すごい歓声がそれに応えたが、ソフィーちゃんの顔は真っ赤で、ひどく震えている。ハンサムな参謀長のもとに近づいているのだ。

挨拶の言葉の多くが不明瞭で、多くの詩句が変に長くなったり短くなったりした。きっと多くの韻を落としたのだろう。だからなおさら、いじらしく可愛く感じられる。応じた指揮官も、その辺をよくわかっていた。馬から下りて、抱きしめる。同時に、委員会のお歴々が近寄った。すぐに連帯が決まった。喜ぶのも無理はない。事を先延ばしせずにすむからだ。必要な準備が整ったら、すぐ高地に向かって進軍するのだ。

夜の十二時近く。アンセルモは階段を上った。ドアに耳をあてる。樅の木の板だ。ダヴィッドは一日中見なかった。誰もダヴィッドを見ていない。耳をすませたが、何の物音もしない。ドアが開けられた。その夜は歌わないし、しゃべらない。ロウソクさえつけず、急いで服を脱いでベッドにもぐりこんだ。しばらく時間が経つ。突然、ため息が聞こえてきた。

相変わらず身動きせず、耳だけをそばだてた。二度めのため息が聞こえ、ベッドの枠がきしんだ。誰かが熱を出しているときのようだ。

顔を少しだけ動かして、薄目を開けた。ダヴィッドは、両手を額にあてたまま、ベッドに座っている。アンセルモは眠っている、ときっと思っているはずだ。だから放っておく。辛くてたまらないときはあるものだ。

そのとき、十二時の鐘が鳴る。一人の若者がベッドに座っている。青白い月の光が入っている。——たとえ人は頭ではわからなくても、すべては明らかになっていくのではないか。アンセルモはもう声をかけるタイミングを待っているだけに見えるが、まだチャンスは訪れない。しかしそのとき、ダヴィッドがベッドから足を出した。夢遊病者と呼ばれる類いの人たちのように、自分がしていることに気づいていない様子で、部屋をつっきり、窓に近づいた。ガラスに額をつける。青白い上空で、白い山がぼんやりと光っている。彼はその方を見上げている。それからうつむいて、またため息をつく。両手でこめかみを押さえる。額が破裂するのを恐がっているかのようだ……

「可哀想なダヴィッド！」

ついにアンセルモが話しかける。ダヴィッドの身体全体が大きく震えた。

「可哀想に！」アンセルモはさらに言う（肘をついて、顔を少し上げている）。「じゃあ俺たち二人のことをどう思っていたのだ。何も見ていない、何も知らないでいる、と思っていたな。おまえは考えた。〈この半分いかれた野郎は、人の心配などしたことがないのでは？　歌でも歌わせておけ〉と。なあ、そうだな！　そうだろう？」

ダヴィッドがなかなか「そうだ」とうなずかないので、彼は立ち上がって近づき、両肩をつかんだ。

ダヴィッドはされるがままになる。悪いことをして叱られた子供が、弁解さえ思いつかないほど縮こまっているさまに似ている。ベッドまで押して行かれた。「横になれ」アンセルモは言う。「さもないと、風邪をひいてしまうぞ」無理やり寝かせた。

相手が横になると、ていねいに毛布をかけた。身体を少し寄せて、「さあ、話そうじゃないか」と言った。ママのやり方だ。叱りはするが、気立てはいい。叱る時間は終わったのだ。アンセルモは声音《こわね》を変えた。

「話す必要があるな、急ごう！　自分が何をすべきかわかっているか。手紙を書くんだ。俺があの子のところへ持って行ってやろう。これが状況を知るためにできる唯一の方法だ。自分で行ける、と言うだろうが、おまえは軍隊に配属されていて、俺の方は放っておかれている。ダヴィッド、おまえは真面目な若者だ。けれどアンセルモ、俺はいかれた年寄りだ……まあ話を聞け、いいな！……俺はあすの朝出発するから、手紙をくれ。行きと帰りに一日ずつ、あともう一日かな。遅くても日曜日には戻ってこられる。奴らはラ・ティーヌを見張っているが、道の上の方は、まだ通ることができる。だから、さっき言ったように、三日くれればいい。プランまで入りこんで、おまえの手紙を渡してくる……これからおまえがどうすればいいか、すぐにわかるだろう」

こんなふうにしゃべった。口調は柔らかだ。ダヴィッドは首を振り、ときどき話に割りこむが、アンセルモはそれでも続ける。

「さあ、立て！」

ダヴィッドがこう言うのが聞こえた。

「ピエール！　ピエール！……それは本当か」

「そう言っているだろ」

ダヴィッドがまた言う。

「本当か。たしかにできるのか」

アンセルモは怒りだした。

「おまえは馬鹿か！　おれがそう言っているんだぞ。あすの朝出発できるようにしてほしいなら、急いで起きて、手紙を書け。さもないと、着くのがかなり遅れてしまう」

ダヴィッドを無理やり起こした。ダヴィッドはまた、されるがままになる。こうしてテーブルまで連れて行かれ、ロウソクが灯《とも》された。それからアンセルモは、隅に置いてある樅の木製の箪笥《たんす》を開けに行った。変な鼻のすすり方をする。

「この箪笥の中は、ひどくかび臭いな！……それでもやはり」続ける。「おまえは運がいい。インク、紙、羽ペン、これ以上のプレゼントはない。必要なものが全部ある」

実際、インク瓶と数枚の大きな紙を持って近づいてきた。〝アントルロッシュおよび周辺地域公文書〟と紙の上の方に書いてあり、ベルンの象徴である熊の紋章も見える。

ダヴィッドが座ると、アンセルモは目の前に紙を置いた。

「何もかもよく説明しろ」さらに言う。「俺は少し眠る。あすの朝元気なようにな」

そして深い静寂が訪れた。ダヴィッドが再び顔を上げると、空に月が出ている。ただ、今はロウソクを灯しているので、逆に窓の向こうは真っ黒に見える。青白い月明かりは、もうまったく入ってこない。目で山を探したが、ほとんど見分けがつかない。だが、彼の心の中では、山は立ち上がって、さらにはっきりと美しい姿を見せている。彼の内面では、月よりもはるかに鮮やかな希望が輝いている。〈愛《いと》しい君！〉彼は考える……そして震えながら、〈きっと何もかも元のとおりになるだろう〉

こうして手紙を始めた。彼は書く。

愛しいフェリシー。まだこう呼びかけていいものか、わからない。いや、そうだ。あえてそうしなければいけないと思う。俺が言った待ち合わせの場所に君が来ず、それからの消息をまったく知らないけれど。何もかも説明しなければいけない。「手紙を書いたら、届けてやる」とアンセルモが言ってくれた……俺がひどく悩んでいるのを見たからだ。アンセルモはいい奴だ。これまではそれがわからなかった気がする。だがついに、フランス人の兵隊たちが入ってきた。アンセルモは俺が眠れないのを見ると、近寄って、やさしく話しかけてきた……知ってのとおり、俺は母なしで育ったから、こんなことには感動させられる。俺は断ることができなかった。俺はあんまりびっくりしたので、言うがままになり、今手紙を書いている……

月が出ていた、フェリシー。山の方を見ながら、君のことを思った。君の姿が見えた。水を汲みに行っている。顔色が悪い気がしたので、〈これは俺のせいだ〉と思った。そして誇らしくなった。きっと勘違いだとはわかっているけれど、勘違いさせてくれ、ほんのしばらく勘違いさせてくれ。俺は心地よいのだから……それから、君の言いたいことを言ってくれ……だが俺は、それでもフェリシー、君に言う。「俺たちが一緒に過ごした小さな森のことを思い出してくれ。アリの群れや、枯れ木色のでっかい鳥がいた。楽しかった日々、少なくとも俺にとっては楽しかった日々を思い出してくれ」二人でやり直そうと思わないか。きっと俺が思ったほどは難しくないだろう、愛しい君、君が望みさえしてくれれば！　きっと何か誤解があったのだろう。俺がヴェイヤールの家まで来てくれと言ったとき、きっと意味がわからなかったのだろう。俺はそこで一日中待っていた……そして俺の心は動転した。こう自分に言った。「あの子が俺から離れたのだから、もうあとは何もない」

出発した。俺とアンセルモとでだ。峠を越えた……山小屋が建っている場所が見えた。その脇を過ぎて、さらに登った。谷が見えるところに着くと、もう一度振り返った。だが、悔しさはずっと離れず、何もかもが嫌になった。平野まで下りて、そこで軍隊に入った。俺は今、祖国の敵と一緒に教練を受けている。祖国の敵の制服を着ている。俺が彼らと同じ考えだった頃のことを、きっと憶えているだろう。俺は思っていた。〈彼らと同じ考えなのだから、行動を共にしなければいけない。俺自身の祖国というのは、どこにある？　心の中だ〉だが今の俺は、どんな類いの思想にも、何ものにも、まったく執着がない。君を除いて。君がこう言っていたのは正しかったと思う。「愛し合っているときに、そんなことって大事？　それがあなたにとってまだ大事なら、私を心から愛していないことになる」つまりフェリシー、それについて説明したいけれど、うまくいかない気がする。頭がちょっと混乱しているし、俺は批判なしに受け入れているから……アンセルモのベッドの方を見てみた。眠っていると思う。フランス人たちが到着した関係で、町はどんちゃん騒ぎだった。

俺は部屋に閉じこもっていた。ずっとこうしてはいられない、とよくわかった……幸いなことに、アンセルモがやって来た。今、すべては君、君の返事次第だ。君はこれまで以上に俺を愛してくれなければいけない。つまり、あんなことが起きたあとでは、少なくとも当分は故郷へ帰ることができない。だから、君に下りてきてほしい。一緒にいれば、何もかもうまくいくだろう。逃げて、どこかへ隠れよう。日々の糧を得る方法を、うまく見つけるよ。君のためにできないことなどあるものか。平穏な日々が戻るのを待てるだろう。愛し合う者の力で、無理にでも戻すのだ。きっといつか、街道を通って、一緒に山を登るだろう。憶えているね、俺がラバを連れて通っていた街道だ。ルージュという名前のラバだった。年寄りだが、大好きだった。だがある日、俺が郵便の仕事をするのを親父が禁じて、すべてが駄目になった……よくはわからないが、つまり俺の中には、二人の人間がいる気がする。半分の自分は建設的で、残り半分は破壊的だ……だが今、俺は言う。「建設的でなければ……一緒に未来を作ろう、フェリシー、そう思わないか」

このように筆を進めた。長い時間進めた。ときどき、アンセルモが顔を上げるが、ダヴィッドはずっと書いている。ついに山上の空がグレーになった。

「終わったか」アンセルモが訊く。

「うん」ダヴィッドは答える。「終わった」

「なら、よこせ」

何枚もの紙に、いっぱい書かれている。アンセルモは四つに畳むと、ポケットの中にしまった。

「握手しよう」また言った。

ダヴィッドが手を差しだした。目には光るものがある。

「おい！　ちょっと大袈裟《おおげさ》だぞ」アンセルモが言う。「それに、姿を見られたくなければ、急がないといけない。庭を通れば、誰にも会わないだろう。俺の居場所を尋ねられたら、こう言いな。『あの老いぼれの呑んだくれのことなんて、知るもんか……ワイン蔵の中で寝ているんだろう』じゃあな、日曜日に。それまで元気で」

アンセルモが庭の垣をすり抜けるのが見えた。

そしてダヴィッドは待った。二日経った。三日めも。アンセルモが言っていた日曜日が来た。アンセルモが途中どこか無人の干し草置き場で仮眠をとったかもしれないと思って、ダヴィッドは朝早く起きた。道中が長いから、十分ありうることだ。正午になっても、アンセルモは帰ってこなかった。

そのときダヴィッドに、ある考えが浮かんだ。きっとアンセルモは、フェリシーを連れてきているのだ。狂喜したが、また憂鬱になった。アンセルモの姿は、相変わらずない。

午後の時間が刻々と過ぎて、暗くなりはじめた。夜の帳が下りたが、アンセルモはいない。

ダヴィッドは横になれず、一晩中立ちつくしていた。朝になった。誰もいない。もう月曜日だ。アンセルモは戻ってこないだろう。

ダヴィッドは、さまざまな推論を巡らす。考える。〈何が起きたのだろう〉考える。〈途中で倒れたのか〉〈ありえない！〉考える。〈あれほど巧みですばしっこい奴はいない。そうすると、捕まったのか〉〈ありえない！〉考える。〈とてつもなく抜けめのない男だ。あの辺の地理には、誰よりも詳しいし〉

そのとき、ある考えが浮かんだ。〈じゃあ、あの子は？〉熟慮した。〈あの子は来たがらなかったのだろう！〉そして考える。〈あの子のせいだ！　来たがらなかったから、奴は顔を見せられずにいるのだ〉

そのとき、頭の中で水音がした。額の真ん中の血管が膨らみだす。午後四時頃のことだろうか、非常招集の太鼓が鳴った。

大慌てで、通りへ出た。

VI

高地でも、戦いの準備（再準備と言ってよいかもしれない）が行われていた。

一月半ばから、射撃隊が編成された。徴集兵部隊に属する全員が、週に三度、射撃訓練を行う。白と黒（黒の中に白があるか、白の中に黒があるかだ）のどちらに命中させたかによって、白または黒く塗られた得点板が上がる。標的の下には監的堀《かんてきぼり》があり、得点記録係が待機している。

その日曜日の一時頃も、太鼓を叩く音が聞こえた（上でも太鼓が叩かれる）。人々は、窓から外を眺めつつ言い合う。「射撃訓練に行く男たちだ」

山の窪地の中で同時に叩かれる四つの太鼓は、太鼓がもう一つあるかのごとく響く。空にも太鼓の皮が張られているようだ。四つの太鼓というのは、すごい音がする。たまたま寝ていた者たちも、ほどなく目を覚ました。だが、日曜日の昼間とはいえ、村人たちはもう眠れそうにない。そのためには、よほど心を平静にしなければいけない。太鼓は誰も驚かせなかった。人を家から外に出しただけだ。

広場にできた短い隊列が、射撃場へと向かう。ナナカマドの並木道に、すでに入っている。その道沿いは、秋は真っ赤だが、その日は赤い実などまったくない。ナナカマドの木は素裸だ。だが、等間隔に並んだ細い幹の連なりは、進むべき方向を、はるか遠くまで示している。それに従って行くのだ。アン・ピアモンと呼ばれるところ、すなわち山の斜面とぶつかる場所に、標的が置かれている。弾を見失わないように。まずは谷の奥まで分け入らねばならない。谷は急にカーブしている。窪みがある。そこに、巨大な岩の圏谷《けんこく》がそびえている。狭い踊り場のようなところが、何段にも重なった岩を分けている。岩壁はむきだしだが、この踊り場は雪に覆われているので、樽のたがのように、四、五、六本の白い線が、平行して引かれている。

まさに絶景だが、彼らには別の目的があった。標的が自分たちを待っていることしか考えていない。人数は六十人ばかり。ほとんどは軍服姿だが、平服の者もいる。ジョジアスはその一人だ。

年をとっているから無理に射撃をしなくてもいいのに、最前列にいる。彼自身が参加を求めると、「もちろん来てもいいですよ」と言われた。古い火打ち式の銃を持ってやって来た。長く使っていないが、ていねいに全部分解し、あらゆる部品に油をさしたり磨いたりした。

標的の一つが与えられた。最初は数回外した。それでも諦めない。頑張ったせいで、手がこわばってきた。今は彼ほどの名手はいない。

的の真ん中を三度撃ち抜いた。黒く小さな円の前に白い得点板が三度出て、しばらくぶらぶら揺れた。「いいぞ！　ジョジアス」老いも若きも、感心してうなずきながら、「あいつは俺たちの模範だな」と言う。

そのとき、ジョジアスが四度めの弾こめをしているのが見えた。

全身黒ずくめで、背が高く、痩せこけている。腰が少し曲がっているものの、踏ん張っている足はしっかりしている。静かに銃を頰にあてて構える。銃身の先が、下から上へ、とてもゆっくりと動く。頑丈な作りなので、この武器はかなり重く、しかも長い。だが、輝く照準は、今はもう微動だにしない。空気の中にはめこまれたかのようだ。

発射音は、三度こだまとなってはね返った。前方に吐きだされた煙が、ジョジアスのもとへ戻って、肩の上をすり抜ける。だが、みなが見ているのは、標的の方だ。得点記録係が結果を調べているので、当初はまったくわからなかった。

弾が黒い的の中に入っているときは、穴はあまりはっきり見えない。弾は黒い的の中にあるにちがいない、とみなはすぐに思った。実際、不意に得点板が上がった。四度めも、ジョジアスは真ん中を撃ち抜いたのだ。

彼は何食わぬ様子だ。険しい表情が、顔全体を覆っている。いつもよりも、口の周りのしわが伸びている。首の周りも、顔を前につき出しているときは、ぴんと張っている。顎の締まりが示すのは、意志の強さだ。撃ち終わると、すぐに武器を下ろした。みなの喝采にも、そっぽを向いた。

以後の射撃訓練はさらに熱を増し、夕方まで終わらなかった。隊列が下りてきたときは、暗くなっていた。再び太鼓が叩かれる。戦いの始まりの合図だ、この太鼓は。おそらく今頃、低地でも叩いているだろう。だが俺たち高地に住んでいる者は、さしあたりは自分たちのことだけを考え、できる限りの準備をするべきだ。

戸口から女たちが出てくるのが見える。太鼓のすぐ後ろの先頭を歩いているジョジアスを、みなは指さす。

「あの人が一番の腕前だ」と言う。

「年寄りなのに、なぜ訓練に参加しているの?」

「おや、知らないのか。自分の隊を作るからだ」

「あの人の隊？」

「そうだ。徴集兵の男たちの中には、心がけの悪い奴がいる、純真な者しか要らない、とあの人は言っている。そのため、イザイのところで会合を開いている。今晩もまたある」

みなが言っているのは本当だ。ジョジアスの周りに人が集まり、彼をリーダーとする一党というべきものができていた。このあたりは、グループと教派の土地柄だ。どんなことにも宗教が絡んでくる。息子を追いだした翌日、ジョジアスはイザイのところまで登った。数日後に戻ってきたが、彼はもう一人ではなかった。今それは本物の会合になり、週に何度も開かれている。

七時だ。彼らの持ったカンテラが通るのが見える。ダヴィッドとフェリシーが頻繁に会っていたタブーセの森へ向かう道を進んでいる。森のはずれを、ずっとたどっていく。村からたっぷり半時間かかる。土地は自然のままで、人里から離れている。

低い建物の前にいる。このあたりの干し草置き場と同様、同じくらいの太さの幹を選んで、ほぞ穴にはめこむ方法で組み立てたものだ。――だから、干し草置き場と変わらない。小さな戸はあるものの、窓といえるのは、その脇のすきましかない。――だがイザイは、黙想と苦行の中で暮らしている。身体を痛めつければつけるほど、精神は容易に解放される。そのうえ、ここでの隠棲は都合がいい。偉大なる神の声が聞こえたとき、それを邪魔するものが何もない。少なくとも、人の声はまったくしない。ほかのもの、風や流水の音、鳥のさえずりなどは、鳥に諭《さと》し、風や水に諭すことで、なんとかなる。怖れねばならないのは、人間だけ。戒律に背くからだ。人から遠く離れて暮らすことで、わしは奴らが犯す誤りに巻きこまれるのを避けると同時に、奴らのためにとりなして、最後の審判に続く最終的処罰と炎による責め苦から逃れさせてやれるじゃろう……

そこに、ジョジアスがノックして入ってきた。ほかの連中は、戸の脇に置いたカンテラを次々と吹き消す。かなり暗いので、イザイをすぐには見つけられなかった。彼は、火がわずかに揺らめく炉の前に座っている。戸が開いても、微動だにしなかった。戸が閉められても、相変わらず微動だにしなかった。背中しか見えない。頭は辛うじてわかる程度だが、そこから長い白髪が、両肩のあたりまで垂れ落ちている。中はどれもきちんと識別できないが、部屋はかなり広く、天井は、形の悪い梁にいい加減にのせられていて、しかも額が触れるほど低い。隅にベッドらしきものがある。その隣に、何かが寝そべっている。目を凝らすと、ヤギだとわかる。大きなマントルピースの片側、スモーク用のハムがぶら下がった棒の一本の上にとまっている三羽の雌鶏《めんどり》を、炎の明かりがときおり照らす。首を羽の中に入れて眠っている。

彼らはつま先立ちで進んだ。部屋のあちこちに席をとる。祈りの場所、あるいは祈りの場所らしきところからは離れて。聖霊の動きを妨げてはならない。距離をおきつつ、輪になる。あとは次に起こることを待つだけ。何が起きるか、あるいは起きるかどうかさえ、まったくわからない。なぜなら、イザイ老はときとして、ひと言も発することなく、みなを帰らせることがあるからだ。だが、神に見守られた魂の秘密は尊重しなければならない。沈黙しているときもあれば、話しだすときもある。

こんなふうにして、十五分はゆうに過ぎただろう。突然、イザイ老が立ち上がるのが見えた。目の前をじっとみつめている。

「ジョジアス、いるか？」

ジョジアスは一歩前に出た。

「ここにおります」

相手は再び口を閉じた。おりからの突風で天井が揺れて、鈍い呻き声をあげはじめた。まるで嘆きが梁にとりついたかのようだ。

「わしは聖書を読んで、数字と数字を近づけ、時はまもなくだとわかった。さあ、腰に帯を締め（『ルカによる福音書』から）、心を強くせよ」

再び沈黙。そして再び、

「ジョジアスよ、聞いているか」

「聞いております」

声に戸惑いがある。開きかけでよく見えないページの文面を読んだときのように、つっかえつっかえだ。

「天秤《てんびん》が上がり、神の子羊がのった皿が一番軽いとわかった。さあ、心の中で震えよ、頑《かたく》なでないおまえたち。なぜなら頑なな者だけは、目も耳もずっと不自由なのだから。だがおまえたちは、まだ聞くことができるし、見ることもできる。さあ、神の子羊は下がることなく上がったぞ。天秤のもう一つの皿には、剣があった。わしはページをめくって読む。まず七、次に三じゃ。この七は七日を意味し、三は三日を表している。物事の時期はすべて、あらかじめ書きこまれている。時が来たる前、刻限の定めなしには、髪の毛一本たりとも頭から落ちることはないだろう（『マタイによる福音書』から）」

誰一人動かなかった。再び言葉が発せられ、数字が述べられた。

「七足す三は十になろう」

このように数字が繰り返され、日数として数えられた。声がする。「日曜日じゃ。そして日曜日の三日後は水曜日となろう。火曜日が来ると、一人の女が走っているのが見える。だがジョジアス、おまえは選んだ者たちと一緒に山に登り、峠となっている場所まで進んで、そこに陣をとるのじゃ。夜になっているだろうから、見張ってさえいればいい。そして、真の神の敵が現れたら、立ちはだかれ……わしは一緒に行かぬが、モーゼのごとく手を上げていよう（『出エジプト記』から）。わしの手が上がっている限り、おまえたちの力が弱まることはない。すると、武器を持っていない男が進み出るだろう。その男は、おまえの血縁じゃ」

そこで急に黙った。しかるべき光景がよく見えなくなったか、あるいは言うべきことを前にしてためらっているかのようだ。また大声で始めた。

「おまえの血縁じゃぞ、ジョジアス。だが、おまえは戒律を守っているのだから、それに背いた者に情けをかけることはない」

それは静寂の中に響き渡った。何人かは、ジョジアスの様子を盗み見ずにはいられなかった。一撃を食らったかのようにあとずさりしているか、あるいは少なくとも抗議や動揺の仕草を見せていると考えたからだ。しかし、態度にまったく変化はなく、微動だにしなかった。イザイがもう一度「わかったか、ジョジアス」と言うと、「わかりました」としっかりした声で返事した。

それ以上は言わない。またイザイだ。

「こうして真の神の敵は、おまえたちの前から逃げだすだろう。だが、おまえたちがいないところ、神の御言葉《みことば》が届かないところで、城壁を打ち倒すだろう。わしは七と数え、そして三と数える。七と三は、二つの数字じゃからな。だが、血しぶきの数も、七の七倍に足すことの三の三倍となろう……女たちは自分たちの家を目で探すが、見つからないだろう。用意しておけ。時はまもなくじゃ」

これで終わったようだ。ため息をつくと、手を下ろした。とまり木の上の雌鶏たちが、羽をばたつかせた。しかし老人は、苦労して立ち上がっている。また話しだした。「祈らなくては」

ジョジアスに言う。

「ジョジアス、聖霊はやって来たか」

「いいえ」ジョジアスは答える。「まだです。任務を果たしていませんから。その力もありませんでした」

男たちの中の別の一人が、祈りを捧げた。聖霊みずからが選んだ者だ。

十五人は、うつむいて唇を動かす。祈りの文句が唱えられる。強風がときおり吹きこみ、そしてしばらく静かになる。声は膨らんでいくようだ。風のない日の秋のたき火の煙のように、まっすぐ昇っていく。

彼らが帰る姿は目撃されなかった。真夜中まで帰らなかったからだが、たとえ帰るところを目にしても、誰も驚かなかっただろう。過激な意見を持った一派が形成されている。その対極にいるのは、臆病者や卑怯者だ（もっとも、数少ないか、隠れている）。真ん中は穏健論者だが、これらの人でさえ彼らを非難しない。「奴らはいわば熱狂的愛国者だ」こんなふうに言う。「自分たちのことを考えているのでなく、自分たちのために行動しているのでもない。あのジョジアスは、血気盛んな年でもなかろうが、あんなに頑張っている。だから、意見は違うにせよ、あの人には敬意を払うべきだ」彼は隊を引き連れて、クルー峠へ登るはずだ、との情報がもたらされる。あちら側から攻撃される危険はそう大きくないが、迂回してくる可能性がある。ジョジアスとその郎党は、あそこを見張るべきだ。そして軍の本体がラ・ティーヌに陣取れば、正面だけでなく側面も守れるだろう……

「まあ、これでいいな」またみなは言う。

ニュースが錯綜する。女たちは始終、互いの家を行きかう。再び状況が急速に悪化している。今回だけは、事が起きるのはずっと先のはず、とは思えない。実際、それから数日後、デステーグル大隊長に率いられたドイツ語地域軍の分隊が到着した。ダシュヴィル氏や山の裏側から来た将校たちも同行している。軍隊のための宿営地を建設しなければならない。どこにでもあるような小地域に男が二百人加わるのだから、あっという間に人口過剰だ。村はまもなく、上を下への騒ぎになった。射撃、軍の宿営、毎日の教練、始終響く太鼓の音（みなは窓辺へ駆け寄る）、男たちはもうまったく家にいないので、あらゆる仕事がうっちゃられている。――〈幸いなことに〉みなは思う。〈今は冬だ。そうでなければ、どうやってこんな生活を続けられよう〉たとえ牛の乳搾りをする者を何とか見つけたとしても、きちんとはやってくれない。バターもチーズも、あまり品質がよくない気がする。女たちにも、熱が感染した。家事を忘れている。もう洗濯も針仕事もしない。食事の準備はおざなりだ。好奇心がまさって、じっとしていられないのだ。ほんの小さな物音がしても、表へ飛びだす。どんな言葉を聞いても、そのたびに驚き、不安がり、怒りを露わにする。ニュースは歪んで伝わっているのでは？　話はどんどん膨らむし、まるっきりでたらめなことも、しばしばだ。だがもうこの時期は、つくり話と現実の区別がつかなくなっている。

しかし、本当だ、とすぐに思えたのは、フランス人部隊が最近アントルロッシュに到着したことだった。このニュースは、ラ・ティーヌからわざわざ派遣された男によって、もう火曜日には届いていた。ラ・ティーヌの詰め所の情報は正確だ。

十時になっても、まだ誰も寝ていなかった。再びニコリエの店で会合があった。同時に作戦会議が開かれ、こちらには、ドイツ語地域軍の将校たちやダシュヴィル氏、デステーグル氏も参加した。さまざまな配置の方法が取り上げられた。どれがいいだろう。何も確信はない。それでも、危険を真っ先に知らせる合図として、高台でのろしを上げ、早鐘を鳴らすことが決まった、と知らされた。そうなればもう、銃を担いで飛びだし、指定された集合場所へ駆けつければいい。二時間足らずでラ・ティーヌに着くだろう。あとは敵が現れるだけだ。

村の至るところから、声が聞こえる。あちこちの玄関先で、大勢の人が動き回っている。

「知らないかもしれないけど、今晩イザイのところで、また会合があったわ。決まりよ、あの人たちは峠へ登る……ジョジアスが指揮をとる」

「いつ登るの？」

「徴集兵の軍がラ・ティーヌへ下ったらすぐよ」

「じゃあ、準備万端なの？」

「準備万端よ」

「ああ、神様！　私たちはこれからどうなるのでしょう」

「でも、どうすればいいというの。今度のことは、私たちの力の及ばないことよ！」

「まあ！　わかっているわよ」

そしてため息。声が上がるが、また消える。すすり泣きらしきものは、続いている。小さな女の子の泣き声が聞こえる。ほかはもう何もない。それから、ひそひそ話が再開する。ニュースがまた蒸し返される。さまざまなことについて。

「あの上のこと、知らない?……フェリシーがまた発作を起こしたらしいわ」

「まさか!」

「ほんとよ。マルグリットが目にして、私にみんな話してくれた。泡を吹くの。悪魔にとりつかれているんだわ。激しくもがくと、真っ黒な動物のようなものが身体から出てくるのが見える。すると落ち着きを取り戻すの。あぁ! そうよ、世の中には、私たちよりもっと辛い目にあっている人たちがいるのよ」

今はかなり小声だ。口を閉じた。上の明かりのついた窓を指さしている……

もちろん、女たちの創作だ。それでも、フェリシーがまた床に伏しているのは確かだ。もはや一睡もできない。その夜、ジャン・ボンゾンが帰宅したとき、音を立てないよう細心の注意を払ったけれど、無駄だった。聞きつけられた。

「お父さん、怖い!」

「何が怖いんだい、おまえ。わしがいるのがわかっているのに」

なだめようと、指を髪の中に入れる。だが、娘は首を振った。

「大丈夫よ!……だけど怖い」

「ねえ」娘はまた話しだす。「人だけじゃない。何だろう。わからないわ。ものよ。空中で動いているもの。それに、私、もう元気が出ない」

彼は言う(何を言っているか、わかっていないが)。

「眠りなさい!」

だが娘は、もう眠れないと答えた。

「それに、たとえ寝つけても、気味の悪いものがたくさんたくさん出てくる夢を見るから、眠らない方がずっといい……可哀想なお父さん、こんな娘を持って……今の私がどんな状態か、見てちょうだい」

シーツの下から足を出して、

「これは足かしらね」

肌着の袖をまくって、

「これって、まだ腕なのかな」

そして、大きなため息をつく。

「私って人形みたい。ねえ、昔、子供の頃にくれたあれよ。私があんまり引っ張ったから、ボロボロになってしまった。外も、中のおがくずも。首は抜けて……まあ、私の首も同じね、お父さん。だから、自分が何を言っているか、もうよくわからない」

突然笑いだした。春の風のように、気分がころころ変わる……

「人形の首よ、本当に。お父さん、中はガラクタしかないの。どうしたのかしら？（音が聞こえる）お父さん！」

ベッドに座った。ジャン・ボンゾンが口を開く。

「知っているだろう、おまえ。戦いの準備をしている。だから、みんな寝ていない」

「本当ね」（落ち着いてきた様子だ）「それに、あんなことには興味がない……また射撃訓練に行くのかしら？」

もう質問したことを忘れている。ジャン・ボンゾンが答えるのを待っていなかった。

「放っておいて」娘は言う。「早く寝に行ってちょうだい。お父さんも眠らないと……それに、私が何の役に立つというの！」

彼は今、悲しみでいっぱいだ（娘の言うことは不当だと思わずにいられなかったが、〈これは病気なのだ〉と考える)。ここにいる、とおずおずと応えると、娘は突然怒りだした。

「いいえ」娘は言う。「一人でいたいの。ずっと一人ぼっちでいる」

反対すると、さらに神経を逆撫《さかな》でするような気がしたので、立ち去った。大きなため息が出るのを押し殺した。

早瀬に流される木切れのようなものだ。強い風に吹き飛ばされる雲のようなものだ。ずり落ちそうな土地の上に建ったボロ家のようなものだ。ひどく落胆した仕草を見せながら、服のままベッドに倒れこんだ……

さらに三、四日が過ぎた。また日曜日になった。射撃訓練は続いている。

夜の六時頃、伝令がやって来た。それを受けて、先遣隊とドイツ語地域分隊が、ラ・ティーヌに向けて出発した。

もう暗くなりはじめている時刻だが、出発した。女たちは家の前で、手を差し上げて嘆き悲しむ。

「可哀想なあなた!」叫ぶ。「可哀想なあなた、行ってしまうの!」

「二度と戻ってこないのかしら」叫ぶ。「私はどうすればいいの。あなたが大好きで、あなたなしにはいられない私は……」

こんな女が、闇の中に二、三人いる。黙らせようとしたが、それでも叫びはずっと続き、呼応しあっている。

森の奥に住むフクロウが、冬に悲しげな鳴き声を上げているかのようだ……

ジャン・ボンゾンは、再び枕元にいる。だがフェリシーは、もう何も聞こえないようだ。また数日前から、ひと言も話さなくなった。

火曜日の朝に手伝いの人が来て、彼女を窓のそばに寝かせた。ジャン・ボンゾンが昼食に現れたのは、一時近くだった。

「遅いじゃないの!」妻は言う。

彼は何も返事をしなかった。これまでになく気がかりな様子だ。

「ジャン」妻がまた言う。「どうしたの？　何が起きたの？　悪い知らせでもあるの？」

彼は相変わらず、何も答えなかった。ほとんど食べなかった。

二時が鳴るのが聞こえた。妹たちは、遊びに行った。ボンゾンのおかみさんは、食器を洗っている。ジャン・ボンゾンはといえば、テーブルに肘をついたまま動かない。

ほどなくして、食器洗いが終わった。おかみさんが言う。

「ヴィルジニーのところまで行かないといけないわ。もう店には、小麦粉がないの。要るだけあげると言ってくれた」

ジャン・ボンゾンは一人残った。娘のところへ行こうか、と一瞬考えた。もう元気が出てこない。娘に接するのは、ほとんど恐怖だ。

実際、今も歌いだしている。

耳を傾けた。昔の小曲で、〝バラのつぼみ〟という歌だ。

バラのつぼみの中に
私の心は閉じこめられている
誰も鍵を持っていない
愛しいあの人のほかは……

〈一体どうしたのだろう〉彼は考える……

道で足音が聞こえた。誰かが走っている足音だ。それと同時に、台所のドアが大きく開いた。ヴァンサン・オゲーが入ってくるのが見えた。

「ジャン！」

小声で話すことなど考えていない。

「ジャン、準備はできたか。まもなく出発する」

ジャンはまだ話がよくつかめていない。尋ねた。

「出発って、どこへ？」

「ラ・ティーヌだよ、もちろん……あす攻撃があるだろう、という話だ」

今度はジャンも立ち上がった……

「知らないだろうからよく聞け、……つまり、ラ・ティーヌの上、岩壁のふもとで、アンセルモを見つけたのだ……上の方を通って、詰め所をかわそうとしたにちがいない。氷で滑って、頭をかち割っていた……聞きな、俺はおまえの友達だから。それで、アンセルモは手紙を持っていた……そう、ダヴィッドの手紙、フェリシーに宛てた手紙だ。来てくれ、と頼んでいる。低地の軍に加わったのだ」

「まさか！……まさか！」ジャン・ボンゾンは言う。

「よくあることさ」相手は続ける。「残りは、歩きながら話すことにする」

ジャンはもうどうしてよいかわからなくなり、横を向く。ヴァンサンは、彼の腕をつかむと、ドアの方へ引きずっていった。

VII

彼が出て行くとすぐに、娘は立ち上がった。あっという間に支度を整えた。

箪笥に走り寄って、大きなショールを取りだすと、それを頭からかぶった。あとは靴を履くだけだ。こんなに早く必要になると思っていなかったので、あちこち探し回らねばならなかったが、ついに台所の戸棚の中で見つけた。玄関の階段に、そっと足をのせる。周囲に目をやったが、誰もいなかったので、階段を下りた。また早鐘が鳴っている。

それは新たな招集の合図だ。前にも聞いたことがある。それに呼応して、太鼓が打ちはじめられた。きらきら光る点があちこちから現れ、柵の後ろや家々の屋根の間に入りこんでいくのが見える。〈銃だわ〉娘は思った。今は甲高い声が上がっている。「ヴィルジニー、鳴っているわ。ヴィルジニー、鳴っているわ。聞こえない？ヴィルジニー、鳴っているわよ！」

それからまた愁嘆場《しゅうたんば》だ。次に大きな笑い声がしたが、ますます激しく鳴る鐘の音、戸が閉まる音、太鼓の響きにかき消されてしまった。あらゆる家から、人が出てきている。棒で中を突つかれた蟻塚《ありづか》のようだ。みな広場へと向かっている。

こうしてフェリシーの周りは、どんどん人影がなくなった。うれしくて叫びたくなった。来て、とあの人が頼んできたのかも？

道を二、三歩進んだ。お気に入りの歌のように、ずっとこの台詞《せりふ》を繰り返している。「来て、とあの人が頼んできた。来て、とあの人が頼んできた」

邪魔する者は誰もいない。自由だ。今は多分、二門の大砲をしまっている物置小屋へ行って、大砲を引き出しているのだろう。でも、それが私と何の関係があるだろう。来て、とあの人が頼んできた。来て、とあの人が頼んできたのだ！

村からアントルロッシュまでは、かなり急いで四時間だ。まだ三時になっていないから、日没をちょっと過ぎた頃には着けるだろう。〈探し回ってみよう。会う人みんなに、彼を見かけたか訊いてみる。郵便の仕事をしていたから、低地ではよく知られているわ〉

唯一の問題は、下の道を通れないことだ。人がいっぱいいるにちがいない。だが、別の道が頭に浮かんだ。山の中腹にある道なら、やはりラ・ティーヌまで行ける。

こんなに気分が浮き浮きするのは、初めてだ。病気も治っている。足が勝手に動く。ずっとベッドに寝たきりが、かえってよかった気がする。山をよじ登る。突然、叫び声がした。おバカのジャンが追っかけてきている。面白いじゃないの。振り返りはするが、それでも登るのはやめない。ひと足ごとに、差が開いていく。相手は不器用で、動作がぎこちない。しかも、腕が長すぎ、頭がでかすぎる。焦《あせ》れば焦るほど、前に進めない。何をしているかわからなくするには、ときどきやっているように、「おいで、おバカのジャン、待っていてあげようか?」と声をかけるだけでいい。凍った地面を滑り落ちている。娘は大笑いして、再び声をかけた。すると、また滑っていく。〈しまった!〉考える。〈遊んでいる場合じゃないわ!〉とはいっても、ぐんぐん登っている。ほどなくおバカのジャンは、まだときどき点呼の鐘が鳴る方に見えるグレーの点にすぎなくなった。

今は平らなところを歩いている。リュージュの橇が往復したり干し草を運んだりした跡が、進むべき方向をかなりはっきりと示している。さらに行くと、土地が起伏しているような場所が現れた。その上を通っているうちに、彼女の姿が消えた。同時に娘からも、村が隠れてしまった。そのとき、あらゆる音がやんだ。鐘を打つ音さえも。あとは大気の奥から聞こえる、脈が弱まっていくときのような、くぐもった音だけだ。「病人はもっと悪くなる」と言っている気がする。さらに今は、それもやんでしまった。娘は相変わらず先を進んでいる。ああ!幸せが連れ添っていると、こんなに急ぎ足になるものか!〈神様〉考える。〈本当でしょうか。私が来たのを見ると、あの人は顔をそむけるかもしれません。でも私は、身を投げだし、あの人の首に飛びつくでしょう。お赦しを、親愛なる方、お赦しを!考えが邪《よこしま》というのであれば、今あなたの前でへりくだって自分を責めます。でも、このへりくだり自体が甘美なものになるでしょう。それは、私をあなたに近づけるからです〉〈あの人は私を嫌いはしないでしょう〉続ける。〈嫌うことはできないでしょう。そして二人は一生涯幸福でいられるでしょ

う〉

そのとき、何か柔らかいものにつまずいた。見ると、こちらでゴンフルと呼ばれているもの、すなわち風が吹いたときに褶曲《しゅうきょく》した地面の中にできる雪の塊だった。道がそこで途切れているのにも気づいた。目の前に広がっているのは一種の背斜谷《はいしゃこく》で、その中を下りねばならず、さらには向かいの斜面を登る必要がある。だが、その場所の雪は灰のようで、指で触れると乾いているが、踏むと柔らかく、粉のように細かい。足を踏みだした途端に埋まってしまった。思った以上の難所だ。幸いなことに、谷へ向かう道があった。百メートル下のその道を見ると、まったく人影がなかった。

道まで下りた。そのとき、懸命に駆けている四人の男たちが現れた。娘を見ることなく、脇を駆けぬけていった。少し先に、一軒の家が立っている。彼らは叫んだ。「イザベル、いるか?」家のドアが開いて、五人めの男が現れるのが見えた。「一緒に来ないか、イザベル」また叫んだ。「ラ・ティーヌの連中に知らせるために、俺たちは先に遣《つか》わされたのだ」イザベルは、家に引っこんでからすぐに出てきた。娘は思った。〈始終こんなに人がいるなら、どうすればいいだろう。行く手を遮《さえぎ》られてしまう〉それでも勇気はまったく衰えない。自分に言い聞かせる。〈かまわないわ。とにかく、この道を進もう。人が来たら、そのたびに隠れよう〉走りだした。進むにつれて、力が湧いてくる気がする。谷底が音管の役割をするので、鐘の音がまた聞こえてきた。やって来る方向は同じではないが、こだまが反響するのだ。そのとき、斜面さえも活気づいたかのように、林の中からもかすかに聞こえてくる気がした。娘の心臓は、同じリズムで鼓動を打つ。高い峡谷が見えてきた。はるか上から落ちてくる早瀬に片側がせりだし、もう一方は岩壁にふさがれている断崖道のようなところが、二、三か所ある。誰かと会うといけないので、娘はさらに速く走る。

峡谷を越えた。木の生い茂った場所に出る。次にまた谷が開けてきた。そこに小集落がある。ここも通れない、とわかった。男たちが集落に集まってきているところだからだ。集落の下を通るのは問題外だ。上を通ると、見つかる危険がある。時間を無駄にしてしまうが、立ち止まらなければならなくなった。初めて恐怖心が湧きおこったが、こう考えた。〈もうすぐあの人に会えるのかしら？〉もう本物の戦いだ。あそこでは銃剣が輝いているし、点呼の声がする。十五人から二十人の男たちが、あちこちの戸口から走り出る。そのうちの幾人かは、もう進軍できる状態に並んでいて、出発を待つだけだ。無理やり通ろうとすると、行く手を遮られてしまうだろう。「ここでは女は用なしだ」と言われるだろう。「おまえは誰だ？」とも言われるだろう。質問攻めされたら、何と答えればいいだろう。もし「アントルロッシュにいる恋人に会いに行くの」と言えば、「そうか、敵のところまで行くのか。おまえはひょっとしてスパイか？」と怒鳴られるだろう。

　再び背後で、まとまった足音がした。今度は軍服姿の小隊で、彼らも駆け足で進んでいる。サーベルを肩にのせた将校が先頭にいて、ときどき、大声で命令を発している。通りすぎた。娘は隠れ場所から出ようとする。だがそのとき、遠くで地響きがして、しばらくすると大砲が現れた。火事が起きたときのようだ。この辺の男たちは、どんな道だろうとどんなに険しい斜面だろうと、ポンプ車を引っ張っていく。車の脇、後ろ、轅《ながえ》につかまれるだけつかまるので、突然身体が持ち上がったり、引きずられたり、転んだり、滑ったり、引っ張ったり引っ張られたりする。だが肝心なのは、早く着くことだ。――こんなふうに大砲はやって来ている。急な下り道にさしかかった。右に左にとバランスをとっている男たちの群れしか見えなくなった。曲がり角で転覆しそうになったが、なんとか持ちこたえた。そのとき二門めが現れ、同じように通りすぎた。もう二門とも、遅滞なく集落に到着したのだ。喚声がさらに高まった。今回は本物の戦いで、その戦いがうれしくて喚声を上げているように思える。銃声もしている。おそらく誰かが空砲にして、武器の状態を試しているのだろう。だが自分はこれからどうする？

〈仕方ない〉娘は考える。〈あそこの上を回ろう〉スカートをたくしあげた。穴のあいた古いスカートだ。その朝はまだ具合が悪く、外出なんて誰も想像できなかった。だから古い服を着ているのだ。しかも、寒くないどころか暑すぎるくらいだ。日が照って雪が柔らかいので、さらに時間を食ってしまうだろう。円天井が崩れるような気配を、足元に感じた。冬の小川は、それを覆う厚みの中にくり抜かれた小さなトンネル状態になる。壁面は凍っているが、薄い皮のようでしかない。足の置き場所に細心の注意を払う。

それでも集落を迂回して、道に戻ることができた。もう誰もいない、一人きりだ。だが同時に、日が傾いてきた。四方をふさぐ断崖の色がさらに黒くなり、この谷の新たな一角は、もう闇に包まれている。森の奥で、夜行性の鳥の鳴き声がした。岩の上に見える樅の木の何本かは、腹這いになった人間のように傾いている。着くことができるだろうか。道のところどころが凍っているので、滑ってしまう。みんなはどうやって大砲を運んだのかしら。ああ! あの人はあっちで何をしているの? きっと私を待っているはずだけれど、その私が来ない! しびれを切らしているかしら。それからまた急ぎ足になったが、今は足がこわばってきているようだし、静けさが怖い。なんといっても、か弱い女の子にすぎないのだ。二十歳にもなっていないし、病に伏していた。愛する気持ちが力になっているが、自然も人間も味方をしてくれない。みんな一度にやるのは無理なのかしら?

それでも次のルンゼを抜けて、谷が広がる地点に再び達した。谷はすっかり開けてきた。けれど、もう真っ暗だ。上の稜線の至るところに、灯りらしきものがともっている。これら星のようにも見えるものは、空に星が出る前に、みんな消えてしまった。赤い色だった。まもなく、少し下から本物の星が現れた。――白い色だ。苦悩に胸がかきむしられる。ああ! 神様、なんて孤独なのでしょう! 目の前には戦いがあります。はるか空の上にも、その兆しが現れています。後ろにもです。村中、準備が整っていますから。もう何も見えないし、聞こえない。心臓だけが、屋根が風できしんだような音を立てている。動作がぎこちなくなる、それほど苦しいのだ。どうしてさっき、おバカのジャンをからかったのだろう。今度は自分がその番だ。もうどこにいるのかわからない。

しかし、突然起きた物音で、静寂が破られた。百人くらいの男たちがあえいでいる声だ。脇をかすめたのに、姿はほとんど見えなかった。長く走ってきたから、息がはずんでいる。苦しい息づかいが、足音までも聞こえなくしている。娘のすぐそばを通り抜けた。

その後ろを走った。正しい道に沿っているだろうから、ついて行けばいい。暗い人影はずっと前から闇に紛れているが、星明かりが、青い雪の中にできた足跡を、目の前に黒く示している。山上では、火が焚《た》かれている。そして彼らは下ったようだ。どうしたのだろう。目の前の下の方に彼らはいる。同時に、谷の斜面がお互いにくっつくほど狭まっている。

娘はさらにまた立ち止まって、考えを整理しようとした。長く考える必要はなかった。目の前のあの明かりは、ラ・ティーヌのものだ。そこが谷の入口で、攻撃を受けるにちがいない。そこを今、私は通らなければいけない。すでに見たとおり、実際ここは、平野に向かって土地が急に下っていく前の最後の隘路《あいろ》だ。このあたりの谷は、このように、広がらず閉じている。岩が二つ向かい合っていて、その中に数軒の家がある。片側は相変わらず峡谷だが、もう片側は木に覆われた断崖のような斜面だ。彼らは、それらの家に守備陣を敷くべく補強した。樅の幹を使って、家と家の間にバリケードらしきものが築かれた。

大きなたき火が焚かれていて、男たちはその周りに集まっている。明るくなった場所の上を、巨大な影が、四方へ動き回ったり交差したりしている。銃弾を作っているのが見える。男たちはかがみこむと、両腕で鋳型を、燃えている薪の中に突っこむ。それから引き出して、大慌てで鋳造する。走り回っている者たちがいる。またほかの男たちは、入口以外は梁を積んでふさいだ街道上で、大砲の向きを変えている最中だ。酒を呑んでいる者さえいる。これらがみな、幅五十メートルもない狭い場所に集まり、動き回っている。その周囲にあるのは、静寂と闇だ。

娘は雪の中で転んだ。進むことができない！　お先真っ暗だ。想像を巡らすが、右手は斜面、左手は早瀬、正面にはたき火とたくさんの男たちがいる。あとはもう、そうだ、さっきのように倒れるしかない。横になって死ぬのだ。〈ああ！　死ぬのよ〉娘は思う。死ぬことができれば、どんなにいいだろう。そうなれば、少なくともこの哀れな魂は落ち着いていられる。今は真っ暗闇に押しつぶされ、山の上から落ちる土砂に埋もれているようなものだ。息が詰まる。そのとき、笑い声がした。これから戦おうという危険の中でさえも、陽気になれるのだ。悲しんでいるのは私だけだ。すると、笑い声がやんで、歌が始まった。前に聞いたことのある軍歌で、大声が闇の中にこだまする。

来るなら来い、下の奴らめ、受けて立つぞ
蕪の種の詰まった銃じゃない
俺たちの銃の中は、きれいな鉛の弾だ
乾いた火薬を二倍こめてある……

今は声しか聞こえない。周囲は再び静寂に包まれている。こうして歌詞の四行が歌われ、最後の二行が合唱で繰り返される。

俺たちの銃の中は、きれいな鉛の弾だ
乾いた火薬を二倍こめてある

あの人たちは、みんな一緒と思うことで、心強く感じている。そう感じられて幸せだ。でも、自分は一人ぼっち！　〈私は〉考える。〈私は一人ぼっち。しかも哀れなことに、目の前の道はどれも閉ざされている〉嘆きを聞いてくれる人が、一人でもいればいいのに。いや、いない。誰も私のことなんか考えていないし、ここにいることさえ知らない。——それでもまた立ち上がった。

万策尽きたわけではないかもしれない、と思ったからだ。一つ考えが浮かぶ。〈クルー峠を越えてみたら〉峡谷を下り、さらにあと戻りする必要があるが、そこには逆側の斜面がそびえている。だが、高みまで登ってしまえば、あとは自由に進めるのでは？　必要なら、ひと晩中でも歩こう。

再び小道に入って、左手に下りる。峡谷の壁の間を縫うように続く、かなり細い小道で、ところどころ懸崖《けんがい》になっているが、難なく通り抜けられた。峡谷の底に着く。明かりが消え、何の物音もしなくなった。見上げると、はるか彼方の空は、もう細い川でしかない。星という小石を運んでいる早瀬のようだ。雪の斜面に挑む。中腹あたりに、先だけが出た樅の木が見える。家の屋根のようだ。飛びつくと、斜面は下へ崩れていく。再度挑んでまた落ちたが、娘は諦めない。もし大回りしなければならないなら、またどれだけの時間を無駄にしてしまうだろう！　今は何時頃かしら。もうずぶ濡れだ。寒気が再び強まったので、立ち止まるや否や、服が凍りついてしまう。手首を覆っている袖口は、今にも破れそうだ。沸騰したお湯に浸している気がするほど、指が熱い。破裂しそうなくらい、血管が膨らんでいる。だが、身体のもう一つの先、足の方は、もう感覚がない。それほど凍えているのだ。失くしてしまったかのようだ。この二つの部分の間に、華奢《きゃしゃ》な身体と息絶え絶えの胸がある。胸の中の心臓は、ますます速く、ますます激しく鼓動している。

周囲の物が動いている気がする。青白いかすかな雪明かりの中だと、それらは人の顔に見える。穴はしかめ面《つら》をしているし、樅の木の幹は自分を見張っていて、ときどき近寄っては互いに耳うちしているかのようだ。喉がおそろしく渇く。雪をひと握りすくって、貪り食べた。唇が痛い。口の中も歯茎も。何度も転んだものだから、もう方向感覚がない。ひょっとして夢を見ているのかしら？　戦いも、ダヴィッドも、この逃避行も、自分で作りだしたものではないだろうか。樅の木に尋ねると、「知ったことか」と言うだろう。だが上空は、なんと澄みきっていることだろう！　小さな星たちの、なんときれいなまたたき！　星たちも「私たちは何も知りません」

と言っている。だから、きっと夢を見ているのだ。しかし突然、ダヴィッドが現れ、ほかはみな消えてしまった。彼女の心の目は突然、愛しい顔に釘づけになる。彼はテーブルに肘をついて、首を振っている。悲しんでいるのだ。〈あの子は来ない〉と考えているからだ。ドアに向かって耳をすますが、座り直して、また首を振り、ため息をつき、肩をすくめる。目を覆った両手の中で、額がふるえている……娘の方は、もう歩きだしていた。行くわ、中に入るわ……いい？　びっくりさせてあげなくては……〈可哀想な人〉考える。〈可哀想な、私の愛しい人！〉

森の中にいるのに気づいた。ときどき枝を払うと、雪の大きな塊が落ちて、濡れた洗濯物のような音を立てつつ目の前で炸裂する。

おそらく動物もいるのだろう。不意を襲われたフクロウの激しいはばたきが聞こえる。赤く燃えた石炭のような目をしている。地面が動く。斜面全部だ。山全体が傾いて倒れそうな気がする。娘は茂みのところにいるが、それは指が触れても壊れてしまう。柔らかく崩れやすいものでできた、恐ろしくぶ厚いものの中にいる。羽毛の大きな塊に足をとられて、抜け出せなくなったようなものだ。怒りが一瞬だけ湧き、そして悲しみに包まれた。先へ進みたくない、とふと思うほど、気力が萎えている。それからまた、強い高揚感と激しい焦燥感が起きた。〈間に合わなくなる〉爪の中に小さな氷が入りこんでいるのを感じる。足も手も使って、凍った斜面を進んでいるからだ。ところどころは、膝で這わなければならない。道が再び途切れた。だが上に、また森が見えた。空気が薄いので、喉が締めつけられる。次々と障害が現れるので、それを避けようと努める。一つをかわすと、さらに別のものが現れる……再び倒れたが、今度もまた立ち上がる。突然、彼方の空が輝きはじめた。きっと朝になったのだ。腕を上げて、「ダヴィッド！　ダヴィッド！」と二度叫ぶ。

上空で、それに応える銃声がした。

次は一斉射撃だ。合わせ縫いした布が二つに分けられるときのように、空そのものが裂けていく気がする。上に向かって撃っている……

VIII

その日の夜明けとともに、フォルヌロ中隊は行軍を開始した。一番遠くまで行くからだ。アンダーニュに向けて登った。そこからパヌーズ、セルヴィアン、ラ・モイレットという集落を過ぎると、右手が山脈の裏側だ。そこを回るつもりでいる。

美しい地方だ。かなり急な斜面に縫いこまれるように並んだ牧草地が、ずっと下のなだらかな平原まで続いている。あちこちの木陰から、家がのぞいている。どの窓辺にも、トウモロコシの穂の束がぶら下がっている。

山のこちら側は、もう春真っ盛りだ。垣に沿って、サクラソウ、スミレ、ツルボが並んでいる。アネモネも。パン・ド・クークーという、薬草になるサクラソウの仲間も、芽を出していた。雪は、地面の窪みや林のはずれのところどころに、変な形で残っているだけだ。端の方は融けて、色はグレー、かなり汚れているので、うろこで覆われた大魚が岸に乗り上げたかのよう。

だが、とりわけ目を惹くのは、彼方にある谷だ。薄い霧がかかっているが、それは消えつつある。土手の間を流れるローヌ河の長くまっすぐな線が、ますますよく見えてきた。河に沿った街道も。その先を追うと、橋がかかっている。うっそうとした木々、家の屋根、先がとがった岩も現れた。絵を見ているかのようだ。不思議なことに、太陽が空間を真っ二つに分けている。半分は闇の中に沈み、残り半分はかなり明るい。まるで二色の旗だ。

中隊の男たちは、行進しながら景色を眺めている。百五十人いるが、みな上機嫌だ。季節はいいし、美味《おい》しい空気を吸えるのは楽しい。できたてのパンを口に入れている気がする。しかし、別の理由もある。戦闘に行くのがうれしそうだ。銃を使わずに敵を打ち負かせそうなときは、なおさらうれしい。銃撃というのは一瞬の間に起きるのだから、そんなものは食らいたくない。自分たちと同時にラ・ティーヌの方へ登っていった奴らを、少し気の毒に思う。必ず襲撃しなければならないから。ひるがえって自分たちは、陣地の移動だけでいい。ダヴィッドが隊長の隣を歩いているのが見えた。「あいつはとにかく、よいことを思いついてくれた。しかも地理に詳しいぞ、あの野郎は！」

実際に前夜、総員非常招集の太鼓が鳴っているとき、フォルヌロ隊長の部屋にダヴィッドが入ってきた。「隊長殿」口を開く。「もうすぐ戦いが始まると思われます」「そうだ」隊長は答える。「攻撃はあさっての予定だ」「隊長殿、お耳に入れたいことがあるのですが」「なら急げ。俺は忙しい」「つまり」ダヴィッドは話しはじめる(同時にうつむく)。「いかがでしょう。私はあの土地の者で……」そして作戦を説明した。「いかがでしょう」続ける。「峠を守っているはずがありません。標高が高すぎ、雪が深すぎるので、道を見つけるのが簡単ではないからです。ですが、よろしければ私が先導して……」

このように話す彼の声は震えていて、顔面は蒼白、顎がよく開かない。フォルヌロ隊長は、彼の愛国心を称えた。それから提案のために参謀本部へ駆けていった。よさそうな作戦なので、採用された。

だから彼らは、その朝登っている。きれいな朝だ。正面の山脈に向かって、小さな雲が揺れながら上がっている。それらはまとまって円筒状に張りだし、尾根全体を包んでいく。突如、その円筒が上に抜け、雪に覆われた美しい尖峰が輝きはじめた。その最高峰には、突起が七つ並んでいる。七本の銀の歯のようだ（サヴォワ・アルプスの最高峰ダン・デュ・ミディを指している）。

今は、はるか上空のすべてが光を浴びている。空は次第に真っ青になっていった。大きく広がった影や深く暗い峡谷の上で、光の輪がびっくりするほど白く輝いている。日差しが強まったかのようだ。空全体から、喜びらしきものが感じられる。斜面は煙っている。小川のせせらぎが、さらに激しくなる。枝のあちこちから、鳥の鳴き声が響きはじめた。隊列からも、呼びかけあう声が聞こえている。

「さあ」誰かが言う。「いい天気になるな」

「結構なことだ！」別の者が答える。

歯のように尖《とが》った峰が煙っているときはいつもそうだが、すき櫛《ぐし》についた羊毛の房のように、最後の白い靄が、今もまだしばらくくっついている。風が吹けば、ほどけて、ばらばらになりそうだ。峰が煙っているのは、俺たちには好都合だ！　遠足気分になるだろう。道が少し柔らかく、あちこちぬかるんでいるが、底の頑丈な靴を履《は》いているし、ゲートルはしっかり巻いてある。背嚢《はいのう》はいっぱい、水筒もいっぱいだ。三日分の食糧を持って行くよう、命令が下ったのだ。二列で進んでいるが、あまり統制がとれていない。道がはっきりしていないからだ。ときどき、「列を詰めろ」という短い命令が届く。すると列が詰められる。だが、おしゃべりはずっと続いている。同じ話が始終繰り返される。つまり、高地の奴らは〝当然の報い〟を受けるのだが、あまり血を流さずに降伏させることができれば、それに越したことはない。「なぜなら、つまり」彼らは言う。「奴らは俺たちと同じ民族だから」

誰もが納得できる考えだ。こんなふうにして、パヌーズを越えた。パヌーズには、十から十二の家があった。セルヴィアンを越えた。セルヴィアンには、七つか八つの家だ。この二つの集落はアントルロッシュに属しているから、まだ俺たちの味方だ。次にラ・モイレットが見えた。ここで政治意見が変わる。住民たちの態度に、それがよく見てとれた。といっても数は少ない。せいぜい三十人だが、誰も愛想よく迎えようとしない。女たちは戸口に立ったままだし、家の周りで働いている男たちは、ちらっと振り向くだけだ。そこを過ぎて、山の切れめに近づく。峠へ向かう道が通っているのだ。

十一時頃着いた。フォルヌロ隊長が振り返って、「休憩！」と叫んだ。

昼食に早すぎはしない。食欲が湧いている。口を開けた背嚢を真ん中にして、グループごとに座った。水筒を取りだし、高々と上げて飲む。「まったくうまいものだ」と言いつつ。小川へ行って、飯盒《はんごう》に水を入れる者もいた。だがそれは、ミルクのような水、雪どけの水だ。喉の渇きをいやすよりも増大させてしまう。「俺たちは哺乳瓶が必要な赤ん坊じゃないよな」と言って、また水筒をつかむ。少なくともこちらには、地元産の白ワインがたっぷり入っている。これに優るものはない。

フォルヌロ隊長と四人の副官は、少し離れたところに陣取った。ダヴィッドが隊員たちの仲間に加わろうと近づいた。

歓迎された。すぐに場所を空けてくれたが、また彼は、あのお馴染みの陰気な態度を見せる。みなからは離れて座った。

誰もほとんど気にしない。たくさんの美味しい物が、袋から出てきた。焼き肉やハムの切り身、ソーセージ、固ゆで卵、冬ジャガイモ、ケーキやメルヴェイユ（砂糖をふりかけた揚げクッキー）さえある。まずそれに取りかかる。デザートから始める。

ゆっくりと食べることができた。休憩はかなり長く、正午過ぎまで出発しなかった。すでに多くの者は、太陽の下に寝そべり、軍帽で目を隠して眠っている。揺り起こさなければならなかった。また隊列が整えられた。そのとき、隊長がダヴィッドを呼んだ。二度呼ばねばならなかった。やっとダヴィッドが向かってくるのを見ると、峡谷の窪みの方へ腕を伸ばした。

合図が出て、出発した。日の当たるところをしばらく進むと、道がカーブしている。急に影の中に入った。端を持ったまま青い布を斜面に向けて投げたかのように、彼らの上に影が広がると、あっという間にそれに包まれた。同時に、また雪が目に入った。寒くもなってきた。わずか一分間動いただけで、夏から冬へ移行したかのようだ。

遊びは終わり！　とみなは思った。まっさらの雪の中に、足が深く入りこむ。元気をくれていた鳥のさえずりも、流れる水のあちこちから無数に聞こえるせせらぎも、きれいな太陽も、美しい景色もなくなった。本当に遊びは終わったのだ。みな黙りこむ。苦労して前に進むしかない。もう脱落者が出ている。列を整えるために、しばらく立ち止まらなければならなかった。ダヴィッドはずっと隊長の脇を歩いて、道を教えている。

まもなく、斜面がさらにきつくなった。列を作って歩いているから、上からだと、輪切りにされた蛇に見えただろう（畑でこの嫌われ者を見つけたら、穴掘りシャベルで上から叩き切るのだ）。列はどんどん細かく分かれていく。ある部分が長くなると、ほかは短くなる。地形が変化するたび、曲がったりジグザグになったりする。その間に、尾根の上に見える空はバラ色、影は青みを帯びてきた。夕暮れの到来を告げている。だが、放牧地のある高台には人影がない。ここもまた無人だ。真ん丸目玉の鷲はともかく、隊列を見た者は誰もいなかった。少なくともそのときは、誰もいなかった。

そのため、吹きすさぶ風にかき消されそうな足踏みの音が聞こえる以外は、静まりかえっている。ときどき、一人が立ち止まって、冷気にもかかわらず額にふきでる汗を、手で拭っている。――ついに目の前に平らな土地が現れた。その上には、小麦を選りわける箕《み》のような形をした、だだっ広い放牧地が拡がっている。

勇気が蘇ってきた。放牧地の真ん中に、巨大な岩塊の陰に密集した十軒から十二軒の小さな家がはっきりと見えてきた。かなり小さいが、一応村の体裁はなしている（給水場も、教会もないことを除いては）。必要なものは揃っている。無人なのが見てとれる。これらの家の持ち主であるラ・モイレットの住民は、干し草作りのために夏の数週間来るだけだ。ふだんは泥棒対策のために、戸口さえも釘を打って閉めているはずだ。たとえそうだとしても、これらの戸は打ち破れるだろう。すでに取りかかっていた。そのとき、フォルヌロ隊長がアヴィオラを呼ぶ声がした。

彼は四人の副官とともに、小屋の並ぶ手前に立っている。放牧地の高み、ますますバラ色になっていく空の上の、峠の切れめが見える方へ腕を伸ばしながら、みなで何か話している。

「アヴィオラ！　ダヴィッド・アヴィオラ！」名を呼ぶが、ダヴィッドはいない。これは意外だ。ほんのさっき前、斜面の肩に着いたときは、まだ隊長のそばを歩いていたのだから。そして今、将校たちが上を指さしているのは、先日アンセルモと一緒にダヴィッドが通り、隊が翌日通ることになっている、まさにあのクルー峠だ。そのため隊長は、一日の最後の明かりを利用して確認しようと決めたのだった。だがダヴィッドは、相変わらず見つからない。宵闇が迫ってきたので、彼に代わって副官の一人が歩きだした。ほかの四人もついて行くことにした。

もうあまり視界がきかなくなってきた。空のわずかな光を集めたような、足元からの雪明かりしかない。だが、窪みの影はすでに深まっていて、下から霧のように上ってくるのが見える。真っ暗になってしまうだろうから、設営したいなら、時間をこれ以上無駄にできない。銃尾で叩いて、戸が次々と開けられる。

固められた土の上にいくつかの小さな炊事場、そして隅に炉があった。分隊（各家に十人から十二人）ごとに割り振られた。火をおこし、袋を枕にして外套にくるまり、火の周りで眠るのだ。戦時には戦時のように、と言うではないか。機嫌が直ったので、またあちこちで笑い声が上がる。銃が邪魔なので、壁に並んでいる鉤《かぎ》に引っかける。

そのとき、叫び声がした。「なんだ。どうしたんだ」全員が戸口へ出た。偵察隊が駆け下りてくるのが見えた。先頭を歩いている副官が、後ろを少し振り返りつつサーベルを上げた。数分後に事態が明らかになった。敵が峠を占拠しているのだ。

突きだしたみなの拳が、怒りで震えだす。そして叫んだ。「裏切りだ！　裏切りだ！」明白ではないか。信頼していたあのダヴィッドは、実はにせ脱走者で、俺たちを売ったのだ。再び叫ぶ。「裏切りだ！　裏切られた！　裏切られた！」互いの顔を見交わす。首を振る者がいれば、上げた手を揺らす者もいる。何人かは、将校たちが集まっている方を向いた。命令が下るのを待っている様子だ。そして今、全員が家の方に向かっている。相変わらず「裏切りだ！　裏切りだ！」と同じ叫び声を上げながら。

今度は逃げようとしている様子だ。中にはもう袋をつかんでいる者もいる。フォルヌロ隊長がいなければ、中隊全部が撤退しているところだ。

だが彼は声を高めた。

「共和国の兵士諸君！」

走って、逃亡者たちの行く手をふさいだ。

「共和国の兵士諸君！」彼は叫ぶ。「君たちの勇敢さを疑わせるつもりか。祖国が君たちに置いた信頼が正しかったことをまさに証明するべきときに、祖国を裏切るつもりなのか？……不満のある者は前へ出てほしい」

もう誰も動かない。そして、星空の下のフォルヌロ隊長の声がさらに高まった。

「君たちは『裏切られた！』と言って、すぐに軍服に対する尊敬の念を失ってしまったが、兵士がその名に値する名誉とは、戦うことではないか。目の前に敵を見つけたことで、うれしく思うべきではないか。ピクニック気分で出発したものの、戦闘が待っていた……喜びたまえ、共和国の兵士諸君、危険から逃げだすのは、臆病者だけだ。君たちのうちの誰が、そう呼ばれたいか」

口をつぐんだ。反応を待っている様子だ。また続ける。「答えろ！」くぐもったざわめきが起きる。「誰も」という言葉が百度も繰り返されているのがわかる。

「わかったな！」隊長がそう言うと、また静かになったので、

「兵士諸君、君たちのことはよく知っている。家庭に戻ると、妻に『どうだったの？』と尋ねられるだろう。気兼ねなく率直に返事ができるようになりたいだろう。君たちにやましいところはまったくないからだ。祖国全体が君たちを注視していて、歴史が見守っていることを考えてくれ……共和国の兵士諸君、明朝、峠を攻撃する。そして戦いに勝利を収めるだろう」

喚声が上がった。気力が蘇ってきた。逃げようと思う者、さっきまでそう思っていたことを憶えている者さえ一人もいない。軍帽を高々と掲げて、「そのとおりだ、隊長、峠をあす攻撃するぞ！」と叫ぶ。

戦争の興奮状態に包まれたのだ。もう止めることはできない。崩れかかった古い干し草置き場へ全員が殺到して、あっという間に壊す。薪を作り、残りは火をかけた。まもなく大きな炎が上がって、雪上にたなびいた。長く揺れる光が、遠くまで照らしている。彼らは炉の周りに座って、水筒を順ぐりに回しながら、合唱しはじめた

……

だが、遠くの斜面は静まりかえっている。あの騒ぎ、あの光にしても、まもなく何も聞こえなくなり、みな消えた。峠の上の方に、監視している男たちがいる。そしてまさにその夜、逆の側からだが、フェリシーが山腹を登っていた。――その間ずっと、燃やされた干し草置き場からほど近い岩塊の上に、ダヴィッドが座っていた。また裏切ってしまった。首を振りながら思う。〈あの子は来たくなかったんだ〉

IX

峠を守っているのは十七人だけだが、選《え》りすぐりだ。軍服は着ていないが、遊撃隊といったところだ。この地方のフェルトの帽子に厚手の粗《あら》い毛織りの上着姿で、ゲートルを膝の上まで巻いている。シャモア（高地に住む野生のヤギ）撃ちに行くときの格好だ。猟銃も同じ。新品でも高性能でもないが、命中精度は高い。ずっと使い続けてきたので、それぞれ自分の銃のことは、己自身よりもよく知っている。

彼らもその日に山に登ったが、フォルヌロ中隊より道のりが短かった。正午前には陣地に着いていた。ここに陣地を構えようと考えたのは、ほかならぬジョジアスだ。イザイ老の言葉のためだ。老人は、予言でこう告げた。「選んだ者たちと一緒に山を登り、峠となっている場所まで行け」しかも、冬の間に通ることのできそうな峠は

ほかにない。ここ以上に防御に適した場所はない気がする。

そのため、ここに陣を張って、補強を行った。若い樅の木が近くに生えていたので、根元に斧を入れて、しかるべき場所まで引っ張っていった。雪のある部分は、地ならしをする。杭を作ると、そこへ打ちこんだ。これらの杭の周りで、籠作りのような作業が行われる。慎重に若枝を絡み合わせて、寝かせた木を順に重ねる。三層になった。自分たちがいるところから見て出っ張っている箇所は、どこも切り取られた。逆に外から見ると、複雑にもつれた枝の先が、牙をむいている。黙って仕事をしている。急いではいるが、好き勝手ではない。各自がするべきことをわきまえている。斧を使っている者もいれば、シャベルもいる。枝を並べている者もいる。順番に、その中の一人が見張りに立つよう指名されて、尾根の肩ともいえるところまで行く。そこから背斜谷《はいしゃこく》全体が見渡せるのだ。

四時前には完了した。砦の背後に窪みのような形の穴を掘って、樅の針葉を詰め、そこに二人ずつ陣取った。ジョジアス＝エマニュエルは、真ん中の窪みだ。きっとここで一夜を越さなければならなくなる、と考えるべきだ。夜は冷えるだろうから、それに備えたのだ。

それから食べはじめた。空腹だった。ハムもジャガイモも良質のワインもない。雑嚢《ざつのう》（猟師が持つような大きな雑嚢を、何人かが背中に担いでいた）から黒パンとチーズを取りだした。しゃべらない。深い静寂が、ずっと続いていく。ほんのときたま、稜堡《りょうほ》の向こう側に捨てた雪の塊（シャベルそのままの形をしている）から雪玉が斜面の下へ転がり、鳥が飛びたつような音を立てた。空はいくぶん緑色になってきている。

歩哨が交代した。新しい歩哨が持ち場へ行って、前の者が戻ってきた。木を切りに行ったときにダヴィッドと一緒だった、ジャン＝ルイ・ボルロという名の男だ。ほかには何もない。ときどき誰かが立ち上がって、積み重ねた幹の上から外を覗く以外は。

二人の男がしばらくそうしていると、ジョジアスも立ち上がり、覗いているのは三人になった。しかし、だだっ広い斜面をつぶさに追っても、空しいだけだ。のっぺりして見えるほど単調な風景が、見渡すかぎり続いている。地面の凹凸が作るコントラストだけが、均一性に変化をもたらしている。急に落ちこんでいるところがある。深い窪みで、最後まで目で追うことができない。向こう側に斜面があるのが見えるだけだ。その上り坂には黒い木が点在し、距離が遠いために、もう青くかすんでいる。高いところに、岩がいくつも並んでいる。かなり薄い灰色だ。そこからずっと右の、平原の上に開いたすきまから、ほかの頂が見える。ふもとが隠れているので、夜に彩られた雲と同様、空に吊り下げられて浮いているかのようだ。太陽は没していると察せられるが、姿は見えないままだ。しかし突然、二本の歯のような頂の間から、光が差しこんできた。すべてが輝きだしたかと思うと、もう消えてしまっていた。

さらに三十分くらい経っただろうか。彼らは相変わらず、バリケードの後ろから動かない。突如、歩哨が呼ぶ声が聞こえた。「おい！　ちょっと……」耳を貸した。歩哨はまた言う。「何かが近づいているみたいだ」

全員が立ち上がった。はじめは何も見えなかった。それから、谷のずっと下を横ぎっている、黒く長い蛇の頭が現れた。フォルヌロ中隊の男たちだ。谷の肩に着いてから、さらに行進しているのだ。隊列の動きは結構速いので、まもなく全体が見えた。真ん中で曲がって、S字のような線を描いている。視力が抜群の者なら、人数を数えることができただろう。ともあれ、おおよその人数を算定するのは難しくない。「百五十人もいないはずだ」とジャン＝ピエール・ボンゾンが言うのが聞こえた。別の者が応じる。「百三十人といったところか」ティーユもそこにいた。フェリシーの父親との一件のあと、ジョジアスの信奉者になっていた。

「少なくとも二百人はいる」

奴に誇張癖があることは、みな知っている。偉《えら》そうぶりたいのだ。それでも誰も反論しなかった。モイーズ・ピテ老が、軽く肩をすくめただけだ。みな、ずっと黙ってみつめている。したことといえば、自分たちの銃が脇にあり、しかも十分乾いているのを確かめただけだ。前夜、入念に油をさし、弾をこめ直している。何が起ころうとも準備に抜かりないのが、ひと目でわかる。再びしんと静まりかえる中を、みつめていた。

隊列が小屋に近づいているのに気づいた。きっとそこで夜を越すつもりだ。もう遅すぎるから、今夜は攻撃を仕掛けられない。

実際、あの小さな黒い点の群れは、いくつもの小屋の周囲を回っている。恐らく戸が閉じられているのだろう。それを開けようとしているはずだ。こうして時間が経つ。もう暗くなってきたし、翌日はかなり早く起きなければならないので、夜の準備を始めた。

そのとき、ジョジアス゠エマニュエルが立ち上がるのが見えた。二、三歩下がると、帽子をとる。

「兄弟よ」口を開く。「俺を信頼しているか」

「そのとおり」彼らは答える。「信頼している」

「落ち着いているな」

「落ち着いている」

するとジョジアスは言う。

「それはいい。恐怖に屈してはいけない、おまえたちには守護者がいるのだから。あの方は、モーゼのように腕を上げるだろう。腕が上がっている限り、おまえたちの力が弱ることはない。兄弟よ」さらに続ける。「死の覚悟はできているか、納得しているか。言っておくが、死を恐れるのは悔悛《かいしゅん》していない罪人《つみびと》だけで、おまえたちは悔悛している。どうして死ぬことがあろうか。もし死なねばならないとしても、兄弟よ、それが御《み》言葉の勝利のため、神の治世の到来のためであることもわかっている」

そこで口を閉じた。みなはうなずく。危険を前にして、信仰で結束している。

しかしまた、歩哨の呼ぶ声がした。

「おい！　あそこだ、気をつけろ！」

全員が持ち場につき、銃をつかんだ。呼び声が聞こえた瞬間、もう態勢ができていた。砦の背後に伏せて、狙いを定める。あとは命令を待つだけだが、命令は下りなかった。

「撃つな！」ジョジアスが言った。

姿が見えたのは、実は偵察隊にすぎなかった。もう引き返している。

武器を置いた。まもなく、闇の中に大きな炎が上がった。小屋の残骸に、敵軍が火を放っているのだ。彼らは砦の前に立って、燃えるさまを眺めている。目は怒りでぎらぎらしているが、自制した。ジョジアスが「落ち着こう。聖霊は君たちを見捨てはしない」と言ったからだ。

暗闇の中で動いているのは炎だけだ。どんどん大きくなり、それから横に傾いた。ときどき、歌のリフレインを合唱する声が聞こえる。しかし、彼らは歌わないし、話もしない。

掘った窪みの底に、隣り合わせで横たわった。凍えないよう、身体を寄せる。外套にくるまって、二人ずつ眠りこんだ。

数時間おきに、歩哨が次に持ち場につくべき者を起こしに来て、寝ていた同じ場所に身を横たえる。このように歩哨たちは見張りをしている。時間ごとで交代するのだ。あの下の炎が完全に消えたのに気づいたのは、彼らだけだ。あの下が完全に静寂を取り戻したのを知っているのは、彼らだけだ。美しい星座を眺めることができたのは、彼らだけだ。四角形のものもあれば、指を開いた手の形のもの、糸が切れた首飾りに見えるものもある。一つだけ他を圧して輝いているのは、北極星だ。

攻撃前夜はクルー峠全体が眠っていたが、それが長く続くはずがない。実際、彼らは夜明け前に起きだした。何人かが卵形の古い懐中時計を取りだすと、火打ち金を叩いて、火口《ほぐち》が発するほのかな光を頼りに、時刻を確認した。四時にもなっていない。まだ時間はある。

食べ物を口にした。朝方はことさら冷えるので、何人かは、長いウールのマフラーを首に巻いて、その両端を背中に垂らしている。フェルトの帽子は投げ捨てられた。照準をつけやすくするためだ。

急いで食事を終えると、武器をとった。まだ視界がきかないので、指先で手探りして、撃鉄が上がっているのを確かめた。それから砦の背後に、均等な距離をおいて散らばった。前夜の持ち場がなくなっている、と嘆くティーユの声が聞こえた。おそらく一番安全な場所として選んでおいたのだろう。黙らせた。ジョジアスは自分の持ち場、すなわち真ん中に陣取っている。まだしばらく暗かった。しかし、徐々に星の色が薄れていく。月もほんの一部が、ゆっくりと地平線に沈んでいく。かすかな緑色の光が、斜面に広がっていく。その中から、まるで同じ物質でできているかのように、日の光が現れはじめた。実際、空はますます白みを帯び、色を変化させていく。それが発する光が、月明かりに対抗する。両方の光が混じって、しばらくゆらめき、もつれあう。そして日の光が優位になり、完全に夜が明けた。

谷にある一群の小屋と、その周辺を動き回る人の姿が、またはっきり見えてきた。戦闘の準備をしている。ばらばらだった男たちの動きが、しばらく止まった。司令官が隊列の前に進み出る。彼の頭の上で、何かが輝いた。部隊全体が動きだした。

砦の背後の何人かは、もう銃をかまえている。ティーユもだ。

「まだだ」ジョジアスが叫ぶ。「合図するから」

下の動きが活発になってきた。斥候《せっこう》隊の列が谷の上流に向けて、少し波打ったり切れたりしながらも、どんどん登ってきている。左右の斜面を進んでいた両翼部隊が、ヤットコの二本の棒のように合流しはじめた。こんなに多くの敵を前にすれば、どうしても心臓の高鳴りを覚えずにはいられないだろう。しかも、自分たちはごく少人数だ。それでも、砦の背後は誰も動かない。待たなくては、とジョジアスが言ったからだ。

空がますます明るくなってきた。晴れそうな気配だ。青空をのんびりと進む小さな雲は、小川に落ちたマーガレットのよう。南の山脈に向かっている雲もある。みなは大きく息をついた。まだ待っている。すると再びサーベルが一閃《いっせん》し、攻撃部隊が止まった。

司令官の声は聞こえない。静止した全部隊に向けて、同じ腕の動きを見せているのがわかるだけだ。すると、百個の白い球が部隊の前に一度にできたかと思うと、大音響が空を切り裂いた。砦の前には、百個の白い雪しぶきが上がっている。

向こうの敵軍は、弾をこめ直している。ジョジアスは再び言った。「待て！」

「兵士たちよ！」

向こうでは、もう一度前に走り出たフォルヌロ隊長が、サーベルを上げて、「俺に続け！」と呼びかけている。さらに近づいてきた。銅製の徽章のついた軍帽の上にぴんと立った赤い羽根飾りが、はっきりと見分けられる。彼は走りだした。全部隊が続く。膝まで雪に埋まりながらも、進撃は迅速だ。とりわけ両翼部隊の動きが、はっきりとわかる。進むにつれて、どんどん間隔が狭まっていく。

一方ジョジアス＝エマニュエルは、「いくぞ！」と言い、「よく照準を合わせろ！」と付け加えた。十七丁の銃が上がる。何人かは立っているが、頭の先が出ているだけだ。役割分担がされた。「おまえは右側の奴らを撃て。おまえは中央。俺は左だ」こうして三グループが形成される。各自が狙う相手を選ぶことができる。しんと静まりかえった。敵は相変わらず前進している。突然、砦全体が吹っ飛んだのかと思われた。まるで火薬が詰められていたかのようだ。煙の中に見えなくなった。すると、攻撃のために登っていた兵士たちの列が止まり、ところどころ切れている。その場所には、倒れている男たちがいた。最前列でも、一人の男が雪の中でもがいている。赤いきれいな羽根飾りをつけた将校だ。駆け寄った者たちが運んでいった。

それでも、すぐに代役が立てられた。もう二番めの将校が進み出ている。彼もまたサーベルを上げて、やはり「進め！」と叫んだ。そのとき、ミツバチが飛ぶときのブンブンというような音が、稜堡の上から突然聞こえた。「あそこを見ろ」誰かが言う。目を向けると、右側の斜面に、小さな干し草置き場がぽつんと立っている。攻撃側の両翼部隊が、そこに達していたのだ。十人くらいはいる。屋根の向こう側に隠れて、棟越しに撃ってくる。

最初の弾が到達して、稜堡の前の枝の中でほかより突き出ている一本をたたき割った。枝は乾いた音を立て、腕が下がるように傾いた。そして今はぶらぶらしている。

二発めが来た。幹の厚い箇所にめりこんだ。もう三発めが続いている。叫び声が上がった。フレデリック・ニコルラが銃を投げ捨て、二、三歩あとずさりしているのが見えた。胸に両手をあてたまま、尻もちをつく。すぐにティーユが這っていった。助けようとしているようだ。だがすでに、ジョジアスの恐ろしい声が響いている。

「放っておいて、ここへ来い！」ティーユは逆らおうとしなかった。顔面蒼白だが、元の位置に戻る。そして再び、稜堡は煙に包まれた。

しばらくは、もう何も見分けがつかなかった。目の前に広がるグレーの厚い雲と、そこから漂う変な匂いのせいだ。煙は上昇してはいるが、ゆっくりで、すそを引きずったカーテンのように切れめがない。そのため、次の射撃は当てずっぽうになった。ちょっと混乱してきた。干し草置き場の後ろからの銃声は、金槌《かなづち》で釘を打っているような音を立てながら、規則的に続いている。弾を次々とこめ直すのがやっとだから、ほかのことは何も考えられない。だがそのとき、朝の風が立ち上った。さわやかな一陣の風が、急に峠の上に吹きこんで、ありとあらゆる覆いを一挙に取り去ると、美しい青空が遠くまで広がった。谷もだ。「撃て！」とジョジアスが叫んだ。今はよく狙いをつけられるから、八人から十人の男が雪の上に転がった。二番めの将校もだ。

三番めが駆けつけた。稜堡にいる男たちは、もう弾をこめ直している。ジョジアスを見て、彼の合図に従うだけだ。みなに囲まれている彼は、牧草地の草を刈っているかのように冷静だ。無駄な動作が一つもない。彼の姿を目にしさえすれば、根性なしにも勇気が湧いてくる。十七対百五十だが、聖霊は俺たちの味方だ。陽気に、もう一度狙いをつけた。明るいどら声が、こだまとなって響く。「近寄るな、おまえら。ここには見てのとおり、俺たちがいるのだから！」

「いくぞ！」と彼らは叫んだ。

弾を詰めこむために、腕が上がったり下がったりする。二発ごめをしている。弾がなくなったら、小石やゲートルのボタンを銃身に入れればいい。それでパンパンだ！　爆音が上がった。どうしたのだろう。向こうで何が起きたのか。

新しい将校がサーベルを上げても無駄だった。もう部隊は前進しない。一人の男が両腕を上げて走ろうとしたが、雪に足をとられて、ぱったりと倒れた。起き上がろうとするが、うまくいかず、苦しそうな叫び声を上げている。二、三人は逃げだしている。いいぞ！　俺たちが誰なのか、奴らに見せてやる。干し草置き場の連中は相変わらず撃ち続けているが、きっと興奮しているのだろう。弾は俺たちの頭上をすりぬけ、雲に戦いを仕掛けている。

「手を上げておられる！」黙っていたジョジアスが、突然声を上げた。

「手を上げておられる」全員が唱和する。すごい力が湧いてきた。稜堡から飛び出して、こちらから攻めこみたくなるのを、自制しなければならないほどだ。しかし、こちらの人数は十分でない。「せめて、できることは精いっぱいやろう」もう一度みなで、「いくぞ！」と叫んだ。新たな硝煙は、吹き続ける微風に遠くまで運ばれ、まるで裁断されたレースのような奇妙な形をしながら、谷の上に広がっている。

しばらく間ができた。向こうの将校が再びサーベルを上げて、「兵士たちよ、進め」と叫んだ。百歩も離れていないのだから、言っていることがよくわかるはずだ。彼は二度叫んだ。「兵士たち！」しかし、誰も従わない。振り返ると、怒って繰り返した。「兵士たちよ！　わかったな。進め！」威嚇は何の効果もなかった。そしてその瞬間、あのことが起きた。

再び静まりかえる。当初は彼に気づかなかった。右手の、干し草置き場のところ、その少し手前から、やって来ている。どうしてそこにいるのか、誰もわからない。斜面を斜めに進んで、ほどなく稜堡と攻撃側の前線の間の、まさに中立地帯に達した。そのとき、みなはそれが誰だか気づいた。

今は斜面を登り続けている。一人だけだ。登っている。

それを見た低地の男たちは、ともあれ自分たちの模範になるのだからと、もう立ち上がって、ついて行こうとする。一方、砦の中にいる全員は、いつの間にか銃をかまえている。だが、彼らの銃が突然下がった。それでも男は登り続けている。

何が起きているのだろう。もう理解できない。男が立ち止まった。袋を降ろし、銃を捨てて、軍帽を遠くに投げつけた。むきだしの顔が現れた。

そのとき、すべてが明らかになった。振り返ってはいないが、前線の男たちは誰だかわかった。おそらく砦の男たちも、誰だかわかったにちがいない。そのために撃たなかったのだ。

酔っぱらいのようにふらふらしながらも、男はさらに数歩進んで、また止まった。うつむいて、腕を組んだ。何かを待っている様子だ。だが、砦の背後では、何も動かない。すると、一つの銃だけが高く上がった。バリケードの真ん中に、銃を持った男の全身が突然現れた。銃撃に自信がないかのごとく、さらに上に出た。いつかの射撃訓練のように、武器が非常にゆっくり、地面から上へと上がっていく。方向が定まってしまえば、あとは正しい高さを見つけ、的までの距離を考えるだけでいい。銃身の先が探しているのは、多分そのポイントだろう。照準が輝いているのが見える……

「ジョジアス！」

ジョジアスは狙いをつけたままだ。

「ジョジアス、あなたの息子だ。わからないのか」

しかし、腕が震えることも、武器が下がることもなかった。砦の中の何人かが立ち上がって、ジョジアスのところに駆け寄った。また叫び声がする。「あなたの息子だ！　ジョジアス、ダヴィッドだ！」ジョジアスは狙いをつけたままだ。駆け寄った者たちは、自分たちが近くまで来ても彼が冷静なまま（銃身はずっと上を向いている）なのに気づくと、にわかに立ち止まった。

男は身動きしなかった。銃弾が発せられると、膝から倒れた。

敵軍の全部隊が前に出てきたが、稜堡の中で、新たな爆発音が炸裂した。煙が消えると、敵軍が大急ぎで退却しているのが見えた。

X

その夜は、村の誰も眠らなかった。夜が明けるやいなや、全部のドアが開いた。女たちが出てくる。互いに声をかけあう。「何か情報は？」「いいえ、何も」まだ暗闇が残る中、声が震えている。「神様！　神様！」と嘆き声が上がる。向こうからも、こだまのように、同じ叫び声がする。「神様！　神様！」

ひと晩中、女たちだけだった。村には、シメオン・ファヴル爺さんと数人の病人を除いて、男は一人もいない。爺さんも行きたがったが、かなわなかった。ふりかかる恐怖心に耐えながら、八時間も十時間も家に籠《こも》っていた。音がしないかと耳をすませ、静寂の先で何が起きているか探ろうとする。静寂の先に何も見つけられないと、膝にのせた手が震えてくる。やっと、山上が白《しら》みはじめてきた。もう我慢できない。

浮かんだ考えは、みな同じだ。各自がばらばらに閉じこもっているよりも、一緒に苦しみ、一緒に悩んだ方がいい。ドアを開けた。叫び声が行ったり来たりする。

「あれから何も？」

「何も」

第一グループができた。そこから少し離れたところに、第二グループができる。まもなく混ざり合った。今はプランとシーの住民、教会方面と水車小屋の住民が一緒になって、大グループを作っている。空はさらに明るくなり、山上はどんどん白んでいる。

プラングループの人数が一番多い。ニコリエの店の脇の広場に、女たちが十五人はいる。何人かは、赤ん坊を腕に抱いている。ジェスチャーをつけてしゃべりまくる者もいれば、全然しゃべらない者もいる。数人は、ハンカチを口にあてて、すすり泣いている。

家の小さな褐色の正面が、非常にゆっくりと闇から抜け出てきた。それまでは同じ色だったのだ。塊にしか見えなかったものが、いくつもの部分に分割されて現れた。そこに家、あそこにも家、さらにあそこにも家、といった具合に。屋根の上に積もった雪と、斜面を覆っている雪の区別がつきはじめた。給水場も見えてきた。白い氷がたくさん浮かんでいる。

女たちは相変わらず、嘆いたり、しゃべったり、身振りを交じえたりしている。あるときは、理由なく、全員が同じ方向へ寄る。またあるときは、やはり理由なく別方向だ。それでも新参者が次々とやって来る。十人だったのが、二十人になった。騒ぎがあまりに大きいので、彼方で最初の大きな咳のような音がしたときは、聞こえなかった。

だが、その中の一人が指を立てた。「聞いて！」静かになった。二度めの咳が聞こえた。

谷の入口から聞こえている。鈍くしゃがれた音が、空と地中の両方からする。隣家の丸い小さな窓ガラスが、金網の向こうで細かく震えだした。「大砲よ！　大砲よ！」女たちは叫んだ。その先を続けられない様子だ。一斉に息を詰まらせた。みな黙ったまま、次に何が起きるか待っている。

そのとき、またかなり遠くだが、今度は空の上の方から、鋭くはじけるような音が聞こえた。何度も連続して、とどろきながら届いてくる。

叫び声を上げた。「ああ！　なんてこと、今のは峠に行った人たちよ！」わけもわからず散り散りに逃げたが、戻ってきた。あるいはその場で、風に舞う木の葉のように、ぐるぐる回っている者もいる。

空全体はすっかり白んでいた。すると、東の方に、黄色い光が徐々に現れだす。その黄色は、金箔、そして本物の金の色へと、どんどん変わっていく。そして今、ボール遊びをしているように、両手で太陽が上に放り投げられた。空はどこも穏やかだ、こことはなんと違うことか！　再び女たちは耳をすます。砲声はやんでいた。しかし、峠の上の発砲音は、ますます激しくなっている。

プランの集まりの数がさらに増えた。今は、小教区の至るところから合流している。あらゆる道から、三、四人の女たちのグループが走ってくる。スピードを上げるために、スカートをたくしあげている。プランがちょうど真ん中の場所にあり、谷へ向かう道と通じているのだ。まずはここへニュースが届く。それがまだ来ていないか知るために来るのだ。あちこちに固まって、言葉が交わされる。そして、新たなため息、新たな嘆き、天を仰ぐ動作、涙が続く。踏み固められた雪の上に映る影は、ジェスチャーを二倍に拡大して見せる。

叫び声が起きた。女が一人、小道を下りてくる。

「やっぱりあの子を見かけていない？」女は叫んだ。

みなは返事をする。「いいえ！　見なかったわ」女は急に立ち止まった。がっかりした様子で、首を振る。両手はスカートのところまで垂れている。「こんなことってある？　こんなことってある？　動くことさえできないあの子が！」

「探したの？」

「みんな！」答える。「みんな！」

さらに言う。

「私が出ている間に、誰かがジャンを呼びに来た。帰ってみると、旦那も娘もいなかった。旦那がどこにいるかくらいは知っているけれど、娘は……」

続ける。

「娘は動けさえしないのに、どうしたんでしょう。きっと、誰かがさらいに来たんだわ……ねえ！　見なかった？　もちろん、もちろん見ていないわよね？」

どう返事をすればいいだろう。返事のしようがない。女たちは、お手上げの仕草をするだけだ。わからないことだらけのところに、またわけのわからないことが急に加わった。太陽が空へ昇っていくにつれて、おしゃべりは一層熱を増した。

ボンゾンのおかみさんは、いなくなっていた。峠の射撃音は、もうやんでいる。

突然、静寂に包まれた。さっきの戦闘音以上に不安に駆られる。「聞いて！」と誰かが言う。音を失った大気の、ほんのわずかな動きに耳をすます。どんなことでも起こりそうに思えてくる。今は、スズメの鳴き声しか聞こえない。屋根の端に固まり、パン屑や捨てられた食べかすを狙って、台所のドアの前に頻繁に下りてくる。それだけだ。そして、時が告げられる……八時を過ぎ、今は九時だ。煙がいくつか上がっている。スープを少しだけ煮ているのだ。とにかく、何か食べなければいけない……

攻撃軍が敗走するのを見ると、彼らはすぐに下山に取りかかった。「今度は下で、俺たちを必要としている」とジョジアス＝エマニュエルが言ったからだ。まだ少しは身動きしていたフレデリック・ニコルラが、まったく動かなくなった。樅の枝を組み合わせた上に彼をのせて、ロープで引っ張った。倒れたのは、もう一人いる。首を撃ち抜かれたのだ。彼のためにも、担架を作った。二つの担架が、下り道を引きずられている。道を下りさえすればいい。いくつかの場所では、担架の前でなく後ろを歩く。引っ張るのでなく、動きを抑えるのだ。ロープを少し進ませてから自分たちも数歩進み、またロープを進ませる。このように難しい箇所もあるが、道は踏み固められているから、スピードは速い。村へ早く着ければ、それに越したことはない。盛り上がった地面のすきまが窓のようになって、はじめて村が見えてきた。再び隠れたが、また現れた。今度はずっと近くだ。そしてまた、彼らの姿が見えなくなった。谷に達するには、最後に伐採ずみの斜面を下りさえすればよかった。

村人たちは、すぐ彼らに気づいた。おびただしい数の目が動き回り、不安げにあちこちを探索していたからだ。最初の叫び声が上がる。「見て！」次の叫び。「峠の人たちよ！」一斉に振り向く。その高い斜面を、道が斜めに横ぎっている。よく知っている道だ。毎年の夏、そこを通って、家畜の群れが小屋まで登るからだ。そこに物が現れ、動きだした。シーへと続く道に、全員が殺到した。

一番速く走れる者が、先頭を行く。女たちの中で一番若い者、すなわち少女たちだ。母親や、年のせいで身体が重いかすぐにバテてしまう女たちが続く。次に老人、そして最長老だ。それまで閉まっていたいくつかのドアからも新しい顔が現れ、人波に混じる。小道には柵があるので、ごった返している。みなは橋を渡った。最後尾には、ボルロ爺さん、そして彼と連れ立ったシメオン・ファヴルが見える。彼さえも、家から出て、やって来た。折れ曲がった身体を、松葉杖で支えている。

シーの高台に、ジョジアスの家がぽつんと立っている。その下には、古くて壊れそうな家がかたまっている。そこをほとんど直角に曲がると、道が急に広くなる。今はそこに全員が集まっている。先を走る何人かの子供を除いて。

突然、誰かが口を開いた。

「何を引っ張っているの？」

みなは視線を向ける。そして言う。

「もしかしたら？」

押し黙った。別の声がする。

「間違いないわ。二つも引っ張っている」

また別の声がした。「うそよ！」だが、いくつかの声が同時に発せられる。「そうよ！　間違いないわ」そのとき、低木の林に風が吹きこんだような音が聞こえた。

「誰かしらね」また女の声がした。夫や兄弟、親類の誰かが参加している者たちはみな、不安を払いのけようとするようなジェスチャーをする。片手を開いて前に出し、もう片方を胸にぺたりとくっつけて、「少なくとも、うちじゃないわよ！　うちじゃない！」と言っているかのようだ。しかし、わからない。さらに長い時間待った。すると、子供の一団が現れた。「来たよ！」と叫んでいる。「来たよ！」傾いた小屋の間の道の曲がり角に、隊列が姿を現した。

狩りの帰りのように、銃を肩に担いでいる。まず二人、そしてまた二人。次のジョジアスは、一人で進んでいる。続く二人は、肩の周りにロープを巻いて、担架のうちの一つを引いている。二番めの担架が続く。最後の二列は三人ずつだ。真ん中の男は自力で歩けないので、両側から支えられている。両側の一人は頭に包帯、もう一人は腕をスカーフで覆っている。

駆け寄った。誰もかれもが、横たわった身体と後ろの怪我人に目を向ける。「誰なの？」繰り返す。「誰なの？」突然、声がした。「ジュリー、ジュリー、おたくのよ！」

ほんのしばらくして、次の声がした。「おたくのもいるわ、カトリーヌ！」

ますます密集する群衆の中から、急に二本の腕が上がるのが見えた。同時に、しゃがれた大きな叫び声が、空気を引き裂いた。

道の反対側から、別の叫び声が聞こえた。一人の女が群衆を分け入って、前に出る。担架の一つが、女の前で止まる。行く手を完全にふさがれた。女はうつ伏せに倒れた。

みなは言う。「カトリーヌだ」だが今、彼女は呼びかけている。「フレデリック！　フレデリック！……フレデリック、聞こえない？　カトリーヌよ、フレデリック……フレデリック、あなたの女房よ！」何の反応もなさそうなので、すすり泣きを始めた。上ずったり低くなったり、突然途切れたかと思うと、またさらに激しく聞こえてくる。ずっと言葉が混じっているが、もう意味不明だ。そのとき、リフレインの合唱のようなものが起きた。居合わせた女たち全員も嘆きはじめ、カトリーヌへ身を寄せている。二人の男が、彼女を担架から離そうとしたが、うまくいかない。ロープで結わえられた身体に両手を回して、しがみついている。ひざまずいて、ぎっしり組み合わされた枝の下に隠れている顔を覗こうとする。すきまを広げはじめた。指が切れて、激痛が走る。男たちは肩をつかんで、腕で抱える。彼女はさらに叫んでもがくが、ジョジアスが近づいてきた。

「おい」声をかける「もうおまえの声は聞こえない……」

そして、相変わらず冷静だが、厳しい口調で、

「連れて行け」

もう一つの担架、そして倒れている別の女とともに彼女も運ばれた。合わせて四人。みなはプランに向けて出発した。ジョジアスと一緒にいるのは、五人の男だけ。彼は言う。「まだ終わっていない。ラ・ティーヌの方へ行こう」急ぎたかったが、できなかった。担架が前を通っているし、二人の女も運ばれている。周囲は、柵の中でごった返している群衆だ。その中に彼と五人はいるので、流れに従うしかない。こうして人の列は、橋のかかった早瀬の流れる牧草地を越えていった。叫びや涙声はそのままだ。それでも、村に近づいた。

鐘楼の中で、くぐもった音がした。鐘の舌が揺れているものの、まだ外側の鐘に触れていないのだ。最初の音がした。すぐ二番めが続く。もう三番めも聞こえている。「早鐘だ!」とみなは叫んだ。

そのとき、二人の男が現れた。

「止まれ!　止まれ!」

全員が止まった。

「ラ・ティーヌが破られた……敵がやって来る」

必死で駆けてきたので、口がいうことをきかない。そのたび息が切れるから、単語は一つずつだ。立ち止まる

と、大きく息を吸った。まず一人が言う。

「相手の人数が多すぎたので、持ちこたえられず、バリケードを突破された……家の中に入って、火をつけやがった」

すると、もう一人も口を開いた。

「俺たちは裏切られた」

そして今、二人は大げさな身振りをつけて、聞きとれないくらいの早口でしゃべっている。それでも、ラ・ティーヌの徴集兵たちが逃げてしまったので、相手に攻撃されるがままになったことを、みなは理解した。女たちはみな、子供を連れて消えてしまった。担架を運んでいる男たちも慌てている。〈まずは死人を家に運ばないと。それから戻ってこよう〉

もう広場には、ほとんど人影がない。ジョジアスと彼に従う五人、ティーユ、ラ・ティーヌから来た二人、そしてシメオン爺さんとボルロ爺さんだけだ。早鐘は鳴り続けている。

彼らは一瞬、どうするべきか迷った様子を見せた。しかし、ジョジアスはもう立ち上がっている。手に持っていた銃を、肩の上に放り投げた。

「来るか？」声をかける。

ティーユはすでに後ろに隠れていた。

ボンゾンのおかみさんが再び姿を現した。髪は乱れ、ブラウスははだけている。走ってきたので、顔は真っ赤だ。小道を下っている。まだ距離はあるのに、

「ねえ、みんな。あの子を見なかった？」（ジョジアス、ティーユらが目に入ったが、彼らにはまだ訊いていなかった）

見上げたジョジアスは、黙って顔をそむけた。

「お願い、教えて……お願い、教えて」

担架の男たちが戻ってきた。早鐘は鳴り続けている。日差しも強く、暑いくらいになった。何もかもが輝いている。そのとき遠くに、最初のラ・ティーヌの住民グループが現れた。十二人から十五人。頭上に武器を掲げると、道の脇へ荒々しく投げ捨てた。

「終わりだ！」叫ぶ。「終わりだ！……ドイツ語しゃべりどもは、俺たちを見捨てやがった……俺たちだけだったから、持ちこたえられなかった！」

彼らを出迎え、一緒になる。女たちの嘆き声が、今は怒りでしゃがれた男たちの野太い声に代わっている。

「それでも行かねばなるまい」とジョジアスが言う。

彼の声だけが大きく、他のすべてを圧している。

「たとえ十人しかいなくても、五人しかいなくても、聖霊がついているのだから」

ここで話が中断した。また二人の男が、道を進んでくる。ジャン・ボンゾンとヴァンサン・オゲーだ。彼らは武器を捨てていなかった。腕を広げながら、悲しげに首を振っている。「俺たちに何ができるだろう」と言っているかのようだ。

だがすでに、ボンゾンのおかみさんが駆け寄っていた。

「ああ！　ジャン」叫ぶ。「ジャン、まだよく知らないのね。なんてこと！　なんてこと！　フェリシーを見なかった？……じゃあ、もし見ていないのなら！……ねえ、あの子はきのう、あなたが出かけてからずっと家にいないの。私はあちこち探し回った」

なぜ妻が自分に抱きついてきたのか、彼はまだわかっていない。

「一緒に来て」おかみさんは続ける。「ほかのことは放っておいて。急いで私と一緒に行きましょう。二人で探すのよ……ねえ、ジャン。そうでしょう？　そうするわね」

彼は尋ねた。

「何が起きたんだ」

誰も答えられなかった。鐘の音が荒々しく二度鳴った。そしてジョジアス＝エマニュエルの声が再び聞こえた。

「死人は死人に悼《いた》ませておいて、生きている者は俺に続くのだ……おい、女、探しているのがおまえの娘なら、峠の上に行けばいい」

彼女は彼の方を振り向き、口をぽかんと開けた。だが、もうジョジアスは、大股で先を進んでいた。四人の男だけが続く。まっすぐ山腹に向かった。

また新たな逃亡兵のグループが現れたが、もう武器を持っていない。「奴らが来るぞ！」と叫んだだけだ。村の中に散り散りになった。それぞれ身を隠すことしか考えていない。

こうして広場は、ほとんど空になった。ジョジアスが話している間、ボンゾンのおかみさんは、夫の首に回した腕をゆるめていた。だがまた、腕が締めつけられる。

「ジャン」また言う。「急いで行きましょう」

彼は妻から逃れようとしながら、まだそこにいる者たちに話しかける。「あの男は何を言いたいのだ」尋ねる。「それに女房は何を言いたいのだ。フェリシー……峠の上だと？　うちにいないのか？」

いろんなことが一挙に押し寄せたものだから、まだうまく考えを整理できていない。思いつくまま尋ねるだけだ。そして女房は、自分にしがみついている。

「答えてくれ」彼は言う。

みな口をつぐんでいる。そのとき、モイーズ・ピテが前に出た。ヴァンサン・オゲーと話していたが、まずは一人で前に出る。

「ジャン」口を開く。「俺と来てくれ」

それと同時に、ボンゾンのおかみさんを離そうとするが、彼だけではうまくいかない。二、三人の男が手伝わねばならなかった。そして、ジャンが引き離されると、

「ついて来い」モイーズは、また言う。「その方がいいだろう。ここは人が多すぎる」

このときだけは、ボンゾンの方が抵抗する。

「あれは……」

「ジャン、ジャン」相手は呼びかける。

「あれは、フェリシーのことなのか？」

今は男も女も、家の前にマットレスを運んだり、家畜を表に出したりしている。

「見たかどうか教えてくれ……」

モイーズはうなずいた。

すると、ボンゾンが叫んだ。

「じゃあ、あの子は死んだのか？」

「いや！」モイーズは答える。

「じゃあ、どうなったんだ」

モイーズはもう何も言わない。

「ああ！　わかったぞ」ボンゾンがまた口を開く。「何も言わないということは、不幸が起きたな」

考えこんでいる様子だ。首を振る。そしてティーユに気づくと、急に飛びかかった。

「おまえのせいだ！　おまえのせいだ！」叫ぶ。「何もかも、おまえが仕組んだんだな、このならず者！」拳を振り上げると、みなが止める間もなく、上着の襟をつかんで、激しく揺する。相手はひっくり返った。

その場は大混乱になった。しばらくは、何も見えない。かなり時間が経ってから、ボンゾンの姿がまた現れた。

だが今は、一方の腕をモイーズに、もう一方をヴァンサン・オゲーにつかまれている。相変わらずもがいているが、連れて行かれた。

それと同時に、広場は空っぽになった。四番めの逃亡兵の集団が現れた。前よりもさらに人数が多い。「急いで逃げろ」と叫んできた。「奴らはすぐ近くだ」

男たちが、道のあちこちを走り回っている。窓から物がめちゃくちゃに投げられる。苦労して窓を通したマットレスだけでなく、家具、バケツ、両手鍋、丸パンさえも、雪の上に転がっているのが見える。厩舎《きゅうしゃ》の入口では、家畜が抵抗するので、切れそうなくらい引き綱を引っ張っている。「逃げろ！　逃げろ！」という叫び声が続いている。誰もが平常心を失っている。さらには、この混乱に拍車をかけ、心を一層かき乱したいかのように、早鐘のしゃがれた響きが、ずっと聞こえている。

しかし、この逃亡計画さえも、実現しない定めにあった。すなわち、あるときから、鐘の鳴るリズムが崩れてきたのだ。鐘楼の頂上に掲げられている赤と黒の大きな旗が、変な傾き方をしはじめた。

根元に斧を打ちこまれた木のように、それは二、三度ぐらついて倒れた。

時をほぼ同じくして、先発の制服部隊と馬に乗った将校が現れた。敵は、道だけでなく放牧地全体に展開して、村をぐるっと取り囲んでいる。もう逃げる手立てはない。唯一できるのは降伏で、それは実行された。

タヴェルニエを含むグループが、白い旗を前面に立てて、広場に姿を現した。馬に乗った将校が命令を下す。すぐに至るところで、肩にかまえていた銃が下ろされた。太鼓が集合の合図を送る。

牧師を探したが、無駄だった。どこにもいない。彼の代わりが務まるのは、総督のタヴェルニエと裁判官のモイーズ・ニコルラだけだが、話し合いに時間はかからなかった。人命や財産の保障の約束と引き換えに、この地域は降伏するのだ。

調印が行われる。これで終わりだ。相変わらず同じ大きな太陽が、屋根の上で輝いているが、方角が変わっている。正午を過ぎたからだ。兵士たちは、家々の前に陣取るか、階段に座っている。背嚢を開けて、食事を始めた。村人たちは、まだ姿を見せない。だが、兵士たちの笑い声は届いている。のんびりしている様子だ。じきに好奇心が頭をもたげてきた。最初のドアが細めに開いて、小さな女の子が姿を見せた。赤く染まった頰に、少し脂っけのある金髪の巻き毛だ。兵士たちが呼んだ。「こっちへ来ない？」数段下りた。そのとき、心配した母親も現れたが、兵士たちは言う。「悪さはしませんよ」女の子はさらに近づいた。兵士の一人が抱き上げる。子供は大声で笑い、母親も笑う。「ワインを一杯いかが」「もちろん！」今はもう、あちこちで交流が始まっている。あるところで一つ、その先で一つと、だんだん全部のドアが開いていく。少女たちは、〝低地の人たち〟がどんな感じか、知りたがった。青と赤の制服姿を、かっこいいと思った。彼らの方もだ。「おや！」叫ぶ。「聞いていたほど悪くはないですよ、おたくの娘さんたちは」

その間、将校たちはずっと広場にいて、タヴェルニエ、ニコルラと二、三人の議員を取り囲んでいる。金色の徽章つきの軍帽、同じく金色の肩章、さまざまな色の飾り紐、革製の鞘《さや》に入ったサーベルが、数多く見える。ベルトにぶら下げたサーベルの位置がかなり低いので、剣先が雪を引きずっている。将校の何人かは、ジェスチャーつきでしゃべっている。口ひげをひねっている者もいれば、拳を腰にあてて身体をそらし、満足そうに微笑んでいる者もいる。

隊長の乗った大柄な馬も、ニコリエの店の前の壁の留め輪につながれている。従卒が水を飲ませ、次にオート麦の詰まった秣袋《まぐさぶくろ》を鼻面《はなづら》にくっつけた。

そこから数歩のところに、かなりの人数のグループがいて、ジェスチャーを盛んに交えながら話している。アントルロッシュのお歴々で、もちろんシェリックスも最前列に見える。ドヴノージュ先生を囲んでいる。見分けがつかないほど痩せて青白くやつれているが、今起きていることは、不幸をあっという間に忘れさせてくれる。実際、みなは彼を大急ぎで探した。お歴々たちが、いわゆる彼の〝信条への忠誠心〟を称えたかったからだ。握手した。次に、これまで受けた迫害の見返りとして、町は近々、給料がずっとよく、さまざまな特権つきで、しかも真剣に詩作に取り組むのに十分な余暇のある職に彼を任命する、と告げられた。彼は歓喜で涙する。「あまり興奮しないで」と言われる。これら一切を決めるのに長い話し合いが必要だったことは、想像できるだろう。そのため、今はもう、午後の遅い時刻だ。

部隊の宿営場所を決めなければならない。食糧・宿舎担当下士官が、納屋を順番に回って、チョークで戸に書きつけをする。それからまた大騒ぎだが、滞りなく進んだ。言い争いも叫び声もない。やっと久しぶりに、安心して眠りにつくことができるのだ。

だが、男たちが戻っていない数軒は別だ。カトリーヌの家も別だ。ボンゾンの家も別だ。たくさんの女たちが駆けつけ、ボンゾンのおかみさんを取り囲んでいる。おかみさんの嘆きは、とどまるところを知らない。小さな妹たちは、ベッドですすり泣いている。台所の片隅に、ジャン・ボンゾンがいる。轡《くつわ》が食いこんで痛がる馬のように、始終首を振っている。ついにモイーズ・ピテが、洗いざらいをしゃべった。その知らせに打ちのめされた様子だ。首を動かし、そしてときどき、ひどく重いカーテンのようなものがしつこく寄ってくるのを振り払う仕草をするだけだった。

XI

また山登りだ。ジョジアスとその仲間が担架を引きずりながら前日下りてきたのと同じ道を進む。モイーズ・ピテに率いられた七人ほどの男だ。ヴァンサン・オゲーやピシャール兄弟二人もいる。

前日のうちに登るつもりだったが、できなかった。村から出るのを禁じられていたからだ。そのため、今は急がなければいけない。

モイーズ・ピテは状況を完全に把握しているが、ピシャール兄弟もほかの者たちも、詳しいことは何も知らない。この地域が降伏したことを除いて。これについては、素直に納得した。誰もがベルンの住民に対して憤慨している。ドイツ語しゃべりたちの中隊が、戦いさえせずに故郷へ戻ったことが、ますます明白になったからだ。彼らは言う。「奴らは俺たちを見捨てたのだから、もはや忠実であるいわれはない」

ちなみに、村は不思議なほど傷《いた》んでいない。主戦場はラ・ティーヌで、そこでは何軒もの家が焼かれた。〈俺たちにとっては〉彼らは考える。〈そう悪くなったわけじゃない。現状を受けいれるのが最良だ〉

しかし、ダヴィッドのこと、峠で起きたことについては、聞いていない。だからモイーズに尋ねる。彼の顎ひげは白くて短い。髪は少しカールしていて、耳に輪飾りをつけている。歩きながら首を振る。

「ああ！」答える。「聞いて楽しい話じゃない！」

「では、まだ何か？」みなは尋ねる。

「つまり、ダヴィッドがフェリシー・ボンゾンと逢引していたことは、多分知らないだろう？」

「まさか！」と答えるので、さらに続ける。「そうらしい。彼はこのことを父親には話したはずだが、ジョジアスは許さなかったようだ。そのあとで起きたことは知っているな、アンセルモを交えた一件だ。峠を越えて、低地の軍隊に入った。覚えているだろう。それからフェリシーが病に倒れて、誰もまったく原因がわからなかったことを。おそらく父親は別だろうが、ジャンは何も言おうとしなかった。恋わずらいだということを。可哀想に！　あの子はどれだけ苦しんだことだろう！　だが、誰もどうすることもできない。ずっと帰りを待っていると、ついに戦いが起きた。奴の方はどうか。入隊したのだから、俺たちとぶつからざるをえなくなった。そして、理由は定かでないが、奴は峠の道を中隊に教えて、俺たちの背後に行こうとしたようだ。ただし、そこに俺たちがいた。ジョジアス＝エマニュエルが、そこへ引き連れてきたからだ。こうして息子は父親と向かい合うことになった」

ひと息入れようと、しばらく口を閉じた。ほかの者たちは言う。「なんて悲しいことだ！」「ああ！　そうだ」モイーズも言う。「悲しいことだ。だが、もう少し待ってくれ」

そして続けた。

「俺たちの方が上にいるから、砦を築いた。そして攻撃が始まった。だが、おそらくダヴィッドは、同郷人とぶつかる決心がつかなかったのだろう。なんといっても、血のつながりが足枷《あしかせ》だ。一人で前に出て、両軍の間に立ちはだかった。俺たちは上で、相手は下、そして奴は一人きりだ。銃を捨てていたから、武器はない。死にたがっていると思って、俺たちは撃つのをやめた」

再び口をつぐんだ。そして、次の言葉が出た。「ジョジアスが撃った」平らな場所に着いたので、全員が止まった。山を構成している大きな段の一つだ。そこにとどまる。モイーズがまた首を動かした。

「それだけじゃない」

気温が高い。雪が融けている。雪の下のいくつかの場所から、茂みの中で鳥たちが口げんかをしているような、小さな物音が聞こえる。ここで小川が生まれるのだ。まもなく細い流れが斜面を伝っていく。そして、水かさを増した早瀬は、溢れんばかりになる。

「あいつがこう言ったから」モイーズがまた話しはじめる。「あいつがこう言ったから。『俺には、もう息子はいない。今近づいている奴は、誰よりも死に値する。戒律と聖霊に背いたからだ』と」

「……だが」ひと息入れてから、モイーズは続ける。「それだけじゃない……一斉射撃を行うと、敵は敗走した……奴が倒れているのが見えた。もう動かない。ジョジアスは何も言わない。俺たちはといえば、樅の木の幹のように、つっ立っていた。そのとき、あの子が現れた。来るところは見えなかった」

みなは尋ねる。

「あの子って、誰だ？」

彼は答えた。「フェリシーだ」

「俺たちのすぐ脇を通りすぎた。止める間もなかった。遠くから奴に気づいたにちがいない、全力で駆けつけて身を投げだし、二度名前を呼んだ。奴は答えない。すると何か話しかけだしたが、何を言っているのかわからない。俺たちは、娘をつかまえ、ダヴィッドを助けに行こうとした。二人とも連れて帰るのだ。ところがジョジアスが反対した。あいつは言う。『下が俺たちを必要としている。急ごう！』こんなわけで、二人は上に残ったまだ。一人が死んでいるのは確かだが、女は生きているはずだ」

モイーズは押し黙った。ちょろちょろという水音が、相変わらず続いている。

「なんて男だ、まったく。あのジョジアスは！」やっとオゲーが口を開いた。

「ああ！　そうだ。なんて男だ！」モイーズが答える……「だが、あの気の毒なジャン・ボンゾンが来るのが見えると、俺はもう我慢できなくなった。ジョジアスから離れて、あいつのところに近づいた……非情にも限度がある」

「奴は今どこにいる？」一人が尋ねた。ジョジアスのことだ。

「まだ山の中にいるらしい。降伏をよしとしない者が四人いる……だが包囲されている」

再び沈黙。そしてモイーズが言う。

「急ごう！」

気力を奮い起こした。頭はまだ混乱してはいるが、モイーズの言うのはもっともだ。早く上に着けば着くほどよいだろう。そのため、また歩きはじめた。すると突然、背後であの笑い声が起きた。振り返らなくても、すぐに誰かわかった。あんな笑い方をするのは、村に二人といない。

木を運ぶ通路を這い上っているところだった。みなは叫ぶ。「消え失せろ！」相手は、さらに大きな声で笑いだした。みなは雪玉を投げる。一個は足に、もう一個は肩に当たった。それでも止まろうとしない。

おバカのジャンがやって来たのだ。どのようにしてかわからないが、またねぐらから抜けだしてきた。きっと不幸に呼ばれたのだろう。腐肉を探すカラスのように、かなり遠くからでも不幸を感じられるのだ。

どうしよう？　ピシャール兄弟の一人が腕を振り上げた。

「近づいたら、殴るぞ」

すると、おバカのジャンは立ち止まった。だが、男たちが動きだすや、同じように歩きはじめた。止まるふりをするたび、彼もすぐに止まる。だが、また同時に動きだす。

どんな策を講じても、距離をおいてついて来る。静かな斜面の中、ヤギの鳴き声のようなあの笑い声が、背後で突然上がる。

なんとなく不安になってくる。それでも元気を出して登るが、段は延々と続き、急坂を越えるとまた新たな急坂が現れる。こうして峠に近づいていくうち、さらに大きな恐怖が男たちの心を揺さぶった。〈神様！〉考える。〈上で何を目にするのでしょう〉

結局、もうおバカのジャンにはかまわないことに決めた。小屋のあるところに着いた。さらに登る。最後の斜面の上の溝のようなところを、モイーズが指さした。砦の黒い壁が斜面の端から端までふさいでいるのが、今はとてもはっきりと見える。

「あそこにいたのだ」モイーズが言う。「あそこから、反対側にいる相手に向かって撃った。絶好の位置だろう？」

そうだと言いながら、みなは眺めている。モイーズが出発してほかが続くが、雪が柔らかいためか、心もち歩みがのろい。目の前にある最後の斜面は、とても上まで登れそうにない気がする。いつものとおり、少しジグザグに進む。ピシャール兄弟の一人が帽子をとり、赤いハンカチで額を拭った。それでも、なんとか近づいている。重ねられた幹が、はっきりと現れた。その間を、枝が籠の編み目のように交差している。穴を掘った跡も、雪の中にある。樅の針葉が底に詰まっている。彼らは、それらの穴を眺めた。あと数歩進めば到達するだろう。だがそのとき、おバカのジャンの哄笑が再び起きた。先へ行く気にならなくなった。

幸いなことに、モイーズがいた。さもなくば、引き返していたかもしれない。モイーズについて行かないわけにはいかなかった。また動きだす。強い日差しが急に顔いっぱいに当たり、一陣の風が顎ひげをあおった。みなは、胸のつかえが下りたかのように、大きく息を吐いた。砦の上を見ても、何もなかったからだ。

だが、よく見ると、前方二十メートルもないところに、大きな染みがあるのに気づいた。錆色《さびいろ》の染みだ。長く雨ざらしになった鉄の色。大きな円を描いている。周りに足跡がある。

「奴はここにいたのだ」モイーズが言う。「ここで倒れて、動けなくなった」

みなはまた震えだした。わけがわからなくなったのだ。かなり長い時間、稜堡の後ろに立ったまま動かなかった。

「どうしよう」誰かが言う。

「誰もいないから」別の者が口をはさむ。

「下りよう」三人めが言った……

口にはしないが、みなそれを期待し、願っているのだろう。だが、モイーズが再び口を開いた。「それはいかん。ジャンに娘の消息を尋ねられたら、俺はどう答えればいいんだ。あいつは登ろうとしていたが、俺が引きとめた。万事俺に任せておけ、連れて帰るから、と約束したからな」

ほかの者はうなずいたが、相変わらず動かない。まずはモイーズが砦を越えねばならなかった。ほかの者も数歩下りて、染みのところまで達した。きっとかなりの出血だったはずだ。雪の中に、穴がはっきりとできている。足跡がそこから始まっているのに気づいた。追うことにした。それは谷の下に向かって、いくぶん斜めに進み、じきにあちこちから来たほかの足跡と混ざりあっていた。シャベルでかき回されたような、雪の掘り跡がある。

攻撃隊は、ここまで進軍してきたらしい。遺体は見つからない。敵は負傷者と戦死者を運び去っていた。しかし、また二、三の大きな血の跡、そして誰かが落とした軍帽、銃剣、一、二梃《ちょう》の銃、ゲートルのボタンが残っている。そのとき、ピシャール兄弟の一人が身をかがめた。「見ろ！」と言って、はがねの輪のついたシルクの財布を指さした。それにつまずいたのだ。

さらにしばらく探したが、これら以外の物は何も見つからなかった。——ダヴィッドもいなければ、フェリシーもいない。そのため、さらに少し下って、最初に稜堡の後ろから一斉射撃で狙った場所まで達した。そこで隊長が倒れたのだ。実際、まだ血の跡が残っている。けれども、すぐに隊長を助け起こし、雪の冷たさが傷口に滲《し》みる前に運んだはずだ。だからそこから、赤く細い引きずり跡が始まっている。おびただしい量の血がしたたり落ちてできたものだ。長い間、それを目で追う。すると、谷の奥へと視線が導かれた。そこにも、何もない。小屋のほとんどが灰になっているのを確認しただけだ。もちろん復讐のために、逃亡兵たちが通りがかりに火をつけたにちがいない。

「見ろ！」誰かが言った。

ほかの者が応じる。「見える！」どうしてよいかわからず、彼らはまたそこにとどまった。

もう一度周囲を眺めたが、まったくの空っぽだ。戦いがあったことはよくわかるが、それだけだ。谷の上を、小さな雲が流れている。かなり低くて綿撚糸《めんよりいと》のように透明なので、その先の空が見える。

さっき見つけた財布を、ピシャールがポケットから取りだした。手の中で振ってみる。数枚の書きつけと一枚の金貨が出てきた。「きっと将校の財布だろう」ピシャールは言う。金貨を指でもてあそぶ。それを見て、ほかの者が近づいてきた。彼らもそのコインを手にとり、順に回しながら調べる。表にルイ十六世の肖像と一七八四年と印字されたコインだが、まだ新しくて、きらきら輝いている。みなは言う。「本当にきれいなルイ金貨だ！」だが突然、ピシャールが叫ぶ。「財布の奥に、まだ何かある」もう一度振る。今度は、小さな卵形の琺瑯《ほうろう》の上に描かれた婦人の肖像だ。「女房だな」誰かが言う。「婚約者かもしれない」そして、金貨と肖像画は財布にしまわれた。もう話すことがないので、みな口を閉じた。

そのとき笑い声が聞こえてきたので、震えあがった。おバカのジャンのことを、すっかり忘れていた。見上げると、稜堡の前に座って、こっちを眺めている。首を振りはじめたが、急にのけぞって、また哄笑した。おバカのジャンの方が俺たちをからかっているかのようだ。

「どうしたのだろう」みなは言い合う。

だが、おバカのジャンは立ち上がっていた。相変わらず笑いながら、合流しようと下りてくる。「俺がいなくて何ができる？」と言いたいかのようだ。今は逃げるどころか近づいてくるのを見て、ますます不安を覚えた。間近まで来ると、危害を加えないなら手伝ってやるよ、とでも言いたそうな身振りを見せる。長い首を伸ばして、腕を前で動かす。長すぎる袖が風をはらんで、手の周囲でひらひら揺れている。首の先、とんがり帽子の下の土色の顔が、奇妙な動きを見せる。うぶ毛が一本もなく、すべすべだ。目の周囲にしわができている。口が大きく開いて、黒い穴をのぞかせている。突然、右手の干し草置き場を指さした。再び哄笑した。

モイーズは言う。「一緒に行こう。何か嗅《か》ぎつけたようだ」

ほかの者は尻込みした。これ以上勇気が出てこない。だが、モイーズは譲らなかった。ジェスチャーつきだ。「もし何も見つけずに戻ったら、村の者たちは俺たちをどう思うだろう！」少し気恥ずかしくなった。「俺は行くよ」と一人が言う。「俺も行く」と二人めだ。ためらっているうちに、モイーズはもう動きだしていた。それを見て、おバカのジャンも先を行く。行かなくてどうする？　これで八人はまとまった。モイーズの後ろを二人ひと組で歩く。その前に、おバカのジャンがいる。干し草置き場のある谷の端に着いた。ちっぽけな干し草置き場で、ほとんど屋根まで雪で埋まっている。ドアも窓もなさそうに見える。だが、前方の雪の中に、足跡があった。後ろにも足跡があり、こちらの数の方が多い。後ろについては、十分説明がつく。敵軍の別働隊が陣を張りに来たのだ。前の方はわからない。おバカのジャンは今、前の足跡に従って、どんどん進んでいる。ずっとついて来ているのを確かめるかのように、ときおり振り返る。進めば進むほど陽気になる。突然、走りだした。干し草置き場のすぐ脇まで来て、止まる。指を上げるのが見えた。

みなは立ち止まった。あたりは静まりかえっている。足音も、風のそよぎすらない。身体の中で心臓がどくどくと響いているだけだ。最初は何も聞こえなかったが、耳をすますと、ため息のようなものがした。そして今、それは嘆き声のようだ。穏やかで、少し抑揚のある嘆き声。まるで歌のようだ。

静まりかえった大気を伝わって届いてきた。大きくなったかと思うと、聞こえなくなり、また聞こえだす。子供を寝かしつけるために歌う子守唄だとわかった。

おバカのジャンが三度首を振って、また走りだした。高い雪の土手のようなものが、干し草置き場の前にそびえている。手を使って、よじ登った。もう何も起きなかった。再び彼の笑い声が聞こえるまでは。その笑い声には、別の笑い声が混じっていた。

フェリシーがそこにいた。ダヴィッドの身体を膝に抱いている。か弱い女であるにもかかわらず、ここまで運んできたにちがいない、とみなは思った。――だから、倒れた場所で見つけられなかったのだ。ダヴィッドはスカートの上で、まだ血を流している。目は大きく開いている。口もだ。

みなは戸口まで進んだ。娘は注意を払わない。呼びかけた。「フェリシー！」振り向きもしなかった。見ているのは、おバカのジャンの方だ。それから、頭に身体を寄せて、何度も何度も抱きしめる。その頭は何も感じていないが、娘は気にしない。だから幸せなのだ。再び笑い、再びあの歌が出る。拍子をとる膝が、小さく動きはじめる。

一緒に帰るよう促すのは、大変だった。おバカのジャンの手助けが必要だった。彼が手を貸さねばならなかったが、それだけでついて来た。ほかの者たちは、娘が抱いたままのダヴィッドの身体を運ぶ。左胸のすぐ下を、銃弾が貫通している。

おバカのジャンが手をとっているので、娘は落ち着いている様子だ。しかし、彼らは言い合う。「村で二人を引き離さなければならないときは、どうすればいいだろう」

ある方法を思いついた。最初の家並みに入ると、遺体を抱えた男たちは急に左に曲がり、フェリシーを囲んでいたほかの者たちは、そのまままっすぐ進む。見えなくなるや、娘はもう彼のことを忘れてしまったかのようになった。あるいは少なくとも、自分がすでに見つけていて、しかもどんな状態で見つけたかを、忘れてしまったかのようになった。頭が混乱していた。しかし、失ったものの記憶は、ずっと頭の中に残っている。だから、翌朝からまた探しはじめた。

一生探し続けた。どんどんやつれていった。林の中や岩の間でさえも見かける。おバカのジャンが連れ添っているときもあれば、一人のときもある。あの子守唄を歌っている。恋人のためにたくさんの花を摘んで、ブーケを作る。そして小道の脇に置き忘れる。

だが村全体は、落ち着きを取り戻した。死者は埋葬された。きょうもなお、教会の周りの小さな墓地で眠っている。石の十字架の上に苔が生えたので、もう名前を読めない。

村人たちは、古い小屋の戸に銃弾が作った穴を指さし、それが深くまで入ったことを示すために、釘を差しこむ。だが、詳しいことを尋ねると、もうわからない。「村役場に行くといいでしょう。そこに書類がありますから」

村は完全に平静に戻っている。給水場の周りに女たちがいる。恥ずかしがり屋の女の子たちは、近づくと、前掛けで顔を隠す。製材所から、突然大きな叫び声が聞こえる。削られた幹が、身を震わせているのだ。苦痛にもがいているかのようだ。

だが、もっと上まで足を延ばした方がよいだろう。さらに美しく、さらに静かだから。ここへ来る機会があるなら、五月初旬が一番だ。五月、それは山に花が咲く月。至るところで開花し、青、白、赤、黄色になる。ふと空を見上げれば、小さな雲が近づいているのに気づくだろう。滑るように進んで、去っていく。すると大空は、また空っぽになる。我々の生活、上の生活は、こんなふうだ。あの大騒ぎや戦いのあとも同じだ。だが、高い城壁など、必要だろうか。小さな目のように開くりんどうの花の無垢な青色が汚されたことは、これまで一度もない。

解説——ラミュの人と作品について

作者について

「C・F・ラミュという名前は、日本では一般どころかフランス文学研究者にさえ知られていない」と話すと、スイス人はいつもびっくりした表情を見せます。教科書はもちろん、スイス・フランス語圏のどの家にも最低一冊はラミュの著書があると言われるほどの国民作家で、冠婚葬祭の折に引用されるのは、常に彼の言葉だからです。さらに、スイスを代表する人物として、現在の二百フラン札の肖像にも選ばれています。

作品は、スイスのみならずフランスでも数多く出版され、全集も編まれています。そして二〇〇五年には、外国人フランス語作家としては稀有なことに、フランスのガリマール社のプレイアッド叢書（Bibliothèque de la Pléiade）に長編小説集二冊が入りました。現在は、ジュネーヴのスラトキン書店から新たな全集が刊行中です。

C・F・ラミュ（シャルル＝フェルディナン・ラミュ　Charles-Ferdinand Ramuz）は、一八七八年にスイスのローザンヌで生まれ、一九四七年にローザンヌの隣町ピュイイで没しました。若い頃の約十年間をパリで過ごして、多くの文学者たちと交流しながら作品を発表しましたが、第一次世界大戦が勃発する一九一四年にスイスに戻って以降は、故郷を離れることはありませんでした。

作品は、詩集、戯曲、小説、エッセイなど多岐にわたっています。また、イーゴリ・ストラヴィンスキー作曲の舞台作品『兵士の物語』の台本を書いたことでも知られています。

題材のほとんどをスイス・アルプスに住む農民および牧人の生活にとっているため、ジャン・ジオノ、ウィリアム・フォークナーとともに三大地方主義の作家と称えられることがあります。第二次世界大戦後すぐにノーベル文学賞候補として推挙されましたが、一九四七年に亡くなったことで、栄誉に浴することはできませんでした。

そんなラミュですが、デビュー当時は、フランスの文壇から悪意に満ちた厳しい批判を受けました。とりわけ文体に対する攻撃は、すさまじいものがあります。

ボキャブラリーがおそろしく貧困、言葉や言い回しの繰り返しが多くかつ不適切、などというもので、「スイスの田舎を描くために、わざと下手くそに書いているのだろう」、あるいは「とてもフランスの作家とはいえない。もしなりたければ、フランス語をきちんと学ぶべきだ」との酷評さえ浴びせかけられました。

このような非難の原因は、ラミュの文章が、伝統的なよきフランス語の常識から逸脱しているからです。彼が意識してそのような文体を作ったことなど、想像さえしていませんでした。

スイス・フランス語圏に対する無知も、理由として挙げられるでしょう。外国だから、まともなフランス語を話しているはずがない、せいぜいフランスの片田舎と似たりよったりだろう、という偏見です。

実際に旅行すればわかりますが、語彙の面で若干の違いはあるものの、スイスのフランス語は、文法においても発音においても、フランスのフランス語と大きく変わりません。ラミュは、そのネイティヴです。

さらに、もう一つの誤解があります。スイス・アルプスに住む農民や牧人を主人公にした作品が多いので、作者自身も農民か猟師上がりで、実体験を基に書いているにちがいない、と思ってしまうことです。実際のラミュは、ローザンヌの食料品店の息子として生まれた、れっきとした都会人です。一時的に農村で暮らしたことはありますが、人生のほとんどの住まいは、ローザンヌおよびその近辺でした。教員になるべくローザンヌ大学で古典文学の学士号を得ていますから、文学素養もしっかりしています。

では、なぜ田舎の生活をもっぱら題材にし、かつ伝統的な規範とは異なる文体を用いたのでしょうか。「ラミュは決して地方主義の作家ではない」というところから始めたいと思います。

作品を読んで深く印象づけられるのは、季節によって姿を変えるアルプスの山々とその背景にある空、さらには山に生息する動物や植物のみごとな描写です。まるで絵画を眺めているかのように情景が目に浮かびますが、彼自身は意外なことに、「私は自然の人と思われているが、実は自然は好きではない」と言っています。それでもあえて田舎の人たちの生活を描いたのは、自分の書きたいテーマを表現するために最適の場を提供してくれるからです。

作家には、主人公を自分の身近な者から選ぶタイプとかけ離れた者から選ぶタイプの二種類がありますが、ラミュは前者で、パリを引き払って故郷に戻ったのも、このことが理由です。登場人物を、操り人形でなく、確固とした実在感を持った存在にしたかったからです。

ローザンヌの町には、作物を売る目的などで各地から農民たちがやって来ていて、ラミュは子供の頃から、その人柄や生活ぶりを熟知しています。ご存じのとおり、十九世紀末以降に観光業が発展するまでのスイス庶民の暮らしは、過酷なものでした。アルプスの厳しい自然や気候と日夜闘いつつ懸命に生活を営みますが、それでも食べられなければ、外国へ傭兵として働きに出るしかありません。子供も同様です。リザ・テツナーの『黒い兄弟』に著されているように、煙突掃除夫として売られていく地域もあります。そんな人々の現実を、ラミュは好意的なやさしい目でみつめています。さらには、気どった都会人にはもはや見られない人間本来の姿を彼らの中に発見し、自身の作品の主人公に据えようと決めたのでした。

ラミュは若い頃に抱いたテーマを生涯追求した作家だ、それを一連の作品の中で、徐々に広げかつ深めている、といった趣旨のことを、アルベール・ベガンは『ラミュの忍耐』の中で述べています。そのテーマを一語でまとめれば、「愛と死」と言えるでしょう。

人は生きていると、さまざまな困難にぶつかります。貧困、病気、事故、老衰などで、どれも死と直面するものです。そこからいろいろな情念が沸きおこって愛情や信頼感が試練にさらされますが、それらを受け入れかつ乗り越えようとするところに、本物の人間の偉大さが現れるはずです。彼が子供の頃から知っているアルプスの農民や牧人たちの暮らしは、このテーマを描くのに最適の舞台でした。

ラミュの作品はジャン゠フランソワ・ミレーの絵を連想させる、ただの農民の姿に何かを付け加えている、とある批評家が書いていますが、実際にそう感じられます。一見すると牧歌的な田園生活を描いているようですが、画家のテーマは、収穫の際に刈り残した落ち穂を拾う土地を持たない貧しい人たち、あるいは一日の厳しい労働を終えて神に祈りを捧げる純朴な農夫の姿です。家族から離れ、ナイフの刃が通らないほど固くなったパンをかじりつつ数か月も山小屋にこもって牧畜やチーズ作りに励むアルプスの人々と重なるものがあります。

次に、文体について見たいと思います。

ラミュは一時期、作家になるか画家になるか迷ったことがあるほど絵画に造詣が深く、とりわけパリ時代は、ルーブル美術館に足繁く通って、熱心にメモをとっていました。それはちょうど、印象派が退潮し、フォービスムやキュビスムが台頭してきた時代です。彼はとりわけセザンヌに傾倒して、一九一三年にはエクサン・プロバンスまで足を運び、画家の足跡をたどっています。あとで見るように、まさに絵画的と言えるような描写が小説の中に多く存在しますが、それをそのまま絵画、とりわけセザンヌの手法からの直接の影響と結論づけるのは、早計でしょう。絵画と文学がまったく別物であることは、彼自身よくわかっています。「描く、という言葉を使いはするが、私の場合は絵画とは何の関わりもない」と本人が日記の中で書いています。「〝色彩のある言葉〟を使って描きたいと願っている」という言葉も、比喩として考えるべきでしょう。

ラミュはもともと詩人として出発しており、小説も自由詩のように書くことを理想としています。作品は、彼独特の詩的な表現、さらに〝獲物を狙うハイタカの眼〟とジャン・ポーランが評している鋭敏な視覚的描写に満ちています。視覚だけではありません。思いもかけない聴覚的な比喩とも、しばしば遭遇します。これらが旧来の名文にこだわる人たちを戸惑わせ、かつ賛否両論を呼んだのでしょう。

伝統的なよきフランス語の規範から逸脱しつつ新たな美を生みだした彼の文体を激賞したのは、ルイ＝フェルディナン・セリーヌ、シャルル・ペギー、ポール・クローデルなどでした。クローデルは、こう書いています。

「私は、我々の言語の最良の作り手の一人としてラミュを評価し称えた最初のうちの一人であった。彼は、新たな多くのもの、語彙、統辞法、さまざまな言い回しの発明、描写、永遠の半過去に代わるあらゆる時制の使用法をもたらした」

「(ラミュは）本物の言語、自国の民衆的な言語を深め発展させせつつ使った唯一の作家だ。……六脚の詩句にイオニア海の香りを吹きこんだホメロスと同じく、ラミュは、言語の創造者かつ職人だった」

抽象的な議論はさておき、文章の具体的な特徴を挙げてみます。日本語として読みやすくするため、小説の中ではやむなく改変した箇所がありますが、それはおおむね次のような点です。

- 同じ言葉を何度も繰り返す。
- 比喩表現が非常に多く、しかもユニークである。
- 実際とは異なる動詞の時制を使用することがある。
- 「……」を多用する。
- 「…だからだ」が多い。
- 視点が、さまざまに変わる。
- まったく別の場面や会話を、交互に進行させせることがある。

ちなみに、たとえば「村長」を président と呼ぶ、など、スイス独特の表現も見受けられますが、数はそれほど多くはなく、読書に支障をきたすこともありません。

「同じ言葉を繰り返さず、別の言葉に置きかえる」というのが、今も変わらぬよきフランス語の規範ですが、ラミュはそれをあえて破り、意識的に同じ言葉を繰り返します。さらには、描写あるいは会話のリズムに注意を払うよう、読者に促しているのでしょう、「……」があちこちに入っています。

描写の視点がしばしば変化するのも特徴です。はじめは主人公の目に映っていたはずのものが、急に別人物の目になったり、作者の目になったり、動物あるいは空中を飛び回る鳥の目になったりすることが多々あります。「…するのが見えた」（フランス語では、《On a vu …》）という文章がよく用いられますが、それが誰の目を指しているのか戸惑うこともたびたびです。

多視点からの描写は、セザンヌおよびキュビスムの絵画を連想させます。実際にその影響を受けているのは間違いないでしょう。さらには、映画の影響が挙げられます。映画産業は、二十世紀の前半に大きな進歩をとげました。さきほど鳥の視点、と書きましたが、それはカメラの視点です。たとえばアルプスの山の描写などは、まるでヘリコプターに乗ったカメラマンがカメラを引いたりズームにしたりしながら撮影しているような錯覚に陥ります。

また、人物の心の中を描写している部分では、文体が途中で変化することが、ままあります。三人称で客観的に書かれた文章が続いたかと思うと、前触れなく、自由間接話法、あるいは「俺は…」といった直接話法の文が入りこみます。

このような変化を、日本語の訳文でお伝えするのは大変難しいですが、一端でも感じていただければ幸いです。

比喩表現については、たとえば次のようなものがあります。

「錆びついたかんぬきを外す音がする。血を抜こうと、首の静脈に小刀を押しあてられたときの、豚の大きな叫び声に似ている」(『デルボランス』第一章Ⅵ)
「太い眉毛の下の小さな切れ長の目は、茂みの中に隠れた泉のようだ」(『民族の隔たり』第四章Ⅲ)
「きれいな空に、川底の砂のような小さな雲が点在している」(『民族の隔たり』第六章Ⅳ)
「熟したリンゴのようにきれいな色の太陽が、顔をのぞかせている」(『民族の隔たり』第六章Ⅳ)
「ときどき、日の光が、まるで縄梯子を広げるかのように差しこんでくる」(『アルプス高地での戦い』第二部Ⅴ)
「心臓だけが、屋根が風できしんだような音を立てている」(『アルプス高地での戦い』第二部Ⅶ)
「青空をのんびりと進む小さな雲は、小川に落ちたマーガレットのよう」(『アルプス高地での戦い』第二部Ⅸ)

また、これは比喩ではありませんが、『ファリネ』という小説の中に、「偉大なる石工」という言葉が出てきます。誰を指しているのか、注を参照しなければ、とても確信が持てませんでした。壮大なるアルプス山脈を創造した神様のことです。

面白いと思うか悪趣味と断ずるかは、もちろん各読者の判断に委ねられていますが、単なるエキセントリックであれば、国民作家と呼ばれるほどの広い人気を博するはずがありません。アルプスの自然をよく知るスイス人が納得しかつ共感できるものを、十分備えているのでしょう。このような表現を味わいつつゆっくり読み進めるのが、ラミュの作品を読む楽しみといえます。

豊かに描きだされた自然を背景にして、村人たちの真実の「愛と死」のドラマが展開されます。現在は裕福になったスイス人ですが、彼の作品がこのように愛されているのは、そこに自分たちのルーツを見るからではないでしょうか。

作品について

ラミュの長編小説は二十二あります。その中からこの三作品を選んだのは、テーマと筋立てがはっきりしているので、スイス人の暮らしにあまり馴染みのない読者でも苦労なく読むことができる、と考えたからです。傑作と呼ばれるものは、ほかにいくつもありますが、ドラマチックなストーリー展開よりも登場人物の心の動きを大切にするタイプの作家なので、ある程度ラミュの作品に慣れたあとでないと真価を理解するのは難しい、と判断して、今回は外しました。

選んだ三作は、どれも本邦初訳です。

a．『デルボランス』（一九三四年）

デルボランスとは、ディアブルレ（「悪魔」に由来する）山塊にある高地牧草地帯の名称です。冬は通行不能ですが、春から秋にかけては、シオンから郵便局経営のポスト・バスが出ています。小説の主人公たちが暮らすアイール村のモデルとなったアヴァン村を経由し、切り立った絶壁を縫うようにして走ると、約一時間で到着します。現在はハイキングコースの出発点として人気があり、多くのハイカーが訪れています。

ここで一七一四年と一七四九年に大規模な山崩れが起こり、放牧のため山にこもっていた多くの牧人が犠牲になりました。山小屋で寝泊まりしていたのですから、ひとたまりもありません。ところが一七一四年の山崩れの折、全員絶望、とみなが諦めていた数か月後に、一人だけが生きて戻ってきた、という話が現地に残っています。

ラミュの小説は、この言い伝えから想を得ています。ただし、日付および時刻を変えています。実際に山崩れが起きたのは九月二十三日の午後ですが、物語では六月二十三日の深夜です。雪が降りはじめたらもう山に登れませんから、創作上必要な処置と言えるでしょう。

放牧のために山に泊まりこんでいた新婚まもない若者とその後見人格の妻の伯父が、山崩れに遭います。しかし、若者だけは奇跡的に命拾いして、七週間後に村に戻ってきます。妻や村人たちは狂喜しますが、本人は伯父を見捨ててしまった、という自責の念にかられ、探しに行かなければと再び山へと向かいます。そして身重の妻は危険を顧みず、夫を連れ戻すべく山まで追っていく、という物語です。

ここで注意しなければならないのは、アルプスの山に対する当時の人々のイメージです。山頂には悪魔が棲んでいるから決して近づいてはならない、と怖れられ、それにまつわる数々の伝説や迷信が存在します。頂上制覇をめざす登山ブームが起きたのは、やっと十八世紀の終わりになってからのことでした。

ディアブルレの山頂付近では、夜になると悪魔や悪霊たちが九柱戯で遊んでいる、と信じられていました。そして一七一四年の山崩れの折には、直前から無数の小さな光が斜面で輝き、山の内部から洩れるくぐもった音やうめき声、さらには爆発音が、近所の村まで聞こえてきていた、という言い伝えが残されています。二派に分かれた悪霊たちが中で激しい戦闘を行っていたからであり、これが山崩れの原因になった、とするものです。

小説では、当時の人々の山に対する怖れや迷信、牧人たちの連帯感、さらには夫婦愛が、みごとに表現されています。ラミュの書く物語は悲劇的な結末がほとんどですが、『デルボランス』は珍しく救いのある形で終わっています。

日本では未公開ですが、一九八四年に映画化されました。

b.『民族の隔たり』（一九二三年）

この小説については、訳者自身の体験談から始めさせていただきたいと思います。

イタリア語圏ティチーノ州のルガノに住む友人を訪ねたあと、クールへ向かおうと、ルガノ駅の切符窓口に行きました。ゲッシネンで氷河急行に乗り換えるべく切符を頼むと、「列車料金が割引になるカードを持っているか」と尋ねられました。「ない」と答えると、「氷河急行はバカ高いから、やめた方がいい。ベリンツォーナまで行って、そこからポスト・バスに乗りなさい」と勧められました。そこで予定変更してバスに乗ることにしましたが、これが思いもかけずエキサイティングな旅になりました。

ベリンツォーナ駅前を出発したバスは、アルプスを登って、いくつかのイタリア語を話す村を巡ります。郵便物を配達するうちに人も運ぶようになった郵便馬車が起源ですから当然ですが、そんなのどかな風景を眺めつつ頂上近くまで達すると、トンネルがありました。そしてバスがトンネルを抜けた瞬間、わが目を疑いました。風景がまったく異なるのです。

まるで別の国に着いたかのような錯覚に陥りました。山あいの段々畑の間を進んでいたはずが、目の前にあるのはなだらかな牧草地で、しかも太陽の加減でしょう、緑色がずっと明るく見えます。さらには、同乗者がすっかり変わってしまいました。これまでの褐色の髪の毛の人たちに代わって、まったく異なる服装で真っ白な肌をした金髪の男女が次々と乗りこんできては、ドイツ語で会話を始めるのです。

「スイスって面白い！」と感激したのは、この瞬間です。九州くらいの広さなのに公式言語が四つあることは知っていましたが、境界を作ったのは人間でなく自然なのだ、と改めて痛感させられました。そして、『民族の隔たり』をはじめて読んだとき、この経験を即座に思い出しました。

列車に乗っても、似たことがあります。たとえば、ドイツ語圏のバーゼルから友人夫婦が住むバイリンガル都市のビール（フランス語名はビエンヌ）に向かうと、停車する駅ごとに、標識がドイツ語になったりフランス語になったりします。車で郊外に行くときは、訪れた村で話される言葉をまず確かめてから、店に入ります。

スイスは地形が険しいため、山どころか峠を隔てただけで、人種も言語も風習も異なります。厄介なのは、宗教です。同じ言語を話すところでも、カトリックの地域とプロテスタントの地域が混在しています。

こんな特殊性をよく表した作品なので、ぜひ『民族の隔たり』を紹介したいと思ったのです。

ちなみに、若い頃の小説『生活の環境』（一九〇七年）の中に、近いテーマが出てきます。敬愛するギュスターヴ・フロベールの影響が色濃く感じられる作品ですが、フランス語を習いながら家事の手伝いをする、今でいうワーキングホリデーのような制度を使ってドイツ語圏からやって来た女性と主人公の恋愛物語です。ラミュには珍しく、村でなく町が舞台の小説ですが、一方、『民族の隔たり』の舞台はアルプス、しかも二人の出会いは恋愛でなく誘拐です。

夏になると、放牧のためにアルプスの両側から牧人たちが登ってきて、数か月滞在します。頂上近くでは、互いの姿を見かけることがあるでしょう。

フランス語圏の村から登ってきた牧童の一人が、弟を迎えにドイツ語圏の村から来た少女を見染めます。自分たちの村の女とちがって、彼女は大柄で金髪、肌は透きとおるように白いからです。そして、山を下る最後の日に、誘拐して連れ去ります。

ところがドイツ語圏の男たちは、奪いかえしに行くことができません。アルプスに雪が降りだすと、山を越せないからです。

こうして少女は、フランス語圏のカトリックの村に九か月間とどまることになります。結婚したい、と誘拐した男は願いますが、言葉だけでなく、生活習慣も宗教もちがいます。そのため、一緒に暮らしている母親との軋轢《あつれき》が生まれて、ついに母親は家を出ていきます。さらに娘は、村も宗教も捨てて、ドイツ語圏の村で一緒に暮らすよう求めます。男は八方ふさがりです。

そして夏がやって来て、諜報活動を請け負っていた行商人に導かれたドイツ語圏の村の男たちが、奪還のために山を越えてくる、という物語です。

国際結婚によくある問題が、スイスでは昔から、しかも狭い地域で起きていた、というのは、とても興味深く思われます。

作品の舞台にしたのは、ラミュ自身がしばらく暮らしたことのあるヴァリス（フランス語ではヴァレ）州のランスという村です。私も友人に連れられて訪れましたが、小ぢんまりした静かな村です。誘拐の現場となったとされる山頂付近は、現在はスキー場ができたために大きく変わってしまった、とのことでした。

この小説は、早くも一九三三年に、〈Rapt〉（『誘拐』）という題名で映画化されています。日本で公開されたかどうかは知りません。著者のラミュ自身も、映画の中で顔を出しています。

c.『アルプス高地での戦い』（一九一五年）

この小説を理解するには、十八世紀末から十九世紀前半にかけてのスイス史の知識が不可欠です。十八世紀のスイスは、フランスとの経済交流が盛んで、傭兵として働きに行く者も数多くいました。すると一七八九年にフランス革命が起きました。「自由」「平等」「博愛」の基本概念は、スイスでも、とりわけ門閥寡頭政治に苦しむ地域において、熱狂的に支持されました。

その後、ナポレオンが支配権を握るようになり、各国への進軍を開始します。スイスへの本格参入は、一七九八年のヴォー州からです。この地方を支配していたベルンは武力で抵抗しますが敗北し、一二九一年から続いた盟約同盟は瓦解して、ヘルヴェティア共和国が成立します。しかし、中央集権的な政治手法は伝統的な分権主義になじまず、スイスは再び内乱状態に陥って、共和国はわずか二年で事実上崩壊してしまいます。

小説の舞台は、その頃のヴォー地方です。レマン湖近くに住む低地の人々は、湖の対岸で生まれた革命思想を歓迎し、ベルンの権力者を追放してくれ、とフランスに頼みます。一方、主に狩猟で生計を立てているアルプス高地の住民は、変化を好まず、ベルン側につきます。

主人公は、やもめの父とその息子です。高地の村にも、新思想に共鳴する若者たちが少なからずいます。そして、フランスで実際に革命を体験した傭兵上がりも住んでいます。息子は、低地まで郵便業務で通っていることもあって共和国に賛成ですが、頑固一徹な父親には打ち明けることができません。さらには、恋人の存在があります。村を離れると、娘と別れなければなりません。思想と恋の板ばさみ状態になります。

ところが、いよいよ戦争という直前にいさかいが起き、息子は心ならずも傭兵上がりと一緒に村を出て、共和国軍に入ってしまいます。そのため、父親の率いる高地の民兵たちと戦わなければならなくなる、という物語です。

史実を背景にしていますが、厳密な意味での歴史小説ではありません。主題はむしろ、頑固な山の民である父親とその息子との葛藤であり、厳しい環境で暮らすアルプス高地の人々の心情が、よく表されています。

しかし、それだけではなく、スイスとはどんな国か、と考えるうえで、さまざまなヒントを与えてくれます。現在もスイスは各州が強い独立性を保っていて、法律や制度さえばらばらです。そのため、国家全体にかかわる重要な案件は、国民投票で決めるしかありません。小説に描かれた戦いでは、確かにフランスに近い低地軍が勝利して、共和国が誕生します。しかし、それがすぐに瓦解して元の状態に戻ってしまったことまで視野に入れなければなりません。もともとハプスブルク家の支配への抵抗から生まれた国ですから、国家による統制を毛嫌いするのは当然で、おとなしく従うはずがありません。高地であれ低地であれ、小説に登場する人物たちの性格を観察すると、確かにそうだ、ひと筋縄ではいかない、と納得されます。

ちなみに、『民族の隔たり』の中で、行商人のマティアスは、訪れる地域によって、ナポレオンの絵を出したり聖母子の絵を出したり、と目玉商品を変えています。ヴァリス州はカトリックが優勢ですから、聖母子に人気があるのは当然ですが、戦争が終わってずっと経ってからも、ナポレオンを支持する地域とそうでない地域がはっきりと色分けされていることがよくわかります。

さらに、厳しい自然との闘いで培われたスイス人気質にも思いをはせるべきでしょう。ほとんど同じフランス語を話しているにもかかわらず、スイス人と接していると、フランス人とは少し違うな、という印象を抱くことがあります。これはフランス語圏に限らず、イタリア語圏、ドイツ語圏でも同様です。明るくはありますが、楽天的なところは感じられず、なにごとにも慎重です。そして、生活態度、服装、食事、どれをとっても質素です。

数年前、モスクのミナレットの建設を認めるか否かについて国民投票が行われて否決される、ということがありました。この件について、「スイスでは、そんなにイスラム教徒への反感が強いのか」と当地の友人に尋ねたところ、「宗教だけが理由ではない。自分たちは昔から質素を旨として生きてきたから、派手で目立つものを嫌うのだ」という返事が返ってきました。小説の登場人物たちの生活ぶりを思い起こすと、よく納得できます。

物語では「おバカのジャン」（フランス語は、“Jean le Fou”）と訳しましたが、ラミュは知的障害者あるいは精神に異常をきたしている者を、しばしば小説の中に登場させます。『民族の隔たり』におけるマニュも同様ですが、これは単なる狂言回しを演じているのではありません。フランス語のcrétin（知的障害者）という言葉は、アルプス地方の方言から生まれていて、イエス・キリストのように無垢なる者、というニュアンスを含んでいます。人智を超えたものを感知できる存在です。そのため、主人公たちの運命を的確に予言する者として、重要な役割を果たしています。

この作品は、一九九八年に映画化されました。『エディット・ピアフ　愛の讃歌』で第八十回アカデミー賞主演女優賞を受賞したマリオン・コティヤールがヒロインを演じていますが、日本では未公開です。

佐原隆雄

訳者あとがき

スイスとの出会いは、あまり早いとは言えません。理由は単純、物価を高く感じたからで、学生時代、ジュネーヴの観光案内所が紹介してくれた一番安いホテルのシングルルームが一万円以上したため、一泊でフランスへ逃げ帰ったことがありました。

転機になったのは、二〇〇一年夏にフランスのカーンで開かれたフランス語教育法の研修会への参加です。百以上の国から集まったフランス語教員が大学キャンパス内の学生寮に一か月寝泊まりして教育法を学ぶというもので、世界中の人々と日夜、親しく接することができました。幸いなことに、会期が九・一一事件の直前だったため、民族や宗教の対立も露骨ではありませんでした。

この折に、ソニヤ・ムーラートさんというスイス人と友達になり、以来、ヨーロッパを旅するときは、彼女およびご主人のアドリアン・キュンチ氏が暮らすベルン、ついでビールを訪ねるのが常になりました。

さらには、研修のあとに通ったドイツのドイツ語学校で出会ったイタリア語圏ティチーノ州の若者たちと仲良くなり、彼らのところへも行くようになりました。実際に旅行すると、スイスの自然がほかとは比べものにならないほど美しいのには、いつも感動させられます。〝絶景〟という言葉は、この国のためにあるかのようです。さらに慣れてくると、宿泊料金が異常に高いのはジュネーヴやモントルーなどの数都市で、手頃なホテルを探すかB&B（Bed and Breakfast）を利用すれば安くすますことができることにも気づきました。以後、機会を見つけては、あちこちを回っています。オペラ好きという理由で学んだイタリア語とドイツ語が、こんなところで役立とうとは、思いもしませんでした。

そして、友達が住んでいる国だから、歴史や文化を学ぶのは当然、と文学や絵画、音楽、映画などの情報を集めはじめました。会ったときやメールを書く際に失礼がないよう、くらいの軽い気持ちからでしたが、そのうち、スイス・ロマンド文学が日本ではほとんど紹介されていないことを知って、キュンチ氏に問い合わせました。高等学校の国語教員である彼から詳しい資料を教えてもらって読み進め、その最重要人物として行きあたったのがC・F・ラミュでした。

きっとのどかなアルプスの田舎を牧歌的に描いているのだろう、と想像していたら、実際はまったく異なり、貧しい農民や牧人、猟師たちの厳しい生活が主題、しかも小説の大部分が悲劇で終わります。はじめは戸惑いましたが、何冊か読んでいくうちに引き寄せられるようになり、さらにはこんな物語を書く小説家を国民作家と崇《あが》めるスイス人全般についても、大きな興味が湧いてきました。

ところが日本では、長編小説については五十年以上前に数冊訳されただけで、『ストラヴィンスキーの思い出』というエッセイと短編集が出たものの、現在はどれも絶版です。名前さえきちんと知られていません。新国立劇場で上演された『兵士の物語』パンフレットの台本作者の欄に、ラミュでなくラミューズと記載されていたのはショックでした。フランスのプレイアッド叢書に入るほど高い評価を得ているにもかかわらずこの扱いは不当だ、彼の本領はやはり長編小説だから、何冊かを翻訳して日本の読者に紹介したい、と思ったのが、この本の出版を企画したきっかけです。

スイス・ロマンド文学に興味のある日本人研究者が周囲にいないので、疑問点の解決および現地調査については、先の友人たちおよびC・F・ラミュ協会に協力を仰ぎました。二〇一一年の夏には、ラミュ協会の本部のあるピュイイに一週間滞在し、前書記長のモーリス・ルベテ氏および現書記長のディラン・ロト氏から、資料の提供および多くの貴重なアドバイスをいただきました。とりわけ翻訳の上で問題になるのは、地名や苗字など固有名詞の発音です。ご存じのとおり、フランス語は語末の子音字を発音するときとしないときがあります。さらに言語の境界線近くでは、ドイツ語発音が混ざっている、あるいはドイツ語つづりだがドイツとは発音の仕方が異なる可能性があるため、一つ一つ確認が必要でした。訳者からの質問に、直接あるいはメールにてお答えくださったルベテ氏およびロト氏に感謝します。

そして、『スイス・ロマンド文学史』の著者として高名なチューリッヒ大学名誉教授のロジェ・フランシヨン氏に「日本語版への序」を書いていただいたのは、望外の喜びです。

ラミュ協会からは、出版助成金を交付していただきました。日本人がラミュのみならずスイス文学、さらにはスイスという国にもっと親しむきっかけになってほしい、との願いがこめられています。スイスというとまっさきに浮かぶのは『アルプスの少女ハイジ』ですが、たくさんの国で親しまれている日本製のアニメも、スイスでは放映されません。ドイツ語地域でなくフランス語地域にしか存在しない動物や食べ物が描かれているため、視聴者がすぐに間違いに気づくからです。地方による風土や習慣、気質の違いなどがわかってくると、スイスはもっと身近なものになるでしょう。

編集については、中楚克紀氏にお願いしました。優秀な編集者であるだけでなく、訳者とは中高時代の同級生なので、言いにくいこともはっきりと助言してくれると考えたからです。彼のおかげで、読みづらい文章や思わぬミスを数多く修正することができました。

出版を快諾してくださった国書刊行会の礒崎純一編集長にも感謝申し上げます。また、大学時代、フランス語の勉強など放ったらかして文学と音楽に明け暮れていたにもかかわらず、故高坂和彦先生には可愛がっていただきました。先生のお宅にお邪魔しては、「今度は、翻訳不可能といわれるセリーヌ作品集に挑むよ」などと熱心にお話しされる姿を、憧れの目でみつめたものです。その同じ出版社から本書を出版できるとは、夢のようです。

訳者略歴
佐原隆雄（さはら・たかお）
　1954年広島県呉市生まれ。東京外国語大学大学院外国語研究科ロマンス系言語専攻修了。専門は、19世紀フランス文学、スイス文学およびフランス語教育法。ギュスターヴ・フロベールほかフランス語圏作家に関する研究論文、『文法から学べるフランス語』（ナツメ社）などフランス語教育に関する著作が多数ある。C.F.ラミュ協会終身会員。

アルプス高地での戦い
ラミュ小説集

2012年6月21日　初版第1刷印刷
2012年6月25日　初版第1刷発行

著者　C.F.ラミュ
訳者　佐原隆雄

発行者　佐藤今朝夫
発行所　株式会社国書刊行会
〒174-0056 東京都板橋区志村 1-13-15
TEL.03-5970-7421 FAX.03-5970-7427
http://www.kokusho.co.jp

装幀　虎尾 隆
印刷・製本　中央精版印刷株式会社

ISBN978-4-336-05510-1